GW00504288

Lao She

Quatre générations sous un même toit

II

Survivre à tout prix

Traduit du chinois
par Chantal Andro

Mercure de France

© Mercure de France, 1998, pour la traduction française.

Né en 1899 dans une famille mandchoue de la capitale, Lao She a été, dès son enfance, plongé dans une société en pleine évolution. Après avoir enseigné pendant une vingtaine d'années, notamment en Angleterre, l'écrivain, à la suite du succès remporté par son fameux *Pousse-pousse*, a pu se consacrer entièrement à son œuvre. Sous le régime communiste, il a été amené à composer plusieurs pièces de théâtre, en particulier *La maison de thé*. « Suicidé » au début de la Révolution culturelle, il n'a pu achever le grand roman autobiographique qu'il avait entrepris, *L'enfant du Nouvel An*, mais cette œuvre posthume montre qu'il n'avait rien perdu de son talent de romancier.

Né en 1899 dans une famille mandchoue de la capitale, Lao She a vécu ses années d'enfance plongé dans une société en pleine évolution. Après avoir enseigné pendant une vingtaine d'années, notamment en Angleterre, l'écrivain, à la suite du succès remporté par son roman *Pousse-pousse*, a pu se consacrer entièrement à son œuvre. Sous le régime communiste, il s'est efforcé de composer plusieurs pièces de théâtre, en particulier *La Maison de thé*. « Suicidé » au début de la Révolution culturelle, il n'a pu achever le grand roman autobiographique qu'il avait entrepris, *L'Enfant du Nouvel An*, mais cette œuvre inachevée montre qu'il n'avait rien perdu de son talent de romancier.

PERSONNAGES

La famille Qi

LE VIEUX QI : l'aïeul

QI TIANYOU : fils du vieux Qi, gérant d'une boutique d'étoffes

MADAME TIANYOU : femme de Qi Tianyou

QI RUIXUAN : fils aîné de Qi Tianyou, professeur dans un lycée

YUN MEI : femme de Qi Ruixuan

PETIT SHUNR : fils aîné de Qi Ruixuan

NIUZI : fille de Qi Ruixuan

QI RUIFENG : deuxième fils de Qi Tianyou, économe dans un lycée

CHRYSANTHÈME : femme de Qi Ruifeng

QI RUIQUAN : troisième fils de Qi Tianyou, étudiant

La famille Qian

QIAN MOYIN : poète

MADAME QIAN : femme de Qian Moyin

MENGSHI : fils aîné de Qian Moyin, professeur dans un lycée

LA JEUNE MADAME QIAN : femme de Mengshi

ZHONGSHI : second fils de Qian Moyin, chauffeur

MONSIEUR JIN : père de la jeune Mme Qian, agent immobilier

CHEN YEQIU : frère de Mme Qian, homme de lettres

La famille Guan

GUAN XIAOHE : ancien fonctionnaire
LA « GROSSE COURGE ROUGE » : femme de Guan Xiaohe
GAODI : fille aînée de Guan Xiaohe
ZHAODI : seconde fille de Guan Xiaohe
YOU TONGFANG : seconde femme de Guan Xiaohe

Autres voisins de la famille Qi

MONSIEUR LI : déménageur
MADAME LI : femme de M. Li
PETIT CUI : tireur de pousse
MAÎTRE SUN : barbier
MAÎTRE LIU : artisan tapissier
CHENG CHANGSHUN : musicien ambulant
LA VEUVE MA : sa grand-mère
LE JEUNE MONSIEUR WEN ET SA FEMME RUOXIA : chanteurs d'opéra
JOHN DING : domestique à l'ambassade de Grande-Bretagne

Autres personnages

MONSIEUR GOODRICH : Anglais travaillant à l'ambassade de Grande-Bretagne
LI KONGSHAN : ami des Guan
LAN DONGYANG : ami des Guan
GAO YITUO : protégé de la « grosse courge rouge »

CHAPITRE XXXV

Comme indifférent à la douleur des hommes, le printemps était de retour à Peiping, avec sa douceur, ses couleurs et ses parfums. La glace fondait sur le sol et sur la rivière tandis que de frêles pousses vertes surgissaient sur les berges et au pied des murs. Les branches des saules s'ornaient de chatons d'un jaune tendre. Les oies sauvages qui volaient en formation dans le ciel se répondaient par de longs cris. Tout était plein de vie, seuls les habitants de Peiping restaient comme figés dans la glace.

Cela attristait Petit Shunr et Niuzi. C'était pourtant le bon moment pour acheter des moules, façonner des galettes et des figurines en glaise. Les objets seraient rangés sur un petit banc, puis on cueillerait au pied des murs des herbes odorantes dont les feuilles ne sont pas encore dépliées, on les disposerait devant les objets en terre et l'on chanterait : « Galettes en terre, poupées en terre, le vieux boit, il tient le vin mieux que personne ! » Quelle jubilation ce serait ! Mais voilà, maman n'avait pas d'argent pour les moules et une fois les herbes arrachées, si l'on chantait : « Armoise odorante, taupegrillons ! » papa, très mécontent, ne manquait pas de dire : « Du calme ! Ne faites donc pas tant de tapage ! »

Ils ne comprenaient pas pourquoi leur mère était devenue si pingre ces derniers temps, allant jusqu'à refuser d'acheter des moules pour les galettes en glaise. Papa était encore plus bizarre, tellement injuste, il ne pouvait ouvrir la bouche sans faire les gros yeux en même temps. L'arrière-grand-père, qui avait toujours été leur sauveur, avait changé lui aussi. Autrefois, quand les saules verdissaient, il ne manquait pas de les emmener au Temple de la Sauvegarde Nationale acheter des plants de concombre et de calebasse ainsi que des petits pots d'« abondance ». Cette année, il n'avait planté ni navet ni chou chinois, sans parler de plants de fleurs !

Grand-père ne revenait pas souvent et, lorsqu'il revenait, il oubliait de leur apporter des gâteries. Pourtant c'était la saison des gâteaux de farine de pois, des gâteaux de riz glutineux farcis, des jujubes, des kakis secs et des navets de Tianjin. Pourquoi grand-père disait-il toujours qu'on ne vendait pas de friandises dans les rues ? Petit Shunr confia à sa sœur cadette : « Je suis sûr que grand-père nous raconte des histoires ! »

Grand-mère se montrait aussi bonne envers eux, mais elle était trop souffrante, toujours à gémir et à se plaindre. Elle parlait souvent de leur oncle Ruiquan, elle attendait son retour. Pourtant, quand Petit Shunr se proposait d'aller le chercher, elle refusait. Petit Shunr se disait que, si grand-mère consentait à le laisser faire, il saurait bien ramener l'oncle Ruiquan. De cela, il était sûr ! Niuzi elle aussi pensait beaucoup à son oncle, elle aurait bien voulu accompagner son frère dans ses recherches ; c'était une cause de disputes fréquentes entre les deux enfants. Petit Shunr disait : « Niniu, tu ne peux pas venir, tu ne connais pas le chemin ! » Affirmation que niait Niuzi : « Si, je sais même où se trouve le Sipailou ! » Dans la famille, seul leur second oncle, bizarrement, rayonnait de santé et d'entrain. Mais il ne revenait pas souvent à la maison. Il n'était venu les voir qu'à l'occasion du Nouvel An, s'était prosterné avec désinvolture devant l'arrière-grand-père et la grand-mère et était reparti tout de suite, sans même avoir offert aux enfants quelques grammes de friandises. Ils avaient refusé de se prosterner devant lui et de lui souhaiter la bonne année. Maman avait voulu leur donner une bonne correction. Le vilain oncle ! La grosse tante n'avait même pas consenti à venir, sans doute, pensaient-ils, parce qu'elle était devenue si grosse qu'elle ne pouvait plus se déplacer.

Leur plus grand sujet d'envie était la famille Guan. Eux au moins savaient fêter le Nouvel An ! Quand maman avait le dos tourné, ils filaient en cachette à la porte pour observer ce qui se passait. Oh la la ! toutes ces jolies demoiselles qui se rendaient chez les Guan, plus pomponnées les unes que les autres ! La petite Niuzi en restait médusée, la bouche ouverte, un bon moment. Elles étaient habillées de couleurs vives, bien coiffées et fardées ; elles étaient pleines de vivacité, parlaient et riaient fort. Quelle différence avec maman toujours si soucieuse, si triste ! Elles venaient en visite chez les Guan avec quelque présent. Petit Shunr, l'index dans la bouche, prenait inspiration sur inspiration. La petite Niuzi comptait : « Un, deux, trois ! » le chiffre le plus grand pour elle étant le douze. Elle avait tôt fait de compter : « Douze bouteilles, douze paquets de friandises, douze boîtes », et elle ne pouvait s'empêcher de faire une remarque : « Tout ce qu'ils ont de bon pour le Nouvel An ! »

Une fois ils virent leur grosse tante se diriger chez les Guan, un cadeau à la main. Au début, ils avaient cru que ces bonnes choses avaient été achetées pour eux et ils avaient couru vers elle ; mais elle, sans répondre à leur appel, était entrée chez les Guan. Ils en vinrent, tout en enviant les Guan, à les détester — ils s'étaient emparés des friandises qui leur étaient destinées ! De retour à la maison, ils en avaient informé leur mère : ainsi donc leur grosse tante pouvait encore se déplacer malgré son obésité, et c'était intentionnellement qu'elle n'était pas venue les voir ! Maman les avait priés à voix basse de n'en rien dire à leur arrière-grand-père ni à leur grand-mère. Ne comprenant pas la raison de telles exhortations, ils avaient trouvé cela très étrange de la part de leur mère : la grosse tante ne faisait-elle pas partie de la famille ? Ferait-elle déjà partie de la famille Guan ? Toutefois, comme il leur était difficile de désobéir à maman, ils avaient dû garder pour eux cet incident qui les rendait furieux. « Nous devons obéir à maman ! » avait dit Petit Shunr à sa sœur, et il avait hoché la tête comme une petite grande personne, on aurait dit qu'il avait acquis un peu plus de science.

Et c'était bien cela, Petit Shunr avait acquis des connaissances. Tenez, les grandes personnes de la famille, tout en éprouvant du déplaisir à entendre parler des Guan, ne cessaient de jaser, préoccupées du sort de la famille Qian. D'après ce qu'il avait entendu de leur bouche, la maison des Qian était vide. La jeune Mme Qian était retournée vivre avec son père, tandis que le vieux monsieur qui aimait tant cultiver les fleurs avait subitement disparu. Où était-il passé ? Personne ne le savait. Quand l'arrière-grand-père était désœuvré, il parlait tout bas de cela avec papa. Une fois, qui l'eût cru, l'arrière-grand-père avait versé des larmes à ce sujet. Petit Shunr s'était esquivé promptement, les adultes n'aiment pas montrer qu'ils pleurent à des enfants. Maman ne pleure-t-elle pas souvent devant son fourneau dans la cuisine ?

Ce qui faisait surtout battre le cœur de Petit Shunr et dont il n'osait pas parler était qu'il avait entendu dire que la maison vide des Qian avait été louée par M. Guan qui entendait la sous-louer à des Japonais. Ceux-ci n'avaient pas encore emménagé, la maison était en travaux d'aménagement — on avait abaissé les fenêtres et changé le plancher en bois pour y placer un tatami. Petit Shunr mourait d'envie d'aller au n° 1 pour se rendre compte de tout cela, mais il craignait de rencontrer des Japonais. Il ne lui restait plus qu'à pétrir de la glaise, à apprendre à sa petite sœur le métier de maçon et à construire des petites maisons. Lui surveillait les travaux. La petite sœur avait beau mettre les fenêtres le plus bas possible, il trouvait toujours à redire : « C'est trop haut, trop haut encore ! » Il pétrissait une minuscule figurine en terre, qui ne devait guère faire plus d'un ou deux centimètres de haut, et disait : « Regarde, petite sœur, les Japonais sont des nains, ils ne sont pas plus grands que ça ! »

Ce jeu fut à son tour interdit par maman. Elle avait l'air de croire que les Japonais n'étaient pas si petits et, surtout, qu'ils étaient redoutables. Elle semblait se faire un souci pas possible à propos des futures relations de voisinage avec eux. Petit Shunr, voyant à son air que quelque chose clochait, jugea bon de ne pas poser davantage de questions. Il donna l'ordre à sa sœur de détruire les petites maisons en terre, réduisit en une boule les figurines minuscules qui avaient tout au plus un à deux centimètres de haut et jeta le tout dehors.

Ce qui les peinait le plus, ainsi que le reste de la famille, était que M. Chang avait été battu par les Japonais à la porte de la ville et qu'il avait été condamné à s'agenouiller dans le bastion semi-circulaire au-dessus de la porte.

M. Chang menait une vie si régulière, et ce depuis si longtemps, qu'il faisait penser à un balancier se balançant de façon singulière, sans trêve ni relâche, au rythme de la Nature. Malgré ses soixante ans bien sonnés, il semblait ne pas sentir le poids des années. On aurait dit que son âge ne comptait que pour les autres, et que lui-même fonctionnait comme une horloge indiquant le temps. Malgré une alimentation frugale, son logis où le fourneau fumait comme un four à briques dès qu'on l'allumait, des vêtements déchirés, il avait gardé la vivacité et la robustesse de la jeunesse, était aussi vif qu'un gardon.

Chaque premier de l'An, à minuit, il portait le dieu en procession, offrait un sacrifice aux ancêtres, puis il mangeait un nombre incalculable de raviolis végétariens à l'huile de sésame, la vraie, faite à la petite meule. Quant à la viande de porc, il la gardait pour le deuxième jour de l'année lunaire, après l'offrande aux dieux de la richesse, pour le potage aux raviolis. Après avoir mangé ses raviolis végétariens, il veillait toute la nuit. Il ne jouait pas d'argent, n'avait d'autre occupation que de veiller coûte que coûte pour empêcher le feu de s'éteindre. Devant le génie du foyer collé sur le mur brûlait constamment un grand bâton d'encens supérieur. Telle était sa religion. Non qu'il crût en l'existence de ces divinités, mais il entendait par là mettre un peu de chaleur et de lumière dans sa demeure. Il n'avait pas les moyens d'acheter des pétards, ni de grosses chandelles rouges pesant la livre ; il saluait le Nouvel An avec un bâton d'encens supérieur, du bois de chauffage et du charbon, dans l'espoir que l'année à venir, tout comme son cœur, serait faite de lumière. Dans la deuxième partie de la nuit, quand il sentait le sommeil le gagner, il sortait contempler les étoiles, le vent frais le revigorait. Récemment, il avait attrapé une poignée de fèves grillées préparées pour le Nouvel An et les avait croquées avec bruit. Non qu'il aimât cela, mais parce qu'il était fier de sa denture.

Au lever du jour, il ajustait sa ceinture et suivait le petit chemin pour « flâner » au Temple de la Grosse Cloche. Personne ne se rendait si tôt dans le temple, lui-même ne s'attendait pas à y trouver des étalages offrant du jus de soja, des bâtons d'azeroles caramélisées, des cerfs-volants en forme de grues sauvages, des moulinets ni à se mêler à une foule bariolée. Il voulait simplement marcher un peu, jeter un coup d'œil au vieux temple. Qu'il fût encore là signifiait que le monde n'avait pas changé, cela le rassurait.

Quand il apercevait la porte du temple, il rebroussait chemin et se mettait en route pour aller souhaiter la bonne année à ses parents et amis. Vers dix heures, il rentrait chez lui, mangeait quelque chose et faisait un bon somme. Le deuxième jour de la nouvelle année lunaire, après avoir fait ses offrandes matinales au dieu de la richesse et avalé deux ou trois grands bols de bouillon de petits raviolis, il allait souhaiter le Nouvel An en ville, et sa première visite était pour la famille Qi.

Cette année, il ne s'était pourtant pas rendu au Temple de la Grosse Cloche et n'était pas venu en ville non plus pour souhaiter la bonne année. Son univers avait tellement changé qu'il n'avait plus de repères. La nuit, au loin, on entendait toujours des fusillades et parfois des coups de canon. Il ne savait qui frappait qui, mais il n'arrivait pas à trouver le calme, pareil à un enfant apeuré, et, quand il dormait profondément, il s'éveillait en sursaut, effrayé. Parfois son chien et celui des voisins hurlaient à qui mieux mieux et c'était à vous faire grelotter intérieurement. Le lendemain, on l'informait que d'autres troupes étaient arrivées. Lesquelles ? Les nôtres, ou celles de l'ennemi ? Personne n'en savait rien.

Quand il n'avait pas bien dormi la nuit, il ne se sentait pas rassuré le jour. De nombreuses rumeurs circulaient, et même si devant chez lui tout était calme, quand une voiture ou un passant venait à s'arrêter, ils colportaient ces rumeurs. Certains disaient que de nombreux soldats étaient à Beiyuan, d'autres qu'on construisait un aéroport à Nanyuan. On disait encore que l'ennemi avait l'intention d'arrêter plusieurs milliers d'adultes en âge d'être conscrits, d'autres racontaient qu'on allait faire une grande route du large chemin qui passait devant chez lui. Enrôler ? Et son fils qui était dans la fleur de l'âge ! Il lui fallait trouver un moyen de cacher son fils. Une route ? Ses maigres arpents de terre étaient justement à côté du chemin. Même si on ne lui prenait qu'une dizaine d'ares, il ne le supporterait pas ! Il décida de ne pas s'éloigner de chez lui : il lui fallait jour et nuit tenir son fils et ses terres sous son regard.

On disait encore que les Japonais, dans le nord-ouest de Xiyuan, avaient massacré les habitants de deux ou trois villages où l'on avait donné refuge à des maquisards. Ce ne pouvait être des rumeurs, se disait M. Chang, les fusillades et les coups de canon de la nuit ne venaient-ils pas du nord-ouest ? Il voulait bien croire que les Chinois avaient encore des maquisards prêts à risquer leur vie contre les Japonais, mais en même temps il redoutait que son propre village ne fût massacré. Voyons un peu. La prison des faubourgs de la porte Deshengmen n'avait-elle pas été forcée par des maquisards chinois ? Or sa maison était située à quelques kilomètres de là. Un massacre du village était tout à fait possible.

Il y avait non seulement ce qu'il entendait dire, mais aussi ce qu'il voyait : de nombreuses personnes empruntaient le chemin pour se rendre en ville en venant du nord-ouest, soutenant vieillards et enfants, portant les bagages sur le dos ou à la palanche. Après s'être informé de ce qui se passait, il avait appris qu'il s'agissait essentiellement de familles aisées, qui possédaient terres et maison. Redoutant un massacre, elles avaient vendu leurs terres pour une bouchée de pain, avaient abandonné leur maison pour venir habiter en ville. Ces gens lui avaient dit que les Japonais ne comptaient pas mettre en place de taxes foncières mais un impôt sur les récoltes et qu'ils prendraient même la paille de riz et les chaumes, qu'ils prélèveraient les céréales proportionnellement à la surface des terres cultivées et qu'ils enverraient des gens pour surveiller tout cela de plus près. « Tu moissonneras, ils prendront tes récoltes ; même si tu n'as rien planté, ils exigeront la même chose, et si tu ne donnes rien, ils te tueront. »

M. Chang en avait été tout retourné. Il faisait le tour de ses champs les mains derrière le dos. Il lui fallait examiner tous les aspects de la question. Il était intelligent mais lent à la réflexion. Devrait-il, lui aussi, aller habiter en ville ? Il eut un geste de dénégation de la tête à la vue des Collines de l'Ouest. La montagne, ses terres et lui ne pouvaient pas être déplacés. Jamais ! Il est vrai que ces quelques arpents de terre ne lui avaient jamais pro curé la moindre jouissance matérielle. En une année, il mangeait tout au plus deux à trois fois de la viande de porc. Sa seule tenue de cérémonie était une robe bleue non doublée qui avait été lavée un nombre incalculable de fois. Malgré tout cela, il ne pouvait quitter ses terres, fût-ce pour une vie plus confortable, laquelle, d'ailleurs, ne le rendrait pas forcément plus heureux. Au milieu de ses terres il était dans son élément, il avait ses racines.

Non et non ! Tout pouvait encore arriver mais l'idée que les Japonais allaient venir s'emparer de ses récoltes était pure et simple rumeur. Il ne pouvait y croire, pourquoi se faire peur ainsi ? À la vue des remparts en ruine, il hocha la tête. Il ne savait pas qu'il s'agissait de vestiges de l'époque des Jin et des Yuan, ce qu'il savait, c'est qu'il les voyait depuis son enfance et que, jusqu'à présent, ils n'avaient jamais été mis à bas par les ouragans. Comme eux il se devait de rester toujours en place. Des remparts, il ramena son regard à la terre sous ses pieds, aux pousses de blé, courtes, d'un vert foncé. Chaque sillon courait jusqu'au champ du voisin et, au loin, jusqu'à des champs lointains, et… il vit à nouveau les Collines de l'Ouest. Rumeurs ! Rumeurs que tout cela ! C'était son champ, plus loin, celui des Wang, celui des Ding, celui…, les Collines de l'Ouest. Voilà qui était bien réel, tout le reste n'était que rumeurs !

Mais si vraiment l'ennemi voulait s'emparer des récoltes, que ferait-il ? Et même si cela ne se faisait pas, les troupes et les chevaux pourraient bien piétiner les champs. Que faire alors ? Il ne trouvait pas de solution. Son dos le démangeait, et s'il allait transpirer ? Il lui fallait surveiller ses terres jour et nuit. Si on venait vraiment le piller, il se défendrait jusqu'au bout. Après avoir pris cette décision, il se sentit d'humeur plus joyeuse et emprunta le chemin pour ramasser du crottin. Quand il en eut ramassé un bon tas, il se retourna pour voir son champ et se dit à lui-même : « Rumeurs que tout cela, on ne peut perdre ainsi ses terres ! On peut perdre son or ou son argent, mais pas cette terre noir foncé. »

La fête des Morts approchait et il fut un peu plus occupé. Lorsqu'il était occupé, il sentait qu'il avait davantage les pieds sur terre. Bien que souvent la nuit l'on entendît encore des fusillades, l'ennemi n'avait toujours envoyé personne réquisitionner les grains. Les pousses de blé ne retombaient déjà plus sur le sol, elles se dressaient, d'un vert luisant, dans le vent printanier. Quoi de plus beau sur cette terre que ces rangées de blé vert serties de bandes de terre jaune ? Et puis son champ était cultivé de façon si régulière, les levées de terre étaient si rectilignes ! À l'origine, la terre n'était pas de bonne qualité. Son moral et son ardeur au travail ne s'en étaient pas relâchés pour autant. Quand le ciel accordait trop ou peu de pluie, il ne pouvait rien contre la sécheresse et les inondations, mais, dès que le temps n'était pas trop mauvais, il mettait toute son énergie à travailler, sans épargner une seule goutte de sa sueur. Quand il regardait son champ, il trouvait qu'il avait des raisons d'être fier, d'être content ! Ce champ produisait certes des céréales, mais, surtout, il était la marque de son tempérament. Lui et son champ ne faisaient qu'un. Avec ce champ, il avait l'impression de posséder l'univers entier. Il ne se dépensait pas moins pour le cimetière de la famille Qi que pour son propre champ. « Bientôt la fête des Morts, se dit-il, je dois tapoter le sommet des tumulus, peu importe s'ils viennent ou non brûler de la monnaie en papier ! » Il ajouta de la terre sur les tertres et l'égalisa en la tapotant. Tout en faisant cela, il pensait à la famille Qi. Cette année, le deuxième jour du mois lunaire, il n'était pas allé leur présenter ses vœux. Il ne se sentait pas l'esprit tranquille et il espérait qu'ils se rendraient sur la tombe familiale à l'occasion de la fête des Morts. S'ils venaient, ce serait la preuve que ceux qui vivaient dans la ville n'avaient pas peur d'en sortir et que le pillage des céréales par les Japonais n'était que rumeurs, à quatre-vingts ou quatre-vingt-dix pour cent. Le fils aîné de la famille Ma, qui habitait à un kilomètre de chez lui, avait contracté des maux de gorge, cela faisait plus d'un jour qu'il ne pouvait plus rien avaler. Les Ma avaient quelques ares de terre, mais ils ne suffisaient pas à nourrir la famille. Heureusement, le fils aîné était agent de la police judiciaire au tribunal en ville, il pouvait donner chaque mois quelques sous à sa famille. Les siens furent pris de panique devant la gravité de sa maladie et vinrent demander conseil à M. Chang. Ce dernier s'affairait dans son champ mais, comme il s'agissait d'un cas de vie ou de mort, il ne pouvait se dérober à son devoir. Il n'était pas médecin, toutefois son expérience et son caractère lui avaient valu la confiance des voisins, ou, plutôt, ils avaient un peu plus confiance en lui qu'en un médecin. Il connaissait toutes sortes de remèdes de bonne femme à base de plantes, ce qui constituait une économie de temps et d'argent. Selon lui, si les gens de la ville avaient besoin d'un médecin, c'était uniquement parce qu'ils avaient les moyens de le payer. Il avait beau se réciter toutes sortes de recettes, aucune ne lui semblait convenir pour la guérison du jeune Ma. Il s'agissait d'une maladie grave. Il finit par penser aux « Pilules aux six vertus ». « Ce remède n'est pas à base de plantes, il faut aller l'acheter en ville et cela coûtera cher ! » leur dit-il.

Au diable l'avarice, il s'agissait d'une histoire de vie et de mort. Quand ils surent le nom du médicament de la bouche de M. Chang, les gens de la famille Ma crurent leur malade tiré d'affaire. Ils ne mirent pas en doute l'efficacité des pilules. Si M. Chang le leur avait garanti, des « Pilules aux sept vertus » auraient tout aussi bien pu faire l'affaire. Le problème était de trouver comment obtenir l'argent nécessaire et à qui confier la mission de cet achat.

En cherchant à droite et à gauche, ils parvinrent à réunir dix yuan, mais qui ferait l'achat ? M. Chang, bien sûr. Leur raisonnement était le suivant : puisque ce dernier connaissait le nom de ce médicament, il devait savoir où l'acheter, et si ce n'était pas lui qui allait l'acheter, mais quelqu'un d'autre, qui sait si le remède ne perdrait pas de son efficacité ?

« C'est qu'il faut aller à la porte Qianmen ! » dit M. Chang. Il n'avait guère envie de quitter sa maison. Certes, il lui était difficile de refuser, et s'il avait parlé de la porte Qianmen, c'était pour donner à réfléchir aux autres. Pour tous, cet endroit était un lieu redoutable. Là-bas, nuit et jour, c'était un embouteillage de gens, de voitures, de chevaux, les accidents y étaient nombreux. Et puis les gens fortunés de la campagne, qui se rendaient en ville pour dépenser leur argent, ne le dépensaient-ils pas au-delà dans les faubourgs de la porte Qianmen ? Là-bas, il y avait des femmes vêtues de vêtements tissés de fils d'or dont on disait qu'elles vous « croquaient » des hectares de terre comme elles auraient croqué une galette, et, surtout, la porte Qianmen était à plus de cinq kilomètres de la porte Xizhimen. Mais voilà justement : l'idée du péril attaché à la porte Qianmen faisait que M. Chang et lui seul pouvait s'y rendre. Celui qui n'aurait ni barbe ni moustache ne saurait le faire impunément.

M. Chang se retrouva pris à ses propres paroles. Il devait y aller ! Il avait la confiance de tous. Que pouvait-on ajouter à cela ? Il prit les dix yuan, ajusta sa ceinture, se prépara à se rendre en ville. Il avait fait un bout de chemin quand quelqu'un lui dit qu'en prenant le tramway à la porte Xizhimen, on était très vite rendu à la porte Qianmen. Il acquiesça de la tête, mais il était paniqué : qui sait quelles formalités il fallait accomplir pour prendre le tramway ? Pour lui, qui n'avait fait qu'aller à pied toute sa vie, prendre une voiture était un tracas, à plus forte raison le tramway. Il se fit cette recommandation : « Ne pas prendre le tramway, y aller à pied est le moyen le plus sûr ! »

Comme il franchissait la porte Xizhimen, il fut arrêté par des soldats japonais. Il avait un peu peur, mais il décida de ravaler sa colère. Il se disait : « Je suis le plus honnête homme du monde, de quoi aurais-je peur ? »

D'un geste, les Japonais lui demandèrent de déboutonner sa veste. Il comprit vite, se réjouissant presque de son sang-froid et de sa perspicacité. Avant de défaire ses boutons, il sortit les dix yuan en billets qu'il avait placés contre sa poitrine et les garda à la main. Il se dit : « À part cela, je garantis que la fouille sera inutile, avec un peu de dextérité vous trouverez tout au plus un ou deux poux. »

Le Japonais lui arracha l'argent d'un geste vif, se retourna, lui administra deux gifles coup sur coup. M. Chang en vit trente-six chandelles.

« Grand grand pas bien ! » dit le soldat japonais en montrant le nez du vieil homme, puis il le saisit par cet appendice et le traîna sur les murailles. La tête du vieux heurta le mur. « Regarde ! » dit le soldat japonais.

Le vieil homme vit que, sur le mur, était apposé un avertissement, mais il ne connaissait pas tant d'idéogrammes. En voyant l'avis, il se contint tout en bouillant d'une colère rentrée. Lentement il serra les poings. Il était chinois, chinois du Nord, chinois de la banlieue de Peiping. Certes, il connaissait peu d'idéogrammes, mais il avait le sens des rites et de l'honneur, héritage de Confucius. Comme il ne mangeait que du son, quand il ouvrait la bouche, c'était pour parler d'humanité et de justice. Il n'avait que quelques arpents de terre, mais une force de caractère surhumaine. Il était l'homme le plus raisonnable, le plus digne, le plus présentable qui fût. Il ne pouvait se laisser frapper et humilier ainsi pour rien. Plutôt mourir que manquer aux principes.

Mais voilà, comme il était aussi l'homme le plus pacifique au monde, peu à peu il desserrait ses poings. Et les voisins qui attendaient son remède ! Il n'avait pas le droit de se préoccuper seulement de son honneur et d'en oublier que la vie du jeune Ma était entre ses mains. Lentement, il se retourna, comme s'il devait affronter un chien méchant. Ravalant sa colère, il supplia : « Ces quelques sous sont pour l'achat de remèdes, rendez-les-moi, je vous en prie ! S'ils étaient à moi, je n'en voudrais pas, je sais combien pour vous autres soldats la vie est dure aussi ! »

Le soldat japonais, qui n'avait rien compris, fit une moue en direction d'un policier chinois qui se trouvait à côté d'eux. Le policier s'avança, saisit le vieil homme par le bras, l'entraîna dans le bastion semi-circulaire au-dessus de la porte. Le vieil homme demanda tout bas : « Que se passe-t-il ? »

Le policier murmura à l'oreille du vieillard : « On n'a plus le droit de se servir d'argent chinois, mais uniquement de leur argent à eux. Tu as commis un délit. Heureusement que tu en avais peu sur toi, ainsi ta faute ne sera pas trop lourde. Bon, ça suffit ! » Il désigna le côté du passage du bastion : « Mon brave homme, je suis dans l'obligation d'être désagréable avec vous !

— Qu'est-ce que vous comptez faire ?

— À genoux !

— À genoux ?... »

Le vieil homme se dégagea des mains du policier.

« Tout homme courageux voit plus loin que l'injustice du moment. Ne l'amenez pas à vous frapper, vu votre âge, vous ne le supporteriez pas. Personne ne se moquera de vous. C'est une chose fréquente. Quand donc nos troupes reviendront-elles à l'attaque pour exterminer ces chiens ?

— Je ne peux pas m'agenouiller ! dit le vieil homme en redressant le torse.

— Cela partait d'un bon sentiment de ma part. Mon brave homme, vu votre âge, vous pourriez être mon père. Je vous ai dit de quoi il retournait. J'ai peur qu'on ne vous frappe encore ! »

Le vieil homme ne savait plus que faire. Le soldat japonais portait un fusil, lui avait les mains vides. Quand bien même accepterait-il de risquer sa vie, qu'adviendrait-il du malade de la famille Ma ? La colère dans les yeux, il s'agenouilla avec une extrême lenteur. Il tremblait de tout son corps. Jamais il n'avait ployé le genou devant personne si ce n'est devant le ciel et ses vieux parents. Et voilà qu'il était agenouillé au beau milieu de la foule dans le bastion. Il n'osait pas relever la tête, mais ses dents grinçaient avec bruit et la sueur dégoulinait dans son cou.

Il avait gardé la tête baissée. Il eut pourtant l'impression que les passants ne le regardaient pas. L'humiliation qu'il éprouvait était la leur aussi. Il était un vieil homme parmi eux. Alors qu'il se tenait à genoux depuis une minute environ, un enterrement passa. Les tambours de deuil étaient frappés avec fracas. La musique s'arrêta soudain. Une foule se tenait debout à ses côtés dans l'attente d'être contrôlée. Il releva la tête pour jeter un coup d'œil, les gens endeuillés fixaient les Japonais du regard, inquiets et silencieux, comme s'ils craignaient que le cercueil ne pût sortir de la ville. Il poussa un soupir et se dit : « Même les morts ne peuvent leur échapper ! »

Les soldats japonais contrôlèrent minutieusement tout le monde. Quand ils levèrent la main, gongs et tambours retentirent de nouveau. Une poignée de billets de monnaie en papier, collés par deux ou trois, tombèrent sur la tête du vieil homme, comme si la main qui les avait lâchés avait tremblé un peu, les avait mal tenus. Les soldats japonais en rirent. Profitant de l'occasion, le policier s'avança, usant de l'intimidation. « Qu'est-ce que tu attends pour foutre le camp ? Prends garde, la prochaine fois, je serai moins indulgent ! »

Le vieil homme se releva, regarda le policier, puis les soldats japonais, puis ses genoux. Il semblait ne plus rien reconnaître et restait là, frappé de stupeur. Il ne pensait plus à rien si ce n'est à aller tordre le cou à l'ennemi. Il avait toujours été convaincu que la chance n'était pas avec lui, c'est pourquoi il ne s'était jamais laissé aller à maudire le ciel quand il ne pleuvait pas. Ce qu'il avait subi aujourd'hui ne venait pas du ciel mais d'un soldat beaucoup plus jeune que lui. Il n'arrivait pas à se résigner. Tous les hommes sont égaux. Personne ne devrait rabaisser l'autre, le faire s'agenouiller sur le sol.

« Comment, tu n'es pas encore parti ? » dit le policier avec sollicitude.

Le vieil homme passa sa main dans sa barbiche poivre et sel. Ravalant sa colère, il se dirigea lentement vers la ville.

Il se rendit chez Ruixuan. En entrant, il n'osa pas ôter la poussière sur ses pieds ni sur ses habits, il ne se considérait plus comme un être humain, il devait se départir de cette superbe qui caractérise l'être humain. Arrivé près des jujubiers, il cria avec des pleurs dans la voix : « Frère aîné Qi ! »

Toute la famille Qi en fut alarmée et plusieurs voix fusèrent en même temps : « Monsieur Chang ! »

Il restait debout dans la cour. « Oui, c'est moi, je ne suis plus un homme digne de ce nom ! »

Le premier à accourir devant le vieil homme fut Petit Shunr. Tout en criant, il tirait le visiteur par la main.

« Ne dis rien, je ne suis plus Monsieur Chang, je ne suis plus qu'un avorton !

— Que se passe-t-il ? » Le vieux Qi sortit moins vite qu'il ne l'aurait voulu. « Entre, le deuxième ! »

Les époux Ruixuan accoururent à la hâte. La petite Niuzi, dans sa précipitation à vouloir devancer les grandes personnes, s'emmêla les pieds et manqua tomber.

« Le deuxième ! » Le vieux Qi était si content de revoir son vieil ami que cette visite était pour lui comme un rayon de soleil après la tempête de neige. « Tu n'es pas venu le deuxième jour du Nouvel An lunaire. Si je dis cela, ce n'est pas que je sois pointilleux sur les usages, c'est que tu me manquais vraiment !

— Venu ? Eh bien, me voilà ! J'ai été frappé à la porte de la ville, on m'a puni en me faisant mettre à genoux. Malgré mon âge on m'a puni en me faisant mettre à genoux ! »

Il regardait tout le monde, s'efforçant de ravaler ses larmes. Mais tous ces visages devant lui étaient si familiers, si affables qu'il se mit finalement à pleurer pour de bon.

« Que vous arrive-t-il, grand-père Chang ? » s'enquit Ruixuan.

« Entre dans la maison ! » Le vieux Qi ne savait pas de quoi il retournait, mais, à la vue des larmes de M. Chang, il commençait à ressentir de l'inquiétude. « Mère de Petit Shunr, prépare de l'eau pour le thé ! »

Une fois dans la maison, M. Chang raconta à tout le monde ce qui s'était passé à la porte de la ville. « Qu'est-ce qui m'arrive, frère aîné ? Je n'ai plus goût à la vie ! J'ai bientôt soixante-dix ans, et plus les années passent, plus je tombe bas. C'est insupportable !

— C'est bien vrai ! On ne nous permet plus de nous servir de l'argent chinois ! dit le vieux Qi en soupirant.

— Mais à l'extérieur de la ville on s'en sert toujours, est-ce ma faute ? argumenta M. Chang.

— Être condamné à se mettre à genoux, c'est une affaire sans importance, deuxième grand-père, ce qui est terrible, c'est de ne pouvoir payer en argent chinois ! L'argent, c'est notre sang, vidés de notre sang, comment vivrions-nous ? »

Ruixuan savait pertinemment que ses propos ne servaient pas à grand-chose, mais il les contenait depuis si longtemps que ce fut plus fort que lui.

M. Chang n'avait pas compris ce qu'avait dit Ruixuan, mais il en avait eu comme une vague intuition. « J'ai compris, nous sommes à un changement de dynastie, on ne peut payer en argent chinois et on nous fait mettre à genoux dans la rue. »

Ruixuan n'avait guère envie de continuer à parler de politique avec le vieil homme, il décida avant tout de lui faire plaisir. « Là, là ! Nous ne vous avons même pas souhaité la bonne année ! Faisons-le, même si c'est avec un peu de retard ! » et il s'agenouilla sur le sol.

Cela, non seulement fit rire M. Chang, mais le vieux Qi lui-même trouva charmant ce sens de l'étiquette chez son petit-fils. Dès que le vieux Qi se sentait mieux, il avait tout de suite une bonne idée.

« Ruixuan ! Cours acheter les médicaments ! Mère de Petit Shunr, prépare à manger pour le deuxième grand-père ! »

M. Chang ne voulait pas laisser Ruixuan se rendre à la porte Qianmen. Ce dernier insista : « Je n'irai pas si loin, on en vend à Xinjiekou. Je reviens tout de suite !

— Vraiment ? Ne va pas acheter de contrefaçon ! » M. Chang, quand on lui confiait une mission, redoutait plus que tout d'acheter des contrefaçons.

« Impossible ! » dit Ruixuan qui partit en courant.

Le repas était prêt. M. Chang ne voulait pas y toucher. Sa colère n'était pas encore éteinte. Sous les exhortations de tous, y compris celles de Mme Tianyou qui était venue le réconforter, il se força à manger un bol de riz. Après le repas, il resta à bavarder, racontant les rumeurs qui couraient à la campagne. Il y alla de son propre commentaire : « À présent je n'oserai plus douter, quelle purée les Japonais sont capables de lâcher ! »

Ruixuan avait pu se procurer le remède. Il consola de nouveau le vieil homme. Son remède à la main, ce dernier prit congé : « Frère aîné, je ne reviendrai pas en ville si rien ne m'y oblige. Quoi qu'il advienne, nous penserons l'un à l'autre. »

Petit Shunr et sa sœur avaient saisi à demi ce qui était arrivé à M. Chang. Après le départ de ce dernier, le garçon, dans le rôle du Japonais, força la petite Niuzi, dans celui de M. Chang, à se mettre à genoux en guise de punition au bas de l'escalier. Maman s'approcha et appliqua deux claques sur les fesses de Petit Shunr. « Tu n'apprends rien si ce n'est à imiter les Japonais ! » Petit Shunr essuya ses larmes et alla se plaindre à sa grand-mère.

CHAPITRE XXXVI

Les abricotiers étaient en fleur. On avait gagné au bourg de Taierzhuang.

Pour les affaires de Cheng Changshun, il n'y avait plus d'espoir. Les Japonais avaient confisqué les postes de radio de la ville entière avant de décréter que chaque cour devrait acheter un modèle à quatre lampes, fabriqué au Japon, sur lequel on ne pourrait recevoir que les programmes locaux et ceux de l'est du Shandong. La famille Guan se conforma la première à cette prescription. L'appareil marchait jour et nuit. Le programme de l'est du Shandong venait plus d'une heure après celui de Peiping. Un vacarme étourdissant retentissait jusqu'à minuit. Au n° 6 de la cour, Petit Wen avait installé un poste pour écouter uniquement l'opéra de Pékin. La famille Qi se trouva prise entre le son de ces deux postes. Le vacarme faisait pester Ruixuan. Il décida de ne pas acheter de poste. Par bonheur, le chef de police Bai se montra accommodant et ne le força pas à en acheter un.

« Monsieur Qi, on fait comme ça, proposa le chef de police Bai, on attend jusqu'à ce que je sois obligé de dresser un rapport, à ce moment-là, vous en achèterez un, et, une fois le poste acheté, si vous redoutez le vacarme, vous ne l'allumerez pas, voilà tout. Il s'agit d'une bonne affaire commerciale pour les Japonais, pour ce qui est des informations, qui va croire que... »

M. Li en avait acheté un lui aussi, non pour l'écouter, mais pour ne pas s'attirer d'ennuis. Il n'avait pas le cœur à écouter de l'opéra et ne savait pas faire marcher ce machin étranger. Son fils, le gros Niur, l'allumait souvent, lui, même s'il n'écoutait rien de spécial, il trouvait que, puisqu'on l'avait acheté, il fallait s'en servir.

Dans la grande cour mêlée du n° 7, personne n'avait voulu acheter individuellement un poste, et l'on n'était pas arrivé non plus à l'acheter collectivement car, dans ce genre d'opération, toute personne ayant cotisé est propriétaire de l'objet, et il est gênant d'en voir l'usage réglementé. D'autre part, ce petit truc ne pouvait pas être manipulé n'importe comment. Puis, un jour, l'auteur de dialogues comiques, Fang le sixième dit « Poil noir », passa à la radio et obtint quelques rétributions. Il acheta un poste pour en imposer à sa femme. Son argument était le suivant : « Pour éviter que tu ne continues à me mépriser parce que tu me trouves jacasseur et ennuyeux quand je raconte des sketches comiques ! Parce que tu vois, moi, Fang le sixième, je suis passé à la radio, et dès que j'ai parlé là-dedans, on a pu m'entendre dans toutes les grandes artères de toutes les villes, et même à Tianjin, oubliée de tous. Si tu ne me crois pas, eh bien, écoute ! »

Au n° 4, M. Sun et Petit Cui n'avaient bien évidemment pas l'argent pour acheter un poste, d'ailleurs cela ne leur disait rien. « Après une journée de fatigue, la nuit c'est fait pour dormir, qui a le temps d'écouter ça ? » disait Petit Cui. M. Sun l'approuvait entièrement, toutefois, pour montrer qu'il avait plus de jugement que son voisin, il trouva un autre argument : « Ah, la question ce n'est pas seulement de dormir, mais de savoir qui diffuse. Ce sont les Japonais ! Pas besoin d'en dire plus. En tout cas, je ne dépenserai pas mes sous à entendre les rumeurs fomentées par ces diablotins ! »

Ni l'un ni l'autre ne voulait endosser la responsabilité de s'endetter. La veuve Ma, quant à elle, s'affolait : le chef de police Bai était pourtant bien venu les informer que chaque cour devait s'équiper d'un poste, pourquoi s'entêtaient-ils à ne pas suivre l'injonction ? Si les Japonais venaient faire une inspection, quelle catastrophe ce serait ! De son côté elle n'était pas prête à sortir seule et, de bon cœur, l'argent nécessaire à l'achat. Elle le pouvait, mais elle redoutait plus que toute chose qu'on sût qu'elle avait des économies. Elle se décida à en parler d'abord avec la femme de Petit Cui. Même si cette dernière, emboîtant le pas à son mari, ne se montrait pas d'accord pour aligner l'argent, elle se devait de l'informer qu'elle n'était pas dans l'aisance.

« À mon avis, jeune madame Cui, dit la vieille femme en clignant des yeux comme si elle pensait à un plan ingénieux, les radios marchent dans les autres cours, on ne peut pas traîner comme ça ; je crois que, tant bien que mal, de toute manière, nous allons devoir nous procurer une de ces choses sonores pour que les Japonais ne nous prennent pas en défaut. »

La femme de Petit Cui n'avait pas répondu directement, mais, tout en tirant sur sa veste molletonnée complètement déchirée d'où sortaient des bouts de ouate, elle avait dit en gardant la tête baissée : « Il va bientôt faire plus chaud et je ne peux quitter ma veste ouatée, cela me tracasse ! »

C'était vrai, une veste doublée était bien plus importante qu'un poste de radio. La vieille Mme Ma n'avait pu insister davantage sous peine de se montrer indélicate. Elle avait poussé un soupir et s'en était retournée chez elle pour en discuter avec Changshun.

Changshun s'était montré mal disposé. Il avait dit en parlant du nez : « Cette fois, c'en est fait de mon commerce. Tout le monde a un poste de radio. Riches et pauvres ont tous la possibilité d'écouter des opéras. Qui va s'intéresser à mon gramophone ? Qui ? Maintenant, c'en est fait de mon commerce, et il faudrait en plus acheter un poste ? Vraiment, si les Japonais viennent nous inspecter, je discuterai avec eux !

— Ils devraient entendre raison. Ce serait tellement plus simple ! Changshun, je me suis donné beaucoup de mal pour t'élever, ne me cause pas d'ennuis ! »

Changshun n'en démordait pas : il n'en achèterait pas ! Pour tenir tête à sa grand-mère, il mettait souvent en marche son phono. « Si les Japonais viennent vraiment nous inspecter, nous avons aussi un truc sonore et voilà tout ! » Mais il se morfondait à la maison à écouter des disques qu'il avait déjà entendus des centaines et des milliers de fois. Il lui fallait trouver un autre gagne-pain. C'était pour sa grand-mère matière à réflexion nuit et jour, sans qu'elle pût trouver de solution. L'envoyer vendre des cacahuètes et des graines de pastèques, c'était quand même indigne de lui ! Oui, mais pour un commerce plus important, il fallait un capital ; quant à un travail nécessitant de la force physique, Changshun avait grandi dans du coton, il ne pourrait vivre à la dure. Prendre le statut d'artisan ? Il n'avait aucune qualification professionnelle. Elle était bien embarrassée et, à cause de cela, il lui arrivait, au beau milieu de la nuit, de ne plus pouvoir dormir. Quand elle entendait la voix de son petit-fils, elle maudissait en secret les Japonais. Elle avait toujours pensé que, dans la mesure où ni elle ni son petit-fils n'avaient jamais fait de mal à une mouche, les Japonais ne viendraient jamais les malmener. Certes il ne s'agissait pas de leur couper la tête, mais si Changshun n'avait plus rien à faire, n'était-ce pas le résultat de leurs manœuvres ? Peu à peu elle en venait à comprendre pourquoi M. Sun et Petit Cui haïssaient tant les Japonais. Bien qu'elle n'osât pas exprimer ouvertement l'opinion qu'elle avait d'eux, quand ses deux voisins dans la cour en arrivaient à parler des Japonais, de sa maison, elle prêtait l'oreille à ce qu'ils disaient, et, si Changshun n'était pas là, elle opinait hardiment du bonnet pour montrer qu'elle partageait leur point de vue. Changshun ne pouvait passer ses journées à écouter son phono. Il commença à se rendre en visite chez les gens. Il savait qu'il ne devait pas aller chez les Guan. Fort de l'éducation que lui avait donnée sa grand-mère, il méprisait carrément ces derniers. Il aurait bien voulu aller voir les Wen pour apprendre quelques phrases d'opéra traditionnel mais il savait que grand-mère ne souhaitait pas le voir devenir un « théâtreux » et que, de plus, elle s'opposerait sûrement à ce qu'il fréquentât le jeune couple. Elle le laissait aller bavarder avec M. Li mais cela ne le tentait guère : bien que ce dernier fût un homme respectable par l'âge et la vertu, il était peu cultivé. Quant à lui, s'il était tout juste capable d'ânonner quelques livrets de pièces de théâtre, il trouvait cependant qu'il avait l'étoffe d'un homme de science — car s'il était capable de lire, à force de s'y frotter, ne parviendrait-il pas à lire de vrais livres ? Il irait voir John Ding, et quand il l'aurait fréquenté un moment, quand ce dernier serait de repos, il lui demanderait en contrepartie de lui apprendre quelques mots anglais pour lire les mots étrangers sur les disques. Car il s'imaginait que ces mots ne pouvaient être que de l'anglais, et il était évident que John Ding devait connaître parfaitement cette langue. Mais il fut déçu car John Ding ne connaissait pas ces mots, ce qui ne l'empêchait pas d'avoir sa théorie à lui : « L'anglais, c'est comme le chinois, il y a la langue parlée et la langue écrite, on n'écrit pas comme on parle, ça non ! Pour travailler à l'ambassade de Grande-Bretagne, se débrouiller à l'oral est suffisant, quant à lire l'anglais, il faut commencer jeune et je regrette de ne pas m'y être mis quand j'étais petit. L'anglais parlé, ça peut aller ! Tu vois, le beurre, par exemple, cela se dit : "bater", le thé : "ti", l'eau : "woter". Tout cela je le comprends et peux le prononcer. »

Changshun n'était pas entièrement satisfait par ce flot de paroles mais il ne pouvait s'empêcher d'éprouver de l'admiration pour John Ding. Il se rappela le mot « bater ». Chez lui, il disait du saindoux que c'était du « bater blanc », ce qui mettait sa grand-mère dans une colère !

Étant donné que John Ding ne pouvait satisfaire sa demande et que, de plus, il ne revenait pas très souvent, Cheng Changshun alla trouver Ruixuan. Cela faisait longtemps qu'il voulait se lier d'amitié avec ce dernier. Mais devant l'allure distinguée et cultivée de Ruixuan, il ressentait un sentiment d'infériorité et n'avait jamais osé s'approcher pour briguer ses faveurs. Un jour, il aperçut Ruixuan sur le seuil qui tenait par la main la petite Niuzi, occupé à regarder deux pies dans les gros sophoras. Pour engager la conversation, il s'avança et dit bonjour. C'était vrai, Ruixuan avait effectivement un air qui vous forçait à vous tenir respectueusement à distance, mais il n'était ni arrogant ni agressif. Il le suivit donc chez lui en continuant la conversation. Arrivé dans la maison, il le pria de lui apprendre les mots anglais sur les disques. Ruixuan les connaissait tous et, de plus, il lui donna des explications très détaillées. Il l'en estima davantage et se dit : comme il a travaillé dur quand il était jeune !

Changshun avait une grande soif d'apprendre mais il n'osait pas venir trop souvent importuner Ruixuan, c'est pourquoi, à chaque visite, sa voix se faisait terriblement nasillarde, tandis qu'il ne savait que faire de ses pieds et de ses mains. Il fallait attendre qu'il eût parlé un bon moment avec Ruixuan, qu'il eût entendu des propos qu'il n'avait encore jamais entendus auparavant, pour que, tout content, il se mît à lui poser des questions avec insistance sur un ton des plus déférents. Il était assez intelligent et aimait s'instruire. Ayant remarqué sa gêne et son ardeur à l'étude, Ruixuan lui dit qu'il pouvait venir quand il voulait, sans faire de façons, aussi s'enhardit-il à se rendre chez les Qi.

Ruixuan acceptait volontiers qu'on vînt bavarder avec lui. Avant le Nouvel An, au moment de la prise de Nankin, son cœur n'avait plus été que ténèbres. À ce moment-là, il n'avait guère pu dire autre chose que : « De toute façon, entre la Chine et le Japon, c'est sans fin. Si on est vaincu, on se battra encore, voilà tout. » Mais quand il avait entendu la déclaration du gouvernement sur la poursuite de la guerre, il avait arrêté de voir tout en noir. Il se disait souvent : « Pour peu qu'on se batte, on s'en sortira ! » De tout l'hiver il n'avait pas porté de robe fourrée, car elle avait été engagée au mont-de-piété pour la maladie de M. Qian, et il n'avait pas pu l'en dégager. Il n'en avait pas ressenti de l'inconfort pour autant et, quand sa femme l'avait pressé de trouver une solution pour la récupérer, il avait dit en riant : « Quand le cœur est chaud, on n'a pas froid au corps ! » Au moment du Nouvel An, alors qu'il n'y avait rien à la maison, cela ne l'avait pas préoccupé outre mesure, il semblait avoir déjà oublié cette fête. Yun Mei n'était pas aussi sereine. Pour contenter les anciens et faire face aux questions des enfants, elle devait tant bien que mal donner le change. Si cela n'avait tenu qu'à elle, elle aurait pu ne pas fêter le Nouvel An. Elle n'avait pas trop osé le pousser, aussi en avait-elle ressenti plus de nervosité encore. Puis, n'en pouvant plus, elle avait demandé : « Comment fêter le Nouvel An ? » Ruixuan avait ri une fois de plus. Il n'avait pas envie de réfléchir à ce genre de problèmes, tout comme il ne se souciait pas de porter ou non une robe fourrée en hiver. Son esprit s'était ouvert à d'autres horizons. Il n'avait pas l'intention de se laisser envahir par le pessimisme jusqu'à devenir un homme dur, ni de laisser le ressentiment le rendre indifférent à la vie. S'il négligeait toutes ces petites choses et ces détails, c'était en raison de sa détermination et de son ouverture d'esprit. Il avait compris qu'un peuple pacifique, qui ose avec hardiesse briser les fers qui emprisonnent ses mains et ses pieds, se montrera résolu, qu'une attitude pacifique et résolue tout à la fois était le garant de la plus haute moralité. De quoi pouvait-il se soucier encore ? À la vue d'une montagne, qui oserait continuer à jouer avec un petit galet ? Avoir ou non une robe fourrée, fêter ou non le Nouvel An, autant de petits cailloux, lui, il avait vu déjà la montagne.

Pressé par sa femme, il s'était proposé d'aller mettre au mont-de-piété la robe en petit-gris qu'elle ne portait que pour sortir. Yun Mei s'était fâchée : « Tu ne peux donc rien trouver d'autre que de courir au mont-de-piété ? On vit pour essayer de s'acheter de nouvelles choses et nous on passe notre temps à nous débarrasser de ce que nous avons ! » En vérité, bien que ce fût là le seul vêtement précieux qu'elle possédât, ce n'était pas la raison de sa colère. Ce pour quoi elle se battait, c'était le mode de vie de la famille.

Cette demande d'explication un peu brutale n'avait pas mis Ruixuan en colère. Il était bien décidé à ne pas se laisser émouvoir par ce genre de broutilles. Garder l'espoir dans le malheur lavait son âme.

Il en avait résulté que la robe fourrée de Yun Mei avait fini elle aussi au mont-de-piété.

Puis ce fut la rentrée des classes. Cinq collègues n'avaient pas reparu. Ils avaient fui Peiping. Ruixuan ne pouvait pas ne pas éprouver de la honte à être resté. Dans le même temps, il changea son opinion selon laquelle à Peiping il n'y avait que des incapables car, parmi ses collègues, nombreux furent encore ceux qui, sans être des bons à rien, fuirent au mépris du danger. S'ils étaient partis, ce n'était pas pour une partie de plaisir, mais parce qu'ils ne se résignaient pas à être des esclaves. À Peiping, il y avait des hommes dignes de ce nom.

De la bouche de Ruifeng, il avait appris que, dans les écoles, le secrétaire serait un Japonais, qui surveillerait toutes les activités. Il savait que c'était une chose inévitable et avait décidé de voir comment le secrétaire japonais allait s'y prendre pour torturer mentalement les élèves. Dans la mesure du possible, il encouragerait en cachette les élèves, leur donnerait un peu de réconfort pour qu'ils n'oublient pas la Chine. Au cas où il n'y parviendrait pas, il démissionnerait et chercherait un autre travail. Pour toute sa famille, jeunes et vieux, il lui fallait fuir les plus grands dangers. Toutefois, il ferait de son mieux afin de ne pas se sentir totalement dédouané par ce sentiment de honte qu'il éprouvait.

M. Qian avait soudain disparu. Ruixuan s'en était beaucoup inquiété. Mais il en était vite venu à penser que M. Qian ne se cachait pas, qu'il faisait des choses qu'il lui fallait garder secrètes. S'il devait vraiment se cacher, il était certain que M. Qian l'en aurait informé. C'était un homme franc. Si un homme sincère préfère ne rien dire à un bon ami, c'est qu'il a certainement un plan pour ne pas compromettre cet ami. Arrivé à ce point de ses réflexions, il n'avait pu s'empêcher de soupirer. Il s'était dit : « C'est dans le combat qu'on se forge. Les méchants deviendront peut-être plus méchants, et les bons, meilleurs encore ! » Il n'arrivait pas à imaginer ce que ferait le poète Qian, ni comment il le ferait. Mais ce dont il était fermement convaincu, c'est que le vieil homme n'attachait plus de prix à la vie, qu'il n'écrivait plus de poèmes ni ne peignait plus de tableaux. Tout ce qui concernait M. Qian semblait intimement lié à la guerre. Il avait bu en cachette une coupe de vin pour souhaiter du succès au vieux poète.

Si la fuite de ses collègues et d'autres personnes ainsi que la disparition de M. Qian semblaient le stimuler, l'interdiction de se servir de *fabi* [1] l'inquiétait vraiment. Il n'avait pas de dépôt à la banque et il n'avait donc pas à s'y rendre pour changer la monnaie émise par le gouvernement fantoche, mais il avait l'impression qu'une corde le serrait au cou, lui et tous les autres. Les Japonais récupéraient les *fabi* pour les changer contre des devises et, dans le même temps, se servaient de papier pour duper leur monde. La Chine du Nord ne faisait qu'émettre des bouts de papier sans posséder aucun « fonds » réel pour servir de garantie en contrepartie. Elle avait

1. Monnaie de papier émise à partir de 1935 par le Guomindang (nouvelle orthographe pour Kuomintang). *(Toutes les notes sont de la traductrice.)*

été rendue exsangue par l'ennemi. Les banques chinoises restaient ouvertes comme à l'ordinaire, il ne parvenait pas à comprendre quelles affaires elles pouvaient faire et pourquoi elles ne fermaient pas. À la vue de ces beaux bâtiments, il avait l'impression qu'il s'agissait de ces maisons en papier que l'on brûle sur les tombes. S'il ne comprenait pas complètement les affaires bancaires, son côté sentimental l'amenait à se réjouir parce que, à l'extérieur de la ville, les paysans avaient gardé confiance comme avant dans le *fabi*, et, bien qu'il fût en papier comme la monnaie émise par le gouvernement fantoche, ils refusaient d'utiliser cette dernière. C'était, pour lui, une preuve de patriotisme, une question de psychologie et non un problème économique. Plus il se réjouissait de la conduite des paysans, plus il méprisait les banques.

Les libraires qui vendaient des livres nouveaux ne valaient guère mieux que les banques. Leurs stocks de livres avaient été emportés et brûlés par les Japonais et ce qu'ils imprimaient à présent n'était plus que des livres « nouveaux ». Pour Ruixuan, ils auraient dû eux aussi fermer boutique, pourtant ils restaient ouverts. Ruixuan adorait faire les échoppes et les étals des bouquinistes. Il n'achetait pas systématiquement tous les livres nouveaux qu'il découvrait, mais il les feuilletait, et cela le remplissait d'aise. Les livres nouveaux étaient comme les fleurs du savoir, leur publication en grand nombre était un signe de la santé de la culture d'un pays. À présent, il ne voyait plus que des rééditions du *Livre de la piété filiale*, des « *Quatre Livres*[1] », du *Récit du Pavillon de l'Ouest*,

1. Il s'agit des *Entretiens de Confucius et de Mencius*, de la *Grande Étude* et de *L'Invariable Milieu*, choix opéré à partir des Song au XIe siècle.

impossible de trouver de vrais livres nouveaux. Déjà les Japonais interdisaient aux Chinois d'exprimer leur pensée.

C'était vrai, Peiping n'avait plus d'argent, plus d'éducation, plus de pensée. Ruixuan était pourtant plus heureux qu'il y a quelques mois, non qu'il fût devenu insensible à la longue aux actes tyranniques des Japonais, mais parce qu'il avait aperçu l'espoir. Si on continue à résister, pensait-il, les Japonais qui ont tendance à prendre leurs désirs pour des réalités se seront donné du mal pour rien. La proclamation de la poursuite de la guerre par le gouvernement central avait purgé son cœur, il ne se posait pas la question de savoir si cette guerre ne risquait pas de se terminer de façon aussi stupide que le 18 septembre[1] et le 28 janvier[2]. Fort de cette conviction, il se sentait plein de courage. Il considérait l'agression japonaise, sur le plan de l'éducation, de l'économie, de l'idéologie, comme un châtiment qui s'appliquait globalement à tous ceux qui, tels que lui, ne parvenaient pas à se précipiter au-devant des malheurs de la nation. Il lui fallait admettre son incapacité à se sacrifier pour son pays. Aussi acceptait-il courageusement la punition. Dans le même temps, il avait pris la décision de s'en tenir à sa détermination, de ne pas se soumettre ni de manquer à son honneur, et ce, quelles que fussent les difficultés. C'était vrai, le gouvernement avait été transféré à Wuhan, mais il se trouvait plus proche de lui en pensée. Oui, la plus terrible astuce des Japonais avait été de boucher les

1. Le 18 septembre 1931, incident de Mandchourie qui servit de prétexte au déclenchement de la guerre par le Japon.

2. Le 28 janvier 1932, le Japon attaqua la partie sans administration chinoise de Shanghai et l'occupa. Le gouvernement du Guomindang et le Japon signèrent « l'armistice de Shanghai ».

oreilles des Pékinois, en leur interdisant d'écouter les émissions de l'autorité centrale, en les anesthésiant avec des airs d'opéra populaire, des sketches comiques et des chansons japonaises geignardes. Ruixuan n'avait aucune possibilité d'écouter les émissions des autorités centrales ou d'en lire les comptes rendus. Il avait un ou deux amis anglais dont la radio n'avait pas été confisquée. Quand il entendait ou lisait les informations émanant de l'autorité centrale, il avait l'impression d'être encore chinois, de partager à chaque instant les sentiments que ressentait chacun de ses compatriotes en ces temps de guerre et si, par malheur, il devait mourir sur-le-champ, son âme s'envolerait vers les autorités centrales. Il ne se sentait pas atteint de troubles mentaux pour être passé d'une attitude pacifique à une glorification de la guerre, non. Il avait lu les écrits pacifistes de Tolstoï, Rousseau, Romain Rolland et il était convaincu que le plus grand ennemi de l'homme était la Nature, que la mission la plus noble pour l'homme était de conquérir la Nature, pour assurer la survie de la race humaine. Les hommes ne devraient pas s'entre-tuer. Toutefois, la guerre de résistance menée par la Chine n'était absolument pas une tuerie belliciste accomplie de gaieté de cœur, mais une résistance pour que le monde préserve une civilisation faite de paix, de grâce, d'humanisme. C'était une haute mission. Tout homme qui avait quelque connaissance devait redresser le torse et assumer cette grande responsabilité. Un pacifiste qui n'a pas de courage tombe dans l'humiliation et, pour protéger sa personne, en vient à vivoter.

Maintenant qu'il avait les idées claires sur cet important sujet, il ne pouvait pas ne pas prêter attention à ces petits faits qui se produisaient à tout moment. Ainsi, on avait coupé plusieurs fois la corde du gros aérostat lâché, pour célébrer la victoire, au-dessus des bureaux du journal *Peuple nouveau* ; des traîtres à la patrie avaient reçu une lettre piégée ; des tracts antijaponais avaient été découverts à tel endroit... Ces faits le stimulaient. Il savait à quel point la résistance était difficile, et savait aussi que ces petites démonstrations ne suffisaient pas à effrayer l'ennemi, pourtant, il ne pouvait s'empêcher d'en être stimulé et d'en éprouver de la joie, car ils étaient comme un commentaire en bas de cet important sujet. Faits minuscules, mais intimement liés aux faits plus grands, tout comme le nerf le plus minuscule communique avec le centre du cerveau.

La victoire du bourg Taierzhen avait transformé sa détermination en une conviction. L'aérostat s'éleva de nouveau au-dessus de l'avenue Chang'an ouest, la radio et les journaux faisaient de concert de la propagande pour la victoire japonaise. Les experts militaires japonais écrivirent aussi de nombreux textes comparant cette bataille à la guerre d'extermination de Dannenberg. Seul Ruixuan croyait en la victoire des troupes nationales. Il ne fallait pas se laisser berner par toute cette intoxication, voilà ce qu'il aurait voulu crier haut et fort, mais il ne le pouvait pas. Il ne pouvait pas non plus lâcher un aérostat tirant le drapeau annonçant la victoire de la Chine. Il ne pouvait que se réjouir intérieurement et adresser un sourire de mépris à l'intention des messages radio diffusés qui venaient de chez les Guan.

C'était vrai, même s'il avait pu le faire, il n'aurait pu se laisser aller à pousser des cris exubérants. Il était pékinois. Sa voix semblait faite pour psalmodier. L'atmosphère de majesté et le silence impressionnant qui régnaient à Peiping ne toléraient pas les cris et les actes débridés. Sa voix se devait donc d'être douce et aimable pour s'accorder avec le calme solennel et distingué de la ville. Et, cependant, il se sentait oppressé. Il aurait tant voulu bavarder avec quelqu'un. Changshun tombait à pic. Il était jeune. Bien qu'il eût été élevé sévèrement par sa grand-mère depuis son enfance, cet enthousiasme propre à la jeunesse n'avait pu finalement être balayé entièrement. Il aimait entendre Ruixuan parler. Si les propos de sa grand-mère commençaient toujours par un : « Il ne faut pas... » : « Il ne faut pas parler à tort et à travers », « Il ne faut pas s'occuper des affaires des autres », « Il ne faut pas... », Ruixuan, quant à lui, commençait pratiquement toujours par un : « Nous devrions... » Quand il écoutait sa grand-mère, son cœur se contractait en une petite boule qui aurait pu tenir dans la paume de la main. Avec Ruixuan, c'était tout autre chose, ses propos le stimulaient ; il sentait son esprit s'échauffer, ses yeux brillaient. Il aimait surtout l'entendre dire : « La Chine ne sera pas anéantie ! » Parfois il comprenait difficilement les propos de Ruixuan, mais, qu'il les comprît ou non, il ne restait pas moins attentif. Il se disait que, même si une ou deux phrases lui échappaient, cela n'avait guère d'importance, car, de toute façon, tout reposait sur les mots : « La Chine ne sera pas anéantie ! »

Après avoir entendu les propos de Ruixuan, Changshun avait envie d'en parler à d'autres personnes, connaissances et sentiments sont faits pour être partagés. Il n'osait pas bien sûr en parler avec grand-mère. Celle-ci lui avait déjà demandé pourquoi il allait si souvent chez les Qi. Il avait détourné furtivement les yeux et menti : « M. Qi me fait lire les langues étrangères. » Grand-mère pensait que tous les étrangers parlaient la même langue, tout comme les Pékinois parlent tous le pékinois. Alors, puisque Peiping était occupée par les

Japonais, le fait que son petit-fils fût capable de dire quelques phrases de la langue étrangère pourrait peut-être s'avérer utile ultérieurement. Elle ne l'empêcha donc pas d'aller chez les Qi.

Mais très vite il se trahit. Il dévoila ce qu'il savait à M. Sun et à Petit Cui. Au départ, leur niveau de connaissance était à peu près le même que le sien. Mais la différence d'âge engendre des inégalités. C'est ainsi que d'habitude, quand M. Sun et Petit Cui n'arrivaient pas à tenir tête à Changshun, ils mettaient leur âge en avant pour triompher de lui. Changshun, tout en éprouvant du ressentiment, n'avait aucun moyen de leur résister. Grand-mère n'avait-elle pas coutume de dire qu'il était interdit d'avoir des prises de bec avec des personnes plus âgées que soi ? Or, à présent qu'il tenait un discours bien argumenté, l'âge de M. Sun et de Petit Cui ne leur servait plus à rien. D'autant plus que Petit Cui n'avait guère que quelques années de plus que lui. Changshun avait comme le sentiment qu'il aurait pu presque gratifier Petit Cui d'un « Petit frère ! »

Eh oui, la vieille Mme Ma commençait récemment à se sentir solidaire des propos antijaponais tenus par M. Sun et Petit Cui. Lorsqu'elle entendit son petit-fils se montrer intarissable sur le sujet, elle prit peur cependant. Elle comprit tout de suite : Changshun s'était « gâché » à fréquenter les Qi.

Elle se dit qu'il fallait au plus vite lui trouver un gagne-pain, le laisser courir ainsi à droite et à gauche n'était pas une bonne chose. Quand il aurait un travail correct, elle lui trouverait une épouse pour lui lier le cœur. Elle n'avait plus que lui, la famille Cheng n'avait plus que cette racine, elle ne pouvait absolument pas lâcher prise et le laisser faire ce que bon lui semblait. Il s'agissait là de son plus haut devoir. Elle ne pouvait s'y soustraire, et, même si les Japonais se comportaient tels des tyrans, ils ne pourraient empêcher son petit-fils de se marier et d'avoir des enfants. Si elle devait, en cette vie, être persécutée par les Japonais, les enfants de Changshun, eux, pourraient peut-être mener une vie paisible et heureuse. Si les descendants de la famille Cheng vivaient dans le bonheur, ils n'oublieraient pas la vieille bonne femme qu'elle avait été et, après sa mort, il y aurait quelqu'un pour brûler à son intention de l'encens et de la monnaie en papier. La vieille femme avait pensé à tout, elle était très contente d'elle-même. Elle avait l'impression de tenir le bon bout et, si difficiles que puissent être les jours, si redoutables que puissent se montrer les Japonais, rien ne saurait triompher d'elle. Elle se sentait capable de vaincre toutes les difficultés. Il lui semblait tenir quelque chose d'immuable depuis les Han, époque la plus lointaine où elle pouvait remonter, jusqu'à aujourd'hui, jusqu'à l'éternité. Ses yeux brillèrent tandis qu'une légère rougeur gagnait ses pommettes.

Quant à Ruixuan, il n'aurait jamais pensé que Changshun assimilerait aussi vite ses propos et qu'il serait aussi malléable. À l'école, il bavardait rarement avec les élèves, et si cela lui arrivait, il n'avait pas l'impression que ses paroles aient jamais eu un impact quelconque sur eux. Il y avait de nombreux professeurs, les élèves entendaient toutes sortes de discours. Leurs oreilles semblaient devenues insensibles, il n'était pas facile d'émouvoir ces jeunes gens. Changshun n'était pas allé au lycée, il ne connaissait pratiquement rien sauf quelques additions ou soustractions de nombres simples et quelques caractères chinois. Il se montrait par là même plus réceptif, un peu comme une brute qu'on incite à agir et qui ose tout de suite en venir aux mains. Un jour, il tourna longtemps autour du pot avant de déclarer :

« Monsieur Qi, je vais m'engager, qu'en dites-vous ? »

Ruixuan resta longtemps avant de répondre. Il n'aurait jamais pensé que ses bavardages auraient un tel effet sur le cœur de ce jeune homme. Il se rendit compte soudain de ce fait : les gens peu instruits possèdent en contrepartie une grande profondeur de sentiments, et la source de ces sentiments était cette vieille civilisation chinoise. S'il est facile d'acquérir des connaissances, il faut du temps pour se forger un caractère. Les héros anonymes de Shanghai et du bourg de Taierzhuang, repensait-il, n'étaient-ils pas pour la plupart des paysans sans éducation ? Peut-être auraient-ils été incapables d'écrire le mot « nation », mais ils avaient donné leur vie pour le pays, allant bravement à la mort. En même temps il se disait que les gens instruits comme lui avaient peur de tout et n'osaient pas aller hardiment de l'avant. Le savoir semblait faire obstacle à l'émotion. Tandis qu'il réfléchissait, Changshun reprit la parole :

« Je crois que j'ai compris : si les Japonais n'avaient pas réquisitionné tous les postes de radio, j'aurais pu continuer de faire chaque jour mon petit commerce, mais ce n'est rien car, si le pays est anéanti, est-ce que ce sont quelques disques qui me sauveront ? Je n'abandonne pas grand-mère de gaieté de cœur, mais, au point où en sont les choses, est-ce que je peux vivre éternellement pour elle ? Ceux qui se battent ont tous une famille, des personnes âgées dont il faut s'occuper. Si les autres consentent à donner leur vie pour le pays, je dois moi aussi aller me battre ! Qu'en pensez-vous, Monsieur Qi ? »

Ruixuan ne trouvait toujours rien à répondre. Sa raison lui disait que chaque Chinois devait aller se battre pour préserver la tombe de ses ancêtres et sa culture, mais, sentimentalement, et parce qu'il était chinois, il pensait toujours avant toute chose aux difficultés de chacun. Il se disait : Si Changshun abandonne sa grand-mère pour s'engager, que deviendra cette dernière ? D'un autre côté, il ne pouvait retenir Changshun, tout comme il n'avait pu empêcher Ruiquan de fuir Peiping.

« Monsieur Qi, vaut-il mieux que je m'engage dans l'infanterie ou dans l'artillerie ? demanda Changshun en parlant du nez. Je voudrais être dans l'artillerie. Viser les bataillons ennemis et d'un coup de canon faucher tout un carré, comme ce doit être agréable ! » Il parlait avec tant de candeur, d'enthousiasme que sa voix nasillarde en paraissait presque mélodieuse.

Ruixuan ne pouvait rester plus longtemps sans réaction. Il rit et dit : « Attends encore, on en reparlera après avoir examiné la chose en détail. » Sa voix avait si peu de force, si peu de tranchant qu'il avait l'impression d'avoir de la bouillie plein la bouche.

Après le départ de Changshun, il commença tout bas à se faire des reproches : « C'est bien toi, Ruixuan ! Le raté, l'incapable ! Tu n'as pas le cœur dur, tu ne voudrais jamais causer d'ennuis aux autres, mais les ennemis devant toi sont plus cruels et plus méchants que serpents venimeux et bêtes féroces. Par pitié pour une vieille femme, tu n'acceptes pas qu'un jeune plein d'idéal s'engage ! » Après s'être ainsi gourmandé, il repensa à quelque chose : « Cela ne sert à rien, Changshun, c'est certain, va revenir sous peu reformuler sa question. Que lui répondras-tu ? »

CHAPITRE XXXVII

La « grosse courge rouge » était devenue la mère adoptive en chef de toutes les prostituées de la ville. Gao Yituo était le plus compétent de ses « eunuques ». M. Gao venait d'une famille d'herboristes, il était allé au Japon, allez savoir par quel hasard, et quand il en était revenu, il avait accroché à sa porte une enseigne de médecin. Il gardait avec jalousie le secret de son origine sociale mais, en présence d'un malade, il n'avait pas oublié ses boniments du temps où il vendait des simples. Il était plus beau parleur que bon médecin. À part son caquet, il comptait aussi sur l'éclat de ses « costumes et accessoires ». Chaque fois qu'il avait à sortir, il portait des vêtements, des chaussures, des chaussettes d'un chic exagéré. Être classe, c'est important pour un charlatan.

Une civilisation ancienne est très complexe en soi, et si l'on prend en considération les apports de civilisations nouvelles venues de l'étranger, la complexité devient telle qu'on finit par s'y perdre. Alors, sur le chemin de la vie surgissent de nombreuses petites sentes comme après une grosse pluie, et chacune mène à un endroit où l'on peut se restaurer. Dans notre vieille civilisation chinoise, nous avons une longue expérience de la guérison des maux et ceux qui préservent et mettent en pratique cette expérience, on peut les appeler des « médecins ». Avec la médecine scientifique venue de l'Occident, nous avons appris à remplacer les panacées par l'aspirine, l'emplâtre contre les engelures par celui fabriqué par les Laboratoires Down. Les Chinois aiment garder leurs anciennes recettes et ne veulent pas non plus refuser pour autant la nouveauté. C'est la raison pour laquelle, par les temps qui couraient, le nec plus ultra pour quiconque voulait exercer la médecine était d'allier les deux traditions, d'utiliser les anciens remèdes dans de nouvelles ordonnances, de même qu'on mangeait la cuisine chinoise à la mode occidentale, tout en se faisant servir de l'alcool par des prostituées et en jouant à la mourre avec force cris. M. Gao Yituo était de ces gens qui, pour gagner leur croûte, savent s'adapter à la nouveauté tout en gardant des vieilleries, ne sont ni trop modernes ni trop passéistes. Il restait dans une zone culturelle frontière.

Mais, malheureusement, son commerce ne se portait pas très bien. Il n'aurait pas jugé convenable de faire un retour sur soi-même pour évaluer ses capacités et ses connaissances car, en agissant ainsi, il aurait perdu toute confiance en lui-même et il se serait vu contraint de décrocher l'inscription au-dessus de sa porte portant mention des mots suivants : « Spécialiste en médecines chinoise et occidentale ». Il ne pouvait que s'en prendre à sa mauvaise étoile en regardant néanmoins de haut ses confrères et en les jalousant. Il critiquait les médecins à l'occidentale qui ne comprenaient pas la médecine chinoise, quant aux médecins chinois, il leur reprochait de ne pas connaître la science, tous étaient selon lui des charlatans, des assassins.

Quand la « grosse courge rouge » l'engagea pour la seconder, il ne put qu'être touché par cette marque de faveur : on l'estimait ! Si sa double compétence lui donnait l'impression d'avoir bien senti l'esprit de l'époque, devenir le secrétaire du Centre de contrôle des prostituées était une divine aubaine ! Il savait dire quelques phrases de japonais courant, il savait comment flatter les Japonais. Avec sa façon de s'habiller, il pouvait y aller « au bluff » avec les filles, d'autre part il avait de l'éloquence. À tout point de vue, il se considérait pleinement à la hauteur de cette tâche ; ce serait pour lui l'occasion de déployer toute son habileté diplomatique. Grand opiomane, ses revenus modestes ne lui permettaient pas de s'adonner tous les jours à ce vice. À présent, ses gains réguliers étaient encore maigres mais, comme la « grosse courge rouge » s'employait à se faire du profit sur le dos des filles, il se dit qu'il pouvait et devait en tirer quelque avantage. Il décida donc tout de suite qu'il fumerait deux pipes par jour, d'abord parce que les Japonais appréciaient les Chinois opiomanes, et ensuite parce que, aux yeux des filles, cela faisait bien, naturellement, de fumer.

Vis-à-vis de la « grosse courge rouge », il semblait, en apparence, se montrer prévenant à tous ses désirs. Il avait presque « grandi » chez les Guan. Quand on jouait au mah-jong, il ne participait pas s'il était à court d'argent. Il jouait bien mais il connaissait le dicton : « Celui qui boit perd au jeu. » Il ne pouvait prendre son tour tous les jours. Quand il ne jouait pas, il restait debout derrière la « grosse courge rouge » et, à l'occasion, donnait un conseil pour orienter ses réflexions. Il lui versait du thé, lui allumait sa cigarette, lui apportait des gâteaux et, parfois, lui arrangeait doucement ses cheveux quand ils étaient défaits. Tout dans son air, son allure, dans son attitude, dans ses gestes faisait penser au comportement de celui qui tient compagnie à ces petits gommeux qui fréquentent les prostituées ou à celui de ces parasites qui s'incrustent dans les maisons aisées. La « grosse courge rouge » avait une entière confiance en lui car il la servait agréablement. Il venait toujours l'aider quand elle montait ou descendait de voiture. Il était là pour lui prodiguer ses conseils quand elle voulait « créer » un nouveau style de coiffure ou de vêtement. Son mari ne s'était jamais montré aussi prévenant avec elle. Il était comme le Li Lianying [1] de l'impératrice Cixi. C'est qu'il avait sa petite idée. Il lui fallait mettre la « grosse courge rouge » dans sa poche, l'amener à avoir une totale confiance en lui, ainsi il pourrait lui extorquer un peu d'argent, et quand il aurait les mains pleines, il irait faire une demande directe auprès des Japonais pour prendre la place de la « grosse courge rouge » ou, mieux encore, pour s'emparer du Bureau de la santé publique. S'il pouvait vraiment devenir chef du Bureau ! La « grosse courge rouge » se retrouverait sous ses ordres, c'est elle qui serait alors aux petits soins pour lui quand il jouerait au mah-jong !

Vis-à-vis de Guan Xiaohe, il ne voyait en lui que le mari du chef de centre, et faisait donc peu cas de lui. Il était très pragmatique. Puisque Guan Xiaohe n'avait pas d'emploi, il n'avait pas besoin de se montrer excessivement poli avec lui. Quant aux habitués des Guan tels Li Kongshan, Lan Dongyang, les époux Ruifeng, il les flattait de son mieux, leur donnant des sonores « Monsieur le responsable », « Monsieur le chef de section », car il fallait que les autres fussent au courant de ce qu'il les flattait délibérément. Il se disait que si ceux-ci avaient pitié

1. 1. Li Lianying († 1911) : ministre de la fin des Qing, a accompagné la dernière impératrice dans sa fuite à Xi'an après l'entrée de l'armée des Huit Puissances dans Pékin.

de lui, ils aideraient à sa promotion puis, une fois qu'il serait à leur hauteur par son poste et sa fortune, il pourrait alors leur en imposer, se montrer hautain et arrogant. Il cachait ses sentiments, et après avoir donné du « Monsieur le responsable » et du « Monsieur le chef de section », il disait : « Monsieur Guan », sur un ton si froid que Xiaohe en avait des boutons.

Guan Xiaohe devint frère juré avec Dongyang et Ruifeng. Bien qu'il annonçât toujours cinq ans de moins que son âge réel, il restait le « frère aîné ». Il enviait la chance qui les avait promus fonctionnaires, leur jeunesse, et le fait qu'ils avaient l'avenir pour eux. Au début de leur serment, il avait été assez content d'être considéré comme leur aîné, puis, passé le Nouvel An, comme il n'avait même pas obtenu un poste à mi-temps, il avait commencé à se sentir menacé. Certes, il n'avait pas beaucoup de cheveux blancs, et, dès qu'il en poussait un, il l'arrachait, il se disait pourtant qu'il avait peut-être vieilli et n'était plus bon à rien, sinon pourquoi, étant donné ses capacités, son expérience, ses manières, serait-il inférieur à Lan Dongyang qui était laid, sentait mauvais, et à Qi Ruifeng qui était si stupide ? Il se faisait du souci en secret, Gao Yituo le blessait profondément. Ce « Monsieur » dit sur un ton glacé était un coup de poignard cruel qui lui perçait le cœur. Il aurait voulu lui rendre la monnaie de sa pièce par quelques phrases pleines d'ironie qui auraient fait trembler Gao Yituo, mais il ne pouvait se permettre d'offenser sa propre femme pour une satisfaction passagère. Gao Yituo était le favori de sa femme. Il ne lui restait plus qu'à se résigner. Certes, il bouillait intérieurement, mais il n'en laissait rien voir au-dehors. Il voulait prouver par là qu'il savait se maîtriser. Il se devait d'être spécialement affectueux avec sa femme et lorsqu'elle serait contente, il pourrait dire quelque méchanceté à Gao Yituo, et l'amener, elle, à se montrer distante avec ce dernier. Malgré tout, elle était sa femme et, bien que Gao Yituo fût présent du matin au soir, rien ne l'empêchait de lui parler sur l'oreiller. À cause de cela, il n'allait plus aussi souvent dormir dans la chambre de Tongfang.

La « grosse courge rouge » avait beau ressembler à un homme, au fond, elle était femme, et, en tant que femme, elle avait besoin de l'amour d'un homme, cela avait dû être vrai aussi pour l'impératrice Cixi. Non seulement elle avait remarqué l'habileté de Gao Yituo à mener à bien les affaires, mais elle appréciait ses attentions. Vu son âge et son ambition, elle ne faisait plus de doux rêves comme en ont les jeunes filles de vingt ans, mais si elle se faisait belle tous les jours, ce n'était pas fortuit, et si elle aimait tant porter du rouge, c'était sans doute pour remédier à la grisaille de son cœur. Elle avait compris, plusieurs années auparavant, que son mari ne l'aimait pas vraiment. Maintenant qu'elle fréquentait les prostituées, si elle était satisfaite de l'autorité qu'elle exerçait sur elles, elle enviait leur vie libertine et sans attaches. Elle ne cherchait pas à se mettre à leur place ni à penser à leurs souffrances, car jamais elle ne se mettait à la place d'autrui, trop occupée par sa petite personne. La seule chose dont elle se rendait compte, c'est qu'elles lui apportaient comme un vent de jeunesse, et elle espérait ardemment que cela rejaillirait à l'extérieur. Elle n'appréciait guère Gao Yituo, mais ses attentions étaient là. Car enfin, qui s'était montré attentionné pour elle ces vingt ou trente années ? Elle n'avait pas eu de jeunesse. Elle avait beau se parer et s'arranger, on l'avait toujours prise, semblait-il, pour un gros ours noir, même si c'était une belle bête. Elle savait que le regard des invités se portait sur Gaodi, sur Zhaodi ou sur Tongfang, mais jamais sur elle, et, si on la regardait, elle se devait alors de leur faire préparer du thé ou des plats. À leurs yeux, elle n'était que la maîtresse de maison, et une maîtresse de maison pas très féminine.

Au tout début, quand elle était devenue chef de centre, elle s'était vraiment sentie pleine d'entrain, elle avait voulu faire preuve de générosité, être indulgente avec tous, même envers Tongfang. Mais quand la chose eut perdu l'attrait du nouveau, elle se mit à chercher autre chose pour y remédier, quelque chose qui aurait pu la satisfaire comme lorsqu'elle avait pris ses fonctions. Elle pensa d'abord à Tongfang. Mais oui, puisqu'elle était chef de centre, elle, une femme, il fallait bien admettre qu'elle était une femme d'élite. Pourtant, elle n'avait pas tout obtenu. Son mari ne lui appartenait pas entièrement. Il lui fallait régler ce point immédiatement. Il prenait souvent le parti de Tongfang. Or, à présent qu'elle avait du pouvoir, elle devait s'en servir pour faire pression sur lui et régler son sort à celle qu'elle considérait comme sa bête noire.

Quand Xiaohe se montrait particulièrement affectueux avec elle parce qu'il s'était opposé à Gao Yituo, elle ne se doutait de rien, car, selon elle, ses actes ne pouvaient être critiqués. Elle se dit qu'il avait compris ce qu'elle souhaitait et voulait reconnaître et restaurer les liens qui attachent un souverain à son vassal, l'affection qui existe entre les époux. Elle commença à lancer une offensive générale contre Tongfang.

Ces attaques étaient différentes de celles qu'elle avait menées auparavant. Ses armes avaient toujours été injures et disputes. De cela, Tongfang en était capable aussi et ses armes à elle étaient peut-être encore plus acérées que les siennes. À présent qu'elle était chef de centre, elle pouvait lancer dans la bataille les petits soldats du bordel. Pouvoir et méchanceté vont de pair, et méchanceté va avec prestige. Elle avait d'abord pensé chasser purement et simplement Tongfang, mais elle se montra encore plus cruelle en décidant de l'expédier au bordel. Une fois qu'elle y serait entrée, elle la ferait surveiller par ses petits soldats, elle serait prisonnière à jamais. Plutôt que de renverser l'ennemi, comme ça, sans y penser, ne serait-il pas plus jubilatoire de le laisser aux abois, dans un lieu assigné par elle avec préméditation. Elle avait vu juste : le bordel serait la meilleure prison pour Tongfang.

La « grosse courge rouge » ne se rendait pas souvent au bureau. En effet, une fois, alors qu'elle venait juste d'arriver à la porte du Centre de contrôle, deux ou trois gamins de quinze à seize ans avaient crié à son adresse : « Vieille maquerelle ! » Elle s'était précipitée sur eux pour les frapper, mais ils couraient plus vite, et, tout en courant, ils avaient continué à lui donner du « vieille maquerelle ! » Elle aurait bien voulu changer l'enseigne extérieure, changer le mot « prostituée » en un mot plus élégant. Mais on ne peut changer à la légère l'appellation d'une institution. Elle avait été contrainte, pour garder sa dignité, de s'y rendre moins souvent. Quand un document officiel arrivait, Gao Yituo le lui apportait chez elle pour qu'elle y jetât un coup d'œil. Quant aux affaires courantes, elle pouvait s'en remettre en toute confiance aux employés car ils avaient été choisis parmi les membres de sa propre famille, et ils étaient bien placés pour savoir jusqu'où pouvait aller sa méchanceté. Or, maintenant qu'ils étaient ses subordonnés, moins que jamais ils n'auraient osé ne pas la servir correctement. Après avoir décidé de faire le travail du bureau chez elle, elle avait intimé à Tongfang de déménager dans la petite chambre où Ruifeng avait voulu loger autrefois, et avait fait de la chambre de cette dernière un troisième salon, le premier étant la pièce au nord, le second, la chambre à coucher de Gaodi. Les invités de marque et les prostituées de haut rang étaient reçus par elle dans le premier salon. Ainsi, tous les jours, les invités se pressaient chez les Guan pour se réunir autour d'une tasse de thé. Le deuxième salon était réservé aux parents et aux amis d'importance secondaire ainsi qu'aux prostituées de second rang, et c'était Gaodi qui les recevait à sa place. Les parents et amis pauvres ainsi que les prostituées du dernier rang étaient reçus par Tongfang qui leur servait du thé et choses du même genre dans le troisième salon.

Dans les deux premiers salons étaient disposées en permanence des tables à jouer. Mah-jong, poker, dés, dominos étaient à la disposition des invités. Aucune limitation n'était imposée quant à la durée du jeu et au montant des sommes engagées. Un pourcentage était prélevé sur tous les jeux sans exception. Le taux était considérable car les cigarettes de luxe ne circulaient pas par moins de dix pots. Dans chaque coin de la pièce, les invités n'avaient qu'à allonger le bras pour se servir. L'eau bouillait jour et nuit, thé parfumé ou thé de Longjing de la meilleure qualité étaient infusés sur-le-champ, selon les vœux formulés par les invités. On préparait chaque jour quatre à cinq tables de « plats ordinaires ». Malgré le grand nombre d'invités, les Guan maintenaient la qualité des prestations. Toutes les trois à cinq minutes, des serviettes chaudes étaient apportées par de jolies servantes. Ces serviettes avaient été aseptisées, selon les recommandations de Gao Yituo.

Seuls les hôtes privilégiés pouvaient entrer dans la chambre à coucher de la « grosse courge rouge ». Là, on trouvait du thé noir provenant de l'ambassade de Grande-Bretagne, du brandy et des cigarettes Dunhill. On y trouvait aussi un nécessaire à opium d'une grande finesse.

La « grosse courge rouge » avait encore grossi récemment et les taches de son sur son visage brillaient. On aurait dit qu'elle s'était enduit le visage de beurre provenant de l'ambassade de Grande-Bretagne. Les bagues à ses doigts étaient envahies par la chair si bien que les phalanges ressemblaient à des boudins. Avec l'augmentation de sa masse graisseuse, elle paraissait avoir pris en largeur. Le jour, elle se poudrait avec soin et se mettait du rouge à lèvres, puis elle revêtait ses chers gilets et longues robes rouges, pour travailler ou recevoir dans la salle de réception. Des yeux et des oreilles elle contrôlait toute la cour, ses toussotements et ses bâillements étaient autant de signaux. C'est ainsi que, si dans les salons deux ou trois des invités faisaient trop de tapage, elle toussait une ou deux fois de façon tonitruante pour ramener le silence, un silence impressionnant ! Quand elle se sentait fatiguée, elle émettait un bâillement aussi bruyant qu'une sirène d'alarme aérienne, pour indiquer aux invités qu'ils devaient saluer et prendre congé.

Quand elle en avait assez de rester dans la salle de réception, tel le commandant d'un navire de guerre, elle allait faire sa petite inspection dans chaque salon. Les invités des deuxième et troisième groupes avaient enfin l'occasion de lui exposer le motif de leur venue. Si elle approuvait de la tête, cela voulait dire : « Ça marche ! » ; si elle fronçait les sourcils : « Ça pourrait marcher. » L'absence de signe quelconque signifiait : « Impossible ! » Qu'un invité sans tact la harcelât pour une requête, elle réprimandait alors Tongfang.

Après le déjeuner, elle faisait la sieste. Dès que les rideaux de sa chambre à coucher étaient tirés, toute la cour retenait son souffle et se déplaçait sur la pointe des pieds. S'il venait un invité de marque, elle pouvait renoncer à sa sieste sans en éprouver trop de fatigue. C'était une politicienne-née.

Quand le temps était beau, elle allait se promener au parc Sun Yatsen ou au parc Beihai avec Zhaodi ou Mme Ruifeng, ou parfois avec une ou deux de ses « demoiselles » préférées pour faire étalage d'une nouvelle tenue ou d'une nouvelle coiffure. De nombreuses femmes de « parvenus » attendaient sa venue pour imiter sa manière de se coiffer, de s'habiller. Elle faisait montre dans ce domaine d'une créativité surprenante. La source de son inspiration était double : les prostituées et les expositions de peinture dans les parcs publics. Les prostituées se devaient d'être joliment parées. Pour faire un peu d'histoire, avant la République, les prostituées célèbres venaient toutes de Shanghai ou de Suzhou. Elles avaient apporté à Peiping de nouvelles façons de se parer et de se vêtir, et les Pékinoises, qui les enviaient, les avaient imitées en cachette. Après la fondation de la République, le statut des prostituées s'était amélioré, en même temps que s'était développée l'éducation pour les filles. Les femmes connurent un peu plus de liberté dans le choix de leur coiffure et de leurs vêtements, elles devinrent créatrices en ce domaine. C'est ainsi que la vulgarité et le mauvais goût criard propres aux prostituées furent remplacés par l'élégance des autres femmes. Sur ce point les prostituées perdirent leur place dominante. La « grosse courge rouge » avait bien senti le vent : elle repérait chez ses « filleules » des styles et des modes remontant à plusieurs années, concernant le visage, la coiffure, les vêtements, les chaussures, et elle creusait l'idée. Ce fut une surprise quand elle remit à l'honneur une façon de se coiffer à la mode il y a longtemps, en la mariant avec des vêtements dernier cri. Elle osait les contrastes, en jouait, et si, par malheur, en dernier ressort, les deux éléments ne se mariaient pas, son aspect imposant triomphait des regards, et il fallait bien admettre qu'elle avait un style qui forçait l'étonnement, un peu comme la Grande Muraille, qui est dépourvue de beauté, mais reste impressionnante. Quand elle était ainsi parée, elle emmenait le plus souvent Zhaodi se promener avec elle. Zhaodi était une fille tout à fait moderne, elle n'aurait jamais consenti à imiter les audaces de sa mère. Si la jeunesse et le conformisme de la fille faisaient ressortir l'extravagance de la mère, la jeune fille, quant à elle, semblait plus commune encore. Les jours où elle n'était pas trop excentrique, elle préférait se faire accompagner par Mme Ruifeng, car le jeune et joli minois de Zhaodi aurait pu, et c'eût été naturel, lui porter ombrage.

Lorsqu'il y avait des expositions de peinture dans des parcs, il fallait absolument qu'elle entrât y jeter un coup d'œil. Elle n'aimait pas les paysages, ni les peintures de fleurs, d'oiseaux ou d'animaux, préférant les peintures de jolies femmes vêtues à l'ancienne. Quand elle en voyait une qui lui plaisait, c'était plus fort qu'elle, elle l'achetait. Elle voulait que la mention « Chef de centre Guan » restât longtemps visible, aussi, à la commande, faisait-elle maintes recommandations pour que ces quelques mots fussent écrits en très gros sur une longue bande de papier rouge. La commande passée, en attendant de « réceptionner » la peinture, elle ne marchandait pas le prix avec l'artiste, mais appliquait d'office une remise de vingt pour cent sur le prix initial. C'était pour elle, chef de centre, une démonstration de prestige, comme si le chef du Centre de contrôle des prostituées était aussi le patron des peintres. Une fois que le tableau était chez elle, elle attendait la nuit, alors que plus personne n'était là, pour donner l'ordre à Xiaohe de le dérouler. Alors elle l'admirait avec beaucoup d'attention, observant comment étaient assorties les couleurs des galons sur les vêtements, comment étaient attachés les cheveux et disposées les « mouches » sur le front ou entre les sourcils, quel éventail les femmes tenaient à la main, tout était passé au crible de son regard. Après avoir contemplé deux ou trois fois le tableau, elle inventait des vêtements à longues manches et à larges revers, ou des cheveux retombant en chignon à la mode des Tang, ou bien elle se mettait une « mouche » entre les sourcils, ou encore elle prenait un éventail rond en soie. Chacune de ses inventions devenait une mode.

Si Zhaodi trouvait dans un film une façon de se parer, la « grosse courge rouge », elle, faisait du neuf avec de l'ancien. Elle fouillait dans l'histoire de sa propre civilisation et recréait quelque chose. Elle n'avait pas le sens du beau, mais cette civilisation était si ancienne, si profonde qu'elle ne pouvait faire autrement que de se servir des couleurs et des formes existantes. Si la civilisation était un ruisseau, elle, elle était de l'écume sur l'eau, et l'écume, pour peu qu'elle trouve un endroit adéquat, est capable de manifester sa beauté. Elle ne savait pas ce qu'on entendait par « culture », toutefois, comme les poissons savent nager bien qu'ignorant la composition chimique de l'eau, elle savait jouer avec la culture. Son esprit était occupé par deux choses : se faire remarquer et vivre confortablement. En fait, elle se comportait comme une partie des Pékinois sous l'occupation japonaise : ils s'étaient rendus aux

Japonais, et, après coup, il leur avait été difficile de le regretter. Pourtant ils n'avaient pas bonne conscience, aussi vivaient-ils au jour le jour, advienne que pourra. Ainsi, les plaisirs matériels et le relâchement de la sexualité devinrent la seule issue leur permettant de laisser libre cours à leurs caprices. La « force morale » leur faisait peur et ils couraient à leur perte, se livrant au plaisir, devenant des libertins. Ils fumaient de l'opium, buvaient de l'alcool, flattaient les gens de théâtre, jouaient avec les femmes. Ils s'adonnaient aussi aux recherches vestimentaires. Dans un tel climat psychologique, la « grosse courge rouge » était devenue un modèle pour les femmes. Son succès tenait au fait qu'elle avait perçu confusément cet état d'esprit bien particulier qui est celui des traîtres. Quant à elle, elle n'avait jamais réfléchi au problème de l'asservissement du pays. Elle trouvait qu'elle avait du génie, que la chance était de son côté ; qu'elle devait profiter de la vie et être un modèle pour tous. Elle faisait en sorte que chacun pût avoir un emploi, eût l'occasion, trouvât l'impulsion qui lui permettrait de se faire remarquer. Elle méprisait toutes ces femmes qui l'imitaient car elles manquaient d'ingéniosité créatrice. D'autant plus qu'elles ne savaient que copier ses vêtements, ses coiffures, ses éventails, sans chercher à devenir comme elle chef de centre. Elle était un héros au féminin. Elle avait su saisir l'opportunité pour se propulser à un poste de fonctionnaire et s'enrichir, elle ne tendait pas la main aux hommes pour leur demander de l'argent afin de s'acheter du rouge à lèvres ou des diamants. Quand elle se tenait debout au parc ou dans la maison, elle mesurait son importance.

Dans son salon, elle aimait discourir sur tout sauf sur la politique. La chute de Nankin et le choix de Wuhan comme capitale lui avaient laissé croire qu'elle pourrait vaquer à ses occupations en toute tranquillité. Elle ne se mettait jamais à la place des Japonais. L'occupation de Peiping lui avait vraiment ouvert un monde. Elle se disait que, sans elle, les troupes japonaises stationnées à Peiping n'auraient pu obtenir de jolies filles et se prévenir contre la propagation des maladies vénériennes, tandis que la famille Guan et ses parents à elle n'auraient pu accéder à tous ces plaisirs. Elle se disait aussi qu'elle avait plus d'importance encore que les Japonais. Ses rapports avec eux n'étaient pas de ceux qui lient le maître au serviteur, mais le héros au brave, l'un faisant ressortir les mérites de l'autre. C'est pourquoi, dès qu'il y avait un rassemblement dans Peiping, elle se devait d'y participer, et quand on avait besoin de trophées ou de prix, elle se devait d'en offrir un. Aussi se sentait-elle sur un pied d'égalité avec les Japonais, ne voyait-elle entre elle et eux aucune prééminence.

Quand elle invitait les Japonais à dîner, elle sortait sans restriction ses plus belles choses, espérant que ses invités ne se lasseraient pas de les admirer. Elle voulait leur montrer ce qu'était la quintessence de la culture pékinoise, amener les Japonais à reconnaître à quel point elle était importante. Elle n'était ni traîtresse à la nation ni sujet d'un pays asservi à l'étranger. Elle entendait guider les Japonais dans l'art de la table, de se vêtir, etc. Les Japonais, tout comme les prostituées, étaient ses chouchous, elle se devait de leur procurer bonne chère et divertissements. Elle était l'impératrice de Peiping et eux étaient tout au plus des gamins de la campagne.

Si la « grosse courge rouge » jubilait toujours, comme si elle avait pris des pilules pour les voies respiratoires, Guan Xiaohe, quant à lui, était souvent oppressé. Il avait d'abord pensé que l'entrée des Japonais dans Peiping lui apporterait la chance, pourtant il n'avait rien obtenu. Il s'était démené plus que quiconque à faire des démarches, mais personne n'avait eu un résultat aussi médiocre que lui. Il était énervé, révolté. Son passé et son tempérament ne lui avaient pas été d'un grand secours, bien au contraire, c'était pour lui autant d'obstacles. Il se montrait difficile, manquait son but. Il avait pratiquement perdu toute confiance en soi et doutait d'avoir de l'emprise sur son entourage et son époque. Il avait toujours pensé qu'il était homme à s'adapter aux circonstances et à saisir les opportunités, mais ce qu'il ne savait pas, c'est qu'il était la lie de son époque. Face à son miroir, il se demandait : « Quels sont tes défauts ? Pourquoi te retrouves-tu à la traîne ? » Il ne comprenait pas. Il trouvait que la prise de Peiping par les Japonais n'était pas une bonne chose, sinon, pourquoi ne trouvait-il pas de travail ?

Quand la « grosse courge rouge » avait obtenu un poste, il s'était sincèrement réjoui de l'événement. Il s'était dit que, si une femme pouvait devenir fonctionnaire, ce serait encore plus facile pour lui. Mais aucune charge officielle ne lui avait été octroyée et la morgue de sa femme augmentait de jour en jour. Il n'en pouvait plus. Il lui fallait pourtant admettre la vérité : sa femme était bel et bien fonctionnaire, or un fonctionnaire se doit d'avoir une allure imposante, sa femme ne faisait pas exception à la règle. Il était obligé de supporter tout cela en silence. Il savait qu'il ne pouvait plus se permettre de l'offenser gratuitement, pensez donc : une femme qui avait une fonction publique ! Il lui était difficile de lui faire comprendre son état d'esprit sans s'attirer des désagréments. Bien au contraire, il lui fallait, plus que jamais, s'attirer ses bonnes grâces, se montrer fidèle et coopératif. Il aimait Tongfang, c'était évident, mais, à cause de tout cela, il ne pouvait faire autrement que de se montrer indifférent envers elle. S'il avait continué à la choyer comme auparavant, il aurait certainement provoqué l'aversion de la « grosse courge rouge » pour elle, et lui-même en aurait pris plein la figure. Il sacrifia Tongfang sans pitié, tout en espérant que, lorsqu'il aurait obtenu un poste officiel, il pourrait rétablir l'ancien mode de vie. Il eut vent du noir projet de sa femme de placer Tongfang au bordel et n'osa pas s'y opposer ouvertement. Il ne pouvait offenser sa femme, elle incarnait la chance, le pouvoir, et mieux vaut pour l'œuf ne pas se heurter à la pierre, car, malgré son amour-propre, il lui fallait bien admettre qu'il était cet œuf, en raison de la malchance qui le poursuivait.

Il ne s'était pas découragé pour autant. Quand l'occasion se présentait, il se mettait en avant. La chance pouvait le décevoir, lui ne pouvait se décevoir lui-même. S'il s'introduisait auprès des gens en place, il prêtait aussi attention à la moindre petite chose, pour montrer par là son habileté et sa sagesse. C'est lui qui avait eu l'idée de louer la maison des Qian. Cette idée avait recueilli de vives louanges de la part de sa femme. Louer la maison pour la sous-louer aux Japonais, c'était effectivement un plan ingénieux. Depuis qu'il avait vendu M. Qian, il savait que tous les habitants de la ruelle n'avaient plus d'estime pour lui. Il ne voulait pas admettre qu'il s'était mal conduit et mettait ce manque de respect uniquement sur le fait qu'il n'était pas plus puissant qu'eux. Quand la « grosse courge rouge » avait obtenu ce poste de chef de centre, il s'était dit que tout le monde allait lui lécher les bottes, or cela se fit dans l'indifférence générale, il ne reçut pas la moindre félicitation. À présent qu'il allait devenir locataire principal, les

Japonais, même les Japonais allaient prendre une location auprès de lui ! Bien que le fait d'être locataire principal ne correspondît pas à un titre honorifique, les loueurs étant des Japonais, ce n'était pas un mince prestige. Il avait pris un air sévère pour sermonner le chef de police Bai :

« Je vous le dis, chef de police Bai », ses paupières clignaient alors vivement, « comme vous le savez, la maison du n° 1 me revient et bientôt des Japonais vont y emménager. Notre ruelle est très sale, or vous n'ignorez pas que les Japonais sont férus de propreté. À vous de faire le nécessaire ! »

Le chef de police détestait secrètement Guan Xiaohe, mais il ne pouvait le montrer, aussi avait-il répondu avec un sourire : « Monsieur Guan, il y a beaucoup d'amis pauvres dans la ruelle, ils ne peuvent payer pour le nettoyage.

— Ça vous regarde, pas moi ! » Le visage de M. Guan était devenu tout anguleux. « Si vous ne pouvez rien faire, obtenez les bonnes grâces des Japonais ! Si vous ne vous en occupez pas, les Japonais feront un rapport, et je doute que ce soit dans votre intérêt. À mon avis, vous feriez mieux de persuader tout le monde de donner un peu d'argent et de prendre quelqu'un pour balayer. Tout le monde paye et vous aurez fait quelque chose, qu'est-ce qui cloche là-dedans ? »

Il rentra dans sa maison, assez content de lui, sans même attendre la réponse du chef de police Bai. Avec les Japonais comme locataires, il tenait le chef de police Bai, et par là même, toute la ruelle.

Quand la « grosse courge rouge » offrait des coupes en argent, des trophées ou d'autres prix, il aurait bien voulu, y graver, y broder, y calligraphier aussi son nom, mais elle n'y consentait pas. « Tu ne devrais pas demander cela, disait-elle sans le moindre tact, si tu y gravais ton nom, qu'est-ce que cela voudrait dire ? Est-ce que tu as à indiquer que tu es mon mari ? »

Guan Xiaohe, au fond de lui-même, se sentait très mal à l'aise, pourtant il s'efforçait de trouver une inscription. Ses connaissances étaient très limitées, mais, au moins, il pouvait montrer à quel point il se creusait les méninges pour lui en trouver une. « Je suis tout dévouement, en toute chose je ne peux agir à la va-vite ! » Puis il fronçait les sourcils, allumait une cigarette, délayait de l'encre dans l'encrier en pierre, disposait du papier et empilait devant lui, afin de s'en inspirer, de petits fascicules intitulés : *Faire sa correspondance seul, Tout sur les sentences de Nouvel An.* Il recommandait à Zhaodi et à sa sœur de ne pas faire de bruit. Alors il se mettait à réfléchir, il toussotait, buvait du thé, fermait les yeux, puis arpentait la pièce les mains derrière le dos. Ce manège durait un bon moment avant qu'il ne se mît à écrire quelques mots. Cela fait, il s'éloignait à pas légers, tenant à deux mains la feuille de papier — on aurait dit qu'il tenait un décret impérial. Il la montrait à la « grosse courge rouge ». Celle-ci prenait de grands airs, plissait les yeux, regardait. Peut-être avait-elle vu les mots, peut-être pas, elle faisait un léger signe de la tête et disait : « C'est bien ! » En fait, la plupart du temps, elle ne regardait pas ce qui était écrit. Elle pensait : « Étant donné que la coupe ou le trophée sont en argent, le drapeau en brocart de soie, n'importe quel caractère peut faire l'affaire. » Pour montrer qu'il avait des connaissances, Xiaohe, quant à lui, critiquait avec un sourire : « Ce n'est pas encore ça, je vais continuer à réfléchir. »

Si Lan Dongyang était présent, Xiaohe ne manquait pas d'en discuter avec lui. Lan Dongyang était tout juste capable de composer des vers et de petits essais, il ne savait rédiger ni sentences ni inscriptions. Comme il lui était difficile de reconnaître le fait, il restait là à mordre ses ongles marron entre ses dents jaunes, faisant semblant de se creuser la cervelle. Cela se terminait toujours par une victoire de Xiaohe car, quand il n'avait plus d'ongles à ronger, Dongyang finissait par lâcher : « Je ne peux réfléchir que dans le calme profond de la nuit, tant pis, il faudra faire avec ! » Ayant ainsi marqué un point sur Dongyang, Xiaohe commençait à se dire qu'il avait effectivement des connaissances et il lui semblait qu'il n'avait jamais eu l'occasion de donner la juste mesure de ses talents. C'était un malheur dont il pouvait s'enorgueillir.

Quelqu'un qui n'a jamais eu l'occasion de montrer de quoi il est capable aime à étaler ses compétences. Xiaohe, pour faire comprendre qu'il avait des talents littéraires, confectionna pour la « grosse courge rouge » un petit répertoire de noms. Dans la partie A, il n'y avait que des Japonais, la partie B était réservée aux hauts fonctionnaires des organisations fantoches ; dans la partie C, on trouvait des « vétérans » qui n'avaient aucun pouvoir réel, mais dont le prestige était grand pour avoir été recrutés comme conseillers par les Japonais. La partie D regroupait les gros bonnets locaux. Il avait baptisé ce répertoire « Compendium en quatre sections », comme s'il était digne d'être considéré comme le petit frère du fameux ouvrage *Bibliothèque complète en quatre sections* [1]. Sous chaque nom, il avait noté avec précision l'âge, l'adresse, la date de naissance, les goûts de la personne en question. Qu'un nom fût enregistré dans le répertoire, il considérait la personne comme un ami et cherchait à lui faire des cadeaux. Les cadeaux étaient à ses yeux des armes magiques

1. *Sikuquanshu* : collection complète des œuvres écrites, réunies en quatre fonds, compilée sous les Qing (1772-1782).

particulièrement efficaces lorsqu'il s'agissait de subjuguer quelqu'un. À propos de cadeaux, il avait fait un jour un pari avec Ruifeng, et ce dernier avait perdu. Ruifeng trouvait le procédé de Xiaohe intéressant dans l'ensemble, mais il doutait qu'il fût applicable aux Japonais. Il tenait d'un ami, qui avait travaillé comme espion pour les Japonais, qu'après la prise de Nankin les officiers japonais avaient reçu des instructions pour encourager les Chinois à fumer de l'opium, mais que, quelle que fût la situation, ils ne pouvaient rester dans un endroit qui sentait l'opium de peur d'être tentés par l'odeur. Ils ne pouvaient pas non plus accepter de cadeaux des Chinois. Après que Ruifeng eut rapporté cette information en forme d'avertissement, Xiaohe avait fermé les yeux et s'était esclaffé : « Ruifeng ! Quel naïf tu fais ! Je te dis, moi, que j'ai vu des Japonais fumer de l'opium. Les ordres sont les ordres et ils ne peuvent rien contre la douce odeur de l'opium. Quant aux cadeaux, faisons tout de suite un pari ! » Il ouvrit son compendium en quatre parties. « Désigne au hasard un Japonais, à condition que ce ne soit pas son anniversaire aujourd'hui, ni que ce ne soit pas non plus un jour de fête en Chine ou au Japon, je vais lui faire porter tout de suite un cadeau et on verra bien s'il accepte ou non. Dans l'affirmative tu en seras pour un gueuleton. Qu'est-ce que tu en dis ? »

Ruifeng avait acquiescé d'un signe de tête. Il savait d'avance qu'il avait perdu, mais il lui était difficile de montrer qu'il redoutait d'avoir à payer un gueuleton.

Xiaohe envoya quelqu'un porter le cadeau, la personne revint les mains vides. On avait accepté le cadeau.

« Alors ? demanda Xiaohe, tout fier de lui.

— J'ai perdu ! » Ruifeng se désolait d'en être de sa poche, mais, en tant que chef de section, il lui aurait été difficile de ne pas tenir ses engagements.

« À parier avec moi sur ce genre de choses, tu perdras toujours ! » dit Xiaohe avec un sourire. Il était satisfait, non seulement pour le gueuleton, mais parce que les Japonais avaient accepté son cadeau. « Je te le dis, si tu es prêt à faire des cadeaux, tu ne rencontreras pratiquement jamais quelqu'un qui fera non avec la tête. Si tu n'essuies pas un refus, même si cette personne est fière, tu te retrouveras à égalité avec elle, comme tu l'es avec moi. Vois-tu, toute ma vie j'ai aimé châtier ceux qui se font passer pour des gens bien, avec leurs sourcils hautains. Comment les punir ? En leur offrant des cadeaux. Un cadeau ferme la bouche à tout un chacun, fait mollir les cœurs. Les Japonais sont des êtres humains, ils doivent donc accepter mon cadeau et une fois qu'ils l'ont accepté, ils ne m'en imposent plus. Me crois-tu ? »

Ruifeng se contenta de faire oui avec la tête, sans rien pouvoir ajouter. Depuis qu'il était chef de section, il méprisait plus ou moins son frère aîné Guan. Cependant, le discours de ce dernier avait forcé son estime. Il ne pouvait s'empêcher d'éprouver de nouveau le respect qu'il avait eu pour lui autrefois. Même si maintenant M. Guan était descendu d'un cran pour devenir simplement « le frère aîné Guan », en fin de compte c'était vraiment « un homme de savoir » ! Il se dit que s'il mettait en pratique ces théories, qui sait s'il n'offrirait pas un jour des cadeaux à l'empereur du Japon, et si ce dernier ne lui taperait pas sur l'épaule en l'appelant : « Petit frère ! »

En s'intéressant au problème des cadeaux, Xiaohe avait pu se rendre compte à quel point les Japonais étaient superstitieux. Il avait remarqué que les militaires japonais portaient des talismans et des images de Bouddha. Il avait entendu dire aussi que les Japonais ne se contentaient pas de croire aux dieux et en Bouddha, mais qu'ils accordaient foi aussi à tous les tabous de la terre. Ils redoutaient le vendredi, le chiffre treize, une allumette qui allume trois cigarettes. Comme ils aimaient la guerre, ils cherchaient à se protéger de diverses façons. Ils allaient même jusqu'a exécrer toute prédiction les concernant. L'Anglais Wells avait prédit l'issue de la guerre sino-japonaise et avait dit que, quand les Japonais arriveraient dans les zones marécageuses, leur armée entière périrait en raison des épidémies. La théorie japonaise, « asservir la Chine en trois mois », était devenue un rêve après que la prise de Nankin n'eut pas abouti à la capitulation et après la bataille victorieuse du bourg Taierzhuang. Ils avaient repensé aux prédictions de Wells et tremblé d'être emportés dans la tombe par une maladie contagieuse. Ils n'avaient donc pas hésité à massacrer tout le village : si par hasard on avait découvert là-bas des cas de choléra ou de scarlatine ! Forts de l'esprit du *Bushido* [1], ils ne craignaient pas la mort, mais s'ils étaient sûrs de mourir, là ils avaient peur. Cette peur des mauvais présages leur faisait redouter de prononcer le mot « mort ». Xiaohe se fondait sur tout cela pour offrir trois sortes de cadeaux aux Japonais. Il évitait « quatre », homophone de « mort » en chinois. Cette découverte lui avait valu une petite renommée. Tous les journaux avaient rapporté le fait avec de brefs commentaires louant sa sagacité.

Ces petits succès n'avaient pu cependant alléger ses souffrances intérieures. Il était devenu quelqu'un de célèbre à Peiping. L'Association pour

1. Code d'honneur des samouraïs

l'étude des arts plastiques orientaux, l'Association des écrivains et des artistes de la Grande Asie (fondée par le seul Dongyang), l'Association des trois puretés (une nouvelle organisation taoïste à laquelle participaient de nombreux Japonais) et d'autres groupements l'invitèrent à s'affilier et, de plus, le désignèrent comme membre ou comme secrétaire de leur conseil. Il devait pratiquement se rendre à des réunions tous les jours, prendre la parole ou bien, quand il y avait un programme, chanter des morceaux populaires. Mais voilà, il ne parvenait toujours pas à être fonctionnaire et sa carte de visite avait beau être remplie de titres tels que : « membre du conseil de... », « secrétaire de... », tout cela ne pesait pas lourd. S'il était obligé de donner une carte à de nouveaux amis, ces titres sans émoluments n'attiraient que haine chez les autres. Lorsqu'il se rendait à l'Association des trois puretés ou à la Société de la miséricorde pour pratiquer la divination ou vénérer les divinités, il se plaignait aux dieux en secret : « Devant des êtres surnaturels, je n'oserais pas mentir, en ce qui concerne la nourriture et l'habillement, ma femme est chef de centre et cela suffit, mais étant donné mon expérience et mes connaissances, n'avoir pas de travail c'est vraiment une honte, non tant pour l'argent que pour ma position, mon rang. Et encore, en ce qui me concerne, tout cela n'est pas très important. Vous autres, divinités et bouddhas, vous devriez faire un peu plus attention à la justice et si je n'arrive pas à obtenir un emploi de fonctionnaire, fût-ce à mi-temps, c'est une humiliation pour vous aussi ! » Quand il disait cela les yeux fermés, avec ferveur, entre la supplication et l'ironie, il se sentait un peu soulagé, mais la plainte formulée restait lettre morte et il en serait presque arrivé à haïr ces divinités. Mais il ne pouvait non plus les offenser. S'il le faisait, qui sait s'il ne lui arriverait pas quelque malheur ? Il se contentait de soupirer doucement. Après, il lui fallait parler, rire, s'occuper de ses amis. Il sentait parfois comme une boule douloureuse au creux de la poitrine. Alors, il ne pouvait s'empêcher de maudire à voix basse : « Maudite Association de merde ! Je ne peux même pas obtenir un poste de fonctionnaire ! »

CHAPITRE XXXVIII

Le temps passait à la vitesse de l'éclair, on était déjà en mai. De tous les pots de grenadiers du vieux Qi, un seul avait donné deux ou trois follicules, car ils n'avaient pas été protégés pour l'hiver. Les bégonias et les hémérocalles contre le mur sud n'avaient même pas de feuilles. Ils avaient été remplacés par des pensées. Le vieux Qi ne se souvenait plus pourquoi on ne les avait pas protégés contre les rigueurs de l'hiver, il ne se souciait que du résultat. Il trouvait que le dépérissement des arbres et des fleurs était un mauvais présage annonçant le déclin des traditions familiales. Il était très mécontent. Il rêvait souvent du « petit troisième », mais ce dernier n'avait même pas envoyé de lettre. Lui serait-il arrivé quelque chose de grave ? Il demanda des nouvelles à la mère de Petit Shunr. Elle ne put lui donner d'informations correctes et expliqua le rêve par un autre rêve. Ces derniers temps, ses yeux paraissaient plus grands, car son visage s'était amaigri. Concentrant tout son sourire dans ses yeux, elle dit au vieil homme : « J'ai rêvé moi aussi du troisième. Inutile de dire à quel point il était content ! D'après moi, il vit bien en dehors de la ville. C'est en fait un petit gars débrouillard ! » En réalité, elle n'avait pas fait de rêve. Occupée du matin au soir, elle n'avait vraiment pas le temps de rêver. Mais ce rêve qu'elle avait fabriqué de toutes pièces avait remis un peu de joie sur le visage du vieil homme. Y croyait-il ou non, c'était une autre affaire ! À défaut d'autre chose, il lui fallait bien se contenter de croire à ce plat mensonge pour alléger un peu des souffrances bien réelles.

Si la mère de Petit Shunr devait faire de pieux mensonges au vieil homme, il lui fallait aussi trouver les choses nécessaires pour passer les fêtes. Elle savait que cela n'allégerait en rien leurs tourments, mais ne pas décorer la maison et passer les fêtes en silence les rendraient encore plus malheureux.

Dans le passé, le 1er et le 5 mai, dès l'aube, on entendait des vendeurs crier à tour de rôle dans la rue : « Mûres noires et blanches, grosses cerises ! » et ce, sans interruption jusqu'à l'heure du déjeuner. Ces cris n'étaient pas seulement destinés à appeler le chaland, on y sentait une pointe d'espièglerie, l'envie de mettre de l'ambiance. Car les vendeurs de mûres et de cerises n'étaient pas de petits marchands de fruits professionnels. Il y avait parmi eux beaucoup de gamins d'une dizaine d'années qui, le reste du temps, étaient peut-être tireurs de pousse ou vendeurs d'eau bouillie. S'ils avaient changé de métier, c'était momentanément, à l'occasion des fêtes. Dans tous les foyers, on avait besoin de gâteaux de riz, de mûres, de cerises pour les offrandes à Bouddha. C'était pour eux un commerce facile.

Cette année, la mère de Petit Shunr n'avait pas entendu ces cris qui rappelaient aux gens la fête à célébrer. Le marché aux fruits de la ville nord se tenait à l'intérieur de la porte Deshengmen et les ventes se faisaient au petit matin. Séparé par la muraille, à l'extérieur de la ville, se tenait un petit marché aux antiquités et il fallait y être avant le lever du soleil. Comme la prison à l'extérieur de la porte Deshengmen avait été mise à sac, les Japonais pensaient que les maquisards pourraient bien profiter des marchés pour lancer une nouvelle attaque, aussi avaient-ils interdit les marchés matinaux à l'intérieur comme à l'extérieur des murailles et avaient-ils fermé la porte Deshengmen. Quant aux cerises et aux mûres, il s'agissait de produits provenant des Collines du Nord et des environs de la ville, mais comme des Collines de l'Ouest aux Collines du Nord il pouvait y avoir des combats mobiles de position, personne n'osait transporter ces fruits jusqu'à la ville. « Aïe ! soupira la mère de Petit Shunr à l'intention du dieu du foyer, cette année il n'y a pas de vendeurs de cerises, il faudra que vous fassiez avec ! » Après s'être ainsi excusée, elle ne se tint pas pour battue et s'efforça de trouver une solution de rechange : « Je vous offrirai des gâteaux de riz pour cacher ma honte. »

Mais impossible d'acheter des gâteaux de riz. Il y avait à Peiping de nombreuses corporations de vendeurs de ces friandises. Chez Daoxiangcun, on vendait des gâteaux de riz de Canton, de grosse taille, avec toutes sortes de farces, ils étaient chers. Ce genre de gâteaux n'étaient pas tout à fait au goût des Pékinois, car dans la farce on mettait immanquablement du jambon ou du saindoux. Les gens du Nord ne sont déjà pas très portés sur le riz glutineux, et si en plus on y ajoute des choses comme du jambon, cela les rebute davantage. Pourtant, ces friandises ne se vendaient pas trop mal, d'abord, parce que les Pékinois pensaient que tout ce qui venait du Guangdong était un peu révolutionnaire, ils n'osaient donc pas déclarer ouvertement que ce n'était pas bon et puis, étant donné leur prix élevé, pour un cadeau, c'était plus recherché. Tout ce qui est cher est bien, peu importe que ce soit bon ou non.

Les authentiques gâteaux de riz selon la tradition pékinoise étaient ceux, à l'ancienne, vendus dans la boutique « Spécialités de pains à la vapeur dans la tradition des Mandchous et des Han ». Ils n'étaient pas farcis. Il s'agissait de tout petits gâteaux faits avec du riz glutineux de première qualité. Avant dégustation, on les saupoudrait de sucre blanc. Ces gâteaux n'étaient pas très savoureux, mais ils étaient bien blancs, tout mignons, dans la pure tradition, disposés dans des plats aux couleurs vives. Les mêmes petits amuse-gueule étaient vendus dans la rue par les vendeurs de gâteaux de Savoie cuits à la vapeur, de plus, on les frappait avec de la glace. La troisième catégorie était vendue aussi dans la rue par les vendeurs ambulants, mais ils étaient un peu plus gros, fourrés avec des jujubes. C'étaient les gâteaux de riz le plus courants.

Il y avait aussi des paysans qui en faisaient avec du millet glutineux, fourrés ou non avec des jujubes, ils étaient très gros. On les achetait pour les subalternes. Ils étaient de la même qualité que les galettes de blé noir ou les beignets, tant par la forme que par le goût, on ne pouvait pas les servir dans les réceptions raffinées.

Les gâteaux auxquels pensait la mère de Petit Shunr étaient ceux au riz glutineux fourrés de jujubes. Elle prêtait l'oreille pour percevoir les cris : « Gros gâteaux de riz aux petits jujubes ! » mais en vain. Le fait qu'il n'y ait plus de cerises, de mûres, de gâteaux de riz pour la fête du Dragon indiquait que son Peiping avait changé ! Pourtant, elle n'aurait pas dû s'étonner de la chose, car depuis l'automne dernier on manquait de tout à Peiping, et, quand on fermait soudain les portes de la ville, on n'arrivait même pas à acheter un petit chou chinois. Aujourd'hui, pourtant, elle ne pouvait s'empêcher de se sentir mal à l'aise, un jour de fête comme aujourd'hui ! Pour elle, célébrer ou non une fête n'avait guère d'importance ; elle savait que, de toute façon, il faudrait marquer le coup et que ce serait pour elle une source de fatigue, qu'il lui faudrait acheter des choses, puis maintenir le fourneau allumé et cuisiner pour tous, et, quand ils seraient rassasiés et auraient bu leur content, elle serait tellement fatiguée qu'elle n'aurait plus envie de manger. Mais, d'un autre côté, c'était sa vie, elle semblait vivre uniquement pour les autres. S'il n'y avait pas des anciens et des petits à la maison, bien évidemment elle n'aurait pas besoin de célébrer les fêtes, mais quel sens aurait alors la vie ? Elle aurait été incapable de dire ce qu'était la culture. On suit ses propres modes de culture, comme, par exemple, manger des gâteaux de riz, des cerises et des mûres pour la fête du Dragon, et c'est ce qui fait les joies de l'existence. Or pour cette fête, jeunes et vieux, furieux, n'avaient rien à faire ; elle pouvait constater à quel point Peiping avait changé. Elle savait que c'était le résultat de l'occupation japonaise, mais elle n'aurait su énoncer clairement le fait suivant : dans un pays asservi, on ne peut plus vivre selon ses modes de culture propres. Elle était tout juste capable de ressentir une grande gêne.

Pour compenser l'absence de gâteaux de riz et d'autres choses, elle voulut acheter des bouquets de lys des marais, des armoises, pour les planter devant la porte, ainsi que des effigies des divinités afin de les coller sur le linteau, après tout, cela donnerait un petit air de fête. Elle aimait ces effigies. Chaque année elle en achetait une grande, en papier jaune, sur laquelle étaient imprimées en rouge l'image de Zhongkui[1], le chasseur de démons, et

1. Dans la religion populaire on accroche son effigie pour chasser les mauvaises influences.

cinq chauves-souris, et elle la collait sur la grande porte. Elle aurait voulu acheter aussi des dessins découpés dans du papier rouge, représentant les cinq animaux venimeux collés sur papier blanc, pour les mettre sur le chambranle de chaque porte. Peut-être croyait-elle que ces machins en papier pouvaient éloigner les mauvaises influences, ou peut-être n'y croyait-elle pas du tout, de toute façon, elle aimait leurs coloris et leur dessin. Elle les trouvait plus plaisants à regarder, plus charmants que les sentences parallèles du Nouvel An.

Pourtant elle n'en avait pas acheté. Elle avait bien vu un ou deux marchands d'effigies de divinités, mais la marchandise était chère car les Japonais ne toléraient pas le moindre usage inconsidéré du papier, les couleurs aussi étaient de plus en plus chères. Elle ne put se résoudre à faire une trop grosse dépense. Quant aux lys et aux armoises, vu les difficultés pour franchir les portes de la ville, on n'en vendait pas non plus.

Une remarque de Petit Shunr mit sa mère dans un grand embarras « Maman, pour la fête, on porte de nouveaux habits, on mange des gâteaux de riz, des bonnes choses. Est-ce qu'on va me mettre sur le front le caractère "roi" ou pas ? Maman, tu devrais aller dans la rue acheter de la viande ! Les Guan, eux, qu'est-ce qu'ils en ont acheté, et du poisson ! Maman, devant chez les Guan on a collé le Juge des Enfers. Si tu ne me crois pas, va voir ! » Ses questions semblaient autant de reproches pour sa mère.

Maman ne pouvait se mettre en colère car les enfants sont au cœur des fêtes, ils doivent être heureux, en profiter. Mais elle ne trouvait rien qui aurait pu les faire rire aux éclats. Elle dit, toute confuse : « C'est le 5 seulement qu'on trace le caractère “roi” avec de l’arsenic rouge, je te le ferai, c’est promis !

— Et il faudra porter des graines de calebasse ! » C’étaient des cerises, des mûres, des petits tigres, des azeroles en fil de soie de toutes les couleurs, reliés en un collier qu’on offrait aux fillettes.

« Petit gredin, toi, porter des calebasses ? dit maman, partagée entre le rire et la fâcherie.

— C’est pour ma sœur ! » Petit Shunr avait toujours des tas de raisons, et des raisons solides.

Niuzi ne voulait pas être de reste : « Maman, pour Niuniu ! »

Il ne restait plus à maman qu’à prendre un peu de temps afin de confectionner un collier de « graines de calebasse » pour Niuzi. Elle n’avait fait qu’un petit tigre jaune quand elle rejeta son panier de couture. On n’avait rien pour passer les fêtes, à quoi cela rimait-il d’accrocher un simple collier de « graines de calebasse » ? Si les enfants n’avaient rien de bon à manger et si on se contentait de leur faire porter ces machins multicolores, c’était tout bonnement se moquer d’eux. Elle pleura en cachette.

Tianyou, le 1er mai au matin, avait rapporté une livre de porc et deux bottes de ciboulette. Petit Shunr, bien que n’ayant pas la notion du poids, à la vue de ce morceau de viande si peu décent, avait demandé en riant : « Grand-père, tu n’as acheté qu’un tout petit morceau comme ça ! »

Grand-père n’avait rien répondu, après avoir fait un tour chez le vieux Qi et dans sa propre chambre, il avait donné une réponse évasive et était retourné à sa boutique. Il était pessimiste, pourtant il ne voulait pas en parler aux siens. Il ne pouvait plus faire marcher son commerce, mais ne pouvait fermer boutique pour autant. Les Japonais, sans se soucier de savoir si les affaires marchaient ou non, interdisaient toute liquidation. Il savait que, depuis que les traîtres en tout genre avaient gagné de l'influence, le commerce des soieries avait quelque peu progressé. Lui vendait surtout des cotonnades, les soieries ne représentaient que des ventes secondaires, et les gens qui soignaient leur tenue vestimentaire ne venaient pas le favoriser de leur pratique. D'autre part, il ne pouvait compter uniquement sur les cotonnades comme source de revenus. Les gens ordinaires, le peuple des faubourgs, vu l'augmentation du coût de la vie, étaient préoccupés uniquement par la nourriture. De plus, la guerre qui éclatait partout empêchait l'approvisionnement. Il ne pouvait augmenter ses réserves et n'avait pas, comme les grandes maisons, stocké des marchandises rares pour les revendre au meilleur prix. Il n'avait pratiquement plus de clients. C'est vrai, il aurait bien voulu fermer boutique, mais puisque l'administration n'autorisait pas les dépôts de bilan, il lui fallait rester ouvert, pour payer les taxes et l'abonnement aux journaux officiels — deux journaux qu'il lisait à contrecœur. Il en avait discuté avec les actionnaires, rien n'était sorti de ces délibérations. Ils semblaient plutôt vouloir se tenir à l'écart et voir comment il s'en tirerait. Il dut renvoyer des employés, ce qui lui apporta de nouvelles souffrances. Ces derniers avaient eu une conduite irréprochable. En cette période de désordres dus à la guerre, où l'on se doit de partager les épreuves, de quel droit congédiait-il les gens ainsi, sans motif valable ? Pour la fête des Bateaux-Dragon, il renvoya deux autres employés qu'il avait formés lui-même. Ils connaissaient ses difficultés et n'avaient rien dit de désagréable à son sujet. Ils avaient accepté de rentrer chez eux où ils avaient du terrain, cela leur suffirait pour leurs deux repas quotidiens de farine de maïs. Comme ils s'étaient montrés disposés à partir, il s'était senti encore plus peiné. Il se trouvait incapable et injuste. Eux lui pardonnaient son geste, lui s'en désolait.

Ce qui l'inquiétait le plus, c'étaient les rumeurs selon lesquelles les Japonais allaient bientôt procéder à un contrôle des marchandises des boutiques et ensuite, selon les stocks, ils compléteraient avec de la marchandise neuve. Il faudrait alors se contenter de ce qu'ils donneraient et le vendre. Peut-être ne donneraient-ils que trois pièces d'étoffe et deux parapluies, sans se soucier des besoins réels.

Dans la moustache noire de Tianyou étaient apparus quelques fils blancs. En apparence, il lui fallait rester maître de ses sentiments et ne rien dire. Il était patron d'une boutique à Peiping. Il ne pouvait, devant les employés et les apprentis, proférer des injures à tort et à travers. Cependant, quand il n'avait personne devant lui, il ne cessait de marmonner dans sa barbe : « Est-ce que ce sont là des pratiques commerciales : vendre des parapluies dans une boutique de tissu ! Qui est le patron, moi ou les Japonais ? » Après avoir grommelé pendant un moment, il lui fallait ajouter un : « Et puis merde ! » Il n'avait pas l'injure grossière, ce mot constituait le seul écart de langage qu'il se permît, et seul ce mot pouvait lui apporter un peu de satisfaction.

Il ne pouvait parler de ses ennuis aux gens de la boutique et il avait décidé de n'en rien dire à la maison. Quand il voyait son père, il gardait ses soucis pour lui-même, et, de plus, lui disait à tout bout de champ que tout allait bien, afin que le vieil homme eût l'esprit en paix. Il n'avait pas envie d'en parler à Ruixuan non plus. Deux de ses trois fils étaient partis, et il ne pouvait se plaindre sans fin à son fils aîné dont les responsabilités dans la famille étaient des plus lourdes. Les rencontres entre le père et le fils étaient pénibles. Le regard de Ruixuan glissait sur son père et quand ce dernier le croisait, il s'empressait de détourner le sien. Les deux hommes avaient tant de choses à se dire, tant de larmes à verser, il eût été gênant pourtant pour eux de se laisser aller à des épanchements. Il était difficile à un patron qui avait dépassé la cinquantaine et à un professeur de lycée de plus de trente ans de se laisser aller ainsi à pleurer. De plus, ils savaient tous les deux que, dès qu'ils se mettraient à bavarder ensemble, ils en viendraient immanquablement à parler du pays asservi et de la ruine certaine de la famille, et que plus ils parleraient, plus ils seraient consternés. C'est pourquoi, lorsqu'ils se rencontraient, ils ne pouvaient faire autrement qu'échanger un sourire feint, gêné. Aussi Tianyou n'avait-il pas envie de rentrer à la maison. Que le personnel manquât à la boutique, c'était vrai, mais le commerce était si mauvais qu'il aurait pu malgré tout trouver le temps de rentrer faire un tour chez lui. S'il ne rentrait pas, c'était voulu, tout d'abord afin de s'éviter la souffrance qu'il ressentait en voyant ses vieux parents, ses enfants et petits-enfants, et aussi pour montrer l'opiniâtreté de son caractère — puisque la boutique ne peut être fermée, je m'en occupe jusqu'au bout, et même si je ne fais pas d'affaires, je dois assumer mes responsabilités jusqu'à la fin.

De toute la famille, celui qui comprenait le mieux Tianyou était Ruixuan. Tianyou subissait en haut la pression exercée par le vieux Qi, en bas, la comparaison avec ses fils. Sur le plan du prestige et de l'âge, il devait faire des concessions à son père, mais, en même temps, il n'avait pas autant de connaissances que ses fils. Chez lui, il devait être un fils respectueux et un père qui ne fût pas ennuyeux pour ses enfants. On ne voyait que son honnêteté et l'on oubliait son importance. Seul Ruixuan comprenait que son père était un homme du passé et de l'avenir, capable de perpétuer la tradition familiale de diligence et d'économie, et de donner à ses fils une haute instruction. Il le respectait et aurait bien voulu lui apporter plus souvent quelque réconfort moral. Il était l'aîné, ses liens avec son père étaient plus étroits que ceux du cadet et du dernier. Il connaissait son père depuis plus longtemps qu'eux et, surtout, ces derniers mois, il avait deviné sa tristesse, sa résolution de garder pour lui ses soucis, il aurait voulu encore plus le consoler. Mais comment ? Entre un père et son fils, il ne saurait être question de mensonge, comment lui parler sincèrement tout en lui apportant du réconfort ? Dire la vérité, après l'asservissement du pays, était devenu source de souffrance. Sans parler de politique, rien que les affaires familiales étaient un sujet difficile à aborder. Il savait bien que son père pensait à son troisième fils, mais qu'aurait-il pu lui dire pour que le vieil homme n'y pensât plus ? Il savait que son père était mécontent du cadet, mais pouvait-il l'amener à changer d'avis ? De tout cela il valait mieux ne pas parler. Puisqu'il leur était difficile d'aborder ces problèmes, de quoi le père et le fils discuteraient-ils ? Il lui semblait qu'il y avait entre eux un voile qui les séparait, ils se voyaient mais ne pouvaient se toucher. Le crime commis par les envahisseurs ne se limitait pas à la dispersion des frères, il faisait que le père et le fils, restés à Peiping, en étaient réduits à garder cette distance l'un envers l'autre.

Tout le monde déjeuna tant bien que mal. Ruifeng, qui avait fait ripaille Dieu sait où, vint voir son grand-père. Non, en fait, il n'avait pas l'air d'être venu pour cela, car à peine avait-il eu franchi le seuil qu'il avait réclamé du thé à sa belle-sœur. « Belle-sœur, infuse-moi donc une théière de bon thé, j'ai un peu trop bu. Il y a du bon thé ? Sinon va en acheter ! » Il semblait être venu pour montrer qu'il était content de lui mais aussi à quel point cette visite lui pesait.

Une réplique monta aux lèvres de la mère de Petit Shunr mais elle se domina. Elle aurait voulu répondre : « Même grand-père ne peut boire du bon thé et, si tu avais un tant soit peu de savoir-vivre, tu en aurais acheté toi-même. » Après réflexion, elle se dit : « Certes, il n'a pas de cœur, mais un jour de fête, à quoi bon se montrer aussi dure ? » Elle posa donc la théière sur le fourneau.

Ruixuan s'était réfugié dans sa chambre, il feignait de faire la sieste. Mais le cadet était décidé à se montrer désagréable jusqu'au bout. « Et l'aîné ? Grand frère ! cria-t-il en ouvrant la porte, c'est mauvais de dormir tout de suite après le repas ! » Il savait bien que son frère était allongé sur son lit, pourtant il n'avait pas l'intention de se retirer. Ruixuan dut se redresser et s'asseoir.

« Grand frère, comment est l'officier instructeur japonais dans votre école ? » Il s'assit sur un petit tabouret et rota deux fois, longuement et bruyamment, son haleine avinée parvint à Ruixuan.

Ruixuan jeta un coup d'œil à son frère et ne dit mot.

Ruifeng poursuivait : « Grand frère, tu dois savoir que l'officier instructeur, peu importe ce qu'il enseigne, est le vrai proviseur. Il gagne plus que le proviseur et bien sûr son autorité est plus grande. Si le proviseur accepte d'entretenir de bonnes relations avec les Japonais, l'officier instructeur se montrera courtois, dans le cas contraire, il peut être très exigeant. Ces derniers temps, je me suis fait quelques amis japonais, je me suis dit que, si je venais à perdre mon poste, je pourrais toujours, étant donné que j'ai été chef de section, obtenir un poste de proviseur. Si je veux devenir proviseur et ne pas être persécuté par l'officier instructeur japonais, je dois me faire des amis japonais. Que veux-tu, "Prévoyance est mère de sûreté", n'est-ce pas, grand frère ? » Il clignait des yeux, attendant des éloges de la part de son frère.

Ruixuan garda le silence.

« Eh, grand frère ! » Sous le coup de l'alcool, le cerveau du cadet tournait dans tous les sens. « On dit que le semestre prochain, dans chaque école, l'anglais sera supprimé, ou tout au moins largement amputé au profit du japonais. Toi qui enseignes l'anglais, tu devrais prendre une décision pendant qu'il en est encore temps. En fait, tu pourras enseigner ce que tu veux pour peu que tu sois en bons termes avec l'officier instructeur japonais. À mon avis, grand frère, tu ne devrais pas être si inflexible, faire ton travail avec un air aussi sévère. Par les temps qui courent, une telle attitude ne te mènera à rien. Tu devrais être plus actif, récolter ce que tu peux et ne pas craindre de dépenser en cadeaux. Les Japonais ne sont pas aussi mauvais que tu le crois. Si tu consens à leur faire des cadeaux, c'est fou ce qu'ils peuvent être sympathiques ! »

Ruixuan gardait toujours le silence.

Le cadet, l'esprit embrumé par l'alcool, n'avait rien perçu de la froideur manifestée à son égard par l'aîné. Il en resta là, estimant qu'il avait suffisamment tenu son rôle de cadet en gratifiant son aîné de bonnes paroles désintéressées. Il se leva, poussa la porte et cria : « Belle-sœur, et ce thé ? Cela t'ennuierait de le porter chez grand-père ? » Et il se dirigea vers la porte du vieux Qi.

Ruixuan se mit à penser à Yamaki, l'officier instructeur de l'école. C'était un nabot, la cinquantaine, avec un visage rectangulaire, des cheveux grisonnants et qui portait d'épais verres de myope. Il était zoologiste et son ouvrage, *Les Oiseaux de la Chine du Nord,* était assez célèbre. Il n'avait rien à voir avec le type d'officier instructeur tel que le décrivait Ruifeng. En dehors de l'enseignement du japonais, il passait son temps dans sa chambre à lire ou à mettre au point des spécimens. Il ne s'intéressait pratiquement pas aux affaires administratives de l'école. Il parlait bien le chinois ; pourtant, quand les élèves l'insultaient, il faisait comme s'il n'avait rien entendu. Parfois les élèves posaient le tampon à effacer le tableau au-dessus de la porte et il le recevait sur la tête quand il l'ouvrait. Ce qui avait amené Ruixuan à s'intéresser à lui, c'est qu'il ne faisait pas malgré cela de rapport sur les élèves. Des faits semblables s'étaient produits dans d'autres écoles et il avait entendu dire que l'officier instructeur avait fait son rapport et que la police militaire était venue immédiatement arrêter les élèves pour les mettre en prison. Ruixuan avait pensé que l'officier instructeur Yamaki devait être un homme de science opposé à l'agression et à la guerre.

Toutefois, un événement avait conduit Ruixuan à changer d'avis. Un jour, alors que les enseignants étaient tous dans la salle de repos, Yamaki était entré doucement et s'était incliné très poliment devant tout le monde. Il avait déclaré au responsable des questions d'enseignement qu'il devait faire des remontrances aux élèves et avait invité les professeurs à venir l'écouter. Il s'était montré si poli que tout le monde n'avait pu faire autrement qu'obtempérer. Les élèves étaient tous dans la salle de réception. Il était monté sur l'estrade avec un air des plus sévères, ses yeux brillaient, le corps immobile, il avait pris la parole en chinois, sa voix était basse mais ferme : « Je dois vous informer d'un fait, d'un fait très important. Mon fils, le sous-lieutenant Yamaki, est mort au champ d'honneur au Henan. C'est pour moi le plus grand honneur. La Chine et le Japon sont des pays frères. La guerre menée par le Japon en Chine ne vise pas l'anéantissement de la Chine, mais sa délivrance. Ce que les Chinois ne comprennent pas, c'est que les Japonais ont de l'expérience, un courage qui les porte à se sacrifier pour sauver la Chine. Mon fils, mon seul fils, est mort en Chine, c'est le plus grand honneur. Je vous le dis, car il faut que vous le sachiez : mon fils est mort pour vous. J'aimais beaucoup mon fils, mais je ne me laisserai pas aller à le pleurer. Un Japonais ne pleure jamais un héros mort pour son devoir ! » Sa voix était toujours aussi basse et ferme, derrière chaque mot, on sentait une rage contrôlée. Ses yeux restaient secs, sans la moindre trace de larmes. Ses lèvres étaient serrées, telles deux lames de couteau. Son chinois, mis à part quelques emplois incorrects de particules grammaticales, était impeccable, sobre et vigoureux, et son émotion semblait comprimée par une force énorme, c'est pourquoi il pouvait transformer sa rage en raison, parler avec force et clarté dans une autre langue que la sienne. Son discours terminé, il était resté le regard rivé sur le sol, on aurait dit qu'il méprisait profondément tous les gens présents, qu'il les avait en horreur. Pourtant il s'était incliné devant eux, très bas, le plus correctement du monde, il était descendu doucement de l'estrade, avait relevé la tête, avait souri, puis, après avoir jeté un coup d'œil rapide sur l'assemblée, il s'en était allé d'un pas rapide et léger.

Ruixuan avait pensé aller le trouver pour parler seul avec lui. Il aurait voulu dire à Yamaki : « Votre fils n'est pas mort pour sauver la Chine, il est venu, avec des centaines de milliers de soldats, pour anéantir la Chine ! » Il aurait encore voulu lui dire clairement ceci : « Je n'aurais jamais pensé qu'un homme de science tel que vous pouvait être aussi stupide que ses compatriotes. C'est votre stupidité qui vous fait perdre la tête. Vous ne savez parler que de votre supériorité qui ferait de vous un peuple de maîtres, mais ce que vous ne savez pas, c'est qu'aucun peuple ne se résignera à être votre esclave. La guerre de résistance menée par la Chine va vous ouvrir les yeux, vous comprendrez que vous n'êtes pas un peuple de maîtres et que la paix en ce monde doit s'appuyer sur l'égalité entre les peuples et sur leur liberté. » Il aurait encore voulu dire à Yamaki : « Vous croyez nous avoir déjà conquis, mais en fait la guerre n'est pas finie, vous ne pouvez pas encore prouver que vous l'avez gagnée. Votre théorie selon laquelle la Chine serait conquise en trois mois s'est révélée idéaliste, et à présent vous comptez sur l'aide des traîtres pour faire mourir le pays à petit feu. Vous avez quelque peu changé de méthode, mais vous n'avez toujours pas pris conscience de votre stupidité ni de vos erreurs. Les traîtres ne vous seront pas d'un grand secours ; en nous faisant du tort, ils vous en feront à vous aussi. Les Japonais, pas plus que les traîtres, ne pourront asservir la Chine, car la Chine ne pliera pas le genou devant vous, et, de plus, les Chinois n'accordent aucun crédit aux traîtres. Vous devriez prendre conscience de tout cela le plus vite possible, appeler votre folie par son nom, vos fautes par leur nom, et ne pas les baptiser "vérités !" »

Cependant, après avoir fait plusieurs fois le tour du terrain de sport, il avait ravalé toutes les paroles auxquelles il avait pensé. Il se disait que si un homme de science pouvait être à ce point atteint de folie, on pouvait imaginer ce qu'étaient les autres Japonais qui n'avaient pas de connaissances. S'il parvenait à convaincre un Yamaki, cela servirait à quoi ? D'autant plus qu'il n'était pas certain de parvenir à le convaincre.

Il voyait bien ce qu'il fallait faire pour régler le problème sino-japonais : faire comprendre tout cela aux Japonais par la guerre. Quand nous renverserons les « maîtres », ils ouvriront enfin les yeux, perdront toute confiance en eux et prendront une autre décision. Débiter des paroles creuses ne servirait à rien. La meilleure propagande à tenir contre les Japonais, c'étaient les balles.

Arrivé à ce point de ses réflexions, il était sorti lentement de l'école. En chemin il n'avait cessé de réfléchir. Il se disait : convaincre Yamaki n'était peut-être après tout qu'une broutille, le plus urgent était d'empêcher les élèves de se laisser tromper par la propagande de l'officier instructeur japonais et des journaux fantoches. Comment ? En cours, il lui était impossible de parler ouvertement aux élèves. Il se demandait si, parmi les élèves et les enseignants, il n'y avait pas des espions du Japon. De plus, il enseignait l'anglais, il ne pouvait, pour attirer l'attention des élèves, se mettre soudain à raconter mine de rien l'histoire de Wen Tianxiang et celle de Shi Kefa [1]. En même temps, s'il se comportait comme d'habitude, s'il continuait à ne pas leur parler en dehors des cours, est-ce que cela ne voudrait pas dire qu'il venait à l'école uniquement pour le maigre salaire qu'il percevait, et qu'en dehors de l'argent il n'y avait rien d'autre qui pût le réconforter ? Il ne pouvait agir ainsi, ce serait manquer de qualités morales !

Aujourd'hui, après avoir entendu les propos de Ruifeng, il ne leur avait pas accordé d'importance,

1. Wen Tianxiang (1236-1283) : grand ministre des Song qui résista aux Yuan. Shi Kefa (1602-1645) : patriote qui a résisté aux Qing.

il avait retenu pourtant qu'après les vacances d'été on ferait une coupe sombre dans les horaires de l'anglais. Si les autres paroles dites par le cadet lui avaient paru sans intérêt et détestables, cette nouvelle ne pouvait le laisser indifférent. Si on réduisait ses heures de moitié ou plus, comment vivrait-il ? Il se leva. Il devait sortir tout de suite, marcher un peu. Il ne pouvait rester à se traîner ainsi, il lui fallait trouver un autre emploi. Pour faire vivre sa famille, quelques heures d'enseignement d'anglais par semaine ne suffiraient pas. Quant aux élèves, puisqu'il n'était pas en mesure de leur donner des directives utiles, il devait les quitter. Ce n'était pas faire là acte de courage, mais, au moins, il se sentirait plus calme. Entreprendre des démarches pour trouver du travail était une chose qui le terrifiait, mais, cette fois, il était décidé à se démener.

Arrivé au milieu de la cour, il rencontra Petit Shunr et Niuzi qui sortaient de chez le vieux Qi en tirant Ruifeng par la main.

« Pa ! lança Petit Shunr tout content, on va à la réunion !

— Quelle réunion ? demanda Ruixuan.

— Toutes les sociétés de Peiping : les échasses, les lions, les tambours, les jongleurs de couteaux, les manieurs de bâton et tout, et tout ! Ils vont tous se produire aujourd'hui ! répondit Ruifeng à la place de Petit Shunr. Au départ, l'Union du peuple nouveau voulait organiser cela ainsi qu'il y a vingt ans et faire une procession du Génie protecteur de la ville, tandis que les associations auraient exécuté leurs numéros en le suivant. Comme la statue était trop abîmée et qu'on ne pouvait la porter dans la rue, la fête se déroulera au parc Beihai. C'est un spectacle qui vaut la peine d'être vu, ces trucs auxquels on n'a pas assisté depuis des années et qui vont se produire aujourd'hui ! Ce qu'il y a de bien avec les Japonais, c'est qu'ils adorent nos vieux trucs !

— Pa, viens toi aussi ! implora Petit Shunr.

— Je n'ai pas le temps ! » dit Ruixuan sur un ton cassant.

Cette dureté n'était bien sûr pas dirigée contre l'enfant.

Il marcha vers la porte suivi de Ruifeng et des enfants. Le portail franchi, il aperçut la « grosse courge rouge », Gaodi, Zhaodi et la grassouillette Chrysanthème debout à l'ombre des sophoras. Elles semblaient attendre Ruifeng. Toutes étaient vêtues avec coquetterie, comme si elles faisaient partie de ceux qui devaient se produire à Beihai. Ruixuan baissa la tête et passa rapidement. Il ressentit soudain des palpitations, des aigreurs d'estomac. Il cracha de la salive. Les Chinois devaient se battre et amener ainsi les Japonais à se rendre compte de leur folie. Mais voilà, la « grosse courge rouge » et Ruifeng avaient eux aussi leur folie : ils éprouvaient de la jouissance à plier le genou, à être humiliés. Les Japonais empêchaient les Pékinois de manger des gâteaux de riz, leur donnaient à la place des spectacles, et eux y allaient, vêtus de façon tapageuse. Si les Japonais ne rencontraient que des gens comme la « grosse courge rouge » et Ruifeng, ils s'enliseraient dans leur folie. Il avait vraiment envie de revenir sur ses pas et de donner une bonne paire de gifles à son frère. Il regarda ses mains, elles étaient si blanches, si douces, qu'il ne put s'empêcher de rire. Elles n'étaient pas faites pour frapper. L'éducation, la culture qu'il avait reçues étaient les mêmes que celles de Ruifeng, et ce qui le distinguait de son frère n'était qu'un degré différent de faiblesse. Il leur manquait à tous deux la martialité, le dynamisme des peuples nouveaux (comme les Américains). Eux se battaient quand ils avaient décidé de se battre, riaient quand ils en avaient envie, osaient se sacrifier pour une cause (que ce fût pour la sauvegarde du pays ou pour essayer la vitesse d'un avion ou d'une voiture). Arrivé à ce point de ses réflexions, il se dit que même si ses mains n'avaient pas été aussi blanches, aussi douces, il n'aurait pas pu frapper Ruifeng. Il n'était pas si différent de lui, et, s'il le méprisait, c'était un peu après tout comme la poêle qui se moque du chaudron.

Ce qui le chagrinait, c'est qu'à présent il lui fallait solliciter l'aide d'autrui pour trouver du travail. N'étant pas ambitieux de nature, il n'avait jamais voulu rechercher les bons offices de quelqu'un, se faire des relations. Quand un ami lui demandait quelque chose, il faisait toujours de son mieux pour le satisfaire, et, s'il aidait les autres, c'était de façon entièrement désintéressée. Au fil des années, il s'était rendu compte qu'aider les autres sans demander quoi que ce soit en contrepartie lui permettait de garder ses amis, lesquels le respectaient. Aujourd'hui, il était contraint de se rendre chez eux pour leur dire des paroles mielleuses. Il en était profondément peiné. Les crimes de l'agresseur ne se limitaient pas à brûler, piller, violer et capturer, un de leurs crimes était encore d'ôter aux gens toute pudeur.

En même temps, il regrettait ses élèves. L'enseignement a ses tracas, mais ses joies aussi. Quand on est rompu à l'enseignement, même sans avoir le feu sacré, on ne quitte pas facilement ces jeunes visages adorables, ces plantes qu'on a arrosées avec toute son énergie, et, bien qu'il n'eût jamais osé parler de politique avec ses élèves, il était quelqu'un de droit, de sensé. S'il avait été parmi eux, il aurait pu au moins, avec une ou deux paroles, rectifier leurs erreurs, leur apprendre à supporter l'humiliation sans oublier la vengeance. Quitter l'école, c'était abandonner ces petits devoirs. Il en avait gros sur le cœur.

D'autant plus que ceux dont il devait solliciter l'aide étaient des amis étrangers. D'ordinaire, il détestait au plus haut point les « chiens étrangers », ces représentants de maisons de cigarettes au chapeau posé de travers, avec leurs mains fourrées dans les poches de pantalon, des couronnes en or, et qui sifflaient entre leurs dents des mots étrangers, ainsi que ces interprètes qui emmenaient les étrangers visiter le Palais d'Été. C'est pourquoi, bien que lui-même enseignât l'anglais, il n'employait jamais de mots anglais dans la conversation courante. Il ne portait jamais non plus de costume à l'occidentale, non qu'il fût un nationaliste à l'esprit borné, mais il savait ce qu'il fallait admirer dans la culture occidentale. C'est ainsi qu'il détestait au plus haut point le côté frivole et insipide du port de la cravate qui autorise celui qui s'y plie à se prendre pour un chien étranger. Il trouvait qu'être « un chien qui aboie en profitant de la puissance de son maître » relevait d'une attitude des plus viles. Selon lui, ces chiens étrangers étaient encore plus détestables que Ruifeng car, chez son frère, tout cela restait typiquement chinois, tandis que le chien étranger était fait de deux farines : il ne connaissait rien de la culture occidentale tout en rejetant en bloc les valeurs chinoises. Ruifeng était encore capable d'apprécier le vin de Fenyang ou de Shaoxing. Les chiens étrangers, quant à eux, se devaient d'ajouter de l'eau gazeuse dans leur vin et de dire avec un claquement de langue : « Ça ressemble un peu à du vin étranger ! » Quand l'existence du pays est en péril, les chiens étrangers sont ce qu'il y a de plus redoutable. Ils trouvent que les patronymes chinois ne sont pas aussi vivants et harmonieux que les patronymes étrangers, et, dès que vient le moment de capituler, ils se montrent plus acharnés que ne le seraient les étrangers à détruire leur propre culture et leur patrimoine. De tous ses voisins, c'est John Ding qu'il détestait le plus.

Mais aujourd'hui il devait se rendre là où travaillait John Ding, il devait chercher un travail « étranger ».

Il savait que dans Peiping occupée par les Japonais il n'y avait plus de travail pour lui dans la mesure où il refusait son « millet hebdomadaire ». Mais il ne pouvait pas non plus laisser mourir de faim sa famille, jeunes et vieux, sans rien faire. En ce cas, il ne devait pas trouver répréhensible le fait de chercher un travail qui ne le mettait pas en relation avec les Japonais. Pourtant, en fin de compte, il considérait cela comme quelque chose de désagréable. Si au moins il avait eu un peu de terres ou s'il avait appris un métier manuel, il ne connaîtrait pas autant de difficultés pour entretenir ses vieux parents. Mais il était pékinois. Il lui fallait vivre, et la seule façon d'y parvenir était d'avoir un salaire. Il arrivait presque à s'en vouloir d'être justement né à Peiping.

Une fois dans l'avenue Chang'an ouest, il vit des lions de toutes tailles. Le chef de la confrérie, un drapeau triangulaire couleur abricot à la main, avançait rapidement, la tête couverte de sueur, comme s'il avait peur d'arriver en retard sur le lieu de la manifestation. Au premier coup d'œil, il reconnut maître Liu. Il en eut un serrement de cœur : comment, maître Liu se rendait lui aussi à l'ennemi ! Il savait quel homme était maître Liu, il n'osa pas s'avancer vers lui pour le saluer. Il devinait à quel point cette situation lui serait insupportable. Alors il baissa la tête, il ne voulait pas le blâmer. « Tous ceux qui ne consentent pas à abandonner Peiping finiront tôt ou tard par perdre le sens de l'honneur ! » marmonna-t-il pour lui-même.

Celui chez qui il se rendait était la personne qu'il avait le plus envie d'aller voir mais aussi celle qu'il redoutait le plus de rencontrer. C'était un Anglais dont il avait suivi les cours autrefois à l'université. M. Goodrich était l'Anglais typique qui avait son point de vue sur toute chose. Il n'abandonnait pas facilement son opinion, sauf lorsque l'argument adverse réduisait le sien à néant. Et même quand son point de vue avait été réfuté par l'adversaire, il trouvait le moyen d'organiser un retour en force avec des mots curieux qui rouvraient plusieurs tours de débats. Trouver des arguments semblait être pour lui une source de jouissance. Ses paroles étaient toujours très incisives, sans détour, il répliquait si vertement qu'il vous laissait pantois. Pourtant, si on lui rendait la pareille, il ne s'énervait pas et, quand il était acculé dans une impasse, son cou était si oppressé que de violet il devenait bleu. Il faisait alors non plusieurs fois avec la tête puis il invitait celui qui l'avait subjugué à boire. S'il ne se résignait pas à perdre, il montrait qu'il tenait en estime son adversaire vainqueur.

Il était très orgueilleux, très anglais en quelque sorte. Mais si l'on commençait à louer l'Angleterre, il se mettait à critiquer sévèrement son pays, comme si l'Angleterre, depuis qu'elle avait une histoire, n'avait rien connu de bon. Jusqu'à ce que l'autre partie, à son tour, en vînt à critiquer l'Angleterre, il changeait alors son fusil d'épaule et défendait son pays. Qu'il critiquât l'Angleterre ou la défendît, tout dans son comportement, dans son maintien, jusqu'au moindre de ses gestes, était anglais.

Cela faisait déjà trente ans qu'il vivait à Peiping. Son amour pour cette ville était presque égal à celui qu'il vouait à son pays. À ses yeux, tout à Peiping était bien, du vent de sable au préposé à la collecte des excréments. Bien sûr, il n'aurait pas jugé convenable d'affirmer que Peiping était mieux que l'Angleterre, mais quand il avait un peu bu, il disait ce qu'il pensait réellement : « Mes os devront être enterrés sur les Collines de l'Ouest, à l'extérieur de Jingyiyuan ! »

Il connaissait plus d'anecdotes sur les mœurs à Peiping que la plupart des Pékinois. Ceux-ci, à force de vivre à Peiping, étaient tellement habitués à ce qui se passait autour d'eux qu'ils ne voyaient rien là d'extraordinaire. Lui, l'étranger, se refusait à faire l'impasse sur la moindre chose, observant tout en détail, appréciant les faits. Il finit par devenir un spécialiste de Peiping. Il se posait en quelque sorte comme le propriétaire de Peiping car il savait tout ce qu'on pouvait savoir sur la ville. Il détestait particulièrement les étrangers qui venaient en voyage à Peiping. « En une semaine, ils espèrent avoir compris Peiping. Qu'ils ne dépensent plus en vain leur argent et cessent d'insulter Peiping ! » disait-il, un peu en colère.

Il avait un but dans sa vie : écrire un livre sur Peiping. Tous les jours, il mettait en ordre son manuscrit et cela se terminait toujours par : « Je n'y suis pas tout à fait ! » En bon Anglais, avant d'avoir terminé quelque chose, il n'aurait jamais voulu s'en vanter. Il n'avait pas consenti à dire autour de lui qu'il voulait écrire un tel livre, mais dans son testament, il avait déjà mentionné : « L'auteur du remarquable ouvrage : *Peiping.* »

Les bons et les mauvais côtés des Anglais sont très liés à leur esprit conservateur. M. Goodrich, en bon Anglais, était conservateur, et cet état d'esprit ne s'exerçait pas seulement à propos des traditions anglaises, il voulait aussi conserver toutes les vieilleries de Peiping. Quand il se promenait en ville ou dans la banlieue, s'il voyait venir un « légitimiste » tenant une cage à oiseau ou malaxant des noix dans ses mains, il était bien capable de bavarder avec lui des heures entières. Dans ces moments-là, il oubliait l'Angleterre, Shakespeare, pour ne plus s'intéresser qu'à son interlocuteur, à son oiseau et à ses noix. En tant qu'Anglais, il aurait dû être contre le fait d'enfermer un oiseau dans une cage, mais il avait oublié l'Angleterre pour voir les choses avec l'œil d'un Chinois, et, de plus, avec l'œil d'un légitimiste. Il trouvait que la Chine avait une civilisation autonome toute singulière, et qu'élever des oiseaux était une partie intégrante de cette civilisation. Il oubliait les souffrances de l'oiseau pour ne plus voir que cette culture pékinoise.

C'est pour cela qu'il détestait tellement les nou veaux Chinois qui voulaient tout révolutionner, faire des réformes, quitter leur longue robe pour des vêtements courts, amener les femmes à ne plus se bander les pieds et délivrer les grives et les merles huppés. Il considérait que c'était porter atteinte à toute la culture, la détruire. Il fallait s'opposer à cela sur-le-champ. En toute conscience, il ne s'agissait pas de laisser les Chinois dans une mare d'eau stagnante. Toutefois, il craignait que ces réformes ne fissent perdre aux Chinois ce Peiping qu'il avait décrit. Il sortait des estampes du Nouvel An imprimées sur planches qu'il gardait depuis plus de trente ans et questionnait les Pékinois : « Voyez un peu, qu'est-ce qui est le mieux : ces choses d'il y a trente ans ou les ronéotypes de maintenant ? Regardez les couleurs, l'expression du visage, les lignes, le papier, qu'est-ce qui peut être comparable à ces produits d'il y a trente ans ? Vous avez oublié ce que sont la beauté, la culture, vous voulez des changements, autant demander à un tigre de se faire chat ! »

Tout comme les estampes de Nouvel An, il gardait bien d'autres choses d'il y a trente ans : des nécessaires à opium, des chaussures pour pieds bandés, des plumes de paon pour les bonnets de cérémonie, des colliers de hauts dignitaires. « Certes, fumer l'opium est répréhensible, mais regardez, regardez bien, quelle beauté, quelle finesse dans le travail de cette pipe ! » disait-il en exultant.

Quand il était arrivé à Peiping, au tout début, il travaillait à l'ambassade — la « résidence anglaise », selon John Ding. Comme c'était un amoureux de Peiping, il avait bien pensé prendre pour épouse une jeune Pékinoise. À cette époque, il avait une connaissance peu approfondie de Peiping, il était impatient de tout savoir et se disait qu'en contractant mariage avec une Chinoise, il pourrait d'un seul coup comprendre beaucoup de choses. Son supérieur l'avait rappelé à l'ordre : « Vous êtes un diplomate, vous devriez prendre garde ! » Il avait refusé de tenir compte de cet avertissement et avait effectivement trouvé une jeune Pékinoise dont il s'était épris. Il savait que s'il l'épousait réellement, il devrait démissionner de ses fonctions. Abandonner une charge publique, c'est ruiner son avenir. Pourtant, sans se soucier du lendemain, il avait décidé de réaliser son « doux rêve oriental ». Par malheur, la jeune fille était tombée brusquement malade et était décédée. Il en avait été très affecté. Son poste était préservé, pourtant il avait démissionné. Il se disait que c'était pour lui la seule façon de se montrer digne de la morte — nous ne sommes pas mariés, et pourtant je démissionne. Quand il n'avait pas le moral, il marmonnait : « L'Orient est l'Orient et l'Occident est l'Occident », et il ajoutait : « Mon rêve d'être un Oriental ne s'est pas réalisé. » Après sa démission, il avait enseigné dans des écoles chinoises, il avait aussi travaillé de façon temporaire dans des boutiques étrangères. Il était très capable et du reste vivait simplement, et, bien qu'il gagnât peu, c'était amplement suffisant pour ses dépenses. Il avait loué trois pièces avec un petit jardin dans une vieille cour de la ville sud-est. Il avait accroché sur tous les murs des tableaux chinois, des calligraphies et des bibelots multicolores. Il avait demandé à un savant de lui écrire sur un panneau « Petit marché aux antiquités ». Dans la cour, il y avait des bassins avec des poissons rouges, des cages avec des oiseaux, des plantes. À l'entrée, il avait construit une loge et avait fait venir comme gardien un eunuque qui avait servi l'empereur Guangxu. À chaque fête ou pour le Nouvel An, il demandait à l'eunuque de porter le chapeau avec les glands rouges et de lui faire des raviolis. Il fêtait Noël, Pâques, la fête du Dragon et celle de la mi-automne. « Si tous les gens étaient comme moi, en un an ils auraient bien plus d'occasions de prendre du plaisir ! » disait-il à l'eunuque en riant.

Il n'avait pas eu d'autre amour, n'avait plus eu envie de se marier. Lorsqu'un ami prononçait le mot de mariage, il faisait toujours non avec la tête et disait : « Quand un vieux moine voit des cadeaux de mariage, il se dit que ce sera pour une vie future. » Il avait appris un bon nombre de traits d'esprit et de phrases à double sens purement pékinois et les employait souvent à bon escient.

Après que l'ambassade de Grande-Bretagne eut été transférée à Nankin, il était retourné travailler à l'ancienne ambassade. Il avait demandé à l'ambassadeur de le laisser à Peiping. Il avait déjà à l'époque dépassé la soixantaine.

Il avait eu Ruixuan comme élève et l'avait apprécié car Ruixuan était posé et distingué ; selon lui, il ressemblait un peu aux Chinois d'il y a trente ans. Ruixuan l'avait aidé à collectionner des matériaux pour le chef-d'œuvre qui ne serait peut-être jamais achevé. Il l'avait aidé à traduire les textes ou les poèmes qu'il voulait citer. Ruixuan avait un bon niveau en anglais et son chinois n'était pas mal non plus. Il était heureux de travailler avec lui. Bien qu'il y eût souvent entre eux d'âpres polémiques dues à leurs différences de points de vue, comme il venait d'Angleterre, patrie du Parlement, et que Ruixuan, de son côté, ne se fâchait pas facilement, leurs sentiments ne s'en trouvaient pas affectés. Après la chute de Peiping, M. Goodrich avait fait porter une lettre à Ruixuan dans laquelle il comparait l'agression japonaise à l'invasion de Rome par les barbares du Nord aux périodes sombres de l'Europe et l'informant que cela faisait trois jours qu'il n'avait pas pris un vrai repas. À la fin de la lettre, il disait à Ruixuan : « En cas de difficultés, venez me voir, je vous en prie, je ferai tout mon possible pour vous aider. Cela fait trente ans que j'habite en Chine, j'ai appris un peu comment les Orientaux s'entraident et combien est important pour eux le sens de l'amitié. »

Ruixuan lui avait répondu par une lettre très polie, mais il n'était pas allé le trouver. Il redoutait le blâme que pourrait formuler le vieux M. Goodrich à l'encontre des Chinois. Il supposait qu'il maudirait l'agression japonaise, mais qu'en même temps il reprocherait aux Chinois de n'avoir pas su défendre Peiping.

Pourtant, aujourd'hui, il était obligé d'y aller. Il était sûr que le vieil homme l'aiderait, mais il savait aussi qu'il laisserait libre cours à ses griefs sans détour et que lui en serait gêné. Il lui fallait se blinder pour cette rencontre. De toute façon, écouter les médisances du vieil homme serait plus supportable que de tendre la main pour toucher l'argent des Japonais.

Effectivement, comme prévu, M. Goodrich commença par consacrer un quart d'heure à des reproches contre les Chinois. Il est vrai qu'il n'insulta pas Ruixuan en particulier, toutefois ce dernier ne put s'empêcher de prendre la défense de ses compatriotes. Bien qu'il fût venu solliciter l'aide du vieil homme, il ne pouvait pas non plus, pour ce motif, ne pas riposter.

M. Goodrich n'était pas de très haute taille, il avait un visage allongé, un nez pointu, ses yeux gris-bleu étaient enfoncés dans les orbites. Il se tenait encore très droit, mais les maigres cheveux qu'il avait sur la tête étaient pratiquement blancs. Il avait un tic : chaque fois qu'il parlait trop, il semblait s'étouffer, étirait le cou qu'il avait long, on aurait dit un coq qui va chanter.

Ruixuan comprit que le vieil homme avait été affecté par ce qui était arrivé à Peiping. Ses cheveux avaient encore blanchi par rapport à l'an passé et, en parlant, il n'arrêtait plus d'étirer son cou. Malgré tout, il lui était difficile de faire des concessions par politesse ; il ne pouvait, pour des questions d'argent, supporter les blâmes de M. Goodrich. Il devait être clair avec lui : la Chine n'était pas anéantie, la guerre sino-japonaise n'était pas finie, il le prierait de se garder de tirer des conclusions trop hâtives.

Après plus d'une demi-heure de discussion, le vieil homme se rappela soudain : « En voilà du propre, emporté par mes paroles, j'ai oublié la politesse chinoise ! » Il s'empressa de sonner pour qu'on apportât du thé.

John Ding entra. Son étonnement à voir Ruixuan bavarder d'égal à égal avec M. Goodrich fut indescriptible. Après avoir bu une gorgée de thé, le vieil homme prit l'initiative d'une trêve. Comme il ne parvenait pas à démolir l'argumentation de Ruixuan, ni à abandonner pour autant son point de vue, il ne lui restait plus qu'à attendre une autre occasion pour entamer une nouvelle bataille verbale. Il savait que Ruixuan était certainement venu pour tout autre chose, il n'eût pas été convenable de sa part d'en rester à ces causeries. Il rit et dit dans un chinois un peu hésitant mais assez fluide cependant : « Que se passe-t-il, quelle affaire vous amène ? Parlons de choses sérieuses ! »

Ruixuan lui exposa le motif de sa visite.

Le vieil homme étira plusieurs fois son cou et dit à Ruixuan : « Viens ici, je ne trouve pas d'assistant qui me convienne, viens, nous travaillerons ensemble et ce sera, j'en suis sûr, une source de satisfaction pour nous deux. Les Chinois de la vieille école ont un chinois sûr, mais leur anglais laisse à désirer. L'anglais des diplômés de l'université n'est pas bon, leur chinois non plus — tu parles toujours en faveur de la nouvelle Chine, mais tu ne peux pas cette fois être opposé à ce que je viens de dire.

— Quand un pays, de vieux qu'il était, devient jeune, il ne peut, c'est évident, entrer d'un coup au paradis ! dit Ruixuan en riant.

— Oh ! » Le vieil homme s'empressa de boire une gorgée de thé. « Tu remets ça ! Peiping est perdue, et tu veux encore du changement, lequel ?

— Si on l'a perdue, on la reprendra de force !

— Allez, il suffit, je n'en crois rien, mais j'admire la façon dont tu tiens à tes convictions. Bon, restons-en là pour aujourd'hui, après nous aurons tout le temps de rouvrir le débat. Tu viendras travailler lundi prochain. Fais-moi un *curriculum vitae,* en chinois et en anglais. »

Ruixuan s'exécuta. Le vieil homme mit les papiers dans sa poche.

« Si on sortait boire un verre ? Aujourd'hui, c'est la fête du Dragon. »

CHAPITRE XXXIX

En rentrant de la ville est, Ruixuan n'avait pas le moral. En ce qui concerne le problème financier, il aurait dû se sentir quelque peu soulagé, mais depuis qu'il avait décidé de faire un travail « étranger », même si sa situation était différente de celle de John Ding, il se sentait mal à l'aise. La critique la plus légère qu'on pouvait faire sur le fait qu'il avait abandonné ses élèves pour aider un étranger dans son travail était qu'il s'agissait d'une forme de fuite. Il se disait qu'il avait agi de façon indigne pour son pays, alors que celui-ci avait plus que jamais besoin de lui. Il marchait lentement, la tête baissée. Il avait honte de regarder les gens dans la rue, bien qu'il ne s'agît que d'une foule stupide qui se dirigeait vers Beihai pour assister au spectacle. Lui n'était pas stupide, pourtant, qu'avait-il fait pour son pays ? Il avait fui son devoir !

Mais il fallait reconnaître que cette opportunité réglait vraiment les difficultés présentes : sa famille était momentanément à l'abri de la faim. La solution n'était pas parfaite et il n'y pouvait rien, Peiping n'était déjà plus la Peiping des Chinois, les Pékinois ne pouvaient déjà plus vivre entièrement comme ils l'auraient souhaité. Il se dit qu'il devait se féliciter d'avoir trouvé une issue qui lui apportait une légère consolation tout en nc lc liant pas pieds et mains aux Japonais. Après ces réflexions, il redressa la tête. Il lui fallait rapporter quelques douceurs à ses parents pour marquer ce jour de fête et leur être agréable. Il se moquait de lui-même car il était seulement capable de faire montre de piété filiale, presque avec sensiblerie, mais il s'agissait au moins d'actes raisonnables, c'était toujours mieux que de froncer les sourcils et de provoquer l'inquiétude des parents. Dans une boutique de pains à la vapeur près de l'Arc commémoratif de Xidan, il acheta vingt gâteaux représentant les cinq animaux venimeux.

Il s'agissait d'une très vieille boutique. À l'extérieur étaient accrochées des pancartes rouges portant les inscriptions dorées suivantes : « Petits pains mandchous et chinois », « pâtisseries fines impériales ». L'intérieur de la boutique était très propre et de bon goût. Il n'y avait que quelques grandes caisses en bois vermillon, remplies de toutes sortes de douceurs. Les murs étaient nus à l'exception d'une immense fresque dont le jaune avait foncé et qui représentait des histoires tirées des romans *Les Trois Royaumes* et *Rêve dans le Pavillon Rouge.* Ruixuan aimait ce type de boutique remplie de bonbons doux et de gâteaux, il y avait aussi cette légère odeur de crème, douce et apaisante. La pièce était assez sombre, mais, dès qu'on approchait du comptoir, il y avait ces garçons de boutique au crâne rasé et au visage luisant de propreté, calmes et souriants, qui venaient au-devant de vous et vous demandaient d'une voix très suave : « Que désirez-vous ? »

Là, point de comptoirs en verre, laqués de façon voyante, ni de boîtes aux couleurs criardes, ni de garçons de boutique qui s'occupent des clients tout en plaisantant, ni de banderoles rouges portant des inscriptions du type : « Soldes monstres » ou

« Deuxième anniversaire », mais il y avait un nom, de la politesse, de la distinction, de la propreté et le prix réel des articles. C'était une boutique dans le pur style pékinois, tout à fait en accord avec la culture pékinoise. Mais voilà, ce genre de boutique était en voie de disparition, il n'en restait plus que quatre ou cinq dans toute la ville et elles allaient bientôt, comme la boutique Daoxiangcun, se mettre à vendre pêle-mêle gâteaux, jambon, thé, faute de quoi elles courraient d'elles-mêmes à leur perte. Avec elles disparaîtraient la politesse, l'honnêteté, ces artisans qui connaissaient vraiment bien leur métier et ces garçons de boutique si courtois.

Ruixuan demanda un grand nombre de gâteaux mais à chaque fois le vendeur dit en s'excusant qu'il n'y en avait pas. D'après ses explications, on n'arrivait pas à acheter les matières premières et, de toute façon, personne n'aurait acheté ces gâteaux. Pour les fêtes, il n'y avait que des gâteaux représentant les cinq animaux venimeux lesquels, en cas de mévente, pouvaient être broyés pour faire des galettes grillées — des gâteaux très digestes qu'on donne aux accouchées. Ruixuan savait que les gâteaux représentant les cinq animaux venimeux n'étaient pas savoureux, mais il ne pouvait pas ne pas en acheter, il savait aussi que, l'an prochain, le nom même de ces gâteaux pouvait fort bien disparaître avec la ruine de Peiping. Il en acheta vingt.

Une fois sorti de la boutique, il se dit : « L'an prochain pour la fête du Dragon, on sera peut-être obligés de manger des gâteaux japonais. Même moi j'ai pris un travail étranger. La politesse, l'étiquette, l'honnêteté, la distinction seront anéanties si nous ne les défendons pas avec l'énergie du désespoir. »

Alors qu'il arrivait à la maison, il rencontra maître Liu, lequel devint subitement tout rouge.

Ruixuan, quant à lui, était bien embarrassé. Parler était gênant, mais il ne pouvait pas non plus ne rien dire. Maître Liu avait déjà baissé la tête quand il se redressa, bien décidé à s'expliquer. Il était incapable de garder quelque chose pour lui. « Monsieur Qi, je suis allé à Beihai, mais je n'ai pas participé aux exhibitions. Au début je ne voulais pas y aller, mais le chef de la corporation m'a dénoncé et mon absence m'aurait attiré des ennuis. Qu'aurais-je pu faire à votre avis, si ce n'est faire acte de présence pour la forme, sans jouer ? Je... » Il semblait en plein désarroi et ne savait trop quoi dire d'autre. Il détestait vraiment les Japonais, avait refusé d'exécuter la danse des lions devant eux, il ne pouvait contrevenir aux ordres du chef de corporation de crainte de conséquences fâcheuses. Ruixuan devait comprendre son tourment et continuer à le respecter comme avant. Il savait qu'il avait perdu la face mais il fallait lui pardonner. Il savait aussi que si, cette fois-ci, il avait pu faire simple acte de présence sans participer au spectacle, la prochaine fois, il serait sans doute contraint d'entrer en scène. Que ferait-il alors ? « Sous un auvent bas, comment ne pas baisser la tête ? » Il s'était montré inflexible sa vie durant. Était-il possible d'effacer d'un seul coup cette gloire passée, et ce parce qu'il avait de plein gré baissé la tête devant l'ennemi ? S'il ne l'avait pas fait, les Japonais lui en auraient fait baver. Il n'avait que quelques connaissances en arts martiaux, les Japonais, eux, avaient des mitraillettes.

Ruixuan pouvait imaginer à quel point maître Liu en avait gros sur le cœur et quelle devait être son inquiétude, pourtant il ne trouvait pas les mots qu'il fallait. Autrefois, il avait demandé à maître Liu pourquoi il n'avait pas profité de ses connaissances en arts martiaux pour quitter Peiping. Or, si maître Liu à ce moment-là déjà n'avait pas pu partir, que lui dire maintenant ? Pourtant, il aurait voulu dire : « Ne pas partir, cela revient à perdre la face, et de façon terrible ! » Mais ce n'étaient pas là des paroles propres à consoler un voisin, et de plus un bon voisin. Il ne pouvait exhorter davantage maître Liu à partir, il pensait que, si ce dernier n'avait pas de difficultés, il serait parti sans attendre ses conseils. Liu était dans l'embarras et il ne pouvait l'aider. Quelques paroles creuses auraient servi à quoi ? Ses lèvres remuaient mais il ne trouvait rien à dire. Bien qu'il n'eût pas été arrêté par les Japonais, ni torturé par eux, il sentait à quel point son cœur était soumis à la torture.

C'est alors que Cheng Changshun sortit en courant de chez lui. Il demanda, sans réfléchir aux conséquences de sa question : « Maître Liu, on dit que vous êtes allé à Beihai faire la danse du lion ? »

Maître Liu, avant même de répondre, avait les yeux pleins d'une colère retenue. Il ne pouvait se disputer avec un garçon aussi jeune, il lui était pourtant difficile de ne pas s'emporter. Il fit les gros yeux à l'intention de Changshun, comme s'il voulait le fusiller du regard.

Changshun prit peur, il comprit qu'il avait dit une bourde, n'ajouta rien et se retira lentement dans la maison.

« Et puis merde ! » jura maître Liu sans entrain. Après quoi il ajouta un : « Au revoir ! », se détourna et partit.

Ruixuan resta là un moment interdit, puis il rentra chez lui à son tour. Il ne savait comment juger maître Liu et Changshun. Pour ce qui est du tempérament, c'étaient tous les deux des sanguins, quant à leur situation, elle n'était guère différente de la sienne. S'il ne pouvait faire leur éloge, il eût été mal venu de sa part de les blâmer. Comme lui, ils semblaient être venus en ce monde pour attendre de subir à Peiping le supplice de la mort lente de leur âme. Peiping, qui avait été leur lieu de naissance, serait le tombeau où les Japonais les enterreraient peut-être.

Les gâteaux représentant les animaux venimeux remportèrent un franc succès. Le vieux Qi n'eut pas envie d'y goûter mais ils lui mirent le sourire aux lèvres. Dans sa mémoire d'homme de plus de soixante-dix ans, pour chaque événement, chaque fête, il avait enregistré un fait marquant concernant un objet ou un comportement. Pour la fête des Bateaux-Dragon, ces gâteaux représentant les cinq animaux venimeux y furent gravés en caractères rouges, comme les gâteaux de lune de la fête de la mi-automne et les gâteaux de riz glutineux du Nouvel An. Non qu'il eût envie de les goûter, mais il lui plaisait de les regarder, pour les comparer à ceux enregistrés dans son cerveau. Il avait alors l'impression que le monde allait du même train qu'avant et cela le rassurait. Cette année, pour la fête du Dragon il n'y avait eu ni cerises, ni mûres, ni gâteaux de riz, ni effigies des dieux. Il n'avait pas fait de commentaires, mais les faits enregistrés dans son esprit étaient apparus pêle-mêle, cela l'avait rendu chagrin. Or, aujourd'hui, il y avait au moins ces caractères rouges, c'était quelque chose de tangible qui marquait la fête du Dragon et, cela, les Japonais n'étaient pas parvenus à le supprimer. Il s'empressa d'en donner à Petit Shunr et à Niuzi.

Petit Shunr et Niuzi tenaient leur gâteau à deux mains. La petite fille n'arrêtait pas de s'extasier en aspirant de l'air. Petit Shunr en avait déjà goûté une bouchée quand il demanda : « C'est un gâteau des cinq animaux venimeux, il y a du poison dedans ? » Le vieillard se mit à rire tout en soupirant : « Les scorpions et les mille-pattes du dessus sont sortis du moule, il n'y a pas de poison. »

Ruixuan regardait la scène. Au début, il avait ressenti de la pitié pour les enfants. Depuis la chute de Peiping, ils n'avaient pas eu grand-chose à manger. Au bout d'un moment, il comprit soudain cette vérité : « Rien d'étonnant à ce que certains se fassent traîtres à la nation, bien manger et bien boire est un des plaisirs fondamentaux de l'existence. Quand les enfants ont de bonnes choses à manger, ils ont le sourire adorable des angelots. » Tout en regardant Petit Shunr, il fit oui avec la tête.

« Pa ! dit Petit Shunr en ôtant sa langue de la friandise, qu'est-ce que tu as à hocher la tête comme ça ? »

La petite Niuzi, qui redoutait les reproches de gourmandise que lui faisaient les grandes personnes, et bien qu'elle n'eût rien compris, demanda : « Hocher la tête ? »

Ruixuan eut un sourire triste mais ne voulut rien répondre. Sa réponse aurait été la suivante : « Mais je ne peux tout de même pas vendre mon âme pour voir sourire mes enfants ! »

Il n'était pas comme le cadet qui ne pouvait rien garder pour lui. Il ne voulait pas avertir les siens qu'il avait déjà trouvé une autre situation. En temps de paix, l'obtention de cet emploi l'aurait enchanté, pour des raisons financières, et parce qu'il aurait ainsi l'occasion de parler anglais tous les jours, de lire des revues et des ouvrages en anglais, d'écouter la radio en langue étrangère. S'il voyait bien tous les avantages de la situation, il ne parvenait pas à s'en réjouir. Il trouvait qu'abandonner ainsi ses élèves était un manque de courage et de dévouement, une fuite devant son devoir. S'il en informait les siens, il était certain que tous se réjouiraient de la nouvelle, et leur joie viendrait accroître sa honte et sa douleur.

Mais en voyant à quel point ces quelques douceurs avaient amené le sourire sur le visage de ses proches, il ne put tenir sa langue davantage. Il se devait de les informer, pour que leur joie fût plus grande encore.

Il annonça donc la nouvelle. Effectivement, la joie de son père et de Yun Mei fut telle qu'il se l'était imaginée. Déjà l'information était parvenue à la chambre au sud. Sa mère arriva immédiatement toute contente et entreprit de raconter, aidée de son beau-père, comment, quand l'aîné avait trouvé son premier travail, elle n'avait pas fermé l'œil de la nuit, comment, quand le cadet était allé travailler, elle avait passé la nuit à lui confectionner des chaussures en velours noir à semelles de toile, comment, une fois les chaussures confectionnées, le cadet avait tenu à s'acheter des chaussures en cuir et comment elle en avait été peinée pendant deux ou trois jours.

Les paroles de sa belle-fille furent un signal pour le vieux Qi et il se mit à parler sans retenue. Il évoqua des faits se rapportant à la période où Tianyou était dans la force de l'âge. Tous à entendre ces histoires semblaient avoir oublié que l'intéressé était encore en vie. Certains faits étaient même nouveaux pour Mme Tianyou, à la grande satisfaction du vieil homme. Peu importait l'intérêt des histoires en elles-mêmes, l'époque à laquelle elles se rapportaient faisait perdre pas mal de leur attrait aux propos insignifiants de sa belle-fille.

Yun Mei était plus contente que quiconque. Ces derniers mois, elle avait éprouvé beaucoup de difficultés à assurer nourriture et habillement pour tous. À présent, avec ce travail étranger obtenu par son mari, tout irait mieux. Elle voyait déjà cette monnaie étrangère qu'elle n'avait pas encore. Elle n'aurait plus besoin de s'inquiéter davantage pour le riz dans la jarre ni pour les chaussettes et les chaussures des enfants. Elle n'aurait plus besoin de maudire les Japonais. S'ils étaient toujours des occupants, cela ne la concernait plus. En entendant cette « évocation du passé » dans la bouche du vieil homme et dans celle de sa belle-mère, elle aurait pu aussi raconter des choses intéressantes sur la naissance et l'éducation de ses enfants, pourtant elle n'avait pas osé prendre la parole. Si les propos des vieux parents pouvaient être comparés à un arbre ancien, son expérience à elle n'était qu'une pousse verte tout juste sortie de terre. Elle se dit que, puisque son mari aurait des revenus sûrs, toute la famille pourrait vivre en harmonie et que, dans vingt ou trente ans, assise paisiblement sur le kang, ce serait son tour de parler du passé à ses enfants.

Ruixuan écoutait, observait, il avait le cœur gros, mais cependant n'osait pas se retirer. Il était de son devoir d'observer, d'écouter. Il regardait les autres rire et se devait de rire aussi, ou de hocher la tête. Il repensa à l'officier instructeur Yamaki. Si, à la mort de son fils bien-aimé, ce dernier n'avait pas eu le droit de pleurer, lui devait rire avec ses vieux parents, alors que la ville était asservie. La frénésie guerrière de tout un peuple avait donné à Yamaki un cœur de pierre, alors que sa propre sensiblerie était due à la vertu de piété filiale qu'il partageait avec tous ses compatriotes, et elle pouvait les mener jusqu'au désintérêt pour le péril auquel était confronté le pays. Il lui était impossible de prendre la ferme résolution de mettre un terme à ces sentiments, fruits d'une grande attention accordée aux relations humaines, mais il savait par ailleurs que les soucis familiaux le poussaient, lui et peut-être beaucoup d'autres, à négliger une chose capitale :

venger le pays. Il avait le cœur gros, mais il ne pouvait se corriger. Comment rien qu'en remuant le petit doigt aurait-il pu changer une civilisation plusieurs fois millénaire ?

Il lui fallut attendre. Quand ses vieux parents eurent épuisé leurs propos, il pensa pouvoir se retirer dans sa chambre pour se reposer, mais le vieux Qi voulut sortir faire un tour et porter une lettre à son fils Tianyou, afin qu'il pût se réjouir lui aussi. Petit Shunr et sa sœur demandèrent à être de la partie. Yun Mei insista tellement pour qu'il y allât, disant que le vieil homme ne viendrait pas à bout de ces deux petits démons espiègles, que Ruixuan ne put faire autrement que de s'exécuter. Il dit à Petit Shunr sur un ton qui se voulait dissuasif : « Ne revenez-vous pas tout juste du parc Beihai ?

— Parlons-en ! répondit Yun Mei. Ils viennent de pleurer un bon moment. Leur oncle était décidé à les emmener mais la grosse tante, que cela ennuyait, n'a pas accepté. Regarde-moi dans quel état se sont mis ces deux petits choux à force de pleurer ! »

Ruixuan ne dit rien. Emmener promener les enfants faisait partie de ses devoirs.

Fort heureusement, alors que la petite troupe, jeunes et vieux, sortait, elle rencontra Petit Cui. Ruixuan n'avait vraiment pas envie de ressortir faire un tour, aussi les confia-t-il à Petit Cui : « Maître Cui, emmène grand-père en pousse à la boutique, tu veux bien ! Surtout ne cours pas ! Petit Shunr, Niuzi, vous resterez assis bien sagement, défense de chahuter ! Maître Cui, si tu n'as pas d'autres clients, tu les ramèneras ! »

Petit Cui fit oui avec la tête, Ruixuan aida le grand-père à monter dans le pousse tandis que Petit Cui prenait les enfants dans ses bras et les faisait asseoir, puis il se mit en marche en riant et en bavardant.

Ruixuan poussa un soupir de soulagement

La vieille dame était sous le jujubier à contempler les petits jujubes qui venaient tout juste de se nouer, pareils à des pois bien tendres. Ruixuan, en revenant du portail, aperçut sa mère sous l'arbre. Cela lui sembla étrange. Les feuilles du jujubier diffusaient une lumière vert pâle. Le visage de la vieille femme était très jaune, très calme. Il eut l'impression de voir une belle peinture apaisante et émouvante. Il revit sa mère telle qu'elle était autrefois. Il semblait ne pas reconnaître celle qui était sa mère quand il avait dix-neuf ou vingt ans. Il resta stupéfait, et la regarda d'un air hébété. Elle détourna lentement son regard des petits jujubes verts, le vit. Ses yeux étaient enfoncés profondément dans les orbites. De ses pupilles devenues légèrement inertes et fixes émanaient toujours bienveillance et douceur — ses yeux avaient changé d'aspect, mais gardaient tout leur charme, là il retrouvait sa mère. Ruixuan ressentit soudain un peu de chaud au cœur, il s'en voulait de ne pas pouvoir aller lui prendre la main en l'appelant « maman ! », de réveiller cette bienveillance et cette douceur, de lui redonner les yeux et tout ce qu'elle était dix ou vingt ans auparavant. S'il avait prononcé ce mot, il serait certainement redevenu aussi innocent que Petit Shunr et Niuzi et se serait libéré d'un coup de toutes les injustices dont il avait été victime, goûtant ainsi un moment de joie. Mais il ne dit rien, sa bouche d'homme de trente ans ne savait plus dire « maman ! » avec innocence.

« Ruixuan ! l'appela-t-elle doucement, viens, j'ai quelques mots à te dire ! » Sa voix était douce, elle semblait contenir une pointe de supplication.

Il répondit sur un ton très affectueux. Il ne pouvait repousser sa demande. Il savait qu'en l'absence de ses deux autres frères, la solitude pesait à sa mère. Il eut honte de n'avoir pas pensé à cela plus tôt, il aurait pu donner à sa mère un peu de chaleur et de réconfort. Il la suivit dans la chambre au sud.

« Mon grand ! dit maman avec un sourire un peu forcé en s'asseyant sur le bord du kang, tu as trouvé du travail, mais je vois bien que tu en éprouves peu de joie, n'ai-je pas raison ?

— Hum ! » L'aîné était embarrassé, il ne savait trop comment répondre.

« Dis-moi la vérité, tu peux bien me la dire à moi !

— C'est vrai, maman, cela ne me réjouit guère !

— Et pourquoi donc ? » dit la vieille femme en riant, comme pour montrer par là qu'elle ne se fâcherait pas, quelle que fût la réponse de son fils.

L'aîné savait qu'il n'avait plus besoin de mentir. « Maman, quand je me dévoue à la famille, je ne peux me dévouer au pays, et, à l'inverse, si je me consacre au pays, je ne peux plus me consacrer à ma famille. Ces derniers mois, c'est ce qui me chagrinait, et, à présent, c'est ce qui me chagrine encore, et cela continuera de me chagriner. Alors que le pays est dans une si mauvaise passe, ne pas m'engager c'est vraiment, c'est... » Il ne trouvait pas le mot correct et se mit à rire, un peu gêné et ennuyé.

La vieille femme resta un moment interloquée, puis dit en approuvant de la tête : « Je comprends à quel point grand-père et moi te causons du désagrément.

— Mais j'ai aussi femme et enfants qui ont besoin de moi !

— Se serait-on moqué de toi ? T'aurait-on accusé d'être lâche et incapable ?

— Pas du tout, c'est ma conscience qui se moque de moi.

— Hum ! Je m'en veux de vivre encore et d'être pour toi cause de soucis !

— Maman !

— Oh, je sais bien que les Japonais ne quitteront pas de sitôt Peiping et que, tant qu'ils resteront, tu seras malheureux. Tous les jours je t'observe derrière les carreaux. Tu es mon aîné, te voir malheureux me rend triste. »

Ruixuan resta longtemps sans rien dire. Il fit deux pas dans la pièce et eut un rire ennuyé : « Maman, ne t'inquiète pas, je vais retrouver peu à peu mon entrain.

— Toi ? » Maman se mit à rire elle aussi. « Je te connais trop ! »

Le cœur de Ruixuan se serra, il ne trouva plus rien à dire.

Maman se tut elle aussi.

Finalement, ce fut Ruixuan qui reprit la parole pour dire : « Maman, va t'allonger un moment, j'ai une lettre à écrire ! » Il sortit de la pièce, le cœur lourd.

Arrivé dans sa propre chambre, il ne voulut pas repenser davantage aux propos de sa mère, car il avait beau y réfléchir, c'était toujours cette même phrase qui revenait : il n'y avait aucune solution. Il était juste capable de faire de son mieux étant donné le contexte, il ne parvenait pas à créer une situation nouvelle. Il trouvait qu'il avait gâché sa vie pour rien.

Il avait vraiment l'intention d'écrire une lettre, une lettre pour donner sa démission de l'école. Il s'empressa d'attraper un stylo. Il voulait se changer les idées, oublier les paroles de sa mère. Mais quand il eut en main le stylo, il ne parvint pas à écrire. Il lui fallait se rendre à l'école, revoir encore une fois les étudiants. Il avait cette exhortation à leur faire : « Si vous le pouvez, partez, quittez Peiping ! Si vous ne le pouvez pas, faites sérieusement vos études, accumulez des connaissances, la Chine ne périra pas, il vous faut accumuler des connaissances pour, plus tard, offrir le meilleur de vous-mêmes au pays. Ne provoquez pas exprès les Japonais, ne consentez pas davantage à être leur chien courant ! Il vous faudra supporter beaucoup de choses, fermement, avec résolution, tout en gardant à l'esprit l'idée de venger l'affront. »

Il tourna et retourna plusieurs fois ces propos, il trouvait que seules ces exhortations pouvaient racheter la faute qu'il faisait en abandonnant ses élèves. Mais voilà, comment le leur dirait-il ? S'il osait le dire ouvertement dans la salle de cours, il serait arrêté sur-le-champ. Il savait que dans chaque école on avait procédé à des arrestations. Se mettre sagement à l'abri du danger en cette période de malheur n'était pas forcément une preuve d'intelligence, mais si on l'arrêtait, son grand-père et sa mère en mourraient de chagrin. Il posa son stylo, fit les cent pas dans la pièce. C'était vrai, les Japonais ne l'avaient pas encore arrêté, ne l'avaient pas encore soumis à la torture, pourtant sa bouche, ses mains, son âme même étaient enchaînées déjà. Après avoir arpenté la pièce un bon moment, il s'assit de nouveau, reprit le stylo et rédigea une lettre très sommaire à l'intention du proviseur. Quand il eut fini d'écrire, il cacheta l'enveloppe, y colla un timbre et alla la poster au trot à la boîte dans la rue. La moindre hésitation, parce qu'il regrettait de n'avoir pas fait ses adieux aux élèves, l'aurait empêché de la poster.

Alors qu'il était bientôt l'heure du dîner, Petit Cui revint, tirant sa petite troupe. Petit Shunr et Niuzi avaient le visage rouge à en être luisant. Ce n'était pas dû seulement à la chaleur, mais aussi à l'excitation. Si le vieux Qi n'avait pas, quant à lui, le visage rouge, ses petits yeux étaient tout joyeux. Il dit à Yun Mei : « Dans la rue tout semble calme, les Japonais ne continueront probablement pas à nous embêter ! » Et toute l'erreur venait de là ! Le vieil homme, qui n'aspirait qu'à la paix, à la vue du spectacle de la rue, croyait la paix revenue.

Petit Cui attira Ruixuan sous le gros sophora et lui dit tout bas : « Monsieur Qi, savez-vous qui j'ai vu ?

— Qui donc ?

— M. Qian.

— Qian !... » Ruixuan empoigna vivement le bras de Petit Cui et entraîna ce dernier dans la maison, il ferma la porte et répéta sa question : « M. Qian ? »

Petit Cui fit oui avec la tête. « J'attendais le vieux monsieur dans une petite maison de thé en face de la boutique de tissus. Alors qu'on m'apportait mon thé, je l'ai soudain aperçu. Il éprouvait quelque difficulté à marcher à cause d'une de ses jambes, avançait lentement. Une fois entré dans la maison de thé, comme le contraste de lumière était grand entre l'intérieur et l'extérieur, il s'est concentré, il semblait ne pas trouver l'emplacement des tables.

— Comment était-il habillé ? demanda Ruixuan tout bas, son cœur battait très vite.

— Une veste et un pantalon blancs très sales, il allait pieds nus, il traînait plutôt qu'il ne portait des chaussons en toile sales et déchirés.

— Oh ! » Ruixuan avait compris tout de suite que le poète Qian ne portait déjà plus de longue tunique, or un Pékinois n'ose s'occuper de choses importantes qu'à partir du moment où il abandonne sa longue tunique. « Il a grossi ou maigri ?

— Il est très maigre, mais c'est peut-être à cause des cheveux qu'il n'a pas coupés depuis plusieurs mois. Des cheveux longs, ça vous rapetisse un visage, non ?

— Est-ce qu'ils sont blancs ? »

Petit Cui réfléchit un moment : « Oui, oui, mais ses yeux brillent. Avant, quand il parlait, il avait les yeux larmoyants, rieurs. À présent, ils sont toujours rieurs, mais ils ne larmoient plus. Ils brillent, ils sont secs. Quand il m'a vu, je me suis senti mal à l'aise.

— Tu ne lui as pas demandé où il habitait ?

— Si, il a ri, n'a pas répondu. Je lui ai posé beaucoup de questions : où habitez-vous, que faites-vous, M. Jin va bien ? Il ne répondait rien. Il s'est assis à côté de moi, a demandé un bol d'eau bouillie, il en a bu une gorgée, alors sa langue s'est déliée. Il parlait très bas, en fait il n'y avait personne dans la maison de thé à cette heure-là.

— Qu'a-t-il dit ?

— Beaucoup de choses, comme il parlait très bas et qu'il n'a plus de dents, je n'ai pas compris grand-chose, sauf ceci : il m'a dit de partir !

— Pour aller où ?

— M'engager dans l'armée !

— Que lui as-tu dit ?

— Moi ? » Petit Cui rougit. « Vous voyez, Monsieur Qi, je viens tout juste de trouver quelque chose à faire, comment pourrais-je partir ?

— De quoi s'agit-il ?

— Votre frère m'a demandé de travailler pour lui au mois. Je me retrouve avec quelqu'un que je connais, il y a moins de risques. Je n'ai pas envie de partir !

— Pourtant tu détestes les Japonais ?

— C'est clair. J'ai dit à M. Qian : je viens tout juste de trouver du travail, je ne peux pas partir, on en reparlera plus tard !

— Qu'a-t-il dit ?

— Il a dit quand tu auras perdu la vie, ce sera trop tard !

— Il était en colère ?

— Non, il m'a demandé de bien réfléchir. » Comme s'il redoutait les questions de Ruixuan, il s'empressa de continuer : « Il m'a donné aussi une effigie de la divinité. » Il sortit de sa poche une effigie du dieu des cinq tonnerres avec des caractères rouges sur papier jaune. « Je ne sais pas pourquoi il m'a donné cela, on colle cela la fête de mai, et on les retire à midi, or à présent il fait presque nuit ! »

Ruixuan prit l'effigie, la déplia, regarda l'endroit, puis la retourna pour examiner ce qu'il y avait au dos, il n'y avait rien d'autre que l'impression en rouge des formules des cinq tonnerres et le sceau de Zhang Ling[1]. « Maître Cui, donnez-la-moi !

— Prenez-la, Monsieur Qi, je m'en vais, la course est réglée ! »

Sur ce, il ouvrit la porte, sortit, on aurait dit qu'il redoutait d'autres questions de la part de Ruixuan.

Après avoir allumé la lampe, Ruixuan prit l'effigie et la regarda attentivement. Au dos, il vit quelques caractères, rouges eux aussi, écrits sur les caractères rouges en filigrane de l'effigie. Si l'on ne regardait pas attentivement, ce n'étaient que points et traits rouges, un peu plus foncés que le rouge qui apparaissait en filigrane. En l'approchant de la lumière et en observant attentivement, il vit qu'il s'agissait de poésie nouvelle :

De ma voix qui saigne
je vous en conjure :
quittez cette maison qui n'a plus de drapeau

1. Zhang Ling (34-156) : Zhang Daoling, fondateur de la secte taoïste des Cinq Boisseaux de riz pendant la dynastie des Han orientaux.

ne regrettez rien !
Le pays vous appelle,
comme une tendre mère appelle ses enfants
Partez ! Quittez vos longues robes
elles vous feraient tomber —
tomber dans la tombe !
Pour l'heure, votre habit d'apparat c'est l'habit militaire
le pays tout entier n'est-il champ de bataille ?
Quittez Peiping, ville morte
pour rentrer victorieux
rester ici c'est tenir compagnie aux cercueils
résister, verser votre sang
sont insignes glorieux entre tous
pour survivre, portez-les à votre poitrine
sinon, vous périrez de même
dans la honte, le froid, la faim
Partez, je vous en conjure
celui qui part est esclave de moins
celui qui part est combattant de plus
partez, le pays vous appelle
le pays vous appelle

Quand il eut fini sa lecture, Ruixuan se sentit les mains moites de sueur. Ce n'était pas de la bonne poésie, c'est vrai, mais chaque mot, comme une aiguille acérée, lui perçait le cœur, lui qui, justement, ne voulait pas ôter sa longue tunique, qui se résignait à tenir compagnie aux cercueils, il était cet être couvert de honte !

Ce n'était pas de la bonne poésie, mais il ne pouvait se résoudre à laisser le poème de côté. Au bout d'un moment, il le sut par cœur. Et alors ? Son visage le brûlait.

« Petit Shunr, dis à papa de venir à table ! » C'était la voix de Yun Mei.

« Pa, à table ! » cria Petit Shunr d'une voix perçante.

Ruixuan fut secoué d'un frisson. Il fourra l'effigie dans sa poche.

CHAPITRE XL

Ruixuan ne ferma pas l'œil de la nuit. Il faisait assez chaud, il n'y avait pas un souffle d'air, on étouffait, comme avant la pluie d'orage. Allongé sur le lit, il ne parvenait pas à fermer les yeux. Même dans le noir, il voyait le poème du vieux Qian, voyait ses mots qui palpitaient dans l'air comme de petites étoiles d'or. Il décida de se rendre le lendemain matin à la petite maison de thé dont avait parlé Petit Cui, il y attendrait le poète Qian, ce poète qui avait abandonné sa longue tunique et les vers à l'ancienne. Il avait toujours admiré M. Qian, mais à présent il le prenait carrément pour Jésus cloué sur la croix. Car Jésus ne s'était pas intéressé uniquement aux affaires de son pays ou à la libération de son seul peuple, ce dont il se souciait, c'était de l'âme humaine. Mais en acceptant sa croix avec courage, M. Qian forçait vraiment la vénération. C'était vrai, le poète ne voyait peut-être que le moment présent, sans penser à « la vie éternelle », mais sans le sacrifice et le sang versé sur le moment, comment parler d'éternité pour un peuple ?

Il savait que M. Qian serait arrêté tôt ou tard, serait soumis à la torture. Mais il pouvait imaginer qu'il serait heureux, consentant, qu'il combattrait l'ennemi jusqu'à son dernier souffle. C'était une résolution propre à vous remplir de joie. M. Qian avait trouvé cette résolution, une seule route s'offrait à lui, nul besoin de tergiverser, d'hésiter au carrefour. Fort de cette « foi », il ne pouvait qu'éprouver de la joie.

Et lui ? Il n'avait ni résolution ni foi, il n'avait pas de route toute tracée. Sans doute ne serait-il jamais arrêté, mis à la torture, mais il ne connaîtrait jamais la joie non plus. Son « cœur » endurait un supplice terrible. Il espérait vivement revoir M. Qian, s'entretenir avec lui. Depuis que M. Qian était parti de la ruelle du Petit-Bercail, Ruixuan pensait qu'il avait dû quitter Peiping. Il n'aurait jamais imaginé qu'il faisait du travail de résistance au nez et à la barbe de l'ennemi. Il s'était dit qu'avec sa jambe, M. Qian n'aurait pas pu entreprendre un grand voyage, mais si le vieil homme n'avait pas décidé de verser son sang à Peiping, même avec une seule jambe il se serait enfui. C'est exprès qu'il menait ses activités à Peiping, et c'est à Peiping qu'il voulait verser son sang. Après cette analyse, son envie de voir le vieil homme s'en trouva confortée. Quand il le rencontrerait, pensait-il, il lui faudrait d'abord se frapper trois fois le front au sol par égard pour lui. La conduite du vieil homme n'était pas dictée par une simple intention de vengeance personnelle, il entendait donner un témoignage positif pour toute une culture. M. Qian était un Chinois authentique, or un Chinois authentique, avec ses poèmes, son sens des bienséances, ses peintures, sa moralité est capable de se sacrifier pour une noble cause. Lan Dongyang, Ruifeng et Guan Xiaohe n'avaient ni le savoir ni l'éducation de M. Qian, et ils se contentaient d'apprécier la cuisine chinoise, oubliant tout le reste. La civilisation devrait, comme un tamis, passer tout au crible, faire tomber la terre et les résidus pour ne laisser que quelques morceaux d'or véritable. M. Qian était cet or et Lan Dongyang, la terre.

Arrivé à ce point de ses réflexions, Ruixuan se sentit soulagé, l'esprit plus clair. Il avait perçu la vraie force de l'authentique civilisation chinoise, car il avait vu un morceau d'or pur. Non, non, il était décidé à ne pas se montrer passéiste. M. Qian lui apportait la preuve indéniable de la valeur de la civilisation chinoise. Forts de cette preuve, les Chinois pouvaient être pleins d'assurance. Cette confiance en soi leur permettrait d'aller de l'avant dans le sens d'une amélioration. Un pin doit être redressé pour servir de pilier, mais un tronc d'ailante, même redressé, à quoi servirait-il ? Il s'était toujours considéré comme un Chinois nouveau et avait souvent discuté avec M. Goodrich de la route que les Chinois devaient suivre. Il s'était prononcé pour l'éradication de l'ancien au profit du nouveau. Et c'est maintenant qu'il comprenait que ces choses anciennes, desquelles était parti M. Qian, constituaient une base pour la rénovation. Inversement, si l'on transformait Ruifeng, la seule chose qu'on arriverait à tirer de lui, ce serait de s'habiller à l'occidentale, tel un chien étranger. Ce qui a une base peut être rééduqué, et, on aura beau faire, un désert restera toujours un désert.

Il avait envie d'énoncer sa théorie à M. Qian. Il espérait pouvoir le rencontrer dès le lendemain.

Mais le lendemain, alors qu'il allait sortir, il fut bloqué dans la cour.

John Ding, portant deux bouteilles de bière, l'empêcha, avec beaucoup de déférence, d'aller plus loin. Le respect et la modestie dont il faisait preuve auraient ému Dieu le père. « Monsieur Qi ! » il exécuta une courbette, rapide, raide, mais très respectueuse. « J'ai demandé exprès un congé d'une demi-journée, pour venir vous présenter mes compliments. »

Ruixuan, au fond de lui, détestait John, il voyait en lui la preuve vivante de l'histoire de l'humiliation nationale depuis une centaine d'années — on avait peur des étrangers et de la guerre, mais on se faisait un honneur de leur lécher les bottes. Il restait là interdit, ne sachant trop quelle attitude adopter vis-à-vis de John Ding. Il n'avait pas l'intention de le faire entrer, sa maison et son thé étaient pour M. Li, Petit Cui ou M. Sun, il n'était pas prêt à laisser souiller ses sièges et ses tasses par un déshonneur ambulant.

John Ding avait gardé la tête baissée, il releva les paupières pour jeter en douce un coup d'œil à Ruixuan. Il vit la froideur de celui-ci, mais il n'eut pas l'air de s'en étonner, il pensait que, puisque Ruixuan discutait d'égal à égal avec M. Goodrich, il était pratiquement sur un pied d'égalité avec Dieu le père, comment aurait-il osé se fâcher contre lui ! « Monsieur Qi, si vous êtes pressé, je n'entrerai pas. Je vous ai apporté deux bouteilles de bière, ce n'est pas grand-chose, juste un petit geste !

— Non, merci. » Ruixuan avait eu beaucoup de mal à trouver sa voix. « Non, merci, je n'ai jamais accepté le moindre cadeau ! »

John Ding encaissa le coup et dit : « Monsieur Qi, dorénavant, en tout point je devrai m'en remettre à vous. Je me dois de vous offrir un petit cadeau en signe du respect que je vous porte.

— Je vous préviens », la rougeur monta au visage de Ruixuan qui ne rougissait pourtant pas facilement, « si je pouvais trouver un autre emploi, je ne mangerais pas à ce râtelier étranger, et il n'y a rien là-dedans qui mérite qu'on se réjouisse. Il vaudrait mieux pour moi pleurer un bon coup, est-ce bien clair ? »

John Ding n'avait rien compris, il n'en était pas capable. Il trouvait que Ruixuan était l'homme le plus étrange qu'il connût. Pleurer parce qu'on a trouvé un emploi étranger ! « Voyez-moi ça, voyez-moi ça ! » Il ne trouvait plus rien à dire.

« Je vous remercie, remportez le tout ! » Ruixuan était très mal à l'aise, jamais il ne s'était montré aussi impoli avec quelqu'un.

John Ding ne put que tourner les talons. Ruixuan se dirigea à son tour vers l'extérieur.

« Inutile de me raccompagner, c'est trop d'honneur, trop d'honneur ! » dit John Ding en lui barrant le chemin. Ruixuan, gêné lui aussi, répondit : « Il ne s'agit pas de cela, je dois sortir. » Ruixuan en fut quitte pour s'arrêter. Il resta là, planté dans la cour.

Au bout de deux minutes, il se dirigea de nouveau vers l'extérieur et rencontra maître Liu qui arrivait en face de lui. Ce dernier avait l'air grave, ses sourcils étaient légèrement froncés. « Monsieur Qi, vous alliez sortir ? J'ai quelques mots importants à vous dire ! » Le ton était clair : quelle que fût l'affaire qui appelait Ruixuan, il devrait d'abord l'écouter.

Ruixuan le fit entrer dans la maison.

À peine fut-il assis que maître Liu se mit à parler. Les mots semblaient se presser sur ses lèvres. « Monsieur Qi, quelque chose me tracasse. Ne suis-je pas allé à Beihai hier ? Bien que je n'aie pas fait d'exhibition, cela m'a tout retourné. Vous savez, nous autres, nous avons le sens de l'honneur et hier, moi, Liu, j'ai perdu la face. Après la question posée par Cheng Changshun — je sais bien qu'il n'est qu'un enfant et qu'il ne mesure pas ses paroles —, mais... après sa question d'hier, j'aurais voulu me glisser dans un trou de souris. Hier soir, mon dîner est mal passé, j'en avais gros sur le cœur. Après dîner, je suis sorti, histoire de me changer un peu les idées, et j'ai rencontré M. Qian.

— Où ça ? » Les yeux de Ruixuan brillèrent.

« Dans le terrain vague là-bas. » Maître Liu parlait très vite, comme s'il était mécontent que Ruixuan lui eût coupé la parole. « Il semblait tout juste sortir de chez les Niu.

— Les Niu ? »

Sans se soucier de la question de Ruixuan, maître Liu enchaîna : « Quand il m'a vu, il m'a demandé ce que je faisais. Sans attendre ma réponse, il m'a dit : "Pourquoi ne pars-tu pas ?" Il a dit que Peiping était déjà dans une impasse, que la ville était peuplée de diables et que, si l'on voulait rencontrer des êtres humains, il fallait sortir de la ville. Je n'ai pas très bien compris ce qu'il voulait dire par là, mais j'en ai eu une vague intuition. Je lui ai expliqué mes difficultés, que j'avais une femme à la maison. Il a ri, et m'a dit de penser à son cas. Il a dit : "Non seulement j'avais une femme, mais des fils aussi. À présent où sont-ils passés ? Ceux qui ont peur de mourir mourront, ceux qui n'ont pas peur de mourir vivront peut-être." Finalement, il a ajouté : "Va voir M. Qi. Peut-être pourra-t-il faire quelque chose pour toi." Sur ces mots il s'est dirigé vers la galerie ouest. Au bout de deux pas, il a tourné la tête pour me dire : "Donne le bonjour à la famille Qi !" Monsieur Qi, j'ai mijoté cela toute la nuit, et voilà ma décision : je pars ! Mais il me faut chaque mois six yuan. D'après le cours actuel de la farine de riz, avec six yuan ma femme pourra payer le loyer et manger chaque jour des petits pains de maïs. Peut-être après y aura-t-il l'inflation, qui sait ? Monsieur Qi, si vous acceptiez de l'aider chaque mois avec six yuan, je pourrais partir tout de suite ! Et ceci encore, quand les denrées auront augmenté, si vous pouvez la prendre pour aider

Mme Qi, vous en serez quitte pour deux repas, sans plus. Voilà ce à quoi j'ai pensé, décidez-vous, sans faire de façons. » Maître Liu s'arrêta pour reprendre haleine. « Je veux bien partir, si je reste ici, j'en crèverai. Pour entrer et sortir de la ville, il me faut faire des courbettes aux soldats japonais, et quand je n'ai rien à faire de spécial, on vient me chercher pour exécuter la danse du lion, c'est plus que je n'en puis supporter ! »

Ruixuan réfléchit un moment puis se mit à rire. « Maître Liu, je consens à votre plan. Je viens de trouver un emploi. Six yuan par mois, cela ne devrait pas être trop difficile pour moi. Quant à l'avenir, je ne peux pas me prononcer. »

Maître Liu se leva, expira longuement : « L'avenir, ce sera pour plus tard. Il suffit pour l'heure que je sache que vous voulez bien m'aider, je partirai tranquille. Monsieur Qi, je ne sais que vous dire, vous êtes mon bienfaiteur ! » Il fit un salut exagéré.

« C'est convenu, pourvu que mon salaire tombe comme prévu, je demanderai à la mère de Petit Shunr de lui porter l'argent.

— Eh bien, au revoir ! Monsieur Qi. Si je meurs en route, il vous faudra prendre soin d'elle !

— Je ferai de mon mieux. Si mes problèmes étaient aussi faciles à résoudre que les vôtres, je partirais avec vous. »

Maître Liu sortit rapidement sans même songer à ajouter quelque chose, son visage fermé s'était éclairé.

Ruixuan sentait son cœur battre très vite. Quand il retrouva son calme, il ne put s'empêcher de rire. C'était la première chose valable qu'il faisait depuis le 7 juillet, début de la guerre de résistance. Il voulait en informer sur-le-champ M. Qian. Il se dirigea de nouveau vers l'extérieur. Comme il atteignait le portail, il vit Guan Xiaohe, la « grosse courge rouge », Lan Dongyang, la grassouillette Chrysanthème et John Ding qui venaient dans sa direction. Il était sûr que John Ding avait offert les bouteilles de bière à la famille Guan, en leur expliquant ce qui s'était passé. La grassouillette Chrysanthème bâilla fortement, sa bouche ouverte ressemblait à une louche rouge. Lan Dongyang avait de l'humeur au coin des yeux, la peau de ses lèvres craquelées était jaunie par le tabac. Il devina qu'ils avaient probablement « joué » toute la nuit.

La première à prendre la parole fut la « grosse courge rouge », elle avait de nombreuses rides sur le visage et elle s'était rapidement passé sur la peau plusieurs couches de poudre. Dès qu'elle ouvrait la bouche, la poudre se mettait à glisser. Elle rassembla toute l'énergie qui lui restait pour dire d'une voix martiale :

« Ah, vous êtes vraiment fort, Monsieur Qi, plus muet qu'une carpe ! Vous avez trouvé un emploi extraordinaire et vous n'en soufflez mot, vous restez maître de vous, je vous admire ! Dites-nous donc un peu : vous nous invitez ou c'est nous qui vous invitons ? »

Xiaohe à côté d'eux ne cessait de hocher la tête, comme s'il appréciait l'éloquence de sa femme et comme si, d'autre part, il voulait manifester toute l'estime qu'il avait pour Ruixuan. Quand sa femme eut fini de parler, il s'avança prestement avec beaucoup de déférence, salua les mains jointes, rit à plusieurs reprises avant de dire :

« Félicitations, toutes mes félicitations ! Hum ! Ne méprisez pas notre petite ruelle ! Les terroirs inconnus produisent de grands crus. Mon épouse est fonctionnaire japonaise et vous voilà fonctionnaire anglais, notre petite ruelle est tout bonnement une alliance internationale ! »

Ruixuan aurait voulu les abattre l'un après l'autre d'un coup de poing, puis leur flanquer quelques bons coups de pied. Mais voilà, il était incapable d'une telle grossièreté. Sa politesse lui liait les pieds et les mains. Il ne trouvait rien à dire, décidé seulement à ne pas les laisser entrer.

Mais la grassouillette Chrysanthème fit deux pas en avant : « Et grande belle-sœur ? Je vais lui dire un petit bonjour pour la féliciter. » Sur ces mots elle entra de force.

Ruixuan ne pouvait empêcher un membre de sa propre famille d'entrer chez lui, bien que cette soudaine pensée qu'elle avait eue pour sa belle-sœur lui donnât vraiment envie de la frapper sans pitié.

Elle avait forcé le passage, les autres la suivirent à la queue leu leu. John Ding suivit aussi, comme s'il n'avait pas encore assez regardé Ruixuan.

Lan Dongyang n'avait pas ouvert la bouche. Il détestait Ruifeng et à présent il détestait aussi Ruixuan. Il détestait quiconque trouvait un emploi. Mais avant de déverser sa haine, puisque haine il y avait, il lui fallait se contenir et chercher à plaire. Il entra à la suite des autres, comme on fait pour les obsèques de quelqu'un avec qui les liens d'amitié sont distants.

Le vieux Qi et Mme Tianyou avaient soudain pris de l'importance. La « grosse courge rouge » et Guan Xiaohe, aussi bruyants qu'ils l'auraient été pour embêter des jeunes mariés, entrèrent séparément dans les chambres du vieux monsieur et de la vieille dame. Petit Shunr et Niuzi furent considérés comme de petits trésors. Lan Donyang, derrière eux, bâillait à qui mieux mieux. Il finit par s'attirer des regards furieux de la part de la « grosse courge rouge ». John Ding gardait sa correction habituelle, avec, sur le visage, une expression de béatitude difficile à exprimer qui lui donnait un air d'innocence et de naïveté. La grassouillette Chrysanthème se rendit exprès dans la cuisine pour exprimer la sympathie qu'elle éprouvait pour Yun Mei. Les « grande belle-sœur » dont elle la gratifiait donnaient presque des inflexions musicales à sa voix d'ordinaire si désagréable.

L'aversion qu'éprouvait le vieux Qi pour la famille Guan n'était pas moindre que celle de Ruixuan. Pourtant, il se réjouissait de cette visite de félicitations. Ce qui le tracassait le plus était la dispersion de la famille, il craignait que la forteresse qu'il avait construite de ses propres mains pour abriter les quatre générations ne vînt à s'écrouler. À présent que Ruixuan avait un emploi convenable, malgré le départ du cadet et du dernier, les quatre générations étaient encore là. Tant que Ruixuan serait à la maison, la forteresse ne s'écroulerait pas. Et pour cette raison même, il ne pouvait retenir la joie qui l'envahissait.

Mme Tianyou, qui devinait bien quels sentiments agitaient son aîné, n'osa pas, quant à elle, manifester une joie qui l'aurait froissé. Elle se contenta d'échanger, pour la forme, quelques phrases vagues avec les visiteurs, puis s'allongea de nouveau sur le kang.

Yun Mei était dans une situation difficile. Elle connaissait l'aversion qu'éprouvait Ruixuan pour la famille Guan et pour leur grosse belle-sœur, mais il n'aurait pas été convenable de sa part non plus de faire la tête et d'offenser les invités. Par les temps qui couraient, cela aurait pu être source de malheurs, et puis de toute façon, elle n'aimait guère tromper les autres en disant que tout cela ne méritait pas de célébration particulière. Elle était la maîtresse de maison et savait à quel point il était important que son mari eût des revenus fixes. Elle pensait vraiment discuter à bâtons rompus avec la grosse belle-sœur des soucis domestiques : parler de la rareté de la viande de porc, de l'augmentation journalière du prix des légumes. Et même si la grassouillette Chrysanthème n'était pas une gentille belle-sœur, elles pouvaient quand même, comme on fait entre belles-sœurs, s'entretenir de tous ces petits soucis domestiques. Mais elle n'osa pas évoquer tout cela de peur d'être accusée, par son mari, d'être bavarde et superficielle. Elle dut garder pour elle ce pékinois qu'elle parlait si bien et observer de ses grands yeux les expressions de chacun, faisant bien attention à ce que rien, ni dans son sourire ni dans son regard, ne clochât.

Ruixuan était de plus en plus pâle. Il ne supportait plus de bavarder davantage avec ces gens-là, même pour la forme, mais n'avait ni la fermeté ni le courage de les renvoyer. Pour un peu, il se serait reproché sa faiblesse et son incapacité.

Après avoir exprimé sa sympathie à toute la maisonnée, la « grosse courge rouge » émit l'idée suivante : « Monsieur Qi, s'il vous est difficile d'organiser une réception, j'ai une idée. Vu les circonstances, il ne convient guère de faire des dépenses excessives, c'est vrai. Pourtant, ne pas fêter un heureux événement, c'est profondément injuste. Si on installait deux tables à jeu pendant une journée pour fêter ça ? Ce n'est pas une nouveauté de ma part, mais à présent c'est une chose à encourager. Le pourcentage prélevé sur deux tables à jeu suffira pour que nous mangions et buvions tout notre content. Vous n'aurez rien à payer, nous n'aurons pas de cadeaux à faire, et cependant nous pourrons festoyer et nous amuser un jour entier, n'est-ce pas une excellente solution ?

— C'est certain, s'empressa de dire Xiaohe pour donner corps aux théories de sa femme, mon épouse et moi, Dongyang, les époux Ruifeng, cela fait déjà cinq, il suffit de trouver trois autres personnes et le tour est joué. Bien, Ruixuan, vous comptez inviter qui ?

— Grand-père est contre le jeu, c'est une règle familiale ! » dit Ruixuan avec un grand calme.

Ce fut comme si un voile assombrissait le visage de la « grosse courge rouge ». Elle ne tolérait pas qu'on rejetât ainsi ses bonnes intentions.

Xiaohe s'empressa de prendre la parole : « Si ce n'est pas possible ici, faisons cela chez nous. Ruixuan, si vous acceptiez de venir passer une journée chez nous, ce serait un grand honneur pour les Guan. »

Ruixuan n'avait pas encore eu le temps de répondre que Ruifeng arrivait au petit trot. Il avait la bouche grande ouverte et un peu de sueur sur le front, son petit visage sec était tout rouge. Il entra en courant et, sans se soucier de saluer les autres, il se précipita tout droit sur son aîné : « Grand frère ! » Ce « grand frère » était si émouvant que tous se turent, la grassouillette Chrysanthème était au bord des larmes.

« Grand frère ! » répéta le cadet, comme si l'émotion l'empêchait de prononcer toute autre parole. Il prit deux inspirations avant de retrouver une élocution plus aisée. « Heureusement que je suis allé à la boutique voir notre père, sinon je ne serais pas encore au courant. Eh bien, mon gaillard, l'ambassade de Grande-Bretagne ! Bravo, grand frère ! » Il avait manifestement bien d'autres choses à dire, mais l'émotion lui échauffait l'esprit, embrouillait ses idées, il avait tout oublié.

Ruixuan en resta interloqué. Au bout d'un moment, il rit. Qu'aurait-il pu faire d'autre, en présence de ces gens, que partir d'un rire sarcastique ? Il aurait voulu coincer le cadet pour lui balancer deux ou trois phrases terribles, sûr que les autres battraient en retraite devant la situation. Il retint pourtant ses mots — il savait que ceux qui avaient accepté si volontiers le statut d'esclave n'abandonneraient pas la partie à cause de quelques phrases désagréables, à quoi bon dépenser sa salive pour rien ?

Yun Mei, consciente de l'embarras dans lequel se trouvait son mari, s'avança et dit : « Ne devais-tu pas aller à la ville est ? »

La « grosse courge rouge », qui la première avait compris l'allusion, dit sur un ton mi-figue, mi-raisin : « Allons, ne retenons pas M. Qi, il a d'autres chats à fouetter, partons !

— Partir ? » Ruifeng semblait interloqué. « Grand frère, tu ne veux vraiment pas ouvrir une bouteille pour nous ? »

Ruixuan ne répondit pas. Il trouvait que le silence avait plus d'impact sur les autres tout en lui permettant de garder sa dignité.

« Le cadet, dit la grande belle-sœur Qi en riant, c'est vrai qu'il a à faire. Un de ces jours je vous ferai des galettes farcies. »

La « grosse courge rouge », sans attendre la réponse de Ruifeng, se dirigea vers l'extérieur. Tous, très gênés, lui emboîtèrent le pas. Ruixuan les rac compagna comme s'il accompagnait des criminels au terrain d'exécution.

Petit Cui avait pris son service chez Ruifeng le jour même, mais il n'avait pas garé son pousse à l'extérieur de la maison des Qi de crainte de rencontrer un membre de la famille Guan. Il s'était installé sous le gros sophora à l'ouest et était resté assis là, face au nord. Quand la petite troupe sortit de chez les Qi, il fit celui qui ne les avait pas vus et quand ils furent tous entrés chez les Guan, il se rua vers Ruixuan.

« Monsieur Qi, voilà qui tombe à pic ! déclara-t-il tout content, je viens juste d'entendre dire que vous aviez trouvé un bon poste. Toutes mes félicitations ! » ajouta-t-il avec une courbette.

Ruixuan eut un sourire triste. Il aurait voulu dire à Petit Cui ce qu'il ressentait vraiment. Ce dernier, à ses yeux, était bien supérieur aux Guan et consorts, qu'il ne pouvait souffrir. « Maître Cui, cela ne mérite pas qu'on se réjouisse, nous sommes toujours entre les pattes des Japonais, tu le sais bien ! »

Petit Cui réfléchit un moment et ajouta : « Pourtant, Monsieur Qi, sans le Petit Japon on n'aurait pas pu avoir de travail intéressant !

— Maître Cui, tu ne m'en voudras pas de ma franchise, mais tu es presque comme eux ! dit Ruixuan en montrant la porte des Guan.

— Je, je... », Petit Cui s'étranglait. « Je serais comme eux ?

— Allons, réfléchis ! » dit Ruixuan avec le même sourire triste, et il entra chez lui.

Petit Cui s'assit de nouveau dans son pousse et resta là hébété, la tête levée à regarder les feuilles vertes du sophora.

Il n'y avait pas d'invités dans les salons des Guan aujourd'hui. Gao Yituo n'était pas venu, Li Kongshan non plus. Les veilles de fête, la foule se pressait dans les trois salons. Xiaohe avait ouvert un registre pour les cadeaux reçus et offerts, il n'était pas encore tout à fait rempli. Aujourd'hui, la fête passée, les invités semblaient vouloir accorder un peu de répit au « chef de centre ».

À peine entrée, la « grosse courge rouge » prit place sur son trône et poussa un long soupir. « Ruifeng ! On ne dirait pas que c'est ton frère. Il n'est pas commode, je n'ai jamais vu quelqu'un comme lui !

— N'en parlons plus ! » dit Xiaohe en fermant les yeux, et il trouva ces mots pleins de sagesse : « Si un dragon donne la vie à neuf petits dragons, chacun sera différent.

— À vrai dire, dit Ruifeng en soupirant, l'aîné est trop difficile. Cela m'inquiète. Il ne gardera pas cette bonne place longtemps. Tant de connaissances pour rien ! Il parle anglais aussi bien qu'un Anglais, mais ne sait rien de la vie. Et c'est bien ce qui ne va pas ! Étant donné ses capacités, ce serait un jeu d'enfant pour lui que d'obtenir un poste de chef du Bureau de l'éducation, mais non, il prend son air sévère, et, quand il rencontre un Japonais il refuse de s'incliner ! Il est incurable, incurable ! »

Et tous de soupirer. Lan Dongyang, quant à lui, s'était déjà endormi, la bouche ouverte.

John Ding toussota. Sachant bien qu'il ne s'agissait pas là d'un simple toussotement, tous les yeux se tournèrent vers lui. Il rit, comme pour s'excuser, et dit alors : « Mais le comportement de M. Qi a son origine dans le fait qu'il est de l'école anglaise. Tous les Anglais sont ainsi très rigides. C'est pourquoi il a pu entrer à l'ambassade de Grande-Bretagne. Je ne sais si j'ai raison ?... »

Xiaohe roula plusieurs fois des prunelles et approuva de la tête : « Voilà qui est bien dit. Vraiment. L'acteur qui chante un rôle masculin se doit d'être impétueux, celui qui joue la femme légère doit avoir du charme, à chacun sa technique.

— Hum ! dit la “grosse courge rouge” en faisant claquer sa langue pour montrer qu'elle appréciait ce qui venait d'être dit. En ce cas, nous ne devrions pas lui en vouloir, il suit sa propre voie.

— C'est que je n'avais pas vu les choses comme ça ! avoua Ruifeng. Eh bien, qu'il fasse comme bon lui semble, de toute façon, je n'ai aucune prise sur lui !

— Lui non plus n'a aucune prise sur toi ! dit la grassouillette Chrysanthème en bâillant.

— Voilà qui est bien dit, bravo ! dit Xiaohe en “applaudissant” du bout des doigts. Vous, les frères Qi, vous avez chacun vos points forts ! »

CHAPITRE XLI

En temps de paix, l'été est charmant à Peiping. À partir du moment où les cerises des tombeaux des Ming arrivent sur les marchés jusqu'à celui où les jujubes commencent à peine à rougir, c'est une histoire de fruits — voyez, les abricots verts n'ont pas encore le noyau dur qu'on les emballe avec des paniers en jonc gros comme le poing, et qu'on les vend avec du sucre aux jeunes filles et aux enfants. À la longue, le noyau des abricots durcit, tandis que la peau reste encore verte, les petits vendeurs ambulants crient à qui mieux mieux : « Une assiette pleine de gros abricots ! » Ces cris font saliver d'envie les petits enfants, tandis que les vieux ne peuvent que frotter leurs dents branlantes avec un sourire triste. Peu après, les abricots locaux mi-rouges, mi-verts arrivent à leur tour sur le marché. Les cris des marchands se font plus mélodieux, comme si la beauté rouge de la peau des fruits inspirait les petits vendeurs. Puis toutes sortes d'abricots rivalisent sur les marchés : certains sont gros, jaune foncé, d'autres sont petits, d'un rouge luisant, d'autres encore ont la peau épaisse mais une saveur très prononcée, d'autres ont un petit noyau et sont rafraîchissants — même l'amande du noyau est sucrée. Puis c'est le tour du fameux « abricot blanc », protégé par du papier de soie, le meilleur se faisant toujours attendre. Il met fin à la saison des abricots. Mais avant même leur disparition, les petites pêches avec leur bouche rouge de travers viennent les supplanter. On ne trouve plus d'abricots mais toutes sortes de pêches, des rondes, des aplaties, des rouge sang, des toutes vertes, des vert clair avec une vertèbre rouge, des dures, des molles, des grosses bien juteuses, des petites croquantes, pour le plaisir des yeux, du nez, de la bouche des Pékinois.

Prunes rouges, prunes vertes, pommes sauvages et noix d'arec se succèdent. Sur une même palanche, on peut voir toutes sortes de fruits, des verts, des rouges, des givrés, des brillants, et les petits marchands de forcer leur voix au maximum pour enchaîner d'une traite : « Prunes, fruits au goût de candi, fruits à jus, grosses pêches tout miel, grosses pommes sauvages croquantes et sucrées !... »

Les paysans ne descendent des montagnes que lorsque les fruits sont bien mûrs, portant sur le dos de grandes hottes, où les fruits sont bien protégés, ils hèlent les clients avec des cris gauches et simples, attendant longtemps avant de lancer un autre : « Grosses pommes ! » ou : « Grosses pêches tout miel ! » Ils vendent leur « production ». Leur allure et le côté rustique de leur marchandise évoquent, pour les Pékinois, les vergers des monts Qingshan à l'ouest et au nord, et cela met un peu de poésie dans l'air.

Les poires, les jujubes et le raisin apparaissent plus tardivement, mais la richesse des variétés et l'excellence de leur qualité ne laissent pas les Pékinois indifférents pour autant. Ils sont fiers de leurs gros jujubes blancs, de leurs petites poires blanches et de leur raisin laiteux. À la vue des poires et des jujubes, on a le pressentiment de la venue dc l'automne, et l'on sait que le temps est venu d'aérer au soleil les vêtements doublés, de découdre et de laver la ouate des longues tuniques.

Le moment le plus chaud est aussi celui où les Pékinois goûtent le plus les plaisirs du palais, car il y a aussi les cucurbitacées : pastèques et melons aux espèces variées. Si les pastèques sont belles, sur le plan du goût elles sont un peu en dessous des melons. Et surtout, les noms des espèces de melons semblent faits pour « gagner le cœur du peuple » — les « cornes de mouton sucrées[1] », argentés, croquants et sucrés, comme réservés aux belles femmes des peintures anciennes, les « trois blancs » et les « crapauds élastiques », durs et épais, au goût prononcé, avec leur peau verte et leur pulpe dorée, conviennent à l'appétit d'un jeune gaillard, quant à ceux appelés les « délices des vieux », leur nom évocateur les destine aux vieillards édentés qui, sans eux, seraient privés de melons.

Le jour de la fête du Dragon, les gens aisés peuvent goûter aux tendres racines de lotus de Tangshan. Un peu plus tard, ce sont les lotus frais qui font leur apparition sur les marchés, et même les gens pas très aisés peuvent apprécier le « bol gelé » — un grand bol de glaçons recouverts de feuilles tendres de lotus, et, sur les feuilles, des châtaignes d'eau, des noix, des amandes, des racines de lotus fraîches ainsi que des amuse-gueule faits à base de melon, savoureux, rafraîchissants, froids. Quant à ceux qui ne peuvent s'offrir de « bol gelé », ne peuvent-ils pas s'acheter des châtaignes et des graines d'euryale et goûter ainsi les « primeurs » ?

Si les immortels ne mangent que des fruits frais, délaissant les aliments cuits, leur paradis sur terre doit être Peiping.

1. Cucumis corromon.

Il faisait chaud mais les matins et les soirées étaient frais, on pouvait travailler. Les gens qui savent profiter de la vie étaient équipés de réfrigérateurs et avaient construit des tonnelles dans leur cour pour être à l'abri de l'assaut des grandes chaleurs. Si l'on n'avait pas envie de rester chez soi, on pouvait aller faire du bateau sur l'étang aux lotus de Beihai, ou déguster du thé, jouer aux échecs sous les cyprès du Temple des Ancêtres de la famille impériale ou du parc Sun Yatsen. Et pour faire plus « peuple », on pouvait profiter de la tonnelle formée par les branches de saule à Sheshahai ; il était possible de rester là, détendu, à boire du thé un long moment, ou à déguster un gâteau aux prunes aigres, ou à boire à petites gorgées de la bouillie de riz aux feuilles de lotus et aux huit friandises. Ceux qui voulaient être plus libres avaient la possibilité de prendre leur canne à pêche, se rendre au Jishuitan ou à l'ouest du pont Gaoliangqiao et pêcher à loisir sous les saules au bord de la rivière. Pour ceux qui aimaient l'animation, c'était le bon moment pour écouter du théâtre ; plus il faisait chaud, meilleure était la pièce, les grands acteurs se produisaient à deux dans des sketches comiques. La représentation du soir se terminait à une heure avancée de la nuit, la brise venue des sophoras et de l'étang aux lotus vous stimulait et vous ne regrettiez pas les trois à quatre heures passées à étouffer en regardant le spectacle. Puis vous rentriez chez vous en fredonnant allégrement des airs du genre « Le quatrième fils rend visite à sa mère ». Il faisait chaud, mais on parvenait à échapper à la chaleur, à la maison, dans les parcs publics, à l'extérieur de la ville. Pour peu que l'on consentît à faire quelques pas, on pouvait se rendre au Temple du Bouddha couché aux Collines de l'Ouest, au Temple des Nuages Bleus et au jardin Jingyiyuan et y rester quelques jours. Et là, avec un peu de chance, dans quelque maison de thé rustique ou quelque petite gargote, on pouvait tomber sur un cuisinier impérial qui vous régalait de plats ou de douceurs appréciés par l'empereur.

Bien qu'il n'y eût ni tonnelle, ni réfrigérateur chez les Qi, ni bol glacé, ni bouillie de riz aux feuilles de lotus et aux huit friandises, tous étaient à même d'apprécier aussi les charmes de l'été. Chaque matin, en ouvrant la porte de sa chambre, le vieux Qi pouvait voir ses volubilis, bleus, blancs, rouges ou striés, couverts de rosée dresser leur corolle en forme de clairon avec des pistils, comme prêts à chanter en l'honneur du Créateur. Sur une fleur de citrouille était peut-être posée une libellule rouge. Se rendre dans les parcs publics ou à Beihai n'était pas dans ses habitudes mais, après la sieste, il lui arrivait de marcher lentement jusqu'au Temple de la Sauvegarde Nationale. Dans la Salle Tiantang, quand ce n'était pas jour de foire, les conteurs racontaient le *Procès de maître Shi* ou *Les trois héros et les cinq chevaliers* [1]. Le vieil homme pouvait rester là avec une théière emplie de thé à écouter plusieurs chapitres. Les bâtiments étaient hauts et profonds, il y circulait toujours un petit vent qui protégeait de la canicule. Quand le soleil s'inclinait à l'ouest, il revenait lentement, rapportant des gâteaux de farine de pois ou quelques melons pour Petit Shunr et Niuzi. Petit Shunr et Niuzi se tenaient toujours sous les gros sophoras, occupés à choisir des fleurs de sophora tout en attendant l'arrière-grand-père et les bonnes choses qu'il

1. *Procès de maître Shi (Shigong an)* : roman d'un auteur inconnu des Qing, paru en 1838, prônant les valeurs de dévouement à l'empereur et à la patrie. *Les trois héros et les cinq chevaliers (San xia wu yi)* : roman de cape et d'épée paru en 1879.

rapportait. À l'heure où le vieil homme rentrait, il y avait déjà un peu d'ombre au pied du mur ouest, on sortait alors un petit tabouret sous le jujubier et il aspirait du sirop de haricot mungo préparé par la mère de Petit Shunr. C'est là aussi que l'on prenait le dîner. Le menu consistait peut-être seulement en cédrèles avec du caillé de soja ou de l'échalote au concombre salé, pourtant le vieil homme ne faisait pas le difficile. Il avait été élevé à la dure et trouvait que le caillé de soja et le concombre allaient bien avec sa position sociale. Après le repas, le vieil homme se reposait un moment puis s'emparait du pot de terre et de l'arrosoir et allait arroser ses plantes. Son travail achevé, comme il ne faisait pas encore nuit, il s'asseyait sous l'auvent et observait avec Petit Shunr et sa sœur les chauves-souris qui volaient très bas, ou bien racontait une ou deux histoires sans intérêt, toujours les mêmes. Ainsi s'achevait la journée du vieil homme.

L'été, Mme Tianyou était moins essoufflée et pouvait vaquer, à son rythme, à quelques occupations qui ne la fatiguaient pas trop. Quand on mangeait des raviolis, elle aidait à les envelopper, assise bien droite sur le kang. Elle travaillait avec soin et rigueur, elle tenait à pincer les bords en forme de fleur. Elle aidait aussi à faire sécher les épinards au soleil, les peaux d'aubergines et, une fois les légumes séchés, à les mettre à l'abri, pour la farce à raviolis du Nouvel An. Lorsqu'on mangeait des potirons ou des pastèques, elle voulait faire sécher les graines sur le rebord de la fenêtre, en prévision des jours de pluie où l'on ne peut acheter de sucre ni de pois. On les faisait alors griller pour contenter la gourmandise des enfants. Ces petits actes lui faisaient oublier la présence de la mort. Parfois, quand des parents ou des amis venaient, en la voyant ainsi occupée, ils approuvaient avec insistance, et elle répondait avec langueur : « Oh, je revis ! Mais qui sait ce que sera l'hiver ? »

Quant à la mère de Petit Shunr, même pendant les jours de canicule elle devait faire la cuisine pour tous et laver les vêtements. Pourtant, elle parvenait à prendre un peu de bon temps, ce qui ne lui arrivait que l'été. Elle achetait devant le portail deux tubéreuses et se les fichait dans les cheveux, se parfumait, ou trouvait des plantes qu'elle broyait avec de l'alun, attrapait les menottes de Niuzi et lui teignait les ongles en rouge.

Ruixuan n'avait pas de passions, il n'aimait pas trop les réjouissances, il passait l'été à profiter à fond d'une joie « simple ». Il lui arrivait d'emprunter un livre et de rester une grande partie de la journée à lire à loisir à la bibliothèque de Peiping, puis traverser Beihai, en sortant par la porte arrière, il pouvait en passant jeter un coup d'œil du côté de Shishahai. Il n'aimait pas s'asseoir pour boire du thé, mais quand il avait trop soif, il trouvait du plaisir à avaler un bol de sirop de prunes aigres frappé. Parfois, si le cœur lui disait, il se rendait sur les bords de la rivière, au-delà de la porte Xizhimen, louait une natte et lisait Schiller ou Shakespeare à l'ombre des saules. S'il emmenait Petit Shunr, ce dernier ne manquait pas d'attraper des filaments dorés de lotus ou des herbes aquatiques en forme de lanterne et, de retour à la maison, il demandait à son arrière-grand-père de lui acheter deux petits poissons rouges.

L'été, Petit Shunr et Niuzi étaient plus heureux que quiconque. D'abord, parce qu'ils pouvaient aller pieds nus, sans chaussettes, vêtus seulement d'un pantalon comme en portent les ouvriers, et, s'ils ne trouvaient rien pour s'amuser, il y avait toujours les deux gros sophoras à l'extérieur. Ils ramassaient les fleurs de sophora et pouvaient alors demander à leur grand-mère de leur tresser deux petits paniers pour mettre les fleurs. Quand ils étaient las de jouer avec les chenilles des sophoras, ils pouvaient encore fouiller les racines et chercher au pied du mur les « gardiens de Bouddha », avatars de ces mêmes insectes. La tête de ces « gardiens » était mobile, il suffisait de leur demander d'indiquer l'est ou l'ouest pour que leur tête tournât sans bruit. Et puis, en été, la nourriture, peut-être à cause de la chaleur, était plus simple, mais on pouvait encore, faute de mieux, chaparder un concombre dans la cuisine. De plus, tout le monde achetait melons, pastèques, poires et pêches et Petit Shunr proclamait souvent : « Je suis cap' de manger trois cents pêches par jour, sans rien manger d'autre ! » Quand il tombait de fortes pluies, n'y avait-il pas des gens dans la rue qui criaient : « Tendons de bœuf aux pois, pois secs et parfumés » ? Comme c'était excitant ! Petit Shunr, la tête couverte d'un morceau de toile cirée déchirée, les pieds nus dans les flaques, allait à la porte acheter des pois cuits au clavalier. Le petit vendeur, coiffé d'un chapeau de bambou, le bas du pantalon retroussé, tenait à deux mains un panier plat. Il mesurait avec un verre à vin : une pièce de monnaie, un petit verre. De retour à la maison, Petit Shunr s'asseyait sur le lit et partageait avec Niuzi. Pour Niuzi, ce n'était pas aussi savoureux car elle ne s'était pas risquée à aller l'acheter dans la rue. Quand le beau temps revenait, voyez, des foules de libellules volaient dans la cour, et dans le ciel il y avait aussi un arc-en-ciel.

Mais voilà, si la chaleur cette année était bien au rendez-vous, il n'y avait aucun autre agrément. Le vieux Qi avait perdu ses plantes, perdu aussi la paix de l'esprit, et l'envie d'aller écouter les conteurs au Temple Tianwangdian. La mère de Petit Shunr l'exhortait souvent à aller boire du thé pour dissiper son ennui, et sa réponse était invariablement celle-ci : « Par les temps qui courent, qui aurait encore envie d'écouter les conteurs ! »

Bien que Mme Tianyou se sentît mieux, elle était désœuvrée. Faire sécher des épinards ? On n'arrivait même pas à en acheter pour la consommation de tous les jours, comment aurait-on pu en acheter une grande quantité pour les sécher ? Les portes de la ville étaient fermées la plupart du temps et cette dernière n'était pas approvisionnée quotidiennement en légumes verts. Quand il y avait une campagne de lutte contre les épidémies, au-dessus des portes, on déversait de l'eau de chaux sur les aubergines et les potirons qui se gâtaient aussitôt. Aussi, avec la fermeture des portes et la prévention des épidémies, les prix des légumes flambaient-ils, rendant ces denrées plus chères que la viande. Elle se disait qu'avec la vie actuelle il ne servait à rien de voir trop loin, car on pouvait se demander si on n'en serait pas réduit à manger pour le Nouvel An des raviolis farcis avec des légumes séchés. On verrait bien le moment venu ! Qui sait jusqu'où les prix auront grimpé alors ? Où allions-nous ? Elle n'avait pas envie de quitter son lit.

Petit Shunr n'osait plus s'aventurer à aller jouer seul à l'extérieur de la cour. Les deux sophoras étaient toujours là, les « gardiens » l'attendaient au pied du mur, mais il n'osait pas sortir. Deux familles japonaises avaient emménagé au n° 1. Deux hommes, deux jeunes femmes, une vieille femme et deux garçons de huit à neuf ans. Depuis leur emménagement, le chef de police Bai était la personne sur laquelle la pression s'était fait sentir en premier. Guan Xiaohe, s'étant majestueusement promu chef suprême de police, avait ordonné au chef de police Bai de balayer la ruelle, de prévenir les habitants de ne pas envoyer leurs enfants faire leurs besoins sous les sophoras, d'installer un éclairage public dans le sophora, de faire savoir au « troisième frère aîné », le porteur d'eau, d'approvisionner le n° 1 en quantité suffisante, même par temps de sécheresse, et même si le puits était peu rempli. « Tenez-vous-le pour dit, chef de police, les Japonais prennent un bain tous les jours, ils ont besoin d'eau. Vous pouvez ne pas en porter chez les autres, mais le n° 1 ne doit jamais en manquer ! »

Les autres habitants de la ruelle, qui n'avaient pas été pourtant soumis à une pression aussi forte, se sentaient menacés. Les Pékinois, du fait que leur ville a été la capitale pendant plusieurs siècles, ne sont pas xénophobes. Il ne serait pas venu à l'esprit des gens du Petit-Bercail de traiter avec discrimination des Anglais ou des Turcs. Mais avec ces deux familles de Japonais, ils ne se sentaient pas tranquilles, ils savaient qu'elles s'étaient installées là après avoir anéanti Peiping. Il leur fallait admettre que leurs voisins étaient leurs conquérants. Ils avaient plus ou moins entendu parler de la façon dont les Japonais avaient anéanti la Corée, comment ils s'étaient emparés de Taïwan, et comment ils avaient brutalisé et réduit à l'esclavage les Coréens et les Taïwanais. Et voilà que les auteurs de ces faits étaient là devant eux ! La ruelle du Petit-Bercail n'était pas très attirante, or si des Japonais avaient atterri là, c'était sans doute parce que Peiping appartenait entièrement aux Japonais. Instinctivement, ils sentaient que ces deux familles n'étaient pas de simples voisins, qu'elles devaient être des espions et, s'ils se risquaient à jeter un œil au n° 1, ils avaient un peu comme l'impression de regarder une bombe à retardement.

Les deux hommes du n° 1 étaient de petits commerçants qui avaient un peu plus de la trentaine.

Chaque jour de bon matin, invariablement, ils emmenaient les deux enfants, vêtus d'un seul short très court, faire de la gymnastique sous les sophoras. L'ordre était donné par la voie des ondes et tous les Japonais de la ville faisaient probablement leur gymnastique à ce moment-là.

Vers sept heures, les deux enfants, leur cartable sur le dos, partaient comme des flèches vers la rue, et se faufilaient jusqu'au tramway au travers des jambes des adultes. Ils montaient dans la voiture et se fichaient dans la foule tels deux tenons. Qu'il y eût du monde ou non, ils jouaient des pieds et des mains pour entrer dans le bus. À la sortie de l'école, ils occupaient le « thorax de la gourde » du Petit-Bercail. Ils jouaient à la course, grimpaient aux arbres, se roulaient par terre, se battaient — parfois jusqu'à ce que le sang coule. Ils s'amusaient comme bon leur semblait, on aurait dit que ce coin d'ombre sous les sophoras leur avait toujours appartenu. Que l'envie leur prît de grimper sur le mur de telle famille ou d'égorger avec un couteau de poche le chien de telle autre, ils mettaient immédiatement leur projet à exécution, sans la moindre hésitation. Les femmes japonaises avaient toujours pour eux un visage souriant, comme s'ils étaient des petits dieux. Quand ils se battaient jusqu'au sang, elles se contentaient de venir soigner leurs blessures avec beaucoup d'affabilité, sans jamais oser leur faire de reproches. C'étaient des petits mâles japonais, plus tard ils seraient des « héros » capables de tuer sans sourciller.

Les deux hommes sortaient chaque matin vers huit heures, pour revenir l'après-midi vers cinq heures passées. Ils partaient et rentraient ensemble, se parlaient à voix basse tout en marchant, et s'ils rencontraient un chien, ils s'arrêtaient immédiatement de parler et se contentaient de lui jeter un regard en coin. Ils s'avançaient hardiment, avec dédain, d'un pas régulier et sonore, à l'allemande. Mais s'ils croisaient une personne, ils baissaient instinctivement la tête, comme s'ils avaient un peu honte d'eux-mêmes. Ils ne saluaient pas les voisins, et ceux-ci agissaient de même. Ils semblaient souffrir de leur solitude, mais en éprouver aussi une certaine délectation qui leur était propre. De tous les habitants de la ruelle, seul Guan Xiaohe les fréquentait. Ce dernier, presque tous les jours, se « rendait en visite » au n° 1 avec des melons ou un bouquet de fleurs, ou un kilo de sciènes. Eux ne lui avaient jamais rien offert en retour. La seule gratification pour lui était que toute la famille le raccompagnait quand il prenait congé et s'inclinait très bas devant lui. De son côté, il se devait de s'incliner plus bas encore, et c'était presque une jouissance pour lui. Les salutations terminées, il rentrait extrêmement lentement à la maison, pour bien montrer aux voisins qu'il sortait tout juste du n° 1, et que, malgré cela, il était capable de rester maître de lui-même. S'il n'allait pas au n° 1 faire des cadeaux, il guettait les hommes à l'heure où ils allaient rentrer en faisant les cent pas sous les sophoras, attendant de pouvoir les saluer. S'il rencontrait sous les sophoras les deux enfants détestés de tous, il les saluait avec respect, jouait avec eux. Parfois les deux garnements accouraient de loin et lui envoyaient carrément des coups au ventre dont la violence le faisait grimacer de douleur. D'autres fois, ils faisaient exprès de poser leurs mains sales sur ses vêtements d'une blancheur immaculée. Il ne s'énervait pas pour autant et leur tapotait la tête tout en gardant le sourire. Si des voisins s'approchaient, il ne manquait pas de leur dire : « Ces deux bambins sont trop amusants, vraiment ! »

Les voisins ne partageaient pas du tout cette opinion. Ils détestaient les deux enfants, autant sinon plus qu'ils détestaient M. Guan. M. Guan n'était pas le seul à recevoir des coups de tête, les autres voisins avaient leur part aussi. Le plus grand plaisir des deux petits Japonais était de renverser la veuve Ma et les jeunes enfants. Ils avaient renversé cette dernière plus d'une fois, et avaient testé leur force sur tous les enfants de la ruelle. Un jour, ils avaient renversé Petit Shunr, puis, s'étant mis à califourchon sur son dos, ils s'étaient emparés de ses cheveux en guise de rênes. Mis ainsi dans une passe difficile, Petit Shunr, en bon petit Chinois, n'avait pu qu'appeler sa mère.

Cette dernière était sortie en courant. À la vue de son fils transformé en cheval, elle s'était tout de suite mise en colère. En temps ordinaire, elle ne se comportait pas comme une mère poule ; quand Petit Shunr se battait avec d'autres enfants, elle le ramenait la plupart du temps à la maison, sans rejeter les torts sur les autres. Mais ce jour-là elle n'avait pu agir de même. Petit Shunr avait été pris par des enfants japonais pour leur servir de cheval. Si les Japonais ne s'étaient pas emparés de Peiping, peut-être ne se serait-elle pas laissé emporter ainsi, et aurait-elle su se montrer magnanime en disant : « Un enfant est un enfant, et les petits Japonais sont polissons comme le sont tous les enfants ! » Mais ses pensées avaient pris un tout autre cours. Elle s'était dit que si les enfants japonais osaient ainsi brutaliser les autres, c'était parce que les Japonais avaient anéanti Peiping. Elle ne s'était pas résignée à ramener bien sagement son fils à la maison. Elle s'était avancée en courant, avait empoigné le « cavalier » par le cou et d'un mouvement giratoire l'avait fait tomber à terre. Puis elle avait étendu le bras pour relever Petit Shunr. Tenant son fils par la main, elle avait attendu, curieuse de savoir si les deux petits adversaires oseraient contre-attaquer. Les deux enfants japonais lui avaient lancé un coup d'œil et, sans piper mot, avaient pris le chemin de leur maison. Elle s'était dit qu'ils allaient sûrement se plaindre aux adultes, lesquels sortiraient lui faire entendre raison. Elle avait attendu. Personne n'était sorti. Elle s'était détendue un peu et s'était mise à disputer Petit Shunr : « T'as perdu tes mains ? Tu pouvais pas te battre ? Espèce de bon à rien ! » Petit Shunr, très malheureux, s'était remis à pleurer. « Pleurer, pleurer, c'est tout ce que tu sais faire ! » Elle l'avait traîné en grognant jusqu'à la maison.

Le vieux Qi avait été mécontent de ce que Yun Mei se fût fait des ennemis. Elle en avait été encore plus en colère. Jamais elle ne s'était opposée aux membres âgés de la famille. Ce jour-là, elle semblait avoir de la peine à se maîtriser, en avait oublié sa conduite habituelle. Oui, c'était bien cela : elle n'avait pas haussé le ton mais on avait perçu sa détermination et sa colère. « Je m'en moque ! S'il ne s'agissait pas d'enfants japonais, j'en aurais peut-être ri, sans plus, mais puisqu'il s'agit de petits Japonais, c'est exprès que je me suis mesurée à eux ! »

Voyant la colère réelle de la femme de son petit-fils, le vieil homme n'avait rien osé ajouter, il avait emmené Petit Shunr dans sa propre chambre et lui avait fait cette mise en garde : « La cour ne te suffit pas pour jouer ? Qu'est-ce qui t'a pris de sortir ainsi et de créer toutes ces histoires ? Ils sont méchants, mon mignon, ne te laisse pas avoir ! »

Le soir, au retour de Ruixuan, le vieil homme l'avait averti tout bas : « La mère de Petit Shunr s'est attiré des ennuis ! » Ruixuan avait eu un sursaut d'effroi. Il connaissait Yun Mei, agir ainsi n'était pas dans ses habitudes, mais justement, avec ce type de personne, une affaire de ce genre risquait d'être grave. « Que s'est-il passé ? » avait-il demandé avec impatience.

Le vieil homme avait raconté en détail la bataille sous les sophoras.

Ruixuan avait dit en riant : « Rassurez-vous, grand-père, ce n'est rien, mais rien du tout, cela apprend à Petit Shunr à se battre ! »

Le vieux Qi n'avait pas bien compris l'état d'esprit de son petit-fils ; il n'avait guère apprécié la légèreté dont il avait fait preuve. Son idée avait été d'emmener son arrière-petit-fils au n° 1 et de lui faire présenter ses excuses. Quand les troupes alliées étaient entrées à Peiping, il était un jeune homme, il avait constaté combien les hauts dignitaires mandchous et même l'impératrice Xi et l'empereur redoutaient de provoquer les étrangers. Il s'imaginait, à présent que les Japonais avaient pris Peiping, que la situation devait être la même qu'il y a quarante ans. Pourtant il n'avait rien dit d'autre, il lui aurait paru inconvenant de se disputer avec son petit-fils par excès de prudence.

Yun Mei, de son côté, avait rapporté toute l'histoire. Ses propos et sa façon de raconter avaient autrement plus de piquant que ceux du grand-père. Sa colère ne s'était pas entièrement dissipée. Ses yeux brillaient, ses pommettes étaient toutes roses. À la fin, Ruixuan avait ri, refusant d'accorder de l'importance à ce petit événement.

Mais il n'avait pu s'empêcher d'en ressentir de la joie. Il n'aurait jamais pensé Yun Mei capable d'éprouver une telle indignation, il ne la savait pas aussi courageuse. L'attitude qu'elle avait eue lui donnait de la satisfaction et forçait son estime. Cette petite démonstration lui disait que l'être le plus raisonnable, s'il est poussé à bout, est capable de résister. Il trouvait que la résistance de Yun Mei, sur le fond, rejoignait celle de M. Qian, de Qian Zhongshi, de maître Liu. C'est vrai, il avait pu constater quel genre d'hommes étaient Guan Xiaohe et Ruifeng, mais aussi M. Qian et Ruiquan. C'est dans les ténèbres que le besoin de lumière se fait le plus aigu, et c'est parce que la Chine était sous le joug de l'envahisseur que les Chinois ouvraient enfin les yeux et allumaient cette lumière qu'ils avaient au fond de leur cœur.

Tout l'été il fut en proie à l'affliction, la moindre chose lui était insupportable, l'inquiétait. Il en avait presque oublié ce qu'était le rire. Les congés d'été à l'ambassade étaient moins longs que les vacances scolaires. Il n'avait plus le loisir, comme les autres années, d'aller lire à la bibliothèque, restait à savoir, s'il avait pu le faire, s'il aurait eu l'esprit à sa lecture. Quand il franchissait le portail, le matin et l'après-midi, quatre fois sur cinq il rencontrait les deux Japonais. Il faut dire que, depuis la chute de Nankin, les Japonais étaient beaucoup plus nombreux à Peiping, ils étaient partout. Mais le fait de les rencontrer dans la ruelle même où il habitait semblait lui être encore plus insupportable. Quand il les croisait, il ne savait quelle attitude prendre. Il s'en serait voulu de devoir leur adresser un signe de tête ou de leur faire une courbette, mais il ne pouvait pas non plus leur lancer des regards furieux. La seule chose qu'il pouvait faire était, lorsqu'il sortait de chez lui ou enfilait la ruelle, de guetter de tous côtés. S'ils se trouvaient devant lui, il ralentissait l'allure, s'ils marchaient derrière lui, il forçait le pas. Tout cela était sans importance, mais il en ressentait de la gêne, ou, plutôt, il ne se sentait plus libre de ses allées et venues. Il savait par ailleurs que, à la longue, ce parti pris de les éviter retiendrait leur attention, or les Japonais, sans distinction, étaient tous des espions.

Le dimanche était le jour où il se sentait le plus malheureux.

Petit Shunr et Niuzi n'avaient de cesse de brailler :

« Pa ! Emmène-nous nous amuser, ça fait si longtemps qu'on n'est pas allés au parc voir les singes ! Au parc Wanxingyuan c'est bien aussi, on prend le tramway, on sort de la ville pour aller voir les éléphants. » Il ne pouvait pas ne pas acquiescer à leur demande, tout en sachant pertinemment que les parcs, Beihai, le Temple du Ciel, le parc Wanxingyuan étaient le dimanche l'univers des Japonais. Les femmes japonaises, ces poupées de porcelaine qui sourient toujours, allaient élégamment vêtues, portant dans les bras ou sur le dos leurs enfants. Elles tenaient à la main une bouteille de vin et des boîtes à provisions. Les hommes, ces types qui vous observent toujours du coin de l'œil, allaient les mains vides, endimanchés ou habillés avec un laisser-aller voulu, remorquant leurs femmes, ces esclaves perpétuelles, et leurs garçons turbulents. Ils investissaient en groupes tous les parcs publics, occupaient les endroits les plus pittoresques ou les plus fleuris, faisaient montre d'autorité puisqu'ils étaient les agresseurs. Tous apportaient du vin, ce vin qui fait croire aux minables qu'ils sont grands. Quand ils avaient bu, ils perdaient la tête, marchaient en titubant, jetaient partout leurs bouteilles, au beau milieu des routes comme dans les parterres.

Dans le même temps, ces hommes et femmes désœuvrés, la « grosse courge rouge » et Ruifeng se pressaient dans les parcs publics, vêtus avec recherche et ostentation. Ils riaient bêtement, mangeaient et buvaient, allaient faire des courbettes à quatre-vingt-dix degrés dans les lieux occupés par les Japonais. Ils semblaient heureux de faire étalage de leur culture, celle d'un pays asservi, et de montrer aux agresseurs qu'ils n'avaient pas à se gêner. Ce qui était le plus attristant, c'étaient ces jeunes, fils à papa avant que la ville ne fût occupée, et qui continuaient, indifférents, avec leur petite amie, à faire du bateau ou à s'enlacer, une chansonnette aux lèvres. Leurs moyens leur permettaient de s'acheter du bon temps, oublieux qu'ils étaient du sort de la patrie.

Ruixuan supportait mal la vue de tels spectacles. Il préférait passer le dimanche enfermé chez lui sans dire un mot. Il sentait bien qu'il décevait Petit Shunr et Niuzi, mais il n'y pouvait rien.

Après les tourments du dimanche, il y avait l'épreuve du lundi. Il ne pouvait éviter M. Goodrich. Ce dernier ne voulait pas quitter Peiping pendant l'été, pensant que la capitale était l'endroit le plus propice pour échapper à la canicule. Et Qingdao, les monts Mogan, la rivière Beidai ? « Oh ! commençait-il en soupirant, dans ces lieux-là on n'a pas l'impression d'être en Chine. Si c'est pour voir des maisons étrangères, des faits étrangers, autant rentrer en Angleterre ! » Il ne partait pas. Il trouvait son content avec les fleurs de lotus de Zhonghai et de Beihai, les pivoines du parc Sun Yatsen et les lilas, les grenadiers, les lauriers-roses et les autres fleurs de son petit jardin. « Peiping en elle-même est une immense fleur, disait-il, dont la Cité interdite et les Trois Mers sont le cœur, les autres lieux étant les pétales et le calice, tandis que le stupa blanc de Beihai est étamine dressée vers le ciel. C'est une fleur en elle-même, d'autant plus qu'il y a partout des arbres et des plantes d'agrément. »

Il nc voulait pas fuir la canicule, et, bien qu'il n'eût pas d'affaires officielles à régler, il lui fallait aller faire un tour à l'ambassade. Dès son arrivée, il aggravait un peu la « peine de cœur » de Ruixuan.

« Oh, oh ! Anqing est perdue elle aussi ! » lui lançait-il en pleine figure.

M. Goodrich, il est vrai, n'avait pas l'intention de blesser Ruixuan, mais, comme l'avenir de la Chine lui tenait à cœur, il ne pouvait s'empêcher de faire part à son ami des informations du jour. Ce n'était pas pour se réjouir de l'infortune d'autrui qu'il écoutait et rapportait volontiers les nouvelles de défaites. Pourtant Ruixuan, même s'il comprenait parfaitement l'état d'esprit de M. Goodrich, trouvait quelque chose de blessant dans ces paroles. D'autant que ce dernier ajoutait : « Oh, oh ! La place forte de Madang est perdue ! » ou bien : « Oh, oh ! Jiujiangxiang l'est aussi ! » et encore : « Oh, oh ! Liu'an est tombée à son tour ! » Les mauvaises nouvelles se succédaient à un rythme tellement accéléré que Ruixuan gardait la tête baissée, reconnaissant par là les tristes vérités. Il n'osait plus regarder M. Goodrich en face avec naturel.

Il avait de nombreux arguments pour prouver que la guerre sino-japonaise ne pouvait se terminer rapidement car, puisque les combats se poursuivaient, l'espoir restait grand pour la Chine. À chaque rapport de M. Goodrich, il avait envie de lui faire entendre les paroles qu'il avait maintes et maintes fois retournées dans sa tête, mais il connaissait bien le penchant de M. Goodrich pour la discussion, d'autant plus que, dans ces moments-là, ce dernier laissait momentanément de côté sa compassion pour la Chine et critiquait férocement tout ce qui était chinois. Le travers du vieil homme était d'aimer la polémique pour elle-même, et il taxait ses théories et ses points de vue à lui, Ruixuan, de « préjugés proches de la superstition ».

C'est la raison pour laquelle ce dernier en était venu à se taire, s'empêchant de donner libre cours aux propos qui lui montaient du fond du cœur. Cela l'oppressait terriblement, mais c'était plus habile, tout compte fait, que de se lancer dans de saignantes joutes oratoires. Il savait qu'un Anglais, même amoureux de l'Orient comme l'était M. Goodrich, accordait sans aucun doute une grande importance à la réalité. Des théories révolutionnaires et des actes incendiaires pouvaient venir de Russie, de France ou d'Irlande, mais ne pouvaient certainement pas naître en Angleterre. Jamais un Anglais ne se laisserait bercer d'illusions, et si Ruixuan venait à prononcer ces paroles qu'il gardait pour lui, il n'obtiendrait de M. Goodrich que rires sarcastiques et hochements de tête. Ses propos seraient considérés comme ceux d'une vieille nation espérant retrouver d'un coup une nouvelle jeunesse grâce à la résistance. Pour M. Goodrich, tout cela n'était que chimères. Ruixuan ne voulait pas user inutilement sa salive pour s'entendre dire cela.

Parce qu'il devait les garder pour lui, ces propos lui paraissaient avoir plus de prix. Il se disait que *Le Chant du courage* et *Du rouge plein le fleuve* de Yue Fei [1] avaient dû voir ainsi le jour — transformer la colère contenue et cette foi difficile à faire comprendre aux autres en diamants taillés en fleur. Mais il savait aussi qu'avant de les voir devenir diamants, il lui faudrait goûter la solitude et l'affliction.

1. *Le Chant du courage (Zhengqi ge)* : poème écrit en prison par le patriote Wen Tianxiang des Song. Cf. *supra*. p. 91, n. 1. *Du rouge plein le fleuve (Man jiang hong)* : poème du poète patriote des Song, Yue Fei (1103-1141), qui était aussi général.

De nombreuses rumeurs circulaient quant à une paix possible. Les journaux de Peiping, avec un bel ensemble, se prononçaient tous pour la paix. Tous les diplomates étrangers semblaient croire que, après la chute de Wuhan, le gouvernement du Guomindang ne transférerait pas la capitale. M. Goodrich lui-même pensait aussi que la paix n'était plus très loin. Il n'aimait pas les Japonais, mais il croyait que ce ne serait pas plus mal si les Chinois, qu'il aimait tant, pouvaient verser un peu moins de leur sang. Il avait plusieurs fois fait allusion à cet état d'esprit devant Ruixuan, lequel n'avait rien dit car, selon lui, cette paix déboucherait peu après sur une seconde agression japonaise et, cette fois, non seulement cela coûterait plus cher à la Chine en vies humaines, mais les Américains et les Anglais seraient chassés du pays. Ruixuan se disait pour lui-même : « Ce jour-là, même M. Goodrich sera contraint de faire ses bagages ! »

Quoi qu'il pensât, il ne trouvait pas le calme : et si la paix était réellement conclue ? Parler de paix dans la situation actuelle serait la fin pour la Chine du Nord. Sans mentionner les affaires de l'État, que deviendrait-il, lui, Ruixuan ? Pourrait-il vivre dans le déshonneur toute sa vie sous la domination japonaise ? C'est la raison pour laquelle il se délectait à entendre raconter le moindre fait de résistance ou de rudes combats. Par exemple, le petit incident qui avait opposé Yun Mei aux deux enfants japonais. Ce n'était pas folie furieuse de sa part, se disait-il, mais l'attitude convenable que se devait d'adopter celui qui refuse de vivre en esclave. Le sang et la résistance étaient la rançon de la justice et de la vérité. En conséquence, il se disait qu'il aurait dû persuader Cheng Changshun de s'enfuir, exhorter Petit Cui à ne pas s'imaginer que tout était gagné du moment qu'il avait des clients à prendre dans son pousse. Il aurait voulu aussi mettre en garde John Ding : la « résidence anglaise » n'était pas une manne sûre car, si les Anglais ne venaient pas en aide à la Chine, un jour leur « résidence » pourrait bien être rasée par les Japonais.

Pour l'anniversaire du 7 Juillet, il entendit le discours radiodiffusé que le président du Comité adressait à l'armée et au peuple. Les espoirs qu'il nourrissait sur la politique chinoise et les conjectures qu'il faisait n'étaient donc pas parti pris de sa part, il s'agissait des espoirs et des exigences du pays tout entier. Il en avait fini avec ce sentiment de solitude, son cœur battait en harmonie avec celui des quatre cents millions de ses compatriotes. Il savait que M. Goodrich avait certainement entendu ce discours, mais il le lui rapporta à dessein. Pourtant, à la grande surprise de Ruixuan, il n'entama pas de polémique, se contentant de lui serrer la main gravement. Ruixuan ne saisissait pas quel pouvait bien être l'état d'esprit de M. Goodrich, il garda pour lui les paroles qu'il avait préparées à l'avance. Voilà ce qu'il aurait voulu dire : « Les Japonais avaient déclaré qu'ils anéantiraient la Chine en trois mois, or la guerre dure depuis un an déjà. Nous continuons à résister, et ainsi nous accroissons nos chances de gagner. La guerre a deux versants, il suffit que celui qui est attaqué résiste, rende les coups pour que la situation militaire change. Or, avec le changement, vient l'espoir, lequel, à son tour, engendre la confiance. »

Certes, il n'avait pas proféré ces paroles, mais en son for intérieur il réfléchissait : peut-être M. Goodrich était-il comme le père Dou : sous son amabilité extérieure, si l'on fouillait jusqu'aux racines, il y avait toujours l'Occidental, et les Occidentaux, dans quatre-vingt-dix-neuf pour cent des cas, à un degré plus ou moins fort, vouaient un culte à la force militaire. Il en arrivait à vouloir retourner rendre visite au père Dou, pour voir s'il lui serrerait aussi la main avec la même gravité parce que la Chine résistait depuis un an et entendait poursuivre la résistance. Il n'était pas retourné voir le missionnaire et il ne savait pas quel était en fin de compte l'état d'esprit de M. Goodrich. Il ressentait seulement une joie intérieure, et même de la fierté. Il osait redresser la tête et regarder M. Goodrich dans les yeux. Et cette fierté qu'il éprouvait, il crut la voir chez son interlocuteur. Certes, la résistance solitaire de la Chine ne tenait pas du miracle, il s'agissait d'affronter avec sa chair le feu ennemi. Les Chinois aimaient la paix, et avaient le courage de verser leur sang pour la paix, n'y avait-il pas là de quoi être fier ? Il ne craignait plus les « oh, oh ! » de M. Goodrich.

Il demanda un congé pour la demi-journée, les Japonais eux aussi commémoraient le 7 Juillet. Ruixuan supportait mal que des Chinois et des écoliers chinois eussent à se rendre à Tian 'anmen pour s'incliner et se recueillir devant les envahisseurs morts sur le champ de bataille. Il lui fallait s'enfermer chez lui. Il aurait tant voulu imprimer aussitôt le discours du président du Comité et le distribuer à chaque habitant de Peiping. Mais il n'avait ni les possibilités matérielles d'imprimer un tract ni le courage de braver le danger. Il soupira et se dit à lui-même : « Le pays ne sera pas ruiné, mais toi, Ruixuan, qu'auras-tu fait pour cela ? »

CHAPITRE XLII

Le dimanche était un jour critique pour Ruixuan. Il ne voulait pas sortir se promener car, en chemin ou sur les lieux de promenade, on rencontrait inévitablement des Japonais. Sous leur politesse hypocrite, ces derniers dissimulaient la fierté et la satisfaction du vainqueur et cela lui était insupportable. La ville tout entière semblait transformée en un trophée de victoire.

Il s'enfermait donc chez lui, mais ne trouvait pas pour autant la paix de l'esprit. Ruifeng et la grassouillette Chrysanthème ne manquaient pas de venir l'importuner. Ils entraient toujours à la hâte, et repartaient tout aussi vite peu de temps après, pour bien montrer que, malgré leurs nombreuses occupations, ils n'oubliaient pas cependant de venir rendre visite à leur frère aîné. Ruifeng, qui avait toujours aux lèvres son fume-cigarette en faux ivoire, informait son frère tout en comptant sur ses doigts :

« Aujourd'hui encore il y avait quatre banquets. Impossible de s'y soustraire. Non, impossible. Je te le dis, grand frère, j'aime bien manger et bien boire, mais avec toutes ces relations, vraiment, c'est impossible, je mange trop. Depuis quelque temps, j'ai souvent mal au ventre. Pour ce qui est de tenir le vin, j'ai fait de grands progrès, et, si tu ne me crois pas, dès que nous aurons un moment, nous boirons tous les deux, et tu pourras me mettre à l'épreuve. Quant à la mourre, j'ai fait de grands progrès dans ce domaine aussi. Dimanche dernier au dîner, au Huixiantang, j'ai gagné sept fois de suite contre le chef de bureau Zhang, sept face à face. » De son doigt, il tapotait doucement son fume-cigarette en faux ivoire, tout en enchaînant : « J'ai trop d'amis ! Rien que pour cette raison, je n'ai pas accepté en vain ce poste de chef de section. Pour moi, c'est clair, pour vivre en société il faut se faire partout des relations, et, plus on a de relations, plus on mange bien, moins on se fait d'inquiétude pour le quotidien. Je... — il baissait un peu la voix —, ces derniers temps, je me suis fait des relations parmi les espions, qu'ils soient japonais ou chinois, et les fréquente assidûment. J'appartiens au Bureau de l'éducation, mais, comme le chèvrefeuille et le liseron, je lance mes vrilles en tous sens. Ainsi je suis sûr de pouvoir manger à toutes les tables. N'ai-je pas raison, grand frère ? »

Ruixuan ne trouvait rien à répondre, il avait la bouche pleine d'amertume.

Pendant ce temps-là, la grassouillette Chrysanthème prenait la main de sa belle-sœur et lui faisait toucher sa veste chinoise qui n'avait ni col ni manches : « Grande belle-sœur, touchez, voyez comme le tissu est mince et souple, et il ne coûte que deux yuan sept le mètre. » Puis, quand sa belle-sœur avait fini de toucher, elle exhibait son sac à main, sa petite ombrelle en soie, ses bas de soie, et ses chaussures ouvertes en cuir blanc, l'informant du prix de chaque objet.

Quand chacun avait dit ce qu'il avait à dire, ils s'interpellaient : « Il faut partir. Ne sommes-nous pas attendus à la résidence des Wang pour une partie de cartes ? » Sur quoi ils partaient, pressés, affectueux, marchant l'un à côté de l'autre.

Après leur départ, Ruixuan restait pendant un moment avec un bon mal de tête qui pouvait même durer longtemps si Guan Xiaohe venait avec eux. L'attitude de Guan Xiaohe était si détestable qu'elle forçait presque l'admiration de Ruixuan, d'où ce mal de tête. Si les époux Ruifeng se contentaient de « faire leur propre propagande », Xiaohe ne parlait jamais de lui, il n'abondait pas non plus dans le sens des deux autres, mais faisait à tout bout de champ l'éloge de l'ambassade de Grande-Bretagne, et de ceux qui y travaillaient. Il taxait sa visite à Ruixuan « d'alliance anglo-japonaise ».

Après le départ de Guan Xiaohe, Ruixuan s'en voulait de ne pas lui avoir envoyé plusieurs crachats en plein visage. Pourtant, quand celui-ci revenait, il ne parvenait toujours pas à se résoudre à agir ainsi, et se bornait, en présence de ses invités, à prononcer quelques exclamations pour la forme. Il se rendait compte à quel point il n'était bon à rien. En ces temps si durs, il avait la consistance du caillé de soja.

Pour les éviter, il s'absentait toute la journée, mais cela lui arrivait rarement. Il partait à la recherche de M. Qian, sans jamais le rencontrer. Quand il apercevait une maison de thé, il entrait jeter un coup d'œil à l'intérieur. Il allait même jusqu'à imiter la façon de demander de Petit Cui, mais la réponse était toujours la même : « Si, j'ai vu un type comme ça, mais il ne vient pas souvent. » Lorsqu'il était trop fatigué, il ne lui restait plus qu'à rentrer, complètement abattu. Si seulement je pouvais rencontrer M. Qian, se disait-il, je pourrais expectorer d'un coup les miasmes et la mauvaise humeur de tout l'été. Comme ce serait réjouissant !

Mais M. Qian restait invisible, telle une pierre au fond de l'eau.

Ce qui lui faisait plaisir, malgré quelques désagréments, c'étaient les visites de Cheng Changshun. Il avait toujours cette ardeur à apprendre et cet enthousiasme patriotique. Il demandait pratiquement chaque fois à Ruixuan : « Est-ce que je dois partir ? »

Ruixuan aimait bien ce type de jeune. Il trouvait que, même si Changshun n'avait pas réellement envie de quitter Peiping, sa question lui était agréable à l'oreille. Cependant, en pensant à la grand-mère du garçon, il était embarrassé, et sa joie se transformait en gêne.

Un jour, Changshun arriva alors que Ruixuan avait mal à la tête après avoir reçu la visite de Xiaohe. Il ne put se contrôler complètement et dit à Changshun : « Que ceux qui en ont la force d'âme partent ! »

Les yeux du garçon brillèrent : « Alors je dois partir ? »

Ruixuan fit oui de la tête.

« C'est dit, je pars ! »

Ruixuan ne pouvait plus revenir sur ses propos. Il ressentit un peu de joie et beaucoup de souffrance — devait-il encourager ainsi un jeune homme à braver le danger ? N'était-ce pas décevoir la grand-mère du garçon qui ne pouvait vivre sans lui ? Son mal de tête s'accentua. Changshun s'était déjà éclipsé, comme s'il voulait rentrer tout de suite chez lui faire ses bagages avant de partir. Ruixuan en avait encore plus gros sur le cœur. En toute conscience, il n'avait pas à se reprocher d'avoir poussé un jeune à échapper à sa prison, mais il n'était pas dans son caractère de pousser autrui à agir. Son imagination lui montra d'abord toutes les difficultés et les dangers qu'aurait à affronter Changshun. Il se disait que, si par malheur il venait à mourir comme ça, pour rien, il serait le seul responsable. Il ne savait que faire.

Pendant les deux ou trois jours qui suivirent, il demanda chaque jour à Yun Mei d'aller jeter un coup d'œil au n° 4, pour voir si Changshun était parti ou non.

Il n'était pas parti. Cela le laissa perplexe. Au bout de trois jours il rencontra le garçon sous les sophoras. Comme s'il éprouvait une grande honte, ce dernier se contenta de lui adresser un signe de tête avant de s'esquiver. Cela accrut sa perplexité. La grand-mère aurait-elle été à ce point persuasive ? Il se pouvait aussi que le jeune homme ne fût pas très courageux, éprouvât des regrets. Quelle que fût la raison, il ne voulait faire aucun reproche à Changshun. Mais il ne pouvait pas non plus se réjouir, qu'il eût cédé ou bien qu'il regrettât sa décision.

Le soir du cinquième jour, le ciel était menaçant. Les nuages n'étaient pas très épais, mais le vent se faisait frais, aussi toute la famille rentra-t-elle de bonne heure, au lieu de s'asseoir dans la cour pour prendre le frais après le repas. Changshun arriva, avec cette même expression de honte sur le visage.

Ruixuan fit montre de perspicacité, il évita d'interroger Changshun tout de go tant il craignait de l'embarrasser. Mais Changshun semblait être venu pour lui ouvrir son cœur et, sans même attendre la question de Ruixuan, il « se mit à table ».

« Monsieur Qi ! » dit-il tout bas en rougissant, et regardant son propre nez. Sa voix s'était faite terriblement nasillarde. « Je ne peux pas partir ! »

Ruixuan n'osa ni rire ni souffler mot. Il se contenta de hocher la tête gravement, avec compassion.

« Grand-mère a un peu d'argent, dit Changshun tout bas de sa voix nasillarde, ce sont des billets émis par le Guomindang, elle est âgée et refuse de les placer ou de les déposer au Bureau de poste. Elle les garde avec elle, les avoir à portée de main, ça la rassure.

— Tous les vieux sont comme ça », dit Ruixuan.

Changshun, voyant combien Ruixuan connaissait la mentalité des personnes âgées, se mit à parler avec plus d'aisance. « Je ne savais pas de combien elle disposait, elle ne me l'avait jamais dit.

— C'est ainsi, seuls les vieux savent où ils cachent leur argent et de combien ils disposent.

— C'est bien ce qui cloche, dit Changshun en s'essuyant le nez avec le bas de sa manche. Les Japonais n'ont-ils pas, il y a quelques mois, fait placarder un avis nous ordonnant de changer tous ces billets contre des nouveaux ? J'avais vu l'avis et j'en avais informé grand-mère, elle a fait comme si elle n'avait rien entendu.

— Les vieux, c'est normal, n'ont pas confiance dans la monnaie des agresseurs étrangers.

— Eh oui, c'est ce qu'elle pensait, aussi n'ai-je pas insisté. Je me suis dit que cet argent ne devait pas atteindre de grosses sommes, et que le changer ou non n'avait guère d'importance. Puis, quand les rumeurs à propos de l'argent se sont faites plus précises, je lui en ai reparlé. Elle m'a raconté que la veille dans la rue elle avait acheté cinq livres de millet à un paysan et que ce dernier lui avait dit tout bas qu'il voulait des billets du Guomindang, ce qui l'a confortée dans son idée de ne pas s'en séparer. Il y a deux jours, le chef de police Bai est venu faire une ronde, et il a bavardé avec grand-mère sur le seuil de la porte et c'est comme ça qu'elle a appris que la période tolérée pour le change était passée et que dorénavant tout paiement en billets du Guomindang était passible d'une peine d'emprisonnement d'un an. Elle en a pleuré toute la nuit. C'est qu'elle avait mille yuan en coupures d'un yuan, neuves, provenant de la Banque des transports. Elle en avait mille ! Et il ne lui en restait même pas un. La perte de son argent lui donnait le courage de maudire les diables japonais, et elle ne cessait de répéter qu'elle irait en découdre avec eux. Avec grand-mère dans cet état, impossible pour moi de partir. Cet argent, c'était tout ce qu'elle possédait, c'était aussi le capital pour son cercueil. Sa perte nous met tous deux dans l'embarras pour nos trois repas quotidiens. Que faire ? Je ne peux plus parler de partir, si je pars, elle se pendra. Je dois trouver une solution pour la prendre en charge. Elle m'a aidé si longtemps, c'est le moment pour moi de lui montrer ma reconnaissance. Monsieur Qi ? » Au coin des yeux de Changshun étaient apparues deux larmes brillantes, la sueur perlait sur son nez, il attendait la réponse de Ruixuan en se triturant les mains.

Ruixuan se leva, marcha lentement dans la pièce. Il s'était retrouvé dans le discours de Changshun. La famille et la piété filiale les ligotaient l'un et l'autre au Petit-Bercail. Alors que le pays les appelait, ils ne pouvaient que faire la sourde oreille. Il savait bien que, même si les jeunes hommes ne partaient pas, ils ne pourraient ramener les vieux à la vie, et peut-être même qu'ils courraient ensemble au même désastre, mais il n'avait pas la cruauté de partir en frappant du pied pour imposer sa décision. Il ne pouvait non plus encourager Changshun à quitter sa grand-mère de façon si cruelle au risque qu'elle mît fin à ses jours. Il poussa un long soupir puis dit à Changshun :

« Confie cette somme à quelqu'un du Shanxi ou du Shandong que tu connais bien et qui l'emportera dans des zones non occupées. Un yuan est un yuan. Bien sûr, ils ne te le changeront pas pour la valeur d'un yuan, mais une petite perte vaut mieux que de les jeter.

— Tout à fait, tout à fait ! » Déjà Changshun ne baissait plus la tête mais gardait son regard fixé sur le visage de Ruixuan, comme si tout ce qu'il disait était parole d'évangile. « Je connais M. Yang, le patron de Tianfuzhai, il est du Shandong. C'est bon ! Il pourra certainement me donner un coup de main. Monsieur Qi, qu'est-ce que je devrais trouver comme travail ? »

Ruixuan n'arrivait pas à penser à un travail qui conviendrait à Changshun. « Laisse-moi réfléchir, on en reparlera plus tard, Changshun.

— C'est ça, pensez-y pour moi, et moi aussi de mon côté je vais y réfléchir. » Changshun essuya son nez couvert de sueur, se leva. Après être resté debout un moment, il reprit à voix basse : « Monsieur Qi, surtout n'allez pas vous moquer de moi et croire que c'est par manque de courage que je ne pars pas. »

Ruixuan eut un pâle sourire. « Nous sommes de même farine.

— Pardon ? » Changshun n'avait pas compris ce que voulait dire Ruixuan.

« Oh, ce n'est rien ! dit Ruixuan qui n'avait pas envie de s'expliquer. On se revoit demain, et dis à ta grand-mère de ne pas se faire de souci ! »

Après le départ de Changshun, il se mit à pleuvoir doucement. Cette nuit-là, le bruit de la pluie empêcha Ruixuan de bien dormir.

Le problème de Changshun était encore présent à l'esprit de Ruixuan quand Chen Yeqiu lui fit une visite inopinée.

Yeqiu était assez bien mis, mais son teint était plus vert encore que dans le souvenir de Ruixuan.

Une fois assis dans la pièce il resta là, le regard fixe, les lèvres, qu'il avait minces, serrées hermétiquement. Chaque fois qu'il s'apprêtait à parler, ses lèvres s'entrouvraient pour se refermer tout de suite. Ruixuan avait remarqué que, lorsqu'il allongeait la main pour saisir son bol de thé, elle tremblait légèrement.

« Tout va bien, dernièrement ? » Ruixuan pensait l'amener doucement à parler.

Les yeux de Yeqiu retrouvèrent de leur mobilité. Il sourit. « Par les temps qui courent, si l'on n'est pas mort c'est que tout va bien. » Puis il se tut de nouveau. Il semblait désireux de faire montre d'intelligence en disant quelques belles paroles, mais la honte et l'inquiétude qui le dévoraient l'empêchaient de se laisser aller à parler. Il en était réduit à cet état d'hébétude. Au bout d'un moment, comme au prix de grands efforts, il évoqua la cause de sa honte et de son inquiétude :

« Grand frère Ruixuan, as-tu vu Moyin ces derniers temps ? » Logiquement, il était de l'autre génération et n'aurait pas dû appeler Ruixuan « grand frère », mais sa modestie coutumière le poussait à cette politesse.

« De nombreux amis l'ont vu, moi non, et ce n'est pas faute de l'avoir cherché partout ! »

Après s'être mouillé les lèvres, Yeqiu s'apprêta à énoncer ce qu'il voulait lui dire : « Tout juste, tout juste ! C'est comme pour moi, deux amis peintres m'ont dit l'avoir vu.

— Où ça ?

— À une exposition de peinture où ils exposaient. Moyin est venu visiter l'exposition. Grand frère Ruixuan, sais-tu que mon beau-frère peint lui aussi ? »

Ruixuan fit non avec la tête.

« Mais il n'était pas du tout venu pour les tableaux. Ils m'ont dit qu'il avait fait sans se presser tout le tour de l'exposition puis, très poliment, les avait appelés à l'extérieur et leur avait demandé dans quel but ils peignaient ces oiseaux, ces fleurs, ces paysages brumeux. S'agissait-il pour eux d'un passe-temps ? Mais quand les vrais paysages seront barbouillés de sang, quand, même les oiseaux et les fleurs seront anéantis par les canons, auront-ils encore le cœur à passer ainsi le temps ? Il leur avait demandé s'ils peignaient pour les Japonais. "Oh ! Alors que les Japonais pulvérisent vos belles montagnes, teignent en rouge vos rivières et vos fleuves, vous osez encore peindre des fleurs printanières et des lunes d'automne, pour mettre l'ennemi à l'aise et lui faire comprendre que, malgré les canons qui rasent vos villes et vos campagnes, vous vous servez de vos couleurs pour faire croire à un semblant de paix. Remballez vos œuvres déshonorantes, méprisez-les ! Et si vous voulez peindre, peignez le sang sur les champs de bataille et les héros qui résistent à l'agresseur !" Sur ces mots, il s'était incliné profondément, les exhortant à penser à ce qu'il leur avait dit, et était sorti sans retourner la tête vers eux. Mes amis ne le connaissaient pas, mais dès qu'ils me l'ont décrit, j'ai su que ce ne pouvait être que Moyin.

— Chen, quelle critique ont faite de lui tes deux amis ? demanda Ruixuan solennellement.

— Ils l'ont trouvé à moitié fou.

— À moitié fou ? N'y a-t-il donc rien de sensé dans ses propos ?

— C'est que, Yeqiu s'empressa de rire, comme pour s'excuser à la place de ses amis, ils n'ont pas dit bien sûr que ses propos étaient insensés, mais ils ne savent que peindre un petit peu, et avec cette exposition ils pouvaient se faire quelque argent pour acheter de la farine de riz, ce n'est tout de même pas un crime. D'autre part, ils se sont dit que, s'il parlait partout comme ça à tort et à travers, tôt ou tard il se ferait prendre par les Japonais et il n'en sortirait pas vivant, c'est pourquoi, enfin...

— Tu voudrais le rencontrer pour le mettre en garde ?

— Le mettre en garde ? » Les prunelles de Yeqiu retrouvèrent la fixité de celles d'un poisson, il se mordit les lèvres, et reprit son air hébété. Au bout d'un moment, il poussa un très long soupir, sur la peau verdâtre de son visage on devinait vaguement de fines gouttes de sueur. « Comment, grand frère Ruixuan, tu ne sais pas qu'il a rompu toute relation avec moi ?

— Il a rompu toute relation ? »

Yeqiu, lentement, fit plusieurs fois oui avec la tête. « Mon esprit est une chambre secrète de tortures. On y trouve tous les instruments pour cela et leur mode d'emploi. » Il relata comment il en était venu à rompre toute relation avec M. Moyin. « Tout est ma faute, j'aurais honte à me retrouver devant lui, car je n'ai pas pu obtempérer à ses injonctions et me débarrasser de mes vêtements achetés avec de l'argent japonais, ne pas acheter de farine de riz pour mes enfants avec ce même argent. Dans le même temps, je savais parfaitement qu'en travaillant un jour pour les Japonais, en faisant une chose pour eux, je serais catalogué parmi les traîtres. Je n'ose pas me présenter devant lui, mais je pense à lui nuit et jour, il est mon proche parent, et, de plus, il est de bon conseil et c'est un ami sincère. Si lors de notre rencontre il devait m'appliquer de bonnes gifles, je les accepterais volontiers. Ses paumes atténueraient un peu ma peine, mes remords. Je n'arrive pas à le trouver. Je m'inquiète pour sa sécurité et sa santé, je voudrais le supplier à genoux d'accepter de moi un peu d'argent, un vêtement. Mais je sais qu'il ne consentira jamais à accepter ce que mes sales mains pourraient lui offrir, qu'il n'acceptera rien. Alors que faire si je le rencontrais ? Cela n'augmenterait-il pas encore ma souffrance ? » Il but rapidement une gorgée de thé et enchaîna : « Souffrance, encore et toujours, mon cœur semble être fait de souffrance. Mes enfants ne connaissent plus la faim, ils ont maintenant des vêtements à se mettre. Ils sautent, ils chantent, leurs petits visages se remplissent, mais leurs sauts et leurs chants sont autant d'aiguilles empoisonnées qui me percent le cœur. Que puis-je faire ? Je n'ai pas d'autre solution. À moins de trouver un moyen de me rendre insensible, oui insensible, constamment insensible, et alors je pourrais souffrir encore plus pour avoir voulu éviter la souffrance, et quand mon cœur ne sera plus que souffrance, j'oublierai la souffrance.

— Chen ! Tu t'es mis à l'opium ? » Ruixuan avait lui aussi de la sueur sur le nez.

Yeqiu se cacha le visage dans les mains, et resta longtemps ainsi sans bouger.

« Yeqiu, dit Ruixuan sur un ton des plus cordiaux, ne te fais pas du mal comme ça ! »

Yeqiu desserra progressivement ses mains et dit tout en gardant la tête baissée : « Je sais, je sais bien, mais c'est plus fort que moi ! Mon beau-frère m'a dit : vendre des cacahuètes et des graines de pastèques, c'est plus malin que de travailler pour les Japonais. Mais nous autres lettrés préférons cacher la honte nationale avec nos longues tuniques que les ôter pour nous faire vendeurs ambulants. C'est pourquoi je dois m'anesthésier. Je fume et cela me coûte de l'argent, je cumule donc les emplois, et tout ce travail me sape le moral, alors je tire un peu plus sur la pipe. Je m'affaire du matin au soir, et il me semble que toute cette agitation est pour trouver l'argent de la drogue, car c'est seulement après avoir fumé que je sombre dans la torpeur et que j'oublie ma souffrance. J'oublie ce que je suis, j'oublie l'humiliation nationale, j'oublie tout ! Grand frère Ruixuan, je suis un homme perdu, perdu ! » Il se leva lentement. « Je m'en vais, si tu rencontres Moyin, informe-le de mes souffrances, dis-lui que je fume et que je suis perdu. » Il se dirigea vers l'extérieur.

Ruixuan, aussi hébété qu'un simple d'esprit, le suivit jusque dans la rue. Il avait tant de choses à lui dire, mais aucun mot ne sortait de ses lèvres.

Les deux hommes marchèrent vers la rue, très lentement, sans rien dire. Comme ils arrivaient au portail, Yeqiu s'arrêta brusquement, se retourna : « Grand frère Ruixuan, j'allais oublier, je te dois cinq yuan ! » De sa main droite il fouillait dans sa tunique.

« Yeqiu, à quoi bon se soucier de ces cinq yuan ! » Ruixuan avait un sourire forcé.

Yeqiu ramena sa main : « Nous… Bien, je suis d'accord. Merci ! »

Quand ils furent parvenus à l'entrée, Yeqiu lança un coup d'œil en direction du n° 1 : « C'est habité ?

— Oui, par des Japonais.

— Oh ! » fit Yeqiu en s'étranglant, puis il fit un signe de tête à Ruixuan et s'éloigna, les épaules haussées en signe d'impuissance.

Ruixuan resta comme frappé de stupeur à regarder sa silhouette de dos, jusqu'à ce que Yeqiu obliquât au coin de la rue. De retour dans sa chambre, il avait comme l'impression que Yeqiu n'était pas parti et, en fermant les yeux, il revoyait son visage émacié. L'image de Yeqiu semblait s'être collée dans son esprit. Insensiblement, à voir ce visage verdâtre, il finit par se voir lui-même, et, s'il n'avait pas touché encore à l'opium, il ne se trouvait pas meilleur que Yeqiu : tous ceux qui restaient à Peiping allaient au-devant de leur propre ruine.

Il s'assit, avec ennui prit un pinceau et se mit à écrire n'importe quoi. Une fois les mots tracés, il vit qu'il avait écrit : « Nous allons tous au-devant de notre propre ruine. » À force de regarder ces quelques mots, il eut envie de les mettre sous enveloppe pour envoyer la feuille à Yeqiu. Mais, en même temps, il repensa à M. Moyin. Il froissa la feuille, la jeta par terre. M. Moyin, lui, n'allait pas au-devant de sa propre ruine ! C'était vrai, le poète Qian finirait par se faire arrêter de nouveau, serait exécuté. Pourtant, en cette période où la mort régnait, seule une mort comme celle de M. Qian était utile. Les gens honnêtes mais couards, tels que lui et Yeqiu, ne savaient rien faire d'autre que se suicider !

CHAPITRE XLIII

Canton était prise. Nos troupes battaient en retraite à Wuhan.

À Peiping, les Japonais étaient à nouveau tombés sur la tête. Victoire ! Victoire ! Après la victoire viendrait la paix, et la paix signifiait la capitulation de la Chine, la cession du nord de la Chine. Les journaux de Peiping avaient imprimé les conditions de cette paix : le Japon ne voulait ni Canton ni Wuhan, il ne demandait que la Chine du Nord.

Les traîtres à la patrie jubilaient, le nord de la Chine serait éternellement aux Japonais, donc à eux aussi !

Mais à Wuhan il ne s'agissait que d'une retraite, la Chine n'avait pas capitulé.

Une fois sortis de leur folle ivresse, les Japonais n'avaient pas trouvé la paix. Cela avait été pour eux un vrai casse-tête. Ils avaient déclenché la guerre, ils avaient souhaité mener au plus vite cette guerre à son terme, jouir au plus tôt de la félicité qu'on éprouve les jours qui suivent la victoire. Mais ils n'avaient fait que déclencher la guerre, la Chine s'était mobilisée pour les empêcher de jouir de la victoire. Ils avaient perdu l'initiative. Il ne leur restait rien d'autre à faire que de se servir à outrance des traîtres à la patrie, contrôler le Nord, et continuer la guerre grâce aux ressources, aux vivres et au fourrage fournis par le Nord.

La retraite de Wuhan n'avait pas autant affecté Ruixuan que la chute de Nankin. Au fond d'une vieille malle, il avait trouvé une carte des Qing, cachée là par on ne sait qui, allez savoir quand. Lorsqu'il avait plaqué cette antiquité sur le mur, il avait vu qu'il s'agissait de Chongqing. Sur la carte comme dans son esprit, Chongqing ne semblait pas si loin. Auparavant, il ne s'agissait que d'un nom qu'il avait mémorisé, qui ne devait jamais avoir un lien quelconque avec lui. Aujourd'hui, Chongqing était toute proche, et il s'agissait d'un lien très étroit. Il lui semblait qu'il suffirait qu'à Chongqing on parle de « se battre » pour que Peiping vibre, qu'il suffirait qu'à Chongqing on ne cesse de lancer l'appel à la résistance pour que tous les complots et intrigues des ennemis au Nord soient effacés, purement et simplement, comme des comptes sur une ardoise. Pendant qu'il regardait la carte, il serrait les mâchoires. Il devait se dresser résolu à Peiping, et faire que chacune de ses pensées fût l'écho de Chongqing. Pour Chongqing, il devait marcher la tête haute dans les rues de Peiping, et, à la place de chaque Chinois, dire : le peuple chinois ne capitule jamais !

Alors que Ruixuan était plongé dans ses réflexions, chez les Guan on fêtait jour et nuit par des ovations et des rires la retraite de Wuhan. Ce qui les réjouissait le plus était la nouvelle promotion de Lan Dongyang.

Pour les Japonais, la Chine du Nord était entre leurs mains, ils devaient donc renforcer l'extermination des réactionnaires tout en élargissant l'Union du peuple nouveau pour pacifier le peuple. Les Japonais tenaient l'épée dans la main gauche et dans la droite, des bonbons Hirohito. Ils jouaient sur les deux tableaux, y allant de la menace et de la séduction.

L'Union du peuple nouveau avait été réorganisée Elle allait devenir l'organe central des départements de la Propagande, des Affaires sociales, du Parti et de la Ligue de la jeunesse. Elle aurait plusieurs départements avec un chef à la tête de chacun. Elle s'occuperait du travail de propagande, d'organiser les divers secteurs de l'industrie et du commerce, d'organiser des ligues d'enfants de tous âges, de faire le travail d'un parti politique avec pour objectif principal de soumettre le peuple.

Pendant cette période de réorganisation, les membres en place avaient tous été appelés par les Japonais, qui les avaient testés directement afin de repérer des chefs de département potentiels et autres employés importants. Le visage de Lan Dongyang avait attiré en premier l'attention du fonctionnaire recruteur, car il ressemblait plus à un diable qu'à un être humain. Une telle physionomie, pensaient les Japonais, était une garantie, présentait toutes les qualités de l'emploi : ils étaient sûrs de tenir là un embryon de traître authentique, fidèle à vie à son maître, et le plus capable de faire taire son bon cœur.

Si la physionomie de Dongyang avait de quoi retenir l'attention, son allure et son comportement justement étaient si exceptionnellement vils qu'il avait obtenu le poste de chef du département de la Propagande. Quand le fonctionnaire recruteur lui avait rendu visite, son teint était aussi vert que du thé infusé plusieurs fois, ses prunelles, tournées vers le haut, y étaient restées accrochées, sans avoir pu reprendre leur place initiale, ses mains et ses lèvres tremblaient, il avait la gorge encombrée de glaires. Avant même d'avoir regardé le fonctionnaire recruteur, il avait déjà effectué trois profondes courbettes, et, du fait de la trop grande inclinaison de ces saluts, il avait failli perdre l'équilibre et piquer du nez. Quand il s'était approché du fonctionnaire recruteur, il était si reconnaissant qu'il en pleurait. Cela avait touché le fonctionnaire et Dongyang avait obtenu son poste.

Les Guan, bien évidemment, avaient été les premiers à organiser un banquet pour fêter sa promotion. Il avait reçu la carte d'invitation, mais il arriva exprès avec une heure et demie de retard. Il avait un air si important que même Xiaohe, qui avait pourtant la parole facile, ne parvint à lui faire montrer ses dents jaunes. À peine entré, il s'était affalé sur le canapé sans dire un mot. Son visage verdâtre semblait comme enduit d'une couche d'huile, il était si vert qu'il en luisait. On lui proposait du thé, des douceurs et il restait là assis à paresser avec orgueil, la tête enfouie dans le coin du canapé, indifférent à ce qui se passait autour de lui. On lui demanda de prendre place à table, il avait la flemme de se lever. À la troisième ou quatrième relance, il ne put faire autrement que de se tortiller comme une chenille jusqu'à la place d'honneur. Alors qu'il venait juste de poser son postérieur sur la chaise, il mit ses deux coudes sur la table, comme s'il avait d'abord l'intention de faire un somme. Il avait l'esprit pratiquement vide, seuls les mots « chef de département, chef de département » résonnaient doucement au rythme des battements de son cœur. Il refusa le vin et les mets, pour montrer qu'un chef de département savait se tenir en société, qu'il n'était pas gourmand. Toutefois, quand le fumet de toutes ces bonnes choses le fit saliver, il se servit brutalement à pleines baguettes, fourra la nourriture dans sa bouche et se mit à mastiquer vigoureusement comme s'il n'avait personne à ses côtés.

La « grosse courge rouge » et Guan Xiaohe échangèrent un regard, ils avaient décidé de ne pas cesser de lui donner du « chef de département », tout comme on appelle un enfant affolé. Ils trouvaient normal qu'un chef de département prît de grands airs. D'ailleurs, s'il n'avait pas agi ainsi, ils auraient été déçus. Ils prononcèrent les mots « chef de département » sur toutes sortes de registres, allant parfois jusqu'à parler en même temps, à des hauteurs différentes, tel un chœur à deux voix.

Malgré tous leurs efforts, Dongyang ne pipa mot. Il était chef de département, il devait se contrôler. Un personnage aussi important que lui ne pouvait pas se laisser aller à des propos inconsidérés.

On servit le dessert, Dongyang se leva soudain, se dirigea vers l'extérieur, se contentant de cette simple phrase : « J'ai à faire ! »

Après son départ, Xiaohe n'eut de cesse de s'extasier sur sa physionomie : « Depuis que je le connais, j'avais remarqué la physionomie hors du commun du chef de département Lan. Et vous, cela ne vous avait pas frappé ? Bien que son teint soit un peu verdâtre, si vous regardez attentivement, vous apercevrez dessous une onctueuse couleur pourpre. C'est ce qu'on entend par un "visage de cinabre". Il est bon pour le pouvoir ! »

La « grosse courge rouge » se montra plus concrète : « Qu'importe son visage, un chef de département, c'est quelque chose ! À mon avis, hum ! » Elle lança un regard du côté de Gaodi. Quand il ne resta plus que Xiaohe et elle dans la pièce, elle lui dit : « Je crois qu'il vaudrait mieux donner Gaodi à Dongyang. Un chef de département est bien au-dessus d'un chef de section !

— Tout à fait, tout à fait. Tes vues sont justes. Tu devrais en parler à Gaodi. Cette gamine, toujours à faire la difficile, à ne rien écouter !

— J'ai mon idée, tu n'as pas besoin de t'en occuper ! »

En réalité, la « grosse courge rouge » n'avait pas d'idée particulière. Elle savait au fond d'elle-même que Gaodi n'était effectivement guère facile à manœuvrer.

Cette opposition de Gaodi ne datait pas d'hier. Elle n'avait jamais voulu suivre les conseils de sa mère pour « attacher » Li Kongshan. Quand ce dernier venait, s'il n'avait pas de comptes à effectuer pour la « grosse courge rouge » (l'argent que la « grosse courge rouge » se faisait pour couvrir la prostitution illicite, et dont elle prenait soixante-dix pour cent, laissant le reste à Li Kongshan), il se dirigeait tout droit chez Gaodi, sans s'occuper de savoir si elle était habillée ou si elle dormait encore. Il se comportait comme s'il était le mari de Gaodi. Une fois qu'il était entré dans la chambre, il se laissait choir de guingois sur le lit. S'il était de bonne humeur, il disait quelques mots, sinon il restait là sans parler et la regardait fixement. C'était un habitué enragé des bordels, il avait pris pour femmes des prostituées et pensait que toutes les femmes étaient pratiquement des filles de joie.

Gaodi ne supportait pas cette façon de faire. Elle avait protesté auprès de sa mère ; cette dernière, sûre d'elle-même, l'avait sermonnée : « Tu es une belle idiote ! Réfléchis un peu, n'est-ce pas grâce à lui que j'ai obtenu ce poste de chef de centre ? Bien sûr, j'ai les capacités et les compétences de la fonction, mais nous ne pouvons nous montrer ingrats en ne reconnaissant pas que nous lui sommes redevables de quelque chose. En ce qui te concerne, tu n'es pas une beauté et lui est chef de section, je ne vois pas en quoi ce mariage ne serait pas convenable pour toi. Tu dois être lucide et voir les choses en face, ne pas rêver les yeux fermés. De plus, il est à trois septièmes avec moi, je me fatigue et il touche l'argent à ne rien faire, je suis obligée de prendre mon mal en patience, tel le muet qui ne peut se plaindre de ce qu'il mange. Si tu comprenais un peu plus les choses, tu devrais l'enchaîner, est-ce qu'il aurait encore le cœur à prendre trente pour cent à sa belle-mère ? Il faut que tu saches que moi seule gagne de l'argent pour toute la famille, et que l'argent que je gagne, je ne le garde pas pour moi ! »

Protester étant inutile, Gaodi tout naturellement s'était rapprochée davantage de Tongfang. Cela avait accru encore l'aversion de maman pour sa rivale, elle avait pensé l'expédier sur-le-champ au bordel. Pour aider Tongfang, Gaodi n'osait pas trop rester avec cette dernière. Quand Li Kongshan s'allongeait sur son lit, elle en était réduite à prendre son ombrelle et son sac à main tout en grognant de colère et à partir. Elle s'absentait alors toute une journée. Elle allait sur les rochers de Beihai ou sous les vieux cyprès des parcs publics et restait là assise, hébétée. Lorsqu'elle se sentait trop seule, elle partait s'acoquiner avec ces gens que fréquentait souvent Xiaohe, membres de ces associations de bienfaisance qu'étaient le Tongshanhui ou le Chongshanhui, ces hommes et ces femmes riches, oisifs, charitables qui misaient petit en espérant gagner la vie éternelle.

Quand Gaodi prenait ainsi ses distances, la « grosse courge rouge » envoyait Zhaodi passer la pommade à Li Kongshan. Elle ne lâchait pas sans peine Zhaodi, mais elle y était contrainte par les faits. Elle n'aurait osé à aucun prix offenser Li Kongshan. Froisser ce dernier, c'était perdre son emploi.

Depuis que sa mère était devenue chef de centre, Zhaodi, à force de plaisanter chaque jour avec les filles, avait perdu sa candeur et sa beauté de jeune fille. Elle avait une bonne nature. Autrefois, son rêve le plus romantique était celui de toutes les écolières, rêve entretenu par les romans et les films. Elle aimait se maquiller, se languissait d'un petit ami, mais tout cela n'était que simples jeux de la jeunesse, qui faisaient un peu souffrir, sans plus. Elle n'avait jamais pensé au problème existant entre les sexes ni aux relations et aux besoins qui rapprochent les sexes. Elle trouvait seulement que se mobiliser en prenant exemple sur ce qui se passait dans les romans et dans les films était assez amusant, oui amusant, sans plus. À présent elle voyait quotidiennement les filles. Elle avait soudain grandi. Elle avait compris ce qu'était la chair, elle avait tout cela devant les yeux sans qu'elle eût besoin de recourir à son imagination. Elle ne faisait plus de rêves romantiques ; elle voulut essayer ces actes osés qui vous font plonger d'un coup dans la fange, jouir comme fait un porc de la saleté de cette fange.

C'était vrai, ses vêtements, sa coiffure, son maquillage étaient toujours ceux d'une jeune fille moderne, n'avaient pas subi l'influence des filles, mais les expressions de son visage et ses propos avaient beaucoup changé. Fière de son expérience, elle imitait les intonations de voix des filles et disait ces mots orduriers qui font tomber les femmes bien bas. Amusée par son audace, elle savourait le sens caché de ces grossièretés. Le peu d'éducation qu'elle avait reçu à l'école ne lui permettait pas de faire la part du bien et du mal ; incapable de réfléchir, elle agissait par intuition. Cette intuition de petite fille, en général, est protégée par le coffre-fort de la pudeur et de la prudence, une fois le coffre ouvert, on ne le ferme plus. Elle ne s'occupa plus que de chercher un plaisir plus direct, plus réjouissant, plus primitif, plus agréable. Elle rejeta avec joie timidité et prudence, comme on jette quelque chose d'avarié. Elle ne recourait plus à l'intuition, mais marchait exprès vers le bourbier, les yeux grands ouverts. Sa jeunesse semblait lui avoir été arrachée par un ouragan soudain, et, le vent passé, il ne restait plus qu'une jeune femme qui fréquentait les filles.

Elle s'était exécutée et était allée gentiment passer la pommade à Li Kongshan.

Li Kongshan, quand il voyait une femme, au premier regard, se plaisait à en deviner les parties les plus secrètes. Sur ce point, il ressemblait aux Japonais. Quand il avait vu que Zhaodi venait s'occuper de lui, il lui avait saisi immédiatement la main, l'avait embrassée, caressée. Il avait depuis longtemps l'intention de réserver cela à Gaodi, mais cette dernière n'était pas « docile ». En user ainsi avec Zhaodi, plus jeune et plus jolie, l'avait excité. Il avait couru à une boutique de soieries lui acheter de quoi faire trois vêtements.

À la vue du tissu, le cœur de la « grosse courge rouge » avait tremblé. Zhaodi était son trésor, pas question de la laisser emporter par Li Kongshan. Mais la soie parlait en faveur de ce dernier. Elle n'avait pu dire à Zhaodi de refuser. Par ailleurs, elle s'était dit que, Zhaodi étant très futée, elle ne se laisserait pas manœuvrer aisément, il aurait donc été malvenu de sa part de dire quelque chose.

Zhaodi n'aimait guère Kongshan, elle n'avait même pas pensé à l'éventualité d'un mariage. Elle avait tout simplement envie de jouer avec le feu et de goûter à cette chose des plus excitantes. Ce que les autres n'avaient jamais osé faire, Li Kongshan l'avait fait, il était passé à l'acte et dès lors tout était possible. Elle avait vu plusieurs fois Xiaohe embrasser les filles en cachette. Il n'y avait rien de bien méchant à faire montre d'une plus grande audace, cela ne prêterait sans doute pas à conséquence.

Après la chute de Wuhan, les Japonais, qui entendaient intensifier encore la liquidation des éléments réactionnaires, avaient mis en place des contrôles d'identité à domicile et procédé à des arrestations massives. Li Kongshan fut très occupé. Il n'avait plus guère le temps de venir s'allonger sur le lit de Gaodi. Il s'agissait moins chez lui de dévouement pour les Japonais que de faire de l'argent. Il arrêtait qui bon lui semblait, arrêtait ainsi beaucoup de gens, puis, selon l'ordre d'arrivée, marchandait le prix. Ceux qui acceptaient de payer étaient relâchés, quant à ceux qui n'avaient pas le sou, qu'ils fussent ou non coupables, ils trouvaient la mort. Il avait autant d'aplomb pour massacrer des innocents que pour peloter les femmes.

La « grosse courge rouge » s'inquiéta quand elle se rendit compte que Li Kongshan n'était pas revenu pendant plusieurs jours. Ses filles l'auraient-elles offensé ? Elle envoya Zhaodi le voir : « Écoute-moi, Zhaodi, ma chérie, va le voir et dis-lui ceci : Wuhan est perdue, tout le monde ici trinque et boit, mais, sans lui, nous n'avons pas du tout d'entrain. Dis-lui de trouver à tout prix un moment pour venir, qu'on fasse la fête pendant une bonne journée. Porte les vêtements qu'il t'a offerts, c'est bien clair ? »

Tout en dépêchant Zhaodi, elle fit venir Gaodi devant elle. Fronçant les sourcils comme si elle était très fatiguée, elle dit tout bas : « Gaodi, maman a deux mots à te dire. J'ai remarqué que tu n'aimais guère Li Kongshan, je ne te contraindrai plus sur ce point. » Elle regardait sa fille. Elle la regarda un bon moment, comme si elle voulait s'assurer que la petite avait bien remarqué la compréhension dont elle faisait montre à son égard. « À présent, Lan Dongyang est chef de département, je pense que, globalement, cela doit te convenir, non ? Il n'est pas très propre de sa personne, mais c'est qu'il n'est pas marié, s'il avait une épouse pour s'occuper de lui, il ne serait pas aussi négligé. Vraiment s'il se mettait mieux, ne serait-il pas assez beau ? De plus, il est jeune, il est capable, et à présent il est chef de département, qui sait s'il n'ira pas jusqu'à un poste comme celui de haut-commissaire ? Ma brave petite, écoute maman. Est-ce que j'aurais le cœur à te nuire ? Tu es déjà avancée en âge, ne me laisse pas continuer à m'inquiéter ainsi. Je suis occupée à la maison et à l'extérieur, n'ai-je pas déjà assez de soucis ? Ma brave petite, fais-t'en un ami. Si le mariage aboutit, toute la famille n'en tirera-t-elle pas du profit ? » Après ce flot de paroles, elle se martela doucement la poitrine de ses poings.

Gaodi était restée impassible. Elle ne détestait pas moins Dongyang que Li Kongshan. Et si elle acceptait, ce serait sous la contrainte. Il lui fallait d'abord en débattre avec Tongfang. Confrontée à un grave problème, elle n'arrivait jamais à prendre seule une décision.

Profitant de l'absence de la « grosse courge rouge », Gaodi et Tongfang se rendirent sur les bords de la rivière au-delà de la porte Xizhimen. Tout en marchant, elles se faisaient des confidences. On n'était qu'à quelques centaines de mètres de la porte, pourtant tout sur les berges respirait le calme, il n'y avait pas un seul promeneur. Les vieux saules au bord de l'eau avaient déjà perdu leurs feuilles. Leurs longues branches s'agitaient doucement dans le soleil d'automne. Dans l'étang aux lotus au sud de la rivière, il ne restait que quelques feuilles desséchées qui bruissaient doucement. Au beau milieu de l'étang une aigrette se dressait, paisible. S'il y avait encore pas mal d'eau dans le bassin aux poissons, la rivière, quant à elle, était déjà moins haute, seul coulait au milieu un ruisseau limpide, qui emportait de longues franges de plantes aquatiques d'un vert profond. Les berges étaient encore humides. De-ci de-là, des paludines sortaient à demi de la vase, mais pas un enfant n'était venu les ramasser. L'automne rendait mélancolique la banlieue de Peiping, et il était si voyant qu'on avait du mal à imaginer la ville toute proche.

Après avoir marché un moment, elles choisirent un vieux saule et s'assirent sur les racines saillantes. De là, en se retournant, elles pouvaient apercevoir le pont Gaoliangqiao où passait un flot incessant de voitures et de chevaux. Elles n'osèrent pas regarder ce spectacle trop longtemps. Elles voulaient oublier pendant un moment qu'elles vivaient enfermées dans une grande cage — Peiping — pour respirer librement l'air empreint de l'odeur de la terre et de la rivière.

« Ah, de nouveau je n'ai plus envie de partir ! » Tongfang, les sourcils froncés, fumait une cigarette. Quand elle eut fini sa phrase, elle regarda la fumée se dissiper lentement.

« Tu n'as plus envie de partir ? demanda Gaodi, comme soulagée. Comme c'est bien ! Si tu pars, je vais me retrouver seule, pratiquement sans pouvoir rien faire ! » Tongfang, les yeux mi-clos, regardait la fumée sortir de son nez, un léger sourire aux lèvres, comme si elle savourait la confiance qu'avait en elle Gaodi.

« Cependant », Gaodi plissa un peu son nez court, « si maman te chasse vraiment et t'envoie au… ? »

Tongfang jeta son mégot à terre, l'écrasa avec le talon de sa chaussure. Sa petite bouche fit une moue : « Je l'attends au virage. J'ai mon idée. Je n'ai pas peur d'elle. Tu vois, ça fait longtemps que j'ai envie de m'enfuir, mais tu ne veux pas venir avec moi. Je me suis dit : je connais si peu d'idéogrammes, comment pourrais-je partir ? C'est vrai, je sais chanter quelques machins, mais se sauver et vivre de ça, ça rime à quoi ? Si tu venais avec moi ce serait différent, toi au moins tu te débrouilles pour écrire et compter, tu peux trouver un petit travail, et, si tu travaillais, j'accepterais volontiers d'être ta servante, de brosser, de faire la vaisselle. J'ose affirmer que toutes les deux nous pourrions nous en sortir très bien ! Mais voilà, tu ne veux pas partir, et moi seule je ne m'en sortirai pas.

— Je ne peux me résoudre à quitter Peiping, ni les miens », dit Gaodi avec une grande franchise.

Tongfang rit. « Peiping est occupée par les Japonais, les tiens veulent te marier à un bourreau, et tu ne peux te résoudre à quitter tout cela ! Tu as oublié Zhongshi qui a écrasé une voiture de soldats japonais et M. Qian qui disait de toi que tu étais une brave fille ! »

Gaodi croisa ses mains sur ses genoux, et resta immobile. Au bout d'un moment, elle dit tout bas : « Mais toi non plus tu ne veux pas partir ? »

Tongfang secoua la tête et rejeta une mèche de cheveux en arrière. « Ne t'occupe pas de moi. J'ai mon plan.

— Lequel ?

— Je ne peux pas te le dire.

— En ce cas, moi aussi j'ai mon plan. De toute façon je ne peux accepter Li Kongshan, pas plus que Lan Dongyang. Je ne me marierai qu'avec celui que je voudrai ! » Gaodi releva la tête pour montrer sa détermination. C'était vrai, elle était sincère. Même si elle ne comprenait pas grand-chose à la vie, le mariage était pour elle une question de liberté. Un mariage consenti librement était pour elle un acte de foi. Elle n'aurait su dire pourquoi. Peut-être parce que cela se passait ainsi autour d'elle. Dans la vie, elle n'avait rien dont elle pût s'enorgueillir, mais pour être de son époque il lui fallait être une jeune fille moderne, et, pour être moderne, il fallait se marier librement. Le mariage la fixerait dans la société. Sur ce point, elle n'était guère différente des femmes plus âgées. Mais il lui fallait se démarquer d'elles. Comment ? Elle voulait se marier, mais « librement ». Et une fois mariée ? Cela ne l'intéressait pas. Selon ses connaissances et ses capacités, elle pourrait tout aussi bien mourir de faim, elle pourrait avoir un enfant et ne pas savoir s'en occuper. Elle n'avait pas pensé à tout cela. Elle avait besoin de romantisme, de se marier par amour. Seul ce parcours pouvait faire d'elle une jeune fille moderne, peu lui importait de se retrouver plus tard en enfer. Elle appartenait à une époque nouvelle, il lui fallait les cultes propres à cette époque, c'était une question de foi. Elle ne présentait pas les conditions suffisantes pour être de son époque, et voulait pourtant goûter, sans avoir bougé le petit doigt, à toutes ses avancées. L'Histoire lui donnait l'occasion d'être libre, son attachement à ces cultes faisait tout tomber à l'eau.

Tongfang resta longtemps sans rien dire.

Gaodi répéta : « Je ne me marierai qu'avec celui que je voudrai !

— Mais la question est de savoir si tu gagneras contre les tiens. Tu dépends d'eux pour la vie de tous les jours, tu dois te montrer obéissante ! » La voix de Tongfang était très basse, son ton sincère. « Il faut que tu le saches, Gaodi, après je ne pourrai plus te venir en aide, j'irai mon petit bonhomme de chemin. À ta place, je partirais, en frappant du pied pour imposer ma décision. Dans la Chine du Nord, il y a tant de femmes aux côtés des hommes dans la lutte contre les diables japonais. Pourquoi ne fais-tu pas de même ? Seul ton départ est garant de ta liberté. Tu ne crois pas ?

— Mais qu'est-ce que tu as donc l'intention de faire qui t'empêche de m'aider ? »

Tongfang secoua doucement la tête et serra les lèvres.

Au bout d'un long moment, Tongfang ôta une petite bague et la mit dans la main de Gaodi, puis elle serra la main de Gaodi entre les siennes : « Gaodi, dorénavant à la maison nous n'avons plus besoin de nous parler. Ils savent tous que nous sommes amies, si nous sommes toujours ensemble, cela éveillera leurs soupçons. Désormais je ne m'occuperai plus de toi. Peut-être que, si nous nous montrons moins amies, je pourrai gagner quelques jours. Garde cette bague en souvenir. »

Gaodi prit peur. « Tu ne vas pas te suicider au moins ? »

Tongfang eut un rire triste : « Non, justement.

— Mais alors qu'est-ce que tu...

— Tu comprendras plus tard, je ne peux te le dire pour l'instant ! » Tongfang se leva, s'étira et agrippa une branche de saule. Gaodi se leva à son tour : « Alors, je n'ai aucune chance de m'en sortir !

— Tout a déjà été dit, si tu en as le courage, viendra le jour où tu t'émanciperas. Si tu t'attaches à tout comme ça, rien n'aboutira ! »

Le soleil se couchait quand elles arrivèrent à la maison.

Zhaodi n'était pas rentrée.

La « grosse courge rouge » ne voulait rien laisser paraître de ses sentiments, mais elle n'y parvenait pas. Elle avait une telle confiance en son intelligence et en celle de Zhaodi qu'elle croyait toujours que les autres pouvaient avoir le dessous, mais que cela n'arriverait jamais à elle ni à sa fille. Pourtant, il allait faire nuit, et sa fille n'était toujours pas de retour, c'était un fait qu'on ne pouvait nier. De plus, elle n'était pas sans savoir que Li Kongshan était redoutable. Elle grinçait des dents. À ce moment-là elle ressemblait presque à une « maman », se serait presque reproché d'avoir jeté sa fille dans la gueule du loup. Mais se faire des reproches, c'était perdre toute confiance en soi et elle avait toujours été une femme indépendante. Une femme comme elle ne pouvait absolument pas « édicter un avis reconnaissant ses fautes ». Non, elle n'avait pas mal agi, Zhaodi non plus, tout était à cause de Li Kongshan, ce type répugnant. Il lui fallait trouver un moyen de le punir.

Elle se mit à faire les cent pas dans la cour, tout en réfléchissant à une solution pour venir à bout de Li Kongshan. Sur le moment, elle ne trouva rien, car elle savait bien que Kongshan ne se laisserait pas faire. Si, se disait-elle, la solution n'est pas la bonne, et si, au lieu de gagner, elle perdait sur tous les plans, ce serait la honte totale ! Cette pensée la mit immédiatement en colère. Elle eut deux petites quintes de toux sèches et sentit un souffle chaud monter de son ventre jusqu'à sa poitrine, cela la brûla. Ce souffle était monté d'un coup et pourtant sa peau lui paraissait glacée, elle se mit à trembler légèrement. Son visage couvert de taches de son en eut la chair de poule. Elle ne pouvait plus penser à rien, toute à cette idée qui lui rongeait l'esprit : elle avait perdu la face !

Elle avait été une femme indépendante toute sa vie et, à présent, elle avait perdu la face ! Elle ne pouvait le supporter. Tant pis, elle n'avait plus besoin de penser à autre chose si ce n'est à se battre à mort contre Li Kongshan. Elle serra les poings, ses ongles peints en rouge s'incrustaient dans la paume de ses mains jusqu'à lui faire mal. Non, il n'y avait rien à ajouter, foncer, telle était la meilleure solution. Si Xiaohe mourait, quelle importance ? Gaodi ? Elle ne l'avait jamais aimée, et si par hasard il lui arrivait quelque chose de fâcheux, cela n'avait guère d'importance non plus. Quant à Tongfang, il était juste qu'elle allât au bordel. Plus Tongfang perdrait la face, mieux cela vaudrait. De tous les membres de la famille, seule Zhaodi lui était chère. C'était la chair de sa chair, une fleur splendide offerte aux regards, et cette fleur n'était pas destinée à Li Kongshan. Si Zhaodi avait eu une aventure avec quelqu'un de distingué, elle n'aurait rien trouvé à redire ; par malheur il avait fallu que ce soit justement Li Kongshan qui mît la main sur Zhaodi, elle ne parvenait pas à avaler la pilule ! Li Kongshan après tout n'était que chef de section !

Elle ordonna qu'on lui apportât un gilet, le mit. Elle comptait aller sur-le-champ trouver Li Kongshan, discuter avec lui, se battre avec lui, en découdre, mais ses pieds ne la portaient pas vers la rue. Elle savait que Li Kongshan ne considérait pas les femmes comme telles. Si elle le frappait, il lui rendrait ses coups et appellerait des policiers à la rescousse. Si elle allait le « dénoncer », les conséquences seraient encore plus fâcheuses pour elle, elle perdrait davantage la face. Elle était une femme indépendante et lui, justement, était une canaille.

Xiaohe avait perçu depuis longtemps l'inquiétude de sa femme mais, jusqu'à présent, il n'avait osé souffler mot. Il savait à quel point elle savait passer sa colère sur les autres. S'il avait ouvert la bouche, il en aurait peut-être été quitte pour se faire donner la sauce.

Et puis il semblait éprouver un malin plaisir à la voir souffrir. La « grosse courge rouge », Li Kongshan avaient obtenu un poste, et lui n'avait toujours pas trouvé d'emploi. Il se réjouissait du spectacle de la lutte acharnée qu'allaient se mener, comme deux chiens enragés, ces deux fonctionnaires. Il ne semblait guère se soucier de la situation dans laquelle se trouvait sa fille ni de son avenir. Il lui était égal qu'elle fût réellement tombée entre les pattes de Li Kongshan, tout comme il lui était égal que Zhaodi pût être sauvée parce que sa mère s'était lancée dans la bagarre. Il restait imperturbable. La perte de sa fille, la perte de son pays étaient des faits qu'il reconnaissait calmement, et pour lesquels il lui aurait paru déplacé de s'émouvoir.

Le ciel était déjà plein des étoiles de l'automne. La Voie lactée était basse et lumineuse. La « grosse courge rouge » n'arrivait pas à se décider à aller ou non trouver Li Kongshan et Zhaodi. De nature impulsive, elle réagissait vite. Mais à présent son esprit et ses pieds ne s'accordaient plus, comment n'en aurait-elle pas éprouvé de la colère ? Elle alla trouver Xiaohe pour déverser sur lui toute sa hargne. Arrivée dans la pièce, elle se jeta sur le canapé comme un gros tas de viande exsangue et sans force. Elle concentra ses regards sur Xiaohe.

Xiaohe, sentant venir l'orage, se composa vite un visage. Il fronça les sourcils et fit celui qui s'inquiétait pour Zhaodi, mais il pensait en lui-même : un jour il me faudra monter une fois sur scène et chanter tout costumé *La Neuvième Veille* ou *Wang Zuo le manchot*. Je sais si bien jouer !

Alors qu'il se disait qu'avec de la barbe et en costume de scène il devait être très élégant, la « grosse courge rouge » laissa éclater sa foudre.

« Et moi je te dis que tu joues bien les imbéciles ! Zhaodi ne faisait pas partie de ma dot, à ce que je sache ! C'est une demoiselle Guan, est-il possible que tu t'inquiètes si peu pour elle ?

— Mais je suis inquiet ! dit Xiaohe avec un visage d'enterrement. Cependant, Zhaodi n'est-elle pas libre de rentrer tard si bon lui semble ?

— Aujourd'hui c'est différent, elle est allée chez… » Elle n'osa pas poursuivre et cracha un long jet de salive.

« Mais ce n'est pas moi qui lui ai dit d'y aller ! » riposta Xiaohe. Si Zhaodi s'était réellement déshonorée, se disait-il, la faute en incombait à la « grosse courge rouge ». Dans la mesure où il y avait une origine à cette faute, cette histoire de déshonneur devenait une chose sans importance.

La « grosse courge rouge » attrapa une tasse à thé et la lança. Dans un grand fracas, vitre et tasse furent en miettes. Elle n'avait pas prévu que la tasse irait frapper la vitre, mais elle en éprouva du contentement, car le bruit du verre se brisant avait été très violent et cela donnait plus de poids à sa démonstration de force. Elle enchaîna à gorge déployée : « De quel bois es-tu fait ? Pendant que moi je me fais du souci à longueur de journée à la maison, au travail, toi tu restes là le cul sur une chaise à ne rien faire. Tu n'as donc pas de cœur ? »

Dans la pièce voisine, Gao Yituo tira une bouffée sur sa pipe et patienta un moment. Le bruit du verre l'avait réveillé en sursaut. Une fois réveillé, il ne se leva pourtant pas immédiatement, la drogue le rendait fainéant. Il bâilla plusieurs fois avec paresse, se frotta les yeux, but deux gorgées de thé au bec de la petite théière en porcelaine avant de s'asseoir lentement. Après être resté assis un moment, il sortit en soulevant la tenture.

Quand il eut compris en quelques mots ce qui se passait, il offrit ses bons services pour aller chercher Mlle Zhaodi.

Xiaohe était partant pour y aller lui aussi, il avait envie de voir ce qui se passait. Si Zhaodi était vraiment tombée dans le piège, il lui faudrait immédiatement exiger de Li Kongshan qu'il vînt lui faire une visite de courtoisie puisqu'il serait son beau-père. Il en profiterait pour donner ses conditions en demandant à Li Kongshan de lui procurer un poste de fonctionnaire où il serait rémunéré à ne rien faire. Il se disait que s'il pouvait profiter de l'occasion pour obtenir un demi-poste de fonctionnaire, le dévergondage de Zhaodi se changerait en honneur pour la famille. S'il ratait cette occasion-là, il se ferait du tort à lui-même et se montrerait indigne des Japonais, qui occupaient Peiping. N'était-il pas juste qu'il se mît à leur service ?

Mais la « grosse courge rouge » ne l'entendait pas de cette oreille. Elle voulait le garder à la maison pour l'injurier tout son content. De plus, Gao Yituo était à ses yeux son homme de confiance, il saurait sans doute mieux arranger les choses que Xiaohe. Sa colère et son parti pris l'empêchaient de réfléchir plus en détail, et elle ne pensait qu'à une chose : réduire son mari à sa merci pour montrer ses capacités.

Gao Yituo adressa un sourire suave à Xiaohe, et sortit prestement comme fait un acteur de sketches comiques quand il retourne en coulisses.

La « grosse courge rouge » injuria Xiaohe pendant cent bonnes minutes.

Yituo, dans le dos de la « grosse courge rouge », avait « procuré » de nombreuses femmes à Li Kongshan. Il savait où ce dernier donnait ses rendez-vous.

Cela se passait près de l'Arc commémoratif de Xidan, dans une pension. Autrefois, c'était une pension pour étudiants, très bien tenue. Les propriétaires étaient un couple de plus de cinquante ans, lui tenait les comptes, elle faisait la cuisine. Ils employaient une bonne qui avait la quarantaine passée pour l'entretien des chambres et un homme de quarante-cinq ans pour le thé, l'eau et les courses. Il fallait être recommandé pour pouvoir louer une chambre et les élèves travailleurs se faisaient un honneur de pouvoir être logés là. Le vieux couple les traitait comme leurs propres enfants. Ne se contentant pas de collecter au terme échu l'argent de la chambre et de la nourriture, ils se souciaient également de la santé et de la bonne conduite de tous. Les élèves les appelaient « vieux monsieur » et « vieille dame ». Quand les élèves avaient des difficultés pour payer le loyer, il suffisait d'en donner la raison et le vieux monsieur en soupirant leur avançait l'argent et leur donnait quelques pièces. C'est pourquoi, lorsqu'ils avaient obtenu leur diplôme et trouvé du travail, les étudiants restaient en relation avec le vieux couple et lui offraient souvent des cadeaux à l'occasion des fêtes ou pour le Nouvel An, afin de les remercier de leur générosité passée. C'était une pension pékinoise et les étudiants qui y avaient vécu, venus de tous les coins de Chine, en avaient tous davantage aimé Peiping. Là, comme dans la boutique de soieries Ruifuxiang et dans les petits restaurants, on cultivait les relations humaines et l'honnêteté. Peiping en elle-même était une grande école, et le responsable de l'éducation n'était autre que le sens des relations humaines et la politesse de chaque Pékinois.

Après l'entrée dans la résistance, le 7 juillet, cette pension, toujours pleine, s'était vidée. Dans les universités, les cours n'avaient pas repris, quant aux lycéens, peu logeaient à la pension. Le vieux couple était à court de moyens. Ils se refusaient à transformer la pension en hôtel car il s'agissait là d'un commerce d'« aventuriers », et eux étaient simplement d'honnêtes Pékinois. Ils ne pouvaient pas fermer non plus l'établissement, les Japonais s'opposant à toute suspension d'activités. C'est alors que Li Kongshan était arrivé à Peiping pour chercher un emploi. Il avait apprécié d'abord l'emplacement de la pension : l'Arc commémoratif de Xidan était bien desservi, c'était de plus un quartier animé. Il aimait aussi la propreté des lieux et la modestie des tarifs. Il avait décidé qu'il aurait trois chambres. Pour gagner sa vie, le vieux couple avait accepté.

À peine emménagé, Li Kongshan avait amené une femme et deux ou trois hommes. Ils avaient joué aux cartes toute la nuit. Le vieux couple était venu pour l'en dissuader, il leur avait lancé des regards furieux. Les deux vieux craignaient les policiers. Kongshan avait dit alors à la femme qu'il avait amenée avec lui de tenir le portail grand ouvert pour montrer au vieux couple que les policiers n'oseraient pas entrer. Mi-figue, mi-raisin, Li Kongshan avait expliqué au vieux couple : « Ne savez-vous pas que les temps ont changé ? Les Japonais aiment nous voir jouer, fumer de l'opium ! » Sur ces mots, il avait demandé au vieux monsieur d'aller chercher une lampe à opium. Ce dernier avait refusé. Li Kongshan avait cassé deux chaises. C'était un « vétéran » de l'armée, il savait comment s'y prendre avec le peuple.

Le second jour il avait changé de femme. Le vieux couple lui avait dit, sur le ton de la supplique et avec colère, que, de toute façon, il devrait partir coûte que coûte. Li Kongshan n'avait rien répliqué, il s'était montré résolu à ne pas bouger. Le vieux monsieur, prêt à risquer le tout pour le tout, avait déclaré : « Je ne tiens plus à la vie, je ne peux plus supporter vos grossièretés dans ma maison ! » Li Kongshan n'avait pas déménagé pour autant, on aurait dit qu'il avait pris racine chez eux.

Finalement, la femme, ne pouvant supporter cela, lui avait dit : « Monsieur Li, vous avez de l'argent, comme si vous ne pouviez pas trouver à vous loger ailleurs ! À quoi bon vous mettre dans l'embarras avec ce vieux bonhomme ? »

Li Kongshan par égard pour elle lui avait répondu : « Tu as raison, mon cœur ! » Alors il avait posé ses conditions et demandé au vieux couple cinquante yuan pour les frais de déménagement. Celui-ci avait accepté et payé la somme demandée. Après le départ de Li Kongshan, ils avaient fait brûler pour lui de l'encens de bonne qualité.

Li Kongshan avait donné les cinquante yuan à la femme en disant : « Là, j'ai dormi gratis deux nuits, et j'ai eu une femme pour rien, j'ai pas fait une mauvaise affaire ! » Il en avait ri un bon moment, se trouvant épatant et plein d'humour.

Après sa nomination comme chef de la section spéciale supérieure, sa première « mesure politique de bienfaisance » avait été d'occuper par la force ces trois pièces. Il ne s'était pas présenté lui-même mais avait envoyé quatre « fonctionnaires compétents », porteurs d'un revolver à la ceinture, prévenir les propriétaires de la pension que le chef de section Li, ce monsieur qu'ils avaient chassé autrefois, voulait les trois pièces qu'il avait occupées auparavant. Il leur avait recommandé à plusieurs reprises de répéter cela mot pour mot au vieux couple car il trouvait qu'il y avait une pointe de vengeance dans cette phrase. Il était tout juste bon à se souvenir de ces petites rancœurs, de ces petits griefs, et gardait longtemps à l'esprit l'idée d'une revanche. Pour cela il n'hésitait pas à traiter l'ennemi japonais comme un père. Se servir du prestige de l'ennemi pour brutaliser ce vieux couple innocent le contentait, le remplissait d'aise.

À la vue des quatre pistolets, le vieux couple de la pension n'avait pu que dire oui, les yeux pleins de larmes. C'étaient de vrais Pékinois et, confrontés à l'humiliation et à l'injustice, ils se reprochaient encore d'avoir « blessé autrui », ou bien soupiraient devant leur malchance. Ils supportaient la brutalité des Japonais et avaient peur des pistolets de leurs laquais.

Li Kongshan n'habitait pas là, il ne venait dans cette « résidence secondaire » que quand il avait envie de s'amuser avec des femmes ou de jouer aux cartes. Chaque fois qu'il venait, il ordonnait au vieux couple d'agrémenter les trois pièces de nouveaux meubles ou objets. Avant de donner ces ordres, il leur montrait toujours son revolver. C'est pourquoi les trois pièces étaient arrangées avec de plus en plus de raffinement. Quand il était content, il disait au vieux monsieur : « Dis voir, n'est-ce pas bien que j'habite chez toi ? Il y a de plus en plus de meubles, n'est-ce pas un "progrès" ? » Quand le vieux monsieur lui parlait des frais occasionnés par les améliorations, il faisait les gros yeux ou tapotait le revolver à sa ceinture en disant : « Je travaille pour les Japonais, si tu veux de l'argent va leur en demander à eux ! À mon avis, tu n'en auras pas le courage ! » Le vieux monsieur n'osait plus rien réclamer, mais comprenant quelque peu la logique de tout cela il disait en cachette à sa femme : « Résignons-nous, puisque nous ne sommes pas capables de chasser les Japonais ! »

Gao Yituo avait toujours en tête de trouver une occasion de faire perdre son emploi à la « grosse courge rouge » puis de prendre sa place. C'est pourquoi il cherchait spécialement à s'insinuer dans les bonnes grâces de Li Kongshan. Il savait que ce dernier aimait les femmes, aussi l'avait-il associé dans son esprit à l'idée de la femme. La « grosse courge rouge » l'avait envoyé « fabriquer » des prostituées illicites. Tout en travaillant, il flattait Li Kongshan : « Chef de section Li, j'ai un nouveau plan et ne sais pas ce que vous en pensez. Chaque fois qu'une nouvelle prostituée illicite s'installera, je l'amènerai ici pour que vous lui administriez le baptême. Qu'en dites-vous ? »

Li Kongshan n'avait pas compris ce qu'il entendait par « baptême », mais comme Gao Yituo avait retroussé doucement ses manches et lui avait fait des œillades, Li Kongshan avait compris soudain ; il avait ri à s'en décrocher la mâchoire. Il lui avait fallu un bon moment avant de venir à bout de ce fou rire et demander :

« Tu fais ce que tu peux pour moi, comment te payer en retour ? Est-ce que je ne devrais pas te fournir en opium brut ? »

Gao Yituo s'était écarté prestement et avait violemment protesté de la main : « Qu'est-ce que c'est que cette histoire de récompense ? Étant donné votre rang, les gens auraient du mal à vous flatter ; pour ce que je peux faire sans difficulté, oserais-je parler de récompense ? Chef de section, si vous faites tant de façons, je n'oserai plus revenir. »

Ces compliments avaient presque failli faire oublier son propre nom à Li Kongshan, il n'avait cessé de taper sur l'épaule de Gao Yituo en répétant : « Mon vieux ! » Gao Yituo s'était donc mis à expédier des femmes à la « résidence secondaire ».

Gao Yituo avait fait un bon calcul : si Zhaodi était vraiment tombée dans le piège, elle devait se trouver à la pension.

Il avait bien deviné. Avant son arrivée à la pension, Li Kongshan et Zhaodi avaient déjà pris trois heures de bon temps.

Zhaodi, vêtue de la robe doublée que lui avait offerte Kongshan et de ses talons les plus hauts, semblait beaucoup plus grande. Redressant son petit cou blanc, sa poitrine qui n'avait pas fini complètement de se développer, elle semblait décidée à devenir en quelques heures une petite femme experte. Dans ses yeux noirs, il y avait des lueurs incertaines, elle avait regardé à gauche, à droite, comme pour montrer son audace, pourtant elle se sentait un peu inquiète. Elle s'était peint des lèvres très rouges, très généreuses, bien dessinées, comme si cela devait lui donner encore plus de courage. Ses cheveux permanentés formaient de longues boucles, et chaque fois qu'elle bougeait elles venaient piquer son petit cou et cela la chatouillait. Sur le front, les boucles étaient coiffées en hauteur, et elle levait souvent les yeux dans l'espoir de les voir. La coiffure était toute en hauteur, les talons étaient hauts, et en dressant le cou et la poitrine elle avait l'impression d'avoir grandi. Elle devait avoir de l'audace pour faire ce qu'osaient faire les autres.

Elle avait oublié sa grâce légère de jeune fille. Elle avait oublié son ancien idéal de vie. Elle avait oublié ses petits amis d'autrefois. Elle avait oublié l'humiliation nationale. Si après la chute de Peiping elle avait eu l'occasion de rencontrer souvent Qi Ruiquan, étant donné son intelligence et son tempérament ardent, elle aurait pu, en s'opposant à ses parents, montrer, à un certain degré, de vrais sentiments patriotiques. Mais Ruiquan était parti. Elle n'avait vu que les actes vils et sans intérêt auxquels se livraient les prostituées et ses parents. Son cœur était entouré par la jouissance et la débauche.

Peu à peu elle en avait oublié tout le reste et avait trouvé que saisir les plaisirs qui s'offraient à elle était ce qu'il y avait de plus concret, de plus simple et de plus rapide. L'impulsion du moment avait remplacé l'idéal. Elle voulait devenir d'un coup une femme plus belle que sa maman, plus moderne, qui saurait mieux encore jouir de la vie. Si elle y parvenait, se disait-elle, elle serait une femme des plus audacieuses, et si le ciel devait s'écrouler elle ne serait pas écrasée pour autant, à quoi bon alors parler de la perte ou non de la patrie ?

Elle n'aimait pas du tout Li Kongshan, n'avait aucunement l'intention de se marier avec lui. Simplement, elle le trouvait étonnamment amusant. Elle avait tout oublié du passé et ne faisait aucun projet d'avenir. L'éducation qu'elle avait reçue au sein de sa famille était fondée sur le dérèglement, en conséquence, seul comptait pour elle le plaisir du moment. Tout au fond de son cœur il restait bien un peu de lumière qui éclairait des maximes de bonne conduite, pareilles à ces phrases projetées à côté de l'écran au cinéma. Mais le désordre régnait à Peiping, et les « malins » qu'elle connaissait vivaient au jour le jour, à l'aveuglette — tous ne s'occupaient que des plaisirs de la chair, comme ceux du palais par exemple. Pourquoi aurait-elle dû aller seule à contre-courant ? Elle avait vu ces maximes, s'était contentée de faire la moue. Elle était même allée jusqu'à se dire : quand on est ainsi entre les mains des Japonais, il n'y a qu'une chose à faire : mener une vie déréglée. S'étant ainsi persuadée, elle trouvait que tout allait pour le mieux et que vivre sous la domination japonaise avait ses avantages et ses commodités.

Ceux qui n'ont pas l'esprit de résistance sont naturellement voués à l'avilissement.

Quand elle avait vu Li Kongshan, ce dernier, sans lui laisser le temps de dire « ouf ! », l'avait emmenée à la pension. Elle savait qu'elle tombait dans le gouffre. Ses hauts talons semblaient fouler une mince couche de glace, elle avait un peu peur. Mais il lui était difficile de montrer sa faiblesse et de prendre la fuite. Bien au contraire, elle avait redressé encore plus la poitrine. Ses yeux avaient du mal à bien voir, ils ne pouvaient que bouger de gauche à droite. Sa gorge était sèche, à chaque instant montait une petite toux. Après avoir toussé elle avait trouvé cela ennuyeux, avait ri bêtement. Son cœur battait la chamade, suivant ses battements elle se sentait propulsée vers le haut, comme si elle allait s'envoler dans les airs. Chez elle l'excitation l'emportait sur la peur. Son cœur qui battait vite semblait prêt à se briser en deux. Elle avait tantôt envie de se ruer en avant, tantôt de battre en retraite, et en fait ne faisait aucun mouvement. Elle était incapable de bouger, telle la grenouille que le serpent attire.

Arrivée à la pension, elle avait repris un peu ses esprits. Elle avait pensé s'enfuir comme une traînée de poudre, mais elle s'était sentie si lasse. Elle n'avait pas fait un pas. Elle avait regardé Li Kongshan, l'avait trouvé grossier et répugnant. Il sentait mauvais. Les deux agents en civil sifflaient déjà dans la cour. Elle avait fait semblant d'être calme, s'était regardée dans son petit miroir et avait fredonné l'air célèbre d'un film parlant. Elle pensait qu'en se donnant des airs de jeune fille moderne et naturelle, elle parviendrait peut-être à stopper l'attaque de Li Kongshan. Elle s'apprécia de nouveau.

Mais elle avait fini par obtenir ce qu'elle avait cherché. Après coup, elle avait regretté amèrement, avait pleuré. Li Kongshan se souciait fort peu des larmes d'une femme. Quand une femme tombait entre ses mains, elle était comme une boule de coton, il la pétrissait comme bon lui semblait. Il ne connaissait pas la tendresse et, qui plus est, se targuait d'être brutal et sans cœur. Sa devise, qui résumait cette expérience dont il était fier, était la suivante : « Avec une femme, pas de ménagement, brise-lui une jambe, elle t'en aimera davantage ! »

C'est alors que Gao Yituo arriva.

CHAPITRE XLIV

Quand elle vit Gao Yituo, Zhaodi se mit à se poudrer le visage et à se remettre du rouge à lèvres, pour montrer que tout cela la laissait indifférente. Chez elle, elle avait pu observer comment ses parents se composaient un visage quand ils avaient perdu la face. Ce petit jeu eut pour effet de l'apaiser. Elle se disait que, puisque de toute façon elle avait affronté le danger, peu importait ce qui arriverait ensuite, il était donc vain de se tourmenter pour cela, ou de réfléchir à quoi que ce fût. Elle fit avec beaucoup de naturel un signe à Gao Yituo, comme pour lui dire : « Que tu sois ou non au courant, de toute façon je m'en fiche ! »

D'un regard Gao Yituo avait compris le fin fond de la chose. Il commença par louer la beauté et le courage de Zhaodi. Il ne prononça aucun mot en rapport direct avec ce qui s'était passé, se contentant de bavarder cordialement, mais au cours de la conversation il laissa entendre à Zhaodi qu'il était son ami et qu'il l'aiderait de son mieux si elle en avait besoin. Il aimait parler, mais il prenait garde à ne pas laisser ses propos aller outre ce qu'il voulait.

Cette longue conversation avec Yituo fit plaisir à Zhaodi qui se mit à son tour à parler et à rire, comme si habiter désormais avec Kongshan était dans l'ordre du possible. C'était vrai, elle n'avait pas réfléchi à la direction dans laquelle elle devait faire le second pas, mais cela laissait entendre que le premier pas n'avait pas été si mauvais. Peu importe ce qu'était Li Kongshan, de toute manière aujourd'hui elle était sous sa coupe, et si elle rompait sur-le-champ tout lien avec lui, n'était-ce pas se montrer timorée et impitoyable ? Allons, soit, elle devait garder son sang-froid et faire face à la situation. Si les choses ne se présentaient pas bien, elle avait encore une dernière carte, elle devait se poser en femme indépendante, comme sa mère. Elle se regarda de nouveau dans la glace. Son visage, ses yeux, son nez, sa bouche étaient si beaux ! Elle pensait que cette beauté la préserverait de tout désastre, de tout malheur.

Trouvant qu'il avait assez bavardé avec Zhaodi, Yituo lança un regard à Li Kongshan et entraîna ce dernier dans une autre pièce. À peine entré, il s'inclina trois fois profondément de façon exagérée et félicita Kongshan.

Kongshan pensait qu'il n'y avait pas là matière à félicitations. Pour lui, une femme en valait une autre. Il n'avait rien trouvé de particulier à Zhaodi. Il se contenta de dire : « C'est bien embêtant !

— Comment cela, embêtant ? demanda sincèrement Gao Yituo.

— Elle n'est pas du métier, c'est assez embêtant ! » Kongshan se laissa tomber dans un fauteuil, l'air très fatigué, comme s'il avait besoin d'un peu de réconfort.

« Chef de section ! » Le visage maigre de Gao Yituo avait pris un air grave. « N'aviez-vous pas l'intention de vous marier avec une femme moderne ? En cela vous avez tout à fait raison. En qualité de chef de section vous avez une autorité absolue, vous devriez avoir une femme officielle. Mlle Zhaodi est si jeune et si jolie, j'en connais plus d'un qui ont déployé des efforts inouïs sans l'obtenir, et voilà qu'aujourd'hui, qui l'eût cru, elle tombe entre vos mains sans que vous ayez rien demandé ! Ne devriez-vous pas inviter vos amis à se réjouir à un banquet de noces ? »

Le discours de Yituo amena un sourire sur le visage de Kongshan, mais il continuait à dire avec force : « C'est embêtant, oui, embêtant ! » Il ne savait pratiquement plus ce à quoi se rapportait le mot « embêtant », il disait cela machinalement, sans pouvoir rien changer à son propos. En même temps, le fait de répéter toujours ce même mot était une marque de fermeté de caractère, comme en ont les militaires, bien qu'il ne sût pas pourquoi il fallait se montrer ferme.

Voyant le sourire sur le visage du chef de section, Yituo se rapprocha à la hâte et lui demanda à l'oreille : « Elle était vierge ? »

Kongshan se tortillait comme un gros serpent, il donna un coup de coude dans les côtes de Yituo : « Oh, toi alors ! » Puis il sourit la bouche mi-close et reprit encore une fois : « Toi alors !

— Chef de section, tout cela ne mérite-t-il pas un banquet ? » Gao Yituo retroussa de nouveau ses manches, son visage riait tant que les cendres de la cigarette qu'il avait à la bouche en tombaient.

« C'est embêtant ! » Dans le cerveau de Li Kongshan il semblait ne pas être apparu d'autre mot.

« Il n'y a rien d'embêtant ! dit Yituo avec sérieux. Rien d'embêtant du tout ! Prévenez les Guan ! La "grosse courge rouge" a beau être despote, elle n'osera pas vous provoquer.

— C'est clair ! dit Kongshan sans réagir outre mesure, assez satisfait, tout en hochant la tête.

— Après, les deux familles n'auront plus qu'à dépenser pour les invitations. Confiez l'organisation à Xiaohe et ce sera tout bénéfice pour nous, sans effort. Par bonheur, Xiaohe aime s'occuper de ce genre de choses, et il le fait bien. Demandons d'abord aux Guan une dot. Je vous le dis, chef de section, la promotion de la "grosse courge rouge" s'étant faite grâce à vous, elle a déjà gagné pas mal de billets, et il serait normal qu'elle en crachât quelques-uns. Une fois la dot négociée, le jour du mariage, je tiendrai les comptes. Quand ils seront soldés, je remettrai en totalité aux Guan sentences de félicitations, tissus de bons vœux et vous apporterai tout l'argent liquide. Et si la "grosse courge rouge" ose parler, de partage inégal, nous lui montrerons nos armes, un point c'est tout. Je trouve que ce sont des revenus assez importants, chef de section, il faut que vous le fassiez une fois. Excusez mon franc-parler, tout autre qui serait depuis si longtemps chef de section aurait tapé ses amis un nombre incalculable de fois. Chef de section, vous êtes trop honnête, toujours avec vos scrupules. Et pourtant vous le payez cher. Cette fois, alors que vous allez vous marier pour de bon, vous ne voudriez pas donner à tous l'occasion de vous offrir un peu d'argent en signe de respect ? »

Après avoir entendu ces belles paroles, Li Kongshan avait bien envie de s'exécuter, mais il continuait à dire : « C'est embêtant, ah, comme c'est embêtant !

— Mais pas du tout ! » Yituo parlait avec de plus en plus d'énergie, mais aussi de plus en plus bas. C'était la seule façon de montrer un peu de familiarité et de séduction. « Confiez-moi toute l'affaire, envoyez-moi d'abord comme entremetteur. Dans tout cela il n'y a guère que la "grosse courge rouge" dont il sera difficile de venir à bout. Mais pour être un peu cancanier, ce qu'elle peut faire, moi qui ne suis guère capable, je puis le faire aussi, et si elle ose chercher des histoires, destituez-la de son poste de chef de centre. Enfin, nous ne faisons que bavarder, par exemple, chef de section, si vous êtes d'accord pour me faire cet honneur, je ne partagerai pas à trois septièmes avec vous, je vous donnerai tout ce que je pourrai vous donner, je ne me montrerai pas ingrat comme la "grosse courge rouge". Enfin, tout ça c'est des bavardages, n'allez pas croire surtout que je souhaite la remplacer. Elle est mon supérieur hiérarchique, moi aussi je dois lui témoigner ma gratitude. Pour revenir à nos moutons, confiez-moi toute l'affaire et je vous donnerai entière satisfaction.

— C'est bien embêtant ! »

Li Kongshan avait beaucoup apprécié les propos de Yituo, mais il entendait montrer qu'il était capable de réfléchir, il ne trouvait pas convenable de se montrer entièrement d'accord avec les plans proposés par les autres — un sot est un sot en ce qu'il se croit capable de réflexion.

« Mais qu'est-ce qu'il y a d'embêtant à présent, mon prince ? dit Yituo, partagé entre le rire et l'impatience.

— J'ai une famille ! » dit Li Kongshan. Il avança cette raison avec un air digne : « Je ne suis pas libre ! »

Gao Yituo rit tout bas. « Cher chef de section, est-ce qu'une famille peut nous ligoter ? Je ne sais pas grand-chose, mais je suis allé au Japon.

— Toi, au Japon ? l'interrompit Kongshan.

— J'y suis allé quelques jours, dit Yituo avec modestie et orgueil à la fois. Je sais comment les Japonais s'y prennent. Ils amènent leurs poules chez eux pour la nuit et leurs femmes doivent les servir, préparer le lit et plier les couvertures. Voilà ce qu'il faut faire ! Quant à elle, dit-il en montrant d'un mouvement du menton la pièce d'à côté, c'est une jeune fille moderne, peut-être sera-t-elle jalouse, mais il vous suffira de la sermonner une ou deux fois, et elle filera doux. Frappez-la, pincez-la, mordez-la, c'est comme ça que vous lui ferez entendre raison. Et vous lui achèterez du tissu et elle sourira à travers ses larmes. Ainsi elle n'entravera pas votre liberté et, lors des grands banquets ou des réceptions pour les Japonais, vous paraîtrez à côté d'une jolie femme, rien que pour cela, le jeu en vaut la chandelle. Qu'est-ce qu'il y a d'embêtant ? Rien ! De plus, pour dire une parole pas très élégante, quand vous en aurez assez d'elle, vous pourrez fort bien l'offrir à un ami japonais. C'est moi qui vous le dis, chef de section, l'occupation de Peiping par les Japonais nous simplifie rudement la vie ! »

Kongshan rit. Il était tout à fait d'accord avec la dernière solution de Yituo : offrir Zhaodi aux Japonais dans le cas où elle se montrerait trop récalcitrante.

« Allons, c'est décidé, chef de section ! » Yituo sortit à petits pas sautillants. De la fenêtre, il lança à Zhaodi : « Deuxième petite demoiselle, je vais chez vous dire que vous ne rentrez pas aujourd'hui. » Sans attendre la réponse de Zhaodi, il était déjà parti.

Il loua une voiture pour se rendre chez les Guan. En chemin il ne cessait de sourire. Il se rappelait ce qui s'était passé peu avant à la pension, et il imaginait une scène aussi piquante que dans la pièce *Jianggan vole des livres*. Sa plus grande satisfaction était que Li Kongshan eût prêté attention au fait qu'il s'était rendu au Japon et à ses connaissances sur la façon dont les Japonais s'y prenaient avec les femmes. Il avait l'impression que son expérience commençait à le servir. Il ne faisait aucun doute que ces quelques connaissances allaient hâter son avancement, il allait se mettre carrément au service des Japonais et envoyer bouler d'un coup de pied la « grosse courge rouge » et Li Kongshan lui-même — même Li Kongshan ! Il sentait bien que Peiping n'était plus cette fleur « d'origine », qu'elle avait déjà reçu de la graine japonaise. Pendant cette période d'hybridation, il avait compris mieux que personne ce changement des mentalités et que se japoniser le plus possible permettrait de gagner beaucoup d'argent et d'avoir de l'influence. Autrefois, il vendait des plantes médicinales au pont du Ciel, à l'avenir il se devait d'en vendre aux Japonais, d'ouvrir la plus grande boutique de plantes médicinales. Ses remèdes parleraient pour lui, lui tiendraient lieu d'esprit et aussi de moyen pour séduire. Il serait le Su Qin et le Zhang Yi[1] de son époque et pêcherait en eau trouble le plus gros des poissons.

Il garda son sourire aux lèvres jusqu'au portail même des Guan, alors il prit un air sérieux. Un grand calme régnait dans la cour. Tongfang et Gaodi s'étaient déjà retirées pour dormir. Seule la pièce au nord était éclairée.

La « grosse courge rouge » veillait, assise dans le salon. La poudre sur son visage était déjà partie, laissant voir des rides jaunâtres et de grosses taches de son foncées, son nez luisait un peu. Xiaohe faisait les cent pas dans la pièce. Il avait eu son content d'injures, sur son visage apparaissait un léger sourire, signe de l'accalmie qui suit la tempête. Il lançait souvent un regard observateur à la « grosse

1. Su Qing : politicien qui vécut sous les Zhou orientaux pendant la période des Royaumes combattants (422-403 av. J.-C.). Il est mort écartelé pour avoir ourdi des complots. Zhang Yi (?-310 av. J.-C.) : politicien itinérant de la même époque.

courge rouge » afin de pouvoir modifier son expression à tout moment. En temps ordinaire, il avait très peur de la « grosse courge rouge ». Aujourd'hui, à la voir ainsi fâchée, il éprouvait un malin plaisir, ne prêtant guère attention à ses invectives. De toute façon, le fait qu'elle eût comme ennemi Li Kongshan était en soi bien réjouissant. Il n'avait aucune pensée pour Zhaodi. La seule chose qui retenait son attention dans tout cela était que, si sa fille se mariait vraiment avec Li Kongshan, il aurait alors la chance de montrer ses capacités. Il lui choisirait avec soin, avec patience, une tenue de mariée abordable et chic. Il pensait au nombre de tables qu'il aurait à réserver pour le banquet, aux sortes de mets et comment, en changeant un peu le menu, il pourrait faire des économies, mais les invités, dans l'ensemble, ne se douteraient pas de la chose. Après avoir réfléchi à tout cela, il pensa à lui-même : que porterait-il en ce jour faste ? S'il se donnait l'allure d'un vieux monsieur, il pourrait passer pour un « vieux beau ». Comment s'y prendrait-il pour paraître un peu las tout en étant aux petits soins pour les invités ? Il boirait du vin à cinq degrés, afin d'avoir un peu de rouge aux joues sans se laisser aller à des propos inconsidérés. Il donnerait le spectacle du parfait beau-père.

Si les Japonais, dans leur frénésie, allaient la tête haute et le torse bombé, pour Xiaohe et les Pékinois de sa trempe, cette frénésie se manifestait dans l'opium, l'alcool, le port de la jaquette de mandarin et de chaussures à semelles de satin superposées. Dans leur frénésie, les Japonais ne pensaient qu'à essayer leur force, Xiaohe, quant à lui, ne pensait qu'à exprimer son ennui. Quand des individus atteints de ces deux types de démence se rencontrent — car le comportement d'un individu qui ne s'intéresse qu'à sa propre personne, ne se préoccupe que d'elle, est aveugle au reste du monde, peut être taxé de démence —, l'un frappe de toutes ses forces, l'autre baisse la tête pour contempler ses chaussons de satin. Il aurait paru normal que Guan Xiaohe s'inquiétât quelque peu du sort de Zhaodi, il s'agissait après tout de sa propre fille. Pour un Chinois, un père ne saurait abandonner sa fille comme on jette un fétu de paille. Mais voilà, la démence dont il était atteint le laissait serein. Il se comportait avec sa fille comme il le faisait vis-à-vis de la terre qui l'avait vu naître : Peiping était ravagée et cela ne lui faisait ni chaud ni froid. Il se comportait vraiment en parasite de la culture pékinoise, mais il ne s'était pas incrusté au cœur de cette culture, sa culture était aussi mince qu'une feuille de papier. Seules l'intéressaient la bonne chère et les relations entre les sexes. Il ne savait rien d'autre que distinguer les différentes façons de boire le thé, thé parfumé ou thé de Longjing, et quand il s'agissait de morale, il se contentait de sourire d'un sourire feutré, celui de la démence molle.

Quand il vit entrer Gao Yituo, Xiaohe prit un air détaché et lui demanda très cordialement : « Et alors ? »

Yituo sans s'occuper de lui lança un regard à la « grosse courge rouge ». Celle-ci releva les paupières. Yituo comprit que l'inquiétude de cette femme indépendante n'était pas feinte, mais il voulait faire pression sur elle. Lui-même était atteint de « démence molle ». Il affecta une grande lassitude et dit comme à bout de forces : « Il faut d'abord que je tire une bouffée. » Sur ce, il se dirigea tout droit vers la pièce du fond.

La « grosse courge rouge » entra sur ses talons. Xiaohe continuait de marcher lentement dans le salon. Il ne se serait pas abaissé à courir ainsi derrière Yituo. Il avait sa dignité.

La « grosse courge rouge » attendit que Yituo eût tiré une longue bouffée sur la pipe à opium avant de demander : « Alors ? Vous les avez trouvés ? Et elle, oui ou non ? »

Tout en choisissant lentement son opium Yituo dit tout bas et d'une voix posée : « Je les ai trouvés. La deuxième demoiselle a dit qu'elle ne rentrait pas aujourd'hui. »

Pour la « grosse courge rouge », c'était comme si de nombreuses mains la giflaient. Certes, une fille tôt ou tard se marie, mais sa fille devait se marier conformément à ses souhaits. Elle ne pouvait admettre que Zhaodi se fût laissé enlever sans rien comprendre par Li Kongshan. Elle n'arrivait pas à se rappeler en quoi avait bien pu pécher l'éducation qu'elle lui avait donnée pour que Zhaodi osât agir avec autant de témérité. Comment aurait-elle pu ne pas en avoir le cœur gros ? Mais Zhaodi était si jeune, elle était excusable. C'est Li Kongshan qui était le fauteur de troubles, et lui n'avait aucune excuse ! Si Li Kongshan ne l'avait pas tentée ainsi, Zhaodi n'aurait jamais osé se montrer si audacieuse. Elle mettait tous les torts sur le compte de Li Kongshan, et serrait les dents. Li Kongshan lui lançait exprès ce défi, si elle cédait, il ne fallait plus espérer se faire encore passer à Peiping pour une femme indépendante, ni mériter son surnom. Ce dernier point était bien plus important que le faux pas de Zhaodi. Elle savait fort bien que si maintenant elle ramenait de force Zhaodi, celle-ci ne retrouverait jamais son « intégrité ». Mais il lui fallait aller la récupérer, non pour la réputation et l'avenir de Zhaodi, mais pour combattre Li Kongshan. La coexistence avec Li Kongshan était désormais impossible.

« Xiaohe ! rugit-elle d'une voix tonitruante, appelle une voiture ! »

Cette voix retentissante secoua Yituo. « Pour quoi faire ? »

Une main sur les hanches, l'autre désignant la lampe à opium, la « grosse courge rouge » dit en serrant les dents : « Je vais en découdre avec ce petit drôle nommé Li ! Je m'en vais le trouver ! »

Yituo se leva. « Chef de centre, la seconde demoiselle était consentante !

— Arrête de dire des sottises ! Ma fille, c'est moi qui l'ai élevée, je la connais bien ! » Le visage de la « grosse courge rouge » avait pâli. Elle montrait toujours la lampe et ne cessait de trembler. « Xiaohe, appelle une voiture ! »

Xiaohe mit son nez à la porte.

La « grosse courge rouge » ramena sa main qui désignait la lampe, et fit face à Xiaohe : « Espèce d'écervelé ! Ta fille, ta fille a été enlevée de force et tu restes là comme un salaud à faire le timoré. T'es capable d'éprouver des sentiments ou non ? Hein, dis !

— Cherche pas à savoir, c'est pas la peine ! dit Xiaohe très maître de lui. Ce qu'il faut faire avant toute chose, c'est discuter un peu de la question, à quoi ça sert de se mettre en colère ? » En son for intérieur, il était assez satisfait de la conduite de Zhaodi, et il voulait régler la chose le plus vite possible. Il pensait qu'avec Li Kongshan pour gendre son statut de beau-père lui permettrait de trouver un emploi. Il était devenu frère juré avec Dongyang et Ruifeng, mais cela ne lui avait rien rapporté. De tels liens ne valaient pas ceux qui lient un gendre à son beau-père. Dès qu'il ouvrirait la bouche, Li Kongshan ne pourrait faire autrement que l'aider. Quant à l'honneur de Zhaodi, un beau mariage gommerait la chose, tout comme les drapeaux multicolores après la chute de Peiping avaient mis un peu de baume dans le cœur des gens. Manifestation de puissance et grande pompe, voilà ce qu'il fallait pour étouffer le scandale.

La « grosse courge rouge » en était restée interdite.

Yituo s'empressa d'intervenir, de crainte que Xiaohe ne retirât seul le mérite d'avoir consolé sa femme. « Chef de centre, à quoi bon vous fâcher ainsi ? Pensez à votre santé, si vous deviez tomber malade à cause de cela, quel malheur ce serait ! » Tout en parlant, il avait avancé une chaise pour le chef de centre, l'avait aidé à s'asseoir.

La « grosse courge rouge » émit deux grognements, reconnaissant qu'effectivement elle ne devait pas se laisser emporter par une vraie colère, car sa maladie serait préjudiciable pour tous.

Yituo enchaîna : « J'ai mon petit avis là-dessus, et je vais vous le donner, chef de centre, pour que vous puissiez y réfléchir. Tout d'abord à notre époque on parle de liberté, vue sous cet angle la faute de Mlle Zhaodi n'est pas bien grave. Deuxièmement, étant donné votre renom et votre position, même si Mlle Zhaodi avait fait un écart de conduite, personne n'oserait parler à tort et à travers, chef de centre, soyez tranquille sur ce point. Troisièmement, bien que dans cette affaire Li Kongshan ait des torts envers vous, il est tout de même chef de la section spéciale supérieure, son autorité est absolue. Ainsi ce mariage est bien assorti. L'influence et la position des deux partis devraient suffire à clore toutes les bouches. Quatrièmement, je vais dire une énormité : notre Peiping n'est plus le Peiping d'autrefois et nous n'avons plus à nous soucier des us et des coutumes passés. Pour prendre un exemple : quand Peiping était encore en notre possession, je n'aurais jamais osé fumer ouvertement de l'opium, à présent je peux le faire hardiment, sans crainte des gendarmes et avec la bénédiction des Japonais. Si l'on passe maintenant aux choses plus sérieuses, les difficultés de Mlle Zhaodi ne sont pas insolubles, et à l'inverse, grâce à ces difficultés, elle pourra se faire remarquer davantage. Chef de centre, je vous en prie, réfléchissez : n'ai-je pas raison ? »

La « grosse courge rouge » gardait le visage fermé. Les yeux fixés sur les fleurs brodées de ses chaussures, elle ne soufflait mot, elle savait que Gao Yituo avait raison. Pourtant, elle ne parvenait pas à dissiper entièrement sa mauvaise humeur. Elle avait un peu peur de Li Kongshan, et en souffrait. Si elle allait vraiment lui chercher querelle, elle n'était pas sûre d'avoir l'avantage sur lui. Mais, d'un autre côté, en lui donnant ainsi sa fille, qui sait si par la suite il ne se montrerait pas plus arrogant, plus violent. Elle ne pouvait rien faire. Xiaohe était resté debout dans l'embrasure de la porte pour écouter Yituo donner son avis. Il prit la parole : « Je crois, chef de centre, que nous devrions lui donner Zhaodi, voilà tout !

— La ferme ! » Si la « grosse courge rouge » avait peur de Li Kongshan, elle faisait ce qu'elle voulait de Xiaohe.

« Chef de centre ! lança Yituo après s'être rincé la bouche avec du thé froid et l'avoir recraché dans le crachoir. Chef de centre ! Je me fais fort d'être votre entremetteur. Mieux vaut régler l'affaire au plus vite. À trop dormir on fait trop de rêves ! »

La « grosse courge rouge » prit une longue inspiration, se massa doucement la poitrine. Elle se sentait très oppressée.

Yituo s'empressa d'aspirer bruyamment une bouffée et prit congé du chef de centre. « On reparlera de tout cela en détail demain. Surtout ne vous fâchez pas, chef de centre ! »

Le lendemain la « grosse courge rouge » se leva tard. Elle s'était réveillée dès le point du jour, s'était mise à retourner tout cela dans sa tête sans pouvoir fermer l'œil, elle n'avait pourtant pas envie de se lever, elle espérait de toutes ses forces que Zhaodi serait de retour avant. Faire semblant d'ignorer quand Zhaodi était rentrée adoucissait son tourment. Mais il était presque midi et Zhaodi n'était toujours pas là. La « grosse courge rouge » fut reprise par la colère. Toutefois, elle n'osa pas s'emporter. La veille elle avait déversé sur Xiaohe un torrent d'injures. Si elle passait de nouveau sa colère sur lui, ce serait bien monotone. Aujourd'hui, il lui semblait plus convenable de prendre comme « pare-injures » Gaodi et Tongfang. Mais elle ne pouvait insulter Gaodi, elle avait toujours eu une préférence pour Zhaodi, voyant en Gaodi une source de pertes. À présent celle qui lui avait fait perdre la face était la chair de sa chair, et non Gaodi. Elle ne pouvait continuer à s'en prendre à elle et l'amener à son tour à faire des bêtises. Restait Tongfang. Mais là non plus ce n'était pas possible. Car elle avait bien imaginé ce qui se passerait si elle se risquait à provoquer Tongfang. Celle-ci ne manquerait pas de se rendre sous les gros sophoras et raconterait à toute la ruelle l'infamie dont avait été victime Zhaodi. Il lui fallait contenir sa colère. Elle avait flatté Li Kongshan et avait obtenu ce poste de chef de centre et ce à quoi elle aspirait : l'argent et l'influence. Aujourd'hui elle en subissait l'amer châtiment, elle ne pouvait laisser libre cours à sa colère, aux injures qui lui montaient aux lèvres. Elle ne regrettait pas, ne se reprochait rien, mais elle ressentait dans son cœur quelque chose qu'il était impossible d'extirper. Il était presque midi, elle devait se lever. Si elle restait au lit plus longtemps, cela éveillerait l'attention de Tongfang, et cette dernière se ferait un malin plaisir de proférer des imprécations contre elle parce qu'elle restait ainsi au lit, sans parler, sous le coup de la colère. Il lui fallait se lever, faire comme si de rien n'était, avec impudence, forcer le respect.

Elle se leva, et, sans même songer à se coiffer, elle alla jeter un coup d'œil dans la petite chambre de Tongfang. Elle n'y était pas.

Gaodi, le visage non poudré, sortit de la pièce et lança un : « Man ! »

La « grosse courge rouge » lui jeta un coup d'œil. Sans poudre ni rouge à lèvres, Gaodi était encore plus laide qu'à l'accoutumée. Elle se dit immédiatement : Zhaodi, elle, est si jolie, mais je l'ai perdue, pour rien. Arrivée à ce point de ses réflexions, elle pensa que Gaodi se moquait d'elle exprès. Pourtant, elle n'osa toujours pas se mettre en colère. Elle demanda : « Et elle ?

— Qui ça ? Ah, Tongfang ? Elle est sortie de bonne heure avec papa. Peut-être pour aller voir Zhaodi. J'ai entendu papa dire : "On va voir les nouveaux mariés !" »

La « grosse courge rouge » baissa la tête, ses deux poings se serrèrent, elle resta longtemps sans rien dire.

Gaodi fit deux pas en avant, elle avait un peu peur, mais elle prit son courage à deux mains pour déclarer : « Avant, tu m'avais demandé d'être gentille avec Li Kongshan, à ton avis c'est quelqu'un de bien ? »

La « grosse courge rouge » releva la tête et demanda calmement : « Et alors ? »

Gaodi, qui redoutait la colère de sa mère, s'empressa de feindre un sourire. « Maman ! Depuis que les Japonais sont entrés à Peiping, je trouve que toi et papa pensez et agissez mal. Tiens, par exemple, dans la ruelle, qui nous estime ? Qui ne dit pas que nous vivons aux crochets des Japonais ? À mon avis Li Kongshan n'est pas si terrible que ça, il est comme le chien qui aboie en profitant de la puissance de son maître. Si nous sommes dans cette situation pénible, c'est parce que nous avons pensé obtenir quelque chose des Japonais. Recherche l'amitié du tigre, il finira toujours par te manger. »

La « grosse courge rouge » eut un rire méprisant. Elle dit, pas trop haut, mais avec beaucoup d'énergie : « Oh ! mais c'est qu'elle voudrait me faire la morale ! Attends un peu ! Devant le ciel je n'ai rien à me reprocher. Je me tracasse et me tue pour des incapables et des profiteurs comme vous ! Me faire la morale ? Voilà qui est singulier ! Mais sans moi vous n'auriez même pas de la merde à vous mettre sous la dent ! »

La sueur perlait sur le nez très court de Gaodi, ses mains se croisaient et se décroisaient. « Maman ! Regarde Qi Ruixuan, il a une nombreuse famille à sa charge, mais il ne va pas pour autant… » Elle passa sa langue sur ses lèvres épaisses, sans oser prononcer de mots désobligeants de peur d'ajouter à la colère de sa mère. « Regarde M. Li, le barbier Sun, Petit Cui, est-ce qu'ils sont morts de faim ? Pourquoi sommes-nous les seuls à nous affoler ainsi ? Ne peut-on s'en sortir… sans faire des ronds de jambe aux uns et aux autres ? »

La « grosse courge rouge » rit de nouveau : « Ça suffit, ne me fais pas me mettre en colère, tu veux bien ? Qu'est-ce que tu comprends à la vie ? »

Juste à ce moment-là Xiaohe, tout sourire, entra à petits pas pressés. Telle une abeille qui a senti une fleur, il fonça droit sur la « grosse courge rouge » pour s'arrêter net à deux pas d'elle, rayonnant de joie et tout empressé. Il lui dit d'une voix mielleuse : « Chef de centre, la deuxième est de retour ! »

À peine eut-il fini sa phrase que Zhaodi entrait lestement, ne sachant quelle expression prendre, mais pourtant sans manifester la moindre honte ni la moindre crainte. Ses beaux yeux regardèrent Gaodi, puis sa mère, puis les poutres de la maison. Ses yeux brillaient, mais ils n'étaient pas tout à fait calmes, des lueurs changeantes y flottaient. Elle avala rapidement un peu de salive, puis esquissa courageusement un sourire et lança un : « Man ! »

La « grosse courge rouge » ne répondit pas.

Tongfang entra à son tour, elle se contenta de lancer un coup d'œil à Gaodi et se rendit dans sa propre chambre.

« Grande sœur ! » dit Gaodi tout en allant prendre la main de sa sœur avec une vivacité feinte. Puis elle se mit à glousser sans savoir elle-même pourquoi elle riait.

Xiaohe regarda sa fille, puis sa femme, sur son visage s'étalaient affabilité et bonne humeur, il dit tout bas : « Aucun problème, il y a des solutions pour tout, pour tout !

— Et l'animal ? lui demanda la "grosse courge rouge".

— L'animal ? » Il fallut un certain temps à Xiaohe pour réaliser de qui il s'agissait. « Aucun problème, chef de centre, allez vous laver le visage ! »

Zhaodi lâcha la main de sa sœur ; la tête rejetée en arrière, elle vola plutôt qu'elle ne courut vers sa chambre.

La « grosse courge rouge » n'avait pas encore atteint le seuil de la porte que Gao Yituo arrivait. Qu'il eût à faire ou non, il s'annonçait toujours vers midi et vers six heures de l'après-midi, laissant entendre qu'il ne pouvait venir plus tôt, et il se faisait inviter à table. Il avança de deux pas pour aider la « grosse courge rouge » à monter les marches, comme si elle avait soixante-dix ou quatre-vingts ans.

La « grosse courge rouge » venait tout juste de se rincer la bouche quand Qi Ruifeng arriva à son tour. À peine entré, il présenta ses félicitations à la ronde. Ce rite accompli, il fit part de son point de vue, qu'il aurait pu tout aussi bien ne pas exprimer :

« C'est génial, génial ! Voilà ce qu'il fallait faire ! Ça oui ! Un mariage entre les Li et les Guan, c'est tout simplement quelque chose qui marque, c'est un, un... » Il n'arrivait pas à trouver le mot qu'il convenait de dire, aussi aborda-t-il un problème plus concret : « Grand frère Guan, à quand le banquet de noces ? Cette fois il faudrait absolument nous montrer de quoi vous êtes capable ! Le vin, les mets, pas question de se montrer négligent ! Je vais inviter tout le monde : Pour ne parler que des fleurs, il faudra au moins quatre-vingts corbeilles de fleurs fraîches. Et puis le chef de section Li devrait inviter quelques Japonais pour pousser des vivats, car c'est quelque chose de marquant, un, un... » Il ne trouvait toujours pas le mot, se considérait pourtant comme quelqu'un de très raffiné, se targuant de choisir les termes qu'il fallait, même s'il ne les avait pas trouvés.

Xiaohe eut une inspiration, il prit un air sérieux, cligna des yeux, on aurait dit qu'il cherchait les vers d'un poème. « Mais oui, tout à fait, il faut absolument faire venir des amis japonais ! C'est l'occasion ou jamais pour exprimer les bons rapports existant entre la Chine et le Japon. À mon avis... » Ses yeux brillèrent soudain, tels ceux d'un chat qui vient d'apercevoir une souris. « Si nous demandions carrément aux Japonais d'être les témoins, ne serait-ce pas encore plus épatant ? »

Ruifeng opina plusieurs fois de la tête : « Frère aîné, vous y avez pensé et tout le mérite est pour vous, c'est sans précédent ! »

Xiaohe rit. « C'est vrai qu'il n'y a pas de précédent. Quand moi, Guan, je m'y mets, il faut bien sûr que j'épate la galerie !

— Et la toilette ? » Ruifeng s'approcha de Xiaohe et dit très familièrement : « Est-ce qu'il faut que Chrysanthème vienne habiter ici pour donner un coup de main ?

— Le moment venu je ferai sûrement appel à elle, notre amitié veut que nous ne fassions pas de façons entre nous et je vous en remercie d'avance. » Après avoir prononcé ces mots, tandis qu'il se retournait prestement, Xiaohe vit entrer Lan Dongyang. Il s'avança vers lui avec empressement : « Comment ? La nouvelle s'est répandue aussi vite ? »

Depuis qu'il était monté en grade, Lan Dongyang prenait chaque jour un air de plus en plus important. Il ne montrait ni orgueil ni arrogance, non, cela se traduisait par un relâchement de toute sa personne, comme s'il était à la merci du moindre coup de vent. Il avait la flemme de marcher, de bouger, semblait toujours à la recherche d'un tabouret où poser son postérieur. Une fois assis, il restait tout ramolli, refusant de se lever de nouveau. S'il devait par hasard faire quelques pas, on aurait dit un enfant qui apprend tout juste à marcher, il se dandinait d'un côté, de l'autre. Son visage n'était pas aussi détendu, ses yeux ne cessaient de bouger, il n'arrêtait pas de grincer des dents pour montrer que, malgré sa promotion, il était toujours en proie à des regrets infinis, le regret de n'avoir pas atteint d'un coup le plus haut échelon de la hiérarchie, le regret qu'il y eût autant de fonctionnaires sous le ciel l'empêchant d'assumer à lui seul toutes les responsabilités. Plus il éprouvait de regrets, plus il se trouvait important, c'est pourquoi il ne se sentait pas obligé de se rincer la bouche, de parler, montrant ainsi qu'il ne s'abaissait pas au niveau du commun des mortels, que sa mauvaise haleine même avait quelque chose de précieux ; il ne se privait d'ailleurs pas de la faire sentir aux autres.

Il n'avait pas répondu à l'interpellation de Xiaohe mais s'était précipité sur le canapé, et s'y était jeté, sans prêter la moindre attention à Ruifeng. Il détestait Ruifeng car ce dernier n'avait pas effectué de démarches pour le faire nommer proviseur.

Assis sur le canapé, il roula longuement des yeux puis soudain ouvrit la bouche : « C'est donc vrai ?

— Qu'est-ce qui est vrai ? » demanda Xiaohe en riant. Xiaohe avait toujours accordé une grande importance aux relations de politesse, mais il n'en voulait pas pour autant à Dongyang pour ses écarts de courtoisie. Toute personne qui obtenait le statut de fonctionnaire était, selon lui, digne d'estime. C'est pourquoi, même si Dongyang était un âne, il se devait d'aller au-devant de lui, tout sourire.

« Zhaodi ! » Ces deux syllabes s'échappèrent difficilement entre les dents jaunes de Dongyang.

« Comme ci cela pouvait ne pas être vrai, mon petit frère ! » dit Xiaohe en riant bruyamment.

Dongyang ne dit plus un mot, il se mordit les ongles avec force. Il en voulait à Li Kongshan d'avoir obtenu la jolie Zhaodi, son plan tombait à l'eau. Il repensa au nombre de fois où il avait acheté des cacahuètes pour elle. Qui eût dit que ces investissements amoureux seraient de l'argent jeté par la fenêtre ? Du sang coula sur l'ongle du pouce, son visage était aussi ratatiné qu'une petite noix sèche.

La haine lui donnait de l'inspiration, déjà un poème se formait dans sa tête :

Crève donc, toi
qui as mangé pour rien mes cacahuètes
salope !

Le poème achevé, il se le répéta en silence deux ou trois fois pour bien le mémoriser et le coucher sur papier afin de l'envoyer au bureau du journal. Avec ce poème c'étaient quelques droits d'auteur en perspective, il se sentit un peu rasséréné. Il se leva soudain, sortit sans mot dire.

« Vous partirez après avoir déjeuné ! » lui lança Xiaohe.

Dongyang ne retourna même pas la tête.

« Quelle mouche l'a piqué ? » dit Ruifeng. Comme il craignait un peu Dongyang, il avait attendu que celui-ci fût sorti pour ouvrir la bouche.

« Lui ? » Xiaohe souriait. Il ajouta, comme s'il était à même de comprendre le caractère de tout individu, quel qu'il fût : « Les gens importants se doivent de manifester une humeur bizarre. »

Les bonnes actions ne sont pas ébruitées, les mauvaises font le tour du monde. Peu de temps après, le scandale qui s'était produit chez les Guan fut connu de toute la ruelle. À ce sujet, le vieux Qi commença d'abord par prendre l'avis de Yun Mei : « Mère de Petit Shunr, qu'en pensez-vous ? Est-ce que cela ne répond pas à mes propos ? Au début, le troisième a cherché à gagner son amitié, et, si je n'avais pas mis le holà, il l'aurait amenée à la maison, et ça aurait été pire qu'avec ma seconde bru. Ne dit-on pas : "À qui n'écoute pas les anciens, malheur est bon" ? » Le vieil homme se rengorgeait de sa prévoyance. Son discours terminé, il se lissa la barbe avec force, comme pour montrer qu'elle était un symbole de sagesse et de perspicacité.

La mère de Petit Shunr avait un tout autre point de vue. « En fait, grand-père, vous ne devriez pas vous tracasser pour cette affaire. Même si le troisième avait pu s'introduire chez eux, il ne l'aurait jamais obtenue. Dans cette famille, ils sont tous serviles devant les gens haut placés, dédaigneux des gens humbles. »

Le vieil homme reconnaissait que l'avis de Yun Mei n'était pas sans fondement, mais il lui fallait garder sa dignité, il ne pouvait pas y adhérer entièrement, aussi se contenta-t-il de pousser un soupir, sans plus insister.

La mère de Petit Shunr fit part à son mari de son point de vue sur l'affaire. Ruixuan se contenta de froncer légèrement les sourcils, il n'avait pas envie de se prononcer. S'il l'avait fait, voilà ce qu'il aurait certainement dit : « Cette honte n'est pas seule ment celle des Guan, mais nous tous avons perdu la face, dans la mesure où ils vivent parmi nous — et d'ailleurs, pourquoi de tels gens vivent-ils parmi nous ? Si tu consens à reconnaître l'existence des Guan comme un fait réel, tu dois reconnaître que l'agression japonaise était inévitable : la viande avariée attire les mouches, c'est bien connu ! À l'inverse, si tu comprends que l'existence même des Guan est pour nous une souillure, alors tu sauras qu'il nous faut résister au Japon et balayer cette souillure intérieure. Si les citoyens menaient une vie en conformité avec les grands principes, la civilisation serait enfin saine et nous repousserions l'agresseur. » Mais il ne prit pas la parole. D'abord parce qu'il se disait que sa femme ne le comprendrait pas, et parce qu'il trouvait que sa vie à lui n'était pas tout à fait ce qu'elle aurait dû être, sinon pourquoi n'allait-il pas s'engager dans le travail de résistance et se contentait-il de végéter sous le drapeau japonais ?

Les personnes de la ruelle qui montraient le plus grand enthousiasme pour propager ce qui s'était passé chez les Guan étaient Petit Cui, M. Sun et Changshun. Il y avait entre Petit Cui et la « grosse courge rouge » une inimitié personnelle et il n'aurait pas laissé échapper cette occasion de se venger. Il n'était pas comme Ruixuan, apte à la réflexion, il se contentait de se forger un avis à partir des apparences : « Ta fille fait une union malheureuse, ça t'apprendra à recruter des prostituées chez toi, à encourager la prostitution illicite ! Cela montre que le ciel n'est pas aveugle ! »

Bien que M. Sun partageât le point de vue de Petit Cui, il accordait de l'importance à un autre aspect de la question : « Je te le dis, Petit Cui, c'est une sanction exemplaire. Tu obtiens un poste grâce aux Japonais, tu gagnes de l'argent, et ta fille n'a pas de chance dans sa vie amoureuse. Tu vois, Petit Cui, tous ceux qui travaillent pour les Japonais, qui profitent de la puissance de quelqu'un pour faire peur aux autres auront ce qu'ils méritent ! »

Changshun n'était pas encore tout à fait au courant des relations entre les deux sexes et c'était la raison pour laquelle cette affaire retenait son attention. Il aurait bien voulu tout savoir dans les détails, pour avoir des faits utilisables contre les Guan, et en même temps acquérir quelque connaissance. Il s'informait à fond auprès de Petit Cui et du barbier Sun, mais cela ne le satisfaisait toujours pas. Il alla jusqu'à s'enquérir de l'affaire auprès de Mme Li. Cette dernière parut ne pas être au courant de ce qui se passait. Elle lui fit solennellement les recommandations suivantes : « À ton âge, tu ne dois pas faire courir de rumeurs sur les gens. Comment une jeune fille si gracieuse pourrait-elle commettre un acte aussi indécent ? C'est impossible, et quand bien même ce serait vrai, nos propos doivent rester bienveillants ! »

Après avoir fait ces recommandations, Mme Li, qui n'était pas tranquille, informa discrètement la grand-mère de Changshun. Les deux vieilles femmes n'avaient pratiquement pas de critiques à faire sur les Guan, elles trouvaient simplement que ce petit drôle de Changshun était trop « déluré ». Mme Ma mit en garde son petit-fils. Ce dernier, en apparence, n'osa pas contrecarrer sa grand-mère mais, en cachette, il intensifia son enquête et rapporta les faits en ajoutant des détails.

Quand M. Li apprit l'affaire, il ne voulut pas se prononcer. Ses yeux avaient vu tant de choses, bonnes ou mauvaises, relevant de la vertu ou du vice ! S'étonner sur un cas si particulier lui semblait inconcevable. Sa longue expérience lui avait permis d'assister plusieurs fois aux sursauts et soubresauts qui agitaient ce monde. Dans ces moments-là, les hommes, les bons comme les méchants, n'étaient-ils pas tous comme découpés par de grands ciseaux invisibles ? Quand ils parvenaient à échapper aux ciseaux, ils avaient la vie sauve. Il connaissait la faiblesse humaine et la frontière floue qui existait entre le bien et le mal. Placé dans une telle situation, il ne comptait que sur sa force physique pour gagner de quoi vivre, être tranquille. Dans le même temps, dans les limites du possible, il se montrait utile aux autres, ainsi son esprit serait en paix dans l'au-delà. Il ne se démoralisait pas s'il arrivait un malheur à quelqu'un de bon, ne changeait pas davantage de ligne de conduite si quelqu'un de mauvais obtenait quelque avantage. Il gardait son regard fixé sur une lumière lointaine, très lointaine, qui lui donnerait la paix de l'âme après la mort. C'était un vrai Chinois, on aurait dit qu'il avait vécu des milliers d'années ou des dizaines de milliers d'années, et qu'il continuerait de vivre aussi longtemps. Il avait toujours peiné, avait même été esclave parfois. Patience et endurance étaient les clefs de sa sagesse, le pacifisme son arme la plus efficace. Il critiquait rarement, faisait rarement de choix, mais il ne se passait pas un instant sans qu'il ne critiquât ou ne choisît en silence. Il pouvait perdre la vie, mais jamais ne laisserait cette lumière lointaine lui échapper. Il savait qu'il avait l'éternité pour lui et n'était pas prêt à s'étonner au moindre remous.

Quand on demandait à M. Li : « Qu'est-ce qui s'est passé chez les Guan ? », il riait invariablement, sans dire un mot. Il semblait savoir que les Guan, les traîtres à la patrie, ainsi que les Japonais seraient anéantis, tandis que lui avait l'éternité devant lui.

Seul John Ding n'aimait pas entendre l'avis des autres. En vérité, il ne trouvait pas la conduite de Zhaodi tout à fait correcte, mais, pour bien montrer qu'il relevait de l'ambassade de Grande-Bretagne, il ne pouvait pas se permettre d'abonder inconsidérément dans le sens d'autrui. Il continuait à se rendre chez les Guan et à apporter quelque cadeau. Il trouvait que seul Dieu avait le droit de juger, personne ne devait s'immiscer dans les affaires des autres, les critiquer.

« L'opinion publique » s'en mêla quand le barbier Sun colporta l'affaire dans les boutiques avoisinantes et quand Petit Cui fit de même par les rues. Dès que les gens croisaient la « grosse courge rouge » ou Zhaodi, leurs regards lançaient des lueurs témoignant de leur curiosité et du fait qu'ils étaient étrangement mal à l'aise, un peu comme lorsqu'ils voyaient un couple d'étrangers s'embrasser dans la rue. Derrière elles de nombreux doigts se dressaient doucement.

La « grosse courge rouge » et Zhaodi avaient remarqué ces regards, elles savaient qu'on les montrait de plus en plus du doigt. La « grosse courge rouge » se para de façon plus voyante, se fit friser les cheveux en savants échafaudages. Elle lançait un défi à « l'opinion publique ». Zhaodi, elle aussi, était plus élégante que jamais, sur son petit minois on lisait fierté et bravade, elle suivait sa mère dans ses parades, parlait, riait.

Quant à Xiaohe, il sortait tous les jours. Une fois dehors, il marchait assez vite ; on aurait dit qu'il avait une chose importante à régler. Au retour, il avait toujours un paquet à la main, marchait lentement ; quand il rencontrait quelqu'un de sa connaissance, il soupirait d'abord doucement, comme s'il était épuisé, puis il lançait : « Oh, ce n'est pas facile d'être parents ! La seule chose qu'on puisse faire est de "faire de son mieux". »

CHAPITRE XLV

Chen Yeqiu, ne parvenant pas à mettre la main sur son beau-frère, Qian Moyin, reporta toute son attention sur le petit-fils de M. Qian — la jeune Mme Qian avait effectivement mis au monde un garçon. Quand la jeune femme avait été sur le point d'accoucher, Yeqiu lui avait acheté des cadeaux qu'il avait portés en personne chez les Jin. Il savait que M. Jin le méprisait, il entendait ainsi le faire revenir sur son opinion. À la mort de sa sœur aînée et de son neveu, il menait une vie extrêmement difficile, et n'avait pu offrir d'argent. À présent que sa vie s'était considérablement améliorée, il avait décidé de montrer à M. Jin qu'il n'était pas ignorant des bonnes manières. De plus, la jeune Mme Qian habitait chez ses parents, et, si personne de la famille Qian ne venait la voir, elle en serait sûrement affectée. Il entendait donc, en tant qu'oncle maternel, lui apporter un peu de consolation et de chaleur. Quand l'enfant eut respectivement trois jours, douze jours, puis un mois, il trouva le temps d'accourir chez les Jin avec des cadeaux et toute son affection. Il ne parvenait pas à oublier son beau-frère, même si ce dernier l'avait accablé d'injures et rompu toute relation avec lui. Mais, il avait beau faire attention sans cesse et en tout lieu, il n'arrivait pas à mettre la main sur lui. Il ne lui restait plus qu'à transférer son affection sur cet enfant posthume. Il savait que si son beau-frère avait pu voir son petits-fils, il en aurait éprouvé une grande joie. La famille Qian était pratiquement décimée mais voilà qu'il y avait un descendant mâle pour perpétuer le culte des ancêtres. Puisque son beau-frère, M. Qian, n'avait pas vu son petit-fils, lui, Yeqiu, se devait de se réjouir en son nom.

D'autre part, depuis qu'il travaillait pour le gouvernement fantoche, il avait perdu ses amis. Autrefois ses amis appartenaient presque tous au monde de la science. Certains s'étaient enfuis de Peiping, d'autres, qui étaient restés, s'étaient enfermés chez eux pour étudier incognito, refusant de se vendre ; d'autres encore, comme lui, chargés de famille, ne pouvaient faire autrement que sortir travailler pour vivre. Il avait honte d'aller rendre visite à ceux qui avaient refusé de se vendre et s'il les rencontrait par hasard dans la rue, il baissait la tête et poursuivait son chemin, sans oser les saluer. Quant aux vieux amis, faibles comme lui, ils avaient rompu toutes relations : chaque rencontre était si pénible ! Il avait bien de nouveaux collègues, mais les collègues ne deviennent pas forcément des amis. D'autre part, parmi les nouveaux collègues, les meilleurs étaient de sa trempe : ils savaient où étaient le bien et le mal, mais ils savaient aussi qu'en ne supportant pas les petites choses ils seraient la cause de grands troubles, ils se faisaient clowns grimés de leur plein gré. Pour le restant, certains pêchaient en eau trouble et saisissaient les occasions de se qualifier. Ils n'avaient ni morale ni érudition. En temps de paix, ils n'avaient jamais pu bénéficier d'un statut avantageux. À présent, grâce au piston et à leur impudence, ils obtenaient, des mains des Japonais ou des traîtres à la patrie, des promotions inespérées. Certains avaient été pendant dix ou vingt ans de petits fonctionnaires et à présent, dans la mesure où ils n'arrivaient pas à se hisser vers le haut, ils luttaient de toutes leurs forces pour conserver leur poste initial. Ils ne savaient rien faire d'autre qu'être de petits fonctionnaires, « être fonctionnaire », telle était toute leur vie. Si quelqu'un leur procurait un poste, ils n'avaient pas le temps de réfléchir, et il leur eût été difficile de le faire. Ces gens ne parlaient que de « ligne », relations et fréquentations. Yeqiu les méprisait et ne pouvait s'en faire des amis. Il se sentait très seul. Dans le même temps, il se disait que partout au monde les corbeaux sont noirs, qu'étant lui-même un corbeau il n'avait pas le droit de les mépriser. Il avait honte.

Bon, puisque toute relation était rompue avec les vieux amis, et qu'il n'arrivait pas à s'en faire de nouveaux, il lui restait encore quelqu'un qui était un parent et un ami à la fois, Qian Moyin. Mais Moyin lui aussi avait rompu toute relation avec lui. Peiping était une si grande ville, avec tant d'habitants ! Il ne lui restait que sa femme souffreteuse et ses huit enfants, plus d'amis. La solitude est une sorte de prison !

Il repensait souvent au n° 1 du Petit-Bercail, avec sa cour emplie de tant de fleurs, sa maison calme qui donnait une impression d'espace. La décoration n'était pas très soignée, mais la pièce respirait l'élégance et la propreté. Les gens qui l'habitaient, Qian Moyin et Mengshi, n'avaient peut-être pas de céréales et de riz pour le lendemain, mais ils disposaient de thé, de vin, de livres, de peintures. Comme c'était agréable de rester là-bas à discuter un moment ! C'était un peu comme un bain chaud pour l'esprit qui exsudait alors des gouttes de joie. Mais voilà, Peiping était asservie, et des Japonais étaient venus habiter le n° 1 du Petit-Bercail. C'était eux qui jouissaient des fleurs de la cour après avoir liquidé Mengshi, Zhongshi et sa sœur aînée. Étant donné la situation, il n'aurait jamais dû aller manger dans la main des Japonais.

Il se mit à l'opium, afin de neutraliser honte et solitude avec des narcotiques.

Pour fumer, il lui fallait des revenus plus importants. Qu'à cela ne tienne ! Il y avait le cumul, il n'avait qu'à cumuler. Il avait des capacités certaines. Tous ces gens, qui ne savaient que pêcher en eau trouble avaient obtenu leur poisson mais ne savaient même pas écrire un document officiel. Ils avaient besoin de gens comme lui. Ils venaient le trouver, et il acceptait de les aider. À cette époque, il éprouvait curieusement une sorte de contentement et se disait à lui-même : « Comme si on pouvait se contenter de ce qu'on a ! Moi aussi je veux vivre, et vivre au jour le jour ! » Pour une satisfaction passagère, l'homme est capable d'oublier son âme.

Mais peu après il baissait la tête et sa satisfaction se transformait en honte. Le dimanche, il n'avait rien à faire, ni ami à visiter. Il se rappelait qu'il avait été honnête, qu'il avait une âme. Si les enfants faisaient trop de tapage, il leur jetait de la menue monnaie et leur criait : « Foutez-moi le camp, dehors ! Puissiez-vous y crever ! » Après le départ des enfants, il s'allongeait sur le lit, et restait là hébété devant la lampe à opium. Peu après il en venait à regretter la façon dont il avait traité ses enfants, et marmonnait dans sa barbe : « N'est-ce pas pour eux que j'ai... oh ! Quand on a perdu sa vertu personne ne vous aime ! » Alors il restait allongé toute la journée. Il fumait, somnolait, rêvait, ressassait les mêmes choses, restait prostré. Quoi qu'il fît, son âme était perdue. Son lit, sa chambre, son bureau, Peiping étaient pour lui un enfer.

Quand la jeune Mme Qian eut mis au monde son bébé, Yeqiu avait ressenti un léger apaisement. Il avait lui-même huit enfants, un bébé n'était donc pas pour lui source de curiosité. Mais l'enfant des Qian lui semblait différent des autres — il était le petit-fils de Moyin. Si le mot « Moyin » était écrit en rouge dans son cœur, il devait en être de même pour ce bébé. S'il avait perdu Moyin, il avait gagné un petit ami — le petit-fils de Moyin. Puisque Moyin était un poète, un peintre, un homme droit, ce petit bébé ne pouvait qu'être différent des autres et méritait amour et respect, tout comme on vénère les descendants du sage Kong. La jeune Mme Qian n'était qu'une femme ordinaire, mais depuis qu'elle avait mis au monde ce bébé, Yeqiu, quand il la rencontrait, pensait à la statue de la Sainte Vierge.

Ce qui le réjouissait le plus était que M. Jin eût fêté les trois jours et le premier mois de son petit-fils, et de façon très décente. Pour Yeqiu, la générosité de M. Jin pour le fils de sa fille était due au fait qu'il pensait à Qian Moyin. Ainsi, puisque M. Jin était un inconditionnel de Moyin, Yeqiu se devait de devenir son ami. La façon dont une amitié se noue est souvent due à un événement ou à une rencontre fortuits. D'autant plus qu'après ses toutes premières visites chez les Jin il n'avait pas perçu de mépris de la part de M. Jin. Cela était peut-être dû au fait que ce dernier avait la mémoire courte, et qu'il avait déjà oublié ce qui s'était passé à la mort de Mengshi, ou peut-être au fait que Yeqiu avait une tenue correcte à présent et apportait des cadeaux. Peu importe, Yeqiu se sentait rasséréné. Il avait décidé de se lier d'amitié avec M. Jin.

M. Jin aimait sauver les apparences. C'est vrai qu'il chérissait ce petit-fils. Mais si le grand-père paternel de ce garçon n'avait pas été Qian Moyin, peut-être n'aurait-il pas dépensé autant d'argent quand le bébé avait eu trois jours, puis un mois. Toujours est-il qu'il espérait, tout en faisant les préparatifs, que son vieux parent tomberait du ciel pour constater son dévouement et sa générosité. Il pourrait alors lui prendre la main et lui dire : « Vous voyez, vous m'aviez confié votre belle-fille et votre petit-fils, et je ne leur ai pas fait de tort. Vous et moi sommes de vrais amis, votre petit-fils est le mien. » Mais le vieux Qian n'était pas tombé du ciel et il n'avait pas eu l'occasion de prononcer ces paroles. Alors, à défaut d'autre chose, il avait voulu faire venir quelqu'un au courant des difficultés de Moyin, pour lui prouver qu'il n'avait pas oublié ce que lui avait confié son ami. Yeqiu tombait à pic, Yeqiu savait tout sur les Qian. M. Jin, oubliant que Yeqiu avait été autrefois un bon à rien, lui confia ces paroles qu'il avait gardées secrètes jusque-là. Yeqiu était en fait un beau parleur, il cherchait l'occasion de faire l'éloge de M. Jin. Le visage rougeaud de ce dernier s'illumina et, le vin aidant, il confia à Yeqiu : « Autrefois je vous ai méprisé, mais à présent je vois bien que vous n'êtes pas un méchant homme. » C'est ainsi qu'ils devinrent amis.

Si M. Jin avait pu pardonner si facilement à Yeqiu, il n'était pas bien difficile de penser qu'il pourrait aussi facilement pardonner aux Japonais. En dehors des transactions immobilières, il n'avait pas de connaissances approfondies. En ce qui concernait la manière de se comporter dans le monde et la morale, il ne savait pas ce qui était bien ou mal et y allait à l'intuition. Celui qui était son ami était « dans le vrai » ; celui qui ne l'était pas était « dans l'erreur ». S'il s'était lié d'amitié avec quelqu'un, il était capable, pour cet ami, d'en découdre avec le premier venu. L'aide qu'il avait apportée à Qian Moyin pour vaincre la « grosse courge rouge » et Guan Xiaohe en était un bon exemple. De la même manière, quand le vieux Qian avait été cruellement battu par les Japonais, il avait détesté les Japonais. Si Qian Moyin pouvait être éternellement avec lui, il détesterait à jamais les Japonais, peut-être même, qui sait, en viendrait-il à en tuer un ou deux et à devenir un chevalier de la justice. Malheureusement M. Qian l'avait quitté. Son cœur se remit à battre de nouveau régulièrement. C'est vrai qu'il repensait souvent à son parent par alliance, mais il lui aurait paru gênant de penser, par la même occasion, à Guan Xiaohe et aux Japonais. Il n'avait pas cette obligation. Quand il le fallait, sur les rappels de sa fille, il brûlait du papier monnaie pour Mme Qian et pour son gendre, ou il pouvait profiter de l'occasion qui le menait à l'extérieur de la ville est pour se rendre sur leur tombe. En accomplissant tout cela il trouvait qu'il s'était montré suffisamment digne de la famille Qian, et qu'il n'avait pas besoin d'en rajouter, d'autant plus que son commerce marchait bien depuis quelque temps.

Si la plus jolie femme est souvent en butte aux plus grands malheurs, la ville la plus célèbre subit souvent les plus grandes humiliations. Depuis que les Japonais avaient pris Nankin, la position de Peiping s'était encore abaissée. Les gens avisés avaient compris que, si le territoire japonais était placé le premier dans le monde, la Corée en deuxième, la Mandchourie en troisième position, la Mongolie en quatrième, Nankin en cinquième, cette pauvre ville de Peiping se retrouvait à la sixième place ! Même si les traîtres à la patrie tenaient Peiping en main et entendaient la mettre sur un pied d'égalité avec Nankin, Nankin avait au moins un « gouvernement », tandis que Peiping relevait du haut commandement des troupes japonaises de la Chine du Nord. Le « gouvernement » de Peiping non seulement ne pouvait pas donner d'ordres à « toute la Chine », mais les régions sous sa juridiction tels le Hebei, le Henan, le Shandong, le Shanxi ne le soutenaient que du bout des lèvres, car Jinan, Taiyuan, Kaifeng avaient chacune un poste de commandement japonais. Chaque poste de commandement était un seigneur de la guerre. Le nord de la Chine avait retrouvé la situation qui y régnait avant l'Expédition du Nord, avec cette différence qu'autrefois c'était Zhang Zongchang[1] qui avait établi un régime séparatiste et s'était fait proclamer roi alors que maintenant c'étaient les Japonais qui agissaient de même. Le nord de la Chine n'était pas gouverné, mais occupé militairement. Le gouvernement de Peiping était une plaisanterie, aussi quand les Japonais gagnaient des batailles ailleurs, la ville de Peiping et ses environs en pâtissaient-ils davantage. Les Japonais au front établissaient des mérites, leur commandement général en garnison à Peiping se devait de montrer son autorité sur le « front arrière ». Et à l'inverse, si les Japonais étaient battus ailleurs, Peiping et sa région en pâtissaient aussi car le commandement général en garnison entendait bien donner quelques coups de couteau au chien attaché, pour occulter les défaites sur le front. En résumé, quand les militaristes japonais n'envoyaient pas quelques-uns de leurs soldats à la mort, ou quand ils ne faisaient pas goûter à ce peuple servile qui avait capitulé l'odeur de la poudre, ils ne pouvaient plus vivre. Tuer était leur « mission ».

1. Zhang Zongchang (1881-1932) : seigneur de guerre.

C'est la raison pour laquelle, en matière de logement, l'offre, à Peiping, ne répondait pas à la demande. D'abord parce que les Japonais déménageaient comme des abeilles et venaient en essaim « faire leur nid » à Peiping. D'autre part, les massacres perpétrés par les Japonais tout autour de la ville obligeaient les paysans à quitter champs et maisons et à entrer en ville pour échapper au malheur. Ils ne savaient pas s'ils parviendraient à survivre en ville, ce qu'ils savaient, c'est que dans leur pays, maints petits hameaux ou villages avaient été incendiés et nettoyés de leurs habitants par l'ennemi.

Et tout cela donnait du travail à M. Jin. Aucun commerce ne florissait à Peiping sauf la branche où œuvrait M. Jin ainsi que les vendeurs qui achetaient les vieilleries et appelaient le client par les rues au son du tambour.

Dans le Peiping d'autrefois, « habiter » ne posait aucun problème. Si les Pékinois étaient nombreux, les logements l'étaient aussi. Surtout après le succès de l'Expédition du Nord, il semblait que l'offre fût plus grande que la demande. Tant d'organismes avaient été transférés à Nankin ! Ce transfert avait entraîné le départ, non seulement des fonctionnaires et des employés, mais aussi celui de leurs familles. Des organismes tels le Bureau des poids et mesures, le Bureau de la monnaie, en plus des bureaucrates avaient dû emmener de nombreux ouvriers et techniciens. Par ailleurs, les foyers des associations de compatriotes de toutes les provinces à l'extérieur de la porte Qiansanmen étaient toujours pleins — on venait à la « capitale » en attente d'une mission, ou pour trouver un emploi. Quand le gouvernement fut transféré à Nankin, Peiping devint un secteur uniquement culturel, si ces gens désœuvrés étaient restés dans les foyers à attendre stupidement, ils auraient fait preuve d'un manque de jugement. Ils étaient donc tous partis pour Nankin en quête d'un petit travail et du pain quotidien. Par ailleurs, les seigneurs de guerre d'autrefois, les bureaucrates, les politiciens qui avaient la possibilité d'aller au Sud se rendaient bien évidemment à Shanghai ou à Suzhou, afin de se rapprocher de Nankin et de pouvoir faire les démarches plus facilement. Même les gens pour lesquels il était difficile de se rendre au Sud partaient habiter Tianjin car, selon eux, Peiping avec sa municipalité, ses nombreux étudiants et rien d'autre était une ville morte. Ainsi, ceux qui étaient prêts à débourser trente à quarante yuan par mois pouvaient louer une maison spacieuse avec jardin, tandis qu'une pièce dans une cour mêlée se louait trente ou quarante sapèques. Même un agent de police de troisième classe ou un tireur de pousse n'avait pas de souci à se faire pour se loger.

Or, à présent, le logement était brusquement devenu un problème pour chacun. Des locataires étaient soudain informés qu'il leur fallait partir. Soit que cette maison fût entièrement destinée à des Japonais, soit que le propriétaire eût décidé de la vendre, parce que des Japonais voulaient la louer. Si les Japonais n'en étaient pas la cause, c'était toujours parce que de la famille ou des amis du propriétaire, fuyant la campagne, avaient besoin d'un logement. Si bien que les locataires se trouvaient menacés, tandis que les propriétaires n'étaient pas à l'abri des soucis pour autant : s'ils disposaient d'une ou deux pièces dans une cour, parents et amis ne manquaient pas de s'y intéresser, sans s'occuper de savoir si vous aviez ou non envie de les louer. Amis et parents mis à part, il fallait encore compter sur les gens comme M. Jin. Ils semblaient capables de voir au travers des murs s'il y avait des pièces vacantes dans une cour, et dès qu'ils en repéraient une, ils déployaient un talent de reporter et, vous aviez beau fermer avec soin votre portail, ils finissaient toujours par entrer. D'autre part ceux qui s'étaient fait à la longue un petit magot, qui n'avaient pas confiance dans la monnaie fantoche et ne pouvaient investir nulle part, avaient saisi cette occasion pour acheter. Maisons, logements, maisons ! On ne parlait plus que de maisons, trouver une maison, acheter une maison, vendre. Le logement devenant un problème, l'immobilier restait alors la seule valeur sûre, et c'était un malheur apporté par les Japonais à la ville de Peiping.

Apparemment les Japonais, avec leur cervelle d'oiseau, n'avaient pas réfléchi à la question. La seule chose dont ils étaient sûrs c'est qu'ils étaient les vainqueurs, ils se devaient donc d'entrer dans Peiping, marchant à grands pas, la tête haute, tels des paons faisant la roue. S'ils avaient su à quel point les Pékinois abhorraient les paons japonais, s'ils avaient évité Peiping, les Pékinois auraient fait ceux qui ne savaient rien et oublié l'agression japonaise. Mais voilà, les Japonais, tout à leur victoire, l'arboraient comme un insigne sur la poitrine. Ils étaient entrés en masse dans la ville, puis s'étaient dispersés pour aller habiter chaque ruelle. Pour peu qu'il y eût une ou deux familles japonaises dans une ruelle, la haine entre les deux peuples y perdurerait pendant des dizaines d'années. Les Pékinois savaient que ces Japonais qui se mêlaient aux habitants étaient tous des espions, même s'ils se présentaient comme des marchands ou des professeurs. L'aversion des Pékinois pour les Japonais était semblable à l'inimitié qui existe entre les chiens et les chats. Cela n'était pas dû à une opposition, à un conflit ponctuel, mais pratiquement à une incompatibilité instinctive. Et quand bien même ces voisins japonais n'eussent pas été des espions mais les gens les plus braves du monde, les Pékinois les auraient quand même détestés. Quelle que fût la situation, la présence d'un seul Japonais était cause de tourments pour cinq cents Pékinois. Toutes les qualités des Pékinois : politesse, honnêteté, pondération, générosité, distinction s'envolaient instantanément à la vue d'un Japonais. Les Pékinois n'aimaient pas les « chiens banquettes », obtenus par le croisement de « chiens à quatr'yeux[1] » et de bichons, ces chiens courtauds, aimés de personne, avec leur gueule boudeuse, leurs pattes arquées et qui n'ont ni la robustesse du chien à quatr'yeux ni l'ingéniosité du pékinois. Pour eux les Japonais étaient des chiens banquettes. Ils trouvaient aussi que les Japonais ressemblaient à des « orphelins ». Les Pékinois avaient vraiment du mal à digérer le lien entre les chiens banquettes et les orphelins ! Les Pékinois ne se sont jamais montrés xénophobes, mais ils ne pouvaient admettre les chiens banquettes et les orphelins. C'était une erreur commise par les Japonais : ils étaient détestables et ne s'en rendaient pas compte. Ils étaient persuadés d'appartenir à une nation supérieure en tout point : sur le plan de l'origine, de l'intelligence, de l'aspect physique, du mode de vie... Tout devait être employé au superlatif en ce qui les concernait et c'est pour cette raison qu'ils devaient s'emparer de Peiping, de la Chine, de l'Asie, du monde entier ! Et peut-être même que s'ils avaient massacré des Pékinois, ceux-ci en auraient ressenti de la joie. Mais non, ils n'avaient pas nettoyé la ville, ils étaient venus y habiter avec les Pékinois. Pour

1. « Chien à quatr'yeux » *(bengou)* : surnom que donnent les paysans à des chiens avec une tache de poils clairs au-dessus de chaque œil.

lcs Pékinois, c'était là cause d'ennui, de dégoût, de tourment, ils en venaient même à souhaiter un jour exterminer tous les orphelins.

Les Japonais n'empêchaient pas les gens qui résidaient en dehors de la ville de venir y habiter, peut-être espéraient-ils ainsi accroître l'atmosphère de prospérité à l'intérieur des portes. La façon d'agir des Japonais reposait sur le chantage et la juridiction. Ils brûlaient et massacraient, tout en rêvant de prospérité. Toutefois, leur fausseté les amenait à révéler leur vrai visage. Ils souhaitaient la prospérité pour Peiping, mais les Pékinois, par la bouche des réfugiés qui arrivaient dans la ville, apprenaient de source sûre des nouvelles sur les pillages et les massacres auxquels ils se livraient partout. Chaque réfugié était un petit journal toujours indépendant, qui donnait des informations correctes. Au cours de recherches pour louer, chercher, céder ou vendre une maison, on apprenait incidemment à quel point les Japonais agissaient en tyrans et on les détestait davantage.

M. Jin, lui, ne s'embarrassait pas de ces tergiversations. C'était un homme habile, et, s'il y avait des affaires à faire, il ne s'en privait pas, négligeant le reste. Quand le travail devenait trop prenant, il oubliait non seulement la politique, mais qu'il existait lui-même. Il semblait être tombé dans les mailles du commerce et, où qu'il regardât, il ne voyait plus que des affaires à réaliser. Son visage rougeaud luisait tellement qu'on l'aurait dit éclairé intérieurement par une lampe. Il faisait des projets, courait, négociait, feignant d'être impatient, tout en se montrant inflexible sur le prix. Son esprit était comme une montre remontée à fond, il lui fallait marcher toute une journée avant d'être détendu. Parfois, en tâtant son petit sac, il s'apercevait qu'il n'avait plus de tabac, pourtant il n'allait pas en acheter. D'autres fois le soleil déclinait déjà à l'ouest et il n'avait pas encore déjeuné. Il en oubliait sa propre existence. Le commerce était le commerce. Un repas en moins, quelle importance ? Il était de constitution robuste et pouvait endurer tout cela. Le soir, de retour chez lui, il ressentait quand même un peu de fatigue et se dépêchait d'ingurgiter trois grands bols de riz, puis fumait sa pipe en souriant, il n'avait pas encore ôté sa pipe de la bouche que déjà il s'endormait, s'écroulait sur son lit et se mettait immédiatement à ronfler comme une soufflerie. Les vibrations étaient si fortes que les moineaux sous l'auvent ne pouvaient plus dormir.

S'il lui arrivait d'être oisif un moment, il se mettait à penser aux Japonais, mais l'image des Japonais dans son esprit s'était considérablement modifiée. Dans son cerveau, il n'y avait que quelques taches noires, en les reliant par deux ou par trois, cela donnait une pensée. Après avoir ainsi formé sommairement deux ou trois fils, il se disait : « Les Japonais en fin de compte ne sont pas de si mauvais bougres, grâce à eux je fais pas mal d'affaires. Les Japonais ne sont-ils pas contraints comme les autres à louer et à acheter des maisons ? Ils sont venus me chercher eux aussi ! Amis, nous sommes tous amis, vous occupez Peiping et moi je continue mes affaires, on ne se gêne pas les uns les autres, c'est pas mal du tout ! »

Après avoir tordu le tabac pour une pipe, il repensait à cela en détail. Ses propos n'avaient pas la moindre faille, alors il pensait à l'avenir : « Si je continue sur cette lancée, je pourrai à mon tour m'acheter une maison. J'ai bientôt soixante ans, parvenir à acheter une petite maison de deux ou trois pièces, vivre du loyer, qui ira en augmentant, voilà qui nous permettra de manger deux repas de nouilles de blé par jour. La nourriture assurée, qui ferait encore ce boulot ? J'emmènerai mon petit-fils se promener dans la rue et on ira à la maison de thé. »

Quelqu'un qui résout le problème de sa vieillesse est vraiment débrouillard ! M. Jin avait repéré deux ou trois maisons qui pouvaient lui assurer ses nouilles de blé, le problème de sa vieillesse était réglé. Comment n'aurait-il pas eu d'estime pour lui-même ?

Sans parler de l'avenir, son statut s'était considérablement amélioré. Autrefois il servait d'intermédiaire pour des maisons et il avait pu constater que vendeur aussi bien qu'acheteur faisaient peu cas de lui et, qu'après avoir eu recours à ses services, ils se débarrassaient de lui, comme on jette à terre une allumette usagée. À leurs yeux il ne valait guère mieux qu'un mendiant, toujours à tendre la main pour avoir de l'argent sans rien faire. Maintenant c'était bien différent, car les maisons étaient rares et il était devenu quelqu'un d'assez important. S'il tournait les talons, les gens venaient vite le rechercher et lui disaient tout plein de paroles gentilles. Il avait obtenu des commissions, mais aussi de la dignité ; et ce, grâce aux Japonais. Si ces derniers n'avaient pas occupé Peiping, rien de tout cela ne se serait produit. Fort bien, il décida de ne plus en vouloir aux Japonais, un homme de cœur doit savoir clairement à qui doivent aller sa reconnaissance et sa haine.

L'enfant poussait bien. Il n'était pas gros mais solide. M. Jin disait qu'il avait le nez et les yeux de sa mère. Celle-ci trouvait que s'il y avait ressemblance, c'était avec Mengshi et non seulement pour le nez et les yeux mais aussi pour les cheveux et les oreilles. Depuis la naissance jusqu'à ce jour (l'enfant avait déjà six mois), cette polémique n'avait eu de cesse.

Une autre chose qui n'avait pu être réglée était le prénom de l'enfant. La jeune Mme Qian s'obstinait à attendre le retour du grand-père paternel pour lui laisser le choix. M. Jin trouvait qu'il fallait lui donner tout de suite un petit nom ; le prénom officiel serait donné par M. Qian quand il reviendrait. Quel petit nom lui donner ? Le père et la fille n'étaient pas d'accord là-dessus. M. Jin dans ses moments de bonne humeur l'appelait : « petit chien », « petit veau ». La jeune Mme Qian n'aimait pas ces animaux. Quand elle taquinait l'enfant, elle l'appelait : « grand gros » ou « sale chose » et là, M. Jin était contre : « Il n'est ni gros ni sale ! » Comme ils n'arrivaient pas à se mettre d'accord, il était très difficile de choisir un prénom ; puis M. Jin en vint à lancer tout de go un : « petit-fils ! » tandis que la jeune Mme Qian dit un : « fiston ». Alors, en entendant ces deux appellations, l'enfant souriait bêtement la bouche ouverte. Cela mettait les tierces personnes dans l'embarras : elles ne pouvaient pas appeler ainsi l'enfant !

Étant donné le problème, qui n'était pas bien grave mais un peu difficile à résoudre, le père et la fille Jin espéraient vivement le retour de M. Qian pour donner à l'enfant un nom définitif. Mais voilà, M. Qian ne revenait pas !

Yeqiu aimait énormément cet enfant sans nom — il était le petit-fils de Moyin et c'était par son intermédiaire qu'il s'était lié d'amitié avec M. Jin. Dès qu'il avait un moment, il venait faire un petit tour. Il savait bien que l'enfant n'était pas encore capable de manger ou de tenir un jouet, mais il n'aurait jamais consenti à venir les mains vides. À chaque visite il apportait des fruits ou des petites voitures, des petits tambours ou autres objets multicolores.

« Yeqiu ! disait M. Jin choqué. Il ne sait pas manger, ne sait pas jouer. À quoi bon gaspiller ainsi l'argent ! Ne recommencez pas !

— Ce n'est rien, juste une petite attention ! disait Yeqiu comme pour s'excuser. C'est le seul descendant de la famille Qian. » Il se disait à lui-même : « J'ai perdu le grand-père, mon meilleur ami, je ne peux pas perdre ce petit ami. Quand il sera grand, il m'appellera, c'est du moins ce que j'espère, "grand-oncle !" avec beaucoup d'affection et ne me donnera pas d'autre nom affreux. »

Ce jour-là, il faisait nuit depuis longtemps, Yeqiu, un paquet de douceurs à la main, se rendit à Jiangyangfang. De loin il allongeait son cou grêle pour regarder s'il y avait encore ou non de la lumière dans la cour des Jin. Il savait que M. Jin et la jeune Mme Qian se couchaient assez tôt. Il espérait que ce ne serait pas le cas ce soir, pour pouvoir donner ces douceurs. Il n'avait pas envie de les rapporter chez lui pour ses propres enfants, car il ne les tenait pas en estime — quand le père est un incapable, que peuvent bien valoir les enfants ? De plus, si ses huit enfants ne l'avaient pas ainsi retenu, il n'aurait pas été un bon à rien. Sans les soucis d'une famille, il se serait enfui de Peiping et aurait fait des choses plus dignes d'un être humain. Bien que les enfants ne fussent pas coupables, son mal-être et sa honte l'amenaient à faire peu de cas d'eux. À l'inverse, le petit-fils de Moyin était pour lui plus qu'un enfant, c'était un symbole. Il avait pour grand-père Moyin, sa grand-mère, son père, son oncle étaient tous morts pour la patrie. Il appartenait à une lignée de héros, il représentait la lumière du futur. Le sacrifice de la génération de son grand-père et de son père allait permettre à leurs descendants d'aller la tête haute sur cette terre, d'être des citoyens heureux et libres. Lui était fini, et ses enfants, du fait de son incapacité, ne feraient peut-être rien de bon. Seul M. Jin, dans cette maison, possédait un trésor national.

En s'approchant un peu plus, il fut désappointé : il n'y avait déjà plus de lumière chez les Jin. Il s'arrêta net, se dit à lui-même : « Trop tard ! les opiomanes n'ont pas la notion du temps, quel crétin je suis ! »

Il fit encore deux pas en avant, il ne voulait pas s'en retourner trop vite, sans pour autant se décider à frapper à la porte et à déranger tout le monde pour voir l'enfant. Il hésitait.

Il n'était plus qu'à quelques pas de la porte des Jin qui donnait sur la rue quand il vit quelqu'un s'écarter soudain de la murette élevée de la porte et partir lentement dans la direction opposée à celle d'où il venait.

Yeqiu ne distinguait pas du tout qui ce pouvait être, mais il était comme le chat qui vient de « sentir » une souris toute proche. Tous ses sens vinrent à la rescousse pour le pousser à croire qu'il s'agissait de Qian Moyin. Il s'élança à sa suite. La silhouette noire devant lui pressait aussi le pas, mais elle allait en clopinant et ne pouvait passer de la marche à la course. Yeqiu se mit à courir, déjà il rattrapait la personne qui était devant lui. Un cri jaillit en même temps que les larmes lui venaient aux yeux : « Moyin ! »

M. Qian baissa la tête et, malgré le handicap de ses jambes, accéléra l'allure. Yeqiu, comme ivre, sans se soucier du qu'en-dira-t-on, pleurait, parlait, avançait. D'un geste, il jeta son sac de douceurs à terre puis empoigna son beau-frère. Le visage ruisselant de larmes, il dit en sanglotant : « Moyin !

Moyin ! je vous ai cherché partout, il m'est enfin donné de vous rencontrer ! »

M. Qian ralentit l'allure, cette marche forcée avait été douloureuse. Il gardait la tête baissée, ne disait mot.

Yeqiu, de son autre main, le retint par l'épaule. « Moyin, pourquoi cette dureté ? Je sais, et je le reconnais : je suis un salaud, un faible, mais je ne vous demande qu'une chose, parlez-moi, oui, dites-moi quelque chose, fût-ce une seule phrase. Moyin, une seule phrase ! Ne restez pas ainsi à baisser la tête, un regard, et ce sera bien ! »

M. Qian continuait de baisser la tête sans dire un mot.

À ce moment ils s'approchèrent d'un réverbère. Yeqiu se courba pour implorer son beau-frère et dans l'espoir d'apercevoir son visage. Il le vit : un visage noir et émacié, une barbe hirsute cachait sa bouche. De chaque côté du nez coulait un filet de larmes.

« Moyin ! Si vous gardez encore le silence, je vais me mettre à genoux dans la rue ! » le pria instamment Yeqiu.

M. Qian poussa un soupir.

« Beau-frère ! Vous aussi veniez pour voir l'enfant ? »

Moyin marcha plus lentement, la tête baissée. Du dos de la main il essuya les larmes sur son visage. « Hum ! »

En entendant ce « Hum ! » Yeqiu, tel un enfant, rit au travers de ses larmes. « Beau-frère, c'est un gentil petit, joli comme un cœur, et costaud avec ça !

— Je ne l'ai pas encore vu, dit Moyin tout bas, j'ai juste entendu sa voix. Tous les jours, à peu près à l'heure où M. Jin est endormi, je me risque à rester là dehors, un moment, à entendre les pleurs du bébé et je suis heureux. Quand à force de pleurer il s'endort, je relève la tête pour regarder les étoiles au-dessus du toit et je les prie de bénir mon petit-fils. On se laisse aller à la superstition quand on se trouve dans le malheur. »

Yeqiu, comme hypnotisé, leva la tête pour regarder les étoiles dans le ciel. Il ne savait plus trop que dire. Moyin, de son côté, s'était tu.

En silence ils parvinrent à l'entrée ouest de Jiangyangfang. Yeqiu tenait encore fermement le bras de son beau-frère. Moyin s'arrêta soudain, dégagea son bras. Les deux hommes se retrouvèrent face à face. Yeqiu vit les yeux de Moyin, des yeux aussi brillants que des étoiles en automne. Il frissonna. Dans sa mémoire les yeux de son beau-frère généraient bonté et chaleur. À présent ces yeux diffusaient une lueur métallique, ils étaient d'une brillance et d'une froideur extrêmes, effrayantes. Moyin se contenta de lui lancer un regard et tourna la tête : « Vous allez vers l'est, n'est-ce pas ?

— Je... » Yeqiu se passa la langue sur les lèvres. « Où habitez-vous ?

— Il me suffit pour dormir d'un coin où je n'embête personne.

— Alors on se sépare comme ça ?

— Hum... quand le territoire sera recouvré, nous serons tous les jours ensemble.

— Beau-frère, me pardonnez-vous ? »

Moyin fit non doucement de la tête : « Impossible ! Vous et les Japonais vous n'obtiendrez jamais mon pardon ! »

Le visage anémié de Yeqiu le brûla soudain. « Maudissez-moi, si cela me permet d'être en votre présence, c'est un bonheur pour moi ! »

Moyin ne répondit pas, il se remit en marche lentement.

Yeqiu le retint de nouveau de la main. « Moyin, j'ai encore tant de choses à vous dire !

— À présent je n'ai plus envie de bavarder ! »

Yeqiu avait les yeux fixes, son esprit était en ébullition. Il suggéra à tout hasard : « Pourquoi ne pas aller ensemble voir cet enfant ? M. Jin en serait si content !

— C'est que, il m'a déçu autant que vous. Je ne veux pas le rencontrer. Qu'il fasse ce que bon lui semble ! Qu'il prenne soin de ce bébé à ma place. Si je le pouvais, je ne lui confierais pas cette responsabilité. Bien sûr que j'ai très envie de voir mon petit-fils, mais il faut avant tout que je lui prépare un endroit propre où il vivra libre. Peut-être faut-il, pour que le petit-fils vive, en passer par la mort du grand-père, sinon ils seraient tous deux esclaves d'un pays asservi, et, et... » M. Moyin se mit à rire d'un rire agréable. « Rentrez chez vous, s'il y a quelque affinité entre nous nous serons amenés à nous revoir ! »

Yeqiu était cloué sur place, il gardait le regard fixé sur son beau-frère qui s'éloignait. Cette silhouette noire qui clopinait était bien celle de son beau-frère tout en ne lui ressemblant guère. C'était un poète qui n'avait jamais eu un mot grossier à la bouche, et un combattant qui portait cette croix de son plein gré. La silhouette noire sortit de la ruelle, Yeqiu pensa la rattraper, mais il avait les jambes terriblement courbatues. Il baissa la tête et soupira longuement.

Yeqiu n'avait pas obtenu le pardon de son beau-frère, il en avait le cœur gros. Il admirait Moyin et cette admiration qu'il lui portait donnait, selon lui, à ce dernier l'autorité pour le juger. N'avoir pas obtenu son pardon, c'était pour lui comme si on l'avait marqué au visage des mots : traître à la patrie ! Il passa sa main sur ses joues émaciées, ne sentit que quelques larmes glacées.

Il entreprit de rentrer et marcha vers l'est. Il arriva de nouveau devant la porte des Jin. Il n'avait pas prévu de s'arrêter ; il le fit pourtant, il s'arrêta. L'enfant pleurait. Il se dit que son beau-frère devait sans doute rester ainsi debout dehors à écouter l'enfant pleurer. Il s'éloigna à la hâte, c'était tellement attristant. Un grand-père qui n'osait pas entrer pour voir son petit-fils et restait debout dehors à l'écouter pleurer ! Ses yeux se mouillèrent de nouveau.

Après avoir fait quelques pas, il changea d'avis, car, enfin, il avait rencontré son beau-frère, et, même si celui-ci ne lui avait pas accordé son pardon, cette rencontre finalement était une heureuse chose. Même si son beau-frère ne lui avait pas pardonné, il avait pu échanger quelques mots avec lui. Alors, se disait-il, si je le rencontre de nouveau, peut-être pourrais-je obtenir son pardon ? Son beau-frère était foncièrement bon, affable. Arrivé à ce point de ses réflexions, il décida d'aller sur-le-champ trouver Ruixuan. Il lui fallait avertir Ruixuan de la bonne nouvelle : il avait rencontré Moyin ! Cela ferait plaisir à Ruixuan. Il ne sentait plus ses courbatures, il accéléra le pas.

Ruixuan était déjà au lit, mais il ne dormait pas encore. Quand il entendit frapper à la porte, il eut peur. Ces derniers jours, avec la chute de Wuhan, les Japonais procédaient à des arrestations massives. La victoire au front rendait l'ennemi impatient de s'emparer de la Chine du Nord et de la garder pour toujours. Bien que les traîtres à la patrie y fussent omniprésents, ils n'avaient pu rendre leurs maîtres populaires. Il y avait même à Peiping des gens comme M. Qian. En dehors de la ville, à dix ou vingt kilomètres, il y avait des combattants armés d'armes rudimentaires et d'une grande détermination qui en décousaient avec l'ennemi. Les Japonais devaient liquider ces gens qui refusaient de se mettre à genoux, appelant cela par euphémisme : « Renforcer la sécurité publique. » À défaut d'arrêter de vrais « brigands », ils arrêtaient des innocents pour accomplir leur devoir de tortionnaires et de bourreaux. Les arrestations avaient lieu la nuit maintenant, car, tels des aigles attrapant des moineaux, les héros nippons se plaisaient à faire les choses clandestinement. Ruixuan avait peur. Il se savait coupable — il travaillait pour les Anglais. Il se vêtit à la hâte, sortit doucement. Il avait calculé qu'il lui serait difficile de se cacher en cas d'arrestation. Le fait de travailler pour les Anglais ne lui était d'aucun soutien et il n'aurait jamais consenti à s'abriter derrière leur autorité. S'il devait être mis en prison, il lui serait impossible d'y échapper. Il s'était débrouillé pour assurer la sécurité de son grand-père et des membres de sa famille, faisant toutes les concessions possibles. Quand viendrait pour lui l'heure du châtiment, il ne froncerait pas le front, ce serait déplacé ! Il avait déjà calculé que, puisqu'il ne pouvait pas affronter tous les périls pour sauver son pays, il ne devait pas se montrer trop effrayé devant la hache et le fouet ennemis.

La cour était plongée dans l'obscurité. Arrivé près du mur devant la porte d'entrée, il demanda : « Qui est là ?

— Moi ! Yeqiu ! »

Ruixuan ouvrit la porte. La lampe du n° 3 projeta aussitôt sa lumière. Il y avait encore des rires dans cette cour. Une pensée traversa rapidement son esprit : l'impudence des habitants du n° 3 était sans doute le meilleur passeport par les temps qui couraient. Il n'eut pas le temps d'élucider davantage la question car Yeqiu avait déjà franchi le seuil à grands pas.

« Oh, tu dormais déjà ? Vraiment, les opiomanes n'ont pas la notion du temps. Je suis désolé, je t'ai fait peur ! » Yeqiu essuya la sueur glacée sur son visage.

« C'est sans importance ! dit Ruixuan avec un rire détaché tout en boutonnant ses boutons. Entre ! »

Yeqiu hésita un instant. « Il est trop tard, non ? » Mais déjà il avançait dans la cour. Il adorait bavarder avec des amis, et, dès que l'occasion se présentait, il oubliait tout le reste.

Ruixuan ouvrit la porte de la pièce principale qui était fermée à clef.

Yeqiu dit tout de go : « J'ai rencontré Moyin ! »

Le cœur de Ruixuan s'illumina d'un coup, cette lumière intérieure venue des yeux rejaillit lentement sur son visage. « Tu l'as vu ? » demanda-t-il en riant.

Yeqiu lui rapporta d'une seule traite la façon dont s'était déroulée cette rencontre. Il se contenta de relater les faits sans ajouter le moindre avis personnel. Cette façon d'agir semblait voulue, afin de laisser Ruixuan juger par lui-même. Il pensait que l'intelligence de Ruixuan lui permettrait de comprendre que si lui, Yeqiu, était un incapable qui n'avait pas obtenu le pardon de son beau-frère, il admirait Moyin de tout son cœur, s'inquiétait pour lui et venait en pleine nuit apporter cette nouvelle.

Ruixuan ne laissa rien voir de ce qu'il ressentait. À ce moment-là il n'avait pas la tête à penser à la place de Yeqiu, il n'avait qu'une envie : voir M. Qian.

« Demain, décida-t-il immédiatement, demain à huit heures et demie du soir, on se retrouve devant la porte des Jin.

— Demain ? » Yeqiu roula des yeux en signe de réflexion. « Il n'est pas sûr qu'il… »

Ruixuan était intelligent, il avait bien sûr pensé au fait que M. Qian, n'ayant nulle envie de rencontrer M. Jin ou Yeqiu, ne retournerait probablement pas là-bas demain — ni peut-être jamais. Mais il avait une envie si aiguë de revoir le poète qu'il ne se comportait pas comme à l'ordinaire. « Peu importe, oui, peu importe, il me faut y aller ! »

Le lendemain, il attendit tout le soir avec Yeqiu devant la porte des Jin, M. Qian ne se montra pas.

« Ruixuan, dit Yeqiu avec une mine d'enterrement, je porte le malheur avec moi. J'ai privé Moyin du droit de venir écouter son petit-fils. Il ne faut pas faire de faux pas en cette vie, car, une fois qu'on s'est trompé, on s'enferre dans l'erreur. »

Ruixuan ne répondit pas, se contentant de regarder les étoiles dans le ciel.

CHAPITRE XLVI

Ruixuan s'était trompé. Quand les Japonais procédaient à une arrestation, ils ne frappaient pas à la porte. Ils sautaient du mur extérieur juste avant l'aurore. En gros, ils n'avaient pas fait preuve d'originalité dans les domaines de la philosophie, de la littérature, des arts, de la musique, de la peinture et de la science, c'est la raison pour laquelle ils ne voyaient pas plus loin que le bout de leur nez. Dans les petites choses ils pinaillaient et pour attraper une souris ils déployaient la force et l'ingéniosité nécessaires à capturer un éléphant. Dans les petites choses et les petits calculs ils étaient attentifs au moindre détail, on aurait dit des lions attrapant des poux, tout contents d'une nouvelle prise. Ils négligeaient les choses importantes, étaient dénués de tout idéal, occupés du matin au soir, inlassablement, à attraper des poux. Le troisième jour après que Ruixuan fut allé à la recherche de M. Qian sans avoir pu le voir, ils vinrent arrêter Ruixuan. Le mode d'arrestation avait bien changé par rapport à celui qu'avait connu M. Qian.

Ruixuan n'avait rien à se reprocher, pourtant les Japonais voulaient l'arrêter. Cette arrestation était chose aisée. Il leur aurait suffi d'envoyer un agent de la police militaire ou un agent civil. Mais il leur fallait faire beaucoup de bruit pour rien, afin de montrer leur intelligence et leur sérieux. Cela se passa vers quatre heures du matin. Un grand camion s'arrêta à l'entrée de la ruelle du Petit-Bercail. Il y avait une dizaine de personnes dans le camion, certaines en uniforme, d'autres en civil. Derrière le camion suivait une voiture dans laquelle avaient pris place deux officiels. Il leur fallait plus de dix personnes, et beaucoup d'essence, pour arrêter un faible lettré ! C'était pour eux la seule façon de se rengorger et de montrer leur sérieux. Les Japonais n'ont pas le sens de l'humour.

Quand la voiture s'arrêta, les deux officiels en descendirent pour inspecter les lieux, puis ils sifflèrent à l'entrée de la ruelle. Ils sortirent une carte, la consultèrent attentivement, se parlèrent à l'oreille, puis firent des messes basses aux hommes qui avaient sauté lestement du camion. On aurait dit qu'ils s'apprêtaient à s'emparer d'une forteresse ou d'un dépôt de munitions et non d'un honnête homme incapable de résistance. Après un bon moment de délibérations, de chuchotements, l'un des officiels retourna dans la voiture, se croisa les bras, s'assit, avec un air important. L'autre officiel, à la tête de six ou sept hommes, s'avança dans la ruelle avec l'agilité d'un chat. On n'entendait pas le moindre bruit, ils portaient des chaussures en caoutchouc. À la vue des deux gros sophoras, le gradé leva la main, aussitôt deux hommes grimpèrent chacun dans un arbre, s'accroupirent sur une fourche et pointèrent le canon de leur fusil vers le n° 5. Le gradé éleva de nouveau la main, les autres membres de la troupe — des Chinois pour la plupart — grimpèrent qui sur le mur, qui sur le toit tandis que le gradé se cachait entre les sophoras et le mur, devant la porte d'entrée du n° 3.

Il ne faisait pas tout à fait jour, mais les étoiles étaient déjà rares. Il n'y avait aucun bruit dans la ruelle, tout le monde dormait encore à poings fermés. Une légère brise matinale faisait bouger les branches des sophoras. Quelques coqs chantaient au loin. Un chat de corpulence moyenne courait le long du mur du n° 4 en direction du n° 2. Les fusils en haut et en bas des arbres furent braqués immédiatement dans sa direction. Ayant constaté qu'il s'agissait d'un chat, les samouraïs concentrèrent de nouveau toute leur attention sur le n° 5, avec un air encore plus grave.

Ruixuan avait entendu du bruit sur le toit, intuitivement il comprit de quoi il retournait. Il n'avait pas pensé un seul moment à un cambriolage, les Qi habitaient là depuis plusieurs dizaines d'années sans jamais avoir été victimes des voleurs. Quand on est d'un caractère sociable et qu'on habite une ruelle comme celle-ci, on peut échapper aux cambriolages. Il se vêtit sans dire un mot puis, vite, réveilla Yun Mei : « Il y a quelqu'un sur le toit. Il n'y a pas de quoi s'affoler, si je suis emmené, garde ton calme et va trouver M. Goodrich. »

Yun Mei semblait avoir compris sans trop réaliser ce qui se passait, mais elle s'était déjà mise à trembler. « T'emmener ? Mais qu'est-ce que je vais faire toute seule ? » De sa main elle tira avec force son mari par son pantalon.

« Lâche-moi ! dit Ruixuan avec impatience. Tu es courageuse, je sais que tu n'auras pas peur. Surtout que grand-père ne le sache pas ! Tu diras que j'ai accompagné M. Goodrich à la campagne et que je serai de retour dans quelques jours ! » Il tourna les talons et sortit à la hâte.

« Et si tu ne revenais pas ? demanda tout bas Yun Mei.

— Bien malin qui sait ce qui va se passer ! »

Deux légers coups furent frappés à la porte, Ruixuan fit celui qui n'avait rien entendu. Yun Mei tremblait tellement qu'elle en claquait des dents.

On frappa de nouveau à la porte. Ruixuan demanda : « Qui va là ?

— Vous êtes Qi Ruixuan ? demanda tout bas un homme derrière la porte.

— Oui. » La main de Ruixuan tremblait, il mit ses chaussures comme il faut puis tira le verrou.

Des ombres noires l'encerclèrent, des gueules de fusils se posèrent sur lui. Une lampe de poche éclaira soudain son visage, l'obligeant à fermer les yeux un instant. Les gueules des fusils lui enfonçaient les côtes, puis ce fut cet ordre : « Pas un mot, avance ! »

Ruixuan s'arma de courage et sortit sans rien dire.

Le vieux Qi, qui avait du mal à dormir après le lever du jour, avait entendu du bruit. Quand Ruixuan passa devant sa porte, le vieil homme toussa avant de demander paresseusement : « Quoi ? Qu'est-ce ? Quelqu'un a mal au ventre ? »

Ruixuan marqua un léger arrêt, puis continua d'avancer. Il n'osait pas faire de bruit. Il savait ce qui l'attendait. Il avait devant lui le supplice subi par M. Qian, il lui semblait vain d'espérer y échapper, ou d'avoir peur à l'avance, la peur ne servait à rien. Il éprouvait seulement quelques regrets, le regret d'avoir refusé de quitter Peiping à cause de son grand-père, de ses parents, de sa femme. Mais il n'éprouvait pas pour autant du ressentiment à l'encontre de ses parents. Il avait entendu la voix du grand-père et il en avait eu gros sur le cœur, peut-être ne le reverrait-il jamais ! Ses jambes mollirent un peu, mais, s'armant de courage, il continua son chemin. Il savait qu'une seule parole échangée avec son grand-père l'empêcherait d'avancer. Arrivé près du jujubier, il lança un coup d'œil vers la chambre au sud et appela en silence : « Man ! »

Il faisait un peu plus jour. Dès qu'il eut franchi le portail, il vit un homme dégringoler de chaque sophora. Il était livide, pourtant cela le fit sourire. Il avait bien envie de leur dire : « Tant d'efforts déployés pour mon arrestation ? » mais il ne dit mot, regarda autour de lui. La ruelle lui sembla plus large que d'habitude. Cela lui fut quelque peu agréable. La porte du n° 4 claqua. Quelques gueules de fusils, comme actionnées électriquement, furent braquées en même temps vers le nord. Rien. Il se mit à avancer. Arrivé au n° 3, le gradé sortit du mur écran. Les deux hommes revinrent sur leurs pas, entrèrent au n° 5, fermèrent la porte. Le bruit léger de la porte qu'on refermait fut pour Ruixuan une satisfaction plus grande — les siens étaient enfermés de l'autre côté, il pouvait maintenant s'armer de courage et avancer vers son destin.

Yun Mei, sans réfléchir à l'heure qu'il était, se vêtit à la diable et sortit précipitamment sans s'être lavée ni coiffée. Elle sortait rarement et ne savait où se diriger pour aller trouver sur-le-champ M. Goodrich. Elle n'hésita pas pour autant. Elle était affolée, mais déterminée, il lui fallait sauver son mari, quelles que fussent les difficultés. Pour cela, elle n'hésiterait pas à se sacrifier. En temps ordinaire elle était réservée, aujourd'hui, elle était bien décidée à ne reculer devant personne ni devant les difficultés. À plusieurs reprises, alors que les larmes montaient, elle avait écarquillé ses grands yeux et les avait refoulées. Elle savait que pleurer ne lui serait d'aucun secours. L'espace d'un bref instant, elle alla même jusqu'à penser que Ruixuan serait peut-être assassiné, mais, même si malheureusement ce devait être le cas, elle se donnerait tout entière pour élever ses enfants et s'occuper de ses beaux-parents et du grand-père. Elle n'était pas très vaillante, cependant, face au danger, il ne lui restait plus qu'à s'aguerrir.

Elle referma doucement la porte et se dirigea rapidement vers l'extérieur. Elle aperçut le portail, et, dans le même temps, les deux hommes, l'un grand, l'autre petit. Il s'agissait de Chinois, armés de fusils donnés par les Japonais. Les fusils lui barrèrent le passage : « Que veux-tu ? Interdiction de sortir ! »

Les jambes de Yun Mei faiblirent, elle s'appuya au mur écran. Ses yeux, en revanche, étaient brillants de colère : « Écartez-vous, je dois sortir !

— Interdiction de sortir pour quiconque ! dit l'homme de haute taille. Je te préviens, fais-nous bouillir de l'eau et infuser du thé, et apporte quelque chose à manger s'il y en a. Allez, rentre, et vite ! »

Yun Mei se mit à trembler de tout son corps, elle avait vraiment envie d'en découdre avec eux. Mais à elle seule elle ne pouvait rien contre deux fusils. Et surtout, malgré son âge, il ne lui était jamais venu à l'idée de se battre avec qui que ce fût. Elle ne pouvait rien faire mais elle ne se résignait pas à se retirer. Tout en sachant fort bien que cela ne servirait à rien, elle ne put s'empêcher de demander :

« Au nom de quoi arrêtez-vous mon mari ? C'est l'homme le plus honnête qui soit ! »

Le plus trapu des deux hommes prit alors la parole : « Inutile de gaspiller ta salive, ce sont les Japonais qui le voulaient, nous on n'est pas au courant. Cours faire chauffer de l'eau !

— Et vous, vous êtes des Chinois, oui ou non ? » demanda Yun Mei, les sourcils froncés.

L'homme le plus trapu s'emporta : « Tiens-le-toi pour dit, nous sommes polis avec toi, tu devrais savoir où est ton intérêt ! Allez, rentre chez toi ! » Il rapprocha un peu plus son fusil de Yun Mei.

Elle recula. Que pouvaient ses paroles contre leurs fusils ? Après avoir fait deux pas en arrière, elle se retourna brusquement et courut à petits pas vers la chambre exposée au sud. Sa première idée avait été de ne pas alarmer sa belle-mère, mais elle y était contrainte. Puisqu'elle ne pouvait pas franchir le portail, il lui fallait prendre conseil auprès d'elle.

Quand elle l'eut réveillée, elle regretta tout de suite son geste. L'affaire était très simple, mais elle ne savait pas par où commencer. Sa belle-mère était malade, elle ne devait pas l'effrayer pour un rien. Mais, d'un autre côté, il y avait urgence, et elle ne pouvait pas tourner autour du pot. Une fois entrée dans la pièce, elle resta clouée sur place.

Il faisait grand jour déjà, mais la chambre sud était toujours aussi sombre. Mme Tianyou ne parvenait pas à distinguer le visage de Yun Mei, mais instinctivement elle avait senti que quelque chose n'allait pas. « Qu'y a-t-il, mère de Petit Shunr ? »

Les larmes que Yun Mei contenait depuis trop longtemps se mirent à couler, mais elle parvint à retenir ses sanglots.

« Que se passe-t-il, mais enfin que se passe-t-il ? demanda par deux fois Mme Tianyou.

— Ruixuan, dit Yun Mei sans réfléchir davantage, Ruixuan a été arrêté ! »

Ce fut comme si des gouttes glacées tombaient sur le dos de Mme Tianyou. Elle frissonna à deux reprises. Mais elle se ressaisit. Elle était la belle-mère et ne pouvait donner le mauvais exemple à sa belle-fille. Et puis ses cinquante ans de vie s'étaient écoulés au milieu de la guerre et des privations. Elle savait recourir à la raison et au calcul pour contrôler ses émotions. Elle s'appuya avec force contre une table et demanda : « Comment cela s'est-il passé ? »

Yun Mei lui rapporta toute l'affaire. Elle le fit vite, mais avec clarté et en détail.

Mme Tianyou d'un regard avait perçu que c'était la fin. Sans Ruixuan, toute la famille périrait. Toutefois, elle garda ses réflexions pour elle. En retenant des paroles trop sombres, elle apporterait quelque réconfort à sa belle-fille. Elle était frappée de stupeur, il lui fallait prendre une décision. Une décision, qu'elle soit bonne ou mauvaise, vaut toujours mieux que des sanglots ou des paroles superflues. « Mère de Petit Shunr, il faut trouver un moyen pour faire tomber un pan de mur, informer les gens du n° 6 et leur demander de porter une lettre à l'ambassade. » La solution trouvée par la vieille dame n'était pas son œuvre à elle, elle la tenait du vieux Qi. Autrefois, en cas de mutinerie de soldats ou de guerre grave, le vieil homme enfonçait un pan de mur afin de faire circuler les informations entre les occupants des deux cours, et de permettre les échanges d'idées sur la solution à adopter. Cela n'empêchait peut-être pas les calamités de s'abattre, mais, sur le plan psychologique, l'effet était bénéfique, l'union faisant la force, l'on avait moins peur.

Sans réfléchir davantage, Yun Mei sortit comme une flèche et alla dans la cuisine chercher un outil pour faire une brèche dans le mur. Elle ne s'était pas posé la question de savoir si percer le mur était dans ses capacités, ni à quoi servirait cette brèche. Elle sentait que c'était une solution et était sûre d'avoir la force nécessaire pour le faire. Puisqu'il s'agissait de la vie de son mari, elle était persuadée qu'elle pourrait percer une montagne.

C'est le moment que choisit le vieux Qi pour se lever. Armé du balai, il s'apprêtait à aller balayer l'entrée sur la rue. C'était son exercice quotidien. Quand il était de bonne humeur, il balayait devant chez lui et devant le n° 6. Il balayait ainsi jusqu'aux racines des sophoras, alors il frappait des pieds, s'étirait, puis balayait la cour. S'il n'était pas de bonne humeur, il se contentait de balayer les marches devant le portail, puis la cour. Quelle que fût son humeur, il ne balayait jamais devant le n° 3, il méprisait les Guan. Faire ainsi de l'exercice lui paraissait une garantie — avec l'âge il faut se bouger davantage, et il se sentait à l'abri des éruptions et des ulcères. Il voulait aussi tenir le balai pour faire comprendre à ses descendants ce que voulait dire fonder une famille sur l'économie et la diligence.

Ni Mme Tianyou ni Yun Mei ne s'étaient aperçues que le grand-père était sorti.

À peine le vieil homme eut-il tourné au mur écran qu'il aperçut les deux hommes. Il leur adressa aussitôt la parole. Il s'agissait de sa cour, il avait le droit de s'en prendre à quiconque y faisait irruption. « Que voulez-vous, vous deux ? » Il avait parlé d'une voix assez forte, pour bien montrer son autorité. Mais le ton se voulait aussi relativement accommodant, pour ne pas froisser les deux autres, et même s'il avait eu affaire à des brigands, il n'aurait pas voulu les offenser. Quand il aperçut leurs fusils, il décida de ne pas s'affoler, ni de se montrer trop intransigeant. Plus de soixante-dix ans d'expérience de périodes de troubles lui avait appris la pondération, à être comme du caoutchouc, résistant sous la mollesse apparente. « Eh bien, que voulez-vous ? Seriez-vous en manque d'argent tous les deux ? C'est que nous ne sommes pas riches ici !

— Rentre, et dis à tous là-dedans qu'il est interdit de sortir ! répondit le plus grand des deux hommes.

— Comment ça ? » Le vieil homme n'osait toujours pas se fâcher, toutefois, il plissa les yeux. « Je suis ici chez moi !

— Quel casse-pieds ! Si ce n'était par égard pour ton grand âge, je t'aurais déjà fait goûter à la crosse de mon fusil ! » dit le plus trapu des deux, qui avait visiblement plus mauvais caractère que l'autre.

Sans attendre la réponse du vieil homme, le plus grand intervint : « Allons, rentre, ne cherche pas les ennuis. Le dénommé Ruixuan, c'est ton fils ou ton petit-fils ?

— Le plus âgé de mes petits-fils, dit le vieil homme non sans satisfaction.

— Les Japonais l'ont arrêté. Nous avons reçu l'ordre de rester là à monter la garde et de vous empêcher de sortir. C'est bien clair ? »

Le balai lui en tomba des mains. Le sang du vieil homme se retira soudain de son visage sous le coup de la colère et de la peur, il blêmit. « Pourquoi l'avoir arrêté, il n'a rien à se reprocher !

— Trêve de balivernes, rentre ! » Le plus trapu des deux hommes approcha son fusil du vieil homme.

Ce dernier ne songeait pas à s'emparer du fusil, mais il fit pourtant un pas en avant. Il venait d'une famille pauvre, et, malgré son âge, il avait encore de la force ; bien qu'il ne pensât pas à se battre, toutes ses forces étaient aiguillonnées par la colère. Il s'avança vers la gueule du fusil. « Je suis ici chez moi et si je veux sortir je sortirai. Qu'est-ce que vous allez faire ? Ouvrir le feu ? le ne m'écarterai pas d'un pouce ! En quel honneur ont-ils arrêté mon petit-fils ? » En fait le vieil homme avait eu vraiment l'intention de supplier les deux hommes, mais sous le coup de la colère, sa bouche ne répondait plus aux injonctions de son cerveau. Les paroles filaient, irréfléchies, incohérentes. Il lança, au mépris de sa vie : « Arrêter mon petit-fils, c'est impossible ! Les Japonais l'ont arrêté, et vous, vous faites quoi ? Vous comptez me faire peur avec vos diables japonais ? J'en ai vu, moi, des diables. Écartez-vous ! Je m'en vais chercher les diables. Je n'ai que faire de la vie ! » Cela dit, il ouvrit sa petite veste, montra sa poitrine maigre et dure. « Fusillez-moi, allez-y ! » De ses mains tremblantes de colère, il se frappait avec force la poitrine.

« Si tu cries, je fais feu pour de bon ! dit l'homme trapu en grinçant des dents.

— Fais, fais donc, vise là ! » Le vieux Qi pointa son doigt tremblant sur sa poitrine. Ses petits yeux ne faisaient plus qu'une fente, il bombait le torse, la barbe blanche sur ses joues frissonnait avec force.

Mme Tianyou arriva la première. Yun Mei, qui n'était pas encore parvenue à ôter une brique du mur, arriva à son tour en courant. Les deux femmes empoignèrent l'une et l'autre le vieil homme par les épaules avant de l'entraîner au milieu de la cour. Le vieil homme faisait des bonds, proférait des injures. Il avait oublié toute politesse, toute sérénité car ces deux qualités ne lui avaient apporté ni la tranquillité ni le bonheur.

Les deux femmes, tout en le suppliant, tirèrent le vieil homme jusque dans sa chambre. Il ne soufflait mot, ne faisait plus que trembler.

« Grand-père, dit Mme Tianyou à voix basse, laissez votre colère pour l'instant, il nous faut prendre une décision pour aller au secours de Ruixuan ! »

Le vieil homme prit plusieurs inspirations et fixa ses petits yeux sur sa belle-fille et la femme de son petit-fils. Il avait les yeux secs et brillants. La pâleur de son visage avait cédé la place à une légère rougeur. Après avoir regardé les deux femmes, il ferma les yeux. Mais oui, il avait fait montre de courage, à présent il fallait prendre une décision. Il savait qu'il nc dcvait pas attendre des deux femmes une idée extraordinaire. Il avait toujours pensé que les femmes n'avaient guère l'esprit inventif. Déjà il avait une solution : « Il faut prévenir Tianyou ! »

Par pure habitude Yun Mei esquissa un sourire : « Mais, grand-père, nous ne pouvons pas sortir dans la rue ! »

Le vieil homme en fut tout affligé, il baissa la tête. Il avait toujours su se tenir comme il fallait, sans s'attirer d'ennuis. Ses descendants étaient eux aussi des hommes honnêtes qui n'avaient jamais osé commettre de méfaits. Mais voilà, toute la famille était bouclée dans la cour par les fusils. Il avait pensé que, malgré la cruauté des Japonais, il ne serait jamais leur victime. Mais son troisième petit-fils avait fui, le plus âgé de ses petits-fils était arrêté, et il y avait de plus ces deux fusils qui barraient le portail. Dans quel monde vivait-on ? Son idéal, les efforts et l'ambition de toute une vie étaient anéantis. Il était prisonnier dans sa propre maison. Il fit rapidement un examen critique de tout ce qu'il avait fait dans sa vie entière sans rien trouver à se reprocher. Et cependant, il lui fallait à présent se faire des reproches, il devait avoir commis de nombreuses fautes, sinon comment en serait-il arrivé à voir sa famille ruinée, dispersée ?

Sa plus grande faute avait été peut-être de n'avoir pas compris de quelle farine étaient faits les Japonais. Il pensait qu'en agissant le plus conformément possible à la raison, en évitant de s'attirer ennuis et malheurs, les Japonais le laisseraient jouir de la félicité de voir quatre générations habiter sous le même toit. Il s'était trompé ! Japonais et Chinois étaient ennemis, comme l'eau et le feu ! Cette prise de conscience lui laissa à penser qu'il avait vécu pour rien pendant plus de soixante-dix ans. Il n'osait plus avoir confiance en lui-même. Sa pauvre vie était entre les mains des Japonais, telle une bestiole dans la main d'un enfant !

Il n'osait plus se caresser la barbe. Elle n'était plus déjà le symbole de l'expérience et de la sagesse, mais celui de la décrépitude. Après avoir poussé quelques gémissements, il s'allongea sur le kang. « Allez, je n'ai pas d'idée ! »

Les deux femmes restèrent interloquées, puis sortirent lentement.

« Je retourne creuser le mur ! » dit Yun Mei dont les grands yeux brillants ne savaient plus où regarder. Un feu intérieur la dévorait, mais elle devait l'étouffer pour alléger l'inquiétude de ses vieux parents.

« Attends ! » Le feu intérieur qui brûlait Mme Tianyou ne le cédait en rien à celui qui habitait sa belle-fille. Mais elle se devait d'être calme pour ne pas trop affoler la jeune femme. Déjà elle en avait oublié sa maladie, si un malheur arrivait à son fils aîné, elle en mourrait et la mort était plus terrible que la maladie. « Je vais supplier ces deux hommes, qu'ils me laissent sortir porter une lettre.

— Cela ne servira à rien. Ils sont sourds aux suppliques ! dit Yun Mei en se tordant les mains.

— Mais ne sont-ils pas chinois ? Et ne peuvent-ils donc pas nous rendre ce petit service ? »

Yun Mei ne répondit rien, se contentant de hocher la tête.

Le soleil fit son apparition. Il y avait de légers nuages dans le ciel mais ils ne parvenaient pas à occulter les rayons du soleil. Ceux-ci perçaient les nuages et ornaient çà et là le ciel de couleurs chamarrées. Les deux femmes regardèrent le ciel, à la vue de ces nuages colorés, elles eurent l'impression de vivre un rêve.

Yun Mei, n'y pouvant mais, retourna au fond de la cuisine, s'empara d'un tisonnier. Elle n'osait pas creuser trop fort de crainte d'être entendue par les deux tireurs. Mais, ainsi, elle ne parvenait pas à desceller une seule brique. Elle transpirait. Tout en creusant le mur elle appelait doucement : « Monsieur Wen ! Monsieur Wen ! » C'était l'endroit le plus proche de la maison de Petit Wen. Elle espérait que ce dernier entendrait son faible appel. Hélas ! Sa voix était trop ténue. Elle s'arrêta d'appeler tandis que ses mains redoublaient d'énergie. Il lui fallut un bon moment avant de déplacer une brique. Elle poussa un soupir, puis fut figée sur place en entendant la petite Niuzi l'appeler. Elle courut à la hâte jusqu'à sa chambre. Il lui fallait recommander à la petite de ne pas se sauver du côté du portail.

La petite Niuzi n'était pas encore très raisonnable, mais à la mine et aux façons de sa mère, elle devina que quelque chose n'allait pas. Elle n'osa pas se montrer indiscrète et demander des détails, elle se contenta de suivre sa mère du regard. Quand sa mère l'eut habillée, elle n'osa plus la quitter d'une semelle, elle était l'enfant des Qi, elle connaissait la peur.

Maman alla allumer le feu dans la cuisine, Niuzi l'aida en lui tendant les allumettes et en allant lui chercher du petit bois. Elle voulait montrer par là combien elle était sage, évitant de mettre sa mère en colère. En agissant ainsi, elle avait un peu moins peur.

Mme Tianyou était restée seule, debout au milieu de la cour. Son regard demeurait fixé sur les grenadiers en pots qui avaient déjà perdu leurs feuilles. Mais elle ne voyait rien en particulier. Son cœur battait à toute allure. Elle avait une violente envie d'aller s'étendre un peu mais elle résistait de toutes ses forces. Non, elle ne pouvait pas continuer à s'occuper de sa maladie. Il lui fallait absolument trouver tout de suite une solution pour sauver son fils aîné. Soudain ses yeux s'illuminèrent. Elle faillit alors s'évanouir. Vite elle se mit à croupetons. Elle avait eu une bonne inspiration et cet effort intellectuel lui avait donné des éblouissements. Après être restée un petit moment à croupetons, son excitation peu à peu se calma, elle se remit debout en faisant très attention. Une fois debout, elle se rendit à toute vitesse dans la chambre exposée au sud. Dans le coffret de sa dot elle avait cinquante à soixante yuan en monnaie d'argent, rien que des « effigies ». Elle ouvrit doucement le coffret, trouva au fond un vieux bas en coton blanc. Elle le souleva à deux mains pour ne pas faire tinter les pièces. Elle plongea sa main dans le bas, toucha les pièces d'argent dures et froides. Son cœur se mit de nouveau à battre plus vite. C'était « son argent à elle ». Dès que son mal s'aggravait, elle repensait à cet argent. Cela lui mettait du baume au cœur lorsqu'elle évoquait sa mort. Cet argent était pour elle l'assurance d'un bon cercueil et, pour ses fils, un souci en moins. Aujourd'hui, elle avait pris la décision de l'affecter à un tout autre usage, peu importe si à sa mort il y aurait de quoi lui acheter un cercueil ou non. Il lui fallait avant tout sauver son fils aîné, Ruixuan. Si ce dernier venait à mourir en prison, la famille entière serait réduite à néant, elle ne pouvait pas se montrer égoïste au point de ne pas vouloir toucher à ce « capital funéraire ». Doucement, elle sortit les pièces une à une. Chaque pièce brillait. Sur chacune il y avait l'effigie du gros Yuan Shikai. Elle n'avait jamais jugé Yuan Shikai. Sur les pièces il était si corpulent, si imposant que, les autres avaient beau le critiquer, il restait pour elle l'incarnation du dieu de la richesse. Mais à présent elle n'avait plus le loisir de songer à tout cela, elle se disait qu'avec cet argent elle allait pouvoir acheter la vie de Ruixuan.

Elle ne prit que vingt yuan. Elle méprisait ces tireurs qui travaillaient pour les Japonais et profitaient de la puissance de ces derniers pour effrayer les pauvres gens. Vingt yuan, dix chacun, cela suffirait pour les soudoyer. Elle rangea le restant. Elle enveloppa les vingt yuan dans un mouchoir qu'elle mit dans sa poche, puis elle sortit doucement de la pièce. Arrivée sous le jujubier, elle s'arrêta. Cela n'allait pas ! Si ces deux hommes étaient consentants pour aider les Japonais à faire le mal, ce n'étaient sûrement pas des hommes bons. Si en leur donnant de l'argent, à l'inverse, elle allait provoquer leur méchanceté ? Ils avaient des fusils ! Puisqu'ils acceptaient d'arrêter les gens sans motif valable, qui sait si la vue de l'argent n'allait pas leur donner de mauvaises idées ? Le monde avait vraiment changé si, même pour un pot-de-vin, il fallait se montrer prudent !

Elle resta ainsi debout longtemps sans parvenir à se décider. Elle souffrait d'anémie, transpirait peu, mais à présent ses paumes étaient moites. Pour sauver son fils elle devait braver le danger, mais si elle le faisait pour rien, s'attirant plus d'ennuis encore sans y gagner au change ? Elle était inquiète mais elle ne voulait pas que son inquiétude l'amenât à foncer de l'avant, telle une mouche décapitée.

Alors qu'elle restait là, prise entre deux feux, elle entendit un bruyant coup de klaxon. C'était le cadet, Ruifeng. Ruifeng avait un pousse loué, chaque fois qu'il venait, même si le portail était ouvert, il lui fallait donner un ou deux coups de klaxon pour exprimer son statut social et sa puissance. Mme Tianyou fit rapidement deux pas en avant. Deux seulement, elle n'avança pas plus loin. Il lui fallait laisser le cadet déployer ses talents, ne pas tout gâcher par son excès de zèle. Elle était une femme de la famille Qi, elle savait comment doit se comporter une femme — laisser aux hommes ce qu'ils pouvaient faire, ne pas tout emmêler par manque de tact.

Yun Mei aussi avait entendu le klaxon. Elle était accourue à la hâte. À la vue de sa belle-mère elle ralentit le pas. Ses grands yeux brillèrent, mais elle baissa la voix et dit tout bas à l'oreille de celle-ci : « Le cadet ! »

La vieille dame fit oui avec la tête, un sourire se dessina au coin de sa bouche.

Les deux femmes n'osaient pas parler, mais cela leur mit un peu de baume au cœur. Même si, en temps ordinaire, la conduite du cadet à leur égard n'était pas ce qu'elle aurait dû être, si aujourd'hui il pouvait faire quelque chose pour Ruixuan, elles lui pardonneraient son attitude. Leurs yeux brillèrent, pour elles l'aide du cadet était assurée, il s'agissait de son propre frère.

Yun Mei s'avança doucement, sa belle-mère la retint. Elle dit d'une voix forte : « Je vais jeter un œil, sans sortir ! » Sur ces mots, elle risqua un regard à l'extérieur par-delà le côté du mur écran.

Les deux hommes regardaient vers l'extérieur. Le plus trapu des deux ouvrit le portail.

Le petit visage sec de Ruifeng était dans le soleil, son front et son nez brillaient, ses yeux aussi, l'esquisse d'un sourire dessinait des rides sur ses joues. Il avait l'air aussi satisfait que s'il venait tout juste de prendre le meilleur des petits déjeuners. Vêtu d'un uniforme en serge bleu marine, il tenait son chapeau à la main droite. Sur la poitrine il arborait l'insigne du Bureau de l'éducation. Comme il allait franchir le seuil de la porte, il toucha l'insigne de la main gauche et, du coup, bomba le torse. Il exultait. Il était chef de section du Bureau de l'éducation et aujourd'hui il exultait d'autant plus qu'il allait rencontrer, en tant que chef de section de ce même bureau, deux émissaires de l'empereur du Japon.

Après la chute de Wuhan, l'importance de la Chine du Nord s'était encore accrue. Les Japonais pouvaient abandonner Wuhan, et même Nankin, jamais ils ne lâcheraient la Chine du Nord. Mais le gouvernement de cette région, nous l'avons déjà dit, n'exerçait guère de pouvoir réel et, en apparence, n'avait ni l'honorabilité ni le poids de celui de Nankin. C'est la raison pour laquelle l'empereur du Japon avait envoyé deux émissaires pour regonfler le moral des traîtres à la nation chinoise et dans le même temps pour se rendre compte si le nord de la Chine était aussi calme que voulaient bien le dire militaires et politiciens. Aujourd'hui ces deux émissaires allaient rencontrer au Huairentang des fonctionnaires possédant au moins le titre de chef de section de chaque organe pour leur faire part de la « bonne volonté » de l'empereur.

L'heure de l'entrevue avait été fixée à neuf heures du matin. Ruifeng avait mal dormi la seconde moitié de la nuit. Il s'était donc levé à un peu plus de cinq heures. Il s'était lavé et peigné avec soin, puis avait enfilé son nouvel uniforme qui, après avoir été rectifié cinq fois, était impeccable. Au moment de sortir il avait réveillé la grassouillette Chrysanthème en la poussant : « Regarde, tout est correct au moins ? À mon avis les manches sont encore un peu longues d'un centimètre. » Chrysanthème ne lui avait pas prêté attention, elle s'était retournée et rendormie. Il avait ri, comme ça, pour lui : « C'est que je suis le premier après l'entrée des troupes amies dans la ville à oser porter un uniforme. Il faut tout de même un peu de courage ! Qui aurait dit qu'aujourd'hui je pourrais porter un tel uniforme pour la rencontre avec les émissaires de l'empereur ? Ruifeng, tu es un petit malin, oui, un petit malin ! »

Il était tôt, il restait encore plus de deux heures avant la rencontre. Il eut envie de se rendre chez lui pour se montrer dans son uniforme et aussi pour faire savoir à tous qu'il allait rencontrer les émissaires — c'était un peu comme une audience à la cour, Messieurs !

Au moment de monter dans le pousse, il demanda à Petit Cui de l'astiquer encore. Une fois dedans il se cala contre le caisson, redressa le cou, le fume-cigarette en faux ivoire à la bouche. La brise lui rafraîchissait le visage, le soleil naissant éclairait son vêtement et son insigne. Il regardait tout autour de lui, très satisfait. Il faillit rire à plusieurs reprises, mais se contrôla, laissant au rire pour s'exprimer l'espace entre le nez et la bouche. Quand il rencontrait une connaissance, son cou s'allongeait beaucoup pour attirer l'attention de l'autre, puis sa bouche se relevait et tout son visage se plissait de joie, on aurait dit une noix qu'on vient de casser. Dans le même temps, il avait posé une main sur le poing de l'autre main, près de sa joue gauche, sur l'épaule gauche. Le véhicule était déjà loin qu'il gardait encore cette pose cérémonieuse, pour montrer qu'il était haut placé dans l'échelle sociale, était bien élevé. Il venait à peine de quitter sa pose, que déjà son pied appuyait sur le klaxon, sans s'occuper de savoir si c'était vraiment nécessaire. Il était satisfait, on aurait dit que la vaste ville de Peiping lui appartenait entièrement.

Le portail familial s'ouvrit. Il aperçut l'homme trapu, resta interloqué. Le sourire qui rayonnait sur son visage s'effaça immédiatement, il avait flairé le danger. Il n'était pas très courageux.

« Entre ! » ordonna l'homme trapu.

Ruifeng n'osa pas bouger.

Le plus grand des deux hommes s'approcha. Ruifeng, qui avait récemment fréquenté pas mal d'espions, le connaissait. Tel un petit enfant à qui la vue d'un visage familier fait oublier la peur, il retrouva son sourire : « Oh, mais c'est ce bon vieux Meng ! » Meng se contenta de hocher la tête.

L'homme trapu tira Ruifeng vers l'intérieur. Ruifeng gardait le visage tourné vers Meng : « Que se passe-t-il donc, mon vieux Meng ?

— Arrestation ! dit Meng en prenant un air sévère.

— De qui s'agit-il ? » Ruifeng avait pâli un peu.

« De ton frère aîné, probablement ! »

Ruifeng en fut tout bouleversé. Son frère, toujours son frère ! Mais en réfléchissant il se dit que son frère après tout n'était pas lui. Il fit un pas en arrière, se passa la langue sur les lèvres et dit avec un rire forcé : « Oh, c'est que mon frère et moi nous ne vivons pas ensemble, chacun mène sa vie comme il l'entend. Je suis venu pour voir mon grand-père.

— Entre ! » L'homme trapu lui montra la cour du doigt.

Ruifeng roula des yeux : « Je crois que je ferais mieux de ne pas entrer ! »

L'homme trapu attrapa Ruifeng par le poignet. « Tu vas entrer et interdiction de ressortir, j'ai des ordres ! » Et c'était vrai. Le devoir de Meng et de l'homme trapu était de garder le portail et d'arrêter quiconque voulait entrer.

« On ne peut agir comme ça, non, vieux Meng ! » Ruifeng faisait exprès d'éviter l'homme trapu. « Je suis chef de section au Bureau de l'éducation ! » Comme il avait une main prise par son chapeau tandis que l'autre était retenue par l'homme trapu, de son menton il désigna l'insigne sur sa poitrine.

« Peu nous importe qui tu es ! Nous, on ne connaît que les ordres ! » L'homme trapu resserra son étreinte, Ruifeng ressentit une légère douleur au poignet.

« Mais moi je fais exception ! » Ruifeng s'obstinait un peu. « Je vais rencontrer les émissaires envoyés par le Mikado. Si vous ne me relâchez pas, je vous prierai d'aller m'excuser. » Puis tout de suite il se montra plus souple : « Vieux Meng, à quoi bon tout cela, ne sommes-nous pas amis ? »

Meng toussota par deux fois. « Chef de section Qi, c'est que cela nous met dans l'embarras. Vous êtes en service et nous aussi. Les ordres que nous avons sont les suivants : arrêter toute personne qui entre. C'est la nouvelle procédure d'arrestation. Si nous vous relâchons, nous perdons notre emploi ! »

Ruifeng mit son chapeau sur sa tête et étendit sa main vers sa poche. À sa grande honte il ne trouva que deux yuan. Il devait donner tout ce qu'il touchait à la grassouillette Chrysanthème et lui demander chaque jour son argent de poche. Quand sa main sentit les deux billets, il n'osa pas les produire. Il dit avec un rire contrefait : « Vieux Meng, je dois absolument me rendre au Huairentang ! On fait comme ça : je vous invite un jour tous les deux à un gueuleton. Allez, on est tous de la même famille ! » Il se tourna vers l'homme trapu. « Comment vous appelez-vous, l'ami ?

— Guo. Aucune importance ! »

Yun Mei continuait de trembler de tout son corps. Mme Tianyou s'était approchée depuis longtemps, elle avait pris la main de sa belle-fille et avait entendu le dialogue qui avait mis cette dernière dans cet état. Soudain elle lâcha la main de Yun Mei, franchit le mur écran :

« Man ! » Ruifeng ne dit que cette syllabe, reconnaître qu'il était frère utérin avec Ruixuan nuirait déjà à sa remise en liberté.

La vieille dame regarda son fils, regarda les deux hommes, puis avala sa salive. Lentement elle sortit le mouchoir qui contenait les vingt pièces d'argent. Elle défit doucement le mouchoir, laissant voir les pièces d'une blancheur éblouissante. Six yeux regardaient fixement ces pièces blanches et brillantes, qui ne circulaient plus depuis longtemps, comme si elles étaient apparues par un tour de magie. Le menton de Guo le trapu s'affaissa, il était redoutable, la vue de l'argent excitait particulièrement sa convoitise.

« Prenez et lâchez-le ! » La vieille dame posa les pièces aux pieds des deux hommes. Elle ne voulait pas s'abaisser jusqu'à leur remettre l'argent dans la main.

L'homme trapu relâcha Ruifeng et s'empressa de ramasser l'argent. Meng prit une inspiration, adressa un sourire à la vieille dame et ramassa l'argent à son tour. L'homme trapu choisit une pièce, souffla dessus, la porta à son oreille pour écouter le bruit. Il rit lui aussi : « Cela faisait des années qu'on n'en voyait plus. C'est de la belle marchandise ! »

Ruifeng ouvrit la bouche et sortit en courant.

Mme Tianyou, son mouchoir vide à la main, revint sur ses pas. En contournant le mur écran, elle se retrouva face à sa belle-fille. Les larmes qui emplissaient les yeux de Yun Mei n'arrivaient pas à masquer sa colère. Pendant toutes ces années passées chez les Qi, elle n'avait jamais eu d'accès d'humeur contre sa belle-mère. Aujourd'hui, elle ne parvenait plus à se résigner. Sa bouche si vive ne savait plus parler, elle se contentait de fixer la vieille femme avec colère.

Celle-ci prit appui sur le mur et murmura : « C'est un mauvais sujet, mais c'est mon fils aussi ! »

Yun Mei se laissa tomber assise par terre et se mit à pleurer tout bas, le visage dans ses mains.

Ruifeng sortit en courant, avec l'intention de monter vite dans le véhicule et de prendre la fuite. Plus il y repensait, plus il avait peur, il se mit à trembler. Le pousse de Petit Cui, comme à l'accoutumée, était placé sous le sophora de gauche. Quand Ruifeng fut arrivé devant la porte du n° 3, il s'arrêta. Il avait très envie de raconter à une connaissance la frayeur qu'il avait eue et le risque qu'il avait encouru. Il avait complètement oublié son frère aîné, Ruixuan, trouvant que ce qu'il venait de vivre méritait d'être raconté, et même de donner matière à un roman. Il pensait qu'il lui suffirait d'entrer chez les Guan et de pouvoir se soulager par quelques rires et plaisanteries pour trouver calme et réconfort. Peu importait que Ruixuan fût ou non en prison, lui devait entrer au paradis — et, pour lui, la maison des Guan était le paradis.

D'ordinaire on ne se levait pas si tôt chez les Guan. Ce jour-là, la « grosse courge rouge » allait elle aussi au Huairentang, aussi toute la maisonnée était-elle debout. La « grosse courge rouge » était heureuse et satisfaite. Mais elle aurait trouvé inconvenant de manifester quoi que ce fût au-dehors. Elle passa une heure à se peindre les sourcils, à se poudrer et à se farder les lèvres, toutefois le résultat ne lui plaisait pas. Tout en s'arrangeant, elle pestait contre la mauvaise qualité de la poudre, du rouge à lèvres. Quand elle en eut fini avec la tête, le choix des vêtements l'agaça. Comment faire ? Aujourd'hui elle allait rencontrer les émissaires et elle se devait d'être merveilleusement parée, sans la moindre négligence, fût-ce un bouton. Elle avait ouvert en grand sa malle et étalé ses vêtements sur le lit et le divan. Elle en revêtait un puis le retirait, se changeait et se rechangeait sans jamais être satisfaite. « Si les émissaires pouvaient me donner des ordres quant aux vêtements, comme cela simplifierait les choses ! » ne cessait-elle de répéter tout en se regardant dans la glace.

« Tiens-toi droite, je prends un peu de recul pour voir l'effet ! » Xiaohe se dirigea vers l'autre extrémité de la pièce. Il pencha la tête à gauche, dirigea son regard vers la droite, la détaillant de pied en cap. « Je crois qu'on y est, fais deux pas pour voir !

— Merde avec tes conneries ! dit la "grosse courge rouge", partagée entre le rire et l'irritation.

— Oh, oh, des paroles blessantes ! Ce n'est pas bien ! dit Xiaohe en riant. Aujourd'hui nous ne nous risquerons pas à te provoquer, ma grande, alors que les émissaires vont te recevoir en audience. C'est parfait, parfait ! » Xiaohe se réjouissait du fond du cœur. « À dire vrai, c'est sans précédent, c'est un exploit sans précédent, et si j'en avais ma part, hum, j'en tremblerais depuis longtemps. Chef de centre, bravo ! Vous êtes tellement maître de vous ! Ne changez plus de tenue, même moi j'en ai les yeux qui papillotent. »

C'est alors que Ruifeng entra. Il était encore tout pâle, mais en entendant parler les Guan, il se sentait déjà un peu apaisé.

« Oh ! Regardez-moi ce nouvel uniforme ! s'écria Xiaohe à la vue de Ruifeng. Pour les hommes, s'habiller est plus facile. Vous voyez, un simple uniforme et voilà Ruifeng rajeuni de dix ans ! » Il ressentait une douleur sourde : sa femme et Ruifeng allaient rencontrer les émissaires et il ne serait pas de la partie ! Malgré cela, il s'intéressait à la toilette de sa femme et au nouvel uniforme de Ruifeng. Tout comme Ruifeng, il ne regardait jamais le bon ni le mauvais côté des choses, s'attachant à leur impact, pour peu qu'il y eût de l'animation, il était content.

« C'est épouvantable ! » dit Ruifeng en donnant exprès dans le sensationnel. Après avoir prononcé ces mots, il se laissa choir d'un coup sur le canapé. Il avait besoin d'être réconforté, et, par là même, oubliait que son grand-père, sa mère et sa belle-sœur éprouvaient le même besoin.

« Que se passe-t-il ? demanda la "grosse courge rouge" en détaillant l'uniforme de Ruifeng.

— C'est épouvantable ! Je savais que cela devait arriver tôt ou tard. Ruixuan, Ruixuan… exprès il visait à l'effet.

— Qu'est-il arrivé à Ruixuan ? demanda Xiaohe avec insistance.

— Il est tombé !

— Comment ?

— Tombé, arrêté !

— Vraiment ? » Xiaohe en prit une inspiration.

« Comment ça, arrêté ? demanda la "grosse courge rouge".

— C'est un désastre total ! » Ruifeng ne voulait pas répondre directement, et ne pensait qu'à s'afficher. « C'est que j'ai bien failli être arrêté moi aussi ! Sapristi, sans mon uniforme, cet insigne et cette rencontre avec les émissaires dont je les ai informés, je suis sûr qu'on m'aurait arrêté moi aussi ! Vraiment ! Ce n'est pas manque de l'avoir répété à mon aîné, il ne me croyait pas, vous voyez, n'est-il pas dans de beaux draps ? Je lui ai dit de se montrer conciliant avec les Japonais, mais il est têtu comme une mule. Cette fois, il est content, il a été arrêté, et il y a deux nouveaux dieux gardiens de la porte[1] ! » Après avoir laissé libre cours à ces paroles, Ruifeng se sentit mieux, son visage peu à peu retrouvait des couleurs.

« Voilà qui est bien dit, oui ! dit Xiaohe en opinant du bonnet et en faisant claquer sa langue. Inutile de dire que Ruixuan pensait certainement, comptant sur le prestige de l'ambassade de Grande-Bretagne, qu'il ne lui arriverait rien. Ce qu'il ne savait pas, c'est que Peiping est japonaise, et qu'Anglais et Américains n'ont guère de poids. » Après cette critique de Ruixuan il hocha la tête à l'intention de la « grosse courge rouge », pour lui donner à entendre que seule sa façon à elle de voir les choses était ingénieuse.

La « grosse courge rouge » n'ajouta rien. Elle n'éprouvait aucune sympathie pour Ruixuan et méprisait même un peu Ruifeng car il dramatisait les choses et manquait de virilité. Elle mit la chose de côté pour demander à Ruifeng : « Tu y vas avec ton propre pousse ? Alors tu devrais t'activer ! »

Ruifeng se leva immédiatement. « Oui, j'y vais d'abord. Vous avez loué une voiture, Chef de centre ? »

La « grosse courge rouge » opina du bonnet : « Oui, j'ai réservé une voiture pour la matinée. »

Ruifeng sortit. Il monta dans le pousse. Il avait ressenti quelque chose d'inhabituel. À l'instant, la « grosse courge rouge » avait fait preuve d'une grande froideur à son égard. Elle ne lui avait prodigué aucune parole de consolation, bien au contraire, elle l'avait pressé de partir, quelle

1. Allusion aux esprits gardiens des portes (dont on colle les images sur les portes au Nouvel An).

froideur ! Oh, c'était donc ça ! À peine échappé de la maison, il s'était rendu au n° 3. La « grosse courge rouge », craignant sans doute d'être compromise, trouvait qu'il s'était conduit de façon inconsidérée. Oui, ce devait être cela. Ruixuan y allait un peu fort ! Se faire arrêter, passe encore, mais m'amener, moi, son cadet, à me faire mal voir des autres ! À force de ruminer ainsi, il en vint à en vouloir un peu à Ruixuan.

Petit Cui prit soudain la parole, ce qui fit sursauter Ruifeng de peur. « Monsieur, vous êtes allé chez vous, mais vous n'êtes pas entré, pourquoi ? »

Ruifeng n'avait aucune envie d'informer Petit Cui de ce qui s'était passé. Meng et Guo ne devaient guère avoir envie que la chose se sût. Mais c'était plus fort que lui. En bavard qu'il était, il commença par faire ses recommandations à Petit Cui : « Surtout, ne le répète à personne, tu entends ! Ruixuan a été arrêté !

— Hein ? » Petit Cui ralentit l'allure, passant du petit trot à la marche rapide.

« Surtout, ne le répète à personne ! Ruixuan a été arrêté !

— Alors, nous allons à Nanhai ou... Ne faudrait-il pas trouver un moyen de le sauver !

— Le sauver ? Même moi j'ai failli me faire coller un procès par erreur sur le dos ! » dit Ruifeng, sûr de son bon droit.

Le visage de Petit Cui, de rouge qu'il était, vira au violet. Il fit quelques pas, posa le pousse et dit sans ménagement : « Descendez ! »

Ruifeng bien entendu ne voulut rien savoir. « Qu'y a-t-il ?

— Descendez ! dit Petit Cui sur un ton inflexible. Je refuse de me mettre au service de gens de votre espèce ! Il s'agit de votre propre frère, quand même, et comme ça vous vous en lavez les mains ! Vous êtes un être humain, oui ou non ? »

Ruifeng à son tour s'échauffait. Malgré sa lâcheté, il ne supportait pas de se laisser sermonner par un tireur de pousse. Il se contint pourtant. Il lui fallait absolument se rendre en pousse à Nanhai. Tant de gens avaient des voitures, s'il prenait une voiture louée, quelle honte ! Plutôt supporter les médisances de Petit Cui que perdre la face devant Nanhai ! Une voiture réservée, c'était aussi un emblème. Il afficha un sourire : « N'en parlons plus, Petit Cui, quand j'aurai rencontré les émissaires, je trouverai une solution pour Ruixuan, sois-en sûr ! »

Petit Cui hésita un moment. Il avait envie de rentrer tout de suite pour s'offrir à faire des courses pour la famille Qi. Il admirait Ruixuan, il se devait de l'aider, mais il se dit qu'il n'avait pas forcément les capacités suffisantes pour le faire, qu'il valait mieux inciter Ruifeng à faire des démarches. D'autant plus que, après tout, Ruixuan était le frère de Ruifeng. Ce dernier pourrait-il vraiment se comporter en spectateur ? Et puis, si Ruifeng refusait pour de bon de s'occuper de l'affaire, il l'entraînerait dans un endroit écarté et le frapperait tout son content. Il le frapperait, sans s'occuper de savoir s'il frappait un chef de section. Après avoir bien réfléchi à tout cela, il empoigna lentement les brancards du pousse. Il avait pensé insister et poser encore une question, mais le projet de « bastonnade » qu'il avait ébauché rendait peu approprié tout autre effort oratoire.

Tout le long du trajet Ruifeng se tint coi, Petit Cui l'avait mis devant un problème épineux. Il était décidé à ne pas se mêler de ce qui arrivait à Ruixuan, mais voilà, si Petit Cui, ce petit drôle, décidait de ne pas le lâcher, ce serait assez ennuyeux. Il n'osait pas le congédier, il savait que Petit Cui était capable d'en venir aux mains. Il ne trouvait pas de solution, se contentant de s'en prendre à Ruixuan. Avec lui, impossible de connaître la paix en ce monde !

On arrivait à Nanhai. Il oublia ses soucis. Voyez, la police militaire faisait déjà la haie d'honneur de chaque côté de la route, sur trois rangées ! Les rangs de gauche et de droite, sur le bord, avaient la baïonnette mise à leurs fusils, le visage des hommes était tourné vers le centre de la voie. Deux rangées étaient debout dans le passage pour piétons, les hommes tournés du côté de la route. Entre les deux il y avait encore deux rangées de policiers, portant leur fusil à deux mains, le visage tourné vers les boutiques. Les boutiques étaient pavoisées de drapeaux aux cinq couleurs et de drapeaux japonais, les rideaux des devantures étaient baissés. Sur la route, il n'y avait d'autres véhicules que les automobiles, les voitures à cheval et les pousses engagés au mois se rendant à la réunion. Il n'y avait pas de passants. Les tramways ne roulaient pas. Ruifeng jeta un coup d'œil vers le centre de la chaussée puis sur les six rangées de policiers militaires à droite et à gauche. Il frémit intérieurement. Dans le même temps il éprouvait de la fierté. La circulation était interrompue et, pourtant, il pouvait avancer au beau milieu de la route. Ah, la position sociale ! Par chance il s'était bien débrouillé, évitant la défection de Petit Cui en cours de route. Sapristi ! S'il était arrivé dans un vieux pousse, les policiers militaires, c'est sûr, lui auraient barré le chemin ! Il pensa actionner le klaxon, mais ramena vite son pied. L'avenue était si large, si calme, un coup de klaxon soudain ferait peut-être surgir une rangée de fusils. Il écarta son dos des parois du pousse et resta assis droit comme un « i », le cœur contracté d'inquiétude. Petit Cui se sentait nerveux lui aussi, il allait comme le vent, se retournant souvent pour jeter un coup d'œil à Ruifeng. Ce dernier le maudissait intérieurement : « Gredin ! Ne me regarde donc pas ! Tu vas attirer la suspicion sur nous et ce sera une chance si personne n'ouvre le feu ! »

Au carrefour à droite du palais un agent de police de haute taille étendit la main. Petit Cui obliqua. Les pousses devaient s'arrêter derrière le mur ouest de Nanhai. Il y avait là vingt à trente policiers militaires, le fusil à la main, chargés de maintenir l'ordre.

Une fois descendu du véhicule, Ruifeng rencontra deux personnes dont le visage lui était familier, cela le tranquillisa un peu. Il se contenta de leur adresser un signe de tête, s'approcha pour marcher avec eux sans oser toutefois leur adresser la parole. Tout ce déploiement lui avait clos la bouche. Les deux personnes se parlaient à voix basse, il se sentit menacé, mais il eût été inconvenant de sa part de leur barrer le chemin. Cependant, quand il entendit l'une d'entre elles dire : « Cet après-midi il y aura du théâtre, avec tous les acteurs célèbres de la ville ! » son envie de parler fut plus forte que ses craintes, il aimait l'animation, aimait le théâtre. « Il y aura du théâtre ? Nous pourrons y assister ?

— Cela reste à savoir. Est-ce que les chefs de section auront le droit d'y assister ou non, et... » La personne devait sans doute être chef de section, aussi eut-elle un sourire triste.

Ruifeng, sans s'occuper de savoir s'il avait ou non la qualification requise, s'empressa de faire fonctionner sa matière grise : il lui fallait trouver un moyen pour assister au spectacle.

Devant la porte d'honneur de Nanhai, ils furent encerclés par les policiers militaires. Ils furent enregistrés, après vérification des insignes et des papiers, et une fouille corporelle. Ruifeng ne s'était pas senti humilié pour autant, il considérait qu'il s'agissait là de formalités nécessaires, d'autant plus que seules les personnes relevant d'un grade au moins égal à celui de chef de section avaient le « privilège » d'être traitées avec des « égards particuliers ». Tout le reste n'était que balivernes, mais le titre de chef de section, c'était du solide !

Une fois entré, après avoir tourné, il se trouva devant un espace immense et vide, mais il n'avait pas le cœur à admirer la beauté de cet univers de lacs, de collines, de palais. Il ne pensait qu'à une chose : atteindre au plus vite le Huairentang. Peut-être y avait-on disposé une délicieuse collation — en prendre sa part d'abord et on verrait le reste après ! Il se mit à rire.

Au premier coup d'œil il aperçut la « grosse courge rouge », à quelques mètres devant lui. Il voulut se précipiter mais les policiers militaires de chaque côté étaient si nombreux qu'il n'osa pas hâter le pas. Et puis, il était un peu jaloux, la « grosse courge rouge » était venue en automobile, elle était partie après lui et pourtant se retrouvait devant lui. L'automobile, c'est quelque chose ! Un jour il monterait de la classe de ceux qui ont des pousses réservés à celle de ceux qui ont une automobile. Un homme valeureux se doit d'avoir de l'ambition.

Alors qu'il réfléchissait, une musique militaire retentit de la tour surmontant la porte d'honneur. Son cœur fit un bond, les émissaires arrivaient ! Les policiers militaires l'effrayèrent en lui criant de se ranger sur le côté. Très sagement il obéit à l'ordre. Au bout d'un long moment de station debout prolongée la musique militaire s'arrêta, on n'entendait plus un bruit alentour. Il eut peur de ce silence, ses paumes devinrent moites.

Soudain deux coups de feu éclatèrent, tout proches. On aurait dit qu'ils venaient de derrière la porte d'honneur. Puis il y eut de nouveau des coups de feu. Il fut pris de panique, inconsciemment il allait se mettre à courir quand deux baïonnettes se croisèrent devant lui. « Défense de bouger ! »

Dehors la fusillade se poursuivait, son cœur battait la chamade.

Il ne vit pas le Huairentang et fut parqué par les policiers militaires avec beaucoup d'autres personnes, dont la « grosse courge rouge », dans une pièce au sud. Tous portaient leurs plus beaux vêtements, arboraient leur insigne, et voilà que soudain on les enfermait dans une pièce froide et humide, sans thé. S'il n'y avait pas de sièges en quantité suffisante pour s'asseoir, il y avait des policiers militaires et des baïonnettes. Ils ignoraient ce qui s'était passé à l'extérieur, à peine devinaient-ils qu'on avait assassiné les émissaires.

Tout à sa déception, Ruifeng ne s'inquiétait pas pour ces derniers. Plus de spectacle, pas de collation non plus. L'homme ne vit pas pour son pain quotidien, Ruifeng non plus, mais s'il y avait un peu de beurre dessus, là c'était différent ! Heureusement, faisant partie de la première fournée de ceux qui avaient été chassés jusqu'à l'intérieur de cette pièce, il avait trouvé une chaise. Parmi ceux entrés après lui, de nombreux restaient debout. Il se cala sur sa chaise, et resta là sans plus bouger, de peur de perdre sa place.

La « grosse courge rouge » savait quand même en imposer ! Elle avait repoussé quelqu'un pour s'emparer de son siège et, assise là, elle n'en continuait pas moins à parler haut et fort, allant même jusqu'à questionner les policiers militaires : « Mais enfin que se passe-t-il ? Je suis venue en réunion, pas en punition ! »

Le ventre de Ruifeng lui indiquait l'heure, il devait être midi passé, son ventre tiraillé par la faim gargouillait. Il eut peur. Si les policiers militaires restaient là à les encercler, ne les autorisant pas à sortir manger quelque chose, ce serait affreux ! Plus que tout, il redoutait la faim. Quand il avait faim, des mots comme « sacrifice », « martyre », « mort » lui venaient tout naturellement à l'esprit.

Aux environs de deux heures de l'après-midi arrivèrent enfin des agents de la police militaire japonaise. Leur visage avait une expression aussi horrible que s'ils venaient de perdre leur père. Ils demandèrent aux policiers militaires de fouiller minutieusement toutes les personnes présentes dans la pièce, en ordonnant à tous, hommes ou femmes sans distinction, de se déshabiller entièrement. Ruifeng fut un peu révolté par cette façon de faire, il se demandait pourquoi l'on importunait de la sorte les occupants de la pièce alors que les fauteurs de troubles avaient œuvré au-dehors. Mais quand il vit la « grosse courge rouge » découvrir son dos elle aussi et montrer ses seins qu'elle avait gros et noirs, il se sentit un peu plus serein.

La fouille, qui dura plus d'une heure, ne donna rien. Ils virent alors un officiel de la police militaire lever la main. Ils furent escortés par les policiers militaires jusqu'à Zhonghai. Quand ils eurent franchi la porte de derrière, ils purent aspirer l'air de la liberté. Ruifeng sans saluer personne courut de toutes ses jambes jusqu'à l'Arc commémoratif Xisi, il mangea quelques galettes au sésame et un grand bol de potage aux raviolis. Il avait le ventre bien rempli. Il avait complètement oublié l'ignoble tragédie qui venait d'avoir lieu, il y voyait un rêve pas très convenable. Quand il arriva au Bureau de l'éducation, il apprit que les deux émissaires avaient trouvé la mort à l'extérieur de la porte d'honneur de Nanhai, que les portes de la ville avaient été fermées de nouveau et n'avaient toujours pas été rouvertes, qu'on avait arrêté Dieu sait combien de personnes dans les rues. En entendant ces nouvelles il resta hébété face à son insigne. Comme tout était dangereux ! Heureusement il était chef de section, il avait un uniforme et un insigne. Sapristi, être arrêté comme suspect, ce devait être effroyable ! Il se dit qu'il devait fêter sa chance avec quelques verres de vin. Le titre de chef de section était une assurance vie.

En sortant du bureau il chercha Petit Cui. Personne. Il s'emporta. « Merde alors ! S'il peut ne pas travailler, il ne travaille pas ! C'est un feignant de naissance ! » Il rentra chez lui à pied. À peine entré, il demanda : « Petit Cui n'est pas rentré ? » Non, et personne ne l'avait vu. Ruifeng commença à s'inquiéter. « Ce petit drôle aurait-il vraiment décidé de ne plus travailler ? Oh, merde ! c'est bizarre, je ne me suis pas inquiété pour Ruixuan, pourquoi t'en faire pour lui ? Ce n'est pas ton frère aîné ! » Il s'emportait, bien décidé, au cas où Petit Cui se présenterait le lendemain matin, à le disputer sérieusement.

Le lendemain, Petit Cui resta invisible. Les arrestations se multipliaient en ville. « Oh ! se dit Ruifeng, ce petit drôle aurait-il été arrêté ? Il est vrai qu'avec son air sournois, on dirait un mouchard ! »

Pour venger les émissaires, on avait arrêté en ville plus de deux mille personnes, dont Petit Cui. Des gens de toutes sortes furent interpellés, sans s'occuper de savoir s'ils étaient suspects ou non, hommes ou femmes indifféremment, jeunes ou vieux. Tous furent soumis à diverses tortures.

Mais les vrais meurtriers ne furent pas pris.

Le commandant de la police militaire japonaise ne pouvait plus attendre, il lui fallait fusiller deux personnes pour montrer qu'il était intelligent et capable. En ne parvenant pas à mettre la main sur les meurtriers des émissaires, il manquait à sa mission, se montrait indigne de l'empereur et devenait objet de dérision pour le monde entier. Il choisit deux individus parmi ceux dont le corps n'était plus qu'une plaie, un chauffeur d'automobile âgé de plus de quarante ans nommé Feng et Petit Cui.

Le troisième jour à huit heures du matin, le nommé Feng et Petit Cui furent attachés et exhibés par les rues. Ils allaient tous deux le dos nu, vêtus d'un simple pantalon, avec une énorme pancarte blanche derrière la tête. Ils allaient être décapités et leurs têtes seraient exposées sur l'Arc de triomphe à l'extérieur de la porte Qianmen. Quand le chauffeur Feng sortit de prison, sa tête retombait, il fut soutenu par deux agents de police. Il avait déjà perdu ses esprits. Petit Cui, le torse droit, s'avançait seul. Il avait les yeux plus rouges que son visage. Il ne proférait pas d'injures tout haut ni n'avait peur de la mort, mais il regrettait intérieurement de n'avoir pas écouté les avertissements de M. Qian et de Qi Ruixuan. Étant donné son âge, sa santé et son caractère, il aurait pu en découdre sur le champ de bataille avec les Japonais. Il était qualifié pour mourir pour la patrie. Et voilà que, sans avoir compris pourquoi ni comment, on l'entraînait pour le décapiter. Il fit quelques pas, leva la tête pour regarder le ciel, puis la baissa et regarda par terre. Le ciel, ce ciel si bleu, le ciel de Peiping. La terre, cette terre noire dont il connaissait chaque centimètre à force de l'avoir parcourue. Il ne pouvait se séparer de cet univers, et cet univers allait être son tombeau.

Tout devant, jouaient deux tambours de bronze, quatre clairons ; devant et derrière, des rangées de policiers militaires portant des fusils à baïonnette, au milieu marchaient le chauffeur Feng et Petit Cui. Deux officiers japonais fermaient la marche sur leurs grands chevaux, surveillant avec satisfaction ce massacre et ces atrocités.

Ruifeng était dans le bazar de Xidan, il entendit les sons des tambours et des clairons, cette musique de la mort. Il s'approcha comme l'éclair, il aimait l'animation. Tambours et clairons exerçaient sur lui une vive fascination. Tuer quelqu'un c'était aussi de « l'animation », il lui fallait voir, et voir en détail.

Il ne put retenir un « Oh ! ». Il avait aperçu Petit Cui. Son visage devint tout à coup aussi blanc qu'une feuille de papier, il fit rapidement marche arrière. Avant même de penser à Petit Cui, il s'était tâté le cou. C'est que Petit Cui était son tireur de pousse, n'y avait-il pas quelque danger pour lui ?

Déjà il se disait qu'il lui faudrait trouver quelqu'un de sûr pour discuter avec lui. Si jamais les Japonais venaient l'interroger, comment répondrait-il ? Il allait rapidement, au petit trot, en direction du nord, dans l'intention d'aller parler avec Ruixuan. Son frère aîné aurait certainement une bonne idée. Il fit ainsi une cinquantaine de mètres avant de se rappeler que Ruixuan, lui aussi, avait été arrêté. Il ralentit l'allure, s'arrêta. Sa peur se changea en colère, il grommela : « Quelle poisse ! Être ingénieux soi-même ne suffit pas, il suffit de regarder parents et amis, tous des étourdis, tôt ou tard ils vont me faire du tort ! »

CHAPITRE XLVII

Cheng Changshun avait un peu mal au ventre. Il voulut sortir pour aller aux cabinets. Il venait tout juste d'entrebâiller la porte de la rue quand il aperçut les silhouettes sombres devant le n° 5. Il s'empressa de repousser la porte des deux mains et de la fermer hermétiquement. Puis il creusa un trou assez grand dans la porte délabrée, et y appliqua un œil. Son cœur fit un bond terrible dans sa poitrine et il en oublia son mal au ventre. L'arrestation n'avait pas duré très longtemps, mais Changshun se morfondait dans l'attente. À grand-peine il aperçut de nouveau les silhouettes sombres, parmi lesquelles se trouvait Ruixuan. Il distinguait mal son visage, mais il reconnut sa stature et son allure. Il devina ce dont il s'agissait. Son œil, qui avait regardé trop intensément au travers du trou, lui faisait mal. Ses mains se mirent à trembler, il resta à son poste jusqu'à ce que les silhouettes eussent toutes disparu. Sa respiration était très rapide, et il était tout retourné. Il ne pensait qu'à une seule chose : aller au secours de M. Qi. Mais comment ? Il ne trouvait pas de solution. Il se rappelait ce qui était arrivé aux Qian. Si l'on ne sauvait pas Ruixuan le plus vite possible, pensait-il, la famille Qi serait anéantie, comme l'avaient été les Qian. Il était inquiet, deux larmes se pressaient dans ses yeux. Il pensa aller prévenir le barbier Sun, mais il savait que c'était un vantard, et qu'il ne serait pas forcément d'un grand secours. Il se mit les mains sur la tête et continua de réfléchir. Il passa en revue chaque habitant de la ruelle, soudain son esprit s'illumina, il avait pensé à M. Li. Sur-le-champ il alla ouvrir la porte, mais il ramena sa main à la hâte, il lui fallait être prudent, il savait à quel point les Japonais étaient rusés. Il se retourna, se dirigea vers le milieu de la cour, plaça un vieux banc près du mur ouest, grimpa sur le muret, prenant appui sur les mains, il atterrit au n° 2. Il n'aurait jamais pensé être aussi agile et preste. Quand ses pieds touchèrent le sol, il sembla réaliser alors ce qu'il venait de faire.

Debout devant la fenêtre, il appela tout bas d'une voix impérieuse : « Quatrième grand-père ! Quatrième grand-père ! » Le souffle chaud qui sortait de sa bouche touchait le papier de la fenêtre et le faisait vibrer doucement.

M. Li était réveillé depuis longtemps, mais les yeux clos il jouissait de la tiédeur du lit. « Qui va là ? demanda le vieil homme en ouvrant les yeux.

— C'est moi, Changshun, dit-il de sa voix nasillarde. Levez-vous vite ! M. Qi a été arrêté !

— Hein ? » Le vieux Li s'assit à la hâte, chercha ses vêtements à tâtons. Il se couvrit le torse et sortit. « Que se passe-t-il ? Mais que se passe-t-il ? »

Changshun frotta ses mains moites de sueur, l'inquiétude rendait son élocution encore plus malaisée, il raconta ce qui s'était passé.

À la fin, les yeux du vieil homme ne faisaient plus qu'une fente, il regardait les sophoras au-delà du mur. Il en avait gros sur le cœur. Il savait bien que les Qian et les Qi étaient les gens les plus braves parmi tous les habitants de la ruelle, or les gens trop braves ne peuvent sauver leur peau. Il était convaincu d'être quelqu'un de bien lui aussi, et il en déduisait qu'il aurait bien du mal à faire de vieux os. Il regardait les branches des arbres bouger dans le vent du matin, ne trouvant rien à dire.

« Quatrième grand-père ? Que faire ? dit Changshun en tirant M. Li par son vêtement.

— Oh ! » Le vieil homme eut un frisson. « Il y a une solution, oui, porter une lettre de toute urgence à l'ambassade de Grande-Bretagne !

— Je suis prêt à y aller ! » Les yeux de Changshun brillèrent.

« Tu sais qui tu dois demander ? s'enquit le vieil homme affectueusement en baissant la tête.

— Je... » Changshun réfléchit un moment. « Je vais demander John Ding.

— C'est ça, tu es un brave garçon. Tu iras loin. C'est mieux que ce soit toi qui y ailles, moi je ne peux pas me libérer. Je dois aller avertir en cachette les voisins et leur dire de ne pas aller chez les Qi.

— Pourquoi ?

— Quand ils arrêtent quelqu'un, ils laissent toujours deux hommes au portail, qui entre est pris. Ils s'imaginent que nous n'en savons rien, mais en fait, en fait... » Le vieil homme eut un rire dédaigneux. « Ils l'ont fait une fois, et nous ne le saurions pas ?

— Alors, j'y vais ?

— Vas-y ! Saute le mur, il est encore tôt, s'ils te voient sortir de si bonne heure tu vas attirer les soupçons des deux guetteurs. Tu ouvriras la porte au lever du soleil. Tu sais le chemin ? »

Changshun fit oui avec la tête, examina le mur mitoyen.

« Viens, je vais t'aider ! » Le vieil homme était costaud, d'une poussée il mit Changshun en haut du mur.

« Va doucement ! Attention de ne pas te fouler quelque chose ! »

Changshun ne dit rien et sauta de l'autre côté.

Pourquoi donc le soleil mettait-il tant de temps à se lever ? Changshun avait revêtu sa longue tunique, il regardait le ciel vers l'est. Sa grand-mère ne s'était pas encore levée. Il avait peur qu'une fois debout elle ne le questionnât. S'il lui disait la vérité, elle l'empêcherait certainement en disant : « Tu n'es qu'un enfant, de quoi te mêles-tu ? »

Le ciel devint rouge. Le cœur de Changshun se mit à battre plus vite. La rougeur perçait les nuages minces, les transformant en nuages brillants du levant. Il courut jusqu'à la porte de la rue, s'arrêta, colla un œil pour regarder dehors. Il n'y avait aucun signe de vie dans la ruelle. Seules les branches des sophoras étaient nimbées de lumière. Son nez ne lui suffisait pas, il ouvrit la bouche, aspira vite, bruyamment. Il n'osait pas ouvrir la porte. Il s'imaginait que le moindre bruit de la porte attirerait des balles. Il devait faire preuve de courage, mais être prudent aussi. Il était jeune, il devait se montrer pondéré. Avoir été esclave pendant un an lui avait ajouté dix ans d'âge.

Le soleil se montra. Changshun ouvrit très lentement la porte, juste assez pour pouvoir se glisser au-dehors, il fila tel un poisson dans l'eau. De crainte d'être vu par les sentinelles du n° 5, il avança vers l'est en frôlant le mur. Quand il arriva au « ventre de la coloquinte », le soleil illuminait déjà les vieilles tuiles vernissées du Temple de la Sauvegarde Nationale. Elles scintillaient, il marcha d'un pas plus ferme. Au coin ouest de la rue du même nom, il prit le tramway. Le bus n'allait pas plus loin que l'Arc commémoratif de Xidan. L'avenue Chang'an ouest était aujourd'hui coupée à la circulation. En descendant du bus il acheta deux gâteaux de riz glutineux farcis aux jujubes brûlants et les fourra dans sa bouche tout en avançant. Les employés des boutiques étaient occupés à accrocher des drapeaux aux cinq couleurs. Il ne savait pas pour quelle raison, ne chercha pas à s'informer. Il y avait tant de jours que l'on accrochait les drapeaux que cela ne lui faisait plus rien. De toute façon l'idée d'accrocher des drapeaux venait des Japonais, à quoi bon y prêter attention ! Puisqu'on ne pouvait pas prendre l'avenue Chang'an ouest il suivit la rue Daoshuncheng en direction de l'est.

Sans le poids du phonographe sur le dos il avançait vite. Toutefois sa démarche n'était pas très gracieuse, il allait, son grand front en avant, ne sachant trop que faire de ses mains, maintenant qu'il n'avait plus à tenir le grand haut-parleur et les disques. Dès qu'il accélérait l'allure, ses mains faisaient n'importe quoi, parfois il les agitait haut, parfois il oubliait de les agiter, et lui-même marchait, marchait, ne comprenant rien à ce qui lui arrivait.

Quand il vit la ruelle Dongjiaominxiang, il ralentit l'allure, ses mains prirent un certain rythme. Il avait un peu peur. Il avait été élevé par sa grand-mère et celle-ci avait une peur terrible des étrangers. Elle avait donné à son petit-fils cet avertissement : il fallait éviter les étrangers. C'est pourquoi si Changshun avait pu obtenir un fusil, il n'aurait pas redouté de se battre avec un étranger quel qu'il fût. Mais pour ce premier contact avec l'ennemi, avant d'oser se lancer à l'attaque, sa première réaction, dictée par les mises en garde quotidiennes de sa grand-mère, fut la paralysie.

Il frappa des pieds, de sa main essuya la sueur sur son front, puis s'avança lentement dans la ruelle Dongjiaominxiang. Il était décidé à entrer dans l'ambassade. Pourtant, sans s'en rendre compte, il restait là à frapper des pieds et à s'essuyer la sueur. Quand il vit l'ambassade de Grande-Bretagne il vit aussi, bien évidemment, le garde, droit comme un « i », en faction devant la porte. Ce fut plus fort que lui, il s'arrêta. Cette vieille peur des étrangers qui remontait à des dizaines d'années l'empêchait d'entrer directement dans le hall.

Non, il ne pouvait rester debout ainsi. Malgré cette peur ancienne, il avait quand même un cœur de jeune, un cœur que les Japonais ne connaissaient pas. Le sang afflua à son visage, il s'avança face au garde. Sans attendre que celui-ci s'adressât à lui, il dit d'une voix aiguë : « Je voudrais voir John Ding ! »

Le garde ne dit rien, se contentant de montrer du doigt l'intérieur. Il se précipita vers la porte du gardien. Un employé qui se trouvait là lui demanda poliment d'attendre. Le sang qui avait afflué à son visage se retira de nouveau. Il n'était pas très courageux, mais il n'avait pas peur non plus, il se sentait très calme. Il se mit à regarder les arbres et les fleurs de la cour. Il semblerait qu'un Chinois, dès qu'il a l'esprit en paix, soit capable de prêter attention à la beauté des arbres et des fleurs des cours intérieures.

John Ding sortit, vêtu d'une chemise blanche raide d'être empesée. Ses chaussures ne faisaient pas le moindre bruit, tandis qu'il s'avançait d'un pas rapide et ferme, la tête baissée. Tout dans ses gestes exprimait la majesté de l'ambassade de Grande-Bretagne et la fierté de pouvoir travailler dans ce lieu. Quand il aperçut Changshun, il redressa légèrement la tête et dit d'une voix très basse : « Oh, c'est toi !

— Oui, c'est moi ! » Changshun eut un rire.

« Quelque chose de grave chez moi ?

— Non, M. Qi a été arrêté par les Japonais ! »

John Ding resta cloué sur place. Il n'aurait jamais imaginé que les Japonais oseraient arrêter quelqu'un de l'ambassade de Grande-Bretagne ! Non qu'il ne craignît pas les Japonais, mais voilà, si l'on comparait Anglais et Japonais, il ne pouvait faire autrement que d'ajouter l'épithète « grande » à côté du mot Angleterre et « petit » en pensant au Japon. Cette comparaison était pondérée. Il reconnaissait que les Japonais étaient redoutables, mais il n'aurait jamais imaginé qu'ils iraient jusqu'à mettre en prison quelqu'un de l'ambassade de Grande-Bretagne. Il fronça les sourcils, la colère le gagnait — sa colère n'était pas motivée par ce que subissaient les Chinois, mais il s'indignait contre les torts faits à l'ambassade de Grande-Bretagne.

« C'est inadmissible, je te le dis, inadmissible ! Attends, je vais prévenir M. Goodrich. Il faut qu'ils libèrent sur-le-champ M. Qi ! » Comme s'il avait peur que Changshun ne s'en allât, il ajouta encore une fois : « Attends, hein ! »

Peu après, John Ding revint. Cette fois, il marchait plus vite, faisait encore moins de bruit. Ses yeux brillaient. Sérieux et excité à la fois, il fit un signe du doigt à l'intention de Changshun. Il se réjouissait pour lui car M. Goodrich voulait lui parler personnellement.

Changshun, l'air niais, entra à la suite de John Ding dans un grand bureau. M. Goodrich arpentait la pièce, son cou s'étirait, s'étirait comme s'il allait s'étrangler. Il était visiblement inquiet. Il s'arrêta net quand il vit Changshun entrer, le salua les mains jointes. Il n'aimait guère donner de poignées de main, il trouvait que saluer les mains jointes était une marque plus grande de déférence, et puis c'était plus hygiénique. En fait, il n'y avait aucune obligation à ce qu'il saluât ainsi Changshun, ce dernier n'était qu'un enfant, mais il aimait les vrais

Chinois. Un Chinois vêtu d'un costume à l'occidentale n'obtenait jamais son respect, alors qu'il faisait grand cas de tout Chinois vêtu de la longue robe, quel que fût son âge.

« Tu apportes une lettre, M. Qi a été arrêté ? » demanda-t-il en chinois. Ses yeux gris-bleu étaient un peu plus bleus. Son inquiétude pour Ruixan était sincère. « Comment a-t-il été pris ? »

Changshun relata les faits en bégayant. Il n'avait jamais parlé à un étranger et ne savait comment s'y prendre, c'est la raison pour laquelle son élocution était si malaisée.

M. Goodrich écoutait avec une extrême attention. Une fois le récit terminé, il allongea son cou, et de nombreuses plaques rouges envahirent son visage. « Hem ! hem ! hem ! » Il hocha plusieurs fois la tête. « Vous êtes voisins, c'est ça ? » Comme Changshun faisait oui de la tête, il dit encore : « Hem ! Très bien, tu es un brave garçon, je peux faire quelque chose ! » Il redressa le torse. « Rentre vite, essaie de prévenir le vieux M. Qi, qu'il ne s'inquiète pas. Je peux faire quelque chose. Je vais le faire sortir en me portant garant de lui. » Après être resté un moment silencieux, il dit comme s'il s'adressait à lui-même : « Ce n'est pas à Ruixuan qu'ils en veulent, cette arrestation est un camouflet pour la vieille Angleterre. Comme le dit le proverbe chinois : "On tue le coq pour effrayer le singe !" »

Changshun, qui était resté planté là, aurait bien voulu ajouter quelque chose, mais il n'avait rien à dire. Il voulut prendre congé mais il n'osa pas non plus. Toutefois il avait le cœur en joie car il avait accompli aujourd'hui un acte « peu ordinaire », qui lui permettrait de clouer le bec au barbier Sun, lequel n'oserait plus faire le fanfaron.

« John ! appela M. Goodrich, reconduis-le, et donne-lui un peu d'argent pour le bus ! » puis il s'adressa à Changshun : « Mon brave garçon, rentre et ne parle de notre affaire à personne ! »

John Ding et Changshun sortirent tout contents. Changshun refusa l'argent que lui donnait John pour le bus : « Je l'ai fait pour M. Qi, comment pourrais-je… » Comme il ne trouvait pas les mots appropriés pour exprimer son dévouement, il se contenta de rire bêtement.

John Ding lui fourra un yuan dans la poche. Il avait reçu un ordre, il ne pouvait pas ne pas l'exécuter.

Quand il déboucha de la ruelle Dongjiaominxiang, Changshun prit effectivement un pousse. Il devait en prendre un car cet argent lui avait été donné par M. Goodrich à cet usage. Assis dans le pousse, il bouillait d'impatience, il voulait dire à sa grand-mère, à M. Sun, à M. Li et à tous comment il était entré dans l'ambassade de Grande-Bretagne, puis tout de suite il fut sur ses gardes : « Ne rien dire, rester muet comme une tombe ! » En même temps il lui fallait trouver un moyen de prévenir le vieux Qi, afin de le rassurer. Puis il imaginait comment allait être sauvé Qi Ruixuan, et comment ce dernier le remercierait. Il réfléchissait, encore, le vent frais lui fit baisser la tête. La peur ressentie au petit matin, l'excitation et la fatigue lui fermèrent les yeux.

Il s'éveilla brusquement, le pousse déjà s'était arrêté. Il bâilla longuement, comme s'il allait avaler une grande avenue.

De retour à la maison il tissa un chapelet de mensonges pour éconduire poliment sa grand-mère, puis baissa la tête pour réfléchir à un plan ingénieux afin de prévenir le vieux Qi.

À ce moment-là toute la ruelle connaissait déjà, grâce à M. Li, l'infortune des Qi. M. Li n'avait pas osé faire du porte à porte pour prévenir les autres, il les avait avertis à voix basse, alors que tout le monde était rassemblé autour de la palanche d'un marchand de légumes. En apprenant la nouvelle, tous ouvrirent leurs portes donnant sur la rue pour montrer qu'ils restaient calmes, mais leur cœur battait vite. Dans une si petite ruelle, deux familles déjà avaient connu l'infortune. Tous étaient prêts à faire de leur mieux pour aider les Qi, mais personne n'avait les moyens, ni la capacité de le faire. Ils ne pouvaient que regarder du coin de l'œil la porte du n° 5. Tout en allumant le feu et faisant la cuisine comme à l'accoutumée, ou en infusant du thé, ils ressentaient une tristesse et une indignation indicibles.

À midi, le cœur de tous battit plus vite encore, mais d'une tout autre façon. Ils semblaient presque avoir oublié ce qui était arrivé à Ruixuan quand ils apprirent l'assassinat des deux émissaires. M. Sun n'en avait plus la tête à travailler, il lui fallait rentrer pour boire un peu de vin. Cela faisait si longtemps qu'on n'avait entendu de chose si réjouissante. Aujourd'hui il se sentait heureux. « Bravo ! Quelle vengeance ! Qui osera dire encore qu'il n'y a pas chez nous, à Peiping, des héros et des braves ! » se disait-il à lui-même sur le chemin de la maison. Il en oublia sa myopie, heurta de la tête un poteau électrique. En tâtant sa bosse, il était encore tout plein de joie. « C'est ça qu'il faut faire, si l'on veut assassiner quelqu'un il faut que ce soit des gens importants, oui ! »

Les époux Wen avaient été appelés à Nanhai pour chanter de l'opéra. En apprenant la nouvelle, Petit Wen exprima son opinion en tant qu'artiste : « À tout changement de dynastie il y a des morts, riches ou non, influents ou non, maîtres ou esclaves, tous mourront. Pour qu'une pièce soit trouvée bonne et excitante, il faut un terrain d'exécution, un assassinat, une décapitation. » Sur ces mots, il prit son violon à deux cordes, joua un interlude. Il aurait bien voulu rester impassible, or voilà que les sons n'étaient pas très gais ni très vigoureux.

Wen Ruoxia n'avait rien dit, se contentant de baisser la tête et de fredonner quelques phrases d'opéra.

M. Li ne voulut rien dire, il déplaça un petit banc sur lequel il s'assit à l'extérieur, le visage tourné vers le n° 5. Le soleil d'automne lui chauffait la tête, il se sentait détendu, les deux plateaux de la balance dans son cœur étaient juste équilibrés : vous avez pris notre Ruixuan et nous avons liquidé vos émissaires. Les deux gamins du n° 1 étaient allés à la cérémonie d'hommage aux émissaires et étaient revenus en courant comme deux rats tombés à l'eau. Ils n'avaient pas osé chahuter au-dehors et étaient entrés chez eux, toujours en courant, après avoir fermé la porte avec soin. Un sourire avait plissé le coin des yeux de M. Li. Le vieil homme n'avait jamais aimé l'idée de meurtre, mais maintenant il s'y serait presque rallié : « tuer » servait à quelque chose, pourvu que ce fût fait à bon escient !

Guan Xiaohe, qui avait plein de choses à dire, cherchait quelqu'un auprès de qui s'épancher. Il avait les sourcils légèrement froncés, comme si quelque chose le tracassait. Il ne s'inquiétait pas pour la sécurité de la « grosse courge rouge », mais était tourmenté par l'idée que les Japonais pourraient massacrer la population. Selon lui, après un tel assassinat, ce serait une réaction juste. Bien sûr, il n'était pas certain d'être concerné si une telle chose se produisait, dans la mesure où les Guan étaient des amis des Japonais. Toutefois, les Japonais, dans leur fureur meurtrière, pourraient très bien, qui sait, être égarés au point de lui donner un coup mortel. Les gens trop poltrons sont les premiers à capituler, et une fois qu'on a fléchi le genou, on est amené à trembler souvent.

Dès qu'il aperçut M. Li, il accourut : « Ce qui s'est passé n'est pas bon ! » Ses sourcils se froncèrent davantage. « Voyez, n'est-ce pas de la provocation contre les gens puissants ? » Pour lui il ne s'agissait que d'un acte imbécile.

M. Li se leva, prit son petit banc. Il détestait offenser autrui, mais aujourd'hui, mû par on ne sait quelle force, il avait décidé de vexer Guan Xiaohe.

À ce moment-là quelqu'un, avec une mine d'enterrement, entra en coup de vent chez les Qi. Une fois devant la porte, la personne ne frappa pas, mais prononça quelque mot de passe. La porte s'ouvrit. Sa confrontation avec les hommes qui se trouvaient à l'intérieur faisait penser à ces fourmis qui, lorsqu'elles se rencontrent, se frottent les antennes. Les deux sentinelles sortirent à la hâte. Les trois hommes s'éloignèrent ensemble.

M. Li comprit ceci : les émissaires avaient été assassinés, les espions ne suffisaient plus à la tâche, aussi les deux hommes en faction chez les Qi avaient-ils été réquisitionnés. Il rentra lentement chez lui. Au bout d'un petit moment, il ressortait. Voyant que Xiaohe n'était plus dehors, vite il appela Changshun à l'extérieur du n° 4.

Depuis le petit matin Changshun n'était pas resté oisif. Il était encore là à réfléchir à la façon dont il pourrait rencontrer le vieux Qi. En entendant la voix de M. Li, il s'empressa de sortir en courant. Sur un geste de main du vieil homme, il lui emboîta le pas et se rendit avec lui chez les Qi.

Yun Mei avait abandonné le percement du mur, le vieux Qi lui ayant interdit de continuer. La colère du vieil homme n'était pas encore dissipée, il lui avait dit d'une voix assez forte : « Qu'est-ce que tu fais ? Ne creuse plus, personne ne peut nous aider, et nous ne devons compromettre personne ! Toutes ces vieilles méthodes ne servent plus à rien. Je te préviens, dorénavant plus question de mettre de vieille jarre devant la porte. Tu parles ! Ils peuvent sauter du toit. C'en est fini, fini ! J'ai vécu en vain jusqu'à plus de soixante-dix ans, et tous mes trucs ne me servent plus à rien ! Je te le dis, dorénavant on ne mettra plus de vieille jarre contre la porte ! » Et c'était vrai, cette expérience qu'il avait, si précieuse, ne valait plus un clou. Il avait perdu toute confiance en lui-même. Tel un vieux cheval abandonné, à la merci des mouches et des fourmis, il n'avait plus aucun recours.

Petit Shunr et Niuzi jouaient en cachette dans la chambre sud, ils n'osaient pas se rendre dans la cour. Devoir jouer en cachette c'est, pour tout enfant, quelque chose de triste. Yun Mei leur avait fait cuire un peu de pois séchés, pour occuper leur bouche et les empêcher de faire du bruit.

Petit Shunr, le premier, vit entrer M. Li. Il cria tout excité : « Man ! » Dans la cour qui était restée silencieuse si longtemps ce cri fit frissonner tout le monde.

Yun Mei arriva en courant en faisant les gros yeux : « Que ce petit diable est assommant ! Qu'est-ce que tu as à crier comme ça ? » Elle avait à peine fini sa phrase quand elle aperçut à son tour M. Li. Sans même avoir pu dire quelque chose, elle se mit à pleurer.

Elle n'était pas femme à pleurer pour rien, mais avec le malheur qui s'était abattu sur elle depuis le matin, elle ne put faire autrement que pleurer. Le sort réservé à son mari était incertain et toute la famille était prisonnière à la maison. Si elle avait eu la liberté de sortir, elle aurait couru faire des démarches pour son mari, jusqu'à en user ses semelles, elle avait la détermination et le courage pour le faire. Mais voilà, elle était bloquée ici et devait donc préparer à manger pour les vieux et les plus jeunes, sans se préoccuper de ses états d'âme, ni de savoir si on ferait honneur à ce qu'elle avait préparé. Cependant, elle ne pouvait sortir acheter des provisions, même devant la porte ; tout lien avec le monde extérieur était coupé, elle ne pouvait même pas remplir ses devoirs d'épouse, de mère et de belle-fille. Même si elle ne portait pas de chaînes, elle était prisonnière. Cela l'angoissait, l'irritait, la mettait en colère mais il n'y avait rien à faire. Jamais elle n'avait entendu parler de cette méthode qui voulait que la famille de quelqu'un qu'on avait arrêté fût ainsi « mise en prison ». Seuls les Japonais pouvaient avoir pour principe l'anéantissement de toute une famille. Elle les avait percés à jour, à présent, elle finissait par les haïr.

« Monsieur Li ! s'exclama le vieux Qi tout étonné, comment es-tu entré ? »

M. Li eut un rire forcé : « Ils sont partis !

— Partis ? » Mme Tianyou accourait, tenant Petit Shunr et Niuzi par la main.

« Les émissaires japonais ont été assassinés par les nôtres, ils ont autre chose à faire que de monter la garde ici ! »

Yun Mei s'arrêta de pleurer.

« Les émissaires ? Assassinés ? » Le vieux Qi avait l'impression de vivre un rêve. Sans attendre les paroles de M. Li, il prit une décision. « Mère de Petit Shunr, va chercher du bon encens, je vais en brûler pour les Japonais !

— Cher ami, abandonne cette idée ! dit M. Li en riant de nouveau. Brûler de l'encens ? Mieux vaudrait prendre un bon fusil !

— Eh ! » Une lueur de haine brilla dans les petits yeux du vieux Qi. « C'est que, si j'avais un fusil, j'aurais déjà abattu les deux sales bêtes à l'entrée, des Chinois qui aident les Japonais à nous brimer, les canailles !

— Assez parlé, écoutons ce que va nous dire Changshun ! » M. Li tira jusque devant lui Changshun qui était resté debout derrière.

Changshun bouillait d'impatience. Immédiatement, il bomba le torse et raconta, comme il eût fait d'une histoire palpitante, son acte héroïque du matin. Quand les autres l'avaient vu entrer, ils avaient pensé qu'il était là par curiosité et ne lui avaient guère prêté attention. À présent il était devenu un héros à leurs yeux, et même sa voix nasillarde semblait pour eux de la musique. Quand Changshun eut fini son récit, le vieux Qi poussa un soupir.

« Changshun, c'est gentil à toi. Quel brave enfant tu es, oui ! Moi qui pensais que les vieux voisins nous regardaient les mains derrière le dos en se gaussant, alors qu'en fait... » Il ne put poursuivre, il était tellement touché par l'affection sincère manifesté par les voisins qu'il en oubliait sa haine contre les Japonais, son cœur mollissait, le feu de la colère s'éteignait, ses épaules redressées en signe d'impuissance se relâchèrent. Tout en tâtonnant, il s'assit lentement sur les marches, mit sa tête dans ses mains.

« Grand-père, qu'avez-vous ? » demanda vivement Yun Mei.

Le vieil homme sans relever la tête dit tout bas : « Mon petit-fils ne mourra peut-être pas. Seigneur du ciel, ouvre les yeux et protège mon petit-fils ! » Un espoir venait juste de se dessiner et il revenait à son état premier, c'était un vieil homme simple, pacifique, supportant les épreuves et l'oppression.

Mme Tianyou, qui avait lutté toute la matinée, ressentait déjà la fatigue, elle avait une forte envie d'aller s'allonger, mais elle ne voulait pas quitter M. Li et Changshun. Il n'eût pas été convenable de raconter à quel point Ruifeng s'était montré ignoble, car elle voyait bien que les amis étaient plus proches que Ruifeng, plus sûrs. Cela la remplissait de joie et la désolait en même temps. Elle étouffa ses sentiments et dit avec un sourire forcé : « Monsieur Li, Changshun, vous vous êtes donné tant de mal ! »

Yun Mei aurait bien voulu aussi exprimer sa reconnaissance, mais elle ne trouvait pas ses mots. Son esprit était tout entier occupé par Ruixuan. Elle n'osait pas mettre en doute l'influence de M. Goodrich, mais elle s'inquiétait à la pensée que son mari pourrait être soumis à la torture avant l'arrivée de ce dernier. Elle rapprochait souvent mentalement M. Qian et son mari, et voyait en pensée un Ruixuan tout sanguinolent.

M. Li les regardait les uns après les autres, il en avait gros sur le cœur. Ces hommes et ces femmes qu'il avait devant lui, petits ou vieux, étaient les gens les plus honnêtes qu'il connût, pourtant tous, sans raison, se retrouvaient dans l'adversité. Il se sentait impuissant à leur apporter quelque réconfort. Il dit, sur un ton peu convaincant :

« À mon avis Ruixuan ne devrait pas avoir trop à souffrir, ne vous inquiétez pas ! » Il toussota un peu, il se rendait compte de la banalité et du manque de conviction de ses propos. « Ne vous inquiétez pas, restez tranquilles et ne faites pas d'histoires ! L'ambassade de Grande-Bretagne va certainement pouvoir faire quelque chose. Changshun, on y va ! Frère aîné Qi, si tu as besoin de quelque chose, n'hésite pas à faire appel à moi ! » Il se dirigea lentement vers la porte. Il fit deux pas, se retourna et dit à Yun Mei : « Ne t'inquiète pas et commence par donner à manger aux enfants ! »

Changshun aurait bien voulu prononcer un ou deux mots, mais il ne trouva rien à dire, découragé il caressa la tête de Petit Shunr. Ce dernier rit : « Ma sœur, moi, on est sages, on obéit, on ne va pas vers le portail ! »

Ils se dirigèrent vers la ruelle, les deux femmes, comme mues par une force d'attraction, les raccompagnèrent.

M. Li étendit le bras : « Inutile de nous raccompagner ! »

Elles s'arrêtèrent, interdites.

Le vieux Qi était resté là-bas, la tête entre les mains, immobile.

À ce moment-là Ruixuan avait déjà passé plusieurs heures en prison. Ici était venu M. Qian. Toutefois, les équipements y étaient bien différents de ceux que celui-ci avait connus. À l'époque, il fallait faire avec ce qu'on avait, on transformait les écoles en prisons provisoires. À présent il s'agissait de prisons « perfectionnées », qui témoignaient en tout point des « méthodes de gestion laborieuses » des Japonais. Ces derniers s'étaient donné beaucoup de peine pour transformer au mieux le moindre recoin en quintessence de la barbarie digne des plus hauts éloges. Ici tout témoignait d'une virtuosité dans l'art du meurtre. Car le meurtre était bien chez eux une forme d'art, aussi raffiné que celui du thé ou de l'ikebana. Ceux qui venaient là n'étaient pas seulement de simples criminels, c'étaient des fleurs coupées par les Japonais. Il fallait, avant de laisser les prisonniers rendre leur dernier souffle, expérimenter sur eux les méthodes artistiques les plus patientes et les plus subtiles, faire couler le sang, lentement, ingénieusement, douloureusement jusqu'à la dernière goutte. Devant cette douleur, ils exultaient. L'éducation reçue par les militaires japonais les rendait brutaux et lorsqu'ils s'étaient exercés à la cruauté, ils y prenaient goût, comme ils prenaient goût aux fleurs et aux oiseaux. Cette prison était le laboratoire d'un tel goût, de cet art.

Ruixuan avait l'esprit relativement serein. D'ordinaire il aimait réfléchir, considérer les tenants et les aboutissants de toute chose, même les plus insignifiantes, afin de trouver la réponse la plus appropriée. Depuis la guerre de résistance du 7 Juillet, son esprit n'était jamais resté oisif. Aujourd'hui il avait été arrêté, et, puisqu'il voyait dans ce fait l'aboutissement de quelque chose, il n'avait plus besoin de réfléchir davantage. Il avait le teint livide, pourtant un léger sourire se dessinait au coin de sa bouche. Il était descendu de voiture, était entré dans l'université de Peiping. Car, il l'avait bien remarqué, il était à l'université de Peiping.

Le bâtiment où avait été incarcéré autrefois M. Qian avait complètement changé d'aspect. Au rez-de-chaussée, les cellules en enfilade, dont on avait démoli la façade et que l'on avait équipées de gros barreaux en fer très rapprochés, ressemblaient beaucoup à des cages de zoo. Les cellules, qui avaient été rapetissées et étroitement divisées en compartiments, étaient tout juste grandes pour recevoir un sanglier ou un renard. Pourtant Ruixuan avait bien vu que dans chacune il y avait dix à douze détenus, contraints de rester debout, dos contre poitrines, la bouche de l'un contre l'occiput de l'autre, dans l'impossibilité de bouger. Il n'y avait rien d'autre dans les pièces, les détenus devaient sans doute faire leurs besoins sous eux. D'un regard, Ruixuan avait parcouru tout l'espace : il devait y avoir une bonne dizaine de cages à fauves, il avait frissonné. Il n'y avait que deux soldats de jour en faction à l'extérieur des cages ; six yeux, quatre pour les hommes en faction, deux pour leurs fusils, pouvaient sans peine contrôler l'ensemble. Ruixuan avait baissé la tête, il ne savait si on le ferait entrer dans une de ces cages collectives « où on restait debout ». Si oui, il ne se donnait pas deux jours de survie.

Mais en fait il avait été conduit dans la cellule la plus à l'ouest. La pièce était petite elle aussi, mais vide. Il s'était dit : « C'est peut-être "une salle où l'on jouit d'un traitement préférentiel". » On avait ouvert le cadenas de la petite porte. Il n'avait pu entrer qu'en se courbant beaucoup. Il n'y avait rien sur le sol en béton, si ce n'est des traces de sang, plus foncées que la couleur de la terre, qui exhalaient une odeur fétide. Vite il s'était détourné, face aux barreaux, il avait vu la lumière, il avait vu aussi un soldat. La baïonnette du fusil du soldat faisait perdre un peu d'intensité à la lumière. En levant la tête il avait aperçu, suspendue au plafond, une chaîne en fer à laquelle était entortillé un paquet de fils de fer retenant une main en état de décomposition avancée. Il avait ramené son regard et sans le vouloir avait aperçu le mur est. Là était fixée une peau humaine entièrement déployée. Il avait voulu sortir sur-le-champ, mais il avait aperçu tout de suite les barreaux. Puisqu'il lui était impossible de sortir, il ne lui restait plus qu'à regarder attentivement. Ses yeux, sans hésiter, s'étaient tournés vers le mur ouest. Il était aussi haut que sa tête, il y avait une banderole montée en tableau sur laquelle étaient collés sept vagins. Sous chacun d'eux était écrit en rouge un numéro, à côté, un motif de fleur était peint avec une grande finesse.

Ruixuan n'avait plus osé regarder. Il avait baissé la tête, serré les lèvres. Au bout d'un moment ses dents s'étaient mises à grincer. Au mépris du danger, il avait laissé le feu de la colère l'envahir. Les ailes de son nez s'étaient dilatées, laissant sortir un souffle bruyant.

Il était décidé à ne pas repenser aux siens. Pour lui, les Japonais avaient déjà décidé de son sort. Cette main suspendue, cette peau clouée lui étaient données à voir exprès, puis sa main et sa peau serviraient à leur tour d'objets d'exposition. Bon, puisque tout était joué, il irait au-devant en souriant. Il avait eu un rire de mépris. Son grand-père, ses parents, sa femme... étaient bien loin de lui, il lui semblait même avoir du mal à se remémorer des traits de leur physique. C'était aussi bien ainsi, et, à mourir pour mourir, autant être joyeux, ne pas pleurer, être sans préoccupation, sans crainte.

Il n'aurait pu dire combien de temps il était resté là, debout, hébété. Un peu de soleil était venu frapper obliquement sa tête. Alors il avait remué, comme au sortir d'un rêve. Il avait le cerveau engourdi, mais n'aurait pour rien au monde voulu s'asseoir, pensant que, en restant debout, il pouvait encore montrer un peu de ténacité. Un tout petit Japonais en civil, pareil à un rat, avait lancé un coup d'œil dans sa direction au travers des barreaux, puis s'était éloigné en souriant. Ce sourire était resté dans l'esprit de Ruixuan, lui avait donné la nausée. Un moment s'était écoulé encore, le petit rat était revenu, lui avait fait une courbette pleine de malveillance. Il avait ouvert la bouche et dit dans un chinois approximatif : « Ainsi tu ne pas vouloir t'asseoir, c'est très poli à toi, je vais prier un ami de venir te tenir compagnie ! » Sur ces mots il avait tourné la tête et fait un signe de la main. Deux soldats avaient ramassé un homme à demi mort, l'avaient déposé à l'extérieur des barreaux ; ils l'avaient retourné, l'obligeant à se mettre debout. L'homme, dont on ne pouvait deviner l'âge, avait le visage tout enflé. Il n'était plus capable de se tenir debout tout seul. Les deux soldats l'avaient attaché aux barreaux avec une corde. « C'est bon, Monsieur Qi, cet homme ne vouloir pas obéir, alors nous l'avons forcé à se tenir debout tout le temps ! » avait dit le petit rat en riant, tout en parlant il avait montré du doigt les pieds de l'homme à demi mort. Ruixuan avait alors vu que les doigts des deux pieds de l'homme avaient été cloués sur une planche. L'homme avait vacillé d'un côté, puis de l'autre, sans tomber, car la corde retenait sa poitrine. Ses doigts de pieds étaient déjà tout noirs. Au bout d'un long moment, l'homme avait gémi, un soldat s'était approché à la hâte et lui avait frappé le pied avec la crosse de son fusil comme il aurait pilé du millet. L'un des doigts, déjà gangrené, s'était séparé du pied. L'homme avait hurlé longuement tel un loup affamé, avait laissé retomber sa tête, n'avait plus rien dit. « Si tu crier, je frappe ! » l'avait injurié le soldat tout en regardant Ruixuan. Puis il avait ramassé avec soin le doigt de pied coupé, l'avait admiré de près. Après l'avoir regardé un bon moment, il avait coincé son fusil sous son bras, sorti de sa poche un papier dans lequel il avait enveloppé le doigt de pied, et sur lequel il avait noté un numéro. Puis, après avoir souri à l'intention de Ruixuan, il était retourné à son poste.

Au bout d'une demi-heure environ, le petit rat était revenu. Il avait jeté un coup d'œil à l'homme au doigt de pied coupé, puis à Ruixuan. L'homme avait déjà cessé de respirer. Le petit rat avait dit avec regret : « Cet homme ne pas être très costaud, à peine trois jours de chaussures en bois et le voilà mort ! Les Chinois ne pas accorder assez d'attention à l'exercice physique ! » Tout en parlant, il avait fait des signes de dénégation avec la tête, comme s'il s'inquiétait pour la santé des Chinois. Il avait poussé un soupir et s'était adressé de nouveau à Ruixuan : « À l'ambassadc de Grande-Bretagne, ne pas avoir de chaussures en bois ? »

Ruixuan n'avait rien dit, il venait de comprendre le chef d'accusation porté contre lui.

Le petit rat avait pris un air sévère : « Tu tenir l'Angleterre en haute estime et mépriser le grand Japon ! Tu devoir te repentir et te corriger ! » Sur ces mots il avait donné méchamment deux coups de pied à l'homme mort. Les mots étaient sortis en sifflant de ses dents : « Les Chinois, tous les mêmes, rien valoir ! » Il regardait Ruixuan avec colère, ses yeux de rat brillaient. Ruixuan ne lui avait pas rendu son regard, avait fait montre d'indifférence. L'autre s'était emporté : « Toi jouer les durs, toi porter aussi des chaussures en bois ! » Sur ces mots, il s'était éloigné à grandes enjambées comme si, à chaque pas, il avait voulu franchir la moitié du globe terrestre.

Ruixuan, tout interdit, avait regardé ses pieds, s'attendant à être frappé sur cette partie du corps. Il savait qu'il n'avait pas beaucoup de résistance physique, qu'une fois ses pieds cloués, il ne pourrait peut-être survivre que deux jours, et ce serait bien sûr deux jours très pénibles, après cela, il ne sentirait plus rien, plus jamais, il serait anesthésié pour toujours. Il espérait que les choses se passeraient aussi simplement, aussi rapidement. Il était coupable, il le reconnaissait, il devait mourir ainsi de façon tragique, car il s'était endormi dans une tranquillité trompeuse, avait toujours remis à plus tard sa participation à la guerre de résistance.

Deux détenus avaient emporté silencieusement le mort. Ils avaient les yeux pleins de larmes, mais n'avaient rien dit. La voix est le langage de la « liberté », sans liberté on ne peut que mourir en silence.

Soudain le nombre de sentinelles avait augmenté dans la cour, les Japonais qui allaient et venaient faisaient penser à des fourmis en plein déménagement, tant ils étaient nerveux et affairés. Ruixuan ne savait rien de l'assassinat qui avait eu lieu à l'extérieur de Nanhai, il trouvait tout simplement ridicules ces nains qui couraient dans tous les sens. Un être humain, pensait-il, est pitoyable en soi, un Japonais qui passait cette vie, déjà pitoyable, à s'agiter et à crier dans tous les sens était non seulement pitoyable, mais grotesque.

Les prisonniers, par files entières, étaient poussés comme des moutons vers le fond de la prison. Ruixuan, qui ne savait pas ce qui s'était passé au-dehors, espérait qu'il s'agissait d'un soulèvement dans Peiping même ou dans la banlieue de la ville. Un soulèvement, même s'il échoue, est glorieux. Lui qui attendait silencieusement d'être écorché et d'avoir les doigts de pied tranchés n'était qu'une vermine avec laquelle jouaient les Japonais. « Déshonneur », voilà le mot qui lui serait collé à jamais à titre posthume.

CHAPITRE XLVIII

Pour Ruixuan ce fut une chance ! Au quartier général on était occupé à rechercher les assassins, à part une visite rapide que lui avait faite de nouveau le petit rat, accompagnée de quelques phrases de moquerie, personne d'autre n'était venu l'importuner. Comme déjeuner et comme dîner il avait eu le premier jour un petit pain cuit à la vapeur, aussi noir que la croûte terrestre, avec un bol d'eau bouillie. Il lui avait été impossible d'avaler quoi que ce fût, il s'était donc contenté de boire l'eau. Le deuxième jour le « repas » avait changé : un bol de grains de sorgho cuits était venu remplacer le pain noir. À la vue du sorgho il avait pensé à la Chine du Nord-Est. À l'intérieur des passes [1] on ne mangeait pas de sorgho. C'était sans doute la nourriture habituelle que servaient les Japonais aux prisonniers dans la Chine du Nord-Est, ils la réservaient comme « traitement de faveur » aux prisonniers là-bas. Les Japonais se croyaient très au fait de la vie chinoise, Ruixuan se dit qu'ils auraient dû savoir que les Pékinois ne mangent jamais de sorgho. Peut-être était-ce là une habitude contractée par

1. La région à l'ouest de la passe Shan haiguan et à l'est de la passe Jia guguan.

les Japonais dans le Nord-Est, et qui était devenue une règle établie, applicable partout. Ruixuan, qui pensait d'ordinaire comprendre assez bien la mentalité japonaise, n'osait plus se montrer aussi sûr de lui. Il saisissait mal dans quel cas les Japonais refusaient tout changement, et quand ils étaient pour le changement, il ne savait plus trop bien non plus si les Japonais, en fin de compte, comprenaient ou non les Chinois et leur mentalité.

Il ne saisissait pas davantage le fil conducteur qui avait présidé à son arrestation. Pour quelle raison les Japonais avaient-ils voulu l'arrêter ? Pourquoi, après l'avoir arrêté, ne l'avaient-ils pas interrogé, ni torturé ? L'avaient-ils fait venir ici en visite ? Impossible ! Les Japonais n'étaient-ils pas les plus fourbes, les plus cachottiers, les moins enclins à faire connaître les atrocités qu'ils perpétraient ? En ce cas, pourquoi l'auraient-ils fait venir ? S'il pouvait par chance leur échapper, les faits qu'il avait vus ne faisaient-ils pas partie de l'Histoire, et ne seraient-ils pas toujours crimes commis par les Japonais ? Peut-être n'accepteraient-ils pas de le relaxer, alors pourquoi ce « traitement de faveur » ? Il avait beau réfléchir, cela ne lui paraissait pas clair. Les Japonais étaient-ils intelligents ou stupides, agissaient-ils de façon concertée ou en dépit du bon sens et selon leur bon plaisir ? Il n'osait conclure là-dessus.

Finalement il avait trouvé l'explication : ceux qui agressent les autres, les dominent, nuisent aux autres, ne peuvent qu'agir à l'aveuglette, ils n'ont pas d'autre solution. L'agression elle-même est désordre, car l'agresseur ne voit que lui-même et invente, en suivant sa propre idée, le visage que doit avoir l'agressé. Ainsi, quelle que soit la minutie du calcul de l'agresseur, il rencontrera inévitablement des échecs et commettra des erreurs. Quant aux rectifications, il ne peut les apporter qu'en suivant une fois de plus ses partis pris, et, plus il corrige, plus il s'enferre dans l'erreur, dans le désordre. Les petites révisions, les petites rigueurs ne peuvent corriger des prémisses fondées sur l'erreur. Les Japonais, selon Ruixuan, se creusaient effectivement la cervelle pour de petites choses, mais un petit singe, qui attrape des poux avec un soin extrême, n'en demeure pas moins un petit singe, il ne deviendra jamais un orang-outan.

Les choses s'étant éclairées, il avait goûté quelques bouchées de sorgho. Il ne se faisait plus de souci, qu'il meure ou en réchappe, il voyait bien que les Japonais seraient perdants, et que la cause de leur défaite était leur intelligence à régler les petites choses, et le désordre dans lequel ils géraient les événements importants.

Si Ruixuan réfléchissait à de grandes questions, M. Goodrich, quant à lui, pensait à des moyens très concrets, insignifiants mais efficaces. L'arrestation de Ruixuan avait rempli le vieux monsieur de colère. Quand il avait engagé Ruixuan pour qu'il vînt travailler à l'ambassade, il avait vraiment pensé lui sauver la vie ainsi qu'à sa famille. Mais voilà, Ruixuan avait été arrêté, c'était une atteinte à son amour-propre. Il savait bien que Ruixuan était un honnête homme, incapable d'attirer sur lui le malheur et que, si les Japonais l'avaient arrêté, c'était à coup sûr un défi lancé à la Grande-Bretagne. Si M. Goodrich était effectivement un Anglais sinisé, il gardait cependant, cachés au plus profond de lui, des sentiments qui avaient résisté à la sinisation. Il éprouvait de la compassion pour les Chinois, mais cela ne l'empêchait pas d'admirer la puissance militaire japonaise. C'est la raison pour laquelle, à la vue des massacres perpétrés en Chine par les Japonais et devant leur despotisme, il éprouvait un sentiment d'impuissance. Ce n'était pas un sage, il n'avait ni le courage ni la perspicacité suffisants pour blâmer les Japonais. Ainsi, tout en espérant vivement que le gouvernement anglais défendrait la justice au profit de la Chine, il pensait par ailleurs que, du moment que les Japonais n'attaquaient pas l'Angleterre, il n'avait pas à se mêler de ce qui ne le regardait pas. Il était persuadé que les Anglais régnaient en maîtres sur les mers et que les Japonais n'oseraient jamais jeter leur pot de terre contre ce pot de fer. Cette foi en la puissance et le prestige de son pays lui faisait éprouver de la compassion pour la Chine et, dans le même temps, il ne pouvait s'empêcher de ressentir un complexe de supériorité. Non qu'il se réjouît de l'infortune des autres, mais il lui eût été difficile de se lancer dans un combat contre l'injustice et de s'ériger en redresseur de torts. À ses yeux l'arrestation de Ruixuan était le signe que les Japonais voulaient s'en prendre à la Grande-Bretagne. Il était bouleversé. Sa sensibilité le poussait à sauver Ruixuan, son amour-propre ne fit que renforcer cette décision.

Il avait réfléchi aux solutions possibles. En bon Anglais, il avait pensé se rendre au bureau pour traiter avec les Japonais. Mais il était aussi un Anglais sinisé, il savait que Ruixuan aurait déjà été cruellement torturé, avant qu'aucun document ne fût transmis et que, après la remise des documents, les Japonais lui régleraient peut-être définitivement son compte, avant de renvoyer un document officiel avec la mention polie : « Inconnu après enquête. » De plus, un document mettrait en conflit direct la Grande-Bretagne et le Japon. Il aurait à demander des instructions à l'ambassadeur. Ça c'était ennuyeux ! Peut-être provoquerait-il le mécontentement de son supérieur ? Pour aller plus vite et simplifier les choses, il lui fallait agir à l'orientale.

Il était allé trouver un « frère aîné », lui avait donné de l'argent (ses propres deniers) et lui avait confié la charge d'acheter Ruixuan. L'homme tenait aux apparences et se moquait de la morale. Il lui fallait permettre aux Anglais de sauver l'honneur, et donner de l'argent liquide aux Japonais.

L'argent avait été donné, Ruixuan avait eu du sorgho.

Le troisième jour, jour de la décapitation de Petit Cui, vers huit heures du soir, le petit rat rapporta tous les objets trouvés sur Ruixuan lors de la fouille du premier jour. Son visage, fendu d'un sourire, faisait penser à un pain à la vapeur tout éclaté. Il dit très bas : « Les Japonais très, très gentils, polis, sociables, justes. Toi libre ! » Il tendit les objets à Ruixuan, prit un air sévère : « Jure que toi ne rien dire ce que tu as vu ici. Si toi parler, toi repris et porter des chaussures en bois ! »

Ruixuan, perdu dans ses pensées, regardait le petit rat. Les Japonais étaient tout simplement une énigme. S'il était le dieu tout-puissant, il ne parviendrait pas pour autant à juger de quelle farine était fait en fin de compte ce petit rat. Il promit. Il venait de comprendre pourquoi M. Qian n'avait jamais consenti à parler de ce qui s'était passé en prison.

Il restait un portefeuille que le petit rat ne voulait pas lâcher. Ruixuan se souvint qu'il contenait trois billets de un yuan, quelques cartes de visite et deux billets de reconnaissance du mont-de-piété. Ruixuan ne tendit pas la main pour le réclamer mais il n'avait pas envie non plus d'en faire cadeau au petit rat. Ce dernier, finalement, ne pouvant plus contracter les muscles de son visage, demanda en riant : « C'est d'accord ? » Ruixuan fit oui avec la tête, ce qui lui valut cet éloge de la part du petit rat : « Toi très très bien, toi partir ! » Ruixuan sortit lentement, le petit rat le reconduisit jusqu'à la porte de derrière.

Ruixuan ignorait si c'était M. Goodrich qui l'avait secouru, mais il eut envie de le voir tout de suite, et, même s'il ne lui avait pas rendu service, il voulait lui faire savoir qu'il était sorti, afin de le rassurer. C'est du moins ce qu'il se disait à lui-même alors qu'il avançait tout droit vers l'ouest. La « famille » attirait ses pas. Il loua un pousse. Malgré ces trois jours où il avait connu la faim en prison, il n'avait pas ressenti la fatigue ; la rage l'avait soutenu, physiquement et moralement. À présent qu'il était sorti de prison, sa colère était retombée et ses jambes avaient tout de suite molli. Assis dans la voiture il fut pris de vertiges, de nausées. Il agrippa avec force le siège, se calma. Il eut un évanouissement, fut couvert de sueurs froides, puis revint à lui. Il lui fallut attendre un moment avant de pouvoir essuyer la sueur sur son visage couvert de crasse après trois jours sans toilette.

Il resta les yeux fermés. Le vent frais effleurait ses oreilles et ses joues, il se sentit un peu mieux. Quand il ouvrit les yeux, il vit d'abord les lumières, des lumières claires, belles. Il ne put s'empêcher de sourire un peu. Il était libre de nouveau et pouvait voir les lumières de ce monde. Mais tout de suite il repensa à ses compatriotes debout dans la prison. Peut-être comme lui avaient-ils été enfermés là, restaient-ils là debout sans avoir commis aucun crime ? Au bout de un, deux ou trois jours de ce régime, les plus costauds en mourraient, sans qu'on eût besoin de recourir à d'autres tortures.

« Un pays asservi est le plus grand des crimes ! » Il repensa à cette phrase et se la répéta plusieurs fois. Il avait oublié les lumières, avait oublié tout ce qu'il avait sous les yeux. Ces lumières, ces gens, ces boutiques n'étaient qu'illusions, mirages. Du moment que tant de gens restaient en prison rien d'autre n'existait plus. Peiping avec ses lacs, ses collines, ses palais n'existait plus. Seul existait le crime.

Le tireur de pousse, qui avait la quarantaine passée, n'était pas très preste. Il parlait pour dissimuler sa lenteur : « Monsieur, vous connaissez le nom du tireur de pousse qui a été décapité aujourd'hui ? »

Ruixuan ne le connaissait pas.

« Il s'appelle Cui, il est de la ville ouest ! »

Ruixuan pensa immédiatement à Petit Cui, mais vite il abandonna cette idée. Il savait que Petit Cui travaillait pour Ruifeng, comment lui aurait-on soudain et sans raison coupé la tête ? À y repenser, s'il s'agissait vraiment de Petit Cui, il n'y aurait rien d'étonnant à la chose, lui-même n'avait-il pas été arrêté sans motif ? « Pourquoi l'a-t-on...

— Comment, vous ne le savez pas, Monsieur ? » Voyant qu'ils étaient seuls le tireur de pousse dit tout bas : « Je ne sais quels émissaires ont été assassinés par les nôtres. Le nommé Cui et deux mille personnes avec lui ont été arrêtés. Le nommé Cui a été décapité. Était-ce lui le meurtrier, personne ne pourra le dire. En tout cas nos têtes ne valent pas grand-chose, pour qu'ils les coupent ainsi ! Les salauds ! »

Ruixuan comprit pourquoi ces deux jours on avait fait entrer tant de monde en prison, et pourquoi on ne lui avait fait subir aucun interrogatoire ni ne l'avait soumis à la torture. Il avait eu de la chance, il avait eu la vie sauve, comme ça. S'il avait pu, lui, « par chance éviter tout cela », qui sait si Petit Cui n'était pas tombé par erreur dans le filet ? On s'était emparé du territoire national, on gérait aussi la vie des gens, disposait de leur vie et de leur mort. Petit Cui et lui voulaient vivoter et c'était justement là la cause de tant de morts tragiques. Il ferma de nouveau les yeux, oublia son problème et Petit Cui. Il pensa que, dans les positions tenues par les troupes chinoises dans la Chine libre, des gens libres pouvaient choisir librement le lieu et le but de leur mort. Les hommes véritables étaient ceux qui s'avançaient à la rencontre des fusils, eux mettaient leur vie dans leur détermination et dans leur courage. Ils vivaient, et vivaient libres, mouraient, mais mouraient glorieusement. Petit Cui et lui comptaient pour rien.

Le pousse s'arrêta soudain devant la porte de la maison. Il ouvrit les yeux, hébété. Il avait oublié qu'il n'avait pas un sou sur lui. Ayant fouillé dans sa poche, il dit au tireur de pousse : « Attends un moment, je vais te chercher de l'argent !

— Bien, Monsieur, prenez votre temps », dit le tireur très poliment.

Il frappa à la porte, il frappa avec indifférence. Alors qu'il avait échappé à la mort, en posant sa main sur la porte de sa maison il aurait dû être ému, pourtant il était resté indifférent. Il avait vu le vrai spectacle d'une nation asservie. Il avait saisi à quel point la vie et la mort étaient proches pour un peuple asservi. Il était devenu insensible, il n'entendait pas, alors qu'il venait d'échapper à la mort, pour continuer à vivoter, se laisser prendre par les sentiments. Et puis, la famille elle-même était une prison si tout le monde ne s'occupait que de détails matériels et en oubliait la vie spirituelle !

Il entendit les pas de Yun Mei. Elle s'arrêta, demanda : « Qui est-ce ? » Il répondit sur un ton détaché : « Moi ! » Elle accourut, ouvrit très vite la porte. Les époux se retrouvèrent l'un en présence de l'autre. Si elle avait été une Occidentale, elle se serait précipitée pour étreindre son mari. Mais elle était chinoise, son cœur, certes, battait, volait vers son mari, mais elle retint l'allure comme s'il y avait entre eux une muraille invisible qui les séparait. Ses grands yeux brillèrent, elle demanda à défaut de dire autre chose : « Tu es de retour ?

— Il faut de l'argent pour le pousse ! » dit Ruixuan tout bas. Puis il entra dans la cour. Il n'avait pas ressenti l'enthousiasme et la joie qu'éprouvent deux époux quand ils se retrouvent. Cette impression qu'il ressentait d'avoir été arrêté en cachette, de revenir en cachette, était la plus grande honte qu'il pût éprouver. S'il avait été blessé, ou marqué au visage, il aurait franchi le seuil avec fierté et aurait accepté en souriant les témoignages de sympathie et de sollicitude des siens, mais voilà, il était pareil à lui-même, et si ce n'était cette blessure à l'âme, son corps ne portait aucune trace de sang, bien au contraire, les Japonais n'avaient même pas daigné le frapper. Alors que les patriotes combattaient pour arracher la paix, le sang était un insigne glorieux. Il ne l'avait pas, il avait juste souffert de la faim pendant deux ou trois jours, et il rentrait chez lui, tel un chien affamé, la queue entre les pattes.

Mme Tianyou était debout au seuil de sa porte. Sa voix trembla un peu : « Mon grand ! »

Ruixuan n'osa pas relever la tête, il appela doucement : « Man ! »

Petit Shunr et Niuzi s'étaient couchés tard ces deux jours dans l'attente du retour de papa, tout souriants, ils arrivèrent comme le vent : « Papa, tu es revenu ? » Ils prirent chacun la main de leur père.

Ces deux petites mains tièdes firent fondre le cœur de Ruixuan. Leur amour candide et sincère avait dissipé en grande partie sa honte.

« L'aîné, Ruixuan ! » appela de sa chambre le vieux Qi qui ne dormait pas encore lui non plus, attendant le retour de son petit-fils. Déjà il ouvrait la porte : « L'aîné, c'est bien toi ? »

Ruixuan s'avança en tenant les enfants par la main : « C'est moi, grand-père ! »

Le vieil homme descendit les marches en tremblotant, il s'agenouilla plus lentement qu'il ne l'aurait voulu : « Les ancêtres ont accumulé beaucoup de vertus ! Ô mes ancêtres, je vous rends hommage le front contre terre ! » et il frappa trois fois le sol de son front en direction de l'ouest.

Lâchant la main de Petit Shunr et de Niuzi, Ruixuan s'empressa d'aller relever son vieux grand-père. Celui-ci semblait vidé de toute énergie, il lui fallut longtemps avant de se redresser. Tous, jeunes et vieux, quatre générations rassemblées, entrèrent dans la chambre du vieil homme.

Mme Tianyou profita du moment pour faire des recommandations à sa belle-fille : « Il est de retour et j'y vois la main cachée des aïeux, ne lui parle surtout pas du cadet, d'accord ? »

Yun Mei battit deux fois des paupières d'un geste entendu : « Je n'en parlerai pas ! »

Dans la chambre, le vieil homme gardait le regard fixé sur l'aîné de ses petits-enfants, comme s'il ne l'avait pas vu depuis des années. Le visage de Ruixuan était un peu creusé. Il ne s'était pas rasé depuis trois jours et une barbe courte et parsemée lui donnait mauvaise mine.

Mme Tianyou et Yun Mei entrèrent à leur tour, elles avaient tant de choses à dire, mais ne savaient pas par où commencer, aussi regardaient-elles Ruixuan avec un air stupide, mais plein de sollicitude.

« Mère de Petit Shunr, dit le vieil homme à Yun Mei tout en continuant de regarder son petit-fils, il faut de l'eau avant tout pour lui faire du thé ! »

Yun Mei voulait se rendre utile depuis longtemps, mais elle n'avait pas pensé au thé. Elle rit : « J'ai la tête à l'envers, grand-père. » Sur ces mots, elle sortit en courant.

« Il faut lui préparer quelque chose à manger ! » dit le vieil homme à l'intention de sa belle-fille. Il voulait éloigner aussi sa belle-fille pour avoir son petit-fils pour lui tout seul afin de lui dire quels avaient été son courage et sa douleur.

Mme Tianyou se rendit à son tour dans la cuisine.

Le vieil homme avait beaucoup de choses à raconter, c'est pourquoi il commença par dire ce qui lui passait par la tête. Quand on a trop de choses à dire, on peut commencer par n'importe quel bout.

« Est-ce que j'ai eu peur d'eux ? » Le vieil homme avait plissé ses yeux qui ne formaient plus qu'une fente, il revit l'affrontement qui avait eu lieu trois jours auparavant. « Moi, tu parles ! J'ai découvert ma poitrine et leur ai dit de tirer. Et ils n'ont pas osé ! Ah, ah ! » ricana-t-il.

Petit Shunr tira son père à lui, ils étaient assis tous les deux sur le bord du kang. La petite Niuzi était debout entre les jambes de son père. Ils écoutaient tous silencieusement le vieil homme faire son récit avec force gestes à l'appui. Ruixuan avait du mal à comprendre de quoi parlait son grand-père, il se rendait compte que ce dernier avait changé. Autant qu'il s'en souvenait, il avait toujours, dans ses avertissements, parlé de paix, de résignation, de souffrance, jamais de courage, d'audace et de danger. Voilà qu'à présent le vieil homme racontait qu'il avait dénudé sa poitrine et leur avait dit de tirer ! Face à l'oppression et aux atrocités, même un agneau devait être capable de foncer tête baissée en avant.

Mme Tianyou revint la première, la théière à la main. Elle n'osa pas s'asseoir en présence de son beau-père. Mais elle restait volontiers debout : il lui fallait voir encore son fils aîné, elle avait tant de choses à lui dire.

Après avoir bu deux gorgées de thé chaud, Ruixuan retrouva un peu d'énergie. Il n'avait qu'une envie : aller s'allonger et dormir. Il lui fallait pourtant entendre jusqu'au bout le récit de son grand-père. C'était son devoir. Et il avait tant de devoirs : écouter son grand-père, être arrêté par les Japonais, supporter les moqueries du petit rat... tout cela faisait partie de son devoir. Il était celui qui, esclave d'une puissance étrangère, accomplissait tous ses devoirs.

Ce ne fut pas rien que d'attendre la fin du récit du vieil homme ! Il savait que sa mère avait plein de choses à lui dire. Pauvre maman ! Son visage était aussi jaune qu'une vieille feuille de papier, sans le moindre éclat. Ses orbites étaient profondément creusées, ses paupières étaient toutes bleuies. Elle aurait dû aller se reposer depuis longtemps, mais elle résistait, refusait de se retirer.

Yun Mei apporta une cuvette d'eau. Ruixuan n'avait pas l'esprit à se laver. Il se frotta juste à la diable. Quand on est allé en prison, on ne retient que les choses importantes et on néglige de se laver la figure et les dents.

« Qu'est-ce que tu veux manger ? » demanda Yun Mei à son mari tout en versant du thé au vieil homme et à sa belle-mère. Elle n'osait pas s'occuper exclusivement de son mari et négliger les anciens. Elle était épouse, mais bru aussi. Les devoirs d'une bru sont plus importants encore que ceux d'une épouse.

« N'importe ! » Ruixuan qui avait réellement le ventre vide n'était pourtant pas très enthousiaste à l'idée de manger. Il avait surtout besoin de dormir en paix.

« Fais de la pâte, très fine », suggéra Mme Tianyou. Elle attendit que sa belle-fille fût sortie pour demander : « Tu n'as pas été maltraité ?

— Non, heureusement ! » Ruixuan eut un rire contraint.

La vieille dame avait encore beaucoup de choses à dire, mais elle savait se retenir. Ses paroles étaient comme un verre d'eau plein, elles ne débordaient pas. Elle avait vu que son fils était fatigué, qu'il avait besoin de repos. Elle s'était inquiétée de savoir si son fils n'avait pas été molesté. Comme il avait répondu : « Non, heureusement ! » elle ne posa pas d'autres questions. « Petit Shunr, on va au lit ! »

Petit Shunr n'avait pas envie de s'en aller.

« Petit Shunr, obéis ! dit Ruixuan avec lassitude.

— Papa ! Demain tu ne repars pas, hein ? » Petit Shunr semblait s'inquiéter beaucoup pour la sécurité de son père.

« Hem ! » Ruixuan ne trouva rien à répondre. Il savait que si tel était le bon vouloir des Japonais, demain il pouvait très bien être remis en prison.

Quand sa mère et Petit Shunr furent sortis, Ruixuan se leva à son tour. « Grand-père, vous devriez vous reposer ! »

Le vieil homme semblait mécontent de son petit-fils : « Tu ne m'as pas encore dit ce qu'ils t'ont fait subir ! » Le vieil homme était très excité, il ne paraissait pas fatigué du tout. Il voulait entendre son petit-fils lui parler de ce qui s'était passé en prison pour en faire une histoire cohérente reliée à ses propres actes de courage.

Ruixuan n'était pas disposé — il n'osait pas non plus le faire — à parler de ce qui s'était passé en prison. Il savait que les Chinois étaient incapables de garder un secret, que les Japonais étaient remarquablement bien informés. S'il se laissait aller à parler, il retournerait certainement en prison. Il se contenta donc de dire : « Ça pouvait aller ! » et sortit en tenant Niuzi par la main.

Une fois dans sa chambre, il se jeta d'un bloc sur le lit. Il trouvait son lit plus agréable que tout le reste. Il se laissa mollement aller, chaque partie de son corps était en contact avec le lit, son corps ayant un appui, il se sentait réconforté, détendu mentalement. Le moyen le plus simple et le plus terrible d'infliger une punition à quelqu'un est de le priver de son lit. En pensant à cela il ferma les yeux, et, comme le vent fait vaciller la lumière d'une bougie sans l'éteindre, il sombra dans le pays des rêves, emportant ses réflexions inachevées.

Yun Mei entra, portant un bol à deux mains. Elle ne savait trop que faire. Si elle le réveillait, il risquait d'être mécontent, si elle ne le réveillait pas, les pâtes seraient refroidies.

La petite Niuzi, clignant ses petits yeux, eut une idée : « Niuniu en mange un peu ? »

En temps ordinaire les suggestions de Niuzi essuyaient un refus, Yun Mei n'autorisait pas les enfants à manger avant d'aller dormir. Aujourd'hui Yun Mei trouvait qu'on pouvait se montrer accommodant, déroger aux règles. Elle n'avait pas pu manifester la joie qui emplissait son cœur, eh bien, elle allait le faire en laissant la petite Niuzi manger quelques pâtes ! Elle s'approcha et dit à l'oreille de la petite : « Je vais t'en donner un petit bol et quand tu auras fini tu iras sagement te coucher. Tu es contente du retour de papa ?

— Oui ! » répondit Niuzi tout bas elle aussi.

Yun Mei s'assit sur la chaise et jeta un coup d'œil à Niuzi, puis à son mari. Elle était décidée à ne pas dormir car, quand son mari s'éveillerait, elle irait lui préparer un autre bol de pâtes, et s'il devait dormir toute la nuit, elle veillerait toute la nuit aussi. Son mari était revenu, elle avait quelqu'un sur qui s'appuyer jusqu'à la fin de ses jours, que comptait le sacrifice d'une nuit de veille ? Elle se leva doucement et, doucement toujours, couvrit son mari avec une couverture.

Il faisait presque jour lorsque Ruixuan s'éveilla enfin. Quand il ouvrit les yeux il avait oublié où il était. Vite, troublé, il s'assit. Devant le lit de la petite Niuzi était placée une lampe à huile qui donnait une faible lumière. Yun Mei somnolait, assise sur une chaise, devant le petit lit.

Ruixuan avait encore un peu mal à la tête, il n'avait pas envie de manger malgré son ventre qui criait famine. Il aurait voulu continuer à dormir, mais il avait été ému de voir que Yun Mei avait veillé jusqu'au jour. Il appela tout bas : « Mère de Petit Shunr, Mei, tu ne t'es pas couchée ? »

Yun Mei se frotta les yeux, elle remonta la mèche de la lampe. « Je voulais te faire des pâtes ! Quelle heure est-il ? »

Le coq des voisins répondit à sa question.

« Oh ! » Elle se leva, s'étira. « Il va bientôt faire jour ! Tu as faim ? »

Ruixuan fit non avec la tête. Il regardait Yun Mei. Il eut soudain envie de lui dire ce qu'il avait sur le cœur, de lui parler de ce qui s'était passé en prison, ainsi que de la barbarie des Japonais. Il avait l'impression qu'elle était son seul vrai ami et qu'elle devait partager ses épreuves, tout connaître en ce qui le concernait. Mais, réflexion faite, il se dit qu'il n'y avait rien qui valût la peine d'être raconté. Ce n'était guère valorisant que de montrer, fût-ce à sa femme, sa faiblesse et sa honte.

« Tu devrais t'allonger et dormir, tu vas attraper froid ! » Il ne trouva que ces quelques mots sans importance. C'est vrai, il ne pouvait qu'agir pour la forme, il n'avait pas le feu sacré de la vie, le sang chaud, il ne savait que prendre la vie à la légère, abaisser le prix de la vie en vivotant tant bien que mal. Il lui suffisait de vivre et, par là même, il accomplissait son devoir.

Il s'étendit de nouveau, ne put se rendormir paisiblement. Il se disait : « Même si je ne dis pas tout, je devrais tout de même lui en toucher quelques mots, pour lui montrer mon affection et ma reconnaissance. » Mais Yun Mei avait soufflé la lampe, s'était allongée et endormie. Elle semblait aussi simple que la petite Niuzi : il était de retour sain et sauf, et elle était soulagée, alors, qu'il lui parlât ou non n'avait aucune importance. Elle n'avait pas besoin de sa reconnaissance, n'était ni susceptible ni indifférente, la sincérité avec laquelle elle aimait son mari faisait penser à une lampe : elle émettait de la lumière, sans chercher pour autant une quelconque rétribution ou des éloges.

Quand il se leva le matin il avait le corps tout raide, comme s'il avait pris froid. Mais il décida qu'il irait quand même au bureau voir M. Goodrich. Il ne voulait pas prendre un congé de façon inconsidérée.

En présence de M. Goodrich il ne put trouver les mots appropriés pour le remercier. M. Goodrich se montra très anglais, se contentant de lui poser une seule question : « Est-ce qu'on vous a maltraité ? » Il ne voulait pas laisser Ruixuan se confondre en remerciements. Les Anglais font preuve d'une grande maîtrise de soi. Il ne dit pas non plus comment il s'y était pris pour sauver Ruixuan. Quant à l'argent qu'il avait versé de ses propres deniers pour les pots-de-vin, il n'en souffla mot, bien décidé à ne jamais évoquer la question.

« Ruixuan ! » Le vieil homme allongea le cou et dit cordialement : « Vous auriez dû vous reposer deux jours, vous n'avez pas bonne mine ! »

Ruixuan ne voulut rien entendre.

« Comme vous voudrez ! Après le travail, je vous invite ! » Le vieil homme rit et quitta Ruixuan.

Ruixuan était satisfait de la façon dont les choses s'étaient passées. Il n'avait rien dit au vieil homme ; celui-ci, de son côté, n'avait rien dit non plus, pourtant tout était clair dans leur esprit : puisqu'il était sain et sauf, ils n'avaient pas besoin d'autre discours. Ruixuan voyait bien que la joie du vieil homme était sincère, quant à ce dernier, il savait que Ruixuan lui était reconnaissant de tout son cœur. Tout ce qu'ils auraient pu dire d'autre aurait été superflu. C'était le comportement des Anglais, mais aussi la façon d'être des Chinois, en amitié.

À midi, quand les deux hommes eurent pris un verre de vin, le vieil homme se décida à exprimer ses craintes :

« Ruixuan, d'après ce qui t'est arrivé, je devine un peu, un petit peu. Oh ! je m'inquiète peut-être un peu trop, et j'espère que c'est bien le cas ! Je crois pourtant qu'un jour les Japonais donneront l'assaut à l'Angleterre.

— Le peuvent-ils ? » Ruixuan n'osait pas se prononcer. Il savait à présent à quel point les Japonais étaient imprévisibles. Faire des conjectures à leur sujet, c'était chercher à prédire ce qu'un rat ferait pendant la nuit.

« S'ils le peuvent ? Bien sûr que oui ! J'ai pris des informations. Ton arrestation est due purement au fait que tu travailles à l'ambassade.

— Oui, mais les Anglais n'ont-ils pas une puissante armée de mer ?

— Qui sait ? Espérons que mon inquiétude est exagérée ! » Le vieil homme, comme frappé de stupeur, regardait fixement son verre de vin. Il ne disait plus rien.

Après avoir bu son vin, il dit à Ruixuan : « Rentre chez toi ! Je vais demander en ton nom une demi-journée de congé. Cet après-midi je viendrai te voir vers quatre ou cinq heures, pour calmer la frayeur de tes vieux parents. Si ce n'est pas trop compliqué, préparez-moi quelques raviolis, qu'en dis-tu ? »

Ruixuan fit oui avec la tête.

Guan Xiaohe prêtait une grande attention à ce qui se passait chez les Qi. La froideur habituelle de Ruixuan à son égard ne pouvait que le pousser à se réjouir de son malheur. Dans le même temps il se disait que si Petit Cui avait été décapité, Ruixuan sans doute allait trouver la mort. Il savait que la mort de Ruixuan entraînerait inéluctablement l'effondrement de la famille Qi. La chute de la famille Qi allégerait les menaces qu'il sentait peser sur son esprit. De toute la ruelle seule la famille Qi était respectable, mais les Qi ne voulaient pas entretenir de bons rapports avec lui. Et puis, à la chute de la famille Qi, il lui faudrait acheter la maison du n° 5 pour la louer aux Japonais. Si tous ses voisins pouvaient être des Japonais, il se sentirait en sécurité, comme s'il habitait au Japon.

Mais voilà, Ruixuan était sorti. Xiaohe s'empressa de rectifier le tir. Pour avoir été arrêté par les Japonais sans avoir trouvé la mort pour autant, les arrières de Ruixuan devaient être importants ! Non, il lui fallait encore aller flatter Ruixuan ! Il ne pouvait offenser quelqu'un qui avait tant de ressources sous le prétexte qu'il exerçait sur lui une certaine pression psychologique.

Il se postait souvent au-delà de la porte pour voir ce qui se passait chez les Qi. Vers cinq heures il vit M. Goodrich frapper à la porte du n° 5. Sa langue en sortit de sa bouche et resta pendante un bon moment. Il était là, comme un chien en chaleur pendant la canicule. Il ravala sa langue, rentra chez lui telle une flèche. « Chef de centre ! Chef de centre ! L'Anglais est venu !

— Comment ? demanda la "grosse courge rouge" avec étonnement.

— L'Anglais ! Il est allé au n° 5 !

— Vraiment ? » Tout en parlant la « grosse courge rouge » avait commencé à réfléchir à un plan concret. « Ne devrions-nous pas aller les consoler de leur frayeur ?

— Si, bien sûr et tout de suite ! Nous allons nous aussi essayer d'obtenir les bonnes grâces de ce vieil Anglais. »

Xiaohe, tout pressé, était déjà sur le point d'aller se changer.

« Chef de centre, vous me pardonnerez si je suis trop loquace ! » Gao Yituo, qui était là à attendre le dîner, s'adressait avec déférence à la « grosse courge rouge » : « Est-ce vraiment ce qu'il convient de faire ? Par les temps qui courent, il semble qu'il vaudrait mieux s'en tenir à un seul objectif et ne pas jouer sur les deux tableaux, non ? Si vous allez chez les Qi et si des espions vous remarquent, font leur rapport, en fin de compte... n'est-ce pas vrai, chef de centre ? »

Xiaohe sans réfléchir fit oui de la tête. « Yituo, c'est bien pensé, tu raisonnes bien ! »

Après un moment de réflexion, la « grosse courge rouge » dit : « Il y a du vrai dans ce que tu dis. Toutefois, les gens qui réussissent dans la vie doivent plaire à tout le monde. Être de tous bords permet d'avoir plus de relations, d'être accueilli en tout lieu et en toute circonstance. Ces derniers temps, tout compte fait, j'ai pu approcher de hauts personnages. Eh bien, est-ce qu'ils ont dit du mal du gouvernement central ? Non ! Du gouvernement de Nankin ? Non ! De l'Angleterre ou de l'Allemagne ? Eh non ! Sinon, comment deviendrait-on une personnalité ? Il faut se montrer souple, rester neutre. Ainsi, quels que soient ceux qui accèdent au pouvoir, on peut toujours vivre grâce à eux, ils seront toujours de hauts personnages. Yituo, tu as encore une vue un peu étriquée des choses !

— Tout à fait, c'est vrai ! s'empressa de dire Xiaohe. C'est aussi ma façon de voir les choses. Au temps des Boxers[1], il valait mieux aller s'entraîner à la boxe, et quand il y a eu des agents de police, on devait se faire agent de police, d'où l'expression : "Les boxers se font policiers." Il faut s'adapter à la situation. Bien, alors on y va faire un tour, non ? »

La « grosse courge rouge » acquiesça.

M. Goodrich et le vieux Qi s'entendirent bien. Pour M. Goodrich, tout, chez le vieux Qi, était authentiquement chinois, s'accordait étroitement avec l'image idéale qu'il se faisait des Chinois. Le fait que le vieux Qi fit asseoir son invité à la place d'honneur, qu'il le priât sans cesse de boire du thé, sa déférence, son insistance remplissaient d'aise M. Goodrich.

Mme Tianyou et Yun Mei lui firent également très bonne impression. Elles n'avaient pas les pieds bandés, ni les cheveux permanentés, ne se fardaient pas les lèvres. Elles se montraient très polies avec leur hôte, et une politesse recherchée rendait toujours heureux M. Goodrich.

Quand Petit Shunr et Niuzi virent M. Goodrich, ils le trouvèrent étrange tout en ayant un peu peur de lui. Ils avaient envie d'aller toucher le costume

1. Membres d'une société secrète qui pratiquaient la boxe chinoise comme méthode d'entraînement. Très xénophobes, ils se soulevèrent en 1900 avec le soutien de la Cour.

occidental du vieil homme mais ils étaient tout intimidés. Cela aussi remplissait d'aise M. Goodrich, il voulut prendre la petite Niuzi dans ses bras. « Viens, viens voir mon grand nez et mes yeux bleus ! »

La politesse, les manières, la façon de parler de chacun donnaient à M. Goodrich l'impression d'embrasser en un regard un pan d'Histoire, une histoire de la Chine en pleine mutation. Le vieux Qi incarnait le Chinois de la dynastie des Qing et c'était le genre de Chinois que M. Goodrich aimait le plus rencontrer. Mme Tianyou représentait la génération entre les Qing et la République, elle se voulait gardienne de quelques vieux usages, sans empêcher pour autant l'apparition de choses nouvelles. Ruixuan était un pur produit de la République, bien qu'il y eût seulement entre son grand-père et lui une quarantaine d'années, sur le plan des idées un ou deux siècles les séparaient. Petit Shunr et Niuzi étaient les Chinois du futur. Comment seraient les Chinois du futur ? M. Goodrich ne parvenait pas à l'imaginer. Il aimait beaucoup le vieux Qi, mais il ne pouvait empêcher le changement représenté par Mme Tianyou et par Ruixuan, et encore moins ce changement qui se poursuivrait avec Petit Shunr et Niuzi. Il aurait voulu voir une culture chinoise immuable, singulière, passionnante. Mais la Chine, pareille à un bateau poussé par l'ouragan, suivait le courant. À la vue des quatre générations de Qi, il trouvait qu'il s'agissait d'une famille étonnante s'il en était. Certes, ils étaient tous chinois, mais ils étaient si complexes, si variés ! Le plus étrange était que des personnes aussi différentes les unes des autres fussent capables, contrairement à ce qu'on aurait pu croire, d'habiter en bonne harmonie une même cour, semblant même, alors que chacune devait changer, posséder une force immense qui les gardait de la division, de la désunion dans le changement. Dans cette famille étrange chacun semblait fidèle à son époque sans pour autant refuser avec violence l'époque des autres. Ils avaient pétri ensemble toutes ces époques différentes, comme on fabrique une pilule à partir de plusieurs remèdes. Ils se conformaient tous à l'Histoire tout en semblant s'opposer à elle. Ils avaient chacun leur culture mais faisaient preuve de tolérance les uns envers les autres, se montraient indulgents pour l'autre. Ils semblaient tous aller de l'avant tout en restant en arrière.

Pour une telle famille l'avenir était-il radieux ? Selon M. Goodrich la chose n'était pas claire. Le plus urgent était de savoir si une telle famille pourrait supporter la liquidation par la force perpétrée par les Japonais et demeurer cette forteresse inébranlable. Tout en regardant Petit Shunr et Niuzi, il ressentait une tristesse indéfinissable. Il se posait en connaisseur de la Chine, mais il n'osait plus tirer de conclusions à la légère. Il voyait cette famille, pareille à un bateau pris dans l'ouragan. Il s'inquiétait pour eux tout en trouvant peu approprié de s'inquiéter ainsi. Qui sait, après tout, cette famille était peut-être une montagne et non un bateau ? S'inquiéter pour une montagne, c'était idiot !

La « grosse courge rouge » et Guan Xiaohe entrèrent, vêtus très élégamment. Il s'agissait de faire bonne impression sur l'Anglais. La « grosse courge rouge » portait un vêtement à l'occidentale en drap léger qui découvrait la moitié de ses gros bras et n'avait pas de col. Elle avait peint généreusement ses lèvres en rouge vif, ses cheveux étaient enroulés en vingt à trente rouleaux de tailles différentes, on aurait dit une jolie démone.

Quand il les vit entrer, Ruixuan resta interloqué, mais très vite il prit une décision. Il était allé en prison, il avait vu la mort, des gens emprisonnés, il jugeait inutile de se mettre en colère à cause de ces démons. Si, confronté à la mort, il n'avait pas ployé le genou devant les Japonais, pourquoi ne pas saluer ces deux chiens courants des Japonais ? Il était décidé à ne pas se mettre en colère, à ne pas les rejeter. Il se dit qu'il devait, sans trop se creuser la cervelle, les taquiner, jouer avec eux comme on ferait avec des petits chats ou des petits chiens.

M. Goodrich eut un sursaut d'effroi. Il était en train de se dire que les Chinois changeaient tous, mais il n'aurait jamais imaginé que les Chinois deviendraient des démons. Il était un peu décontenancé.

Ruixuan fit les présentations : « M. Guan, Mme Guan, amis intimes et sûrs des Japonais ! »

La « grosse courge rouge » avait perçu la raillerie chez Ruixuan, mais elle garda son sang-froid. Elle partit d'un rire aigu. « Allons ! Est-ce que les Japonais seraient plus grands que les Anglais ? Cher Monsieur, n'écoutez pas les cancans de Ruixuan. »

Guan Xiaohe, quant à lui, ne s'était rendu compte de rien, tout occupé à essayer de donner une poignée de main à M. Goodrich. C'était selon lui la façon la plus civilisée au monde, la plus évoluée de saluer, et serrer la main à un étranger, c'était s'accaparer pendant dix secondes ou une demi-minute un peu de « l'étranger ».

Mais M. Goodrich n'aimait pas les poignées de main et, contre toute attente, il éleva les deux mains pour saluer. « Cher Monsieur, extraordinaire cette façon chinoise de saluer ! » Il avait pris l'intonation qu'il réservait aux Japonais, persuadé qu'en parlant un chinois approximatif c'était presque comme s'il parlait une langue étrangère.

Les deux époux avaient oublié le repas à offrir à Qi Ruixuan pour l'aider à se remettre de ses frayeurs. Ils concentraient leurs regards, leurs propos, leur attention sur la personne de M. Goodrich. La « grosse courge rouge » déversait un flot de paroles à l'intention de ce dernier. Chaque réponse de l'Anglais amenait une louange sur les lèvres de Xiaohe : « Voyez un peu, Monsieur Goodrich sait employer l'expression : "Comment oserais-je ?" ! » « Voyez un peu, Monsieur Goodrich connaît les nouilles à la sauce de soja frites avec du porc haché, c'est prodigieux ! »

M. Goodrich commençait à regretter son orientalisation. S'il était resté à cent pour cent anglais, les choses auraient été plus simples, il aurait pris un air sévère et se serait montré froid vis-à-vis de la démone. Il était anglais, mais sinisé, il avait appris à être excessivement poli, à se forcer. Il lui répugnait d'envoyer les gens promener. La « grosse courge rouge » et Guan Xiaohe eurent ainsi leur petite satisfaction et, pareils à des enfants ignorants et insupportables à qui l'on réserve cependant bonne figure, ils se montrèrent encore plus insupportables.

Jusqu'à ce que Xiaohe saluât de nouveau les mains jointes. « Cher Monsieur, l'ambassade de Grande-Bretagne a-t-elle encore besoin de personnel ? Eh bien, malgré tout, oui, j'aimerais beaucoup... Savez-vous ? Ah, ah ! je vous serais très obligé, oui, obligé, si vous pouviez m'aider ! »

En tant qu'Anglais, M. Goodrich n'avait pas à mentir, mais, en tant que Chinois, il ne pouvait mettre dans l'embarras ceux qui se trouvaient devant lui. Cette situation lui était très pénible. Il décida de renoncer aux raviolis et de s'échapper. Il se leva, dit en balbutiant : « Ruixuan, j'y repense, ah, mais oui, j'ai, j'ai à faire. Je, je reviendrai une autre fois, promis, je reviendrai… »

Sans attendre la réponse de Ruixuan, les époux Guan s'avancèrent précipitamment pour lui barrer le chemin. La « grosse courge rouge » dit très cordialement : « Cher Monsieur, nous ne pouvons vous laisser partir ainsi, peu importe que vous ayez à faire ou non, j'ai déjà préparé une collation, il faut absolument que vous nous fassiez cet honneur !

— C'est vrai, cher Monsieur, et si vous refusez, ma femme va peut-être se mettre à pleurer pour de bon ! » renchérit Xiaohe à ses côtés.

M. Goodrich était coincé, et quand un Anglais est « coincé », il l'est vraiment.

« Monsieur Guan, dit Ruixuan sans hâte, sans colère, d'une voix calme mais ferme : M. Goodrich n'ira pas ! Nous sommes sur le point de dîner, et je ne vous garderai pas à ma table ! »

M. Goodrich en avala sa salive.

« C'est bon, c'est bon ! dit la "grosse courge rouge" en soupirant, nos flatteries ont échoué, nous ne reviendrons plus vous importuner ! Voilà ce que nous allons faire, cher Monsieur, je ne vous obligerai pas à venir chez nous, je vais vous faire porter cette collation. À la première rencontre on est des inconnus les uns pour les autres, à la deuxième on devient amis. Par la suite nous pourrions nous lier d'amitié, qu'en dites-vous ?

— Quant à ce dont je vous ai parlé, je vous saurai gré d'y mettre du vôtre ! » Xiaohe éleva haut ses mains jointes pour saluer.

« Allons ! Ruixuan, au revoir. J'aime beaucoup votre franchise à l'occidentale ! » Sur ces mots la « grosse courge rouge » roula des yeux pour prendre congé de tous, Xiaohe la suivit, tout en se retournant pour saluer les mains jointes.

Ruixuan se contenta de leur adresser un léger signe de tête du seuil de la pièce.

Après leur départ, M. Goodrich étira plusieurs fois son cou avant de pouvoir dire quelque chose : « Ce... ce sont aussi des Chinois ?

— Malheureusement oui ! dit Ruixuan en riant, si nous devons tuer les Japonais, il nous faudra aussi exterminer les Chinois de leur sorte, car si les Japonais sont des loups, eux sont des renards ! »

CHAPITRE XLIX

L'univers entier s'était soudain écroulé, enterrant vive dans les ténèbres la femme de Petit Cui. Si son mari ne lui avait apporté aucun bien-être, il l'avait empêchée d'aller jusqu'à mourir de faim et il l'avait aimée, d'une certaine façon. Peu lui importait qu'il fût bon ou mauvais, c'était son mari, si bien que, même quand elle souffrait de la faim, elle avait encore un espoir, un appui. Mais il avait été décapité. Même s'il n'avait guère d'avenir, il n'avait jamais commis la moindre faute, n'avait ni tué, ni volé, ni pillé ou extorqué quoi que ce fût. Certes, quand il était ivre mort, il se répandait en injures, frappait sa femme, mais laisser libre cours à son ivresse n'était pas un comportement passible de la décapitation, d'autant plus que dans ses moments d'ivresse furieuse, il était prêt à obtempérer si on lui faisait des exhortations bienveillantes, et alors il allait sagement cuver son vin.

Elle ne pouvait même plus pleurer, elle était frappée de stupeur. Elle se trouvait soudain dans une impasse, sans comprendre pourquoi. Le sentiment de l'injustice dont ils étaient victimes, la colère, la douleur la faisaient suffoquer, provoquant chez elle des arrêts respiratoires. Elle fut sauvée grâce à la vieille Mme Ma, à Changshun, à M. Sun et à Mme Li. Quand elle avait recouvré ses esprits, elle n'avait pu que hurler longuement les yeux fixes ; à la longue, elle n'avait plus eu de voix.

Elle était restée hébétée un bon moment, puis s'était levée soudain et était sortie en courant. Son corps maigre, qui était si souvent tenaillé par la faim, avait soudain trouvé une force anormale, elle s'était heurtée à Mme Li, avait failli la renverser.

« Monsieur Sun, barrez-lui le chemin ! » avait crié Mme Ma.

M. Sun et Changshun avaient mobilisé toutes leurs forces pour la rattraper. Ses cheveux dénoués étaient en partie collés sur son visage. Elle n'avait plus qu'une vieille chaussure à un pied, elle disait d'une voix rauque entre ses dents : « Lâchez-moi, vous entendez ! Je m'en vais trouver les Japonais, et je me suiciderai en me jetant contre eux ! »

Les yeux myopes de M. Sun étaient rouges tant il avait pleuré. Il ne pleurait plus, tout occupé avec Changshun à la retenir par les épaules. M. Sun avait été très affecté. D'ordinaire il aimait se chamailler pour un rien avec Petit Cui, mais, au fond, il l'aimait bien, Petit Cui était son ami.

Changshun ne cessait de renifler, des rangées de grosses larmes coulaient sans fin de ses yeux. Il ne tenait pas Petit Cui en très haute estime, mais, en pensant à la mort injuste de celui-ci et à l'état pitoyable dans lequel elle avait laissé sa femme, il ne pouvait s'empêcher de pleurer.

Mme Li, qui avait pleuré tant et plus, s'était remise à pleurer. Petit Cui était son voisin, mais il était un peu aussi comme son fils. Petit Cui ne lui avait jamais offert la moindre pêche, le moindre jujube en signe de respect, pourtant elle l'avait toujours aidé et, si parfois il lui arrivait de l'injurier, c'était parce qu'elle l'aimait du fond du cœur. Cet amour maternel débordant ne demandait aucune compensation à la personne aimée. Elle n'avait qu'un souci : voir les jeunes pleins de vie et de bonne santé comme doit l'être la jeunesse. Elle n'aurait jamais pensé qu'un gamin pareil à un dragon joyeux pourrait perdre la vie si soudainement et laisser une veuve aussi jeune. Elle ne savait rien de la politique, ne s'en souciait guère. Pour elle une seule chose comptait : les êtres humains, et surtout les jeunes, devaient pouvoir mener une vie tranquille. La mort en soi était à maudire, surtout depuis qu'elle avait frappé Petit Cui, Petit Cui qui, de plus, était mort décapité. Elle s'était remise à pleurer.

La vieille Mme Ma avait perdu son mari de bonne heure. La femme de Petit Cui lui faisait repenser à son veuvage. Il est vrai qu'elle n'était pas aussi chaleureuse que Mme Li, et, pour elle, Petit Cui et sa femme étaient des voisins habitant par hasard la même cour qu'elle, il n'y avait nulle amitié ni affection là-dedans. Mais entre veuves, même réunies fortuitement, passe une sympathie que les personnes extérieures ne peuvent sentir. Elle ne se serait pas laissée aller à pleurer bruyamment, mais ses larmes coulaient sans répit.

Comparée aux autres, la vieille Mme Ma était cependant la plus lucide, elle savait garder son calme. Elle parvenait à s'exprimer : « Il faut trouver une solution, il est mort, ça sert à rien de pleurer ! » et elle avait raison, Petit Cui était bel et bien mort ! Les larmes ne le feraient pas revivre, elle le savait. Son mari l'avait quittée quand elle était toute jeune, elle savait qu'une veuve devait changer l'amour qu'elle éprouvait pour son mari en fermeté, se blinder. Si elle n'avait pas eu ce comportement face au destin qui s'était abattu sur elle, elle serait dans la tombe depuis longtemps.

Ses exhortations avaient été sans effet. La femme de Petit Cui était comme folle, elle gardait le regard rivé droit devant elle, comme s'il lui eût été donné de voir son mari décapité. Elle continuait à se débattre, à vouloir se dégager de l'étreinte des bras qui la retenaient. « Sa mort est injuste, injuste, injuste ! Lâchez-moi ! » criait-elle la voix toute rauque, se mordant les lèvres à les faire saigner.

« Surtout ne la lâche pas, Changshun ! disait la vieille Mme Ma, inquiète. Il ne faut surtout pas provoquer de nouveaux troubles. Quand on pense que même M. Qi, qui est si sérieux, a été arrêté ! »

Cette réflexion avait rappelé tout le monde au calme, exception faite de la femme de Petit Cui. Mme Li avait stoppé net ses sanglots bruyants. M. Sun n'avait plus osé lancer ses imprécations à la ronde. Changshun, qui depuis son périple à l'ambassade de Grande-Bretagne jouait les héros, savait pourtant qu'on ne pouvait plus rien pour Petit Cui, de plus, il voyait bien que personne n'était à l'abri et que la vie de chacun pouvait lui être retirée à tout moment.

Tous, sans pleurer, sans crier, regardaient la femme de Petit Cui, sans savoir que faire. Elle se débattait un moment, puis s'arrêtait avant de reprendre de plus belle. Plus elle résistait, plus les autres avaient les idées embrouillées. Certes, seul Petit Cui était mort victime des Japonais, mais eux ressentaient un couteau invisible qui leur transperçait le cœur. Finalement, la femme de Petit Cui s'était retrouvée à bout de forces, ses yeux s'étaient révulsés, elle s'était arrêtée de respirer. Tous s'étaient regroupés autour d'elle.

C'est alors que M. Li était entré.

« Oh, la la ! avait dit Mme Li en se frappant les jambes avec les mains, espèce de vieille baderne, où étais-tu passé à ne pas rentrer ? Elle aurait eu le temps de mourir deux fois ! »

M. Sun, la vieille Mme Ma et Changshun s'étaient sentis tout de suite moins flottants : M. Li était là, les choses seraient plus faciles.

La femme de Petit Cui avait rouvert les yeux. Elle n'avait plus la force de se mettre debout. Assise par terre, à la vue de M. Li, elle s'était mise à pleurer, le visage dans ses mains.

« Surveille-la ! » avait ordonné M. Li à sa femme. Aucune larme dans les yeux du vieil homme : il semblait avoir pris la résolution de ne plus être malheureux pour les autres, mais de les aider. Son bon cœur lui interdisait de pleurer, pleurer c'était avouer son impuissance à résoudre les problèmes. « Madame Ma, Sun le septième, Changshun, venez ! » Il les avait conduits dans la maison de la vieille Mme Ma.

« Asseyez-vous ! » Quand ils furent tous assis, il se laissa choir lui aussi sur un siège. « D'abord que tout le monde reste calme, il faut trouver une solution ! La première chose à faire, tant bien que mal, c'est de lui procurer un vêtement de deuil. La seconde est la suivante : comment récupérer le corps ? Comment le porter en terre ? Il faudra de l'argent, où en trouver ? »

M. Sun se frotta les yeux. La vieille Mme Ma et Changshun se regardèrent sans mot dire. M. Li ajouta : « Récupérer le corps, le porter en terre, ça c'est dans mes cordes, mais il faut de l'argent. Je n'en ai pas, et je ne sais pas où en trouver ! »

M. Sun n'avait pas d'argent, la vieille Mme Ma non plus, pas plus que Changshun. Ils restaient tous là hébétés.

« J'en ai marre de vivre, dit M. Sun la mine sombre. Les Japonais tuent sans raison et nous sommes là à discuter de la façon dont nous allons récupérer le cadavre. C'est du propre ! En plus, on n'a pas le sou pour récupérer le corps, ah, on peut dire qu'on a de l'avenir ! Et merde ! Vivre, vivre pour quoi, je vous le demande !

— Vous ne pouvez pas dire ça ! répliqua Changshun.

— Changshun ! » dit la vieille Mme Ma qui voulait empêcher son petit-fils de parler.

M. Li ne voulait pas discuter avec M. Sun. Son vieux cœur, qui bientôt cesserait de battre, se refusait à toute parole triste et inutile, pour lui, une seule chose importait : régler les événements comme ils se présentaient, et les régler au mieux. Il demanda à la ronde : « Si on faisait une quête ?

— Allons ! De toute la ruelle seuls les Guan sont dans l'aisance, je ne peux tout de même pas leur demander l'aumône la main tendue et je ne le ferai même pas pour mon propre père s'il venait à mourir et que je n'avais pas de quoi lui offrir un cercueil ! Ça rime à quoi ? Pourquoi pas aller demander l'aumône au bordel pendant qu'on y est !

— J'irai chez les Guan ! » dit Changshun en se portant volontaire.

La vieille Mme Ma ne voulait pas que Changshun se rendît chez les Guan, mais elle savait aussi qu'il eût été malvenu de sa part de s'y opposer : on ne pouvait laisser sur place le corps de Petit Cui, à la merci des chiens sauvages.

« Si vous croyez que les nantis vont vous donner de l'argent ! dit M. Li imperturbable. Voilà ce qu'on va faire : Sun le septième, tu iras quêter chez les marchands de la rue, surtout, ne force personne, on prendra ce qu'on nous donnera. Avec Changshun je vais faire le tour de la ruelle, puis Changshun ira trouver Qi Ruifeng, car, après tout, Petit Cui était à son service au mois. Il n'irait tout de même pas jusqu'à refuser quelques sous ! Quant à moi, j'irai chercher Qi Tianyou, voir s'il est possible de lui demander un morceau de toile grossière blanche pour une robe de deuil pour la femme de Petit Cui. Madame Ma, quand j'aurai le tissu, vous vous donnerez la peine de la lui coudre.

— Cela ne pose aucun problème, je vois encore assez clair ! » La vieille Mme Ma était toute disposée à rendre ce petit service.

M. Sun répugnait à aller faire la quête. Il avait pourtant bien envie de se rendre utile et, s'il avait eu de l'argent lui-même, il n'aurait pas été chiche, aurait tout donné, mais aller faire la quête ! Il en était malade ! Il n'osa toutefois pas refuser et sortit en se frottant les yeux.

« On y va nous aussi ! » dit M. Li à Changshun. « Madame Ma, vous aiderez ma femme à surveiller la femme de Petit Cui », et montrant du doigt la maison de Petit Cui : « Ne la laissez pas filer ! »

Quand ils furent dehors, M. Li dit à Changshun : « Tu vas commencer par le n° 3, inutile d'aller au n° 1. Moi, je commencerai par l'autre bout de la ruelle. En partant chacun d'un bout, cela ira plus vite. Ne te formalise pas, prends ce qu'on te donne, ne mets pas les gens en concurrence. Si l'on ne te donne rien, ne te plains pas. » Sur ce, ils se séparèrent.

Changshun n'avait pas encore frappé à la porte que Gao Yituo sortait de la cour. Comme si cette rencontre était le fruit du hasard, ce dernier demanda . « Oh ! Qu'est-ce qui t'amène ? »

Changshun prit un air mature pour répondre poliment et en contenant sa colère : « Petit Cui est mort, vous le savez, sa famille est dans la gêne, je viens demander un peu d'aide aux voisins de longue date ! » Même s'il n'arrivait pas à supprimer tout à fait les nasillements de sa voix, il était satisfait de la justesse des mots et du ton aimable qu'il avait employé. Il trouvait que depuis qu'il s'était rendu à l'ambassade de Grande-Bretagne, il avait soudain pris plusieurs années d'âge. Il n'était plus un enfant, il pensait être apte au mariage, et, s'il venait vraiment à se marier, il se disait qu'il serait aussi respectable que John Ding.

Gao Yituo écoutait avec beaucoup de sérieux, son visage se fit plus grave et compatissant. Quand Changshun se tut, il alla même jusqu'à s'essuyer les yeux à la recherche de deux larmes imaginaires. Puis lentement il sortit dix yuan de sa poche. Tout en tendant l'argent, il dit à voix basse, cordialement : « Les Guan n'aimaient pas Petit Cui, ne va pas te heurter à leur refus, j'ai un petit fonds spécial, prends-le. Ce fonds est pour venir en aide à ceux qui sont dans le besoin. Dix yuan chaque fois, on peut le toucher cinq ou six fois. N'en parle à personne, car la somme n'est pas bien grosse, si cela s'apprenait, tout le monde viendrait réclamer et je serais bien embarrassé pour répondre à tant de demandes. Je sais parfaitement que la femme de Petit Cui est très malheureuse, c'est pourquoi je lui donne volontiers cette somme. Ce n'est pas la peine de lui dire d'où vient l'argent, après tu viendras en chercher pour elle, cet argent est un don de personnes charitables qui ne souhaitent pas être connues. Prends ! » Il tendit les billets à Changshun.

Le visage de Changshun rosit d'enthousiasme. Du premier coup il était tombé sur le dieu de la richesse !

« Oh, encore une petite formalité ! sembla se souvenir Yituo. On m'a chargé de cette affaire et je dois avoir un justificatif. » Il sortit un petit calepin et un stylo. « Viens signer, juste pour la forme, c'est sans importance ! »

Changshun regarda le calepin, n'y figuraient que le nom, le montant, la signature. Ne voyant rien d'anormal, pressé d'aller voir d'autres personnes, il signa. La signature n'était pas très régulière, il voulut la refaire.

« Ça ira comme ça, c'est sans importance ! Juste une petite formalité ! » Yituo rangea en souriant le calepin et le stylo. « Bien, dis à la femme de Petit Cui de ne pas trop s'affliger, qu'elle a des amis prêts à l'aider ! » Sur ces mots il se dirigea vers l'entrée de la ruelle.

Changshun, tout content, se dirigea vers le n° 5. Il resta debout un moment à l'extérieur puis changea d'avis. Puisqu'il avait déjà dix yuan en sa possession, et que les Qi avaient eu des malheurs, il ne souhaitait pas se rendre chez eux pour leur demander de l'argent. Il entra au n° 6. Il savait que maître Liu et John Ding n'étaient pas chez eux ; c'est la raison pour laquelle il se rendit directement chez Petit Wen. Il n'avait pas envie de bavarder outre mesure avec les femmes. Petit Wen s'exerçait à la flûte traversière, sans doute avait-il l'intention d'accompagner Ruoxia dans ses airs d'opéra. Quand Changshun entra il posa sa flûte, fourra la membrane à l'intérieur comme il aurait fait d'un petit serpent. « Approche, je vais jouer du violon pendant que tu chanteras un morceau, un de ces rôles masculins au visage peint en noir ! Ça te dit ou non ? demanda-t-il en riant.

— Je n'ai pas le temps aujourd'hui ! » Changshun avait une folle envie de chanter de l'opéra, mais il se domina, il se considérait comme une grande personne. Il expliqua sommairement ce qui l'amenait.

Petit Wen lança une phrase en direction de la pièce du fond : « Ruoxia ! Combien nous reste-t-il ? » Il ne savait jamais s'il restait de l'argent à la maison, ni combien.

« Un peu plus de trois yuan.

— Apporte tout ! »

Ruoxia sortit de la pièce, tenant trois yuan et quarante centimes dans le creux de sa main. « C'est donc vrai pour Petit Cui que... demanda-t-elle.

— Ne pose pas de questions ! » Petit Wen fronça un peu les sourcils. « Tout homme mourra un jour ou l'autre. Bien malin qui peut savoir quand sa tête roulera au sol ! » Il prit lentement l'argent, et le plaça dans la main de Changshun. « Désolé, nous n'avons que ça ! »

Changshun était très touché. « N'aviez-vous pas en tout... si je prends la totalité, vous...

— Ça n'arrive pas tous les jours ! dit Petit Wen en riant. Heureusement pour moi, j'ai encore ma tête vissée à mon cou, si on n'a plus de sous, on va essayer d'en gagner. Petit Cui... » Sa voix s'étrangla, il ne put continuer.

« Que va devenir sa femme ? » demanda Ruoxia, pleine de sollicitude.

Changshun ne sut que répondre. Il mit lentement l'argent dans sa poche, lança un coup d'œil à Ruoxia tout en pensant : « Si Petit Wen est tué par les Japonais, que feras-tu ? » Tout en bougonnant intérieurement il commença à se diriger vers l'extérieur. Il n'avait pas l'intention de s'en prendre aux époux Wen, mais il trouvait que la mort était une chose trop facile, qui aurait osé dire que Petit Wen ne connaîtrait pas le couperet ?

Petit Wen ne l'accompagna pas à l'extérieur.

Changshun se dirigea rapidement vers le portail, il entendit de nouveau les sons de la flûte. Non, ce n'étaient pas les sons d'une flûte mais des plaintes tristes. Il accéléra l'allure, les sons allaient le faire pleurer.

Arrivé devant le portail du n° 7, il rencontra M. Li qui en sortait et lui demanda : « Alors, grand-père Li ?

— Les Niu ont donné dix yuan, ici... » M. Li montra du doigt le n° 7, puis compta l'argent qu'il avait dans la main. « Ici tout le monde est très enthousiaste, mais ils n'ont pas grand-chose, dix centimes, quarante centimes... je n'ai collecté que deux yuan et dix centimes, ce qui fait en tout douze yuan et dix centimes, et toi ?

— Un peu plus que vous, treize yuan et quarante centimes.

— Très bien ! Donne-moi l'argent. Si tu allais chez les Qi ?

— Ça ne suffit pas ?

— C'est suffisant pour acheter un cercueil mince et grossier et louer quatre porteurs. Mais il s'agit de récupérer le corps, si l'on ne donne pas aux responsables du lieu quelques pièces, qui nous laissera transporter le corps ? Et puis, Petit Cui n'a pas de terrain pour une tombe, ne faut-il pas aussi... »

Changshun écoutait tout en hochant la tête. Même s'il avait l'impression d'avoir soudain pris plusieurs années d'âge, c'était au fond encore un enfant, ses connaissances et son expérience étaient à cent coudées en dessous de celles de M. Li. Il avait compris que l'âge était l'âge et que s'en remettre à l'intuition ne servait à rien. « C'est bon, Monsieur Li, je vais aller trouver le second des frères Qi. » Il se disait que là où il pouvait donner le meilleur de lui-même, c'était en se démenant à droite et à gauche, laissant à M. Li le soin de réfléchir.

Le hall du Bureau de l'éducation était bondé. Changshun trouva un coin où il ne gênerait personne et s'assit. Il regarda les gens qui allaient et venaient, puis contempla ses chaussures poussiéreuses et sa longue tunique toute déchirée. Rien d'étonnant à ce qu'il fût très mal à l'aise. Le courage, l'ingéniosité, l'enthousiasme dont il avait fait preuve ces derniers jours semblaient l'avoir abandonné d'un seul coup, ainsi que les années, l'expérience, l'amour-propre, autant de choses nouvelles qu'il venait d'acquérir. Il ne restait plus que Cheng Changshun, quelqu'un de très ordinaire, habillé de loques. Il n'osait pas redresser le cou, baissait à demi la tête, et regardait furtivement tous ces gens. Il s'agissait de chefs de section, ou d'employés d'une section, de proviseurs ou d'enseignants, tous plus distingués que lui, avec plus d'allure. Il était le seul à être ainsi, intimidé comme un paysan. Il avait dix-huit à dix-neuf ans et, comme tous les jeunes de cet âge, il se laissait facilement troubler, était versatile. À présent, il ne comprenait pas ce qu'était au juste sa vie. Il était jeune, intelligent, enthousiaste, s'il lui était donné de faire quelques études de façon méthodique, il pourrait devenir honorable et peut-être même très cultivé. Mais il n'avait pas fait d'études. S'il n'avait pas été retenu à cause de sa grand-mère, il aurait pu fuir Peiping et serait peut-être devenu un jeune résistant plein de vaillance, un héros, anonyme ou connu. Mais il n'avait pu fuir. Il avait pour atouts une bonne tête, la force physique, la santé et, voilà qu'il se retrouvait assis là, tout ahuri, dans le hall du Bureau de l'éducation, comme un idiot. Il avait honte, et pourtant trouvait qu'il devrait être fier. Lui qui méprisait les vêtements en soie, les manières distinguées, il éprouvait pourtant un léger complexe d'infériorité. Alors qu'il avait espéré que Ruifeng sortirait bientôt, il dut l'attendre plus d'une demi-heure.

La plupart des personnes présentes dans la pièce étaient parties quand Ruifeng entra, son fume-cigarette en faux ivoire aux lèvres, la tête haute. Il adressa d'abord des signes de tête à d'autres personnes, puis son regard effleura Changshun en passant.

Changshun, au fond de lui-même, était très mécontent, il se retrouva pourtant debout malgré lui.

« Reste donc assis ! » Les trois mots s'échappèrent de la bouche occupée par le fume-cigarette.

Changshun se rassit bêtement.

« Qu'est-ce qui t'amène ? demanda Ruifeng en prenant un air sévère. Bon ! Avant tout laisse-moi te dire que tu n'as pas à accourir ici pour un oui ou pour un non, ici c'est un lieu officiel ! »

Changshun avait bien envie d'administrer une gifle monumentale à Ruifeng, mais il s'acquittait d'une mission qui lui avait été confiée, il ne pouvait se laisser emporter par la colère au point d'en oublier ses responsabilités. Il devint tout rouge, dit tout bas d'une voix nasillarde, en ravalant sa colère : « Petit Cui n'était-il pas…

— Qui ça, Petit Cui ? Qu'est-ce que j'ai à voir avec lui ? Enfant, comment peux-tu amalgamer ainsi les gens, me coller sur le dos des liens avec quelqu'un qu'on a décapité, pour que ça me fasse une belle jambe peut-être, pour me redorer le blason ? Tu agis franchement en dépit du bon sens ! C'est vraiment pas possible ! Dégage, et vite ! Je ne connais pas de Petit Cui ou de Petit Sun, je n'ai rien à voir avec ces gens-là ! Tu peux disposer, j'ai beaucoup de travail ! » Sur ces mots, il ôta le fume-cigarette de sa bouche, le tapota deux fois et sortit la tête haute.

Changshun tremblait de colère, il avait le visage violacé. D'ordinaire, tout comme les autres voisins, bien qu'il éprouvât un peu de mépris pour Ruifeng, il voyait quand même en lui un membre de la famille Qi, il hésitait donc à le critiquer trop sévèrement, un peu comme lorsque, parmi dix concombres, s'il s'en trouve un amer, cela passe quand même. Il n'aurait jamais pensé que Ruifeng se montrerait aussi dur, aussi injuste. Car il était dur et injuste. S'il s'agissait seulement pour Changshun de perdre la face et de se retrouver dans le pétrin, passe encore, car il avait affaire à un chef de section, tandis que lui-même courait les rues à vendre ses chansons, son phonographe sur le dos. Il en voulait à Ruifeng pour son refus de venir en aide à Petit Cui, son voisin à lui, et voisin de Ruifeng par la même occasion. De plus il l'avait conduit en pousse, et puis il avait été décapité et... Plus Changshun ressassait tout cela, plus il sentait sa colère grandir. Il sortit lentement du hall. Une fois la grande porte franchie, il ne voulut pas aller plus loin ; il se dit qu'il allait rester à l'extérieur à attendre Ruifeng et, quand ce dernier sortirait, il l'attraperait par le col, l'insulterait devant tout le monde. Il avait pensé aux phrases qu'il allait dire : « Chef de section Qi, rien d'étonnant à ce que vous soyez devenu traître à la patrie ! Ainsi donc, vous ne pensez qu'à donner du "papa !" aux Japonais et en oubliez parents et amis ! Quel putain de sale type vous faites ! » Après ces phrases, Changshun voyait bien quelques gifles retentissantes qui enverraient valser le fume-cigarette en faux ivoire de Ruifeng. Il imaginait encore de quelle façon il pourrait administrer une bonne leçon à ces chiens à figure humaine qu'étaient ces chefs de section et leurs employés : « Ne vous fiez pas à mes vêtements pouilleux, à la nourriture frugale qui est la mienne, moi, je ne me prosterne pas devant les Japonais ni ne leur présente mes respects. Merde alors ! Avec vos chaussures de cuir et vos chapeaux de feutre vous n'êtes que des nuls, des nuls ! C'est bien clair, des nuls, des gros nuls ! »

Après avoir bien réfléchi à tout cela il redressa la tête, ses yeux brillèrent. Il ne ressentait plus ce sentiment d'infériorité. Car lui, au moins, avait vraiment du caractère, de l'ardeur. Tous ces chefs de section et leurs employés n'étaient même pas dignes d'épousseter la terre sur ses vieilles chaussures.

Mais, peu de temps après, il se calmait. L'éducation que lui avait donnée sa grand-mère lui avait appris à se contenir. Il lui fallait rentrer au plus vite pour rassurer la vieille femme. Il eut un sourire triste, rentra chez lui en grommelant. Il était furieux, mais ne pouvait faire autrement que contenir sa colère. Il avait sa petite fierté, pourtant, il était obligé de ravaler sa honte. C'était encore un enfant, mais il était adulte, et s'il avait la trempe d'un héros, il n'en était pas moins le sujet d'un pays asservi à l'étranger.

De retour à la maison, il se rendit directement chez Petit Cui. M. Sun et Mme Ma s'y trouvaient. La femme de Petit Cui était allongée sur le kang. Quand elle l'entendit entrer, elle s'assit brusquement et le regarda les yeux fixes. Elle sembla le reconnaître, mais lui dit, comme si elle prenait à témoin le genre humain tout entier : « Il est mort d'une mort injuste, injuste, injuste ! » Mme Ma, comme elle aurait fait d'un petit enfant, la recoucha : « Soyez sage, il vous faut d'abord bien dormir ! Allons, soyez sage ! » Elle s'allongea, et se tint aussi immobile qu'une morte.

Changshun avait de nouveau le nez bouché. Il le frotta de la main.

M. Sun avait encore les yeux rouges et gonflés, il lui fallait dire quelque chose : « Alors ? Ruifeng a donné combien ? »

La colère de Changshun se ralluma. « Ce salaud n'a pas donné un sou ! Mais il ne perd rien pour attendre ! Je le laisse de côté pour le moment, mais ce n'est que partie remise. Si jamais il va trop loin, je lui montrerai de quel bois je me chauffe ! Ce serait étonnant si je ne le rends pas aveugle en lui jetant du sable dans les yeux !

— Il n'est pas le seul à mériter une bonne correction ! dit M. Sun avec un soupir de regret. J'ai fait une bonne dizaine de boutiques, pour ne rapporter que cinq yuan. Crois-moi, si les Japonais leur demandaient de payer des taxes, ils n'oseraient même pas les rouler de quelques centimes ! Pour Petit Cui, c'est à croire que leurs sous sont enfilés à leurs côtes ! Merde alors !

— Dites donc, vous deux, arrêtez de dire des injures devant tout le monde ! » dit la vieille Mme Ma qui était entrée tout doucement. Ceux qui vous ont donné quelque chose ont du cœur, les autres se contentent de leur sort ! »

Ni M. Sun ni Changshun ne partageaient le point de vue de la vieille femme, mais ils n'avaient pas envie d'argumenter avec elle.

M. Li entra, avec sous le bras un morceau de grosse toile blanche. « Madame Ma, voilà de l'ouvrage ! Le patron, Qi Tianyou, ça c'est vraiment un ami, vous avez vu ? Un aussi grand morceau de toile blanche ! Et il a aussi donné deux yuan. Il prend les choses avec philosophie : de ses trois enfants, l'un est parti, on est sans nouvelles de lui, un autre a été mis en prison sans raison, alors l'argent...

— C'est quand même bizarre que ce petit drôle de Ruifeng se comporte ainsi avec le père et le frère qu'il a ! » dit M. Sun, puis il raconta à la place de Changshun comment Ruifeng avait refusé son aide.

La vieille Mme Ma sortit avec le tissu dans les bras. Elle n'aimait pas entendre M. Sun et Changshun critiquer autrui à tort et à travers. Pour elle, Ruifeng et le patron Qi étant de la même famille, dans la mesure où ce dernier avait donné du tissu et de l'argent, que Ruifeng, lui, n'eût rien donné était acceptable. Comment les doigts de pied pourraient-ils tous être de la même longueur ? Cette « dialectique » bien chinoise la rendait plus encline encore au pardon, à ne pas se mettre en colère quand on lui faisait du tort. Elle se mit à couper avec soin la robe de deuil pour la femme de Petit Cui.

M. Li, lui non plus, n'avait pas tiré de conclusion sur Ruifeng. Il commença à se préoccuper des tracas que causerait la récupération du corps. La femme de Petit Cui était la pleureuse principale, c'était à elle, bien sûr, d'aller reconnaître le corps. À la voir ainsi à demi évanouie, il repensa à la femme de Qian Moyin. Et si la femme de Petit Cui, voyant son mari décapité, venait à se suicider ? D'autre part, la tête de Petit Cui était accrochée au Wupailou, comment la récupérer ? Nul ne pouvait savoir si l'intention des Japonais était de l'y laisser accrochée trois jours ou tout le temps, jusqu'au pourrissement total de la peau et de la chair. Si l'on ne s'occupait pas de la tête et ne mettait que le corps dans le cercueil, ça aurait l'air de quoi ? Au cours de sa longue vie il avait vu des gens se jeter dans la rivière ou dans le puits, d'autres se pendre à une poutre ou se couper la gorge, et il les avait portés en terre. Il n'avait pas peur de l'image répugnante de la mort, cherchait toujours le moyen de mettre cette chose hideuse dans un cercueil, de l'enterrer dans la terre jaune, pour qu'à la surface tout semblât propre et beau. Il n'avait jamais eu de cas aussi difficile à régler. Petit Cui avait été décapité selon les mesures adoptées par les Japonais. Qui connaissait leur manière de procéder ? Il était bien embarrassé et, de plus, sentait qu'il avait perdu toute confiance en lui-même. Car enfin, si même ramasser un cadavre exsangue était une chose difficile à mener à bien, c'est que les Japonais étaient vraiment des putains de canailles !

M. Sun était tout juste bon à se mettre en colère et se montrait incapable d'avoir des idées. Il dit à M. Li : « Ne me demandez rien, ma tête est toute bourdonnante ! »

Changshun, pour montrer son courage, était prêt à accompagner M. Li récupérer le corps, mais il est vrai qu'il avait un peu peur. Si l'âme en peine de Petit Cui, n'osant pas s'en prendre aux Japonais, s'attachait à lui ? Ce serait terrible ! Il avait en tête un grand nombre d'histoires de revenants que lui avait contées sa grand-mère.

Pour Mme Li tout était simple : « Toi, vieille baderne, tu restes là assis à te morfondre, si tu crois que tu vas régler quelque chose comme ça ! Vas-y, va voir le corps, retiens un cercueil, et le tour est joué ! »

M. Li se leva bon gré, mal gré. S'il n'y avait aucune connaissance, aucune intelligence dans les propos de sa femme, il y avait tout de même une certaine sagesse, car, enfin, c'était vrai : ça ne servait à rien de rester là assis à se morfondre. Toute chose ici-bas se réglait par l'« action », non par le « chagrin ».

« Monsieur Li ! » M. Sun se leva aussi. « Je vous accompagne ! Je vais pleurer avec le corps de Petit Cui dans mes bras.

— Quand vous serez de retour, je tiendrai compagnie à la femme de Petit Cui pour la mise en bière. Je suis là, ne vous inquiétez pas, elle ne s'échappera pas ! » dit Mme Li en clignant d'un air entendu ses grands yeux myopes.

À l'extérieur de la porte Qianmen, en haut du Wupailou, étaient accrochées deux têtes humaines, l'une tournée vers le sud, l'autre vers le nord. Malgré sa légère myopie, M. Sun, dès qu'ils eurent franchi la porte, s'appliqua à repérer la tête de son ami. Quand ils furent arrivés à l'extrémité du grand pont, il tira par le bras son compagnon. « Monsieur Li, les deux ballons noirs, c'est ça, non ? »

M. Li ne dit mot.

M. Sun accéléra le pas, courut jusqu'en bas de l'Arc commémoratif, cligna les yeux avec force, alors il vit : la tête au nord était celle de Petit Cui. Le petit visage rond suspendu en l'air de Petit Cui n'avait aucune expression. Petit Cui avait les deux yeux fermés, la bouche légèrement ouverte, les joues creusées, comme s'il était en train de rêver. Sous le cou, de la peau noire s'était rétractée. Au-dessous, M. Sun ne vit rien d'autre que son ombre à lui et le pilier écarlate de l'Arc commémoratif. Il s'accrocha au pilier le plus à l'extérieur, il était incapable de tenir debout tout seul.

M. Li s'approcha : « En route, le septième ! »

M. Sun était incapable de se mouvoir. Il était livide, deux grosses larmes restaient au coin de ses yeux, il avait les prunelles fixes.

« En route ! » dit M. Li en le saisissant par l'épaule.

M. Sun suivait M. Li. On aurait dit un ivrogne, il s'emmêlait les pieds, titubait. M. Li le saisit par un bras. Après avoir marché un moment, M. Sun eut un long renvoi et les larmes au coin de ses yeux roulèrent. « Monsieur Li, allez-y seul, je ne peux plus faire un pas ! » Il s'assit devant la porte d'une boutique.

M. Li resta interdit un court instant puis, sans rien dire, il prit la direction du sud.

Arrivé au pont du Ciel, il alla s'informer dans une maison de thé et apprit que le corps de Petit Cui avait déjà été emporté à l'ouest. Il s'y rendit donc

Devant le « mur » du Temple de l'Agriculture, il trouva le corps décapité de Petit Cui sur un tas de briques cassées. Le dos et les pieds étaient nus, deux ou trois doigts de ses pieds avaient déjà été mangés par les chiens sauvages. Les larmes de M. Li se mirent à couler.

À quelques mètres de là se tenait un agent de police. M. Li, tout en s'efforçant de retenir ses larmes, s'avança vers lui.

« J'aimerais savoir, demanda poliment le vieil homme à l'agent, si le corps peut être mis en bière ? »

Le policier se montra très courtois lui aussi : « C'est pour l'emporter ? Faites, car sinon les chiens sauvages lui feront un sort. Celui du chauffeur d'automobile a déjà été emporté.

— Ce n'est pas la peine de prévenir le commissariat ?

— Ah, mais si !

— Et la tête ?

— Ça, je ne peux rien dire ! Le corps a été traîné jusqu'ici depuis le pont du Ciel, les autorités ne nous ont pas donné l'ordre de le garder. Mon chef m'a quand même envoyé pour monter la garde, il avait peur des chiens sauvages. C'est que nous sommes tous des Chinois ! Bien, il a été décapité, et si on gardait pas son corps, ça serait pas une honte ? Pour ce qui est de la tête, c'est une autre affaire ! Elle est accrochée au Wupailou, qui oserait y toucher ? Ce que veulent sans doute les Japonais, c'est notre tête, pas nos corps. Mon brave monsieur, emportez le corps d'abord, la tête... et merde, dans quel monde vivons-nous ! »

Le vieil homme remercia l'agent de police et retourna près du tas de briques. Il lança un regard à Petit Cui, puis au Temple de l'Agriculture. Il était perplexe sur la démarche à suivre. Il se rappelait que, quand il était jeune, c'était un endroit désert, à part le mur rouge et les cyprès verts, il n'y avait rien, pas de maisons. Quand la République avait été fondée, il y avait eu un parlement et ce lieu était devenu le quartier le plus animé. Le Parc d'attractions de la ville sud était dans le parc du Temple, et le Nouveau Monde juste en face. Chaque jour, c'était comme au Nouvel An, gongs et tambours, chevaux et voitures défilaient sans interruption. On trouvait là les restaurants et les magasins de soie les plus somptueux, les femmes les plus coquettes, les éclairages les plus colorés. Puis le Nouveau Monde et le Parc d'attractions avaient fermé, les parlementaires et les prostituées avaient quitté Peiping et soudain ce district, si prospère auparavant, n'avait même plus vu une seule voiture à cheval. Le grand mur du parc du Temple avait été démoli, les tuiles et les briques ainsi que la terre avaient été vendues au peuple. Les brocanteurs du pont du Ciel avaient commencé à essaimer jusque-là, clameurs et tapage avaient remplacé la splendeur et la majesté d'antan. Le tas de briques qu'occupait Petit Cui était un reste de la démolition du grand mur du parc du Temple. Des changements ! Combien le vieil homme avait-il connu de changements dans sa vie ! Mais lequel égalait celui-ci : Petit Cui étendu là, décapité ? Les cyprès du Temple étaient toujours aussi verts, mais le sang de Petit Cui avait teinté en rouge deux morceaux de brique. N'était-ce pas un cauchemar ? Le changement, qui pouvait empêcher le changement ? Mais le changement existe toujours. Le majestueux parc du Temple pouvait devenir un petit marché, or un marché, si sale, si désordonné soit-il, est plein de vie. Pourtant, à cet endroit-là, Petit Cui était étendu, sans vie. Non seulement Peiping avait changé, mais la ville n'existerait plus, car les Japonais avaient coupé la tête à Petit Cui et à bien d'autres.

Plus il regardait, plus tout devenait confus dans son esprit. Était-ce bien Petit Cui ? S'il n'avait été certain de la décapitation de Petit Cui, il n'aurait pas reconnu le corps. En regardant le cadavre, il ne pouvait s'empêcher de croire que Petit Cui avait encore sa tête. Il voyait la tête de Petit Cui sauter sur le cou laid et violacé. Il regarda attentivement : il n'y avait pas de tête. Alors tout d'un coup il ne reconnut plus Petit Cui. La tête de Petit Cui revenait et disparaissait, parfois avec ses sourcils et ses yeux, parfois sous la forme d'une boule lumineuse blanche, parfois la tête parlait et riait, puis tout disparaissait.

Le policier s'approcha lentement. « Mon brave monsieur, vous... »

Comme effrayé, le vieil homme se frotta les yeux. Le corps de Petit Cui lui apparut plus distinctement. Il n'y avait pas de doute, c'était bien Petit Cui, Petit Cui décapité. Le vieil homme poussa un soupir et dit tout bas : « Petit Cui, allons, laisse-moi d'abord enterrer ton corps ! » Sur ces mots, il se rendit au commissariat afin d'accomplir les démarches pour l'enlèvement du cadavre. Puis, dans une boutique de cercueils voisine, il en acheta un en bois de saule un peu mieux que ceux en bois mince et mal raboté, il chargea le boutiquier de trouver tout de suite des porteurs et cinq bonzes et de creuser une fosse sur la colline réservée au cimetière commun à l'ouest du Temple. Il acheva l'affaire rapidement, prit un tramway au pont du Ciel. Quand le tramway roula, le vieil homme eut un peu mal au cœur d'être secoué, il ferma les yeux pour se détendre. S'il ouvrait les yeux, il voyait tous les passagers décapités. Tous, assis ou debout, n'avaient que la partie inférieure du corps, tout comme Petit Cui, allongé sur son tas de vieilles briques. Il s'empressait de cligner des yeux, les têtes étaient de nouveau sur les épaules. Il marmonnait : « Tant que les Japonais seront là, personne n'est assuré de garder sa tête ! »

De retour à la maison, après en avoir discuté avec la vieille Mme Ma et M. Sun, il fut décidé que ce dernier devrait l'accompagner de nouveau au pont du Ciel pour la mise en bière et l'enterrement. M. Sun ne voulait pas retourner là-bas, mais le vieil homme trouvait que le fait d'y aller à deux permettrait d'être lucide, perspicace ; d'autre part, il y aurait un témoin. M. Sun fut forcé d'accepter. Ils décidèrent également de ne pas emmener la femme de Petit Cui. Dans la mesure où M. Sun lui-même, en apercevant la tête, s'était senti défaillir, il était à craindre qu'à la vue du corps de son mari elle ne mourût de chagrin. Quant au problème de la tête, mieux valait ne pas en parler pour le moment. On ne pouvait attendre, pour la mise en bière, que la tête fût déposée, et on n'osait pas non plus aller demander aux Japonais la raison pour laquelle on avait séparé la tête du corps ; d'ailleurs, on ne permettrait sans doute pas de rassembler les deux morceaux après la mort.

La discussion fut vite réglée, ils voulaient trouver deux vêtements pour la mise en bière de Petit Cui, car, bien qu'il fût décapité, on ne pouvait le mettre le dos nu dans le cercueil. La vieille Mme Ma sortit une petite tunique blanche qui appartenait à Changshun, M. Sun trouva une paire de chaussettes et un pantalon en toile bleue. Munis de ces affaires, M. Li et M. Sun repartirent prendre le tramway pour le pont du Ciel.

Quand ils arrivèrent là-bas, le soleil se couchait déjà. Alors qu'ils descendaient du tramway, M. Li dit à M. Sun : « Il est déjà tard, il va falloir faire vite ! » Mais les jambes de M. Sun étaient de nouveau toutes molles. Le vieux Li s'énerva : « Mais qu'est-ce que tu as ?

— Moi ? » Les yeux myopes de Sun clignèrent. « Je n'ai pas peur de voir un cadavre. J'ai même un peu de courage, mais Petit Cui, Petit Cui était notre ami, je suis si bouleversé !

— Qui ne le serait pas ? Être bouleversé, avoir les jambes toutes molles, ça va faire avancer les choses, peut-être ? dit le vieux Li tout en marchant. Un peu de fermeté, que diable ! Je sais que tu as du cran ! »

Encouragé ainsi par le vieil homme, M. Sun accéléra le pas et le rattrapa.

Le vieil homme acheta un peu de papier d'offrande, de la monnaie en papier et des bâtonnets d'encens.

Arrivés devant le mur du Temple de l'Agriculture, ils virent que cercueil, porteurs et bonzes étaient déjà là. Le patron du magasin de cercueils était un ami de M. Li, il se joignit à eux.

Le vieil homme demanda à M. Sun d'allumer les bâtons d'encens et de faire brûler les papiers d'offrande. Il habilla lui-même le mort. M. Sun prit quelques briques cassées pour caler les bâtonnets, puis alluma le papier d'offrande. Il n'avait pas encore osé lever les yeux sur Petit Cui. Ce dernier fut mis en bière, il voulut disperser la monnaie en papier mais il ne put lever la main. Assis à croupetons, il se mit à pleurer très fort. Le vieux Li dirigea l'opération de fixation du couvercle, les bonzes firent résonner leurs instruments de musique, on souleva le cercueil, les bonzes ne s'appliquaient guère, faisaient les choses à la va-vite ; frappant sur leurs instruments, ils partirent au petit trot. Le cercueil était léger, les quatre porteurs, qui marchaient l'amble, allaient bon train eux aussi. Le vieux Li releva M. Sun, ils suivirent derrière.

« La fosse est prête ? demanda M. Li au patron en retenant ses larmes.

— Elle est prête. Les porteurs connaissent l'endroit.

— En ce cas, patron, vous devriez rentrer ! On se verra à la boutique, pour la somme que je vous dois. Nous ferons les comptes tout à l'heure !

— Entendu, Monsieur Li. Je vais faire infuser du thé en attendant votre retour ! » Le patron fit demi-tour.

Le soleil allait bientôt disparaître. Sa lumière dorée, avec des lueurs rouges, se répandait sur le cercueil en bois blanc tout simple qui n'avait pas de laque, pareil à un grand étui. Le cercueil avançait vite, devant allaient les bonzes au visage jaune et émacié, derrière suivaient M. Li et M. Sun. Il n'y avait ni ordonnateur de la cérémonie ni fils en deuil, personne en vêtements de deuil, mais seulement un cercueil en bois blanc où était placé Petit Cui, sans sa tête. Le cercueil avançait dans cette campagne peu éclairée, désolée. Quelques corbeaux, portant les lueurs du couchant, volaient lentement vers l'est, épuisés. À la vue du cercueil ils poussèrent paresseusement des croassements tristes.

Les instruments cessèrent de jouer, les bonzes n'allaient pas plus loin. M. Li les remercia pour la peine qu'ils s'étaient donnée. Le cercueil avança plus vite encore.

Sur la terre en friche il n'y avait que des morceaux de tuiles et de briques, ainsi que de l'herbe jaunie. Parmi les gravats, on voyait de nombreuses petites tombes, et, au milieu d'un groupe de quatre ou cinq tombes, une fosse peu profonde, qui attendait Petit Cui. Le cercueil fut vite déposé à l'intérieur, M. Li prit une poignée de terre jaune et l'éparpilla sur le cercueil. « Petit Cui, repose en paix ! »

Le soleil s'était couché. Tout était calme et silencieux. Seul M. Sun pleurait bruyamment.

CHAPITRE L

Soudain le temps se refroidit.

Le quatrième jour après sa sortie de prison, Ruixuan rencontra M. Qian Moyin. Il avait remarqué que M. Qian l'avait attendu exprès à la station de tramway où il descendait chaque jour. C'était bien deviné puisque la première phrase de M. Qian fut :

« Tu es digne de me parler, Ruixuan ! »

Ruixuan eut un sourire amer. Il savait que si le vieil homme employait le mot « digne » à propos de lui, c'était parce qu'il était allé en prison.

Le visage de M. Qian était tout noir, très maigre, mais ferme. On ne voyait plus chez lui cette rondeur, cette modération, cette bonté qui avaient caractérisé le lettré qu'il avait été. Son visage avait changé du tout au tout, on aurait dit un soleil tout ratatiné, ses joues s'étaient creusées, ses traits étaient saillants. Quelques poils de barbe en bataille lui couvraient la bouche. Ses yeux brillaient avec force, son regard n'avait plus cette douceur qui le caractérisait autrefois, on aurait dit autant d'aiguilles de lumière acérées prêtes à clouer ce qui entrait dans leur champ de vision. Ce n'était plus là le visage d'un poète, mais plutôt celui d'un homme exercé aux armes, un visage maigre et énergique.

Le vieux monsieur portait une veste chinoise courte en coton bleu et, en dessous, juste un pantalon usé, avec une doublure très mince. Il avait aux pieds de vieilles chaussures en toile, avec des chaussettes dépareillées, l'une noire, l'autre d'une couleur indéfinissable, bleue ou violette.

Ruixuan, perdant son calme habituel, ne savait tout simplement que faire. M. Qian était un vieux voisin, un excellent maître et un ami sincère, c'était de plus un patriote. En un regard, il avait pu voir plusieurs M. Qian différents : le voisin, le poète, l'ami, le prisonnier et le héros qui osait résister à l'ennemi. Il aurait pu commencer par lui témoigner sa sympathie de différentes façons, lui dire sa compassion, lui dire combien il avait pensé à lui, lui exprimer l'admiration qu'il éprouvait à son égard et la joie qu'il ressentait à le revoir. Et voilà qu'il restait là à ne rien pouvoir dire ! Le regard de M. Qian l'avait comme frappé de stupeur, il n'osait bouger, pareil à une grenouille hypnotisée par un serpent.

Un sourire apparut sous la barbe de M. Qian. C'était un sourire naturel, agréable et sincère. On n'y décelait aucune hypocrisie, aucune arrogance. Ce sourire était aussi candide que celui d'un robuste bébé en train de rêver. Il exprimait pleinement son insouciance, sa bonne santé et son courage. Il était aussi beau, aussi riche qu'un vieil arbre en fleur. Ruixuan rit à son tour, mais il trouvait son propre rire forcé, inconsistant, plein de lâcheté, de honte.

« Viens, on va parler ! » lui dit M. Qian à voix basse.

Cela faisait si longtemps que Ruixuan brûlait d'envie de parler avec le vieil homme. Dans son petit univers il ne pouvait parler qu'à trois personnes : Ruiquan, M. Goodrich et le poète Qian. De ces trois personnes, Ruiquan était parfois très puéril, M. Goodrich voulait toujours avoir raison, seuls l'attitude et le langage de M. Qian le mettaient à l'aise.

Ils entrèrent dans une petite maison de thé. M. Qian demanda un bol d'eau chaude.

« Vous prendrez bien un bol de thé ? demanda Ruixuan avec déférence, pour ne pas le laisser payer la consommation.

— Il faut faire disparaître toutes ces mauvaises habitudes de mandarin ! Je ne bois plus de thé. » M. Qian aspira une petite gorgée d'eau bouillante. « Il faut les éradiquer complètement, alors nous pourrons revenir à notre état primitif, appartenir au peuple. Regarde, tous ceux qui se terrent dans les tranchées pour se battre sont des gens du peuple qui ne boivent pas de thé, ce ne sont pas des mandarins en longue tunique, buvant du thé parfumé. Nous sommes des jades sculptés et polis, les gens du peuple sont du jade brut. Un petit anneau en jade n'est qu'une parure, tandis qu'un jade brut surmonté d'une pierre peut fracasser un crâne ! »

Ruixuan jeta un coup d'œil à sa longue tunique.

« Pas de lettre du Troisième ? demanda le vieil homme avec beaucoup de sollicitude.

— Rien.

— Et de maître Liu ?

— Rien non plus.

— Bon ! Quand on a réussi à se sauver, deux voies s'offrent à vous : la mort ou la vie. Pour ceux qui ne veulent pas se sauver, il n'y en a qu'une : la mort ! J'avais prévenu Petit Cui, et j'ai vu sa tête ! » La voix du vieil homme était toujours aussi basse, mais là où il aurait dû forcer l'intonation, il appuyait sa voix du regard, ses yeux brillaient davantage.

Ruixuan tapotait le couvercle du bol.

« On ne t'a pas malmené ? À... » Le vieil homme jeta rapidement un regard alentour.

Ruixuan avait déjà compris le sens de la question. « Non ! Sans doute ont-ils jugé que je ne méritais pas d'être battu !

— Avoir été battu ou non, peu importe ! En tout cas, ceux qui y sont passés se rappelleront à jamais qui sont leurs ennemis, et quel est leur vrai visage. C'est pourquoi je disais à l'instant que tu étais digne de me parler. Je pensais constamment à toi, mais je faisais exprès de t'éviter, pour t'empêcher de venir me consoler, m'exhorter à abandonner mon petit travail. Tu es allé en prison, tu y as vu la mort, et même si tu ne peux rien pour moi, tu ne peux plus me dissuader d'agir ainsi. Cela me mettrait en colère. Je n'osais pas te voir pour la même raison qui m'empêche d'aller rendre visite à M. Jin et à ma belle-fille.

— Yeqiu et moi nous sommes allés vous chercher devant chez Jin... »

Le vieil homme lui coupa la parole. « Ne mentionne pas le nom de Yeqiu. S'il a une tête il n'a pas de tripes. Il a déjà creusé sa propre tombe ! C'est vrai il a des difficultés, je les connais, mais je ne peux lui pardonner. N'aurait-il travaillé qu'un seul jour pour les Japonais que je ne le lui pardonnerais pas ! Mes paroles ne sont pas des lois, mais ceux que je maudis ne trouveront probablement pas grâce aux yeux de Dieu ! »

Ses paroles aussi dures que du fer firent frissonner Ruixuan. Il s'empressa de demander :

« Oncle Qian, comment vivez-vous ? »

Le vieil homme sourit. « Moi ? Oh, très simplement ! Je vis à ma façon, ne me soucie plus du tout du mode de vie des mandarins. C'est pourquoi tout est très simple. Je mange ce que je trouve, m'habille de même. Je dors là où mes pas me mènent. La ville de Peiping tout entière est ma demeure. La simplicité vous rend heureux. Je comprends maintenant enfin pourquoi Bouddha a voulu partir de chez lui et pourquoi Jésus allait pieds nus. La culture est oripeaux anciens qui peuvent parfois devenir encombrants. À présent je me suis débarrassé de ces choses encombrantes, je me sens allègre et libre. En me débarrassant de mes vêtements je me vois mieux.

— Mais que faites-vous ? » demanda Ruixuan.

Le vieil homme but une gorgée d'eau. « Ce serait bien long à expliquer. » Il jeta de nouveau des regards tout autour de lui. C'était l'heure du dîner, la petite maison de thé était déjà tranquille. Seuls deux tireurs de pousse, assis trois tables plus loin, parlaient à haute voix de leurs affaires. « Au tout début — le vieil homme baissa encore le ton de sa voix — je pensais me servir des organisations existantes, les reprendre complètement, en faire des organisations de résistance contre l'ennemi. Le combat, tu le sais bien, ne peut être mené par une seule personne. Je ne suis pas Guan Yu, le dieu de la guerre, et n'ai pas envie de chanter l'air de *L'Assemblée des sabres,* d'autant plus que si Guan Yu vivait à notre époque, il est à parier qu'il n'oserait pas se rendre à la réunion avec un sabre[1]. Tu sais, j'ai été libéré grâce à un membre d'une société secrète. Alors, j'ai pensé tout de suite à eux. Ils sont organisés, ont une histoire et parlent de loyauté. J'ai commencé par faire une enquête, des visites, pour aboutir au résultat suivant : j'ai découvert les deux

1. Guan Yu (?-220 av. J.-C.) : grand chef militaire des Trois Royaumes et du début des Han. Lu Su lui tend un traquenard en l'invitant à un festin. Guan Yu perce à jour ses intentions, mais se rend quand même à la réunion avec un simple sabre. Il s'en sortira grâce à son intelligence. Par la suite, on fera de lui le dieu de la Guerre.

sociétés les plus influentes, la Secte noire et la Secte blanche. La dernière est une branche du Lotus blanc[1]. Le fondateur de la première vient de la secte du Tigre noir[2]. J'ai vu les personnages importants ; leur ai expliqué le motif de ma visite. Ils, ils... », le vieil homme écarta un peu son col, comme s'il avait quelque difficulté à respirer.

« Alors ?

— Ils m'ont parlé de la "doctrine".

— La doctrine ?

— La doctrine.

— Quelle doctrine ?

— Eh bien, voilà, quelle doctrine ? Le Lotus blanc et le Tigre noir sont toutes deux des doctrines. Si tu crois en leur doctrine, ils t'acceptent et tu es initié. Une fois initié, tu "bénéficies" de la loyauté. C'est-à-dire que, en plus de la doctrine, tu obtiens facilités et garanties. Par facilités il faut entendre, entre autres, facilités pour acheter des provisions quand les autres n'y arrivent pas, et autres choses du même genre. Ce qu'on entend par garanties fait que, dans les moments critiques, quelqu'un trouve une solution pour te mettre en sécurité. Je leur ai demandé s'ils étaient dans la résistance — non. Ils ont dit que les Japonais étaient loyaux, qu'ils ne les avaient pas agressés, c'est pourquoi ils devaient eux aussi parler de loyauté, ne pas provoquer les Japonais. Leur loyauté est une entente entre hommes d'honneur, très concrète. En dehors de cet accord, rien ne les intéresse, pas

1. Secte bouddhique fondée en 1133 et qui a joué tout au long de l'histoire de la Chine un grand rôle en organisant des soulèvements populaires, notamment contre les Mongols et les Mandchous.

2. Secte religieuse qui existait à la fin des Quing et au début de la République ; très dynamique à Pékin, elle fut interdite à la Libération.

même la nation. Ils considèrent l'agression japonaise comme un malheur, mais du moment que les Japonais ne leur mettent pas le couteau sous la gorge, ils voient en eux des gens capables de loyauté, tandis qu'eux-mêmes en retirent effectivement une garantie. Les Japonais sont très fins, ils ont bien compris cela, c'est la raison pour laquelle, pour le moment, ils ne leur coupent pas la tête, leur procurent même toutes sortes de facilités. Ainsi, leur doctrine et leur loyauté sont justement des obstacles à la résistance. Je leur ai demandé s'ils allaient créer une union entre les deux sectes, car, même si pour l'instant ils ne faisaient pas de résistance ouverte, ils pourraient concentrer leurs forces et œuvrer pour le bien de la société. Ils ne peuvent absolument pas s'unir car ils ont leur doctrine propre. Celui qui n'a pas la même doctrine qu'eux est un ennemi. Pourtant, bien que les deux sectes se regardent en chiens de faïence, elles se respectent naturellement car l'homme, tout en haïssant son ennemi, éprouve en même temps crainte et respect pour lui. En revanche, ils ne considèrent pas du tout comme un être humain celui qui n'appartient pas à une secte. Au tout début, quand j'ai commencé à les fréquenter, mon allure et ma conversation leur ont fait croire que j'étais des leurs. Quand ils se sont aperçus que j'étais tout seul, ils m'ont chassé sans ménagement. Je n'en ai pas cessé pour autant mes démarches. Je suis retourné les trouver, leur parler, je leur ai dit que je connaissais un peu les doctrines de Confucius, de Mencius, de Zhuangzi, de Laozi, de Bouddha et de Jésus, que j'aimais parler avec eux. Ils m'ont repoussé. Seule leur doctrine était la vraie, on aurait dit qu'il n'y avait pas en ce monde de Confucius, Mencius, Zhuangzi, Laozi, Bouddha et Jésus. Ils m'ont chassé de nouveau et m'ont mis en garde : si je revenais les importuner, ils me liquideraient. Leur doctrine leur donne des œillères, ils ne veulent pas voir la vérité et, de plus, ils refusent le savoir. Ils n'ont aucune estime pour moi. Mon âge, mes connaissances, mon enthousiasme patriotique ne me servent à rien du tout. Je ne suis pas un être humain digne de ce nom car je ne crois pas en leur doctrine. »

Le vieil homme ne dit plus rien, Ruixuan restait stupéfait. Après un bon moment de silence, le vieil homme rit de nouveau. « Mais, rassure-toi, je ne suis pas découragé pour autant. Tous ceux qui ont pour idéal la sauvegarde du pays ne perdent pas courage, car ils ne cherchent pas à savoir si leur vie est en danger, s'ils y perdront quelque chose. Puisque ce projet qui consistait à s'appuyer sur des organisations existantes ne pouvait se faire, j'ai pensé rassembler quelques amis pour créer une nouvelle organisation. Mais combien avais-je d'amis ? Très peu. Ma vie passée de semi-retraite m'a coupé de la société. Mes amis étaient le vin, la poésie, la peinture et les fleurs. De plus, partir de rien, sans argent ni armes, ça aurait servi à quoi ? J'ai abandonné ce projet la mort dans l'âme. Je n'escompte plus organiser quoi que ce soit, mais j'agis seul, à mains nues. Cela semble très stupide, pour réussir actuellement il ne faut pas être coupé des masses. Mais étant donné ma vie passée, le goût des Pékinois pour une petite vie bien tranquille et les mailles très serrées du réseau d'espionnage japonais, mieux vaut agir seul. Je sais que ce type d'action est voué à l'échec, mais je sais aussi que faire quelque chose est toujours mieux que de rester les bras croisés. Je me suis fixé pour objectif de faire quelque chose, même si c'est peu de chose, et même si la cause n'aboutit pas, ce ne sera pas un échec pour moi. J'ai décidé de mourir pour sauver le pays et même si ce que je fais n'est qu'une goutte d'eau dans le désert, c'est toujours une goutte d'eau. Le courage de la goutte d'eau c'est qu'elle ose tomber dans le désert. Bon, je vais me mettre à faire la loche d'étang. Sur le marché, dans un grand bac d'anguilles n'y a-t-il pas toujours une loche ? Elle aime bouger, les anguilles lui emboîtent le pas ; on évite ainsi que toutes ne soient écrasées sous leur poids et n'en meurent. La ville de Peiping est ce grand bac, les Pékinois sont les anguilles et moi je suis la loche ! » Le vieil homme gardait son regard fixé sur Ruixuan. Du dos de la main il essuya l'écume blanche au coin de ses lèvres. Puis il reprit :

« Du moment que j'ai de quoi m'acheter deux galettes, un bol d'eau chaude, je ne me soucie pas du lendemain, je vis au jour le jour. Là où me mènent mes pas, là est mon bureau. Si mes pas me mènent dans une exposition, je parle aux peintres. Peut-être pensent-ils que je suis fou, mais mes paroles les laissent tout de même interdits. C'est une bonne chose, et quand ils reprendront le pinceau, peut-être repenseront-ils à ce que je leur aurai dit, et éprouveront-ils de la honte. Quand je rencontre des jeunes gens qui flirtent dans un parc, je vais les importuner et leur demander si, lorsqu'on est sujet d'un pays asservi à l'étranger, l'amour est aussi sacré. Je me moque d'être importun, je suis une loche ! Parfois on me frappe, il suffit que je dise : "Eh bien vas-y, frappe, fais un mort de plus pour les Japonais !" pour que l'autre retienne sa main. Je ne vais pas dans les petites maisons de thé uniquement pour boire de l'eau, mais pour exhorter celui que je rencontrerai. Ça s'est passé comme ça avec Petit Cui, maître Liu ; combien de jeunes hommes vigoureux n'ai-je pas conseillés ? Et cela sert à quelque chose. Maître Liu ne s'est-il pas enfui ? Ainsi, bien que je ne puisse rien organiser à Peiping, je peux dire à ceux qui ont du caractère de se sauver et d'entrer dans la grande organisation nationale de résistance contre le Japon. En gros, on peut dire que les pauvres plus que les riches, le bas peuple plus que ceux qui portent de longues tuniques, sont réceptifs, car ils sont simples, sincères. Ceux qui portent de longues tuniques pensent qu'avec leurs connaissances ils n'ont pas à écouter les directives venant d'autrui. Ils ont tant de soucis ! S'ils ont un cor au pied, c'est un motif tout à fait suffisant pour ne pas fuir Peiping !

« Quand je n'ai vraiment plus de quoi m'acheter deux galettes, je vais faire du commerce. J'ai quelques feuilles de papier et autres objets de l'attirail d'un peintre. Quand je n'ai plus d'argent, je peins un ou deux tableaux très colorés et en extorque quelques sous. Parfois quand j'ai la paresse de peindre, je mets en gage un vêtement, puis j'achète des bonbons à la menthe ou autre chose du même genre et vais les vendre à la sortie des écoles. Tout en racontant aux élèves des hauts faits de l'Histoire où les hommes ont fait preuve de loyauté et de justice, je les exhorte à aller étudier à l'arrière. Il est clair que de jeunes élèves ne peuvent prendre aisément l'initiative de se sauver, mais au moins ils aiment m'entendre raconter mes histoires, ils sont émus. Ma bouche est ma mitraillette, mes paroles sont des balles. »

Le vieil homme vida son bol d'un trait et en redemanda un autre au garçon. « Je ne me contente pas d'exhorter les autres à fuir, mais aussi à tuer l'ennemi. Quand je rencontre un tireur de pousse je lui dis : "Fais-le tomber et amoche-le suffisamment ; si ton client japonais est ivre, fais-le tomber et roule dessus." Aux élèves je dis sans ménagement : "Avec un simple couteau pour le travail manuel, en visant la gorge, on peut tuer un professeur japonais." Tu sais, autrefois, je n'aurais pas fait de mal à une mouche, mais à présent je prône le meurtre, j'incite à tuer, non par penchant ni par idéal, mais parce que c'est un moyen. Ce n'est qu'en tuant, en amenant l'ennemi à la défaite par le meurtre, que nous pourrons obtenir la paix. Parler de raison avec un Japonais autant parler de poésie à son chien. Il faut les poignarder pour qu'ils en viennent peut-être à comprendre que les autres ne sont pas tous des chiens et des esclaves. Je sais que pour un Japonais tué, trois ou cinq personnes au moins vont payer, mais je ne peux pas tenir une comptabilité des vies humaines et laisser les anguilles pourrir au fond du bac. Plus il y aura de tués, plus la haine sera manifeste. Ceux qui sont capables de haïr, de se venger ne seront pas sujets d'un pays asservi à l'étranger. Peiping est tombée sans la moindre résistance, nous devons la reprendre avec notre sang. Il faut instaurer la terreur. Il ne s'agit pas d'attendre, pétrifiés, d'être massacrés par les Japonais, mais de les tuer à notre tour. Si quelqu'un parmi nous ose élever son couteau, les Japonais cilleront, et nos honnêtes Pékinois sauront que l'ennemi n'est pas invincible. Quand la terreur sera notre propre fait, nous verrons la lumière. La lueur des couteaux et des fusils est l'éclair de la libération et de la liberté. Il y a deux jours nous avons assassiné deux émissaires et, tu verras, les Japonais vont nous tenir tête de façon plus terrible encore et dans le même temps, en apparence, ils vont faire des tours de passe-passe pour montrer les bons rapports existant entre la Chine et le Japon. Les Japonais, tout en perpétrant leurs meurtres, chantent des soûtra pour les morts. Ce n'est qu'en tuant, et en tuant en nombre, en rendant coup pour coup : tu m'achèves, je t'achève, en se roulant avec l'ennemi dans les flaques de sang, que nos anguilles comprendront que les bons rapports dont parlent les Japonais ne sont que balivernes. Elles ne se laisseront plus berner par l'ennemi. Petit Cui et le chauffeur ont perdu la vie comme ça, pour rien, parce que deux émissaires avaient été tués. Des milliers de personnes innocentes ont été emprisonnées, soumises à la torture. C'est ce que nous espérions. En un certain sens, Petit Cui n'est pas mort pour rien, sa tête, jusqu'à ce jour, sert de contre-propagande à ces "bons rapports", à cette "attitude pacifique" dont parlent les Japonais. À l'heure actuelle, notre seul slogan devrait être "Stèle aux sept homicides[1]. Il faut tuer, tuer, tuer !"... »

Le vieil homme ferma les yeux, se reposa un moment. Quand il rouvrit les yeux, ils ne brillaient plus avec autant d'intensité. Très doucement, presque aussi doucement qu'autrefois, il dit : « S'il m'est donné de connaître de nouveau la paix, j'éprouverai certainement des remords. Les hommes ne devraient absolument pas s'entre-tuer. Mais pour l'instant je ne regrette pas du tout. Pour l'instant nous devons abandonner cet humanisme petit pour anéantir l'ennemi, lutter pour un humanisme plus grand encore que la seule vertu des femmes. Nous devons pendant un certain temps nous faire chasseurs, oser braver le danger, oser nous servir de fusils, car en face nous avons des bêtes sauvages. En mettant ensemble poètes et chasseurs, nous donnerons naissance à une nouvelle culture, et les gens, tout en étant épris de paix, sauront se montrer héroïques, résolus, prêts à se sacrifier pour la paix et pour la vérité. Nous devons être comme une montagne, couverte de fleurs et de plantes, mais porteuse de pierres très dures. Qu'en penses-tu, Ruixuan ? »

1. Dans la législation chinoise ancienne, sept types d'homicides étaient punis par la loi.

Ruixuan fit oui de la tête et ne dit rien. Pour lui l'oncle Qian était pareil à une montagne. Autrefois cette montagne ne donnait à voir que sa beauté tranquille, et voilà qu'elle sortait ses trésors cachés ! S'il avait prononcé quelques banales phrases d'éloge, il aurait eu l'impression de bafouer cette montagne. Il ne trouvait rien à dire.

Au bout d'un long moment il répondit : « Oncle Qian, votre conduite n'attire donc pas l'attention des espions ?

— Si, bien sûr ! Bien sûr qu'ils me tiennent à l'œil ! » Le vieil homme sourit avec fierté. « Mais j'ai mes trucs ! Je suis souvent avec eux. Tu sais, ils sont chinois eux aussi. Faire partie d'une organisation d'espions c'est ce qui est le plus dans le vent, mais on ne peut pas compter du tout sur ce type d'organisation. D'autre part, ils savent que je ne porte pas d'armes, que je ne leur causerai pas d'ennuis. Sans doute me considèrent-ils comme à demi fou. De mon côté, quand je suis avec eux, je fais semblant d'être fou et je dis n'importe quoi. Je leur dis que je suis allé en prison, ai été torturé, pour bien leur faire comprendre que je n'ai pas peur d'être emprisonné et torturé. Ils savent bien que je n'ai pas d'argent, qu'ils ne tireront pas d'argent de moi. Quand il le faut, je leur fais peur, je leur dis que c'est l'autorité centrale qui m'envoie. Ils n'ont pas trop le sens de la nation, mais ils ne font pas entièrement confiance aux Japonais. Ils ont le vague sentiment que ces derniers finiront par perdre, sans savoir dire pourquoi, sans doute parce que les Japonais sont vraiment exécrables. Ainsi, même eux espèrent leur défaite — c'est bien ce qui désole le plus les Japonais. Comme ils espèrent leur défaite, ils ne sont guère enclins à se montrer trop rigides avec ceux qui sont envoyés par l'autorité centrale. Il leur faut se ménager une porte de sortie. Eh bien, c'est moi qui te le dis, Ruixuan, il n'est pas facile de mourir, si par hasard tu oublies le côté effrayant de la mort. Je n'ai pas peur de la mort, c'est pourquoi, devant la porte de la mort, j'ai trouvé plein de petites issues. Pour l'instant je ne suis pas en danger. Mais qui sait, peut-être trouverai-je soudain la mort en un moment et en un endroit où je ne l'attendais pas ? Peu importe, aujourd'hui je suis bien vivant, aujourd'hui je travaille hardiment ! »

Il se faisait tard déjà. Dans la petite maison de thé on avait allumé une lampe à huile de colza.

« Oncle Qian ! l'appela Ruixuan à voix basse, venez chez moi manger un petit quelque chose, d'accord ? »

Le vieil homme refusa catégoriquement : « Non, si je revoyais ton grand-père et Petit Shunr, je repenserais à ma vie passée et cela me ferait beaucoup de peine. Aujourd'hui je suis comme l'homme primitif qui est passé de la marche sur quatre membres à la station debout, si je relâche mes efforts, je vais retomber à quatre pattes. L'être humain est faible, il lui faut toujours mobiliser toutes ses forces pour tenir le coup.

— En ce cas, mangeons quelque chose dehors ?

— Non, pour les mêmes raisons ! » Le vieil homme se mit debout lentement. À peine debout, il retomba assis. « J'ai encore deux mots à ajouter. Tu connais le professeur Niu, qui habite dans votre ruelle ?

— Non, pourquoi ?

— Si tu ne le connais pas, n'en parlons plus. Mais tu dois connaître You Tongfang ? »

Ruixuan fit oui de la tête.

« Elle a de la force d'âme, tu dois prendre soin d'elle ! À elle aussi j'ai appris ce mot : "tuer" !

— Tuer qui ?

— Trop de gens mériteraient la mort. Exterminer quelques Japonais, c'est bien sûr une bonne chose, tuer des individus comme Guan Xiaohe, Li Kongshan et la "grosse courge rouge" ce n'est pas mal non plus. Cette guerre de résistance contre le Japon devrait être l'occasion d'une grande purge au sein de la nation chinoise. Il nous faut chasser l'ennemi, mais aussi éliminer tous nos déchets. Cette conception traditionnelle qui nous pousse à rechercher promotion et fortune, ces idées féodales qui consistent à vouloir être un haut fonctionnaire tout en acceptant d'être esclave, ce système de la famille, ces méthodes d'éducation, ces habitudes qui nous amènent à vivoter, à rechercher une tranquillité trompeuse sont des tares ataviques. En temps de paix, ces tares laissent l'Histoire avancer à pas lents, sans bruit, de façon tout à fait ordinaire comme avance un vieux buffle. Dans notre histoire on trouve peu de découvertes et de contributions éclairant la marche de l'humanité. Quand le pays est en péril, ces tares sont comme la syphilis à sa troisième phase : d'un coup l'infection gagne tout. La "grosse courge rouge" et consorts ne sont pas des êtres humains, mais des furoncles et des abcès du peuple, il faut les exciser au scalpel ! Ne va surtout pas croire qu'ils ne sont que vermine incapable de comprendre où se trouve son intérêt, qui ne mérite pas notre attention, que l'on peut ignorer. Ce sont des larves, et les larves deviennent des mouches qui transmettent des maladies terribles. Leurs fautes à l'heure actuelle sont aussi graves que celles des Japonais, aussi nombreuses. C'est pourquoi on doit les tuer !

— Comment pourrais-je prendre soin d'elle ? demanda Ruixuan embarrassé.

— Remonte-lui le moral, encourage-la ! Souvent les femmes sont résolues, mais, le moment venu, ont du mal à passer aux actes. » Le vieil homme se mit lentement debout.

Ruixuan n'osait pas encore bouger. Il avait envie de dire une phrase à laquelle il avait pensé longtemps : « Et à moi, quel conseil pouvez-vous me donner ? » Mais il n'osait pas la formuler. Il connaissait sa lâcheté, son incapacité. Si l'oncle Qian l'exhortait à prendre la ferme résolution de quitter sa famille, en aurait-il le courage ? Il ravala sa phrase et, à son tour, se mit lentement debout.

Quand ils furent sortis de la maison de thé, Ruixuan, qui ne pouvait se résoudre à se séparer du vieil homme, lui emboîta le pas. Au bout de quelques mètres ce dernier s'arrêta et lui dit : « Ruixuan, tu auras beau m'accompagner le plus loin possible, il faudra bien se séparer, alors tu vas rentrer chez toi ! »

Ruixuan serra la main du vieil homme. « Oncle, ne serait-il pas possible de nous revoir plus souvent ? Vous savez que...

— Ce ne serait pas très commode. Je sais que tu penses à moi, quant à moi, ce n'est pas que je vous oublie, mais de telles rencontres me font perdre en bavardages un temps précieux, ce n'est guère rentable. Et puis, les Chinois sont incapables de garder un secret, trop parler nuit. Je sais que toi tu es une tombe, c'est pourquoi je t'ai parlé aujourd'hui sans retenue. Mais il serait mieux pour nous deux d'éviter ce genre de confidences. Ceux qui acceptent d'être des esclaves doivent prendre la parole pour donner du "Maître !" à tout bout de champ. Ceux qui refusent l'esclavage doivent se taire et ne parler qu'à bon escient, pour cracher leur haine et leur colère. Si les circonstances l'exigent, si je pense que je peux venir te voir, je le ferai. De ton côté, ne cherche pas à me revoir ! Tu vois, Yeqiu et toi vous m'avez ôté la douceur que j'éprouvais à aller écouter en cachette les pleurs de mon petit-fils. Au revoir ! et donne mon bonjour à tes parents ! »

Ruixuan bon gré mal gré dégagea sa main. Il sentit un courant chaud dans ses doigts. Il restait debout au même endroit, déboussolé, à regarder M. Qian s'éloigner lentement dans l'ombre des réverbères. Il ne fit demi-tour que lorsque le vieil homme eut disparu.

Il avait toujours désiré vivement rencontrer M. Qian. Ce désir s'était réalisé aujourd'hui mais il ne lui avait pas dit grand-chose, la honte l'avait empêché de répondre à ses questions. Si l'on prenait l'âge en compte, il était bien plus jeune que le poète Qian, mais sur le plan des connaissances, les siennes étaient plus neuves, plus riches. Quant au patriotisme, tout en étant d'une nouvelle époque, il en éprouvait au moins autant que le vieil homme. Oui, mais il avait vu l'oncle Qian quitter sa vie érémitique pour devenir un combattant, tandis que lui n'avait pas changé, il n'avait pas progressé d'un pouce. Il était resté là à écouter le vieil homme parler avec assurance, sans rien pouvoir dire. Parler alors qu'on ne fait rien ne présentait aucun intérêt. Cette époque était la sienne et voilà que le vieil homme l'avait grillé. Comment n'aurait-il pas éprouvé de la honte !

Quand il fut rentré chez lui tous avaient déjà dîné. Yun Mei fit réchauffer pour lui les plats et le riz et lui demanda pourquoi il rentrait si tard ; il ne répondit rien, mangea machinalement un bol de riz, puis s'allongea sur son lit à rêvasser. « Que pense de moi l'oncle Qian en fin de compte ? » Il tournait et retournait cette question dans sa tête. Tantôt il se disait que le vieux Qian lui gardait sans aucun doute de l'estime, sinon, pourquoi serait-il venu le trouver pour lui faire des confidences ?

Tantôt il se disait qu'il cherchait tout simplement à se consoler, qu'avait-il fait pour mériter son estime ? Rien, il n'avait rien fait qui eût été utile à la résistance et à la sauvegarde du pays. Alors pourquoi le vieil homme lui aurait-il gardé de l'estime ? Non, non, si ce dernier était venu le chercher pour bavarder, ce n'était pas parce qu'il l'appréciait, mais parce qu'il pensait à lui.

Il n'arrivait pas à se faire une idée exacte, se sentait fatigué. Très vite, il s'endormit.

Avec le soleil levant, le lendemain il vit les choses sous une autre lumière. Il ne s'occupa plus de lui-même pour penser uniquement à M. Qian, considérant que ce dernier, malgré toutes les souffrances qu'il avait endurées, était resté solide, et même joyeux. À quoi cela tenait-il ? Au fait que le vieil homme avait foi en quelque chose, était déterminé. Il était persuadé que les Japonais pouvaient être battus et il se montrait résolu à œuvrer sans crainte et sans hésitation pour les abattre. Foi et détermination faisaient renaître un vieux poète, lui conféraient l'éternité.

Quand il eut compris cela, Ruixuan, sans chercher à savoir si ses actes étaient adaptés ou non à la résistance, se dit que, sur le plan de la volonté persévérante, il lui fallait se mettre à l'école du vieux Qian. Certes il n'était pas allé tuer l'ennemi au péril de sa vie, mais il était déterminé à ne pas plier devant lui. Auparavant il trouvait cette attitude négative, déshonorante ; il jugeait que ce n'était pas là résistance, mais fuite honteuse. Pour cette raison, il allait toujours la tête baissée, n'osant pas regarder les autres en face, n'osant même pas se regarder lui-même dans un miroir. À présent, il était déterminé à prendre modèle sur M. Qian, même s'il devait agir de façon différente, il voulait avoir sa détermination, sa gaieté. Son refus de plier devant l'ennemi n'était pas une simple fuite, c'était une forme d'intégrité morale, et en s'en tenant à cette attitude, il se disait qu'il aurait un peu de l'énergie inflexible de M. Qian. Quant à souffrir pour cette intégrité morale, être torturé et même aller jusqu'à mourir à cause d'elle, la meilleure solution était de s'en remettre aux événements. Il devait se remonter le moral, vivre pour ce but et non rentrer dans sa coquille comme un escargot, en se cachant la tête. Oui, il lui fallait vivre, pour lui-même, pour les siens, pour cette intégrité morale, vivre franchement, parler et rire, vivre enfin ! Il lui fallait se détendre. Il ne s'agissait pas de se rassurer de façon éhontée comme faisait son frère cadet Ruifeng mais, fort d'une foi et d'une détermination, se montrer inébranlable telle une montagne. Il ne devait plus fuir, mais se rendre compte de tout, se frotter à la vie. Il devait aller chez les Guan, constater jusqu'à quel point ils étaient corrompus. Aller voir comment Petit Cui avait été décapité. Se rendre compte par lui-même de toutes les atrocités commises par les Japonais, de toutes leurs combines. Alors seulement il pourrait, plus clairement, plus fermement et qui sait peut-être, contre toute attente, prendre une ferme résolution et participer au travail de la résistance. L'homme appartient à l'Histoire, non au rêve. Il n'avait pas à s'inquiéter pour M. Qian, mais, bien au contraire, à imiter sa détermination et son insouciance.

Le petit déjeuner, selon l'habitude, consistait en une bouillie faite avec les restes du riz de la veille, des pains grillés et des navets salés. Pourtant, il y fit honneur, mangeant tout cela de bon cœur. Il n'était plus affligé de penser que ses parents et ses enfants devaient manger des pains, trouvant que tous, hommes et femmes, jeunes et vieux devaient avoir leur part de souffrance. Ainsi, la haine de l'ennemi serait plus forte, l'amour pour le pays plus grand. C'était un châtiment, mais dans le même temps un stimulant.

Après le petit déjeuner, il fila au bureau. À peine eut-il franchi le portail qu'il rencontra les deux Japonais du n° 1. Il ne baissa pas le regard, au contraire, il les affronta, la tête haute. Aujourd'hui, à ses yeux, ils n'étaient déjà plus des vainqueurs, mais de la chair à canon. Il savait que tôt ou tard ils seraient réquisitionnés et mourraient en Chine.

Il joua des coudes pour monter dans le bus. En temps ordinaire, c'était pour lui un supplice, mais à présent il y voyait une occasion de faire de l'exercice. En repensant à cette foule de prisonniers contraints de rester debout en prison, et à M. Qian qui s'en était enfui malgré sa jambe abîmée, il se dit qu'il n'avait plus le droit de se tourmenter à cause de l'affluence dans le bus. Se lamenter pour de si petites choses ne pouvait que faire naître en lui un pessimisme exagéré.

On était samedi. L'après-midi, il pouvait quitter le bureau à deux heures. Il décida de se rendre à l'assemblée de l'Association des écrivains de la Chine du Nord qui devait se tenir à trois heures dans la grande salle du Temple des Ancêtres de l'Empereur. Il voulait se rendre compte de ce qui se passerait, ne plus fuir.

Ce temple, après sa transformation en parc public, n'avait jamais connu l'animation dont jouissait le parc Sun Yatsen. Il n'avait que la grande salle et les vieux cyprès d'origine, était dépourvu de végétation, de kiosques et de pavillons. La plupart des Pékinois aiment l'animation, ce lieu était trop retiré à leur goût. Avec l'hiver, les promeneurs se faisaient encore plus rares. Quand Ruixuan y arriva, malgré les drapeaux aux cinq couleurs, les drapeaux japonais et les slogans au-dessus de la porte principale, il régnait, à l'intérieur du parc, comme à l'extérieur, une atmosphère de silence et de solitude. Il avança lentement, enfonça son chapeau sur les sourcils, pour ne pas être reconnu.

Il vit les célèbres grues cendrées sur les cyprès. Deux d'entre elles étaient même perchées au sommet. Il s'arrêta, stupéfait, les observa, hébété. Il se rappela être venu exprès les voir avec Petit Shunr, mais ils n'avaient rien vu. Aujourd'hui il lui était donné de les voir par hasard. Il semblait comme attiré par elles, ne pouvait plus bouger. On racontait que ces grues avaient été élevées par l'empereur et qu'elles étaient là depuis plusieurs décades. Ruixuan ignorait la durée de vie d'une grue et si ces deux grues avaient autrefois vu l'empereur. Il pensait simplement que le fait qu'elles fussent toujours là, malgré l'occupation de Peiping par les Japonais, était un peu étrange. Leur plumage était si brillant, leur attitude si dégagée, parmi ces murs rouges, ces cyprès verts, et ces palais aux tuiles dorées, on aurait dit des oiseaux paradisiaques. Mais les maîtres de ce paradis sur terre étaient à présent ces pirates japonais qui tuaient sans sourciller, à quoi servait leur air libre et dégagé des contingences du monde ? Qui sait si les Japonais n'allaient pas les fourrer dans une cage et les transporter dans leur île pour les exposer comme trophées de guerre !

Si les oiseaux sont ignorants de tout, qu'en était-il des hommes ? Pourquoi lui-même restait-il là, à contempler stupidement un couple de grues au lieu d'aller chasser ces démons exterminateurs ? Il n'eut plus envie de se rendre à la réunion. Les grues et lui étaient si fiers, si attachés à leur plumage, et pourtant cette fierté n'était qu'une attitude, elle ne servait à rien. Il eut envie de rentrer chez lui, la tête baissée.

Mais très vite il se reprit. Non, il ne devait pas se montrer aussi sentimental pour un oui ou pour un non, et de nouveau baisser la tête. La sentimentalité n'est pas un sentiment authentique, sain. Les larmes versées sous l'effet du sentimentalisme sont de la rosée, elles n'ont pas l'effet bénéfique d'une pluie qui arrive au bon moment. Il se dirigea vers le lieu de réunion. Il voulait entendre ce que diraient les Japonais. Il voulait voir comment les masques portés par les écrivains et les artistes étaient autant de faire-valoir pour les Japonais. Il n'était pas venu là pour contempler les grues cendrées.

Dans la salle de conférences de nombreuses personnes étaient déjà là, assises ou debout, mais la réunion n'avait pas encore commencé. Il signa d'un faux nom le registre qui était tenu par des espions, lesquels, comme il put le constater, étaient omniprésents dans la salle. Depuis son arrestation, il savait les démasquer à leur costume et à leur air. Il rit sous cape. Les associations d'espions faisaient fureur, mais elles étaient si peu fiables ! Il repensait aux propos de M. Qian. Établir un pouvoir politique sur des espions revenait à construire sur du sable. Les Japonais qui étaient pourtant des bâtisseurs émérites n'avaient malheureusement pas remarqué qu'ils bâtissaient sur du sable.

Il repéra dans le fond de la salle un espace peu peuplé où s'asseoir. Peu à peu il reconnut un bon nombre de personnes.

Celui qui portait une petite calotte à raies, et qui avait une tête comme un pain de sucre était le patron de Yiguangzhai au Bazar Dong'an, spécialisé dans l'impression clandestine de livres pornographiques. Le gros avec un visage tout huileux et qui soufflait comme une locomotive était Zhou Sibao, qui vendait des encriers à Liulichang. Le jeune joufflu aux yeux ronds était un type du Shandong, c'était le coursier de la boutique de papier Dewenzhai à la porte Houmen. Celui qui avait le visage couvert de cendres, un poireau sur la joue, était l'acteur de sketches comiques, Fang le sixième dit « poil noir ». À part ce dernier (qui habitait au n° 7 de la ruelle du Petit-Bercail et le connaissait certainement), les trois autres le connaissaient peut-être, car en semaine il aimait flâner dans les librairies ou à Liulichang, et se rendait souvent à la boutique Dewenzhai pour y faire des achats ; mais peut-être ne le connaissaient-ils pas. Même si lui avait fini par les reconnaître, eux semblaient ne pas avoir prêté attention à lui. Il aperçut encore une vieille peau, fardée et poudrée, qui avait la soixantaine passée. Il lui fallut un bon moment pour la remettre. Il s'agissait de Liu Yuqing, une actrice de théâtre pour amateurs qui écrivait de la critique théâtrale. Il avait vu sa photo dans des revues de théâtre. Tout autour d'elle se pressait une foule de gens souriants, dont certains étaient assis, d'autres debout. Leur tête lui disait quelque chose même s'il avait du mal à les identifier. D'après leurs vêtements et leur allure il supposa que c'était des écrivailleurs dont les articles paraissaient à la fin de petits journaux, ou des journalistes de ces mêmes publications. Cette supposition, qui devait être bonne dans l'ensemble, lui remit en mémoire des noms relevés récemment dans cette presse : « Le deuxième sot », « La grosse patate douce », « Taoïste de la brise », « Maître du Pavillon anti-Lu Xun[1] », « L'enrhumé »... Ces noms de plume col-

1. À Pékin, parmi les intellectuels de droite, certains prenaient position contre l'écrivain Lu Xun.

laient tout à fait à ces gens souriants, leur allaient si bien qu'il en avait la nausée.

La « grosse courge rouge », Zhaodi et Guan Xiaohe entrèrent. La « grosse courge rouge » portait une longue robe chinoise en satin pourpre avec une cape brodée de grosses fleurs rouges. Elle arborait un grand chapeau en feutre rouge. Au rebord étroit de son chapeau était fichée une plume de faisan de plus de soixante centimètres de long. Elle marchait très lentement d'un pas assuré. Quand elle pénétra dans la salle, ses mains agrippèrent sa cape, la plume de faisan fit un demi-tour de gauche à droite, ses yeux, suivant l'arc de cercle ainsi dessiné, passèrent en revue toute l'assemblée. S'étant ainsi suffisamment affichée, elle desserra l'étreinte de ses mains, d'un mouvement d'épaule elle ôta sa cape qui retomba légère et rapide dans les mains de Xiaohe. Puis, s'appuyant sur Zhaodi, elle avança avec beaucoup d'assurance, le torse parfaitement immobile. Seule la plume de faisan tremblait un peu. Tous s'arrêtèrent de parler et de rire, fascinés par cette plume qui frissonnait. Arrivée au premier rang, d'un geste de la main, comme on fait pour chasser un insecte, elle écarta les gens assis au centre, s'installa face au bouquet placé sur la table de l'estrade. Zhaodi prit place à côté d'elle.

Xiaohe plia la cape de sa femme sur son bras gauche. Tout en avançant, il faisait des signes de tête, saluant à la ronde. Il avait les yeux plissés, la bouche à demi ouverte, ses lèvres tremblaient légèrement, mais il ne disait rien. Ainsi, sans faire d'efforts, il donnait aux gens l'impression qu'il leur avait parlé. Au bout de quelques pas, jugeant qu'il avait effectué suffisamment de saluts, il ferma la bouche, rattrapa sa femme à petits pas sautillants puis, tel un petit chien pékinois, il s'assit à côté d'elle.

À la vue de tout ce manège Ruixuan ne tenait plus en place, il eut de nouveau envie de rentrer chez lui. Mais au même moment une sonnerie se fit entendre à la porte. Guan Xiaohe se releva à demi, applaudit, les mains au-dessus de la tête. Tout le monde l'imita. Ruixuan fut contraint de s'asseoir et de ne plus bouger.

Le premier à entrer au milieu des applaudissements fut Lan Dongyang. Il avait, pour l'occasion, revêtu un costume occidental. Personne ne pouvait apercevoir sa cravate tant sa tête et son dos restaient inclinés dans un profond salut. Il marchait de travers, les mains collées au corps, inclinant toujours plus profondément sa tête et son dos, comme s'il cherchait quelque chose par terre. Derrière lui suivait, Ruixuan le reconnut, l'écrivain japonais Ida, célèbre en son temps pour avoir fait de la propagande contre la guerre. Dix ans auparavant, Ruixuan avait entendu une de ses conférences. C'était un homme de petite taille, bedonnant, on aurait dit une jarre à légumes ambulante. Son ventre, ce jour-là, était spécialement proéminent. Il allait la tête haute. Il avait déjà beaucoup de cheveux blancs. Si Dongyang marchait de travers c'était pour bien assumer la responsabilité dont on l'avait chargé : ouvrir le chemin, et aussi parce qu'il n'osait pas, par modestie, devancer tout le monde. Sa tête était toujours à la hauteur du ventre de M. Ida et cela mécontentait un peu ce dernier, lequel, après avoir fait quelques mètres, repoussa cette tête près de son ventre et monta fièrement sur l'estrade. Sans attendre les autres, il s'assit à la place centrale. Il ne regardait pas en bas de l'estrade mais, l'air arrogant, il fixait le plafond aux peintures multicolores. Les deux ou trois personnes qui suivirent s'avérèrent être toutes des Japonais. Malgré leur taille peu élevée, toutes voulaient donner l'impression d'être dressées comme des pagodes. Derrière elles venaient deux Coréens, puis deux jeunes gens du Nord-Est. Poussé de la sorte par Ida, Lan Dongyang trouva qu'il valait mieux pour lui ne plus bouger. Les fesses contre le mur, il attendit tranquillement que tous les délégués fussent passés. Il garda l'inclinaison de son corps jusqu'à ce qu'il fût monté sur l'estrade, alors il se redressa, adressa de nouveau une courbette à l'intention de Ida. Puis il fit demi-tour, se retrouva face aux gens assis au pied de l'estrade. Ses yeux soudain se révulsèrent, la peau de son visage se tendit au maximum. Ses traits bougèrent, on aurait dit qu'il allait dévorer tout le monde. Après cette démonstration de force, il s'assit droit comme un « i ». Mais à peine son postérieur eut-il touché la chaise qu'il se relevait pour saluer de nouveau Ida. Ce dernier continuait à admirer le plafond. À ce moment-là Guan Xiaohe se leva à son tour, fit un geste de la main en direction de la porte de la salle. Un serviteur tiré à quatre épingles apporta deux corbeilles de fleurs. Xiaohe prit les corbeilles et les donna avec déférence à sa femme et à sa fille. La « grosse courge rouge » et Zhaodi se levèrent, regardèrent derrière elles pour permettre à tous de mieux les voir. Puis elles montèrent lentement sur l'estrade. La « grosse courge rouge » remit sa corbeille à Dongyang, Zhaodi remit la sienne à Ida. Ce dernier ramena son regard du plafond sur Zhaodi. Il resta assis pour serrer la main de la jeune femme. La mère et la fille attendirent debout un moment pour être sûres qu'on les avait bien vues. Un tonnerre d'applaudissements monta de la salle. Elles descendirent tandis que Xiaohe montait sur l'estrade avec lenteur pour aller s'incliner profondément devant chaque personne, tout en se présentant à voix basse : « Guan Xiaohe, Guan Xiaohe ! » Il eut droit à son tour à des applaudissements.

Lan Dongyang proclama la séance ouverte.

« Monsieur Ida ! » salut, « Monsieur Kikuchi ! » salut. Il nomma ainsi tous ceux qui étaient présents sur l'estrade, les salua un à un, puis son visage verdâtre qui se voulait méprisant se tourna vers le parterre. Il dit, sur un ton hautain : « Messieurs les écrivains et artistes ! » Il ne fit pas de salut. Alors, il resta figé sur place comme si la satisfaction qu'il éprouvait lui avait fait oublier les mots d'ouverture. Ses yeux se révulsèrent vers le plafond. Les gens en bas, pensant qu'il faisait quelque passe de kongfu, applaudirent à l'unisson. Sa main se glissa en tremblant vers sa poche, il lui fallut un bon moment avant d'en extirper un petit bout de papier. La moitié de son corps tourné vers la gauche, le visage incliné en direction d'Ida il commença sa lecture :

Si nous sommes aujourd'hui rassemblés,
c'est que cela répond à une nécessité !

Il accentua le mot « nécessité », leva violemment le bras. Le parterre applaudit de nouveau. La bouche ouverte, il attendit la fin des applaudissements avant de reprendre sa lecture :

Nous sommes des artistes et des écrivains
tout naturellement nous formons une seule famille avec du Grand Japon les éminents écrivains.

Cette fois, les applaudissements durèrent deux minutes. Pendant tout ce temps la bouche de Dongyang ne cessait de remuer, répétant : « Quels vers ! c'est bon, c'est très bon ! » Quand les applaudissements eurent cessé, il rangea son papier.

« C'est tout ce que je dirai car, la poésie étant la cristallisation du langage, il est inutile d'être prolixe. À présent je donne la parole à l'éminent écrivain qu'est M. Ida. Monsieur Ida ! » Il fit de nouveau un profond salut. Le Japonais se redressa, se mit debout à côté de la table, le ventre projeté loin en avant. Après un regard au plafond, un autre en direction de Zhaodi, avec un geste impatient de la main, il fit taire les applaudissements puis déclara en chinois :

« Le Japon être un pays avancé, sa science, ses lettres et ses arts servir de guide, de modèle pour la Grande Asie de l'Est. Je être opposé à la guerre, pacifique, tout comme le peuple du Grand Japon. Le Japon, la Corée, la Mandchourie et la Chine appartenir à la même race, partager la même langue, la même culture. Vous devoir, sous la direction du Grand Japon, et en prenant modèle sur lui, mettre en place le nouvel ordre pacifique de la Grande Asie de l'Est. La date d'aujourd'hui marquer le début de ces efforts ! » Il lança de nouveau un regard à Zhaodi, se détourna et s'assit.

Dongyang s'inclina pour inviter Kikuchi à prendre la parole. Ruixuan s'éclipsa au milieu des applaudissements.

Une fois dehors, il eut presque du mal à s'orienter. Il alla s'asseoir contre un vieux cyprès. Il n'aurait jamais pu imaginer une telle infamie, une telle rouerie, une chose aussi assommante, une manipulation comme celle-là. Ce qui le navrait le plus, ce n'était pas l'attitude de Lan Dongyang ou de la « grosse courge rouge » mais bien celle d'Ida. Autrefois, il ne s'était pas contenté d'aller écouter ses conférences, il avait également lu ses articles. Ida, une dizaine d'années plus tôt, était un écrivain qui forçait vraiment le respect. Ruixuan n'aurait jamais pensé qu'il se ferait le chien courant des militaristes japonais et se jouerait ainsi des Chinois, de la littérature et de l'art, ainsi que de la vérité. Ida incarnait bien ce qu'était la culture japonaise dans sa globalité : un enrobage de sucre sur une pilule de poison. La littérature, l'art, la science, tout comme le costume et le patrimoine culturel des Japonais n'étaient que de la poudre aux yeux. En vérité, c'étaient de violents poisons. Autrefois il avait cru en Ida, l'avait admiré. Inévitablement, cela l'avait amené à penser que le Japon possédait une culture spécifique. À présent il avait compris qu'Ida n'était qu'un prestidigitateur de bas étage et que tout ce qui concernait le Japon n'était que farce destinée à se tromper soi-même et à tromper les autres.

Arrivé à ce point de ses réflexions il ne lui restait plus qu'à s'en prendre à lui-même car, s'il en avait eu le courage, il aurait pu lancer une grenade à main et exterminer toutes ces créatures sans vergogne qui se trouvaient sur l'estrade, non seulement pour assouvir sa haine, mais pour liquider ceux qui jouaient avec la vérité. Les militaires japonais n'avaient fait que tuer des Chinois, Ida avait tordu le cou à la vérité et à la justice. C'était un préjudice pour l'humanité tout entière. Tous ces mots dans la bouche d'Ida : « anti-guerre », « pacifique », « arts », « sciences », n'étaient pas destinés simplement à tromper des gens comme Fang le sixième dit « poil noir » ou Zhou Sibao, mais à faire admettre au monde entier que noir est blanc et qu'un cerf est un cheval. Le succès d'Ida serait celui du Japon et dans le monde entier on devrait alors appeler « paradis » une prison, appeler « dieu » des illusionnistes, Ida, lui, serait un ange !

Il s'en voulait. Il est vrai qu'il n'avait applaudi ni pour Ida, ni pour Dongyang, mais il n'avait pas allongé le bras pour frapper ces imposteurs. Il n'osait venger ses compatriotes, mais surtout, il n'osait même pas bomber le torse pour la vérité et la justice. Il avait du sang de navet et pas d'âme !

Dehors on fit retentir longuement des pétards. Il fut contraint de se lever, de sortir du parc. Les deux grues cendrées, effrayées par le bruit, s'étaient envolées loin dans le ciel. Ruixuan allait de nouveau la tête basse.

CHAPITRE LI

Pour les Japonais, s'emparer par la force militaire de la terre puis charger les traîtres à la nation chinoise de policer le peuple par l'instruction permettait de mettre la main de façon incontestable sur le territoire et le peuple qui y vivait. Pour eux, les traîtres étaient vraiment les représentants du peuple chinois, quand les premiers se trouveraient projetés sur la scène politique tout le reste s'inclinerait de plein gré et leur grand œuvre serait réglé. D'autre part ils pensaient que maintes révolutions en Chine avaient été le fait de politiciens ambitieux et rusés et que ces événements n'avaient eu aucune répercussion sur le peuple. C'est pourquoi en se servant des non-révolutionnaires, des contre-révolutionnaires et des traîtres, ils faisaient un bon calcul, car ils s'assuraient leur soutien et leur enthousiasme nuancé de respect, tout en unifiant le pays. Les Chinois tels qu'ils se les représentaient étaient les Chinois d'il y a cinquante ans.

À Peiping ils n'auraient jamais pensé que les dizaines de milliers de personnes qu'ils avaient arrêtées, appartenant à un parti ou non, éprouvaient pratiquement toutes de la haine pour eux et reconnaissaient en Sun Yatsen le Père de la patrie. Ils ne comprenaient pas pourquoi, car, tout à leur arrogance, ils supposaient que les Chinois étaient encore comme il y a cinquante ans, oubliant ainsi le vrai cours de l'Histoire. Leur arrogance les rendait aveugles.

Lorsque les deux émissaires furent tués à Peiping, les Japonais commencèrent à « prendre conscience » de la situation réelle. Ils comprirent que la force de ralliement organisée autour des traîtres n'était pas aussi grande qu'ils se l'étaient imaginée. Ils devaient rectifier le tir, se débarrasser des anciens traîtres pour en recruter de nouveaux. Il leur fallait, si possible, des gens ayant adhéré au parti, ainsi, ceux qui vénéraient Sun Yatsen pourraient collaborer avec eux de plein gré, sans états d'âme. S'ils ne trouvaient pas quelqu'un du parti ils n'avaient plus qu'à chercher un ou deux savants ou professeurs pro-japonais capables de gagner, en leur nom, le cœur du peuple. Dans le même temps, il leur fallait demander à l'Union du peuple nouveau de travailler de façon plus intense, de contrôler les esprits, de remplacer la révolution nationale par une union totale sino-japonaise et par la gloire commune au sein d'une grande Asie de l'Est. Conjointement, ils ne pouvaient absolument pas abandonner le numéro dans lequel ils excellaient le plus : tuer. Il leur fallait manier la carotte et le bâton, nourrir le « gouvernement par la bonté » à l'aide de meurtres. D'autre part, la guerre durait depuis plus d'un an et l'on ne voyait guère d'espoir de mener à présent une campagne éclair, c'est pourquoi ils devaient spolier du mieux qu'ils pouvaient, s'emparer de tout ce qu'il y avait dans la Chine du Nord, pour nourrir la guerre par la guerre. Fondamentalement, cela s'inscrivait contre les principes du « gouvernement par la bonté », mais l'esprit japonais est ainsi fait qu'il ne sait que diviser toute chose en de nombreux points, a, b, c..., se torturer l'esprit pour, à chaque point, concevoir des plans, les mettre à exécution. Les Japonais se montraient incapables de voir plus loin que le bout de leur nez, d'avoir un plan d'ensemble. C'étaient des acteurs nés, et chaque acteur s'escrimait à jouer de son mieux, oubliant l'impact global et le thème principal. Ils avaient beaucoup de petits gestes excellents, mais leur pièce était un four.

On était déjà en plein hiver. Le vieux Qi et Mme Tianyou souffraient du froid. Le charbon se faisait plus rare encore que l'an passé, quand les usines avaient encore un peu de stock. Cette année les stocks avaient été vendus et le charbon nouvellement extrait dans toutes les mines avait été réquisitionné par les Japonais qui n'avaient laissé pour Peiping que dix à vingt pour cent de la production. Le vieux Qi n'avait pas le cœur à se lever le matin, ayant eu froid en dormant la nuit. Les Japonais avaient porté atteinte à cette sacro-sainte habitude familiale de se lever avec les coqs. Il trouvait gênant de se lever toujours aussi tôt. Cela mettait dans l'embarras les époux Ruixuan. Autrefois, dès qu'il se mettait à tousser dans sa chambre, Yun Mei se dépêchait de se lever et d'allumer le feu, si bien que sa première occupation quotidienne était de contempler, posé devant son lit, un petit poêle blanc dont les flammes faisaient rage. La lueur du feu apaisait le cœur du vieil homme, l'égayait. Il savait bien qu'à présent il n'y avait guère de charbon à la maison, il devait se recroqueviller sur le kang pour permettre d'économiser un peu de chauffage.

Mme Tianyou, toujours très prévenante pour sa belle-fille, n'osait pas, bien entendu, se plaindre du froid. Pourtant, elle ne cessait de tousser tout en sachant que sa toux attristerait son fils et sa bru. Elle ne pouvait qu'étouffer ses quintes sous les couvertures.

Depuis qu'il avait assisté à la réunion de l'Association du monde des écrivains et des artistes, Ruixuan n'avait plus trouvé un petit instant de paix. Il avait pensé au départ imiter M. Qian, sa détermination, sa bonne humeur. Mais comme il n'avait pas le comportement de ce dernier, comment aurait-il pu y parvenir ? L'action est le corps qui fait bouger la foi, sans corps la foi n'est qu'une âme errante. En même temps, il ne pouvait pas, sans faire montre de cynisme, ne pas voir ni entendre, abandonner l'action et se faire passer pour quelqu'un de désintéressé.

S'il avait consenti à être cynique, il aurait pu certes souffler de mépris aux mots de guerre et de pays, et aussi faire semblant de ne pas voir s'il y avait ou non du feu dans la chambre de son grand-père et de sa mère. Mais c'était plus fort que lui, il s'intéressait aux affaires de l'État ; il ne pouvait pas non plus laisser ses vieux parents souffrir du froid sans être ému. Tout cela le rendait inquiet, abattu, à tel point que parfois il pensait au suicide.

Le vent avait fait rage la nuit entière. Plutôt que du vent, on aurait dit un fléau capable de balayer en un instant tout à la surface de la terre. Déjà, au coucher du soleil, le ciel était devenu lourd, bas et jaune. Des « nuages de sable » d'un jaune foncé se mouvaient, déplaçant un air frais à vous faire frissonner. Le soleil s'était couché, le ciel jaune sombre était devenu noir, d'un noir à faire peur. Les hauts réverbères semblaient avoir rapetissé, leur lumière tremblotait. Les nuages au-dessus s'étaient mis à filer à toute allure. Il y avait eu un bruit dans le ciel, on aurait dit le sifflement de diables se déplaçant à toute allure. Les branches des arbres s'étaient mises à se balancer. Les bruits des voitures au loin et les cris des petits vendeurs ambulants se faisaient entendre par vagues. Une ou deux étoiles s'étaient montrées, puis s'étaient soudain cachées. Un grand calme régnait sur tout quand, tout à coup, portes, fenêtres, arbres s'étaient mis à bruire à l'unisson. Le vent avait balayé par surprise, de tous côtés, le ciel et la terre, hurlant comme un cochon que l'on va saigner, charriant du sable jaune, de la terre noire, des plumes de poulet et des vieux papiers. Les lampes s'étaient éteintes, les fenêtres s'étaient ouvertes, les murs avaient vibré, dans une confusion totale. Tout s'était ébranlé, le ciel avait semblé sur le point de tomber, la terre de basculer. Les gens avaient senti leur cœur se serrer, sur les cuvettes une couche de glace s'était formée. Peiping paraissait avoir perdu ses solides et épaisses murailles pour ne faire plus qu'une avec le désert. L'univers tout entier n'avait plus été que danse sauvage du sable et du froid. Les hommes avaient perdu tout contrôle sur la nature et même les chiens féroces n'avaient plus osé aboyer.

Après cette brusque tempête, tout était redevenu calme. Les lampes s'étaient rallumées, les branches avaient quitté leur courbure forcée pour se balancer mollement. Quelques étoiles lumineuses avaient réapparu. Mais, alors que tout le monde s'apprêtait à reprendre péniblement haleine, ciel et terre avaient de nouveau été confondus dans le vent. On aurait dit une mer de vent, sans eau, illimitée.

Les tramways s'étaient arrêtés depuis longtemps, les pousses, le ventre et les mains vides, avaient remisé leur voiture, les magasins avaient mis leurs volets, il n'y avait plus de passants dans les rues. Peiping semblait une île solitaire noire et silencieuse dans une mer de vent.

Le vieux Qi était couché depuis longtemps. Il n'avait plus l'impression d'être dans une pièce, mais de flotter dans les airs. Chaque violente rafale lui faisait éprouver une sensation de flottement, il en avait perdu le sens de l'orientation, oublié où il se trouvait, il ne ressentait plus que des millions de petites aiguilles qui lui picotaient tout le corps. Il ne parvenait pas à savoir s'il dormait ou s'il était éveillé, s'il rêvait ou si tout cela était réel. Alors qu'il allait se souvenir de quelque chose, une rafale emportait ses pensées. Quand le vent faiblit un peu, il recouvra ses esprits, comme s'il revenait du bout du monde. Le vent l'emportait corps et âme loin, très loin, et pourtant il était resté allongé sur le kang glacé, recroquevillé en boule.

Il fallut attendre longtemps avant que le vent ne mollît. Le vieil homme entendit le chant d'un coq, il lui sembla un signal tombé du ciel. Il savait que le vent avait cessé, qu'il allait bientôt faire jour. Il se toucha la tête, il eut l'impression d'avoir un bloc de glace sous la main. Il étira hardiment ses deux vieilles jambes courbatues, pour les ramener bien vite. Sous les couvertures, c'était un nid glacé. Mais il faisait encore plus froid dans la pièce, un froid humide, il avait l'impression d'être dans une mince tente au bord d'une rivière ou dans le désert, séparé du givre par une simple épaisseur de toile. Peu à peu le papier qui couvrait les fenêtres bleuit. Il essaya de supporter le froid encore un petit moment. Il ouvrit les yeux, le papier avait blanchi. À l'angle du treillis de la fenêtre, des paquets de sable jaune et fin dessinaient, en ombres chinoises, de petits triangles noirs. Il bâilla douloureusement tandis que des flots de larmes coulaient de ses pauvres yeux. C'était plus qu'il n'en pouvait supporter. Il s'assit avec détermination. Au bout d'un moment ses jambes raides lui faisaient toujours aussi mal. Il commença à s'habiller avec l'intention d'aller faire un peu d'exercice dans la cour pour faire circuler le sang. D'habitude il se couvrait les épaules d'une vieille robe fourrée qu'il ne boutonnait pas, se contentant de la nouer de façon lâche. Il ne la boutonnait correctement que lorsqu'il avait fini de balayer la cour, et après s'être lavé le visage. Puis il attendait le thé du petit déjeuner. Aujourd'hui, il ne fit qu'une seule opération, n'osant pas laisser le vêtement bâiller.

Quand il ouvrit la porte, sa première impression fut d'être tombé dans un trou glacé. Un petit vent acéré mais fort lui piqua le visage comme la pointe d'une lame. De l'eau coula de son nez tandis qu'une vapeur blanche restait devant sa bouche. Au premier coup d'œil, la cour lui sembla plus vaste. Le sol, très propre, sans la moindre feuille morte, blanchâtre, était fendu par endroits. L'air était vide, une étendue givrée, comme de la glace transparente. Dans le ciel haut, sans un nuage, d'un bleu très pâle, un tissu délavé, déjà un peu de blanc pointait. Le ciel, la terre et l'air blanchissaient, on aurait dit l'éclat de la neige, bien qu'il n'y en eût pas. Cet éclat, concentré en un point, dégageait comme des souffles glacés. Pris dans cet océan de froidure, vous aviez l'impression d'être nu comme un ver. Les maisons, la végétation, les murs des cours se dressaient silencieux, on les aurait dits comme rapetissés et tout cela formait un monde congelé. Le vieil homme n'osa pas tousser, comme si le moindre bruit allait ébranler la glace, en faire tomber des morceaux.

Au bout d'un moment le ciel, le ciel gelé, s'empourpra. Le vieil homme pensa aller chercher le balai, mais il n'osait sortir ses mains qu'il avait cachées dans ses manches. Il regarda de nouveau le sol. Le vent l'avait balayé de toute saleté. Il n'avait pas besoin de dépenser son énergie. Les mains dans ses manches, il se dirigea vers l'extérieur, ouvrit la porte de la ruelle : il n'y avait pas un chat, aucun signe de vie. Les vieux sophoras avaient perdu beaucoup de branches mortes qui pouvaient servir de bois de chauffage. Oubliant le froid, le vieil homme sortit ses mains pour en ramasser. Il se dirigea vers la maison avec une brassée. Au moment de franchir les marches, il s'arrêta interloqué, les anneaux en cuivre servant de heurtoir sous la tête du dieu de la porte avaient disparu. « Oh ! » fit-il.

C'était la maison qu'il avait achetée. Il connaissait les métamorphoses et l'histoire de chaque objet de la cour. Au début, il s'en souvenait bien, les anneaux étaient en fer, gonflés comme de petits seins, avec de la rouille dessus. Puis, pour fêter le mariage de Ruixuan, on les avait changés pour des anneaux en cuivre d'un jaune brillant. Des anneaux brillants sur la porte sont comme un nouveau bijou que porte une femme. Il aimait cette paire de heurtoirs, les entretenait contre l'oxydation. Chaque fois qu'il entrait, la vue de cette lueur jaune le remplissait d'aise.

Aujourd'hui ces choses brillantes semblaient avoir été comme soufflées par l'ouragan, elles avaient subitement disparu. Il ne restait que deux empreintes rondes et les trous des clous. Non, ils n'avaient pas été emportés par le vent, il le savait, pourtant, les yeux au sol, il les cherchait, espérant les y trouver. Il n'y avait même pas un grain de sable sur l'escalier. Il posa ses morceaux de bois sur le seuil, alla chercher en bas des marches, en vain. Il alla voir à la porte du n° 6 : les heurtoirs n'étaient plus là non plus. Il en oublia le froid, fit rapidement le tour de la ruelle. Tous les anneaux des portes avaient disparu. « Qui a bien pu nous jouer ce mauvais tour ? » Le vieil homme caressait sa barbe de ses mains rougies par le froid. Il y trouva deux petites gouttes prises en glace. Il revint chez lui rapidement, appela Ruixuan. On était dimanche, étant donné le froid, et comme il ne travaillait pas ce jour-là, Ruixuan n'était pas encore levé. Le vieil homme, au départ, n'avait pas eu l'intention de le déranger, mais ce fut plus fort que lui, pensez donc, tous les heurtoirs de la ruelle avaient disparu en une seule nuit ! C'était un fait étrange qui ne s'était jamais produit.

Tout en s'habillant, Ruixuan écoutait les propos de son grand-père. Il semblait n'avoir pas bien compris. Les yeux tout ronds, la bouche ouverte, il sortit, suivit le vieil homme à l'extérieur de la cour, l'air tout aussi hébété. Quand il eut constaté le fait, il comprit enfin ce dont lui avait parlé le vieil homme. Il rit, regarda le ciel. La lumière rouge avait déjà disparu. Le ciel, d'un blanc lumineux, était haut et glacé.

« Que s'est-il passé ? demanda le vieil homme.

— Le vent était fort cette nuit et s'il avait emporté les anneaux nous n'en aurions rien su. Rentrez, grand-père, il fait froid ici ! » Ruixuan lui prit des mains les quelques morceaux de bois.

« Qui a fait ça ? Il faut avoir du culot ! Pour ce que coûte une paire d'anneaux ! » répétait le vieil homme tout en se dirigeant vers le centre de la cour.

« Le cuivre et le fer ont tout de même de la valeur. Ne sommes-nous pas en temps de guerre ? » Tout en parlant Ruixuan porta sa brassée de bois dans la cuisine.

Le vieil homme se mit à discuter de l'événement avec Yun Mei. Ruixuan alla se réfugier dans sa chambre. La chaleur et l'odeur viciée de la pièce lui donnèrent envie de se remettre au lit un moment. Mais il ne pouvait plus se rendormir tranquillement. La disparition des heurtoirs lui avait donné froid dans le dos, un froid plus vif que celui d'aujourd'hui. Il n'eût pas été convenable de dire au grand-père ce qu'il tenait pourtant de source sûre, grâce à M. Goodrich : les Japonais avaient dépêché un bon nombre d'experts japonais afin d'étudier l'économie de guerre, pour être clair et précis, afin d'étudier comment s'emparer des ressources de la Chine du Nord. Les Japonais avaient pris beaucoup de villes et d'endroits de cette région sans avoir gagné d'argent. Dans la guerre moderne le vainqueur est celui qui consent à jeter l'argent par les fenêtres. Les Japonais pouvaient vendre leur marchandise dans les régions dont ils s'étaient emparés, mais la guerre jouait sur la production intérieure et les marchandises exportées en Chine leur permettaient tout juste de récupérer ces faux billets de banque qui ne valaient rien, émis par eux. D'autant plus qu'on ne voyait pas la fin de la guerre, et que la poursuivre coûtait de plus en plus cher. Ils devaient donc procéder le plus vite possible à ce pillage des richesses : céréales, charbon, cuivre et fer, tout ce qui leur tombait sous la main. Et même en procédant ainsi, ils semblaient ne pas atteindre l'objectif qu'ils s'étaient fixé : nourrir la guerre par la guerre. Car la Chine du Nord n'avait pas de grande industrie, ni assez de techniciens ou d'ouvriers. Ils gagnaient des batailles mais perdaient leur capital. C'est la raison pour laquelle les militaires décidèrent de recourir aux économistes, pensant que ces derniers pourraient leur trouver des solutions miracles.

Profiter d'une nuit de tempête pour voler les heurtoirs en fer et en cuivre, se dit Ruixuan, ce doit être la première canonnade du plan de pillage des économistes. En temps ordinaire Ruixuan aurait trouvé cette idée frivole et sans intérêt. Mais, aujourd'hui, il réfléchissait avec le plus grand sérieux et ne trouvait pas sa conclusion grotesque du tout. Il savait que les Japonais avaient effectivement un bon nombre d'économistes. Mais la guerre anéantit la science, le feu des canons était une jonglerie idiote et coûteuse. On ne peut à la fois jeter l'argent par les fenêtres et faire des économies. Les Japonais répétaient à tout bout de champ que le Japon était un pays « démuni », alors que la Chine était un pays « nanti », c'était une grave erreur ! Bien sûr, la Chine était immense, mais sa population était particulièrement nombreuse. Le pays s'était bâti autour de son agriculture, mais ne produisait pas assez de céréales. La Chine était « démunie » et le Japon « nanti », cependant, comme les Japonais se servaient de ce qu'ils possédaient pour jouer avec des canons, ils étaient devenus « démunis ». Il ne leur restait qu'à piller la Chine « démunie ». Piller quoi ? Les heurtoirs ! C'était bon à prendre aussi, au moins cela permettait aux savants économistes japonais de rendre compte de leur mission. De plus, puisque les savants tenaient leur bol de riz des militaires, ils devaient, en dehors des sciences, se mettre à l'école de ces mêmes militaires. Ceux-ci exagéraient leurs prouesses, à l'origine insignifiants ils voulaient se donner l'air important. Chaque fois qu'ils faisaient quelque chose, même une toute petite chose, il leur fallait faire un peu de cinéma ; ainsi, des actions pour lesquelles il n'y avait pas de pet devenaient des actes hauts en couleur. Les savants avaient appris à ruser. C'est pourquoi en une nuit ils avaient pris tous les heurtoirs de Peiping, d'où l'étonnement du vieux Qi.

Il ne s'agissait pas simplement d'une affaire grotesque, se disait Ruixuan. Les Japonais, à jouer ainsi avec les canons, à faire ainsi la guerre, étaient passés de l'état de « nantis » à celui de « démunis ». Il leur faudrait avoir recours à des méthodes et à des plans minutieux pour se livrer à un pillage systématique. Ils étaient cruels, ils allaient racler la terre de la Chine du Nord, faire mourir de faim des dizaines de milliers de personnes. Sans compter les traîtres qui se faisaient volontiers leurs complices. Si les Japonais voulaient cinquante millions de boisseaux de céréales, les traîtres voudraient peut-être, de leur côté, en extorquer cent millions pour gagner les faveurs des Japonais. Ainsi, le peuple de la Chine du Nord, sous peu, allait périr pour moitié. Si cela devait se réaliser, que deviendrait-il, lui ? S'il n'avait pas voulu partir c'était pour nourrir toute la famille, mais si les Japonais mettaient leur projet de pillage à exécution comment ferait-il pour que les siens ne meurent pas de faim ?

Certes, la faim engendre la lutte désespérée. Si les Japonais se mettaient à piller les céréales, peut-être cela provoquerait-il une résistance résolue de la part du peuple ? Ainsi, les endroits tombés entre les mains de l'ennemi pourraient-ils, parce qu'ils possèdent des céréales, s'armer ? Ce serait une bonne chose ; mais Peiping ne produit pas de céréales et les Pékinois préféreraient mourir de faim plutôt que de se battre avec l'énergie du désespoir. Peiping ne savait que mourir avec les autres, sans se débattre. Ainsi était Ruixuan.

À ce moment-là les enfants se réveillèrent et réclamèrent à leur maman de la bouillie de riz. Mme Tianyou, le vieux Qi et les enfants parlaient de choses et d'autres. Les voix des petits et des anciens lui perçaient cruellement le cœur. Ils vivaient tous encore tant bien que mal, et ils mourraient bientôt de même, sans se débattre, sans lutter, et même sans maudire. Ils allaient mourir de faim, sans bruit !

L'éclat du soleil n'était pas fort du tout, mais après une nuit de grand vent, à la vue de ce peu de lumière, tout le monde semblait ressentir un peu de chaleur. Vers huit ou neuf heures le ciel se plomba légèrement, les branches des arbres remuaient par intermittence.

« Le vent n'a pas cessé ! » soupira le vieux Qi.

À ces mots, « Pan, pan ! », deux coups de feu retentirent dehors, très sonores, très proches. Tout le monde en fut figé sur place.

« Que se passe-t-il encore ? » demanda le vieil homme sans insister, d'une voix inexpressive. « Balaie la neige devant ta porte sans te soucier du givre sur le toit des autres » était sa philosophie de la vie. Du moment que les coups de fusil n'éclataient pas dans sa propre cour il ne s'en émouvait pas.

« Vu le bruit, ça devait venir de la grande cour derrière ! » Yun Mei écarquillait ses grands yeux, elle avait un petit sourire aux lèvres, un petit sourire désolé, elle craignait toujours qu'on ne lui reprochât de trop parler ou de parler à tort et à travers. Ce qu'elle entendait par la « grande cour derrière », c'était le « ventre de la gourde ».

Ruixuan courut vers la ruelle. En temps ordinaire il restait imperturbable, comme son grand-père, ne s'occupant pas des affaires des autres. Aujourd'hui, alors qu'il pensait à leur mort à tous, il semblait avoir oublié toute circonspection, il voulait aller se rendre compte sur place de ce qui se passait.

« Pa ! Je vais avec toi ! » Petit Shunr, les pieds gelés, courait derrière son père en boitillant.

« Pour quoi faire ? Rentre ! » Yun Mei, tel un aigle attrapant dans ses serres un petit poussin, retint Petit Shunr.

Ruixuan courut jusqu'au portail. Il n'y avait personne devant le n° 3, devant le n° 1 se tenait la vieille femme japonaise. Elle s'inclina devant Ruixuan. Ce dernier n'avait jamais salué un seul des habitants du n° 1, dans sa hâte pourtant il lui rendit son salut. Cheng Changshun était devant la porte du n° 4, pris entre l'envie de bouger et la peur. Sa grand-mère lui cria : « Rentre ! Tu veux jouer les braves face au fusil ! Où vas-tu ? » Quand il aperçut Ruixuan, Changshun lui demanda avec impatience : « Que se passe-t-il ?

— Je ne sais pas ! » répondit Ruixuan en se dirigeant vers le nord.

Petit Wen, les mains dans ses manches, un mégot aux lèvres, comme si rien ne se passait, se tenait debout devant le n° 6. « On aurait dit deux coups de fusil, à moins que ce ne soit des pétards ! » dit-il à Ruixuan sans ôter sa cigarette de la bouche.

Ruixuan fit oui avec la tête, ne répondit rien et continua de marcher vers le nord. Il enviait, tout en la trouvant détestable, l'indifférence de Petit Wen.

De nombreuses personnes se tenaient devant le n° 7, certaines parlaient, d'autres regardaient en direction du nord.

Le chef de police Bai, le visage blême, arriva en courant de cette direction. « Rentrez chez vous ! Dans un moment on va sûrement procéder à une inspection. Pas de panique, pas de négligence ! Allons, rentrez vite ! » Sur ces mots, il fit demi-tour.

« Que se passe-t-il ? » demandèrent-ils tous comme un seul homme.

Le policier Bai se retourna. « Je suis dans la poisse, il y a eu un malheur chez les Niu !

— Et quoi ? » demandèrent-ils tous.

Le policier Bai ne répondit rien et repartit comme une flèche.

Ruixuan revint lentement sur ses pas. Il ne cessait de répéter en silence : « Niu ! Niu ! » Il ne parvenait pas à deviner ce qui avait bien pu se passer chez les Niu. Il repensa à ce qu'avait dit M. Qian l'avant-veille. Ce dernier ne lui avait-il pas demandé s'il connaissait le professeur Niu ? Pourquoi lui avait-il demandé cela ? Ruixuan avait beau réfléchir, il ne comprenait pas. Est-ce que par hasard le professeur Niu allait devenir un espion ? Non, c'était impossible ! Bien que Ruixuan ne le fréquentât pas, il admirait ses connaissances et l'appréciait en tant qu'homme. Et, si Ruixuan avait eu quelque ambition, il aurait voulu être un second professeur Niu. Ce dernier avait des connaissances, était estimé par les savants en Chine et dans le monde, il possédait une maison avec une grande cour fleurie, il menait une vie simple et agréable, avait de nombreux livres. Un tel savant ne pouvait être un traître à la patrie.

De retour à la maison, alors que tout le monde attendait des nouvelles, il ne dit rien.

À peine un quart d'heure après, la ruelle du Petit-Bercail était cernée par la police militaire. Sous les sophoras se tenaient sept ou huit gendarmes qui interdisaient toute allée et venue.

Le vieux Qi enferma les enfants dans sa propre chambre et leur interdit de sortir, même pour aller dans la cour. Il leur dit à voix basse :

« Au début j'ai été séduit par l'emplacement de notre maison. C'était un coin retiré, mais qui aurait cru que tout changerait comme ça ? Un jour on procède à des arrestations, le lendemain c'est une fusillade. Où allons-nous ? »

La petite Niuzi était incapable de répondre. Elle se contentait de fourrer dans son nez son doigt grassouillet, tout rougi par le froid. Petit Shunr, comme les enfants de sa génération, répondit sans réfléchir :

« Tout ça c'est la faute aux Japonais ! »

Le vieux Qi savait que cette réponse était irréfutable, mais il trouvait inconvenant d'entretenir chez des enfants une telle haine des Japonais : « Arrête de dire des sottises ! » dit-il tout bas, tandis que ses petits yeux s'enfonçaient davantage dans leurs orbites, comme s'il éprouvait de l'indignation, après ce qu'avait dit son arrière-petit-fils.

À ce moment-là, firent irruption agents de police, agents de la police militaire, en civil ou armés, Japonais que Petit Shunr haïssait tant. Ils martelaient avec bruit le sol gelé. Les personnes insignifiantes aiment que leurs actes soient bruyants. Deux d'entre eux faisaient le guet, debout dans la cour. Les autres se dispersèrent pour aller inspecter chaque pièce.

Ils venaient de chez les Guan. Ces derniers leur avaient offert cigarettes, thé, gâteaux, brandy. Ils avaient été reconduits avec force courbettes par Guan Xiaohe sans avoir fouillé la maison. Les Qi n'ayant rien à leur offrir, ils avaient décidé de procéder à une fouille minutieuse.

Yun Mei n'avait pas bougé de la cuisine. Ses mains tremblaient un peu, mais elle restait relativement calme. Elle avait décidé de ne pas ouvrir la bouche, se contentant de fixer les intrus de ses grands yeux. Elle était debout devant le billot, s'ils osaient la toucher, elle n'aurait qu'à allonger la main pour s'emparer du couperet.

Mme Tianyou, à l'âge où l'on commence à se souvenir, avait connu la prise de Peiping par l'armée des Huit Puissances. Dans son cerveau, presque pareil à une feuille blanche, l'invasion et les violences avaient laissé une trace profonde. Elle savait garder son sang-froid. Cent ans de honte nationale lui avaient appris à supporter l'humiliation. Cette endurance avait engendré vengeance et désir de laver l'affront. L'agression japonaise en Chine avait été déclenchée un peu plus tard. Elle restait assise hébétée au bord du kang à regarder les policiers entrer. Elle n'avait pas la force de les chasser avec des coups, mais ne se serait pas abaissée à les saluer.

La petite Niuzi, à la vue de ces gens qui faisaient irruption dans la maison, s'était réfugiée derrière son arrière-grand-père, tandis que Petit Shunr avait lentement enfoncé un doigt dans sa bouche. Le vieux Qi, pourtant toujours très affable, avait ravalé toutes les paroles polies qui lui étaient montées aux lèvres. Il ne pouvait continuer à se montrer aimable. Il se dressait là comme une tour de guet, antique, imposante, laquelle, si elle ne peut arrêter les attaquants de la ville, ne craint pas pour autant le feu des canons.

Mais ce fut Ruixuan qui retint le plus leur attention. Aux yeux des Japonais, son âge, son allure, ses manières semblaient inévitablement suspects. Ils ouvrirent les tiroirs, les coffres, les boîtes de sa chambre, inspectèrent en détail tous les objets contenus dedans. Comme ils ne trouvaient rien, ils mirent tout sens dessus dessous, allant jusqu'à retourner les coffres pour en vider le contenu. Debout contre le mur, Ruixuan les regardait en silence. Finalement un Japonais aperçut sur le mur la carte datant des Grands Qing et de l'Unification. Il hocha la tête à l'intention de Ruixuan. « Les Grands Qing, très très bon ! » Ruixuan était resté au même endroit, impassible. Le Japonais prit au hasard une courte épingle à bonnet dorée, ciselée de fleurs, dont Yun Mei elle-même avait pratiquement oublié l'existence, la mit dans sa poche, puis il lança de nouveau un regard à la carte des Qing avant de sortir à regret.

Après leur départ, tous, la colère au ventre, sans dire un mot, s'affairèrent à remettre les affaires en place. Petit Shunr lui-même avait compris qu'il s'agissait là d'une humiliation, mais que, étant donné qu'ils se trouvaient dans l'impossibilité de laver l'affront, il valait mieux garder cette rancune cachée.

À quatre heures de l'après-midi, quand le vent jaune se mit de nouveau à rugir, les habitants du Petit-Bercail purent enfin de nouveau être libres de leurs allées et venues, alors l'affaire Niu devint un sujet de discussion sur toutes les lèvres.

À part le fait que le professeur Niu avait été blessé et conduit à l'hôpital, personne ne savait ce qui s'était passé exactement. Le professeur n'avait jamais fréquenté ses voisins. En temps ordinaire, pour savoir ce qui se passait chez lui on se livrait à des conjectures ou l'on recourait à l'imagination. Aujourd'hui conjectures et imagination allaient bon train. Comme personne ne savait exactement de quoi il retournait, on éprouvait le besoin d'énoncer quelques bonnes raisons. Selon M. Sun les Japonais avaient voulu faire du professeur Niu un traître, ce dernier n'ayant pas accepté, ils auraient donc tiré deux coups de feu sur lui. L'un aurait manqué sa cible, l'autre aurait touché le professeur à l'épaule gauche, mais sa vie ne serait pas en danger. M. Sun éprouvait un certain respect pour le professeur car il l'avait rasé une fois. Le professeur sortait rarement de chez lui, sauf pour donner ses cours. Il se lavait et se rasait chez lui. Un beau jour, comme il pleuvait, et que son domestique avait la flemme de se rendre dans la rue en quête d'un coiffeur, il était allé chez M. Sun. Ce dernier n'était pas le meilleur, mais, comme le professeur Niu avait juste besoin qu'on lui rasât la tête, il pouvait faire l'affaire. Le professeur ne frayait guère avec les gens et il n'avait pas de goût prononcé en matière de gastronomie, pas plus qu'il ne recherchait d'autres plaisirs. Du moment qu'il était chez lui, on aurait bien pu venir lui arracher tous les cheveux de la tête que cela ne lui aurait fait ni chaud ni froid. Aux yeux de M. Sun un professeur valait bien un haut fonctionnaire. C'était, selon lui, la raison pour laquelle le professeur Niu n'était pas très chaud pour nouer des relations avec ses voisins. Il n'aurait jamais pensé avoir l'occasion de lui raser le crâne et, qui plus est, d'échanger quelques mots avec lui. Il s'en faisait une gloire. Quand les garçons de boutique, qui avaient le sens de l'honneur, se plaignaient de son manque de talent, il répondait en contenant sa colère : « Je n'oserais pas dire que j'ai du talent, j'ai pourtant rasé le professeur Niu. » Voilà pourquoi il respectait le professeur.

Cheng Changshun avait une opinion tout à fait différente. Il déclara que « les nôtres » avaient ouvert le feu sur le professeur Niu car ce dernier voulait trahir le pays et que, même s'ils ne l'avaient pas tué, le professeur Niu n'oserait plus désormais s'attirer des ennuis. Ses paroles étaient-elles fondées ? Lui-même en son for intérieur trouvait ce jugement correct. Il était allé dans toutes les cours du Petit-Bercail et tous avaient écouté son phonographe. Seul M. Niu n'avait jamais été son client. Pour lui, le professeur Niu n'était pas un voisin, mais, bien plus, ce n'était pas un être humain. Un être humain, se disait Changshun, est affable, parle, rit. Le professeur Niu, qui n'aimait pas frayer avec les autres, ressemblait plutôt à un bodhisattva en glaise dans un temple Il ne sortait jamais pour se distraire. Selon lui, ce type de personnage pouvait fort bien faire un traître à la patrie.

Ces deux suppositions, très différentes, parvinrent aux oreilles de Ruixuan. Il était incapable de trancher pour dire laquelle était la plus proche de la réalité. Simplement, il avait le cœur gros. Si les vues de M. Sun se révélaient exactes, il se sentirait menacé. En effet, ses connaissances et sa renommée étaient loin d'égaler celles du professeur Niu. Pourtant les Japonais l'avaient arrêté, lui, Ruixuan. Qui oserait affirmer que les Japonais ne l'obligeraient pas à faire le mal ? Oui, s'ils le menaçaient de leur fusil, il bomberait le torse et recevrait les balles pour garder son intégrité. Mais il ferma les yeux : que deviendraient les siens ?

À l'inverse, si Changshun avait vu juste, ce serait plus insupportable encore ! Si, compte tenu de ses connaissances et de sa renommée, le professeur Niu passait de son plein gré du côté des traîtres, alors la nation serait vraiment vouée à la ruine !

Le vent était encore assez fort, très froid. Pourtant Ruixuan ne pouvait pas rester assis à la maison. Il faisait les cent pas dans la cour, les mains dans ses manches, la tête baissée, les sourcils froncés. Une fine poussière jaune s'accumulait peu à peu sur ses cheveux, sur ses sourcils. Il n'avait pas le cœur à l'essuyer. Une goutte pendait à son nez rougi par le froid ; il se dit qu'elle finirait bien par tomber toute seule, ne chercha pas à s'en débarrasser. Son imagination, partie des heurtoirs, se tourna vers les difficultés du lendemain. Il vit la corde qui lui ligotait le cou et qui ligotait aussi celui des siens, tandis que l'étreinte se resserrait un peu plus. De la fusillade contre le professeur Niu ses pensées le menèrent à cette vérité : les Japonais violentaient les gens intègres les uns après les autres, ou bien, ceux qui étaient intègres à l'origine, avec le temps, perdaient leur ténacité et leur honneur pour se prostituer de leur plein gré.

Mais tout cela était pures rêveries. À moins qu'il ne quittât Peiping sur-le-champ, il ne pouvait trouver de solution. Fuir, mais comment ? Comme en écho à une rafale de vent, il rugit furieusement : « Impossible ! »

CHAPITRE LII

Le professeur Niu n'était pas encore sorti de l'hôpital que la municipalité annonçait sa nomination à la tête du Bureau de l'éducation. Pourtant, en apprenant la nouvelle, Ruixuan se sentit apaisé. Il pensait que, si ce dernier avait rallié les traîtres, étant donné son caractère et ses connaissances, ce n'était pas pour ce poste de directeur. La tentative d'assassinat du professeur devait être l'œuvre des Japonais. Bien que le poste de directeur de bureau ne fût pas important, il administrait des dizaines d'écoles primaires et une vingtaine de lycées. Les Japonais devaient mettre rigoureusement en place une éducation asservissante pour les écoliers et les lycéens, les responsabilités n'étaient pas minces. C'est pourquoi il leur fallait aller chercher quelqu'un qui eût du renom.

Après avoir bien réfléchi au problème, il attendit avec impatience la sortie de l'hôpital du professeur Niu. Si, à sa sortie, se disait-il, il refusait de prendre son poste, les Japonais en seraient quittes pour s'être creusé en vain la cervelle et l'intégrité du professeur éclaterait au grand jour. En revanche, si le professeur acceptait cette nomination, même s'il le faisait sous la contrainte, il serait l'objet de sarcasmes et d'invectives. Pour le professeur Niu, pour l'intégrité de la nation, Ruixuan jour et nuit espérait que le professeur ne se laisserait pas aller à faire un faux pas.

Mais le professeur n'était pas encore sorti de l'hôpital que déjà les journaux reproduisaient ses propos. Pour les bonnes relations entre la Chine et le Japon et pour la paix en Asie orientale, il acceptait les responsabilités de l'éducation pour la ville de Peiping et prendrait son poste dès qu'il irait mieux. À côté de cette nouvelle il y avait une photo où on le voyait, assis sur son lit d'hôpital, le visage souriant, serrer la main aux Japonais venus le réconforter.

Ruixuan regardait, frappé de stupeur, la photo dans le journal. Le visage du professeur était bien rempli, ni trop gras, ni trop émacié, ses yeux et ses sourcils n'avaient rien de particulier, aussi son visage rond était-il tout lisse et ce sourire même était-il dénué de toute expression bien définie. Il n'y avait pas d'erreur, c'était bien le professeur Niu. Son visage était le témoin de sa façon d'être : sa vie avait toujours été lisse, sans conflit avec le monde extérieur, sans disharmonie.

« Comment pouvez-vous être un traître vous aussi ? » demanda Ruixuan, comme gagné par la folie, au personnage sur la photo. Il avait beau réfléchir, il ne comprenait pas la raison qui avait poussé le professeur Niu à se rallier aux traîtres. En temps ordinaire, vu le caractère peu accommodant du professeur, les voisins faisaient bien courir quelques potins sur son compte, mais Ruixuan n'avait pas entendu dire que le professeur Niu eût jamais commis des méfaits graves. Aujourd'hui, son visage et son comportement n'étaient absolument pas celui de quelqu'un de cupide. Comment avait-il pu accepter de se rallier aux traîtres ?

La chose n'est pas si simple, se dit Ruixuan. En même temps il espérait vivement que cette photo, tout comme cette tentative d'assassinat, était une farce organisée par les Japonais et que, quand le professeur Niu irait mieux, il trouverait le moyen de se sauver de Peiping.

Tout en fondant de tels espoirs, il s'informait à droite et à gauche pour savoir quel type d'homme était en fin de compte le professeur Niu. Enquêter ainsi n'était pas du tout dans ses habitudes, et s'il avait changé d'attitude, ce n'était pas en raison de liens amicaux qui le liaient au professeur, mais parce qu'il avait compris que, si ce dernier s'était rallié aux traîtres, cela aurait de grandes répercussions. L'acte du professeur allait permettre aux Japonais de faire de la propagande sur la scène internationale car sa renommée dépassait les frontières du pays. Cela permettrait ainsi aux traîtres professionnels de dire à grand renfort d'arguments : « Voyez ! Qui parle d'intégrité ? Le professeur Niu lui-même a plongé. Intègre, lui ? Mon cul ! » Les jeunes gens enterreraient leur esprit aventurier et deviendraient « sérieux ». « Monsieur le professeur Niu lui-même est consentant, alors pourquoi pas nous ? » L'acte du professeur ne porterait pas uniquement atteinte à sa réputation personnelle, il amènerait les autres à nourrir de mauvais desseins. C'est ce qui inquiétait Ruixuan.

Effectivement, il vit les époux Guan accompagnés de Zhaodi aller réconforter le professeur avec des fruits et des fleurs fraîches très onéreuses (on était en hiver).

« Nous allons faire une petite visite au professeur Niu ! » dit Xiaohe à Ruixuan tout en tâtant le col en loutre de son manteau. « C'est pas si mal que ça ! Notre ruelle est carrément une pépinière de talents ! Il en est sorti aussi un directeur de bureau ! Je vous le dis, Ruixuan, votre cadet est chef de section au Bureau, vous devriez aller saluer le directeur du Bureau, vous ne croyez pas ? »

Ruixuan n'ouvrit pas la bouche, ce fut comme s'il avait reçu un coup de poignard en plein cœur.

Peu à peu, grâce aux informations recueillies, il comprit qu'effectivement « les nôtres » avaient tiré par deux fois sur le professeur, mais malheureusement sans le toucher à mort. Selon ce qu'on disait, le professeur n'avait pas l'intention de devenir un traître, mais, lorsque les Japonais l'avaient poussé à mal agir, il n'avait pas refusé fermement. C'était un scientifique. Il ne s'était jamais soucié de politique, ni des conditions de vie des autres, refusant tout contact avec la société. Son cerveau était toujours occupé par des problèmes scientifiques. Il observait et jugeait avec un sang-froid extrême, ne se laissait pas perturber par les choses triviales de ce bas monde. Il ne connaissait que la raison, non la passion. Il ne fumait pas, ne buvait pas, n'écoutait pas de théâtre, pas plus qu'il n'allait au cinéma ; et, quand il avait l'esprit fatigué, il cultivait quelques légumes, arrosait ses plantes. Cela constituait pour lui une gymnastique, sans qu'il appréciât pour autant la beauté et le parfum des fleurs. Il était marié, avait deux garçons, mais n'avait jamais pensé à leur bien-être. Une épouse est une épouse, elle est là pour préparer les trois repas quotidiens et un peu d'eau bouillie. Quand elle lui apportait le repas, il mangeait sans trouver à redire, que la nourriture fût bonne ou non. Il ne remerciait pas sa femme qui s'occupait de tout et travaillait dur. Quant aux enfants, il semblait ne reconnaître en eux que le fruit du mariage, tout comme une chienne met bas des chiots et une chatte des chatons. Il ne se commettait pas à les éduquer et aurait trouvé inconvenant de les caresser. Les enfants n'étaient pour lui qu'un fait biologique et physiologique. Si dans le domaine scientifique il connaissait un franc succès, au physique, il avait un visage quelconque et n'était pas de très haute stature. Il possédait du savoir mais pas de sens commun. Il avait une tête et un corps, mais pas de personnalité.

La chute de Peiping ne l'avait pas affecté. Après celle de Nankin il avait continué à travailler comme si de rien n'était. Chaque jour il lui fallait trouver quelques minutes pour lire le journal. Il se bornait toutefois à reconnaître que les nouvelles étaient des faits objectifs qui ne le concernaient pas le moins du monde. Quand ses amis parlaient avec lui de politique il se contentait de les écouter, sa tête quelconque bien redressée, comme s'il écoutait de l'histoire ancienne. Il n'avait jamais exprimé la moindre opinion, et s'il avait quelque préoccupation, c'était qu'on ne vînt pas l'importuner, ni piétiner ses fleurs ou mettre en désordre sa bibliothèque et son laboratoire. Quant à la nature des combattants, il s'en moquait. Du moment que ses exigences étaient satisfaites, il pouvait rester la tête plongée dans ses livres et ses instruments, sans chercher à savoir qui exterminait qui.

Une telle attitude eût été possible dans un monde en paix. Malheureusement, il était né dans une époque chaotique où les fleurs ne sont pas robustes si l'on ne défend pas son jardin et où livres et instruments ne peuvent rester rangés bien en ordre si l'on ne peut empêcher l'intrusion des voleurs. Dans une période de troubles on doit abandonner non seulement baignoire et canapé, mais ne pas penser même à prendre un bain ou à s'asseoir confortablement. Tous, savant ou secrétaire, demoiselle ou domestique, devaient passer par là. En période de troubles le premier devoir de tout citoyen est le sacrifice de soi, la résistance à l'ennemi.

Mais voilà, le professeur Niu ne pensait qu'à lui-même, à ses livres et à ses instruments. Il n'avait pas vu dans quel sens allait l'Histoire, et il n'avait pas envie de le voir. Il était comme un vieux garçon tombé soudain du ciel, apatride. Il s'imaginait que, étant donné ses connaissances, on ne viendrait pas l'embêter. Dans le même temps, de son regard froid et objectif, il pensait que si les Japonais avaient attaqué la Chine, c'est que les Chinois prêtaient le flanc à une telle agression. Lui était à l'abri car il n'était pas un Chinois ordinaire, mais un savant de renommée mondiale, cela les Japonais le savaient, c'est pourquoi ils ne pouvaient venir le malmener.

Les Japonais, pour gagner le cœur des gens et faire peur aux traîtres de longue date, entendaient former de nouveaux espions. Ces derniers devaient avoir une position assez élevée ou être assez connus dans le domaine scientifique. On leur demandait, de plus, d'être un peu naïfs. Il se trouvait que le professeur Niu répondait à ces deux critères. Ils envoyèrent à plusieurs reprises des savants japonais pour « l'inviter à agir ». Le professeur Niu n'avait ni accepté, ni refusé. Il n'avait pas l'ambition de devenir fonctionnaire, ni celle de s'enrichir. La visite des savants japonais lui fit pourtant sentir à quel point il était important. Il en vint à se dire que, s'il pouvait conserver ses livres et ses instruments, continuer ses recherches, tout en occupant un poste de tout repos, après tout pourquoi pas ! Sa volonté de faire des recherches était un fait réel, de même que la nécessité pour les Japonais de faire de lui un fonctionnaire. Réunir ces deux faits pour les traiter ensemble c'était se montrer plein de ressources. Il n'avait jamais pensé à la honte et à l'intégrité, à la nation et au pays. Son cerveau de scientifique ne savait qu'observer la réalité et résoudre des problèmes. Cette indifférence à tout amena les Japonais à user de menaces pour le presser d'accepter. Ils le mirent en garde : s'il n'acceptait pas de « coopérer », ils viendraient confisquer ses biens. Il avait eu peur. Il avait de la peine à imaginer comment il pourrait continuer à vivre après la perte de ses livres, de ses instruments, de sa cour et de ses fleurs. Sortir s'acheter une paire de chaussures ou se faire raser était déjà pour lui une chose redoutable, qu'en serait-il à la destruction de son « QG » ? Son mode de vie lui avait fait oublier qu'à l'arrière il y avait une Chine libre, qu'il avait lui-même deux jambes, et qu'ailleurs il y avait aussi des livres et des instruments. Son mode de vie avait fait de lui un prisonnier de la vie. Il préférait perdre son âme plutôt que de changer d'endroit où se faire raser.

De nombreux amis lui avaient donné des avertissements, il ne les avait pas contredits, n'avait même pas ouvert la bouche, tout cela l'agaçait. Qian Moyin était venu le voir en tant que voisin de longue date, cela l'avait encore plus exaspéré. Il pensait qu'en accédant le plus rapidement possible à la requête des Japonais, il créerait un fait accompli et trouverait peut-être un peu de cette tranquillité d'esprit dont il avait besoin.

On avait braqué sur lui un fusil et, tout de suite, il avait été touché à l'épaule, il avait eu peur et, pour cette raison, avait encore plus besoin qu'avant d'être protégé. Il ignorait pourquoi on avait tiré sur lui, pourquoi le petit gars qui avait fait irruption chez lui avait voulu le frapper. Sa logique et ses méthodes scientifiques ne lui étaient d'aucun secours ; mais, d'autre part, il avait le cœur sec, était incapable d'agir sous le coup de l'émotion. Les Japonais avaient accepté d'assurer sa protection. À la porte de sa chambre de malade à l'hôpital et devant chez lui des hommes de la police militaire montaient la garde. Il commençait à se sentir en sécurité, lui et sa maison, alors il accepta le poste de directeur du Bureau de l'éducation.

Tels étaient les renseignements que Ruixuan avait pu obtenir en s'informant à droite et à gauche. Il n'osait pas trop y accorder foi, considérant tout cela comme des suppositions. Il n'arrivait pas à croire qu'un savant pût se montrer aussi étourdi. Mais comme chaque jour la nouvelle selon laquelle le professeur Niu avait accepté ses nouvelles fonctions était publiée dans les journaux, il lui fallut bien se rendre à l'évidence. Il aurait voulu se précipiter à l'hôpital pour étrangler le professeur avec une corde. Il pouvait vouer aux gémonies avec mépris et sarcasmes les traîtres de longue date, mais ne pouvait lâcher aussi facilement ce savant. Le ralliement du professeur aux traîtres au pays concernait les mœurs et la moralité de tout le secteur éducatif de Peiping. Pourtant il n'arrivait pas à passer à l'acte. La situation délicate dans laquelle il se trouvait, les scrupules, qui toujours l'étouffaient, l'empêchaient d'accomplir la moindre action héroïque, si bien que, tout en haïssant le professeur, il s'en voulait à lui-même.

Le cadet Ruifeng refit son apparition. Il ne s'était pas montré depuis l'arrestation de Ruixuan. Il revenait soudain aujourd'hui car sa position n'était plus sûre, il avait besoin de l'aide de son aîné. Son petit visage sec n'était plus aussi luisant, il n'avait plus ce sourire plein d'ennui. En entrant il usa de détours et lança des « grand-père ! », « man ! », « grand frère ! », « grande belle-sœur ! », comme s'il était très soucieux de l'étiquette.

Quand il eut appelé tout le monde, il tapota doucement les cheveux très noirs de Petit Shunr et de la petite Niuzi, puis tira son frère à l'écart pour lui dire tout bas sur un ton suppliant :

« Grand frère, il faut que tu m'aides ! On va changer le directeur du Bureau, et je crains de voir mon poste s'envoler. Tu connais... »

Ruixuan lui coupa la parole : « Je ne connais pas le professeur Niu ! »

Les sourcils du cadet se froncèrent légèrement. « De façon indirecte on peut toujours...

— Il m'est impossible de tourner autour du pot et d'aller voir un traître pour lui demander d'intervenir ! » Ruixuan n'avait pas haussé la voix, mais chaque mot était comme une boule de colère.

Le cadet tira son fume-cigarette en faux ivoire, mais ne plaça pas de cigarette dessus, il s'en servit pour tapoter doucement le dos de sa main. « Grand frère, dans cette affaire j'ai eu tort, c'est vrai. Mais je suis moi aussi dans une situation difficile. Tu ne m'en gardes pas rancune j'espère ?

— Quelle affaire ? demanda Ruixuan.

— L'affaire, l'affaire... », le cadet passa sa langue sur ses lèvres. « Euh, quand tu as eu des ennuis.

— Non, je ne t'en ai pas gardé rancune, le passé est le passé.

— Oh ! » Le cadet, qui ne s'attendait pas à ce que son aîné se montrât aussi magnanime, était quelque peu surpris. En même temps, son petit visage sec fut un peu adouci par un sourire. Il se disait que, si son aîné n'était pas rancunier, il suffisait de quelques bonnes paroles supplémentaires, et ce dernier oublierait sa colère pour se montrer disposé à l'aider. « Grand frère, de toute façon il faut que tu m'aides ! Par les temps qui courent il n'est pas facile d'obtenir un emploi. Il faut que je te le dise, grand frère, ces deux jours je me suis fait tellement de souci que je ne pouvais plus manger !

— Le cadet, dit Ruixuan avec douceur et patience, écoute-moi bien, si tu es réellement mis à pied, il n'est pas dit du tout que ce ne soit pas une bonne chose. Tu n'as que ta femme à charge, pas d'enfants, pourquoi ne te sauves-tu pas pour aller travailler pour le vrai gouvernement ? »

Le cadet eut un rire forcé. « Moi, me sauver ?

— Et pourquoi pas ? Pense au troisième ! » dit Ruixuan en prenant un air sévère.

« Au troisième ? Qui sait s'il vit encore ou s'il a trouvé la mort ? Alors qu'il y a des emplois tranquilles à prendre ici, je partirais comme ça à l'aveuglette ? Je ne suis pas si bête ! »

Ruixuan ne dit plus mot.

Le ton suppliant du cadet se fit menaçant : « Grand frère, ce que je te dis est vrai. Si par malheur je perds mon travail tu devras subvenir à mes besoins. Tu n'avais qu'à pas être mon aîné ! »

Ruixuan esquissa un léger sourire, il n'avait pas l'intention d'ajouter quoi que ce fût.

Le cadet alla ronchonner un bon moment auprès de sa mère et de sa belle-sœur. Il leur dit, comme il avait l'habitude de le faire : « Ce n'est pas que l'aîné n'ait pas de relations, mais il reste exprès en spectateur. Fort bien, puisqu'il ne veut pas s'occuper de mon problème, si je perds mon emploi, je serai pour lui une bouche supplémentaire à nourrir ! Un frère qui vit aux crochets de son aîné, cela ne choquera personne ! » Sur ces mots, il sortit, sûr de son bon droit, son fume-cigarette en faux ivoire au bec.

Les deux femmes firent pression sur Ruixuan. Celui-ci leur raconta tout de A à Z. Quand elles eurent compris le fin fond de la chose, elles trouvèrent que la haine de Ruixuan à l'encontre du professeur Niu était justifiée et qu'il n'avait pas à intervenir auprès du savant en faveur de son frère.

Toutefois elles n'étaient pas rassurées. « Et si le cadet revenait vraiment, ce serait une bouche supplémentaire à nourrir !

— Eh bien, dit Ruixuan avec un sourire d'impuissance, on verra bien. On en reparlera le moment venu ! »

Il savait que si son frère revenait ce serait en fait un problème épineux. Mais il trouvait malséant de perdre courage pour des difficultés hypothétiques. Puisqu'il ne pouvait pas aller étrangler de ses propres mains le professeur Niu, il lui fallait au moins tenir bon et ne pas aller quémander des faveurs à un traître. Et, si par malheur le cadet perdait effectivement son emploi, il avait encore une solution passive : donner la moitié de sa portion alimentaire à son frère et se serrer la ceinture. Ce n'était pas la solution la meilleure, mais elle lui permettait de ne pas perdre courage. Il se disait que, dans une ville conquise, il ne devait pas capituler, à défaut de faire preuve de combativité.

Une semaine ne s'était pas écoulée que Ruifeng était effectivement de retour. Le professeur Niu était encore à l'hôpital. Les affaires étaient réglées par le nouveau vice-directeur du Bureau de l'éducation. Ruifeng se démena en démarches jour et nuit pendant près d'une semaine. Il avait transmis ses pouvoirs et, de plus, avait été démis de toute fonction.

Les amis habituels du professeur Niu étaient des savants ; eux mis à part, il ne connaissait pas grand monde. Puisque les savants n'étaient pas prêts à le seconder, et, dans la mesure où il connaissait peu de monde, il avait recommandé un de ses élèves comme vice-directeur pour gérer les choses à sa place. Quant aux autres personnes du Bureau, il n'avait pas l'intention de les déplacer. Même si Ruifeng ne pouvait plus être chef de section, il aurait toujours pu trouver un emploi dans cette même section, sans se retrouver forcément au chômage. Toutefois, ses relations avec les autres étaient si mauvaises d'ordinaire que tout le Bureau saisit l'occasion de ce changement de direction pour l'attaquer. Le nouveau vice-directeur fit donc venir quelqu'un à lui et congédia Ruifeng.

Ruifeng, dont la promotion avait été subite, en avait oublié à quel point le ciel était haut et la terre basse. Prendre des airs de fonctionnaire, cela demande un certain entraînement, tout comme avoir de la conversation et de l'allure. Ruifeng, qui n'avait jamais été fonctionnaire, pensait qu'en un jour il pourrait y aller à fond, or il ne trouvait pas de juste mesure. Vis-à-vis de ses supérieurs il se montrait trop flatteur, et ses flatteries tombaient à côté de la plaque. C'est la raison pour laquelle les autres le méprisaient, tandis que celui qui était ainsi flatté éprouvait de la gêne. Mais, quand il avait bu deux verres de piquette, il oubliait toute hiérarchie, provoquait ses supérieurs au jeu de la mourre et les laissait perdre sans façon. Vis-à-vis de ceux dont la position était inférieure à la sienne, son visage était dur et fermé, ses yeux étaient des balles de pistolet et il fronçait tellement les sourcils qu'on aurait dit qu'il voulait en faire sortir de l'eau. Mais, que son interlocuteur vînt à lui répondre avec dureté, il mollissait soudain au point d'aller jusqu'a s'excuser auprès d'un ouvrier. Quand il n'avait rien à faire au bureau, son fume-cigarette au bec, il frappait la mesure avec ses doigts en fredonnant des airs d'opéra, ou bien il se souriait à lui-même, comme pour faire savoir à la ronde qui il était : « Voyez, je suis chef de section, qui l'eût cru ? »

Quand il s'agissait de faire des achats, il œuvrait lui-même, ne laissant personne agir à sa place, ce qui lui permettait de toucher la commission des deux côtés. Tout le monde le détestait. Toutefois, il n'osait pas toucher de pot-de-vin ouvertement, se contentant d'escroquer un gueuleton ou des billets d'opéra à des patrons de boutique. Ainsi était-il souvent invité à boire ou à manger ou à aller au théâtre et il proclamait sans vergogne à ses collègues : « La pièce d'hier était excellente. J'y suis allé avec le patron Liu. En voilà un qui est si gros que c'en est drôle ! » ou bien : « La cuisine du Shanxi est vraiment pas mal ! Le vieux Fan qui vient de l'Ouest m'a invité et c'était bien la première fois que je goûtais à cette cuisine ! » Il était si satisfait de pouvoir boire et manger à l'œil qu'il ne remarquait même pas les regards furieux que lui lançaient ses collègues.

Et c'était vrai qu'il en profitait ! Lui, en revanche, n'invitait jamais personne. Il devait donner tout son argent à la grassouillette Chrysanthème, et, chaque fois qu'il faisait allusion à des invitations à lancer, celle-ci ne manquait pas de dire : « Tes relations avec le directeur du Bureau te garantissent ton poste à vie, à quoi bon inviter ? » Le cadet n'osait plus rien ajouter et en était réduit à faire des promesses en l'air à ses collègues. À chacun d'eux il avait dit une fois : « Dans deux jours c'est moi qui inviterai ! » Promesses jamais suivies d'effets, et les autres de dire avec malice : « Une invitation du chef de section Qi ? Tu peux t'asseoir dessus ! »

Vis-à-vis de ses collègues féminines Ruifeng se montrait spécialement prévenant. Il pensait que son petit visage sec et ses cheveux largement gominés, sa mise, tellement soignée qu'elle vous mettait mal à l'aise, avaient un grand pouvoir de séduction, qu'il lui suffisait de se montrer un peu familier pour que toute femme le prît pour amant. Il leur faisait souvent cadeau d'objets qu'il recevait gratuitement des patrons de boutique et leur disait qu'il les inviterait au restaurant ou au cinéma. Il allait même jusqu'à fixer hardiment un lieu et une heure de rendez-vous. Elles y allaient, mais ne le trouvaient pas. Quand il les rencontrait le lendemain il s'excusait à plusieurs reprises de leur avoir posé un lapin, disait que sa mère était subitement tombée malade ou que le directeur du Bureau l'avait expédié régler une affaire urgente. À la longue, comprenant que, quand il lançait une invitation, sa mère allait à coup sûr tomber malade ou que son chef allait lui donner une affaire importante à régler, on en vint à ne plus prêter attention à lui. Et lui, prenant un air sérieux, disait à ses collègues masculins : « J'ai une femme, le mieux est de ne pas aller voir ailleurs, s'il arrivait quelque chose, ce serait ennuyeux ! » Ainsi, il se trouvait un peu plus sage chaque jour.

À la longue tout le bureau avait fini par percer à jour sa façon d'agir, et l'on se montrait peu poli à son égard. On allait jusqu'à le tancer du regard. Bien qu'il ne fût pas calculateur, il essuyait tant de rebuffades que cela l'avait marqué. Il commença à réfléchir à des méthodes pour leur tenir tête. Il se lia avec de mauvais bougres. Parmi ces types il y avait de vrais espions, d'autres qui prétendaient l'être. Avec cette armada d'amis, quand il essuyait des rebuffades, il faisait une démonstration de force, disant avec malveillance : « Ne me provoquez pas ou je vous expédie outre-tombe sans que vous ayez le temps de dire ouf ! »

En réalité il ne gagnait pas d'argent, il gérait assez bien les affaires publiques, mais son manque de profondeur, son côté ennuyeux et ses grands airs mal venus devaient mettre un terme à sa carrière de fonctionnaire.

La grassouillette Chrysanthème était retournée dans sa famille après avoir chassé Ruifeng. Son dernier avertissement avait été le suivant : « Tu ne reviendras que si tu obtiens un poste, sinon je t'interdis de me revoir ! Je suis l'épouse d'un chef de section et non la femme de Qi Ruifeng, un pauvre type fauché ! » L'argent, les affaires, elle avait tout pris. Ruifeng revint à la maison paternelle les mains vides, avec comme seul et unique bien son fume-cigarette en faux ivoire.

Quand Ruixuan vit son cadet revenir, il prit le parti de ne rien dire. Quoi qu'il advienne, un frère est toujours un frère, il eût été mal venu de sa part de lui assener de but en blanc ses quatre vérités. Il aurait été de son devoir de conseiller son frère, mais cela ne pressait pas, la vie était longue !

Le vieux Qi était assez content. Si cela s'était passé auparavant, il aurait, en pensant aux difficultés matérielles, éprouvé quelque mécontentement devant cette perte d'emploi et le retour de son deuxième petit-fils. Il avait vieilli et, à présent, ne pensait plus qu'aux quelques années qui lui restaient à vivre, oubliant le prix des denrées de première nécessité. Avant sa mort il souhaitait avoir tous ses descendants auprès de lui.

Mme Tianyou n'avait rien dit non plus. Son silence était à peu près de la même nature que celui de Ruixuan.

Yun Mei était d'un naturel peu causant. Par les temps qui couraient, elle savait ce que voulait dire une bouche inutile à nourrir. Toutefois, il lui fallait refouler ses griefs pour ne pas mettre les autres dans l'embarras à leur tour.

Petit Shunr et Niuzi firent bon accueil à leur oncle, ils le suivaient partout en lui tenant la main. Ils ne comprenaient pas grand-chose, si ce n'est qu'avec ce retour il y aurait quelqu'un de plus pour jouer avec eux.

L'attitude de tous rasséréna Ruifeng. Le lendemain, il se leva de très bonne heure, prit le balai, balaya la cour de fond en comble. Jamais il n'avait fait cela et aujourd'hui, pour gagner l'approbation des siens, il serrait les dents. Il n'avait pas réussi à balayer correctement, mais, devant tant de bonne volonté, le vieux Qi n'avait pas osé émettre de critiques.

Après cela, plein d'allant, souriant, il alla porter à sa mère de l'eau pour sa toilette et s'occupa à habiller Petit Shunr.

Après le petit déjeuner, il alla chez son aîné chercher de quoi écrire et proclama : « Je vais m'exercer à la calligraphie. Tu vois, grand frère, j'ai été chef de section, et je ne me débrouillais pas trop mal, je péchais seulement par mon écriture qui n'est pas très élégante. Il faut que je m'exerce et alors je ferai des enseignes pour les patrons de boutique, cela me permettra de gagner ma croûte. » Puis il prévint les enfants : « Quand je calligraphie, allez ailleurs, ne venez pas ici faire des bêtises ! »

Le vieux Qi avait dû interrompre ses études alors qu'il était très jeune. Il était plein de respect pour l'écrit. À son tour il exhorta les enfants : « Oui, quand votre oncle calligraphie pas de chahut, défense de le déranger ! »

Après avoir édicté cette « loi martiale », Ruifeng s'assit dans sa chambre et se concentra sur l'opération de délayage de l'encre. Ce faisant il repensa à quelque chose : « Grande belle-sœur, grande belle-sœur, quand vous sortirez faire des courses, pensez à me rapporter un paquet de cigarettes ! Pas des meilleures, ni des plus mauvaises, la qualité intermédiaire fera l'affaire !

— De quelle marque ? » Ne fumant pas, elle ne connaissait rien à la qualité des cigarettes.

« Ça ne fait rien, dans un moment j'irai moi-même en acheter. » Il continuait de broyer l'encre. Il n'avait déjà plus autant d'enthousiasme que tout à l'heure. En entendant le bruit des pas de sa belle-sœur, il repensa à autre chose : « Grande belle-sœur, vous allez sortir ? Rapportez-moi un peu de vin ! De la période de ma vie où j'ai été chef de section je ne garderai rien si ce n'est une petite envie de boire du vin, mais toute petite, surtout s'il y a des cacahuètes ! »

La belle-sœur retint les mots qui lui venaient déjà aux lèvres : « Tu manges à l'œil et il te faut en plus vin et cigarettes ! » Elle se procura un quart de vin et alla même jusqu'à acheter un paquet de cigarettes qu'elle pensait être de « qualité intermédiaire ».

Jusqu'au retour de sa belle-sœur le cadet ne put pas écrire dix caractères. Le cœur n'y était pas, il ne tenait pas en place. Son esprit semblait une nichée de petits souriceaux : l'un entrait, un autre sortait, ne lui laissant pas un instant de répit. Finalement il posa son pinceau et décida de faire cesser ce supplice. Il n'avait pas de persévérance et, de plus, il trouvait stupide de s'entêter à passer ainsi le temps. Vivre, selon lui, c'était vivre d'expédients, et pour cela il fallait faire des démarches, ne pas rester enfermé à calligraphier. Il suffisait d'aller au hasard, se disait-il, pour trouver quelque chose, tout comme un chat aveugle peut fort bien tomber sur une souris morte. Il mit ses mains derrière sa tête et réfléchit longuement : et s'il allait chercher les faveurs de ce vieux Zhang peut-être pourrait-il entrer dans quelque organisme ? Et s'il en parlait à ce bon vieux Li, peut-être obtiendrait-il une situation ?... Il repensait à de nombreuses personnes et chacune semblait pouvoir à coup sûr lui procurer quelque chose. Il avait l'impression d'avoir un certain sens des relations humaines, d'être très charmant, voilà pourquoi les amis n'oseraient pas lui battre froid à cause de la perte de son emploi. Il regrettait de ne pouvoir aller les trouver tout de suite, cela ne servait à rien de rester ainsi assis dans la chambre. Mais, voilà, il n'avait pas d'argent. Pour demander à des amis de lui trouver un emploi, pensait-il, il lui fallait faire un petit investissement : il fallait offrir d'abord un cadeau, ou lancer une invitation avant de pouvoir ouvrir la bouche. Car, une fois le cadeau ou l'invitation acceptés, les amis devraient se mettre en quatre. Cadeaux et invitations étaient plus importants que les qualifications ou le curriculum vitae.

Aujourd'hui, alors qu'il était à peine de retour dans la maison familiale, il aurait été gêné de demander tout de suite cet « investissement » à son aîné. C'était vrai, il lui était impossible de sortir aujourd'hui. Dans un ou deux jours, il lui exposerait sa théorie en détail et lui demanderait un pécule. Pour lui, c'était sûr, son frère avait de l'argent, sinon pourquoi n'aurait-il rien dit quand il était revenu les mains vides, et pourquoi sa belle-sœur aurait-elle tenu parole en lui procurant vin et cigarettes ?

La grassouillette Chrysanthème lui manquait beaucoup, mais il devait tenir bon. Il eût été mal venu de sa part d'aller la trouver si vite, elle l'aurait méprisé. Pour peu que son frère consentît à lui donner de l'argent pour ses invitations, il se faisait fort de trouver rapidement un emploi, et les époux pourraient alors se réconcilier. La dureté de la grassouillette Chrysanthème à son égard l'avait un peu blessé, mais, après mûres réflexions, il trouva que c'était là pour lui un excellent stimulant. Pour faire honneur à sa femme, il ne devait pas se ménager dans ses démarches.

Après avoir pensé à tout cela en détail et avec pertinence, il abandonna sa calligraphie, rapporta pinceau, encre et autres objets. Il voyait la lumière, était satisfait de sa conception de la vie en société.

Pour le déjeuner, il but son quart de vin. Il avait le visage rouge, la tête lui tournait. Il raconta à sa belle-sœur, comme s'il commentait le poème le plus beau, les faits dont il pouvait s'enorgueillir et qui avaient marqué sa carrière de chef de section.

Le soir même, après le retour de Ruixuan, le cadet, n'y tenant plus, lui exposa ses besoins pécuniaires. La réponse de Ruixuan fut des plus simples :

« Je ne suis pas dans l'aisance. Si tu as absolument besoin d'argent je m'arrangerai pour en emprunter. Toutefois, il me faut savoir quel travail tu recherches, si c'est le même type d'emploi louche, je ne pourrai pas te procurer d'argent ! »

Ruifeng ne comprenant pas ce que son aîné entendait par emploi louche répondit sans ambages : « Grand frère, sois sans crainte, il faut au moins que je sois un employé de section. De quoi j'aurais l'air, après avoir été chef de section, je ne peux pas trouver n'importe quel petit boulot ! Nous perdrions la face !

— Et moi, j'entends par emploi louche celui de chef ou d'employé de section. Plutôt que d'être un petit fonctionnaire sous les ordres des Japonais et des traîtres, il vaudrait mieux tenir un petit étal de cigarettes ! »

Ruifeng ne pouvait tout simplement pas comprendre ce que voulait dire son aîné. Il bouillait intérieurement. Son frère ne serait-il pas atteint de maladie mentale pour ne plus connaître la valeur des choses ? Il ne voulait pourtant pas se laisser gagner par la nervosité, faire mauvaise figure et discuter avec lui au risque de nuire à la bonne entente qui régnait entre eux. Il se contenta de soulever la question en suppliant son aîné d'y réfléchir sérieusement.

« Grand frère, tu vois, si j'étais célibataire, je pourrais tout à fait tenir un étal de cigarettes, mais j'ai une femme et elle ne le tolérerait jamais. Si je ne trouve pas un emploi décent, elle ne voudra plus me revoir ! » Arrivé à ce point de son discours le cadet fut bel et bien ému, ses yeux se mouillèrent, prêts à laisser tomber deux larmes.

Ruixuan ne dit plus rien. En authentique intellectuel chinois, il n'osait jamais acculer les autres dans une impasse, même s'il savait qu'il fallait parfois agir ainsi, et que, par ailleurs, c'était plutôt bénéfique.

Voyant que l'aîné ne disait plus rien, le cadet alla dire au grand-père ce qu'il avait sur le cœur pour amener le vieil homme à faire pression sur son frère. Le vieux Qi comprenait l'état d'esprit de Ruixuan, mais, pour permettre à son projet de quatre générations cohabitant sous un même toit de se développer et de prospérer, il ne pouvait pas ne pas éprouver de la compassion pour son deuxième petit-fils. Si vraiment la famille perdait cette belle-fille parce que son mari refusait de travailler pour les Japonais, ce serait un déshonneur plus grand encore. C'est vrai, il n'aimait pas trop la grassouillette Chrysanthème, mais puisqu'elle faisait partie de la famille Qi, une fois morte, ses mânes seraient parmi ceux des ancêtres Qi, on ne pouvait dissoudre ces liens en chemin. Le vieil homme fut d'accord pour aider le cadet.

Ce dernier, tout content, alla parler de tout cela avec sa mère. Celle-ci, sans même un sourire, lui dit : « Le cadet, pense à ton aîné, ne le mets pas trop dans l'embarras. Le jour où tu le comprendras, tu auras comme lui de l'avenir. Une mère aime tous ses enfants de la même façon, et souhaite ardemment leur réussite. Ton aîné avant d'agir pense à tout le monde, alors que toi, tu ne penses qu'à ta petite personne. Si je te fais ainsi des reproches, ce n'est pas parce que tu as perdu ton emploi, et que tu reviens ici te faire entretenir. À dire vrai, quand tu travaillais, personne n'a vu la couleur de l'argent que tu gagnais. Je veux te dire ceci : maintenant que tu vas chercher un emploi, tu dois écouter ton aîné, ne lui donne pas de soucis supplémentaires, toute la famille compte sur lui, tu le sais bien ! »

Le cadet n'était pas d'accord avec sa mère mais il n'osa rien ajouter. Il sortit en se parlant à lui-même : « Maman préfère l'aîné, qu'y puis-je ? »

Le lendemain, il oublia la calligraphie et demanda en cachette un peu de monnaie à sa belle-sœur pour aller voir parents et amis. « Depuis que j'ai rempli les fonctions de chef de section, je n'ai pas pu trouver le temps d'aller voir parents et amis. Je vais profiter de ces quelques jours d'oisiveté pour leur dire un petit bonjour ! » dit-il en souriant.

À peine sorti, il fonça tout naturellement au n° 3. À peine entré, il se sentit aussi allègre qu'un poisson flottant dans la rivière en dégel au printemps.

Toute la famille Guan était là, mais chaque visage semblait figé dans la glace. Xiaohe lui adressa un bonjour très banal, tandis que ni la « grosse courge rouge » ni Gaodi ne le gratifiaient d'un regard. Il pensa que les Guan s'étaient de nouveau chamaillés, il engagea donc la conversation et s'assit. Au bout de deux ou trois minutes, comme personne ne parlait, il comprit qu'il n'y avait pas eu de disputes et qu'on ne daignait pas lui adresser la parole. Son visage le brûlait, ses paumes étaient moites. Il se leva avec brusquerie, sortit très vite sans rien dire. Sa colère était réelle. S'il était resté insensible devant la chute de Peiping, la décapitation de Petit Cui, l'arrestation de son aîné, aujourd'hui il ressentait la plus grande humiliation de sa vie, plus intolérable que la perte de Peiping et le massacre du peuple, car il s'agissait d'une atteinte à sa dignité. Il se sentait plus important que la République de Chine. Quand il sortit du n° 3 et vit qu'il n'y avait personne en vue, il se dit en serrant les dents en direction du portail : « Attendez, vous verrez que je vais retrouver un poste de chef de section, et alors je vous rendrai la monnaie de votre pièce ! » Il était décidé : il lui fallait un poste de chef de section ! Il redressa le torse et, faisant claquer ses talons, s'éloigna furieux.

La colère lui tournait la tête, il ne savait où aller, alla donc où ses pas le menaient. Il marcha pendant presque un kilomètre, sa colère s'était pratiquement dissipée. Il pensa immédiatement à un parent qui habitait non loin de là. Il se précipita chez celui-ci. À l'entrée, il essuya doucement la poussière sur ses chaussures, se calma avant de s'engager, sans se presser, à l'intérieur. Il ne pouvait laisser deviner qu'il n'était pas venu en voiture. À la vue de la troisième tante et de la sixième grand-tante il commença par déclarer : « J'ai été si occupé, si occupé que je n'ai pas pu venir vous voir ! Aujourd'hui j'ai pris un jour de congé et je suis venu tout exprès vous présenter mes respects ! » Ainsi il donnait le change aux autres afin de s'épargner une nouvelle humiliation. On le crut, lui offrit thé et cigarettes, on le garda pour le repas. Il ne se fit pas trop prier, resta manger, parla et rit.

Il fit ainsi le tour de trois ou quatre foyers en commençant toujours par dire qu'il avait pris un congé pour venir rendre cette visite, alors on lui offrait du thé et l'on manifestait beaucoup d'égards envers lui. Sa bouche était agile et partout il parlait, riait sans fin, tant et si bien que ses petites lèvres sèches en étaient tout endolories. Autrefois, ses propos tournaient le plus souvent autour de la vie quotidienne, à présent il parlait toujours de son expérience et de menus faits concernant son travail et son poste de fonctionnaire, ce qui étonnait tout le monde, et on l'admirait pour sa connaissance du monde. Il était moins enthousiaste quand on évoquait le problème sino-japonais, alors il ne parlait pas tout à son aise. Son égocentrisme l'amenait à ne pas souhaiter le moins du monde le départ des Japonais de Peiping car, pour devenir chef de section, il fallait que la ville restât entre leurs mains. Toutefois, il eût été mal venu de sa part d'exprimer un tel souhait. Il savait que tous haïssaient les Japonais. Quand il se trouvait ainsi pris de court, il s'en sortait en disant quelques mots vagues sans conséquence et, par petits coups, amenait, allez savoir comment, la conversation sur un autre terrain, et tout le monde suivait. Il était très satisfait de son habileté et en reportait le mérite sur le fait d'avoir été fonctionnaire, même pour si peu de temps, ce qui lui avait permis d'apprendre comment mettre en œuvre les ressources du langage !

Il faisait déjà nuit noire quand il rentra. Il se sentit fatigué, l'esprit vide. Après avoir bâillé d'ennui, il alla trouver sa belle-sœur pour lui donner en détail des nouvelles des parents. Devant assurer la bonne marche de la maison, elle n'avait guère le temps d'aller voir parents et amis. Elle s'intéressa donc au rapport que lui fit le cadet. Le vieux Qi, vieillissant de plus en plus, n'avait pas l'esprit occupé par des choses nouvelles, il pensait avec beaucoup de sollicitude à ses parents et amis de longue date. Tant que ceux-ci se portaient bien, cela voulait dire que son monde à lui continuait son petit bonhomme de chemin et n'avait pas connu de violents changements, aussi vint-il lui aussi écouter le rapport de Ruifeng. Ce dernier, conscient de l'importance qu'on lui accordait, en oublia sa fatigue.

Quand il eut rendu visite à presque tous les parents, on finit par comprendre qu'il avait perdu son emploi et se faisait inviter à droite et à gauche en trompant son monde par de belles paroles. Aussi ne fut-il plus traité avec égards. Si ce petit manège avait continué, il aurait fort bien pu demander chaque jour à sa belle-sœur un peu de monnaie pour aller se promener dans l'ancienne ville. Il trouvait que c'était une vie insouciante et sans contraintes. Mais personne ne l'estimait plus à présent. On ne l'accueillait plus avec du thé et des petits plats. Alors il repensa tout de même à chercher du travail. Oui, il lui fallait s'y mettre tout de suite pour récupérer au plus vite la grassouillette Chrysanthème, travailler pour — pour qui ? C'était égal, ce qui comptait était qu'il fût disposé à travailler. C'était ça avoir l'esprit large ! Il se trouvait effectivement important !

« Grande belle-sœur ! lança-t-il d'une voix retentissante, grande belle-sœur, à partir de demain je ne flâne plus, il faut que j'aille chercher un emploi ! Pouvez-vous me donner un peu d'argent ? Chercher du travail c'est pas la même chose que de passer dire bonjour à des parents, il faut que j'aie un peu plus d'argent sur moi pour les relations sociales ! »

La belle-sœur était embarrassée, elle connaissait la valeur de l'argent et savait aussi que le cadet prenait l'argent des autres sans aucune considération pour cette valeur. Si elle lui donnait de l'argent comme ça, elle ferait du tort à son mari et à ses vieux parents. Car enfin, alors que le grand-père lui-même refusait de manger ou de boire de trop bonnes choses, le cadet réclamait chaque jour du vin et des cigarettes ! Ce n'était déjà pas très correct, et voilà qu'il réclamait maintenant des « frais de représentation » ! De plus, elle n'était pas dans l'aisance. D'un autre côté, si elle ne lui donnait rien, et s'il se mettait en colère, cela troublerait le calme de la maisonnée. Certes, tous étaient gentils avec elle, mais ils étaient liés entre eux par les liens du sang tandis qu'elle était une étrangère. Tant que le calme régnait, tout allait bien, mais si des colères et des disputes venaient à éclater, qui sait s'ils ne verraient pas en elle le fauteur de troubles ?

Elle ne pouvait pas bien sûr exposer ses difficultés. Elle se contenta donc d'afficher un sourire pour gagner du temps et trouver une solution. Ce fut vite fait. Une maîtresse de maison dans une grande famille chinoise, même si elle ne sait pas bien lire, est le plus grand politicien au monde. « Le cadet, si je gageais quelque chose en cachette ? » Elle voulait lui faire comprendre qu'elle n'avait pas d'argent comptant. D'après les règles domestiques établies par le vieux Qi, fréquenter le mont-de-piété n'était pas une chose honorable. Si le cadet avait encore du cœur, il aurait dû empêcher sa belle-sœur d'agir ainsi. S'il se montrait insensible et approuvait sa solution, ce serait la seule fois et cela ne se reproduirait plus.

Le cadet qui ne se mettait jamais à la place des autres approuva de la tête. « Soit ! »

La belle-sœur sentit la colère monter avec la soudaineté d'un torrent en crue, toutefois sa capacité à se maîtriser fut plus grande que cette violence. Elle ravala sa colère, parvint même à rire. « Mais à présent aucun objet n'a de grande valeur, tout le monde porte des objets au mont-de-piété, presque personne ne les en retire !

— Grande belle-sœur, vous n'aurez qu'à gager davantage d'objets, car voyez-vous, si je ne peux pas entretenir des relations, il me sera difficile de trouver du travail. Pour la peine, grande belle-sœur, je vais vous saluer à l'occidentale ! » Le cadet, sans vergogne, mit sa main droite près de ses sourcils et salua sa belle-sœur.

En rassemblant des objets disparates elle obtint tant bien que mal deux yuan et deux mao. Le cadet n'était pas très content mais il ne le montra pas. Il prit l'argent, harcela sa belle-sœur pour avoir huit mao de plus afin d'arrondir à trois yuan.

Une fois l'argent en poche, il sortit et alla trouver de mauvais bougres avec lesquels il traîna toute la journée. Le soir, il informa sa belle-sœur que l'affaire était en bonne voie, afin de lui extorquer encore de l'argent. Il prit ses précautions, se gardant bien de lui dire qu'il avait traîné toute la journée car il savait que, si sa belle-sœur était très discrète, ne parlait jamais de façon inconsidérée, ne ressassait pas les mêmes choses, si elle apprenait qu'il s'acoquinait avec des mauvais bougres, elle préviendrait l'aîné et ce dernier lui ferait de nouveau la morale.

Il sortait chaque jour, disait que les choses étaient en bonne voie. Sa belle-sœur devait chaque jour lui acheter du vin et des cigarettes et préparer les « frais de représentation ». Comme elle se montrait de moins en moins généreuse, il devait se contenter de ce qu'elle lui donnait : trois ou cinq mao, parfois même quelques pièces de cuivre, et lui les acceptait. Quand il était trop dans l'embarras, il n'hésitait pas à voler quelque petit objet dans la maison et à le vendre. Parfois sa belle-sœur était trop occupée, alors il proposait ses services pour les courses. Les denrées de première nécessité qu'il achetait soit ne faisaient pas le poids, soit avaient vu soudain leur prix flamber.

Au-dehors, en raison de ses poches vides, il ne pouvait nouer une amitié à toute épreuve avec les mauvais bougres. Il avait cependant quelques moyens à lui pour les amener à le fréquenter. Tout d'abord, il savait sans pudeur faire le mort. Il faisait semblant de ne pas entendre leurs railleries ni leurs propos choquants. Puis il avait reçu une éducation meilleure que la leur, il connaissait plus d'idéogrammes, ce qui pouvait leur être utile. C'est pourquoi, quel que fût leur comportement à son égard, il était convaincu qu'il était pour eux un véritable ami et un « conseiller ». Aussi, quand ils allaient au théâtre, sans jamais payer, bien naturellement, il ne manquait pas de les y suivre. Ils mangeaient à l'œil, il suivait le mouvement. Il allait même jusqu'à accompagner les vrais espions quand ceux-ci procédaient à des arrestations. Devant tout cela il éprouvait intérêt et satisfaction. Il avait pénétré dans un monde nouveau, il voyait des choses nouvelles, apprenait de nouveaux procédés. Ceux qu'il fréquentait n'agissaient jamais sous le coup de la raison, mais par la force, ils ne s'occupaient jamais des autres mais de leur seul bon vouloir. Ils ne tenaient jamais de propos comme ceux de Ruixuan mais des propos exagérés, dont ils s'effrayaient eux-mêmes. Ces façons de faire plaisaient à Ruifeng. Après s'être acoquiné quelques jours avec eux, il se mit lui aussi à porter son chapeau de travers, à serrer son postérieur dans une grande bande de tissu pour faire croire qu'il portait un revolver. Les traits de son visage avaient changé de place : les coins de sa bouche semblaient vouloir dépasser ses oreilles, tandis que son nez se retroussait comme deux gueules de canon visant haut. Ses pupilles ne cessaient de remuer, prêtes à s'envoler pour voir l'arrière de sa tête. Il les imitait dans leur façon de parler, dans leurs gestes, aboyait dès qu'il ouvrait la bouche, se laissait emporter par ses paroles, parlait en faisant les gros yeux. Mais, dès que son adversaire se montrait plus intransigeant que lui, il devenait soudain plus doux qu'un agneau. Au début il n'osait se comporter ainsi qu'en leur présence, profitant de leur prestige. Peu à peu il en vint à faire ses démonstrations de force en leur absence, et comme les Pékinois, justement, aiment la paix avant tout, préférant voir quelqu'un déféquer plutôt que d'assister à une bagarre, sa brutalité, contre toute attente, devait lui réussir plusieurs fois. Cela le rendit encore plus content de lui et accrut son assurance. Il se dit qu'il ferait bientôt un beau remue-ménage et que le martèlement de ses talons sur le sol ébranlerait l'univers.

Toutefois, quand il apercevait la porte de la maison familiale, il s'empressait de remettre son chapeau comme il faut, de reprendre un visage normal. L'éducation familiale était un peu plus prégnante, avait un effet plus durable que celle de cette école où le diplôme de fin d'études s'obtenait d'une façon aussi éhontée. Il n'osait pas aller jusqu'à faire les gros yeux et la moue aux siens. En Chine la famille est le bastion du code de l'éthique.

Un jour, mais il est vrai qu'il avait un peu trop bu, il oublia l'existence de ce bastion et fit irruption chez lui le regard flou, en titubant, chantant et braillant. À peine entré, il lança quelques invectives car il avait heurté de son chapeau la murette devant le portail, chapeau mis de guingois et qui glissait sur sa tête. Quand il eut franchi le mur écran, il appela sa belle-sœur avec une voix entre le rire et les pleurs :

« Grande belle-sœur, ah ! ah ! Allez, faites-moi du thé ! »

La belle-sœur ne répondit rien.

Appuyé contre le mur, il se répandit en injures. « Ah, alors comme ça on fait comme si j'existais pas, je vais ... ta mère !

— Pardon ? » La voix de la belle-sœur en était tout altérée. Elle pouvait supporter de rudes épreuves mais pas d'être humiliée.

Tianyou se trouvait à la maison, il fut le premier à sortir en courant. « Qu'est-ce que tu viens de dire ? demanda-t-il. Le vieil homme à la moustache noire était incapable de frapper qui que ce fût, même ses propres fils.

Le vieux Qi et Ruixuan sortirent à leur tour pour voir ce qui se passait.

Le cadet lança des injures.

Ruixuan blêmit, mais en présence de son grand-père et de son père il eût été inconvenant de sa part d'exprimer le premier ce qu'il ressentait.

Le vieux Qi s'approcha pour mieux voir son petit-fils. Le vieil homme était très à cheval sur l'étiquette, quand il comprit de quoi il retournait, sa barbe blanche se mit à trembler. Il aimait la tranquillité avant toute chose, mais, dès son enfance, il avait connu la misère, alors, s'il le fallait, il ne redoutait pas la bagarre. Certes il était âgé maintenant, mais il avait encore de l'énergie. Il attrapa Ruifeng par une épaule si bien que ce dernier se retrouva sur un pied.

« Qu'est-ce qui te prend ? » demanda Ruifeng à son grand-père en faisant la moue.

Le vieil homme, sans dire un mot, en un aller et retour, lui administra deux gifles. Du sang sortit de la bouche de Ruifeng.

Tianyou et Ruixuan qui arrivaient en courant retinrent le vieil homme.

« Pour injurier, être grossier, là on peut compter sur toi ! » Les mains du vieil homme tremblaient, mais il parlait avec force. Il est vrai que si Ruifeng s'était contenté d'être ivre le vieil homme ne se serait probablement pas fâché. Mais qu'il se fût répandu en insultes, et surtout contre sa belle-sœur, cela le vieil homme ne le tolérait pas. Il s'était effectivement réjoui du retour de Ruifeng, même si cela représentait une bouche inutile à nourrir. Toutefois, ces derniers jours, malgré sa mauvaise vue, il s'était parfaitement rendu compte à quel point la conduite de Ruifeng était devenue méprisable. Il aimait son petit-fils, mais il devait le mettre au pas. Il était capable d'éprouver de l'aversion envers un membre de la jeune génération si celui-ci se révélait être un incapable.

« Qu'on m'apporte une trique ! » Tout en donnant cet ordre à Tianyou, le vieil homme gardait son regard rivé sur Ruifeng. « Tu vas me le corriger et s'il en crève ce sera pour moi une consolation ! »

Tianyou restait calme, cela lui permettait de refouler sa gêne. Il n'aimait guère son fils, mais il redoutait les disputes au sein de la famille. Il craignait d'autre part qu'un accès de colère ne fût néfaste à son vieux père. Il se contenta donc de le soutenir sous le bras, sans ouvrir la bouche.

« Ruixuan, va chercher la trique ! » dit le vieil homme en changeant le destinataire de l'ordre.

Ruixuan exécrait vraiment le cadet, toutefois la perspective d'avoir à exercer un châtiment corporel ne l'enchantait guère. Lui non plus, tout comme son père, n'était pas enclin à frapper.

« Laissons cela ! dit Ruixuan tout bas. Grand-père, à quoi bon une telle colère contre lui ? Vous allez vous rendre malade et ce sera pire que tout !

— Non, je ne lui pardonnerai pas ! Oser insulter sa belle-sœur, faire les gros yeux à son grand-père ! Il n'est pas japonais que je sache ! Eh bien, si les Japonais venaient pour me brutaliser je me défendrais de la même façon ! » Le vieil homme tremblait maintenant de tout son corps.

Yun Mei se dirigea doucement vers la chambre au sud et dit à sa belle-mère : « Chère mère, venez le convaincre ! » Certes, les injures lancées par le cadet avaient été dirigées contre elle, mais sa sollicitude pour le grand-père primait tout. À ses yeux, il ne s'agissait pas seulement d'un vieil homme, il était l'autorité garante de l'ordre et de l'étiquette pour toute la famille. C'était quelqu'un qui n'aimait pas trop se mettre en colère, mais quand cela lui arrivait, tous les siens étaient sur leurs gardes et ressentaient de l'appréhension : il n'était pas question de tomber dans de mauvaises pratiques !

Mme Tianyou avait entouré de ses bras les deux enfants. Il ne fallait pas les effrayer. Quand elle entendit sa belle-fille, elle les lui confia, sortit doucement. Arrivée devant Ruifeng, elle dit sur un ton très ferme : « À genoux devant grand-père, allez, à genoux ! »

Les deux gifles qu'avait reçues Ruifeng l'avaient fait sortir en partie de son ivresse. Comme par obligation, mais aussi comme si tout cela le dépassait, il était resté debout contre le mur, l'air hébété. On aurait dit plutôt qu'il était là en spectateur. En entendant ce que lui disait sa mère il roula des yeux, vacilla de gauche à droite pour finir par se retrouver à genoux.

« Grand-père ! Il fait froid ici, allons, rentrez ! » Malgré sa main qui tremblait, Mme Tianyou affichait un sourire.

Le vieil homme fit encore maintes réprimandes avant de rentrer à contrecœur.

Ruifeng était toujours à genoux au même endroit. Il n'y avait personne pour plaider en sa faveur. Tous pensaient qu'il avait reçu un châtiment bien mérité.

Dans la chambre au sud les deux femmes restaient l'une en face de l'autre, sans rien dire. Avoir un fils pareil ! Mme Tianyou avait honte de parler. Yun Mei, de son côté, savait que mécontentement et consolation peineraient tout autant sa belle-mère, c'est pourquoi elle n'ouvrait pas la bouche. Les deux enfants avaient bien vu qu'il se passait quelque chose, mais n'en comprenaient pas la cause. Ils plissaient leurs petits yeux sans oser faire de bruit et, quand leur regard interrogateur rencontrait celui d'un adulte, ils riaient sans bruit.

Dans la chambre nord, le grand-père, le fils et le petit-fils parlaient agréablement. Le vieux Qi était ravi d'avoir corrigé son petit-fils. Il se montra donc particulièrement affectueux avec son fils et l'aîné de ses petits-fils. Quant à Tianyou, pour gagner les bonnes grâces de son vieux père, il ne parlait que de ce qui pouvait plaire au vieil homme. Ruixuan, voyant qu'ils parlaient et riaient, afficha lui aussi un sourire. Après avoir parlé un moment, il leur fit remarquer que, si les Japonais restaient à jamais, les gens bons deviendraient mauvais, tandis que les méchants le seraient encore plus. Cela plongea les deux parents dans de profondes réflexions pendant un moment, puis tous soupirèrent. Profitant de l'occasion, Ruixuan intervint en faveur de son frère : « Grand-père, il fait froid, pardonnez-lui, s'il tombait malade ce serait ennuyeux !

Bon gré mal gré le vieux Qi fit oui de la tête.

CHAPITRE LIII

Le plan de You Tongfang était tombé à l'eau. Elle avait pensé passer à l'action pour le mariage de Zhaodi, espérant anéantir d'un coup les Guan, les traîtres venus féliciter la famille et les Japonais invités. Dans cette marée humaine elle n'avait pas un ami. Elle ne pensait qu'à une chose : au Nord-Est, à son pays natal, mais cette région avait déjà été abandonnée aux Japonais, et les habitants, par centaines de milliers, vivaient sous une administration cruelle et sous la torture. Pour tout cela elle devait se venger. Si Gaodi avait consenti à fuir Peiping, elle serait partie avec elle, mais Gaodi manquait de courage et Tongfang n'osait s'enfuir seule. Elle connaissait si peu d'idéogrammes, n'avait ni les capacités ni les connaissances requises pour trouver un emploi. L'unique porte de secours qui lui restait était de fuir les Guan et de se remarier. Toutefois elle avait bien compris, étant donné son âge et sa condition sociale, alors que sa beauté peu à peu se fanait, qu'elle n'était plus une femme que les jeunes gens étaient prêts à courtiser. Si c'était pour se remarier, autant rester chez les Guan. Bien que Guan Xiaohe ne lui apportât rien, il ne la maltraitait pas non plus. Mais elle n'y resterait pas longtemps car la « grosse courge rouge » parlait toujours de la placer au bordel. Il ne lui restait que la mort pour mettre fin à tout cela. Cependant elle ne pouvait pas mourir comme ça, pour rien. Il lui fallait entraîner dans la mort la « grosse courge rouge », la flopée de petits traîtres qui l'entouraient et, si possible, quelques Japonais. En se liquidant, elle liquiderait ceux qui l'opprimaient.

Elle rencontrait souvent M. Qian. À chaque entrevue sa détermination d'agir ainsi se trouvait renforcée tandis que, peu à peu, elle en venait à voir les choses d'une autre façon. Les propos de M. Qian lui avaient ouvert l'esprit, et si elle pensait liquider d'autres personnes ce n'était plus uniquement parce qu'elle allait se donner la mort. M. Qian lui avait dit qu'il ne s'agissait pas de se donner la mort, mais que c'était un acte que tout Chinois qui avait du caractère et une âme se devait d'accomplir. Il lui avait dit qu'il était de notre devoir d'éliminer les traîtres, qu'il ne fallait pas voir là-dedans une « mort en chaîne » inéluctable. M. Qian lui avait ouvert les yeux, il lui avait montré les liens qui l'unissaient au pays, elle, une prostituée suppléante, une concubine, une chanteuse de contes populaires. Elle n'était pas seulement une simple femme, mais une citoyenne. Elle devait pouvoir faire quelque chose pour le pays.

Tongfang était intelligente. Très vite elle comprit le sens des propos de M. Qian. Elle ne se confiait plus à Gaodi, de peur qu'à trop parler elle ne vendît elle-même la mèche. Elle ne se heurtait plus à la « grosse courge rouge », supportait avec joie les pressions et les humiliations que celle-ci lui faisait subir. Il lui fallait gagner du temps, attendre l'occasion pour agir. Elle avait compris qu'elle avait de l'importance, éprouvait de l'estime pour elle-même, et n'entendait pas nuire à cette grande cause par un mouvement d'humeur. Elle avait décidé de passer à l'acte à l'occasion du mariage de Zhaodi.

Mais voilà, Li Kongshan avait été limogé. Ceux qui avaient assassiné les émissaires japonais et avaient ouvert le feu sur le professeur Niu avaient échappé aux mailles du filet. Les Japonais, pour minimiser leurs erreurs, tout en tuant à l'aveuglette Petit Cui et de nombreux autres suspects, avaient limogé Li Kongshan. Il était chef de la Section spéciale supérieure, dans la mesure où les assassins avaient pu s'enfuir il avait failli à sa mission. Non seulement il fut mis à pied, mais ses biens furent saisis. Quand il était en poste, les Japonais avaient encouragé ses malversations, lors de sa mise à pied ils s'emparèrent de ses biens. Les Japonais y avaient gagné de l'argent tout en sanctionnant la corruption.

Quand il apprit la nouvelle, Guan Xiaohe fronça les sourcils ; même si l'ennui qu'il éprouvait était grand, en bon Chinois il ne plaisantait pas avec le mariage de ses enfants. Il ne souhaitait pas rompre le contrat, mais, dans le même temps, il ne voulait pas donner sa fille à un célibataire pauvre et sans emploi.

La « grosse courge rouge » se montra plus terrible que lui, elle décida immédiatement de rompre de façon unilatérale. Auparavant, si elle n'avait pas osé s'en prendre à Li Kongshan, c'est parce qu'elle redoutait son influence. Puisqu'il venait de perdre influence et revolver, elle ne voyait pas pourquoi elle aurait dû continuer à prendre des gants avec lui. Elle n'avait jamais approuvé le mariage de Zhaodi avec un petit chef de section ; à présent que cette dernière pouvait retrouver sa liberté, il s'agissait de ne pas laisser passer l'occasion.

Zhaodi partageait l'avis de sa mère. Les liens qui la liaient à Li Kongshan n'étaient pas très stables. Elle avait voulu se donner du bon temps, jouer avec le feu. Une fois son but atteint, elle n'était pas disposée pour autant à se marier. Mais si Li Kongshan la réclamait ? Elle avait été la femme d'un chef de section pendant plusieurs jours, alors après tout pourquoi pas ? Elle n'aimait pas Li Kongshan, mais être la femme d'un chef de section, qui a de l'argent, de l'influence, on ne peut tout de même pas finalement cracher là-dessus. Elle était encore très jeune. Son corps et son visage s'étaient épanouis, étaient plus beaux qu'avant. Son avenir ne pouvait encore être arrêté. Que ce mariage avec Li Kongshan se fît ou non, elle saurait toujours trouver son chemin, entrer dans le jardin romantique et merveilleux. À présent que Li Kongshan avait perdu son poste, elle n'avait plus besoin de l'épouser. Ce qu'elle voulait c'était seulement se marier avec un « chef de section ». Li Kongshan plus son titre de chef de section cela donnait pour elle, l'équation était simple : chef de section. Li Kongshan sans son titre n'était plus rien, elle ne voulait pas épouser un « zéro ».

Autrefois, ses intentions et ses façons de voir les choses différaient souvent de celles de sa mère. Récemment, elle trouvait que tout ce que faisait et disait celle-ci dénotait de l'intelligence, de l'à-propos. Les méthodes de sa mère collaient à la réalité. Avant de perdre sa virginité, confusément, elle se trouvait digne de respect, c'est pourquoi ses regards se portaient souvent vers des lieux porteurs d'idéal. C'était comme si elle faisait un doux rêve printanier, et ce rêve, même vide et vague, avait une beauté et une poésie adorables. À présent, elle était devenue une femme, elle ne rêvait plus. Elle avait connu l'argent, les plaisirs de la chair, la beauté de la jouissance — une beauté réelle, accessible. Quand cette beauté était lointaine, il lui fallait trouver un moyen pour la rapprocher d'elle, comme on attire un chien en tirant sur sa laisse. Sa mère était une femme mariée depuis longtemps, et depuis longtemps, chaque jour, elle inventait des stratagèmes pour attirer ce chien à ses côtés. Elle connaissait sa mère, l'admirait. Elle lui avait dit :

« Li Kongshan à présent est bien comme son nom l'indique : "une montagne vide[1]". Eh bien, je n'irai pas avec lui !

— Comme elle est sage, mon sage petit trésor ! Sinon, comment serais-tu le chouchou de maman ? » lui avait répondu la « grosse courge rouge » toute contente.

Dans la mesure où la « grosse courge rouge » et Zhaodi avaient l'intention de lâcher Li Kongshan, il eût été mal venu de la part de Xiaohe de formuler des objections, d'autant plus qu'il se trouvait lui-même trop loyal. Il sentait bien qu'il n'était pas dans le vent.

Mais voilà, Li Kongshan n'était pas du genre à se laisser marcher sur les pieds. Malgré la perte de son poste et de ses biens, il continuait à s'habiller avec recherche et avait encore de l'allure. Il s'était constitué un « empire » à partir de rien. Ainsi, pendant la période où il avait été fonctionnaire, c'était un petit empereur qui dictait sa loi selon son bon plaisir. Après la perte de son « empire », il se retrouvait comme avant, nu comme un ver. N'ayant rien à perdre au départ, il n'avait rien perdu, c'est pourquoi il s'apprêtait à se remettre en selle. Il ne se décourageait jamais, n'avait jamais de regrets. Son courage et son audace étaient stimulés par la marche de l'Histoire. Ne possédant rien, il avait at-

1. *Kong* signifiant « vide », et *shan*, « montagne ».

trapé en marche le train de son époque. Le peuple, ce peuple aussi docile qu'un agneau et qui n'avait pas accès au pouvoir politique, ne se servait pas de sa langue, ne savait pas résister, ce peuple tombait à genoux à ses pieds, se laissant piétiner comme le lœss du chemin. Par le passé, quand le gouvernement perdait la force de gouverner et que le peuple ne maintenait pas la cohésion, ils étaient nombreux, tel Li Kongshan, à surgir et à fomenter des troubles. Ils n'avaient qu'à agir en despotes, ils pouvaient, en partant de rien, se tailler un petit empire. Ils s'en prenaient à la civilisation chinoise. Ils savaient à quel point le peuple était sérieux et honnête, c'est pourquoi, même en dormant, ils faisaient les gros yeux. Ils savaient que le peuple était incapable de faire bloc, c'est la raison pour laquelle ils continuaient à tuer tout leur content sans relâche. Le peuple chinois avait créé sa propre culture et façonné les démons capables de la détruire.

Li Kongshan avait travaillé pour les seigneurs de la guerre, il avait déjà goûté au repas des « héros ». À la venue des Japonais il avait senti le vent, l'avait saisi, bien décidé à être de « son temps ». Les Japonais et lui, en vrais héros, avaient justement un peu la même façon de voir les choses : si les Japonais voulaient tuer des étrangers honnêtes, Li Kongshan, quant à lui, entendait tuer des Chinois honnêtes.

À présent il avait perdu son emploi de fonctionnaire et ses biens, mais pas la confiance en soi, ni l'espoir. Il était abruti, idiot, mais, malgré sa stupidité, il voyait des choses que les gens intelligents ne voyaient pas. Comme il était abruti, il voyait les choses avec un regard d'abruti, comme il était bête, il recourait à des expédients bêtes. Quand le peuple ne peut pas protéger les récoltes, est-ce que les sauterelles donnent dans la politesse ? Li Kongshan avait bien vu que cette époque était la sienne et que, pour peu qu'il ne perdît pas confiance en lui, tout ce qu'il entreprendrait marcherait à souhait. Il n'avait plus son poste de fonctionnaire : quelle importance ? Il en trouverait un autre. Dans son cerveau d'abruti deux mots très utiles s'imposaient toujours : vivre d'expédients. S'il avait le moral, s'il vivait au jour le jour, il ne serait jamais perdant, les petits revers ne compteraient pas.

Vêtu d'un chapeau en peau de léopard et d'un manteau avec un col de loutre, il fit une visite de « parenté » aux Guan. Il était suivi d'un accompagnateur, lequel portait sept ou huit cadeaux. Sur les boîtes et sur les papiers d'emballage étaient imprimés les noms des plus grands magasins de Peiping.

Xiaohe jeta un coup d'œil à la tenue de Kongshan, aux noms sur les cadeaux. Puis il regarda l'accompagnateur : il était armé ! Il se trouva pris au dépourvu ! Rien d'étonnant à ce que, à ce jour, il n'ait même pas pu obtenir un emploi de fonctionnaire à mi-temps, il était trop civilisé ! Les Japonais étaient là pour liquider la culture et Li Kongshan était leur acolyte. Xiaohe était froussard, il aimait la distinction, redoutait la bagarre. Dès qu'il vit entrer Kongshan, il sentit que les choses « prenaient une mauvaise tournure » et se dit que, s'il le fallait, il s'écraserait. Il n'avait pas osé lui donner du « mon cher gendre », mais il n'avait pas osé non plus ne pas se montrer chaleureux, il avait peur du revolver.

Après avoir ôté son pardessus, Li Kongshan, comme s'il était épuisé se jeta telle une masse sur le canapé. L'accompagnateur apporta une serviette chaude. Li Kongshan s'en couvrit le visage, la garda un bon moment avant de se décider à l'ôter. Il en profita pour se moucher dedans. Après cela il sembla plus en train et dit en souriant à demi :

« J'ai perdu mon poste de fonctionnaire, quels fils de ... ! On ferait bien de songer au mariage ! Beau-père, choisissez le jour ! »

Xiaohe, qui ne pouvait répondre, se contenta de grimacer un sourire.

« Avec qui ? » demanda la « grosse courge rouge » avec un aplomb superbe.

Xiaohe faillit s'en étrangler.

« Avec qui ? » Le dos de Li Kongshan se redressa. Il semblait avoir gagné soudain quelques dizaines de centimètres. « Mais avec Zhaodi ! Y aurait-il encore quelque chose qui cloche ?

— Un petit quelque chose, effectivement ! dit la “grosse courge rouge” avec un léger sourire provocateur. Je te préviens, Kongshan, je ne vais pas y aller par quatre chemins. Tu as séduit Zhaodi, je ne t'ai pas encore châtié pour cela. Un mariage ? Tu n'y penses pas ! Tu vois cette porte, eh bien, prends-la ! »

Xiaohe était blême, il se rapprocha de la sortie en grommelant, prêt à partir en courant si cela s'avérait nécessaire.

Li Kongshan ne se mit pas en colère. Un voyou sait aussi se maîtriser à sa façon. Il fit un clin d'œil à son accompagnateur. Celui-ci s'avança, vint se placer à côté de Li Kongshan.

La « grosse courge rouge » ricana : « Kongshan, j'ai peur de tout sauf d'un revolver ! Ce genre d'engin ne résout rien du tout. Tu n'es plus chef de la Section spéciale supérieure. Tu n'oserais quand même pas procéder à une arrestation !

— Mais cette dizaine de boîtes en est la preuve, je me suis donné bien de la peine ! Un cheval mort est toujours plus grand qu'un chien ! répondit Li Kongshan avec lenteur.

— En ce qui concerne les hommes de main, je peux moi aussi en déplacer une vingtaine, et, si la bagarre éclate, je ne me prononcerais pas pour dire qui se retrouvera la face contre terre. Cela dit, on peut régler les choses à l'amiable si tu le veux car, pour ma part, je n'ai pas une folle envie de me bagarrer.

— Oui, réglons cela à l'amiable ! » C'était plus fort que lui, Xiaohe devait absolument ajouter un appendice aux propos de sa femme.

La « grosse courge rouge » le tança du regard, réservant ce qui restait d'intimidant dans ses yeux pour Kongshan : « Bien que je ne sois qu'une faible femme, quand je fais quelque chose, j'entends que ce soit efficace et sans ambiguïté. Pas question de parler de mariage, tes cadeaux tu peux les remporter, avec en plus deux cents yuan que je te donne. Dorénavant entre nous ce sera clair et net : défense de se chercher mutuellement des histoires ! Si tu as envie de revenir ici, nous resterons amis et nous ne lésinerons pas sur le thé et les cigarettes. Si tu ne veux plus revenir, de mon côté je ne te ferai pas parvenir de carton d'invitation. Allons, dis franchement ce que tu penses !

— Deux cents yuan, c'est tout ce que vaudrait une épouse ? » Li Kongshan rit, rentra de nouveau son cou dans les épaules. Il avait besoin d'argent et voilà comment il calculait : « J'ai eu mon plaisir pour rien avec une jeune fille de bonne famille et je gagne par-dessus le marché un peu d'argent, ce n'est pas une mauvaise opération commerciale. » Même s'il n'avait pas obtenu Zhaodi, c'était finalement une page glorieuse à ajouter au palmarès de ses conquêtes. D'autant plus que le mariage était une chose assommante : qui avait le temps comme ça d'être aux petits soins pour sa femme ? Et puis, en société, il avait toujours dicté sa loi, sans entraves, agi à sa guise, sans contraintes. Il n'avait qu'à approcher sa main de sa poche et les gens se mettaient à genoux, même s'il ne recelait qu'un tout petit morceau de bois. Or, à présent, il se trouvait en face d'une femme qui n'avait pas peur de lui, il lui fallait éviter de se montrer trop rigide, essayer de grappiller un peu plus d'argent, sans se montrer ni hautain, ni obséquieux. Il ne connaissait pas l'humiliation, il ne savait que « vivre d'expédients ».

« Je mets cent de plus, dit la "grosse courge rouge" en alignant trois cents yuan. C'est à prendre ou à laisser ! »

Li Kongshan se mit à rire bruyamment. « Vous êtes vraiment maligne, chère belle-mère ! » Ayant ainsi profité de la « grosse courge rouge », il pensait qu'il lui fallait quitter la place au plus vite. Quand il aurait retrouvé un poste de fonctionnaire, il réglerait à nouveau ses comptes avec les Guan. Il mit son pardessus, attrapa l'argent sur la table, le fourra en vrac dans sa poche. L'accompagnateur s'empara des cadeaux et les deux personnages sortirent sans beaucoup de dignité.

« Chef de centre ! lança Xiaohe avec affection, vous êtes vraiment un as, je vous admire, ça oui !

— Tu parles ! Si je t'avais laissé faire, tu lui aurais donné ta fille pour rien, non ? Ce serait étonnant qu'il ne vende pas sa fille pour un oui ou pour un non ! »

Xiaohe frissonna en entendant cela. C'était vrai, si sa fille avait vraiment été vendue, quelle honte pour lui !

Zhaodi accourait, vêtue seulement d'un gilet rouge en laine fine sous son manteau qu'elle portait sur ses épaules. Elle entra dans la pièce, ses lèvres firent plusieurs « brr... ! » à la file, puis elle sautilla : « Oh, quel froid !

— Regardez-moi cette enfant, elle se laisserait mourir de froid ! dit la "grosse courge rouge", feignant d'être fâchée. Veux-tu bien enfiler les manches de ton manteau, et vite ! »

Zhaodi s'exécuta, mit ses mains dans ses poches. Elle s'approcha de sa mère et demanda : « Il est parti ?

— Tu crois qu'il allait attendre ici jusqu'à perpète ?

— Et il n'a pas reparlé de cette affaire ?

— S'il avait osé je lui aurais fait des ennuis !

— Tant pis, ça aurait été rigolo ! dit Zhaodi jouant l'enfant gâtée.

— Rigolo ? je te préviens ma petite demoiselle, dit la "grosse courge rouge" en prenant un air grave, tu as intérêt à te trouver une occupation sérieuse, ne plus me causer d'ennuis en attirant ainsi le premier venu !

— Ça c'est vrai, tout à fait vrai ! » Xiaohe prit l'air sévère que doit prendre un père qui fait la leçon à sa fille. « Tu n'es plus toute jeune, tu devrais, devrais... » Il ne trouvait pas ce que sa fille devrait faire.

« Man ! » le visage de Zhaodi se fit grave à son tour. « J'ai deux choses en perspective, l'une à court terme, l'autre à long terme. La première, c'est d'apprendre à patiner.

— C'est que... » Xiaohe craignait que patiner ne fût dangereux.

La « grosse courge rouge » lui coupa la parole : « Ne dis rien, laisse-la parler !

— J'ai entendu dire que le jour du Nouvel An il y aurait une grande fête du patinage à Beihai. Je te le dis à toi, mais n'en informe personne d'autre ! Avec Gou Mali et Zhu Ying on a pensé exécuter un morceau sur la bonne coopération sino-japonaise, qu'est-ce que tu en dis, c'est pas un beau titre ?

— Si, c'est bien vu ! » La « grosse courge rouge » rit. Elle pensait qu'il s'agissait pour sa fille d'une occupation « sérieuse » qui lui permettrait de se faire remarquer. Si on parlait de Zhaodi dans la presse et si sa photo figurait sur la couverture des magazines, elle n'aurait plus de souci à se faire pour attirer l'attention des hommes riches et des Japonais. « Et moi j'offrirai une très grosse coupe en argent que tu gagneras et comme ça on récupérera la mise, voilà qui est savoureux !

— Tout ça c'est bien vu ! approuva Xiaohe.

— Pour ce qui est du long terme, après la fête du patinage, j'ai l'intention d'apprendre sérieusement quelques rôles de théâtre, déclara Zhaodi solennellement. Man, regarde ! Toutes les jeunes filles chantent. J'ai une jolie voix, ce serait dommage de la laisser comme ça ! Pourquoi ne pas apprendre comme il faut ? Et quand j'aurai appris quelques rôles, hop ! à peine sur les planches, je serai lancée ! Si je deviens célèbre, j'irai à Tianjin, Shanghai, Dalian, Qingdao, Tokyo. N'ai-je pas raison ?

— J'approuve ce projet ! dit Xiaohe, prenant la parole. Je vois bien que, maintenant, quand on veut entreprendre quelque chose, il ne faut pas être trop célèbre, à moins d'être fonctionnaire ou de faire du théâtre. Voyez, quelle actrice ne devient pas célèbre dès qu'elle monte sur les planches ? Il suffit d'un bon costume, de la claque et le tour est joué. Au bout de quelques pièces, on tient le premier rôle. Et nous, pour flatter les acteurs, on s'y connaît. Si tu consens à faire des efforts, je te garantis le succès !

— Eh oui ! dit Zhaodi débordante de joie. Papa, si je réussis, tu auras des choses à régler pour la troupe et ce sera mieux que de rester sans rien faire !

— En effet, en effet ! » Xiaohe hocha plusieurs fois la tête en signe d'assentiment.

« Avec qui vas-tu apprendre ? demanda la "grosse courge rouge".

— Les époux Wen ne sont-ils pas tout indiqués ? dit Zhaodi, comme si c'était faire montre d'une grande stratégie. Tout le monde apprécie le talent de Petit Wen au violon chinois, quant à sa femme, n'est-elle pas une actrice célèbre bien que jouant en amateur ? Apprendre auprès d'eux sera commode. Man, écoute ! » Zhaodi, le visage tourné vers le mur, la tête relevée, s'éclaircit doucement la voix et se mit à chanter l'air *Fils et mari une fois partis ne reviennent plus* du répertoire de l'opéra de Pékin. Sa voix était un peu limitée mais Zhaodi avait du coffre.

« C'est vraiment pas mal du tout, du tout ! Tu devrais imiter Cheng Yanqiu[1], je suis sûr que tu y arriverais ! » approuva Xiaohe chaleureusement.

Zhaodi, qui semblait penser que l'avis de son père ne comptait pas du tout, se tourna vers sa mère et lui demanda : « Man, qu'en penses-tu ?

— C'est pas mal ! » La « grosse courge rouge » ne savait pas chanter, elle aurait été bien incapable de dire si quelqu'un chantait bien ou non, toutefois son air laissait à croire qu'elle s'y entendait vraiment. « Xiaohe, je te préviens : si Zhaodi apprend à chanter de l'opéra, je t'interdis de te rendre comme bon te semble chez les Wen ! »

Xiaohe avait effectivement pensé saisir cette occasion pour accompagner sa fille et rendre ainsi vi-

1. Cheng Yanqiu (1904-1958), acteur d'opéra de Pékin qui a créé son propre style. Il a composé et joué de nombreuses pièces sur le sort tragique des femmes dans l'ancienne société.

site à la femme de Petit Wen. Voilà pourquoi il poussait tant Zhaodi à réaliser ce projet ! Il n'avait pas prévu que la « grosse courge rouge » se montrerait plus fine mouche que lui. « Je n'irai pas semer le trouble, je me bornerai à attendre que notre chère fille s'entraîne avec son accompagnateur, hein, Zhaodi ? » Il se composa un visage pour cacher sa déception.

Tongfang était désespérée. Elle avait bien envie d'empoisonner la « grosse courge rouge », puis de mettre fin à ses jours, mais voilà, les paroles de M. Qian tournaient dans sa tête, elle ne voulait pas périr aussi légèrement. Il lui fallait prendre son mal en patience, attendre une autre occasion et, pendant tout ce temps, plier les genoux devant la « grosse courge rouge », éviter le danger d'être envoyée au bordel. Il eût été dommage de sa part de donner à la « grosse courge rouge » une offre implicite de capitulation. Elle décida de se rapprocher de Zhaodi. Elle savait que cette dernière avait à peu près les mêmes capacités que sa mère. Elle l'accompagnait à ses entraînements de patinage et, à l'occasion des petites fêtes, la servait agréablement. Peu à peu cette tactique finit par produire les effets escomptés. Zhaodi n'avait pas eu à intercéder en sa faveur auprès de sa mère, car, quand cette dernière allait s'emporter, elle s'arrangeait pour que cette colère ne retombât pas directement sur Tongfang. Tongfang, ainsi épargnée, attendait tranquillement l'occasion.

Quand Gao Yituo vit que Li Kongshan avait été battu à plates coutures, il s'empressa de remettre ses pendules à l'heure et de flatter de son mieux la « grosse courge rouge ». Il semblait être l'ennemi juré de Li Kongshan. Dès qu'il ouvrait la bouche, c'était pour le maudire férocement.

Même Xiaohe avait pu se rendre plus ou moins compte que Yituo était un double traître, une véritable girouette. La « grosse courge rouge » continuait pourtant à lui accorder sa confiance, à l'aimer. Elle nourrissait de mauvaises intentions, usait de procédés diaboliques, était toujours prête à recourir à la cruauté, mais, au fond, c'était un être humain, elle était femme. Dans son cœur plein de desseins venimeux il lui restait peu ou prou quelque « humanité ». Elle voulait donc manifester un semblant de bonté et de sentiment maternel. Elle aimait Zhaodi et Yituo, mais elle les aimait les yeux fermés, sinon elle aurait été tentée de les tuer de façon perfide et cruelle. Voilà pourquoi, malgré l'hypocrisie de Yituo, elle n'aurait pas consenti à le lâcher, et, les autres avaient beau dire du mal de lui, elle lui gardait sa confiance. Un pareil entêtement est la raison de l'échec de tant d'histoires d'amour. Elle se trouvait formidable, mais un petit chien pékinois ou un chat tigré auraient pu la mener en enfer.

Yituo ne se contentait pas de maudire Li Kongshan de façon passive, il donnait activement des conseils à la « grosse courge rouge ». Il faisait remarquer avec beaucoup de subtilité que si Li Kongshan et Qi Ruifeng avaient perdu leur charge de fonctionnaire, c'était certes leur faute, mais qu'il fallait y voir plus ou moins le fait qu'il est toujours dangereux d'être à la merci du bon vouloir du prince. Les Japonais étaient mesquins, difficiles à contenter. C'est la raison pour laquelle il pensait que la « grosse courge rouge » devait, le plus rapidement possible, gagner beaucoup d'argent pour parer à toute éventualité. La « grosse courge rouge » trouvait que c'était effectivement un bon conseil. Elle décida immédiatement d'augmenter le montant des liquidités que lui donnaient les prostituées. Gao Yituo avait bien compris que Peiping était déjà dans une situation désespérée, qu'il n'y avait plus de marchandises pour le commerce, qu'il était impossible de gagner de l'argent, et que les taxes étaient lourdes. Seul l'immobilier permettait de grappiller quelques sous dans la mesure où les Japonais, de même que les réfugiés des faubourgs, avaient besoin de se loger. Les revenus des locations étaient plus attrayants que l'investissement dans le commerce. La « grosse courge rouge » partageait ce point de vue. Elle décida d'acheter immédiatement la maison du n° 1. Au cas où le propriétaire ne voudrait pas la lâcher, elle l'achèterait de force au nom des Japonais.

Après avoir offert ces plans qui allaient dans le seul intérêt de la « grosse courge rouge », Yituo fit quelques suggestions le concernant directement. Il avait l'intention d'ouvrir un hôtel chic, comptait sur elle pour les investissements, tandis que lui s'occuperait de la gestion. L'hôtel devait être parfait pour accueillir uniquement des hôtes de marque. On pourrait s'y adonner au jeu, y rencontrer des femmes — la « grosse courge rouge » ne contrôlait-elle pas les prostituées officielles et clandestines, et lui-même n'était-il pas l'intermédiaire entre elle et les filles ? Ils devraient fournir de façon scientifique à chaque hôte la « partenaire » la plus appropriée. Là-bas, les clients pourraient fumer. L'opium, le jeu, les femmes seraient offerts, tandis que les chambres seraient confortables, de bon goût. Gao Yituo pensait que ce serait un commerce florissant, avec des revenus juteux. Il serait responsable de la gestion, ne demanderait qu'un titre de gérant, un salaire et pas de pourcentage. Il n'avait qu'une toute petite requête : pouvoir soigner les clients atteints de maladies vénériennes en vendant ses propres remèdes, la « grosse courge rouge » n'ayant pas le droit de prélever de « taxes » sur ces revenus-là.

Ce projet intéressa au plus haut point la « grosse courge rouge ». C'était plus vivant que toute autre entreprise. Elle aimait l'animation. Guan Xiaohe en bavait d'envie, il se disait que, s'il pouvait être gérant d'un tel établissement, il serait ravi de mourir là-bas. Il n'osa toutefois pas disputer la place à Yituo, d'abord parce que, le projet ne venant pas de lui, il lui aurait été difficile d'écarter Yituo d'un coup de pied, et puis, être gérant, en fin de compte, ce n'est pas être fonctionnaire. Lui faisait partie des milieux officiels, il eût été malséant de descendre comme ça dans l'échelle sociale. Il se borna à ajouter qu'il serait bien de doter en plus l'hôtel d'un dancing à l'intention des femmes distinguées.

Dans le code des affaires, il ne faut pas être tenté par une position ne correspondant pas à sa propre qualification. Yituo n'avait aucune expérience de l'hôtellerie. Il n'était pas sûr de réussir, n'avait pas confiance en lui. Il pensait simplement se servir de l'hôtel pour diffuser son art médical et ses remèdes. Si la gestion de l'hôtel échouait, la « grosse courge rouge » serait seule à perdre la mise, tandis que sa renommée comme spécialiste des maladies vénériennes et ses remèdes continueraient à se répandre.

La « grosse courge rouge » n'était pas du genre à se laisser faire. Elle n'avait jamais voulu « faire des ricochets » avec son argent. Mais à présent qu'elle avait des fonds, elle pensait que tout lui était permis, tout lui réussirait. L'argent augmentait son ambition. La puissance de l'argent s'échappait de son esprit comme la vapeur d'eau du couvercle d'une marmite. Il lui fallait se lancer avec tambours et trompettes. L'opium, le jeu, les prostituées, le dancing, tout cela concentré en un seul endroit ne donnait-il pas un « Nouveau Monde » ? Le pays avait changé de régime, elle était comme un homme de mérite aidant à fonder un État. Il était de son devoir de montrer aux gens quelque chose de nouveau, et quelque chose avec lequel Japonais et Chinois aimaient à s'amuser. Elle se considérait comme une héroïne née au bon moment, elle était capable de gagner de l'argent, de créer des mœurs nouvelles, un monde nouveau. Elle décida d'ouvrir cet hôtel.

Si Guan Xiaohe n'était d'aucune aide pour tout ce qui concernait les préparatifs de lancement, il n'acceptait pas de se cantonner dans un rôle de spectateur et de rester là les bras croisés. Quand il n'avait rien à faire, il prenait une feuille de papier et griffonnait, parfois pour indiquer où l'on devait placer le mobilier dans les pièces, parfois pour formuler le nom de l'hôtel. « Vous, vous savez faire des courses, mais pour ce qui est de faire travailler sa cervelle, il faut vous en remettre à moi ! disait-il aux autres en souriant. Il faut que tout soit "élégant", du nom aux pièces du mobilier. Surtout pas de rouge ni de vert, ce serait d'un mauvais goût insupportable ! Quant au nom, j'en ai passé plusieurs en revue, choisissez, aucun n'est vulgaire. Voyez : "Parc du vert odorant", "Hôtel du violon", "Pièce raffinée au parfum enivrant", "Pavillon au-delà du ciel", tous sont beaux, élégants. » Ces noms étaient en fait ceux des maisons de passe où il s'était rendu. Tout comme les gens qui ouvrent un bordel, il n'avait à la bouche que le mot « élégance », même si derrière ce n'étaient que brigands et prostituées. L'« élégance » est la source vive de l'art chinois, une couche de laque des plus viles qui recouvre la culture chinoise. Par là, Xiaohe était bien chinois : quand il ne pouvait toucher la source de l'art, il prenait un petit pot de mauvaise laque.

En dehors de la conception de ces choses distinguées, il lui fallait penser au costume que Zhaodi et ses compagnes porteraient pour leur exhibition de patinage. Il leur avait dit qu'il leur faudrait ce jour-là s'enduire le visage d'huile comme les acteurs de théâtre moderne et se peindre les yeux en bleu, se mettre beaucoup de rouge aux joues. « Vous serez au milieu du lac et les spectateurs sur les berges, vous devrez absolument vous farder de façon appuyée. » Elles avaient approuvé cette recommandation et l'avaient appelé « vieux renard », ce qui lui avait fait énormément plaisir. Il leur avait imaginé un costume. Zhaodi représenterait la Chine, elle porterait une robe en soie jaune pâle brodée de fleurs de prunus vertes. Gou Mali représenterait le nord de la Chine, elle porterait un manteau comme en portaient les femmes de la noblesse mandchoue ; sur le devant et le dos serait brodée la carte du Nord-Est. Quant à Zhu Ying qui représenterait le Japon, elle porterait un kimono brodé de fleurs de cerisier. Aucune n'aurait de chapeau. Leurs coiffures seraient respectivement des nattes, des cheveux relevés à la mode mandchoue ou japonaise. Les trois jeunes filles, qui n'avaient guère de cervelle, firent leur cette idée.

Le temps passait comme l'éclair, après le Nouvel An, le cinquième jour, à une heure de l'après-midi, se tint à Beihai une compétition de patinage en costume.

Les gens trop pacifiques sont timides et en viennent facilement à qualifier de « jouissance » la soumission. Pour eux, l'humiliation et l'illusion d'être en sécurité reviennent à « savoir se mettre sagement à l'abri du danger ». Les Pékinois jouissaient précisément de leur humiliation. Après avoir mangé leurs raviolis, nantis ou démunis s'arrangèrent pour porter leur meilleur vêtement. S'ils n'avaient pas trouvé de vêtement assez correct, ils en avaient emprunté un afin de se rendre à Beihai — ce jour-là on ne contrôlait pas les entrées — pour aller voir le spectacle sur la paix et la prospérité. Ils en oubliaient les officiers et soldats de Nanyuan dont les corps avaient été déchiquetés par les bombes, les amis et parents emprisonnés, soumis à d'atroces tortures, en oubliaient les chaînes qu'ils portaient autour du cou. Ils voulaient passer un bon moment, parler et rire, se rincer l'œil. Ils semblaient avaler de bon cœur les pilules empoisonnées, enrobées de sucre, que les Japonais avaient préparées à leur intention.

Beaucoup de jeunes gens et de jeunes filles se montraient particulièrement enthousiastes, pleins d'allant. Ils étaient habitués maintenant à défiler en rang pour les Japonais, à voir le visage d'enseignants japonais. Ils avaient appris quelques phrases de japonais, s'étaient habitués aux journaux édités par les Japonais. Malgré leur jeune âge, ils avaient appris à suivre leur petit bonhomme de chemin tant bien que mal. Ils se rappelaient encore qu'ils étaient chinois, mais ne voyaient pas pourquoi ils ne seraient pas allés pour autant participer gaiement à l'exhibition de patinage.

À douze heures le parc était bondé. Le soleil du printemps naissant n'était pas très chaud, mais sa claire lumière augmentait la chaleur des cœurs et des corps. La glace solide de la « mer » était criblée de trous minuscules qui mouillaient la terre jaune accumulée, émettaient une vive lumière. Dans les endroits ombragés il y avait encore de la neige qui était aussi pleine de trous, dus à la chaleur, pareils à des fossettes. Les conifères mis à part, les arbres n'avaient pas de feuilles et leurs branches, comme plus flexibles, se balançaient sur le lac, près des rochers. Le ciel était haut et lumineux, bleu pâle, constellé de petites étoiles dorées qui semblaient s'être perdues. Cette clarté rendait plus blanc le parapet du pont en jade, plus intenses, plus nets le jaune et le vert des tuiles vernies, ainsi que les diverses couleurs des édifices. On aurait dit un tableau polychrome tout juste achevé. Le toit doré du petit stupa blanc émettait une lumière éblouissante, comme prête à ravir jusqu'au firmament toute la splendeur de la « mer ».

Cette splendeur était dans les mains sanglantes des Japonais. C'était un butin magnifique, sans pareil, exposé là avec les armements, les drapeaux et les uniformes militaires souillés de sang, pour commémorer le triomphe de la violence. Au bord du lac, sur les tours, près des arbres, sur les chemins marchaient des gens qui n'avaient pas la force de se protéger. Ils avaient déjà perdu leur Histoire mais continuaient à jouir, dans ce cadre superbe, de cette animation infâme.

Ils étaient nombreux à participer à la compétition, quatre-vingt-dix pour cent d'entre eux étaient des jeunes gens et des jeunes filles. Cette fleur de la nation était maintenant un jouet entre les mains des Japonais. Quelques personnes âgées, qui avaient patiné autrefois devant l'empereur, allaient à présent montrer leur habileté aux Japonais, leurs maîtres actuels.

Les deux pavillons du Wulongting avaient été transformés en loges d'artistes. Un pavillon était la tribune de commandement. Allez savoir comment, la « grosse courge rouge » était devenue le commandant en chef des loges des femmes. Elle distribuait des blâmes sévères, faisait des sermons, mais encourageait Zhaodi, Gou Mali et Zhu Ying. Une belle pagaille régnait à l'intérieur du pavillon. Certaines jeunes filles, voyant que le costume des autres était plus remarquable que le leur, voulaient se retirer au dernier moment de la compétition. D'autres, qui avaient oublié quelque chose, s'en prenaient à grands cris à ceux qui les avaient accompagnées. D'autres encore, trop légèrement vêtues, avaient si froid qu'elles ne cessaient d'éternuer ; d'autres enfin, sûres d'obtenir un prix, chantaient à tue-tête... Il fallait ajouter à cela les airs menaçants et les rugissements de la « grosse courge rouge ». On aurait dit que, dans le pavillon, étaient enfermées des panthères rendues mauvaises par la faim. Guan Xiaohe savait que l'endroit était interdit à la gent masculine, aussi était-il resté dehors, mais il entrebâillait la porte à tout bout de champ pour risquer un œil à l'intérieur, ce qui provoquait cris et glapissements en forme d'injures, tandis que lui trouvait cela fort amusant et réjouissant.

Les Japonais ne s'occupaient pas de ce désordre. Quand ils voulaient que tout se passe en ordre et sérieusement, ils ordonnaient aux gens, à coups de fouets et de baïonnettes, de se mettre en files bien ordonnées ; quand ils voulaient qu'il y eût du relâchement, quand ils entendaient laisser les gens « profiter de la vie », ils souriaient de l'air méprisant qu'ils auraient à la vue de petits moutons courant et gambadant, ils n'intervenaient pas. Eux étaient les chats, les Chinois des souris ; quand ils avaient capturé leur proie, ils ouvraient la bouche et la laissaient courir encore quelques pas, pour voir.

Le rassemblement était fait. Les hommes à gauche, les femmes à droite formèrent des colonnes et commencèrent à défiler sur la glace. Sur l'initiative de la « grosse courge rouge », le groupe de Zhaodi était en tête de la file des patineuses. Les jeunes filles derrière vomissaient des injures. Chez les patineurs les anciens méprisaient les jeunes étudiants qui le leur rendaient bien. Comme ils se poussaient exprès, il y eut pas mal de chutes. Les humains, en fin de compte, ne se sont pas complètement libérés de leur instinct animal. Ceux qui se croyaient pacifiques, alors qu'en fait ils se résignaient devant l'humiliation, se mesuraient, et que je te pousse, et que je te heurte, se donnant en spectacle aux Japonais. Ils prouvaient par là même à ces derniers que ceux qui n'osent pas tuer leur ennemi sont condamnés à se piétiner les uns les autres.

Après le défilé sur la glace, on fit les groupes et on instaura un ordre d'entrée en scène. À part les anciens qui avaient patiné devant l'empereur, qui avaient vraiment du talent et exécutaient des figures, le reste des patineurs ne faisaient qu'aller et venir, sans aucune adresse spéciale. Le groupe de Zhaodi, les trois jeunes filles se tenant par la main, vacillait tellement qu'il faillit plusieurs fois y avoir des chutes. Au bout de deux à trois minutes il sortait déjà.

Ce furent elles pourtant qui remportèrent le premier prix et reçurent la grosse coupe en argent offerte par la « grosse courge rouge ». Aucun des vétérans n'avait obtenu de prix. Les juges avaient appliqué les directives des Japonais, ne retenant que ceux qui étaient costumés au « goût du prince ». C'est pourquoi le premier prix devait échoir à la « Coopération parfaite entre la Chine et le Japon », le deuxième à la « Déesse de la paix », exécutée par une jeune fille en blanc qui élevait haut un drapeau avec le soleil, le troisième aux « Grandes Armées impériales ». Quant à la technique de patinage, les juges n'en tinrent pas compte. Ils connaissaient les

Japonais. Ceux-ci ne souhaitaient pas voir les Chinois faire du sport, ou entretenir leur santé.

Après avoir reçu la coupe, Guan Xiaohe, la « grosse courge rouge » et les trois jeunes filles, tous contents, prirent des photos et firent un tour de Beihai. Zhaodi tenait sa coupe dans les bras, tandis que Xiaohe portait les patins à glace.

Près du Yilantang ils rencontrèrent Qi Ruifeng. Ils détournèrent la tête, feignant de ne pas l'avoir vu.

Quelques mètres plus loin ils rencontrèrent Lan Dongyang et la grassouillette Chrysanthème. Lan Dongyang arborait sur sa poitrine le ruban en satin rouge des juges. Ils marchaient tous les deux la main dans la main.

Guan Xiaohe et la « grosse courge rouge » échangèrent un regard, puis s'avancèrent immédiatement. Xiaohe salua les mains jointes, les patins à la main. « Que dire de plus sinon que nous escomptons bien venir boire à votre banquet de noces ! »

Dongyang fit bouger les muscles de son visage, montra ses dents jaunes. La grassouillette Chrysanthème rit posément. Ils étaient de leur époque, favorisés par ces temps troubles, voilà pourquoi ils ne rougissaient pas, n'éprouvaient pas de honte. Les Japonais préconisaient la vertu et la justice chères à Confucius et à Mencius mais ce qu'ils encourageaient du fond du cœur c'était la noirceur et l'impudence. Leur conduite à eux deux était : « Recevoir le mandat du ciel et se soumettre au destin. »

« Vous êtes vraiment de drôles d'amis ! dit la "grosse courge rouge" en prenant exprès un air sévère pour plaisanter. Même à moi vous n'avez rien dit ! Vous méritez d'être punis et je vais vous dire quelle va être votre punition : récompenser ces trois jeunes filles qui viennent de remporter un prix. Pour chacune d'elle ce sera une tasse de thé noir et deux gâteaux, vous êtes d'accord ? » Mais sans attendre leur réponse, elle changea de ton, elle connaissait l'avarice de Dongyang. « N'en parlons plus, c'était pour rire. C'est moi qui invite. Tiens, ici ! Les trois demoiselles sont fatiguées, n'allons pas plus loin ! »

Ils entrèrent dans le Yilantang.

CHAPITRE LIV

Ruifeng but à jeun un demi-litre de vin à *La Grande Jarre de vin* et revint les yeux rouges à la maison tout en jacassant. Il avait raconté à tout le monde que la grassouillette Chrysanthème lui était infidèle, avait déclaré qu'il n'entendait pas jouer les maris cocus et que, armé d'un couteau de cuisine, il irait trouver Dongyang pour en découdre avec lui. Il réclama à sa belle-sœur des cigarettes, du bon thé et son dîner. Il était victime d'une injustice, c'est pourquoi, selon lui, sa belle-sœur devait se montrer compatissante et le traiter avec des égards particuliers. Cette dernière fut rassurée : si le cadet avait encore le cœur à s'occuper de cigarettes et de thé, c'est qu'il n'irait probablement pas pour le moment foncer tout droit chez Lan Dongyang.

Mme Tianyou, elle non plus, ne s'était pas inquiétée de la déclaration de son fils, mais elle était très peinée car, si sa belle-fille se conduisait mal audehors, Ruifeng n'était pas le seul à perdre la face, la famille entière était concernée. Elle avait compris que si le cadet n'avait pas été chef de section, il n'aurait pas emménagé ailleurs ; ce qui se passait actuellement ne se serait peut-être pas produit. Mais elle ne voulait pas faire de reproches ni donner de conseils au cadet alors que celui-ci était dans l'adversité. En même temps, elle n'avait pas envie de le consoler. Elle savait qu'il avait cherché ce qui lui arrivait.

Ruixuan rentra. Il apprit tout de suite cette nouvelle, éprouva les mêmes sentiments que sa mère. Il lui était difficile d'exprimer ce qu'il ressentait. Il savait que le cadet n'aurait pas le courage d'aller trouver Lan Dongyang, c'est pourquoi ne rien dire lui paraissait l'attitude la meilleure. Ainsi, les choses ne tourneraient pas mal.

Le vieux Qi, en revanche, était très affecté. Ses petits-enfants étaient l'objet de son amour. Pour son fils il avait pensé qu'une éducation sévère valait mieux que des gâteries. Mais pour ses petits-enfants, la responsabilité de leur éducation incombant à son fils, lui, le grand-père n'était là que pour les protéger. C'était vrai, il y a quelque temps il avait corrigé Ruifeng, mais il avait regretté son attitude. Certes, il n'avait pas à présenter ses excuses à Ruifeng, pourtant, il ne se sentait pas le cœur en paix. Il se disait qu'il avait empiété sur l'autorité de Tianyou en se montrant trop sévère à l'encontre de son petit-fils. Il avait repensé à Ruiquan, parti pour ne plus revenir, et dont on ne savait s'il était encore en vie. Ainsi, même si Ruifeng était un bon à rien, au moins il était revenu dans la maison familiale. Pouvait-il, alors qu'il avait perdu le troisième, chasser le cadet de chez lui ? Tout en pensant à cela, ses petits yeux lançaient souvent des regards furtifs en direction de Ruifeng. Il voyait à quel point il était pitoyable. Il ne cherchait plus à savoir pourquoi il était sans emploi, il se contentait de cette appréciation : « Il est bien grand ce petit gars pour rester là toute la journée à traînasser sans rien faire, quoi d'étonnant à ce qu'il ait envie d'aller boire quelques verres de vin ! »

Il avait appris ce qu'avait fait la grassouillette Chrysanthème, il éprouvait maintenant de la compassion pour Ruifeng. Si elle décidait vraiment de ne plus revenir, se disait-il, Ruifeng aura perdu emploi et épouse, ce serait terrible ! Et puis, les Qi étaient une famille irréprochable, avec une belle-fille aussi écervelée, qui partait comme ça avec le premier venu, comment petits et grands n'auraient-ils pas honte devant les autres ? Le vieil homme ne cherchait pas à savoir pourquoi Ruifeng avait perdu sa femme. Il arrivait encore moins à comprendre que ce qui arrivait à Ruifeng était ce qui attendait tous ceux qui profitaient de l'arrivée des Japonais pour pêcher en eau trouble. Pour lui la faute incombait entièrement à la grassouillette Chrysanthème, cette femme éhontée qui méprisait la pauvreté, aimait la richesse ! Elle fricotait derrière le dos de son mari, elle voulait flétrir la bonne renommée de la famille Qi, briser l'image des quatre générations sous un même toit !

« C'est impossible ! » Le vieil homme se frotta deux fois la barbe avec vigueur. « Impossible ! Une bru, entrée officiellement dans notre famille, qui en fait partie de son vivant et dont les mânes seront avec ceux de nos ancêtres, comment peut-elle ainsi agir n'importe comment à l'extérieur ! C'est impossible ! Pars, va la chercher et dis-lui que certains sont peut-être de beaux parleurs, mais que moi l'on ne m'y prendra pas ! Dis-lui que grand-père exige qu'elle revienne immédiatement et que si elle refuse, je lui briserai les jambes. Va, je suis avec toi, ne crains rien ! » Plus il parlait, plus il s'emportait. Si devant l'agression extérieure il ne savait rien faire d'autre que consolider le portail avec de grosses jarres cassées, il était fermement persuadé qu'il pouvait contrôler les remous au sein de la famille. S'il ne pouvait pas suivre l'évolution politique, il fallait en revanche préserver fermement ce bastion : quatre générations vivant sous un même toit.

Ruifeng ne dormit pas de la nuit. Il n'avait jamais souffert d'insomnie, même si le monde était sur le point de s'écrouler, si le pays courait à sa perte ; du moment qu'il avait le ventre plein, il dormait à poings fermés. Mais aujourd'hui, il était bel et bien bouleversé. Il aurait voulu oublier son chagrin, passer une nuit reposante et aller dès le lendemain trouver Chrysanthème pour discuter avec elle. Mais la scène entrevue à Beihai, plus nette qu'au cinéma, surgissait devant ses yeux à tout instant : Chrysanthème et Dongyang marchant la main dans la main à l'extérieur de Yilantang. Il n'était pas au cinéma, il s'agissait de sa femme, de son ennemi. Il ne pouvait le supporter, s'il le faisait, il ne serait plus digne d'appartenir à la race humaine. Son cœur allait éclater, il ressentait par accès des pincements à la poitrine. Il avait l'impression qu'il allait vomir du sang. Il ne cessait de se tourner et de se retourner, gémissait doucement tout en se massant la poitrine de ses mains.

Demain, demain il devrait faire quelque chose, peu lui importait s'il allait au-devant de dures épreuves, mais ce soir il lui fallait dormir, récupérer des forces pour se lancer à l'assaut. Mais voilà, il ne trouvait pas le sommeil ! L'être le plus mou est capable d'éprouver de la jalousie. Il ne regrettait pas sa conduite, ne se prononçait pas pour savoir si demain il aurait à se repentir, s'amender et devenir quelqu'un de respectable. Il se sentait seulement victime d'une humiliation insupportable, il lui fallait se venger. Le feu de la jalousie, comme un poison, s'infiltrait dans son sang. Il repensa à cette scène effroyable, il fallait pincer les deux coupables d'adultère, d'un coup de couteau trancher les deux têtes. Il serait un héros célèbre dans tout le vieux Pékin.

Cette image sanglante lui fit si peur qu'il en fut couvert de sueurs froides. Non, non ! Il ne pouvait pas passer à l'acte. Il était pékinois, avait peur du sang. Non il ne pouvait pas d'emblée se montrer intransigeant. Il lui fallait émouvoir Chrysanthème par des larmes et de douces paroles, l'amener à regretter. Il était quelqu'un de magnanime : si elle acceptait de lâcher Dongyang il lui pardonnerait tout. Oui, c'est ainsi qu'il devait agir. Il ne pouvait pas, comme avaient fait les Japonais, déclencher les hostilités sans déclaration de guerre préalable.

Si elle n'acceptait pas ce pardon, alors il n'aurait plus d'autre solution. Quand un chien est acculé, il saute par-dessus le mur. Si cela s'avérait nécessaire, il prendrait le couperet, il serait un homme de caractère, saurait s'imposer, il ne pouvait pas se résigner à être cocu. Il lui fallait se montrer ferme, mais aussi supporter, ne pas se livrer à ses impulsions.

Il fut ainsi assailli par toutes ces pensées désordonnées jusqu'au chant du coq, alors il sombra dans le sommeil. Il se réveilla à plus de huit heures. Dès qu'il ouvrit les yeux, il repensa à la grassouillette Chrysanthème, mais l'idée du couteau qui couperait les deux têtes l'avait quitté. Il se dit qu'il y avait pensé sous le coup de l'indignation et que ce sentiment est souvent amené à disparaître après quelques propos outranciers ou pensées véhémentes. Pour passer réellement à l'acte, la colère n'est d'aucun secours, seules la paix, la concertation peuvent résoudre les problèmes. On dit bien que le temps est le meilleur remède, qu'il peut lentement guérir toute souffrance. C'était particulièrement vrai pour Ruifeng, quelques heures de sommeil et ses souffrances s'étaient envolées pour moitié. Il avait décidé de revenir à des moyens pacifiques et de se faire accompagner de son aîné pour aller rendre visite à Chrysanthème. Il savait que s'il s'y rendait seul celle-ci déverserait peut-être sur lui des torrents d'injures. D'ordinaire il avait peur de sa femme, à présent que Chrysanthème avait un amant il serait peut-être un peu plus dur. « Si tu te bats contre un tigre il te faut l'aide d'un frère utérin, sur le champ de bataille celle d'un père ou d'un fils. » Il lui fallait absolument l'aide de son aîné.

Mais Ruixuan était déjà sorti. Il ne restait plus à Ruifeng qu'à se rabattre sur quelqu'un d'autre pour en imposer. Il sollicita l'aide de Yun Mei. Celle-ci refusa de l'accompagner. Elle était une femme de l'ancien temps en ces temps nouveaux. Elle n'avait jamais supporté sa belle-sœur et l'appréciait moins que jamais. Ruifeng tournait en rond : il ne pouvait la contraindre à l'accompagner et savait bien qu'il ne ferait pas le poids en face de la grassouillette Chrysanthème. Il ne lui restait plus, alors qu'il n'avait rien à dire, qu'à discuter avec sa belle-sœur de la marche à suivre. Il était ainsi. Il ne s'intéressait à rien quand cela ne le concernait pas directement, même s'il s'agissait de choses importantes. Quand il était concerné, il discutait sans fin de la chose avec les autres, comme si ceux-ci devaient y accorder autant d'importance qu'à une nouvelle en première page des journaux, alors qu'il pouvait s'agir d'un fait minime. Il parla à Yun Mei du caractère de Chrysanthème, de celui de Dongyang, comme si elle ne savait rien. Il n'évoqua que les qualités de sa femme, les exagérant de telle sorte qu'on aurait pu croire qu'elle était la femme la plus parfaite au monde, et tout cela afin de gagner la compassion de sa belle-sœur. C'était vrai, il se montrait intarissable sur les qualités de la grassouillette Chrysanthème, c'est pourquoi il devait la ramener.

Il ne pouvait vivre sans elle. Il pleura. Bien que Yun Mei sentît son cœur mollir, elle serra les dents de colère, elle ne pouvait renchérir après le cadet sur les « qualités » d'une traînée, et donner à cette dernière une offre écrite de capitulation.

Après s'être attardé longtemps, quand il vit que sa belle-sœur était aussi inflexible qu'une pierre, le cadet soupira, retourna dans sa chambre pour se préparer. Il se peigna avec soin, mit ses plus beaux vêtements. Tout en se préparant, il faisait des conjectures : « Étant donné mon visage et mon costume, je l'emporterai sur Lan Dongyang. »

Il alla trouver la grassouillette Chrysanthème. Il feignit de ne rien savoir de ses relations avec Dongyang. Il se contenta de dire qu'il était venu la voir et que, si elle le voulait bien, il la priait de rentrer avec lui car tous là-bas, le grand-père, la belle-mère, la belle-sœur s'ennuyaient d'elle. Fort de son bon droit et du soutien de tous, il pensait qu'il pourrait ouvrir le feu et la ramener à la maison. Qui sait si grand-père ne fermerait pas la porte, ne la laissant plus sortir.

Mais Chrysanthème fut encore plus directe que d'habitude. Elle produisit un document et lui demanda de le signer : leur divorce !

Elle avait encore grossi récemment. Plus elle grossissait, plus elle prenait de l'assurance. En tâtant ses chairs elle croyait tâter son âme : comme il y en avait, comme c'était grassouillet ! Plus elle était enrobée, plus elle se montrait paresseuse. Il lui fallait un mari riche, pour pouvoir ne rien faire, mais bien manger, bien s'habiller et dormir quand elle avait sommeil, jouer quand elle rouvrait les yeux, aller se promener au parc en voiture et faire faire une petite promenade à ses grosses jambes dans le parc uniquement. Elle n'avait pratiquement pas besoin d'un mari, elle était paresseuse, aimait dormir. Si elle en voulait un, il faudrait qu'il fût chef de section, de centre, de département, non pour l'épouser lui, mais pour épouser son rang. Elle pourrait tout aussi bien se marier avec un morceau de bois si cela pouvait lui procurer bonne chère, beaux vêtements et voiture. Malheureusement c'était une chose impossible. Elle n'avait plus qu'à se rabattre sur Ruifeng ou sur Lan Dongyang. Ruifeng avait perdu son poste, tandis que Dongyang était chef de département en exercice. Elle avait bien évidemment choisi Dongyang. Physiquement et humainement parlant, Dongyang ne valait pas Ruifeng, mais il avait une charge de fonctionnaire et de l'argent. Autrefois elle avait pris position pour Ruifeng, avait injurié Dongyang. À présent que ce dernier était venu la trouver, elle était décidée à lâcher Ruifeng. Elle n'aimait pas Dongyang mais son argent et sa position parlaient en sa faveur. Il était ce morceau de bois. Elle savait combien il était vil, crasseux, mais elle savait aussi qu'elle était capable de lui extorquer son argent. Quant à la crasse, elle n'y prêtait pas attention. Ce qu'elle voulait c'était un morceau de bois, peu lui importait qu'il fût sale.

Le petit visage sec de Ruifeng était livide. Divorcer ? Fort bien, c'était vraiment le moment de s'emparer du couperet ! Il savait qu'il n'oserait pas toucher au couteau, étant donné surtout la graisse dont était enveloppée Chrysanthème. Son cou était si gras, ce ne serait pas facile de le trancher !

Seuls les êtres faibles consentent à perdre leur femme sans souffler mot. Ruifeng ne se rangeait pas dans cette catégorie d'hommes. Il pouvait tout perdre, sauf sa femme. Il y allait de son honneur.

En venir aux mains ? Il n'osait pas. Ravaler sa colère ? Il n'y aurait pas consenti. Que faire, mais que faire ?

La grassouillette Chrysanthème prit la parole : « Allez, magne-toi ! De toute façon c'est ainsi, à quoi bon tergiverser ! Divorcer c'est pour avoir une justification, tout le monde y trouvera son honneur. Si tu n'y consens pas, je partirai quand même avec lui. N'en seras-tu pas encore plus...

— Est-ce possible, seulement possible — les lèvres de Ruifeng tremblaient —, que tu ne penses pas à l'affection qui lie les époux ?...

— Quand je veux quelque chose je n'écoute aucun avertissement. Lorsque nous étions ensemble, si je disais blanc, tu n'aurais jamais osé dire noir que je sache ?

— Cela ne peut se faire !

— Ah oui, et alors ? »

Ruifeng ne sut que répondre. Il lui fallut un bon moment avant de trouver un argument : « Et même si j'acceptais, je ne suis pas seul à la maison !

— Quand nous nous sommes mariés tu n'en as pas discuté avec eux. Ils n'ont rien à voir dans nos affaires.

— Laisse-moi deux jours pour y réfléchir sérieusement, tu veux bien ?

— Même si tu ne me donnes aucune réponse, ça n'a pas d'importance. En tout cas, Dongyang est influent, tu n'oserais pas le provoquer ? Si tu le mets en colère, il te fera corriger par les Japonais ! »

Ruifeng sentit la colère le gagner, mais il ne se hasarda pas à la laisser éclater. Il n'osait pas effectivement chercher querelle à Dongyang, et encore moins aux Japonais. Ceux-ci lui avaient donné l'occasion de devenir chef de section et à présent, à cause d'eux, il avait perdu sa femme. Il ne se décidait pas à réfléchir sérieusement aux tenants et aboutissants de l'affaire de peur d'en venir à détester les Japonais, ce qui serait courir à sa perte. Quelqu'un qui n'ose s'opposer à son ennemi doit se résigner à perdre sa femme pour rien, comme ça. Il sortit les yeux pleins de larmes.

« Ah bon, tu ne signes pas ? lui demanda la grassouillette Chrysanthème en le suivant.

— Jamais ! répondit Ruifeng, s'enhardissant.

— Bien ! Je me marie avec lui demain et on verra ce que tu comptes faire ! »

Ruifeng rentra chez lui comme une flèche. À peine entré il fonça tête baissée chez son grand-père et dit tout essoufflé : « C'est fini, fini ! » puis il s'assit sur le bord du kang et se cacha le visage dans les mains.

« Qu'est-ce qui t'arrive, le cadet ? demanda le vieux Qi.

— C'est fini ! Elle demande le divorce.

— Pardon ?

— Le divorce !

— Le di... » Bien que ce mot fût devenu à la mode depuis de nombreuses années, il n'était pas familier à la bouche du vieux Qi, il ne lui venait pas facilement aux lèvres. « C'est elle qui en a parlé ? Voilà qui est nouveau ! Si de tout temps on a répudié sa femme, aucun mari n'a jamais été répudié ! C'est n'importe quoi ! » Le vieil homme, à l'arrivée des Japonais dans la ville, n'avait pas été aussi étonné ni peiné. « Que lui as-tu dit ?

— Moi ? » Ruifeng ôta ses mains de son visage. « De toute façon elle n'écoutait rien. Je lui ai tout dit, mal ou bien, elle n'écoutait pas !

— En fait, tu t'es montré incapable de la ramener pour que je lui fasse la leçon ! Tu es un écervelé toi aussi ! » Plus le vieil homme parlait, plus il s'échauffait et plus sa voix se faisait forte. « Dès le début ce mariage ne m'a pas plu, vous n'avez pas tenu compte de vos dates de naissance respectives pour voir si l'union était viable, vous n'avez pas convié les anciens à des visites de parenté. Et voilà !

Voilà ce que c'est que de ne pas écouter les vieux, le malheur est là ! Quelle honte pour toute la famille ! »

Les cris que poussait le vieil homme firent venir Mme Tianyou et Yun Mei. Avant même d'avoir ouvert la bouche pour s'enquérir de ce qui se passait, les deux femmes avaient déjà deviné le gros de l'affaire. Mme Tianyou était très peinée, mais que dire ? Il n'y avait rien à dire. Alors, ne rien dire ? Cela ne réglerait pas la question. Gronder le cadet ? Elle n'en avait pas le cœur. Alors, le consoler ? Elle n'en avait pas envie non plus. Envoyer son fils se battre ? Mauvais ! Lui dire de ravaler sa colère et d'accepter le divorce ? Ce n'était pas très judicieux. Tout en pesant le pour et le contre, l'angoisse se nouait de façon inextricable au creux de sa poitrine. D'un autre côté, elle n'osait pas se montrer trop affligée en présence de son beau-père. Elle devait s'arranger pour cacher sa peine derrière un sourire.

C'était une tout autre raison qui affligeait Yun Mei. Le mot « divorce » était un mot qu'elle redoutait. Le vieux Qi lui non plus n'aimait pas entendre ce mot, mais dans son esprit, le côté redoutable du terme restait une chose vague, abstraite, tout aussi impalpable que l'expression : « Les gens ne sont plus aussi loyaux qu'autrefois », expression qui le faisait si souvent soupirer de regret. Sa peur du divorce s'apparentait à celle qu'il éprouvait pour le train, bien qu'il n'eût jamais été en péril d'être renversé par un train. La peur que ressentait Yun Mei était un peu plus concrète. Depuis son entrée comme jeune mariée dans la famille Qi, elle s'inquiétait que vînt le jour où Ruixuan s'enfuirait pour ne plus revenir. À la longue son destin prendrait alors fin avec le mot « divorce ». Elle n'éprouvait pas une grande compassion pour le cadet, détestait la grassouillette Chrysanthème. Telles que les choses se présentaient, elle aurait pu dire franchement à tous : « Il n'y a qu'à se séparer à l'amiable et laisser la grassouillette Chrysanthème aller où elle veut ! » Mais elle n'osait pas dire cela. Bon, admettons, elle approuvait le divorce du cadet, et si Ruixuan venait à faire de même ? Après un bon moment de réflexion, elle trouva qu'il valait mieux pour elle ne rien dire.

Puisque les deux femmes n'ouvraient pas la bouche, le vieux Qi bien entendu ne se priva pas de jacasser de façon intarissable. Ces bavardages de vieux sont comme les chansons pour les jeunes : une source de satisfaction. Il proposait de la chasser et peu après voulait absolument qu'elle revînt pour la cloîtrer pendant deux mois. Il avait fondé sa famille à la force du poignet, et, quand il avait rencontré des difficultés, il n'avait jamais perdu la tête. À présent, il avait vraiment vieilli, il n'avait jamais eu à régler un tel problème et n'avait pas de solution bien précise. On aurait beau dire, il ne consentirait jamais facilement au divorce du cadet, car c'était démolir un pilier important de son œuvre maîtresse : quatre générations vivant sous le même toit.

Ruifeng lui aussi avait l'esprit tout embrouillé ; il ne parvenait pas à prendre une décision. Il ne pouvait qu'implorer de ses petits yeux la compassion de tous. Il se considérait comme un homme bon, victime d'une injustice, pour lequel tous devaient éprouver pitié et tendresse. Il était prêt à pleurer, et, quelques instants après, il riait, comme un petit clown.

Le soir, quand Ruixuan fut de retour, toute la famille l'entoura. Certes il était au milieu des siens, mais son esprit était à Chongqing. À l'ambassade il obtenait des nouvelles qui n'étaient pas ébruitées au-dehors. Il savait où les combats faisaient rage, où les appareils ennemis causaient des ravages. Il savait aussi que les troupes ennemies avaient débarqué dans l'île de Hainan et que lors de la bataille aérienne de Lanzhou nous avions abattu neuf avions ennemis, que l'Angleterre nous avait prêté cinq millions de livres, que… plus il en savait, plus il était en proie à de vives inquiétudes. À l'annonce d'une bonne nouvelle, il souriait, et dans le même temps éprouvait de l'aversion pour ceux qui, pensant que la Chine était perdue, s'enlisaient dans leur intention de rester vivoter à Peiping. À l'annonce d'une mauvaise nouvelle, le dégoût qu'il éprouvait retombait alors sur lui-même. Pourquoi n'allait-il pas se mettre au service de la patrie ? Dans son esprit la Chine n'était pas perdue mais continuait la lutte de toutes ses forces. Non seulement elle vivait, mais elle montrait des forces vives et une grande détermination. En poursuivant sur cette lancée, elle ne périrait pas, et les autres nations du monde ne resteraient plus là passives, spectatrices. Tout comme les poètes rêvent de lueurs d'espoir dans une situation désespérée, il s'intéressait à son pays et avait perçu une lumière. C'est pourquoi il ne prêtait guère attention aux menus faits de la vie familiale. Non qu'il fût devenu sourd, mais souvent, ces derniers temps, il n'arrivait pas à entendre les propos des siens. Il restait là, insensible, comme s'il réfléchissait à un difficile problème mathématique. Et s'il lui arrivait de penser aux choses de la maison, c'est qu'elles ne pouvaient être réglées seules, mais devaient attendre la solution du problème national pour connaître un règlement rationnel. Ainsi Petit Shunr avait l'âge d'être scolarisé. Mais pouvait-il le laisser recevoir une éducation asservissante ? Dans ces conditions, mieux valait ne pas le scolariser du tout ! Lui-même n'avait pas le temps de lui apprendre la lecture et les idéogrammes. C'était bien là un problème qu'on ne pouvait résoudre à moins que Peiping ne fût reconquise. Quand il réfléchissait à ces petits problèmes, il se rendait compte à quel point le sort de l'individu est étroitement lié à celui de son pays. L'homme est poisson, le pays est eau ; hors de l'eau, point de salut pour lui.

En ce qui concernait le cas de Ruifeng, il n'avait pas réellement l'esprit à s'en occuper. Confronté à toutes ces tracasseries, il pensait à une phrase pleine d'esprit : « Je ne peux aimer à ta place, je ne peux donc rien faire pour ton divorce ! » Toutefois il n'osa pas la prononcer. S'il était un citoyen sans avenir, il se devait d'être un « aîné », avec tout ce que cela impliquait. Il était chinois et tout Chinois doit assumer des responsabilités auxquelles il ne peut se soustraire, même si ce sont des choses sans intérêt. Il écouta attentivement ce que disaient les autres membres de la famille, puis donna son avis de façon très affable tout en sachant que, si l'on retenait ses propositions, il serait le « fauteur de troubles », l'objet de leurs reproches.

« Selon moi, le cadet, ne vaudrait-il pas mieux garder ton sang-froid afin de voir tranquillement comment les choses vont évoluer ? Peut-être ne s'agit-il chez elle que d'un coup de tête ? D'autre part, il ne me paraît pas certain que Dongyang veuille vraiment d'elle. Garde ton calme pendant un certain temps et les choses s'arrangeront peut-être.

— Non, grand frère ! » Le cadet avait parlé sur un ton très chaleureux. « Tu ne la connais pas. Quand elle veut quelque chose elle irait jusqu'à se fourrer sans hésiter sous les cornes d'un taureau !

— S'il en est ainsi, dit lentement Ruixuan, mieux vaut rompre définitivement pour éviter toute complication ultérieure. Si tu l'autorises aujourd'hui à divorcer, tu auras fait montre d'une grande humanité et plus tard, si elle venait à se séparer de Dongyang, tu n'auras plus besoin de te soucier d'elle. Ce qui se passe en période de troubles engendre forcément le désordre. Qu'en penses-tu ?

— Je ne peux laisser Dongyang s'en tirer à si bon compte !

— Alors que penses-tu faire ?

— Je n'en ai aucune idée !

— L'aîné — le vieux Qi avait pris la parole — tu as tout à fait raison ! Il faut rompre définitivement et qu'elle aille au diable ! Cela évitera tout désagrément ultérieur ! » Le vieil homme qui n'était pourtant pas favorable au divorce avait changé d'avis devant la perspective d'ennuis à venir. « Toutefois, il est un point sur lequel nous ne devons pas céder : il faudra lui remettre une lettre de répudiation, pour que la demande de divorce ne vienne pas d'elle. C'est nous qui la répudions ! » Les petits yeux du vieil homme lançaient des éclairs de sagesse, on aurait dit qu'il se prenait pour un fin diplomate.

« Répudiation ou divorce, c'est au cadet de prendre la décision ! » Ruixuan n'osait pas trop brusquer les choses, il savait que si le cadet perdait sa femme, il ferait pression sur lui pour qu'il lui en trouve une autre.

« Je ne suis pas sûr qu'elle accepte d'être répudiée, quant au divorce, l'annonce devra paraître dans les journaux. Comment supporterai-je cela ? Ça, bravo ! Alors que je suis en train de chercher un emploi, si l'on apprend que je suis cocu, qui consentira encore à m'aider ? » Le cadet était quand même arrivé péniblement à se soucier de quelque chose. L'époque dans laquelle il vivait, son éducation l'empêchaient de réfléchir à des choses sérieuses, alors qu'il se creusait volontiers les méninges à propos de faits sans intérêt. Dans cette époque, on encensait Confucius pour le dénigrer la minute d'après, on prônait le mariage libre pour ensuite tourner en dérision ceux qui divorçaient, on prenait position pour la langue parlée pour dire après, que les poèmes ainsi composés n'étaient pas de la poésie. N'ayant pas de connaissances, il n'avait pas de point de vue bien déterminé, il grappillait de-ci de-là quelques bricoles : ici Confucius et Mencius, là l'amour libre, pour finir par récupérer ce titre de cocu. Il était une toupie pitoyable fouettée par le vent de l'époque, qui tourbillonnait et, à l'arrêt du mouvement, il n'était plus qu'un petit morceau de bois.

« Bien, essayons alors de trouver une solution satisfaisante sous tous les rapports ! » dit Ruixuan en mettant provisoirement un terme à la discussion.

Le cadet examina de nouveau en détail la question avec le grand-père jusqu'à une heure avancée de la nuit, mais cela ne déboucha sur rien de concret.

Le lendemain il retourna voir la grassouillette Chrysanthème. Elle n'était pas là. Il courut jusqu'à l'extérieur de la ville, suivit lentement le fossé qui longeait les remparts. Il pensait au suicide. Il fit quelques pas, s'arrêta et resta à contempler d'un air hébété des sapins près d'une tombe. Il n'y avait pas âme qui vive. C'était l'endroit idéal pour se pendre. À force de contempler les lieux, il prit peur. Les sapins étaient d'un vert si sombre, si sombre, alentour tout était si calme ! Il trouvait que se pendre ici de façon aussi solitaire ne présentait guère d'intérêt. Sur un arbre un corbeau poussa un croassement. Il sursauta de peur, s'échappa à pas pressés. Il transpirait par tous les pores de sa tête, cela le démangeait terriblement.

La glace avait presque fondu sur l'eau, elle s'était beaucoup affaissée sur les bords des trous, montrant l'eau fraîche en dessous. Il trouva sur la berge un endroit gazonné sec et spongieux, y déplia un mouchoir et s'assit. Pourquoi ne pas se glisser dans un des trous, se disait-il. Mais voilà, le soleil au-dessus de sa tête était si beau, si doux, l'herbe de la berge était si confortable ! L'herbe nouvelle pointait ses aiguilles toutes tendres, toutes vertes sous l'herbe morte, exhalant un léger parfum. Il ne pouvait se résoudre à quitter ce monde à la jonction de l'hiver et du printemps. Il repensa aux parcs d'attractions, aux restaurants, aux jardins publics, aux femmes de la famille et en eut encore plus gros sur le cœur. Les larmes coulaient continûment, tombaient sur sa poitrine. Il n'avait pas le courage de mettre fin à ses jours, ni le cran suffisant pour aller se mesurer à la vie et à la mort avec Lan Dongyang. Il avait peur de la mort. À force de réfléchir il en arriva à la conclusion la meilleure pour un Chinois : « Une belle mort ne vaut pas la vie, même méchante. » Il n'avait qu'une vie, à la différence des brins d'herbe qui renaissaient après avoir péri. Sa vie était précieuse. Il ne pouvait abandonner son grand-père, son père et sa mère, ses frères, les laisser avec leur chagrin et leurs larmes. C'était vrai, même s'il n'était plus le mari de la grassouillette Chrysanthème, pour son grand-père il resterait le petit-fils et... Il n'avait pas le droit de mourir ! De plus, il avait pensé avec courage au suicide, était même allé au-devant du danger sur les tombes et au bord de la rivière, c'était suffisant. Pourquoi se mettre ainsi dans l'embarras ? Il n'avait plus de larmes, il restait pourtant assis au même endroit car il craignait de rencontrer des gens et qu'on s'aperçût de ses paupières rouges. Il ne se leva que lorsque ses yeux eurent à peu près repris leur aspect normal, il se remit à suivre le fossé. À quelques mètres de lui, bien à plat, était posé un chapeau. Il eut un coup au cœur. Il ne s'était pas suicidé, et, de plus, avait trouvé un chapeau, le bonheur lui revenait-il après tant d'infortune, la chance était-elle en train de tourner ? Il fit quelques pas en avant et, après avoir regardé attentivement, il vit qu'il s'agissait d'un chapeau presque neuf qui méritait d'être ramassé. Il regarda autour de lui : personne. Vite, il franchit en courant la distance qui le séparait du chapeau, le prit en main. Dessous il y avait une tête humaine ! Celle de quelqu'un que les Japonais avaient enterré vivant. Il eut un coup au cœur, desserra vivement l'étreinte de sa main. Sans remettre correctement le chapeau sur la tête, il fit quelques pas en courant, se retourna pour jeter un coup d'œil en arrière. Le chapeau ne recouvrait que la moitié de la tête. Comme poursuivi par un esprit, il courut d'une traite jusqu'à la porte de la ville.

Il essuya la sueur qui coulait, se calma. Il n'avait pas osé penser au problème du degré de cruauté des Japonais, se contentant de se dire que s'il pouvait vivre par les temps qui couraient c'était déjà pas mal. Il ne pensait absolument plus au suicide. Car enfin, alors qu'il n'avait pas été enterré vivant par les Japonais, il se serait laissé glisser de son plein gré dans un trou de glace ? Ça rimait à quoi ? L'image de la tête était encore présente dans son esprit : des cheveux bien noirs, un visage très fin, la trentaine à peine car la bouche était imberbe. Ce visage et ce chapeau étaient ceux d'un intellectuel, proche de lui par l'âge, l'éducation, l'élégance. Il frissonna. Tant pis, oui tant pis ! Il ne pouvait pas chercher querelle à Lan Dongyang, car, si ce dernier le prenait mal, il serait enterré vivant par les Japonais à l'extérieur de la ville.

Il avait eu peur, il avait pris froid, de retour à la maison il eut un accès de fièvre et resta alité plusieurs jours.

Pendant sa maladie, Chrysanthème se maria avec Dongyang.

CHAPITRE LV

Lan Dongyang était de son époque. Il était laid, sale, sans vergogne, cruel. C'était un déchet humain et, pourtant, un trésor aux yeux des Japonais. Il avait sa voiture. Il était occupé avec l'Union du peuple nouveau, occupé à écrire, à organiser l'Association des écrivains et des artistes, occupé à prendre des renseignements, occupé à aimer. C'était l'homme le plus occupé de Peiping.

Chaque jour, quand il pénétrait dans le bureau de la direction générale, il commençait par prendre une expression des yeux et des sourcils semblable à celle des petits démons qui s'agitaient aux pieds de l'empereur, entendant par là faire une démonstration de force énergique à l'intention de chaque employé. Il s'asseyait, faisait semblant de lire des documents ou le journal, puis se levait soudain, se précipitait sur un employé pour voir ce qu'il faisait. S'il le prenait en train d'écrire de la correspondance privée ou de lire un livre, il lui infligeait un blâme sur-le-champ ou le renvoyait. Il n'avait jamais été fonctionnaire auparavant, il lui fallait à présent faire parade de l'autorité de sa fonction avec la même férocité que ces locomotives qui avancent, tout à leur jubilation. Il arrivait parfois spécialement en avance, ôtait tous les cadenas des tiroirs des employés et lisait leur courrier privé ou autre chose. Si dans les lettres il découvrait des phrases douteuses, peu de temps après il y avait des incarcérations. Parfois il arrivait particulièrement tard, alors que c'était presque l'heure de la fermeture des bureaux, ou que tout le monde était déjà parti. Il ne manquait pas de distribuer un grand nombre de tâches et exigeait leur traitement immédiat, tandis que les employés avaient des malaises tant ils avaient faim. Il aimait voir leurs fronts se couvrir de sueur sous le coup de la faim. Si tout le monde était déjà parti, il envoyait l'homme à tout faire de la maison les quérir. Seul son temps à lui comptait, celui des autres importait peu. Et, surtout le dimanche et les jours de fête, il fallait absolument qu'il se rendît au bureau. Quand il venait, les employés devaient être là eux aussi. En entrant il commençait par faire l'appel. Après l'appel il fallait encore qu'il demandât à la ronde : « Aujourd'hui, c'est dimanche, faut-il travailler ou non ? » et tout le monde bien sûr de répondre : « Il le faut ! » Après il lui fallait encore dire quelques phrases de remontrance : « L'édification d'un pays nouveau réclame un esprit nouveau. Quel jour de la semaine on est, je m'en moque ! Ma seule exigence est d'être digne du Mikado ! » Le dimanche, il tourmentait les gens de la sorte, mais, le lundi, il ne venait pas de la journée. Peut-être avait-il du travail ailleurs ou dormait-il à la maison ? En son absence, personne n'osait faire preuve de relâchement. Il avait déjà mis en place des espions qui surveillaient tout à sa place. Si on le craignait, on redoutait aussi l'homme à tout faire. En son absence, cet homme était ses yeux et ses oreilles. Et même quand ce dernier s'éclipsait, les employés éprouvaient de la suspicion les uns envers les autres, se demandant si l'autre était un ami ou un espion. Pratiquement chaque jour Dongyang choisissait un ou deux employés pour tenir une réunion en petit groupe. Un jour c'était au tour de Wang et de Zhang, le lendemain à celui de Ding et de Sun, le jour d'après… Lors de la réunion il n'avait pas de choses sérieuses à débattre avec eux, il posait toujours les questions suivantes :

« Que penses-tu de mon comportement ? »

« Comment est un tel à mon égard ? »

« Un tel n'est pas en très bons termes avec toi, non ? »

En ce qui concernait la première question, tous savaient comment y répondre : en le flattant. Il n'avait pas de réelles connaissances ni de vraies compétences, il se contentait de saisir l'occasion qui se présentait. Voilà pourquoi il manquait d'assurance et d'audace, craignant toujours d'être licencié. Par ailleurs, il aimait les flatteries et, plus elles étaient répugnantes, plus il s'en délectait en son for intérieur. En écoutant ces flagorneries, il commençait à se sentir effectivement un personnage important et il s'enhardissait alors à commettre toutes sortes de méfaits. Et même quand on l'encensait à propos de son visage, il y accordait foi, allait se regarder longuement dans une glace.

Il n'était vraiment pas facile de répondre à la deuxième question. Personne ne voulait vendre un ami tout en n'osant pas non plus se porter garant de son dévouement total. Il fallait donc rester dans le vague. Mais plus on se montrait fuyant et ambigu, plus il poussait ses investigations, et l'on en venait à dénigrer les défauts et les mauvais côtés du collègue en question. Cela ne le satisfaisait pourtant pas. Car sa question était : « Comment est un tel à mon égard ? » Ainsi forcés, ils ne pouvaient plus que fomenter des rumeurs, acculés à dire : « Un tel n'est pas très bien envers vous ! » avec preuve à l'appui. Il était enfin satisfait et eux avaient vendu un ami.

La troisième question était la plus terrible. Ils travaillaient pour les Japonais et, bien sûr, tous étaient en danger. À l'annonce qu'un tel n'était pas bien disposé envers eux, ils pensaient immédiatement à la prison ou à la mise à pied. Avec une telle question, des amis devenaient sur-le-champ ennemis.

Ainsi ses subalternes se virent tous pousser qui un œil, qui une oreille, qui un sixième sens. Il ne s'agissait plus d'amis et de collègues, mais d'une horde de loups parqués ensemble sous la contrainte, prêts à mordre à l'improviste. Dongyang adorait ce genre de situation : la méfiance qu'ils éprouvaient les uns pour les autres les retenait de conjuguer leurs efforts pour lui résister. Il appelait cela des « moyens politiques ». Il prenait trois employés pour former un groupe qui s'opposerait à ces quatre-là, puis après il se servait de ces derniers contre deux autres. Son visage était déformé du matin au soir, il passait son temps à penser à de mauvais tours. Alors qu'il était là assis, si quelqu'un venait à tousser, il avait des sueurs froides, pensant qu'il s'agissait de quelque mot de passe, annonçant une rébellion. Il s'éveillait en sursaut au beau milieu de son sommeil parce qu'il avait rêvé de bombe ou de meurtre. Son monde était une toile d'araignée tissée d'évincements, de meurtres, de promotions, de jouissances, de peurs. Du matin au soir il tissait tous ces fils, craignant qu'un oiseau ne vînt déchirer la toile et l'empêcher de prendre quelques mouches et moustiques.

Avec les Japonais il usait d'une tout autre tactique. Il n'était pas Guan Xiaohe, n'avait pas sa culture. Il était incapable de choisir une peinture célèbre ou un vase ancien pour l'offrir aux Japonais. Il ne connaissait rien à la peinture, pas plus qu'à la porcelaine, il était incapable de tout jugement esthétique. Il ne voulait pas non plus inviter les Japonais au restaurant ou au bordel, car il était trop attaché à l'argent. Son procédé était de rester toujours sur leurs talons, se déclarant leur chien fidèle. Quand il arrivait au bureau ou en partait, il devait aller saluer les Japonais. Pendant les heures de service, il se rendait une ou deux fois dans chaque département, chaque section pour les saluer tout spécialement. Sans faire la part des choses importantes et secondaires, il demandait des instructions aux Japonais pour savoir s'il fallait prendre un parapluie les jours de pluie. Chaque jour il rédigeait on ne sait combien de requêtes, qu'il allait toujours porter en personne. Si les Japonais avaient à faire et n'avaient pas le temps de s'occuper de lui, il attendait debout bien sagement, et, même si cela devait durer une heure, il s'en moquait, prenait d'autant plus de plaisir à rester ainsi debout que l'attente était longue. Aux yeux des Japonais il n'était pas chef de département, mais homme à tout faire. Il leur allumait leur cigarette, leur versait du thé, leur cherchait un parapluie, leur ouvrait la portière de leur voiture. Au moindre petit acte qu'il accomplissait pour eux, son esprit s'illuminait aussitôt : « Promotion ! » Quand il rédigeait un brouillon, il leur demandait de corriger, et quiconque lui avait remanié un ou deux mots était un maître.

Les cadeaux qu'il leur faisait étaient des renseignements. Non qu'il leur fournît des informations authentiques, précieuses. Il cherchait seulement à leur chuchoter sans cesse quelque chose à l'oreille pour montrer ses capacités. Lui prenait pour argent comptant les rapports que lui remettaient l'homme à tout faire et les collègues, sans chercher à savoir si c'étaient là choses sensées et non simples ouï-dire, puis il les amplifiait avant de les donner aux Japonais. L'homme à tout faire et les collègues étaient avides de mérites, cherchaient à se faire bien voir, il faisait de même, les Japonais préférant tuer injustement les gens plutôt que de laisser de côté une rumeur. Alors que sa tâche aurait dû être de propager leurs mesures politiques bienfaisantes, il devint, à une vaste échelle, le pourvoyeur des Japonais en morts injustes. On ne sait combien de personnes sous ses ordres avaient été victimes d'une telle mort. Les Japonais, que ses radotages n'importunaient aucunement, le trouvaient même loyal et compétent. Les calculs, la mentalité, les aptitudes des Japonais se révélaient à propos de faits aussi minuscules qu'un petit pois ou un grain de sésame. C'était la raison pour laquelle ils appréciaient les renseignements insignifiants inventés de toutes pièces par Dongyang. Quand un examen ultérieur approfondi en montrait l'absence de fondement, ils continuaient à accepter volontiers ses documents, même s'ils ne leur étaient d'aucune utilité ; en fin de compte, cela leur permettait d'avoir recours à leur ingéniosité et de procéder à un examen, comme s'il y avait là quelque chose de sérieux à se mettre sous la dent. Voir des fantômes en plein jour était, aux yeux des Japonais, le meilleur jeu pour l'esprit.

C'est ainsi que Lan Dongyang gagna sa popularité.

Il avait de l'argent, était parvenu à s'offrir une automobile et s'était acheté une maison dans la rue Nanchangjie.

Mais il n'avait pas encore pris femme.

Il avait bien couru après des « potiches » de ses collègues, mais son visage et ses dents jaunes avaient fait fuir les femmes qui avaient un peu de dignité. Presque tous les jours il avait été éconduit, à chaque fois il avait composé des poèmes. Une fois le poème publié, l'argent du manuscrit empoché, sa souffrance s'en trouvait immédiatement allégée. C'était un remède particulièrement efficace. Ainsi ses déboires amoureux n'avaient jamais fait se lever en lui des pensées aussi graves que celle du suicide. À la longue, il en était venu à trouver du piquant au fait de changer un chagrin d'amour contre des droits d'auteur.

Comme il convoquait souvent des acteurs pour chanter des opéras à l'intention des Japonais, il en avait profité pour courir après des actrices. Mais, si son aspect était repoussant, sa main était encore moins populaire. Elle ne consentait jamais à allonger de l'argent. C'était vrai, il profitait de son influence et de sa position pour exercer des pressions sur elles, mais comme elles n'étaient pas du genre à se laisser avoir, que, parmi les personnes qu'elles connaissaient, un bon nombre étaient plus influentes que lui, avaient une position plus élevée, certaines connaissant même des Japonais, il ne lui restait plus qu'à les maudire en secret, sans y pouvoir mais. Il était même allé jusqu'à se dire que, malgré ses échecs amoureux, il avait réussi à préserver son pécule et cela lui calmait l'esprit.

Puis il avait entendu dire que Ruifeng avait perdu son emploi. Alors il avait repensé à la grassouillette Chrysanthème. À l'époque, il la trouvait fort à son goût, elle était rondelette, aussi adorable qu'un petit cochon. Son strabisme l'empêchait de voir si quelqu'un était beau ou laid. Son esprit cupide ne s'attachait qu'au poids de la personne et le corps de Chrysanthème était digne d'estime.

Par ailleurs, il détestait Ruifeng. Ce dernier l'avait frappé. Il n'avait pu faire de démarches pour lui obtenir un poste de proviseur de lycée. De plus

Ruifeng, contre toute attente, était parvenu à obtenir un poste de chef de section. Être ou non chef de section n'avait certes rien à voir avec lui, mais en son for intérieur il ressentait un malaise. Ruifeng avait perdu sa charge, fort bien ! Il allait lui ravir son épouse, ce serait sa vengeance, or la vengeance est la preuve qu'on est quelqu'un de capable. Chrysanthème, en elle-même, était déjà adorable ; ajoutées à cela l'excitation et la jubilation que lui apportait la vengeance, il trouvait que cette union était vraiment bénie par le ciel, qu'il y avait là une occasion à ne pas rater.

Il était allé trouver Chrysanthème, s'était assis sans rien dire, se contentant de mimiques lui faisant comprendre qu'il avait vraiment la tête de l'emploi de chef de département. Après être resté assis un moment, il était sorti, était monté en voiture, avait mis sa tête à la portière pour bien montrer qu'il était assis à la place du passager.

Le lendemain, il était retourné la voir, se contentant de lui dire qu'il était chef de département, qu'il avait une maison, une automobile, sans doute pour l'amener à bien réfléchir à ce qu'il valait.

Le troisième jour, il lui avait dit : « Je n'ai pas encore pris femme ! »

Le quatrième, il n'était pas allé la voir pour lui laisser le temps d'apprécier la langue de sa « poésie » et de goûter la saveur de sa mise en scène.

Le cinquième jour, il avait demandé d'emblée : « Tu as sans doute pensé à la douceur d'être la femme d'un chef de département ! » Sur ces mots il avait pris sa main potelée, comme il aurait saisi un jambonneau bien tendre. Son cœur battait la chamade, il tenait sa vengeance ! Il avait lu sur le visage grassouillet de la jeune femme la défaite de Ruifeng et sa propre victoire, il s'était senti rougir.

Au début, elle n'avait rien dit, se contentant de graver dans son esprit les mots « épouse d'un chef de département » et « automobile ». Elle savait que Dongyang était plus redoutable que Ruifeng, mais il n'y avait chez elle aucune appréhension. Étant donné la masse de son corps, s'il venait à se fâcher, elle pourrait l'écraser sous sa grosse jambe et le mettre mal en point. Elle n'avait pas plus peur de Lan Dongyang qu'elle n'avait eu peur de Ruifeng, ni l'un ni l'autre n'avait la force physique et les manières d'un homme de trempe.

Elle ne s'inquiétait pas de savoir si ce mariage durerait. Mais qui se souciait de cela ? Pour l'heure elle était promue du rang d'épouse d'un chef de section à celui d'épouse d'un chef de département. S'ils venaient à se séparer à leur tour, elle n'aurait plus qu'à gravir un degré. Une femme, par les temps qui couraient, se devait de ne pas lâcher son rang, car, si elle parvenait à se hisser vers les sommets, elle n'en dégringolerait plus. Il suffisait de regarder la « grosse courge rouge » : malgré son âge, son visage couvert de taches de son, n'était-elle pas très célèbre ? Autrefois elle avait vu un très beau jeune homme épouser une femme qui avait plus de cinquante ans, au visage tout ridé, une prostituée clandestine. Le surnom de cette grand-mère était « Bouddha craquant ». Grâce à ce sobriquet, et malgré son visage tout ridé, elle avait pu se marier avec le plus beau des hommes. Forte de cet exemple, la grassouillette Chrysanthème avait décidé de se donner un renom semblable. Une fois célèbre, il serait temps pour elle de se séparer de Dongyang.

Ce fut vite fait. Elle épousa Dongyang. Avant le mariage, ils étaient allés se promener plusieurs fois la main dans la main au parc et s'étaient violemment querellés à plusieurs reprises. La raison de leur querelle était la suivante : Chrysanthème voulait une cérémonie de mariage grandiose, tandis que Dongyang trouvait qu'il suffisait simplement d'inviter trois ou quatre Japonais autour d'une collation et de leur demander de signer et d'apposer leur sceau à l'endroit réservé aux témoins et aux parrains sur le certificat de mariage. Chrysanthème aimait les fêtes, Dongyang aimait l'argent. Chrysanthème s'était fâchée et avait voulu montrer à Dongyang de quel bois elle se chauffait. Comme Dongyang, de son côté, ne pouvait se tenir pour vaincu, il n'avait pas cédé. La dispute avait duré. Ils avaient repensé à Qi Ruifeng. Chrysanthème trouvait qu'il fallait d'abord régler définitivement la question du divorce, car il s'agissait d'un moyen de se faire remarquer. Dongyang ne voulait pas attendre et faisait peu de cas de Ruifeng. Il pensait que, dans la mesure où des Japonais lui serviraient de témoins, c'était une garantie juridique et qu'il n'y avait nul besoin de s'inquiéter par ailleurs, même si Ruifeng refusait la requête de Chrysanthème. Dongyang proposa de le prendre comme parrain pour montrer que la chose était définitivement réglée. Chrysanthème n'était pas de cet avis. Pour elle il ne s'agissait de rien d'autre que de monter de la position d'épouse d'un chef de section à celle d'épouse d'un chef de département. Elle ne souhaitait pas offenser les Qi jusqu'au bout. Qui sait, se disait-elle, si la chance ne sourirait pas de nouveau à Ruifeng et s'il n'obtiendrait pas un poste plus élevé que celui de chef de département ? Dongyang pouvait être grisé par le succès, vouloir tout anéantir, elle, en revanche, devait se garder une marge de manœuvre. Bon, elle avait accepté de se marier immédiatement, mais avait refusé de prendre Ruifeng comme parrain. Quant à la cérémonie, comme elle n'en démordait pas, il lança un ultimatum : pas de mariage si elle ne donnait pas sa réponse dans les vingt-quatre heures, si elle s'obstinait à vouloir dépenser de l'argent !

Elle n'avait pas donné de réponse. La vingt-cinquième heure, Dongyang était venu la trouver et avait déclaré qu'il revenait sur cet ultimatum mais que, de son côté, elle devait faire des concessions pour que le mariage se fît vite, il avait ciselé ce vers : « Le mariage est fondé sur un compromis. »

Elle avait opiné. Elle savait comment le corriger une fois mariée. Cela avait réussi avec Ruifeng, elle était sûre de le soumettre, d'en faire son esclave.

Ils commandèrent une collation pour six dans un petit restaurant japonais afin de fêter leur bonheur. Quatre Japonais apposèrent leur sceau gravé d'idéogrammes imitant le style Song sur leur certificat de mariage.

Bien que l'affaire eût été réglée avec simplicité, Dongyang n'avait pas oublié de faire une grande publicité autour de l'événement. Il avait rédigé un papier qu'il avait porté au siège de divers journaux et, de plus, il avait recommandé qu'il fût publié dans un endroit visible.

Avant l'arrivée des Japonais, un tel événement n'aurait pu se produire à Peiping. Et, s'il avait eu lieu, il aurait été considéré comme une nouvelle fabuleuse, serait devenu un sujet de conversation pour tous les Pékinois. Aujourd'hui, personne en lisant la nouvelle n'avait rien trouvé là d'étrange. Tous semblaient avoir compris que, tant que les Japonais seraient là, il se passerait des choses bizarres et que l'on n'avait plus besoin de recourir aux concepts moraux d'autrefois pour critiquer.

Seuls Ruifeng, les Guan et ceux qui mendiaient leur croûte sous les ordres de Dongyang s'intéressaient à cette affaire.

La maladie de Ruifeng alla en empirant. Même s'il était sans cœur, il ne pouvait supporter cette humiliation et un tel coup bas. Selon sa façon de voir, qui était celle d'un semi-voyou, il devait redresser la tête, aller venger cet affront. Mais voilà, les Japonais avaient été témoins pour le mariage de Dongyang, il n'avait plus qu'à se résigner. Il n'osait même pas hausser le ton pour lancer des imprécations. Il n'osait pas haïr les Japonais, et pourtant ils lui avaient fait perdre sa femme. Ceux qui se contentent de vivre d'expédients n'éprouvent ni amour ni haine quand tout va bien, ils gardent la tête haute, mènent leur vie déréglée, quand ils sont déçus, ils baissent la tête et vivent de la même façon. Ruifeng avait décidé à présent de baisser la tête et il avait besoin des souffrances de la maladie pour se voiler la face.

Les Guan admiraient l'audace de Chrysanthème, la promptitude avec laquelle elle avait pris sa décision. Dans le même temps ils étaient chagrins que ce fût elle, et non Zhaodi, qui ait eu des témoins japonais. De plus, Dongyang ne les avait pas conviés à la cérémonie de mariage, ils avaient l'impression d'avoir perdu leur dignité. Mais leur chagrin fut léger et passager. Ils ne devaient pas négliger les choses sérieuses. La « grosse courge rouge » et Guan Xiaohe préparèrent à la hâte toutes sortes de cadeaux, prirent la voiture pour aller féliciter les Lan chez eux, rue Nanchangjie.

Il était plus de dix heures, les nouveaux mariés n'étaient pas encore levés. La « grosse courge rouge » et son garde du corps de mari firent irruption dans la chambre nuptiale. Ceux qui n'ont pas de pudeur n'ont jamais peur d'être importuns.

« Ma grosse petite sœur ! lança la “grosse courge rouge”, ma grosse petite sœur ! Ça bravo ! Et tu ne me fais même pas le plaisir de te lever !

— Ah, ah, ah ! Elle est bonne ! » applaudit Xiaohe, le visage rayonnant.

Dongyang se cacha la tête sous les draps tandis que Chrysanthème montrait le bout de son nez. Les yeux ahuris, elle essayait en vain d'attraper un sourire. « Je me lève, allez vous asseoir dans la pièce de devant !

— Tu as peur de quoi, je suis une femme moi aussi ! » La « grosse courge rouge » ne voulait pas sortir de la pièce.

« Bien que je sois de l'autre sexe, Dongyang l'est aussi ! » Xiaohe s'esclaffa de nouveau. Après cet accès de rire il quitta la pièce pour montrer qu'il se comportait comme un Chinois « civilisé ».

Dongyang ne voulait toujours pas se lever. Chrysanthème se vêtit lentement, descendit du lit. La « grosse courge rouge » s'occupa à la coiffer, à la maquiller. « Il faut que tu le saches : en tant que jeune mariée tu dois être très bien maquillée ! »

Quand Dongyang se leva, le salon était déjà plein de monde. Ses subordonnés étaient tous venus offrir des présents et le féliciter. Dongyang ne daigna pas les recevoir. Xiaohe prit l'initiative de le faire à sa place.

Chrysanthème, sans en discuter avec Dongyang, décida d'inviter tout le monde au restaurant où elle réserva deux tables. Dongyang refusa d'être de la partie et lui fit comprendre qu'il ne paierait pas la note. Après la réception, Chrysanthème ôta sa bague en or, la laissa en gage au restaurant, puis elle se rendit à l'Union du peuple nouveau. Là, elle alla trouver Dongyang et, devant tout le monde, elle lui dit haut et fort : « Donne-moi de l'argent sinon je vais faire du tapage ici toute la journée si bien que même les Japonais ne pourront pas travailler ! »

Dongyang, ne pouvant faire autrement, lui donna bien sagement de l'argent.

Une semaine ne s'était pas écoulée que Chrysanthème volait à Dongyang le sceau dont il se servait pour retirer des liquidités. Elle allait toucher à sa place ses droits d'auteur et ses salaires. Quand elle avait l'argent, elle achetait immédiatement des bijoux en or et en argent qu'elle déposait chez ses parents. Elle n'avait pas les talents de la « grosse courge rouge » pour extorquer de l'argent ou le dilapider. Elle fonctionnait comme une énorme tirelire, avalant l'argent, ne le recrachant jamais. Elle avait fait des calculs : un jour elle se disputerait peut-être avec Dongyang et se séparerait de lui. Il lui fallait au plus vite extorquer un capital pour être indépendante financièrement. De plus, ce petit pécule lui serait utile comme appât pour séduire un autre homme, si elle se séparait vraiment de Dongyang. Une femme qui a de l'argent, même laide, même âgée, peut toujours trouver un mari, elle le savait.

Dongyang sentait bien qu'il était soumis mais il ne voulait pas la lâcher. Il ne lui avait pas été facile de mettre le grappin sur une femme, il ne pouvait se faire à l'idée de la perdre si vite. De plus, s'il chassait Chrysanthème pour une autre, cela lui coûterait en énergie et en finance. Et puis Chrysanthème lui avait déjà laissé entendre à mots couverts que, s'ils se séparaient, elle réclamerait une importante somme d'argent. Quand ils s'étaient mariés, elle n'avait rien demandé, mais, s'ils venaient à se séparer, elle ne partirait pas comme ça les mains vides ! Il devait se résigner à son sort. Il était un loup cruel pour les autres, déraisonnable, et voilà qu'à présent il avait rencontré quelqu'un qui ne reculait devant rien. Bien qu'il n'y pût mais, il trouvait que cela avait du piquant. Il avait de l'argent, une belle situation, du prestige. Il était connu, puissant, influent mais était l'esclave d'une grosse femme. Il changea son contentement en affliction, il trouva là matière à poésie. Quand le pays avait été perdu, il en avait été satisfait. Une fois marié, il était devenu un « toutou ». Il était opprimé, il avait besoin d'exprimer ce sentiment qu'il éprouvait d'être victime d'une injustice. Il écrivit davantage de poèmes. En tout cas, il trouvait que sa vie s'était beaucoup enrichie, ses poèmes étaient là pour en témoigner. Non, il ne pouvait se séparer de Chrysanthème ! S'il le faisait, il éprouverait un sentiment de vide, de solitude, d'ennui, ou bien peut-être verrait-il son talent s'épuiser et, comme Jiang Liang[1], ne pourrait-il plus écrire de poèmes !

En même temps, quand il pensait au corps de la grassouillette Chrysanthème il ne pouvait s'empêcher d'être troublé. Perdre de l'argent, c'est navrant il est vrai, mais une femme a une valeur et des avantages qui lui sont propres. Peut-être ne pas avoir de femme était-il plus difficile à supporter que ne pas avoir d'argent ? Soit ! Après avoir réfléchi à tout cela il se dit : « J'ai qu'à la considérer comme une pute, fréquenter les prostituées ça coûte cher aussi, n'est-il pas vrai ? »

Peu à peu il finit par trouver pour lui-même une source de revenus en arnaquant d'honnêtes gens et en leur demandant de donner des enveloppes. Ces entrées d'argent n'apparaissaient sur aucun reçu, ne nécessitaient ni signature, ni cachet, Chrysanthème ne le saurait jamais. De plus, de peur qu'elle ne lui fît les poches, dès qu'il avait des rentrées d'ar-

1. Jiang Lang : Jiang Yan, qui vécut sous les Dynasties du Sud (420-557), appelé en son temps : Jianglang. Célèbre pour son talent littéraire dans sa jeunesse, il n'écrivit par la suite plus rien de bon. On le surnomma alors « talent épuisé ».

gent, il allait tout de suite déposer les sommes à la banque sous un faux nom, ne gardant jamais rien sur lui.

Ainsi avait-il de l'argent tout en évitant de froisser Chrysanthème. Il se trouvait vraiment génial.

CHAPITRE LVI

C'était la pleine saison des pivoines. Wang Jingwei [1] avait atteint Shanghai. En apprenant la nouvelle, Ruixuan fut incapable de faire quoi que ce fût. Après le ralliement aux traîtres du professeur Niu, il avait eu le cœur gros pendant plusieurs jours. Mais il ne s'agissait que d'un professeur. Qui aurait pensé que Wang Jingwei accepterait de vendre son pays pour rechercher honneur et richesse ? Il ne pouvait ni ne voulait penser à cela davantage. Des choses qu'il n'aurait jamais cru possibles se réalisaient soudain. Son cerveau était dans la confusion. Il ne pouvait que grincer violemment des dents sous le coup de la colère.

« Qu'en pensez-vous ? » demanda enfin M. Goodrich après avoir étiré plusieurs fois son cou.

Le vieil homme éprouvait de la compassion pour les Chinois mais, quand il apprit la conduite du traître Wang et les propos tenus par celui-ci, il ne put s'empêcher de les mépriser.

« Qui sait ! » Ruixuan évita les yeux du vieux

1. Wang Jingwei (1884-1944) fit ses études au Japon. Il soutint Yuan Shikai puis se rendit à la mort de celui-ci à Sun Yatsen. Après s'être prononcé pour un compromis avec le Japon, il capitula en décembre 1938. En 1940 il établit à Nankin un gouvernement fantoche du Guomindang.

monsieur. Il avait honte de parler avec le vieil homme. Il avait discuté maintes fois avec M. Goodrich des défaites successives de la Chine, de l'état d'arriération des équipements militaires et du manque d'organisation au sein du peuple. Au cours de ces discussions il n'avait pas nié les défauts des Chinois, mais il avait fait remarquer aussi avec orgueil que si ceux-ci acceptaient de s'en tenir à l'idée qu'il vaut mieux mourir glorieusement que vivre honteusement, et s'ils résistaient à l'ennemi cruel, la Chine ne serait pas anéantie. À présent, il n'avait rien d'autre à ajouter. Il ne s'agissait pas de défaite ni d'armement peu perfectionné, mais du fait que certains déjà, et des gens importants, qui avaient un passé révolutionnaire glorieux, se décourageaient, reconnaissaient leur faiblesse, préféraient plier devant l'ennemi. Il ne s'agissait pas d'un problème à résoudre mais de quelqu'un qui était consentant pour manquer à l'honneur. Un problème peut toujours se résoudre, mais quand quelqu'un manque à l'honneur, il n'y a rien à régler, puisque la personne elle-même consent à être un « toutou ».

« Attendons de voir quelle sera l'attitude de Chongqing ! » Le vieil homme avait vu à quel point Ruixuan était malheureux, il détourna la tête.

Ruixuan se contenta d'un petit rire. Les larmes commençaient à lui venir aux yeux.

Il savait que si les fonctionnaires se montraient plus féroces et le peuple plus énergique, le pays ne serait pas vendu comme ça par un ou deux traîtres. Pourtant, il avait le cœur lourd. Il ne comprenait pas comment un chef révolutionnaire pouvait retourner ainsi sa veste, se transformer en traître à la patrie. Et si la révolution en elle-même était fausse ? Il n'y croirait plus ! S'il en était ainsi, il ne pourrait plus croire en la révolution et il serait amené à voir en tout homme bien placé et ayant du prestige un jeteur de poudre aux yeux. Ainsi la révolution aurait souillé l'Histoire, et le sang de ceux qui avaient un noble idéal n'aurait servi qu'à former quelques traîtres !

Selon la radio japonaise Wang Jingwei était l'homme politique le plus perspicace et le plus réaliste. Ruixuan ne pouvait admettre que Wang fût perspicace. Celui qui collabore avec les tigres n'est qu'un étourdi. Il ne pouvait admettre non plus qu'il fût réaliste, à moins que le mot réaliste ne signifiât rien d'autre qu'allonger le bras pour saisir une situation ou de l'argent. Il ne comprenait pas comment Wang, avec sa situation et son renom, pouvait songer, à l'instar de Guan Xiaohe, Li Kongshan et Lan Dongyang, à recevoir de la main des Japonais argent et influence. Le traître Wang n'était plus un être humain et, de plus, il avait fait perdre complètement la face à de nombreux jeunes gens et jeunes filles patriotes. Sa capitulation, bien que sans incidence sur la guerre de résistance, suffirait pourtant à amener le monde entier à douter des Chinois, à les mépriser. Pour Ruixuan, Wang était encore plus haïssable que l'ennemi.

Il ne pouvait s'empêcher de mêler à cette haine qu'il éprouvait pour le traître de la haine à l'encontre de lui-même. Tout ce qu'avait accompli Wang autrefois, au regard de ce qui se passait actuellement, paraissait faux. Quant à lui, il savait bien qu'il aurait dû se précipiter au-devant des malheurs du pays, mais il était toujours là, menant une vie tranquille à Peiping. Il savait qu'il aurait dû se montrer patriote, et pourtant il se contentait de petits actes patriotiques. Tout cela n'était-il pas autant de simulacres aussi ? Révolution, patriotisme, toutes ces idées, une fois dans la main des Chinois, devenaient factices. Quel espoir restait-il encore pour la Chine ? Si tout en Chine était faux, qui, sur la scène internationale, consentirait encore à aider ce pays ? Il avait l'impression de n'être plus lui-même un être humain, d'être là à faire des petits tours de passe-passe.

C'est dans cet état d'esprit qu'il apprit les nouvelles du bombardement intensif de Chongqing par les avions ennemis, de la grande victoire dans le Ebei[1], d'une alliance officielle entre l'Allemagne et l'Italie. Il avait appris aussi que la Société des Nations avait accepté d'apporter son aide à la Chine. Mais à la différence de ce qui se produisait auparavant, ces nouvelles ne suscitèrent en lui aucun enthousiasme, ses yeux semblaient braqués sur Wang Jingwei. Ce dernier était parti au Japon. Il était revenu à Shanghai... Enfin, il respira : le gouvernement central avait lancé un mandat d'arrêt contre le traître Wang. Il savait qu'un tel mandat ne servirait à rien avec la protection assurée par les Japonais, mais il en fut content tout de même. Ce mandat d'arrêt indiquait clairement où était le bien, où était le mal, il y avait d'un côté la résistance, de l'autre la capitulation. Le gouvernement central ne faisait pas de tours de passe-passe. La résistance de la Chine n'était pas une illusion. Il osa de nouveau bavarder et polémiquer avec M. Goodrich.

La saison des pivoines était passée, il semblait ne les avoir même pas vues. Il vit soudain les fleurs de grenadier.

Avant leur floraison, il passait ses journées dans une espèce de torpeur. Il n'était pas malade pourtant, il manquait d'appétit. Si on lui présentait quelque chose à manger, il en avalait un bol sinon

1. Le nord de la province du Hubei.

il ne réclamait rien. Parfois il cherchait une chose qu'il tenait à la main.

À propos de ce qui se passait à la maison, à part l'argent qu'il remettait régulièrement à Yun Mei, il ne s'occupait de rien, comme pour montrer à quel point tout cela était faux, était illusion ; somme toute, il n'était pas si différent du traître Wang.

Ruifeng, avec le temps, avait guéri. Il croyait que l'état d'égarement dans lequel se trouvait son aîné était lié à sa propre affaire. L'aîné était un homme d'honneur, il n'avait sans doute pas digéré le remariage de Chrysanthème avant même que le divorce n'eût été prononcé. Aussi, à part le fait qu'il harcelait sa belle-sœur pour avoir vin et cigarettes, il se montrait très poli envers son frère. Il lui disait souvent pour le consoler : « Même moi je ne prends pas cela trop à cœur, grand frère, tu ne vas quand même pas te sentir gêné ! »

En entendant ces paroles de réconfort, Ruixuan se contentait d'un rire forcé, mais il pensait : « Chrysanthème est aussi, à sa façon, comme Wang Jingwei ! »

Cet amalgame le chagrinait, pour le reste il n'éprouvait pas trop de honte. Il était de ces nouveaux Chinois qui n'ont jamais accordé beaucoup d'importance aux accordailles et à la séparation des couples. D'autant plus qu'il avait compris que les vieux concepts moraux n'empêchaient pas la barbarie des attaques ennemies, car une fois le loup introduit dans la place, malgré une lutte, même acharnée, on risquait bel et bien de perdre sa femme. Le côté redoutable d'une agression est que, en plus de nuire aux corps et aux biens, elle brise les âmes. C'est pourquoi il n'avait pas trouvé si étrange le remariage de Chrysanthème, ni pensé qu'il s'agissait d'une honte réservée à la famille Qi. Il savait que c'était là un châtiment courant pour les Pékinois, que cela faisait partie des changements inévitables liés à la situation.

Les membres âgés de la famille en avaient bien sûr été très affectés. Le vieux Qi et Mme Tianyou n'avaient pas osé se rendre au portail donnant sur la rue pendant plusieurs jours et, quand Petit Shunr ou la petite Niuzi, par inadvertance, venaient à parler de leur grosse tante, le vieil homme rougissait secrètement sous sa barbe blanche. Il ne trouvait pas de mots pour consoler le deuxième de ses petits-fils, ni pour se consoler lui-même. Étant donné sa façon d'être, son comportement en société, il ne s'attendait pas à être payé aussi cruellement en retour. Alors qu'il aurait bien voulu vivre quelques années de plus, voilà qu'à présent il lui arrivait souvent de fermer ses petits yeux, comme s'il était mort. Seule la mort lui ferait oublier la honte qui frappait la famille.

Ruixuan avait toujours été très observateur, habile à deviner les sentiments des autres. Si Wang Jingwei n'avait pas ainsi occupé son esprit, il aurait consolé, apaisé ses vieux parents. Mais il gardait le silence. Ce n'était pas, de sa part, une marque voulue d'indifférence, il n'avait vraiment pas le cœur à s'occuper de ces bagatelles. Ses parents, quant à eux, pensaient que Ruixuan avait été très affecté lui aussi par cette affaire, ils se taisaient pour masquer leur gêne. Ils le regardaient souvent, craignant qu'il ne tombât malade. Le résultat était que personne ne disait rien, tout en ayant le cœur gros. Parfois, ils restaient les uns en face des autres sans se parler, alors le sentiment de honte et de malaise qu'ils éprouvaient flottait dans l'air de la pièce.

Les Japonais, en ce moment, commençaient à provoquer les Anglais à Tianjin. Le mouvement de cou de M. Goodrich allait en s'accentuant. Il commençait à se rendre compte que les Japonais, non contents d'anéantir la Chine, entendaient aussi balayer toute influence occidentale en Orient. Il était un Anglais orientalisé, mais il ne pouvait pas ne pas s'inquiéter pour l'Angleterre. Il savait que l'influence anglaise en Extrême-Orient était due, pour une bonne partie, à des actes d'agression, mais il n'était pas prêt à céder de bon cœur les résultats de ces efforts aux Japonais. Dans son esprit, tout en éprouvant de la compassion pour la Chine, il aurait souhaité la conclusion d'une alliance entre l'Angleterre et le Japon. À présent que les Japonais provoquaient les Anglais sans ménagement, une telle alliance semblait vouée à l'échec. Que faire ? Baisser la tête et accepter de plein gré les brimades ? Aider la Chine pauvre et résister ensemble aux Japonais ? Il ne trouvait pas de solution convenable.

Il aurait bien voulu parler avec Ruixuan, mais il trouvait malséant d'ouvrir la bouche. L'Angleterre avait l'hégémonie maritime. Il ne pouvait exprimer l'idée d'une crainte des Japonais. Il n'osait pas non plus laisser entendre devant Ruixuan que l'Angleterre devrait aider la Chine, bien qu'il aimât les Chinois, il lui était impossible, sous l'impulsion de sentiments individuels, de parler à la légère. Sans vouloir se montrer hypocrite, au plus profond de lui-même, il pensait cependant que seule une Chine pauvre et faible, relativement en paix, pouvait lui procurer la vie libre et paisible qu'il recherchait. Il ne souhaitait pas que la Chine devînt riche et puissante, car si elle le devenait comment seraitelle ? Dans le même temps, il voyait d'un mauvais œil l'agression militaire japonaise contre ce pays ; cette occupation lui faisait perdre le Peiping qu'il aimait tant et il était à craindre que tous les Anglais et toute influence anglaise en Chine ne fussent réduits à néant. Il gardait toutes ces pensées pour lui, se sentait plein de contradictions, avait le cœur lourd. S'épancher aurait été encore plus inconvenant. La guerre et la violence mettaient en conflit les sentiments personnels et l'intérêt national, si bien que l'esprit de chacun se transformait en un petit champ de bataille. Il était assez honnête, mais il lui manquait l'élévation et le courage des gens intelligents et braves. Il n'osait pas proclamer ouvertement qu'il éprouvait de la compassion pour la Chine, ni exprimer sa crainte vis-à-vis des Japonais. Il trouvait simplement qu'il avait perdu toute paix personnelle, il se sentait emporté dans une confusion contre laquelle il ne pouvait rien. Il se contentait de regarder en cachette Ruixuan de ses yeux gris-bleu, sans ouvrir la bouche.

Ruixuan, qui avait perçu le malaise de M. Goodrich, ne pouvait s'empêcher d'en éprouver un peu de contentement. Non qu'il se réjouît du malheur des autres, il ne s'agissait pas d'une quelconque rancune envers le vieil homme. Il se réjouissait simplement pour l'avenir de la guerre et du pays. Autrefois, il s'imaginait toujours que les Japonais rusés et intelligents mettraient un terme à la guerre au bon moment. À présent, il se rendait compte que si les Japonais étaient effectivement rusés, ils n'étaient pas intelligents du tout. Ils n'avaient pas encore conquis la Chine, et voulaient pourtant se poser en adversaires des Anglais. Tout cela allait dans l'intérêt de la Chine. Les États-Unis et l'Angleterre, et surtout cette dernière, qui voulaient rester spectateurs et se croiser les bras, ne pouvaient plus ne pas montrer les dents, alors que les Japonais leur déversaient de l'eau sale sur la tête. Des idiots pleins de force sont capables de s'autodétruire.

Mais il cachait sa joie dans son cœur, il eût été inconvenant de dire quelque chose à M. Goodrich. Ainsi, peu à peu, entre les deux amis s'installa comme un écran. L'un comme l'autre auraient voulu dire la sympathie qu'ils éprouvaient pour l'ami, mais l'un comme l'autre avaient des difficultés à mobiliser leur langue.

Alors que Ruixuan commençait tout juste à se réjouir, Wang Jingwei arriva à Peiping. De nouveau Ruixuan eut le front soucieux. Il savait que celui-ci n'avait aucun rôle, mais il ne pouvait, malgré la foi qu'il accordait à son propre jugement, se débarrasser de cette honte qui lui collait à la peau. Si Wang Jingwei, contre toute attente, osait venir à Peiping pour fraterniser avec les traîtres en place, jusqu'où pouvait aller l'absence de honte chez un être humain ? Wang Jingwei était chinois, il resterait comme une honte éternelle dans l'histoire de la Chine.

On hissa les drapeaux aux cinq couleurs dans les rues. Ruixuan savait que cela signifiait le refus des Japonais et des traîtres de Peiping de coopérer avec le traître Wang. Toutefois, le revers essuyé par ce dernier ne lui avait pas coûté la vie pour autant. Il rassembla les lycéens, les étudiants pour faire des remontrances. Ruixuan n'aurait jamais pu imaginer que quelqu'un qui vend de si bon cœur son pays aurait encore quelque chose à dire. Il était triste à la pensée de ces jeunes qui allaient en masse écouter la conférence. Il trouvait que c'était pour eux comme subir un viol.

Ni la « grosse courge rouge » ni Lan Dongyang n'étaient allés voir le traître Wang. La « grosse courge rouge », restée à l'extérieur, ses lèvres généreusement peintes en rouge réunies en une moue boudeuse, proclamait haut et fort : « Peuh ! Lui ? Il n'a pu se faire accepter à Chongqing, alors il vient ici pour nous piller notre nourriture, cette maudite créature ! » Lan Dongyang avait de l'importance à l'Union du peuple nouveau. Cette organisation remplaçait le parti. Il n'était pas question pour lui d'abandonner son parti et de laisser Wang Jingwei déplacer à Peiping le faux Guomindang.

C'est ainsi que Wang arriva plein d'allant et repartit déçu. Son ambition de gouverner Nankin et la Chine du Nord avec le faux centre et le faux parti avait déjà pris un sérieux coup dans l'aile. Ruixuan pensait que le traître Wang, de retour à Nankin, y trouverait la mort devant le tombeau de Sun Yatsen, ou qu'il partirait en douce pour l'Europe ou les États-Unis. Mais il ne trouva pas la mort, pas plus qu'il ne voulut se sauver. Il resta tranquillement à Nankin. Il faut croire que les gens sans vergogne ne s'émeuvent pas facilement et acceptent de s'asseoir n'importe où, fût-ce sur un seau hygiénique. Il leur suffit d'être assis pour être contents.

Au lieu d'obtenir l'« unification », le traître Wang accéléra les dissensions. Les traîtres de Peiping, après le retour de Wang au Sud, déployèrent toute leur énergie pour maintenir le pouvoir politique spécifique au nord de la Chine. Plus grande était la menace exercée par Wang plus ils s'employaient à flatter les militaristes japonais de la Chine du Nord, à rechercher leurs bonnes grâces. Ceux-ci, justement, étaient enclins à se tailler un fief dans cette région, à y établir un régime séparatiste et à s'y considérer comme la seule autorité. Xuzhou devint alors la frontière entre le Nord et le Sud si bien que la monnaie émise par le nord de la Chine ne circulait pas au-delà de cette ville. On ne pouvait non plus faire passer la monnaie émise par le gouvernement fantoche de Nankin.

« Qu'est-ce que tout cela veut dire ? » Même le vieux Qi, qui ne s'occupait guère de politique, en était affligé. « Le gouvernement central n'est-il pas à Chongqing ? Comment pourrait-il être déplacé à Nankin par Wang Jingwei ? Et s'il en était ainsi, pourquoi ne sommes-nous pas ici considérés comme le gouvernement central ? »

Ruixuan ne pouvait que sourire amèrement, il lui était impossible de répondre aux demandes d'explication de son grand-père.

Les prix avaient beaucoup augmenté. Le traître Wang, cet impudent, n'avait apporté que malheur au peuple. Puisque Xuzhou était devenue la frontière du « pays », les matériaux du Sud étaient emportés en bateau par les Japonais et ceux du Nord étaient transportés en chemin de fer au-delà des passes. Ainsi, les deux modes de transport ne se portaient pas ombrage. Le Nord et le Sud se vidèrent et, de plus, les marchandises qui circulaient autrefois entre les deux régions ne circulèrent plus. Le thé, la porcelaine, le papier, la soie et le riz du Sud ne s'écoulaient plus vers le Nord ; la Chine du Nord était dans une situation désespérée tandis que le Sud avait été vidé de toutes ressources au profit des Japonais.

L'été s'écoulait sous le signe du changement. Le ton des journaux différait chaque jour. Au début de l'arrivée du traître Wang à Shanghai les journaux, à l'unisson, lui avaient fait bon accueil. On pensait qu'il suffisait que Wang en prît la responsabilité pour que la guerre s'arrêtât vite. Mais quand Wang arriva à Peiping les journaux firent montre d'une grande froideur à son égard et, de plus, se laissèrent aller à de petites piques. Dans le même temps, les journaux étaient unanimes pour s'en prendre à l'Angleterre, aux États-Unis, et l'on aurait pu penser que tous les malheurs qui accablaient la Chine étaient le fait de ces deux puissances et n'avaient rien à voir avec les Japonais. Ces derniers voulaient aider à la renaissance de la Chine, c'est la raison pour laquelle ils devaient battre et chasser Anglais et Américains. Peu après, les journaux semblèrent avoir oublié les États-Unis et l'Angleterre, ils se mirent soudain à publier en gros caractères le slogan : « Contre les soviets ». Les armées japonaises commencèrent à attaquer les troupes russes en garnison à la frontière.

Mais les armées impériales furent battues à Nomohan[1]. Ces nouvelles n'étaient pas à la portée des Pékinois. Ils ne voyaient que les propos anticommunistes et antisoviétiques publiés chaque jour en gros caractères.

Peu après, la troisième armée du Reich attaquait la Pologne, cependant Russes et Japonais, contre toute attente, signèrent un accord d'armistice à Nomohan. Puis, Russes et Allemands firent une déclaration conjointe de non-agression mutuelle, les journaux de Peiping firent cesser alors tout propos antisoviétique.

Tant de nouvelles étonnantes à la file, ainsi que les opinions qui disparaissaient aussi vite qu'elles étaient venues désorientaient les Pékinois qui se demandaient où allait le monde. Toutefois, les gens un peu intelligents avaient bien saisi que, si eux n'y comprenaient rien, les Japonais étaient assez stupides, que si eux étaient perplexes, les Japonais, de leur côté aussi, semblaient indécis, pris au dépourvu. Dans le même temps ils voyaient bien que, quelle que fût la cible des attaques japonaises, c'étaient toujours les Chinois qui trinquaient.

Et en effet, après s'en être pris en vain aux Anglais et avoir essuyé une rebuffade avec les Russes, les Japonais commencèrent à déclencher une offensive d'envergure au Xiangbei[2]. On était déjà en automne. Les journaux de Peiping se turent avec

1. En mai 1939 se produisit un affrontement entre Russes et Japonais à Nomohan.
2. Le nord de la province du Hunan.

l'arrivée du vent d'ouest et la chute des feuilles. Ils ne pouvaient pas donner des détails sur la défaite japonaise à Nomohan et il eût été mal venu pour eux d'annoncer que l'Allemagne, si farouchement opposée au communisme, avait conclu un accord avec l'URSS, et encore moins que les Japonais, contraints et forcés, n'avaient pu faire autre chose que d'attaquer Changsha. Ils n'avaient rien à dire et ne rapportaient que des nouvelles de la guerre en Europe. En dehors des informations, ils publiaient de petits articles pour expliquer comment, pour attaquer Varsovie, les Allemands avaient emprunté aux Japonais la technique militaire qu'ils avaient mise en œuvre à Taierzhuang.

Ruixuan avait accès à plus d'informations que tout le monde. Il était enthousiaste, en colère, optimiste, désespéré tour à tour, il ne savait plus trop où il en était. Tantôt il trouvait que les Anglais et les Américains devaient se montrer fermes face aux Japonais, mais Anglais et Américains se contentaient de paroles creuses. Il était désespéré et pendant ces phases de désespoir, il savourait ces paroles creuses — c'étaient des paroles de compassion pour la Chine et la vérité. Il retrouvait alors la gaieté. De plus, l'Angleterre avait prêté à la Chine de l'argent. Puis il était tout excité car Russes et Japonais s'étaient déjà livré combat et il espérait vivement que les Russes continueraient à se battre pour éliminer les armées du Nord-Est. Mais Russes et Japonais avaient cessé tout combat, alors il avait rebaissé la tête. Parfois il entendait des nouvelles de la guerre en Europe, alors vite il faisait des additions, s'imaginant que le monde désormais serait divisé en deux grands camps et que la justice l'emporterait sur la force. Puis, en y repensant, il se demandait pourquoi, étant donné la vitesse à laquelle évoluait l'humanité, l'expérience de souffrance et de sagesse séculaires de l'homme, l'on ne négociait pas avec raison et compassion au lieu de s'entre-tuer sauvagement ? Le pessimisme le gagnait. À malin malin et demi, était-ce là le destin ultime de l'humanité ?

Il n'y voyait pas très clair, n'osait se prononcer sur rien. Il se sentait comme un poisson dans une eau trouble, alentour tout n'était que vase. Il ne pouvait plus ne pas se confier à M. Goodrich. Ce dernier n'était pourtant pas un sage et il aurait été incapable de dire ce qu'allait devenir le monde. Cette perplexité rendait le vieil homme maussade depuis quelque temps. Dès qu'il ouvrait la bouche c'était pour se quereller. Il ne restait plus à Ruixuan qu'à tout garder pour lui. Il aurait été mal venu de sa part de se chamailler par plaisir avec un vieil ami. Ces propos étaient si complexes, si confus qu'on aurait dit autant de petites bêtes qui grimpaient, se bousculaient en désordre dans son esprit, ne lui laissant pas un instant de paix. L'été passa, il s'était à peine rendu compte qu'on était en été. Toutes les souffrances, individuelles, familiales, nationales, mondiales semblaient lui coller au dos. Il ne pouvait plus s'intéresser au temps qu'il faisait. Il semblait avoir perdu déjà toute sensation. À part son cerveau et son cœur qui s'activaient, le reste semblait anesthésié.

On entrait dans le mois d'octobre. Il sortit de sa torpeur pendant quelques jours. Dans la rue on dressait de nouveau un arc commémoratif pavoisé avant d'y coller des idéogrammes. Il pouvait imaginer quels seraient ces mots : « Célébrons la prise de Changsha ! » Il ne pensait plus aux problèmes mondiaux. La chute de Changsha était une douleur personnelle. De plus, si les Japonais attaquaient la voie ferrée Canton-Wuhan, ils pourraient expédier directement des troupes vers les provinces du Sud et la Chine entière serait étranglée. Chaque fois qu'il s'approchait de l'arc commémoratif il fermait les yeux, n'osant pas regarder, le cœur serré. Il se disait : « Ne t'occupe plus de ce qui se passe dans le monde, tu ne peux même pas te précipiter au-devant des malheurs de la nation, à quoi bon parler d'autre chose ? »

Mais deux jours plus tard, l'arc commémoratif avait été démoli en cachette. Rien n'en avait filtré dans les journaux et il avait fallu attendre plusieurs jours pour lire la nouvelle, dans un espace pas très important et en tout petits caractères : les troupes japonaises avaient accompli leur mission à Changsha et se retiraient conformément au plan prévu. Dans le même temps, dans un autre coin, il avait lu une autre petite information : les étudiants devaient se concentrer sur leurs études, et quand il y aurait des célébrations ou des commémorations, ils ne seraient plus tenus de défiler...

Les tourments d'une demi-année furent chassés par ces quelques lignes. Il eut l'impression de s'éveiller d'un mauvais rêve. Il vit le ciel de Peiping, si bleu, les feuilles mortes, les chrysanthèmes, les couleurs et les lumières. Son esprit n'était plus habité par une foule de petites bêtes. Il avait l'impression en baissant les yeux de voir son propre cœur, et c'était comme s'il voyait une eau d'automne, fraîche, claire et pure, avec, au beau milieu, cette phrase, pleine de motifs, brillante comme un petit galet : « Nous avons gagné ! »

Il lut la phrase un bon nombre de fois, il demanda un congé de deux heures. En sortant du bureau tout lui parut beaucoup plus lumineux. Une fois dans la rue, il trouva le monde adorable : gens, chevaux, voitures. Les Chinois n'étaient pas tous esclaves dans un pays asservi, certains savaient se battre et remporter la victoire. Il courut acheter une bouteille de vin, des cacahuètes, de la saucisse parfumée, et rentra à la maison en courant. Les Japonais demandaient sans cesse aux Chinois de célébrer la chute de chaque ville qui tombait, aujourd'hui, il voulait célébrer la victoire chinoise !

Il n'était plus dans son état normal, avait oublié sa mesure habituelle. En passant le portail, il lança : « Nous avons gagné ! » En contournant le mur écran, il rencontra Petit Shunr et la petite Niuzi. Il s'empressa de fourrer des cacahuètes dans leurs menottes. Ils en furent tout ahuris. Certes ils avaient déjà reçu de la nourriture des mains de leur père, mais ils ne l'avaient jamais vu aussi content.

« Trinquons, allons trinquons ! Grand-père, le cadet, venez boire un verre ! » criait-il tout en avançant dans la cour.

Toute la famille fit cercle autour de lui. On lui demanda pourquoi il voulait boire du vin. Il en fut interloqué, regarda l'un, puis l'autre, il n'arrivait pratiquement pas à parler. Les larmes lui montèrent aux yeux, il repensa à tout ce qui s'était passé pendant ces deux années. Alors qu'il était fou de joie à l'instant, il trouvait maintenant qu'il vaudrait mieux pleurer amèrement. Il tendit la bouteille au cadet et dit, embarrassé : « Nous avons remporté une grande victoire à Changsha !

— Changsha ? » Le vieux grand-père réfléchit un moment. Il savait que Changsha était dans la province du Hunan. « Comme c'est loin d'ici ! L'eau lointaine n'étanche pas la soif du moment ! »

C'était vrai. Quand, mais quand donc les Pékinois pourraient-ils seconder les troupes nationales, reconquérir leur ville ? Ruixuan n'avait plus envie de boire. Être enthousiaste, et ne pas agir ce n'est que de la poudre aux yeux !

Mais comme il avait acheté du vin, on n'allait quand même pas le laisser ! De plus, boire un verre en famille, voir le visage de chacun s'empourprer, cela voulait tout de même dire quelque chose. Il se força à sourire, s'assit avec les siens.

Le vieux Qi n'avait jamais tenu le vin. Aujourd'hui, à la vue du visage souriant de l'aîné de ses petits-fils, il aurait été mal venu de sa part de refuser de boire. Après avoir bu deux gorgées, il repensa au troisième, à M. Qian, à Mengshi et à Zhongshi, à M. Chang et à Petit Cui. Il était vieux, avait peur de la mort, il aimait de plus en plus penser aux disparus et à ceux dont on n'avait plus de nouvelles, dont on ne savait s'ils étaient encore en vie. Il aurait bien voulu se maîtriser, ne pas se lamenter afin de ne pas importuner son fils et ses petits-fils, mais le vin lui déliait la langue. Les paroles des vieux sont le plus souvent des larmes cristallisées.

Ruixuan n'était déjà plus sous le coup de cette joie frénétique qui le tenait tout à l'heure. Il restait là pour tenir compagnie à son grand-père. Les lamentations de ce dernier ne l'avaient pas ennuyé car il s'agissait de paroles vraies. Les Japonais, en deux ans, avaient ruiné et dévasté on ne sait combien de foyers pékinois.

À la vue du vin, le cadet avait tout oublié, même sa vie. Il voulait montrer à son grand-père et à son frère aîné ses capacités et aussi saisir cette occasion pour épancher le sentiment qu'il éprouvait d'être la victime d'une injustice. Il but cul sec, puis mastiqua bruyamment les cacahuètes : « Ce vin n'est pas mauvais du tout, grand frère ! » Son petit visage sec reluisait. Cette remarque semblait plutôt destinée à faire admettre qu'il avait lui-même du palais qu'à reconnaître des qualités de sommelier à son aîné. Très vite, ses yeux s'injectèrent de sang ; il se mit alors à parler de Chrysanthème et proclama qu'il lui fallait au plus vite se remarier. « Sapristi !

je ne pourrai pas supporter longtemps cette vie de célibataire ! » dit-il sans la moindre pudeur.

Le vieux Qi approuva le point de vue du cadet. Puisqu'on ne savait pas ce qu'était devenu le troisième, que l'aîné n'avait qu'une fille et un garçon, le cadet devait se remarier pour qu'il y eût quelques gros bébés joufflus supplémentaires qui viendraient accroître le prestige que représentait la cohabitation de quatre générations sous un même toit. Le vieil homme en voulait à la grassouillette Chrysanthème d'avoir ainsi flétri l'honneur de la famille, mais en même temps, malgré le côté irrémédiable de la situation, il lui fallait trouver une consolation. Il se disait que c'était aussi bien qu'elle fût partie. Peut-être qu'avec sa conduite déréglée elle n'aurait pas eu d'enfants. La seule pensée des quatre générations habitant sous le même toit lui faisait oublier toute autre considération. Il oubliait que le cadet était un bon à rien, que les Japonais occupaient Peiping, oubliait les difficultés économiques auxquelles était confrontée la famille et, telle une petite herbe à l'ombre d'un mur, sans s'occuper de l'environnement, il voulait de toutes ses forces produire un épi, nouer quelques grains. En de tels moments, le cadet n'était plus à ses yeux un incapable, mais un bon petit gars méritant, qui travaillait dur et lui donnerait de beaux bébés. En ce sens Ruifeng était presque sacré pour lui.

« Oh ! Oh ! » Le vieil homme approuva de la tête et fit claquer ses lèvres. « Il faut te remarier, il le faut ! Mais cette fois tu ne t'engageras pas tout seul, à la légère. Écoute-moi, j'ai le coup d'œil, je vais t'en chercher une moi-même ! Une qui sache tenir une maison et te donner des enfants, une jeune fille bien, aussi bien que ta belle-sœur ! »

Ruixuan ne put s'empêcher d'être navré pour cette jeune fille bien, mais il ne dit rien.

Le cadet n'était pas tout à fait d'accord avec son grand-père, mais il savait qu'il n'avait plus rien, qu'il n'avait pas le capital nécessaire pour parler d'amour, il ne lui restait donc qu'à approuver de la tête. Il était réaliste, il savait qu'obtenir une femme pour rien était toujours plus malin que de rester célibataire. Et puis, s'il n'aimait pas cette femme, il aimerait au moins les gros bébés qu'elle lui donnerait, si elle consentait toutefois à lui en donner. Et encore, si elle n'était pas mignonne, quand il aurait de nouveau un travail, de l'argent, il pourrait toujours avoir une concubine, ce qui ne devrait pas être trop difficile à réaliser. Il accepta de s'en remettre au grand-père, tout en se trouvant très malin. Il avait en main tous les arguments et les avantages anciens et présents, chinois et étrangers, et pourrait, selon les circonstances, l'emporter sur tous les génies.

Le vin bu, Ruixuan se sentit plutôt l'esprit vidé. Il n'avait plus goût à rien. Sous la lampe, il aurait voulu faire comme grand-père et le cadet : s'en tenir aux choses réelles, oublier l'idéal lointain et la souffrance qui l'accompagnait. Il s'efforçait de parler et de rire avec les deux enfants, il leur dit qu'à Changsha on avait gagné.

Les enfants étaient tout contents de savoir que les Japonais avaient été battus. L'excitation aiguisait l'imagination de Petit Shunr : « Pa ! Toi, le deuxième oncle et Petit Shunr on va aller se battre contre les Japonais, d'accord ? Moi, j'ai pas peur ! Je suis cap' de faire la guerre ! »

Ruixuan, de nouveau, fut frappé de stupeur.

CHAPITRE LVII

La joie de Ruixuan disparut aussi vite qu'elle était venue. Pour tenir tête à Wang Jingwei et conforter leur position, les traîtres de Peiping, avec une impudence extrême, faisaient du charme aux Japonais. Quant à ces derniers, comme ils avaient été battus à Changsha, ils étaient tout disposés à tenir la Chine du Nord bien en main. Les Pékinois en souffrirent encore. On lança des slogans tels : « Renforcer la sécurité publique », « S'opposer aux communistes et exterminer les bandits ». Le son des canons aux Collines de l'Ouest fit de nouveau vibrer les vitres des fenêtres. Dans chaque ruelle de la ville on mit en place des chefs et des vice-chefs de quartier qui secondaient les policiers militaires dans leur tâche de maintien de l'ordre. Tous les Pékinois devaient recevoir une nouvelle attestation de résidence. Aux portes de la ville, sur les marchés, dans les grandes artères ou à domicile on pouvait être contrôlé à tout moment. Celui qui avait oublié de se munir de cette attestation se retrouvait en prison. Dans les lycées, les universités on procédait partout à des dénonciations, dans presque toutes les écoles de nombreux professeurs et élèves furent arrêtés. Les jeunes qui avaient été arrêtés et dénoncés comme communistes, ou comme membres du Guomindang furent tous tués de façon arbitraire ou condamnés à une longue détention. Certains jeunes, désignés, qui l'eût cru, comme envoyés par Wang Jingwei, furent soumis à la torture ou massacrés. Dans le même temps, l'Union du peuple nouveau devint un groupe de formation politique. Elle offrait un raccourci à ceux, parmi les jeunes, dont les résultats scolaires étaient mauvais, qui étaient stupides, mais voulaient devenir fonctionnaires et faire fortune. Ils suivaient un stage avant d'être envoyés dans divers organismes pour y travailler. S'ils avaient la chance de plaire aux Japonais, ils pouvaient être alors envoyés en Mandchourie, en Corée ou au Japon pour y faire des études. Dans les écoles, l'influence des officiers instructeurs japonais s'était accrue, ils ne s'occupaient plus uniquement des élèves, mais aussi des proviseurs et des professeurs. Les manuels avaient tous été changés. L'éducation physique s'appelait maintenant gymnastique d'assouplissement. Les lectures extrascolaires se bornaient à des romans et à des pièces de théâtre licencieux.

L'Union du peuple nouveau créa une troupe théâtrale destinée à jouer les pièces choisies par les Japonais. Les salles de cinéma n'avaient plus le droit de passer des films occidentaux et l'on « offrait » chaque jour des films du genre *Le feu brûle le Temple du Lotus rouge*, produits par les Japonais et les Chinois.

Les pièces anciennes connaissaient un essor important. Les Japonais et les grands traîtres aimaient s'amuser avec les comédiennes, c'est ainsi que tous les trois jours à peine on découvrait une nouvelle actrice. Les citadins et les élèves qui s'ennuyaient se disputaient les places, certains espérant voir des histoires sur la loyauté et la justice pour chasser leur vague à l'âme, d'autres pour voir des pièces légères et des scènes croustillantes au goût de Shanghai. On avait levé l'interdiction sur les pièces scabreuses comme *Vengeance, Filer le coton, Gauler les cerises*. Les scènes croustillantes étaient devenues aussi des trésors attirant les foules. La guerre avait tué l'art.

Sur le plan idéologique, sur celui de l'action, de l'éducation sociale et scolaire, sur le plan des tortures et des meurtres, si les Japonais n'avaient pas pris Changsha, ils avaient liquidé les Pékinois comme des rats aux abois. Un silence de mort régnait sur Peiping, sur ce corps mort étaient fichées des fleurs multicolores, qui lui donnaient, malgré tout, un air pimpant.

Ruixuan n'allait pas au théâtre, il cessa d'aller au cinéma, mais il pouvait voir dans les journaux des annonces pour des pièces ou des films. Ces annonces l'attristaient. Il lui était impossible d'empêcher les gens de se divertir, mais il pouvait imaginer quel profit ils en tiraient. L'anesthésie spirituelle, il le savait, pouvait vous amener à glousser de rire en présence de la mort.

Il aimait flâner chez les bouquinistes. À présent, il n'osait même plus y aller. Les ouvrages anciens ne lui étaient d'aucune utilité. Il pensait même que, pour bon nombre de ses idées et de ses actes, ils l'avaient mal influencé, l'empêchant, par exemple, de dire franchement la vérité devant tel événement, le faisant toujours hésiter, tergiverser, un peu comme les caractères imprimés dans ces vieux livres et qui ne sont jamais très contrastés, sur un papier qui n'est pas vraiment blanc. Il n'osait pas pour autant feuilleter les livres nouveaux. Quand il ne s'agissait pas de romans ou de pièces pornographiques, on tombait sur des ouvrages de propagande japonaise. Il ne pouvait se résigner à accepter ces poisons. Il aurait tant souhaité trouver quelques livres en anglais ! Mais la vente de tels ouvrages était un délit. Lui-même n'avait-il pas goûté à la prison pour sa connaissance de l'anglais ? Il était privé de nourritures spirituelles. Il pouvait décider de ne pas accepter les œuvres de propagande japonaises mais ne pouvait pas continuer de se sentir comblé alors qu'il manquait de nourritures spirituelles. Il aimait lire. La lecture, pour lui, n'était pas un simple passe-temps, c'était une gymnastique intellectuelle, un exercice formateur pour l'esprit. Dans son rapport aux livres, il n'avait jamais considéré qu'il y avait lui d'un côté et le livre de l'autre. Il voulait transformer ce livre en une quintessence et la faire entrer dans son corps pour s'en nourrir. Il ne recherchait ni la célébrité ni les richesses, les livres n'étaient certainement pas pour lui un moyen pour obtenir un poste. Il aimait la lecture pour elle-même. Elle le rendait à même de mieux comprendre les choses, lui ouvrait les yeux, sa vie spirituelle s'en trouvait enrichie. Il avait peur d'être « anémié » par manque de lecture. Il avait vu de nombreux jeunes gens brillants, pleins d'avenir qui, à peine passé la trentaine, étaient devenus peu à peu terriblement vulgaires pour avoir délaissé la lecture. Avec l'âge, ils avaient pris du gras, étaient devenus ventripotents, leur nuque s'était rembourrée comme un oreiller. Ils étaient devenus des fonctionnaires pour qui tout allait bien, s'étaient enrichis, mais, dans le même temps, ils étaient devenus des bons à rien. Ruixuan avait lui aussi la trentaine passée. Il était à un moment décisif de sa vie. S'il se coupait de ses livres, puisqu'il ne pouvait entrer dans le fonctionnariat, ni faire du commerce, peut-être ne pourrait-il éviter de devenir quelqu'un qui, après avoir bu deux verres de vin, jacasse pour ne rien dire et injurie sa femme, un marmot dans les bras. Il avait peur de devenir comme le cadet.

Mais c'est de propres à rien que les Japonais avaient besoin !

Ruixuan avait entendu de nombreuses rumeurs sur le fait que, derrière les mesures prises par les Japonais pour renforcer l'ordre public, contrôler l'idéologie, derrière les restrictions sur les livres, la nomination de responsables de quartiers, se cachait un complot plus cruel encore : il s'agissait de soumettre entièrement les gens du Nord dans tous les domaines puis de leur ôter le pain de la bouche, de leur arracher leurs vêtements et de les faire se débattre dans l'agonie sous l'emprise de la faim et du froid. À Peiping, dans peu de temps, la nourriture serait rationnée et il faudrait chaque mois donner du cuivre et du fer et même des feuilles de thé déjà infusées.

Ruixuan eut un frisson. Les nourritures spirituelles étaient coupées, les nourritures corporelles le seraient de même. Comment vivrait-on alors ? On se contenterait de survivre en assurant les trois repas quotidiens. Il deviendrait un propre-à-rien, mais un propre-à-rien famélique.

Ce qu'il espérait tombait souvent à l'eau alors que ce qu'il redoutait se réalisait huit à neuf fois sur dix. Le Petit-Bercail se constitua en groupement de familles, un chef et un vice-chef furent désignés.

Les habitants ne savaient pas encore à quoi servait un chef de quartier. Ils pensaient que c'était le chef de la ruelle tout entière, et qu'il faisait des choses dans l'intérêt collectif, en concertation avec les agents de police. Celui qui avait la confiance de tous et semblait avoir la tête de l'emploi leur parut être M. Li. Ils le recommandèrent au chef de police Bai.

M. Li, quant à lui, n'était pas très enthousiaste pour assumer de telles fonctions. D'après ce qu'il avait pu voir et entendre pendant ces deux années, il savait fort bien de quelle farine étaient faits les Japonais. Il ne voulait pas travailler pour eux.

Mais, sans même attendre un refus poli de la part de M. Li, Guan Xiaohe avait déjà prévenu le chef de police Bai que cette responsabilité devait lui échoir. Il avait langui plus de deux ans sans obtenir le moindre poste, fût-ce à mi-temps, il ne pouvait laisser passer cette occasion d'être chef de quartier. Même s'il ne s'agissait pas d'un poste de fonctionnaire, être qualifié de « chef » cela faisait toujours plaisir. De plus, vouloir c'est pouvoir, qui sait si, en tant que chef de quartier, il ne pourrait pas se faire un peu de beurre ?

Il s'agissait d'une affaire mineure, il suffisait d'en parler avec le chef de police Bai. Mais Guan Xiaohe pria les Japonais du n° 1 de lui apporter leur aide. Quand on est habitué à distribuer des pots-de-vin pour demander les bons offices des gens, on ne se sent pas à l'aise si l'on ne rajoute pas quelques flatteries supplémentaires.

Le chef de police Bai détestait Guan Xiaohe, mais il ne pouvait faire autrement que de se montrer un peu respectueux. Il fut obligé d'être passablement injuste avec M. Li en le faisant vice-chef. Le vieux Li n'avait en fait nullement l'intention de le disputer à Guan Xiaohe, c'est pourquoi il refusa même d'être vice-chef. Cependant, sous les « encouragements » du chef de police Bai et des voisins, il ne put s'y soustraire. Le policier Bai avait dû lui dire fort justement : « Cher Monsieur Li, vous devez rendre ce service ! Tout le monde sait que le dénommé Guan est un salaud qui joue double jeu. S'il n'y a pas près de lui quelqu'un de droit comme vous pour le surveiller, qui sait ce dont il est capable ! Allez, par égard pour moi et pour vos voisins de longue date, mon bon monsieur, vous ferez bien un petit effort ! »

Les gens braves ne peuvent résister à quelques belles paroles, les personnes âgées sont sensibles, elles n'osent pas refuser sans ménagement. « C'est bon, on verra ce que cela donnera ! Si Guan Xiaohe fait des siennes, je me retirerai, voilà tout !

— Coincé entre vous et moi il sera obligé de se tenir à peu près à carreau ! » ne put s'empêcher de dire le chef de police Bai, qui savait cependant qu'il ne faisait pas bon provoquer Guan Xiaohe.

Après avoir accepté, le vieil homme ne montra guère d'enthousiasme pour aller voir Guan Xiaohe. D'ordinaire, pour des raisons professionnelles, le vieil homme était obligé d'obéir aux ordres de Guan Xiaohe. À présent il se disait qu'entre un chef et un sous-chef de quartier il n'y avait guère de différence, il ne pouvait pas aller le trouver d'abord pour faire son rapport, il se serait, par là même, retrouvé dans l'attitude d'un subalterne.

Mais voilà, Guan Xiaohe, à présent qu'il était chef de quartier, était pressé de jouer l'important. Il commença par se faire faire des cartes de visite. En plus de la mention « ex » pour de nombreux titres honorifiques, il fit imprimer « Chef du quartier du Petit-Bercail à Peiping ». Cela fait, il espérait vivement que le vice-chef se déplacerait pour venir le voir afin de recevoir ses ordres et instructions. Mais M. Li ne montrait pas le bout de son nez. Il s'empressa de faire faire une pancarte en bois de nanmu brut sur laquelle il fit graver la mention : « Bureau du chef de quartier », qu'il fit peindre en bleu foncé et de l'accrocher dehors à la porte. Il pensait qu'à la vue de cette pancarte M. Li se précipiterait pour lui demander une audience.

Mais ce dernier ne vint pas. Il s'en alla donc trouver le chef de police Bai.

Le policier était certain que la prise de fonction de Guan Xiaohe comme chef de quartier ne manquerait pas de lui attirer sans raison des ennuis supplémentaires. Pourtant, il lui fallut accueillir avec le sourire le nouveau chef de quartier. C'est qu'il avait les Japonais derrière lui !

« Je viens vous informer que M. Li, ce vieux bonhomme, n'est même pas venu me voir, que se passe-t-il ? Je suis le chef de quartier, et ce serait à moi d'aller lui rendre visite ? C'est scandaleux ! »

Le chef de police Bai se contint et dit d'une voix suave mais avec autorité : « C'est vrai, pourquoi ne vient-il pas rendre visite au chef de quartier ! Toutefois, étant donné que vous êtes voisins de longue date, et vu son âge, vous ne perdriez sans doute pas la face en allant le voir, vous.

— Moi, aller le voir ! demanda Xiaohe surpris. Quelle extravagance ! Je vous le redis : je suis le chef de quartier, mon rôle c'est de rester chez moi à faire des suggestions, être à mon bureau. Courir c'est du ressort du vice-chef. Moi, aller le chercher ! Ce serait nouveau !

— Heureusement qu'il n'y a rien à faire encore pour le moment ! » répliqua avec froideur le chef de police Bai.

Xiaohe repartit sans avoir obtenu ce qu'il vou lait. Il avait toujours méprisé le chef de police Bai, toutefois, devant le ton ferme employé par ce der nier aujourd'hui, il eût été malvenu de sa part de prendre un air menaçant. Il se dit que si le chef de police osait se montrer aussi ferme c'est qu'il avait des appuis. Il n'aimait pas cette surenchère dans la fermeté.

Le chef de police avait parlé à tort. Le chef de quartier avait bel et bien des choses à régler. Guan

Xiaohe venait tout juste de partir quand le chef de police fut appelé au téléphone. Il devait dire au chef de quartier de se mettre sérieusement au travail pour que chaque famille, chaque mois, remît un kilo de fer. Après avoir raccroché, il resta un bon moment sans rien dire. Il ne savait pas grand-chose, mais il avait bien compris que le cuivre et le fer étaient destinés à forger des fusils et des canons, car, si les Japonais prenaient leur fer aux Pékinois, n'était-ce pas à cet usage, afin de tuer davantage de Chinois ? S'il se considérait encore comme chinois, il ne pouvait mettre cet ordre à exécution.

Mais il était chinois dans un pays asservi à l'étranger. Quand on dépend des autres pour sa subsistance, on se doit de faire quelque chose pour eux. Il n'osait pas contrevenir aux ordres : ce qu'il gagnait c'était de l'argent japonais.

Comme si une grosse pierre pesait sur son dos, et en traînant les pieds, il alla trouver M. Li.

« Oh ! Ainsi un chef de quartier doit accomplir des choses qui feront pester les gens contre lui ! » Le vieil homme ajouta : « Ça, je ne marche pas !

— Alors comment faire, Monsieur Li ? » Le chef de police sentait la sueur perler sur sa tête. « Cher Monsieur, si vous ne vous impliquez pas là-dedans, les voisins, c'est sûr, ne donneront pas leur fer et, si nous ne remettons pas du fer, je perdrai mon emploi, les voisins iront tous en prison, est-ce qu'on peut jouer avec ça ?

— Demandez à Guan Xiaohe d'y aller ! » Le vieil homme ne voulait pas mettre le policier Bai dans l'embarras, et c'est contraint et forcé qu'il mettait son ami dans une situation difficile.

« De toute façon, de toute façon... » Le policier Bai qui avait pourtant une élocution aisée bredouillait. « Mon bon monsieur, vous devez rendre ce service ! Je sais bien qu'il s'agit là d'une sale affaire, cependant, cependant... »

Voyant à quel point le policier Bai était inquiet, le vieil homme se sentit gêné, il répéta : « C'est terrible, terrible ! » Puis il soupira : « En route, allons trouver Guan Xiaohe ! »

Arrivé chez les Guan, le vieil homme décida qu'il ne serait pas bon de se montrer trop poli. Quand il vit que Guan Xiaohe allait le prendre de haut, il fut clair : « Monsieur Guan, je viens vous trouver aujourd'hui pour des affaires communes, il n'y a pas là, pour aucun d'entre nous, matière à faire l'important ! D'habitude vous payez et je vous sers, il n'y a rien à redire là-dessus. Aujourd'hui nous œuvrons pour la cause commune, vous ne m'êtes pas plus supérieur que je ne vous suis inférieur. Si cela se passe ainsi, je consens à vous aider, sinon j'ai mon petit caractère et je ne m'occuperai pas de ces affaires qui ne me concernent pas ! »

Après cette explication le vieil homme s'assit sur le canapé qui était très mou. Il n'osa pas se caler tout au fond. Cette position instable n'était guère confortable.

Le policier Bai, craignant de voir la situation se bloquer, s'empressa de dire : « Mais bien sûr, voyons, bien sûr ! Cher monsieur, rassurez-vous, nous allons tous mener à bien cette affaire dans la bonne entente. Nous sommes voisins depuis tant d'années qu'il n'est pas question de mépris entre nous, et puis, ce n'est pas le genre de M. Guan ! »

Ce dernier, voyant à l'air revêche de M. Li que celui-ci n'avait pas l'air très disposé, et en entendant les paroles pleines d'égards du chef de police Bai, cligna des yeux plusieurs fois de suite, puis dit, sur un ton ni servile ni arrogant : « Chef de police Bai, Monsieur Li, je n'ai pas spécialement envie de ce fichu poste de chef de quartier, toutefois, des amis japonais habitant notre ruelle, j'ai pensé que si d'autres prenaient ces fonctions, ils pourraient se trouver dans l'embarras et c'est bien pourquoi je me suis mis en avant. Et puis, ici, pour le thé, c'est commode, d'autre part, le mobilier est adéquat. Par la suite, si des officiels japonais viennent nous rendre visite, notre bureau ne sera pas trop ridicule. Si je fais cela c'est uniquement pour les voisins de la ruelle, il ne faudrait pas voir une intention cachée là-dedans ! Monsieur Li, vous vous inquiétez à juste titre, oui, à juste titre. Quand on œuvre pour la collectivité, il faut dire la vérité. Je vais de mon côté m'expliquer un peu : je ne crains pas vos soupçons à tous les deux, je connais quelques idéogrammes, j'ai un peu de cervelle, je veux bien prendre des décisions pour tous. Quant à courir à droite et à gauche, aller dans la rue, Monsieur Li, là, je le crains, votre contribution sera plus grande, si vous voulez bien prendre cette peine. À chacun son domaine, si on tient compte des aptitudes de chacun, tout ira bien, c'est certain. Qu'en pensez-vous ? »

Le chef de police Bai, sans attendre la réponse du vieil homme, saisit la balle au vol : « Excellent ! En résumé, les gens capables doivent faire plus que les autres, et ce sera autant de fatigue pour vous deux, voilà tout ! Monsieur Guan, je viens de recevoir des directives. Je vous prierai tous les deux d'agir au plus vite : chaque foyer chaque mois doit remettre un kilo de fer.

— De fer ? » Xiaohe semblait avoir mal entendu.

« De fer ! se contenta de répéter le chef de police Bai.

— Et pour quoi faire ? demanda Xiaohe en plissant les yeux.

— Pour en faire des fusils et des canons ! » répondit carrément M. Li.

Xiaohe comprit qu'il venait de se rendre ridicule, il s'empressa de cligner plus vite des yeux. Il n'avait effectivement pas pensé que le fer servait à faire des canons, car il ne s'intéressait jamais à ce genre de choses. En entendant la réponse de M. Li, aussi raide que du fer, il avait d'abord pensé dire : « Pour faire des canons, qu'importe, du moment que ce n'est pas moi qu'on tue ! » Mais il trouva cela difficile à dire, il ne lui restait qu'à minimiser les crimes des Japonais afin de défendre ses amis :

« Il n'est pas sûr que ce soit pour faire des armes, pas sûr du tout ! Pour fabriquer des pelles, des marmites, des bidons, ne faut-il pas du fer ? »

Le chef de police Bai, craignant une nouvelle réplique de M. Li, s'empressa de dire : « Peu importe l'usage qu'on en fera, de toute façon nous aurons des comptes à rendre !

— Mais oui, mais oui ! » Xiaohe hocha plusieurs fois la tête, pour montrer qu'il appréciait que le chef de police Bai tînt grand compte de l'intérêt général. « Alors, Monsieur Li, vous allez devoir faire votre petit tour, pour prévenir tout le monde de donner un kilo tout de suite, et un autre le mois prochain. »

M. Li jeta un regard furieux à Xiaohe, la colère l'empêchait de parler.

« Les choses ne sont pas aussi simples, je le crains ! » Le chef de police, le visage déformé par un sourire, poursuivit : « Tout d'abord, nous ne pouvons pas demander brutalement à tout le monde du fer. Vous devriez tous les deux faire du porte-à-porte pour annoncer la chose, pour que chacun ait le temps d'y penser. Vous devriez aussi leur faire comprendre que, dans cette affaire, nous sommes forcés et contraints, qu'il ne s'agit pas de notre part d'aider les Japonais en prenant des airs féroces.

— Voilà qui est bien dit ! Ça oui ! entre voisins nous nous entendons à merveille, et les Japonais sont nos amis ! » dit Xiaohe en pesant et martelant chaque mot.

M. Li s'en balança sur son canapé.

« Monsieur Li, appuyez-vous contre le dossier, vous serez mieux ! » dit Xiaohe avec beaucoup de sollicitude.

« Secundo, le fer est de qualité variable, devons-nous définir un critère ? demanda le chef de police Bai.

— Mais certainement. Le fer-blanc, je le crains...

— Ne peut servir à faire des canons ! dit M. Li en terminant la phrase à la place de Xiaohe.

— C'est exact, le fer-blanc ne compte pas ! » poursuivit malgré lui le chef de police Bai très attristé. Il était rodé dans ses fonctions et savait comment étouffer ses sentiments personnels. Il devait accomplir une chose néfaste comme s'il s'agissait d'une bonne chose et être attentif au moindre détail afin de préserver son gagne-pain. « Faut-il faire une différence entre la fonte brute et le fer forgé ? »

Xiaohe, les yeux mi-clos, réfléchissait avec application. Il considérait qu'il avait une tête bien faite, alors que son cerveau n'était que du caillé de soja mou et blanc. Il ne distinguait pas ce qui était juste de ce qui ne l'était pas, le bien du mal ; il se contentait de prendre des attitudes qui ne servaient à rien. Après un long moment de réflexion, il trouva cette phrase astucieuse : « Selon vous, chef de police Bai ?

— On n'en fait pas, hein, Monsieur Li ? demanda le chef de police Bai à M. Li.

— Hum ! dit seulement le vieil homme.

— À mon avis il n'est pas nécessaire de faire une trop grande différence ! proposa Xiaohe à la suite des deux autres. Il vaut toujours mieux régler les choses grosso modo. Et quoi d'autre encore ?

— Ah oui ! Si quelqu'un ne pouvait pas donner de fer, que ferons-nous ? Pourrons-nous demander un équivalent en argent liquide ? »

M. Li, qui avait toujours été très affable, se montra soudain dur et inflexible : « Ça ce n'est pas de mon ressort ! Exiger du fer ce n'est déjà pas acceptable, et il faudrait demander de l'argent ? Manier de l'argent c'est toujours mal vu. J'ai vécu jusqu'à soixante-dix ans et je devrais supporter que mes vieux voisins me montrent du doigt derrière mon dos. Demander de l'argent ? Et qui fixera le montant ? Si on en demande trop, les commentaires iront bon train, si on ne demande pas assez je ne pourrai pas faire d'avance ! Franchement, je vous laisse en délibérer tous les deux et ne vous suivrai pas sur cette voie ! » Quand il eut fini de parler le vieil homme se leva.

Le chef de police Bai ne pouvait pas laisser partir M. Li, il le supplia avec insistance : « Monsieur Li, Monsieur Li, sans vous, on ne pourra rien faire du tout ! Un mot de vous et tout le monde suivra ; tout autre que vous aura beau s'évertuer à leur parler, ce sera sans effet ! »

Xiaohe l'aidait à retenir le vieil homme. En entendant le mot « argent », son cerveau pareil à du caillé de soja s'était mis immédiatement à tourner. Voilà une occasion à ne pas manquer ! Oui, il fallait fixer un prix élevé et, en un tournemain, ça ferait des revenus. Il ne pouvait pas lâcher M. Li car c'est lui qui irait collecter l'argent, tandis que lui-même rendrait compte de cette mission. Les insultes seraient pour le vieil homme, lui empocherait l'argent. Il s'empressa de retenir de force M. Li. Quand il vit celui-ci se rasseoir, il dit en se concentrant sur ses paroles : « Il est probable que tout le monde n'aura pas un kilo de fer, il me paraît nécessaire, oui, nécessaire, dans ce cas, de demander de l'argent. Voilà comment on procédera : je donnerai le premier un kilo de fer et l'équivalent en argent, pour l'exemple. Alors qu'est-ce qui ne va pas encore ?

— Combien la livre ? demanda le chef de police Bai.

— Mettons deux yuan la livre.

— Mais si tout le monde donne deux yuan pour une livre, où irons-nous acheter une telle quantité de fer ? De plus, quand nous recevrons l'argent, cela correspondra à un prix fixe, qui dit que cela ne montera pas à trois yuan, en ce cas qui sera responsable du déficit ? » Le chef de police Bai s'était tu, il se triturait les mains.

« Alors demandons carrément trois yuan la livre ! » Xiaohe en eut chaud au cœur.

« Trois yuan la livre ! dit M. Li mal disposé. Déjà qui pourra payer deux yuan la livre ? Pensez donc, deux yuan la livre, cela fait quatre yuan à donner comme ça par mois, ne parlons pas d'emblée de trois yuan. Combien peut gagner par mois un tireur de pousse ? Chef de police Bai, vous, savez-vous combien de billets gagne un agent de police par mois ? Si l'on demande quatre, six yuan, n'est-ce pas insupportable ? »

Le chef de police Bai fronça les sourcils. Il savait qu'en tant que chef de police chaque mois il ne gagnait guère plus de quarante faux billets, quatre yuan représentaient un dixième de son salaire !

Guan Xiaohe n'avait pas senti la gravité du problème, il croyait que M. Li faisait exprès de la provocation. « Si l'on prend tout cela en compte, que pouvons-nous faire ? demanda-t-il sur un ton glacial.

— Ce que nous pouvons faire ? » M. Li eut un ricanement. « Nous unir et dire aux Japonais que nous n'avons pas d'argent, pas de fer, et que s'ils en veulent à notre vie, c'est bien la seule chose dont nous puissions disposer ! »

Guan Xiaohe fit un bond d'effroi : « Monsieur Li, Monsieur Li ! le supplia-t-il, ne tenez pas de tels propos chez moi, vous voulez bien ? C'est de la révolte ! »

Le chef de police Bai était lui aussi un peu inquiet. « Monsieur Li, il y a du vrai dans ce que vous dites, mais c'est chose impossible à faire ! Vous êtes plus âgé que moi, et vous savez bien que les Pékinois, en fin de compte, sont incapables de se révolter ! Pensons à une solution en toute sérénité ! »

M. Li savait bien que les Pékinois étaient incapables de se révolter, mais il ne pouvait vraiment pas se résigner à aller demander de l'argent à tous les voisins. Il se leva lentement : « Je ne peux rien faire. Je pense qu'il vaut mieux pour moi ne pas m'occuper de ce qui ne me regarde pas ! »

Le policier Bai ne pouvait toujours pas se résoudre à laisser partir le vieil homme, mais celui-ci était bien décidé : « Ne me retenez pas, chef de police, quand je suis déterminé à faire quelque chose je n'ai pas besoin d'exhortations, et quand je n'ai pas envie de faire quelque chose, toute exhortation est inutile ! » Le vieil homme sortit lentement de la pièce.

Xiaohe ne le retint pas davantage, d'abord parce qu'il ne voulait pas entendre parler de révolte chez lui, et puis il pensait que, puisque le vieux ne voulait pas s'occuper de l'affaire, il aurait les mains libres et pourrait avoir ainsi un peu de monnaie à dépenser.

Le chef de police Bai, lui, était très inquiet. Il n'en perdait pas la tête pour autant. Il prit rapidement congé, ne souhaitant pas s'éterniser à discuter avec Xiaohe. Il avait l'intention, dans quelques heures, d'aller de nouveau trouver M. Li et d'empêcher Guan Xiaohe de se manifester avant que M. Li n'eût accepté.

L'Union du peuple nouveau avait placardé des slogans dans toutes les rues : « De l'argent sinon du fer ! » Ce qui était astucieux c'est qu'ils ne parlaient pas de « dons de fer » mais de « dons en argent ». On ne donnait du fer que si l'on n'avait pas d'argent. Ainsi, pas besoin d'expliquer à quoi servirait le fer.

Dans le même temps, un petit tract de M. Qian Moyin parvint le soir sous toutes les portes. Il disait : « Opposons-nous au don de fer ! L'ennemi s'en servira pour fabriquer encore plus de fusils et de canons et tuer encore plus des nôtres ! »

Le chef de police Bai avait pris connaissance des deux types de propagande. Il avait d'abord pensé aller trouver M. Li le soir même, mais cela le fit changer d'avis : il irait le lendemain. Il lui fallait attendre et voir, voir quel impact aurait le tract contre le don de fer. Dans son propre intérêt, pour son emploi, il espérait vivement qu'il n'y aurait aucune réaction, qu'il pourrait accomplir sa mission tranquillement. Mais comme il avait tout de même quelque chose dans le ventre, il souhaitait une réaction, que les Pékinois s'opposeraient au don de fer et qu'il y aurait des troubles importants. Il était vrai pourtant que, s'il y avait des troubles, il serait le premier à en être affecté : qui sait s'il ne perdrait pas son emploi sur-le-champ ? Mais advienne que pourra ! Si vraiment les Pékinois osaient fomenter des troubles, peut-être chacun pourrait-il alors redresser la tête ?

Il laissa passer un jour entier, rien. Personne n'osait résister. Il n'avait rien de mieux à faire qu'attendre les coups de téléphone de ses supérieurs : « Pressez les chefs de quartier d'agir ! En haut cela urge ! » En entendant cela il soupira : décidément les Pékinois seront toujours les mêmes !

S'armant de courage, il retourna voir le chef de quartier Guan.

La « grosse courge rouge », qui venait de passer quelques jours chez ses parents, était de retour. Au premier coup d'œil elle avait aperçu la pancarte en bois de nanmu accrochée à la porte, déjà elle la décrochait, la jetait au sol.

« Xiaohe ! » Elle était entrée dans la pièce et sans même penser à ôter son chapeau garni d'une plume de faisan, elle avait appelé d'une voix forte : « Xiaohe ! »

Xiaohe se trouvait dans la pièce au sud, en entendant ces appels, son cœur s'était mis aussitôt à battre plus vite, il ne savait pas quelle était la raison de cette nouvelle colère du chef de centre. Ajustant ses vêtements, il avait accroché un sourire juste comme il faut à son visage et avait accouru prestement : « Oh ! Tu es de retour ? Tout va bien chez toi ?

— Et moi je te demande ce que signifie cette pancarte à la porte ?

— C'est que… » Xiaohe avait pouffé de rire. « Me voici devenu chef de quartier !

— Peuh ! tu descends bien bas, on dirait qu'être chef de quartier est une chose rarissime ! File ramasser cette pancarte et fais-en du bois à brûler ! Bien, je suis chef de centre, et toi tu te mets chef de quartier pour me faire perdre la face. Tu n'as sans doute plus toute ta tête ? Est-ce que tu crois que je vais supporter que tu amènes de sales agents de police et des gens louches faire du tapage ici pour un oui ou pour un non ? Tu ne pouvais pas y penser avant de te décider ? Est-ce que tu aurais par hasard du coton à la place du cerveau ? Tu as cinquante ans, et tu ne connais rien à la vie ! »

La « grosse courge rouge » avait ôté son chapeau, elle regardait la plume de faisan frissonner doucement.

« Au rapport, chef de section ! avait dit Xiaohe en retenant sa colère, sur un ton ni servile ni arrogant. Il est vrai qu'être chef de quartier ce n'est pas très distingué, je le sais, mais peut-être y a-t-il là-dedans quelque intérêt, c'est pourquoi je...

— Quel intérêt ? » La « grosse courge rouge » avait un peu baissé le ton.

« Par exemple, tout le monde doit effectuer un don de fer, que feront ceux qui n'en auront pas tout prêt ? » Xiaohe avait marqué exprès une pause pour voir ce que dirait sa femme. Celle-ci ne répondant pas, il avait continué : « Il faudra demander l'équivalent en argent liquide. Si, par exemple, le prix réel est de deux yuan la livre, je déciderai quant à moi d'un prix de trois yuan. Bon, et si maintenant nous faisons un petit calcul, dans notre quartier il y a au moins une vingtaine de foyers, si chacun donne deux yuan par mois, cela fait environ cinquante yuan, c'est ce que gagne tout juste un enseignant du primaire qui fait trente heures de cours par semaine ! De plus, aujourd'hui il s'agit de don de fer, qui sait si demain il ne sera pas question de dons de cuivre, d'étain, de plomb ? Chaque don me rapportant cinquante yuan, cinq dons représenteront deux cent cinquante yuan, or un enseignant du secondaire ne gagne guère plus de cent vingt yuan par mois. Tu vois, de plus...

— Ça suffit, tais-toi ! » La « grosse courge rouge » avait interrompu son mari, toutefois elle souriait. « Tu es tout de même un drôle de type ! »

Xiaohe était très satisfait : sa femme l'avait traité de drôle de type, ce qui n'était pas une chose évidente. Mais il n'en avait rien manifesté à l'extérieur. Il lui fallait garder une attitude pondérée, pour montrer qu'un drôle de type, comme le sage ou le héros, sait se maîtriser. Il était sorti lentement.

« Qu'est-ce que tu vas faire ?

— Je... vais accrocher de nouveau la pancarte ! »

Xiaohe venait tout juste de terminer cette opération quand le chef de police Bai arriva.

Avec la présence de la « grosse courge rouge » dans la pièce le chef de police Bai était comme sur des charbons ardents. Il était policier depuis tant d'années, il était persuadé de pouvoir tenir tête à n'importe qui, pourvu que ce fût un homme. Il avait toujours eu un peu peur des femmes. Il était pékinois, savait les respecter. C'est pourquoi, s'il pouvait mettre au lit un ivrogne en l'intimidant et raccompagner sans peine chez lui un dément, en présence d'une femme qui distribue coups et injures, il se sentait en difficulté, il n'osait pas jouer les durs, ni se montrer beau parleur, alors il baissait pavillon.

Il savait qu'il ne faisait pas bon provoquer la « grosse courge rouge » et, en plus, c'était une femme. À sa vue il ne sut plus sur quel pied danser, il expliqua en deux mots la raison de sa visite. Effectivement la « grosse courge rouge » enchaîna à sa suite :

« Cette affaire n'est pas difficile à régler ! Il suffit de réclamer auprès de tous ; ceux qui refusent de donner, qu'on les emmène et les mette en prison ! C'est clair et net ! »

C'était le genre de propos qui ne plaisaient pas au chef de police Bai, il n'osa pourtant pas riposter. Un homme bien élevé ne se dispute pas avec une femme, il aurait trouvé mal venu d'intimider une femme. Il parla de M. Li. La « grosse courge rouge » prit de nouveau la parole :

« Faites-le venir ! Courir à droite et à gauche c'est de son ressort ! S'il ose ne pas venir je les donnerai, sa femme et lui, aux Japonais ! Chef de police Bai, je vous préviens que dans ce genre d'affaires il ne faut pas se montrer trop bienveillant. Pour tout ce que nous faisons il y a derrière nous les Japonais qui nous couvrent, de quoi aurions-nous peur ? » La « grosse courge rouge » marqua une légère pause puis cria avec superbe : « Quelqu'un ! »

Un serviteur entra avec déférence.

« Va chercher M. Li ! Dis-lui que s'il ne vient pas aujourd'hui, demain je lui ferai l'honneur de la prison ! C'est compris ? Va ! »

M. Li n'avait jamais baissé la tête de sa vie et voilà qu'il baissait la tête en entrant chez les Guan. M. Qian, Qi Ruixuan, il le savait, avaient été emprisonnés. Petit Cui avait été décapité. Il savait à quel point les Japonais étaient terribles et il savait aussi que la « grosse courge rouge » était vraiment comme le renard qui profite du prestige du tigre pour effrayer les autres animaux, traitant sans ménagement les braves gens. Des dizaines d'années de commerce avec les hommes lui avaient appris qu'un homme courageux voit plus loin que l'injustice du moment. Son intransigeance, sa droiture, son dévouement à la communauté ne lui étaient plus d'aucun secours. Il lui fallait baisser la tête et aller voir cette horrible femme, afin de pouvoir mourir chez lui et non étendu raide sur le sol d'une prison. Il était furieux mais n'en pouvait mais.

Une autre idée lui fit cependant redresser légèrement la tête : s'il était là, se disait-il, peut-être pourrait-il être utile aux autres, peut-être ne consentiraient-ils pas à subir sans broncher la loi de la « grosse courge rouge » ?

Il n'usa pas sa salive en paroles superflues, accepta d'aller collecter le fer. Toutefois, il se montra fermement opposé à l'idée d'une contrepartie en argent liquide. « S'ils ne peuvent donner du fer, ils iront eux-mêmes en acheter, le prix qu'ils paieront ne nous regarde pas. Ainsi l'argent ne passera pas entre nos mains et cela ne donnera pas lieu à médisances !

— S'il en est ainsi, je démissionne. Laisser chacun acheter du fer ? Quand pourront-ils s'en procurer ? Si on est en retard sur les délais, je ne le supporterai pas ! » dit Xiaohe à moitié fâché.

Le policier Bai se trouvait bien embarrassé.

Monsieur Li refusait de céder sur ce point.

Ce fut la « grosse courge rouge » qui sauva la situation. « Bien, Monsieur Li, allez vous en occuper, et si cela ne marche pas, nous aviserons à ce moment-là. » Une idée de génie lui avait traversé l'esprit comme l'éclair : elle allait acheter de grandes quantités de fer et de cuivre usagés, et quand les prix auraient grimpé, elle attendrait les voisins de pied ferme.

Mais elle avait été mise au courant trop tard. Gao Yituo, Lan Dongyang avaient déjà œuvré et acheté les vieilles ferrailles.

M. Li sortit assez content de chez les Guan. Il pensait l'avoir emporté sur la « grosse courge rouge » et sur Guan Xiaohe. Il informa tous les habitants de la ruelle qu'il passerait le lendemain pour collecter le fer. Voyant que le vieil homme s'impliquait personnellement, tout le monde se sentit l'esprit plus tranquille. Bien que ce don de fer ne fût pas une bonne chose pour eux, dans la mesure où M. Li s'en occupait, les gens semblaient avoir oublié le côté injuste de l'affaire. Le tract de M. Qian avait tout juste réussi à provoquer chez eux un sentiment léger et passager de tristesse. Les Pékinois sont vraiment incapables de révolte.

Le vieux Qi et Yun Mei fouillèrent la maison pour rassembler de la ferraille. Chaque objet leur semblait inutile tout en ne l'étant pas, et même si un ou deux objets ne servaient franchement à rien, sur le plan sentimental ils trouvaient une raison pour ne pas le jeter. Ils choisirent, comparèrent sans parvenir à se décider. Comme ils n'avaient pas pris de résolution ils en vinrent à parler de l'emploi perfide et détestable que feraient les Japonais de ce fer : fabriquer des fusils et des canons. Mais après en avoir parlé, et malgré leur ressentiment, ils n'avaient toujours pas de velléité de révolte. Ils se regardèrent, soupirèrent. Leur choix se fixa finalement sur une vieille casserole en fer, c'est elle qui serait sacrifiée. Ils regrettaient cet ustensile qui leur avait rendu service en son temps, ils avaient pitié de lui car il allait être transformé en obus. Ils n'osèrent pas réfléchir plus longtemps sur le fait qu'il irait toucher quelque tête. La phrase du vieux Qi : « Même une casserole en fer ferait mieux de ne pas voir le jour dans une telle époque ! » vint clore toute discussion.

Cet événement provoqua des petits remous dans tous les foyers de la ruelle. Les Pékinois semblaient avoir retrouvé un peu de dynamisme. Cela ne se manifestait pas par de la colère ou de la révolte, c'était l'expression d'une impuissance. Grosso modo, au début, pour tous, cette colère, si colère il y avait, venait de ce qu'ils donnaient eux-mêmes le fer qui permettrait à l'ennemi de fabriquer davantage de fusils et de canons pour massacrer les gens de leur propre famille. Au bout d'un moment, ils avaient oublié leur colère pour réfléchir au danger qu'il y aurait à ne pas remettre le fer. Alors, tout comme le vieux Qi, ils rassemblèrent, trouvés dans tous les coins de leur maison, ces trésors qui allaient leur permettre d'éviter d'être châtiés. Au cours de cette fouille, ils éprouvaient le sentiment léger que tout cela était cocasse, ils avaient un sourire triste, sentiment et sourire qu'ils n'auraient jamais cru possibles. C'était un peu comme, l'hiver venu, quand, dans la tige d'un roseau, on découvre fortuitement un petit insecte qui vit encore. Certains se souvenaient que dans tel coin il y avait un objet en fer, et allaient même jusqu'à se mettre en colère parce qu'ils ne le trouvaient pas, avant de se rappeler qu'ils l'avaient justement vendu pour acheter du sucre de poire. Certains, ayant trouvé un vieux couteau de cuisine, le comparaient à celui dont ils se servaient actuellement pour constater que le tranchant du couteau jeté était meilleur que celui de l'autre, ils le rétablissaient donc dans ses anciennes fonctions. Ces petites antiquités leur faisaient oublier leur colère, et, ne sachant s'ils devaient en rire ou en pleurer, ils cherchaient un moyen de trouver du fer. Ils commençaient à admettre qu'il s'agissait d'une chose nécessaire, tout comme cette carte de résidence qu'ils avaient dû se procurer sur l'injonction des Japonais, ou le salut profond qu'ils devaient exécuter à la vue d'un militaire japonais.

Dans la grande cour mêlée du n° 7, aucune famille pratiquement ne pouvait donner d'emblée un kilo de fer. Chez eux aucun objet n'aurait pu être retiré provisoirement de la circulation. Tout ce qui était utile servait, ce dont on n'avait pas l'usage ayant été vendu depuis longtemps. Les récupérateurs de vieilles ferrailles devaient lancer leur cri plusieurs fois devant les portes. Les gens avaient beau fouiller l'espace libre sous le kang, ils ne parvenaient pas à rassembler un kilo de fer. Il leur fallait en acheter. Ils connaissaient l'honnêteté, la droiture et le caractère désintéressé de M. Li. Ils savaient qu'il ne consentirait jamais à s'occuper de collecter de l'argent. Mais quand, après s'être informés, ils surent que le prix du fer avait augmenté d'un yuan la livre en deux jours, ils furent découragés.

C'est alors qu'ils apprirent aussi, du chef de quartier, que la première idée de celui-ci avait été de leur demander deux yuan et demi la livre s'ils ne pouvaient donner du fer et que le vice-chef, M. Li, n'avait pas été d'accord. Ce dernier leur avait fait du tort. En un instant, M. Li, d'adulé de tous qu'il était, devint honni de tous. On ne chercha pas à savoir si Guan Xiaohe ne semait pas exprès la discorde, on oublia les services rendus par M. Li autrefois. Pour eux, acheter trois yuan une livre de fer — tout en n'étant pas sûr de pouvoir s'en procurer — c'était purement et simplement un mauvais tour joué par M. Li, et lui seul. La légère colère qu'ils éprouvaient contre les Japonais changea de cours pour se déverser sur le vieil homme. Certains l'insultaient ouvertement sous les sophoras.

Quand il entendit ces médisances et ces injures, M. Li n'osa pas mettre le nez dehors pour s'expliquer. Il savait qu'il avait effectivement l'âge de mourir. Il ne pouvait rien contre les Japonais et par conséquent contre Guan Xiaohe et la « grosse courge rouge », et de plus, ses amis de toujours lui faisaient mauvaise figure. Assis chez lui il n'espérait plus qu'une chose : qu'une ou deux personnes parleraient en sa faveur. D'abord parce que cela aurait plus de poids que ce qu'il pourrait dire lui-même, et ensuite, s'il y avait quelqu'un pour lui faire honneur, que le dévouement dont il avait fait preuve autrefois pour la communauté n'aurait pas été vain et aurait fait germer quelques graines dans l'esprit des gens.

Il comptait. M. Sun devait être de son côté, il en était sûr, car il haïssait à mort les Japonais et la famille Guan. Mais il n'était pas très courageux, il n'oserait pas s'en prendre aux habitants du n° 7. Il espérait que Cheng Changshun lui ferait honneur, mais récemment le garçon avait été occupé par ses projets personnels, il n'avait pas le temps de penser aux autres. Petit Wen ne se conduisait pas trop mal, mais il restait là, comme toujours, les mains dans ses manches, sans dire grand-chose.

Il espérait, espérait encore. Son espoir finit par se concrétiser : le vieux Qi arriva, une vieille casserole en fer à la main. Il dit en entrant : « Le Quatrième, je voulais t'éviter un déplacement, alors je suis venu moi-même te l'apporter ! »

Avec le vieux Qi, c'était un peu comme s'il était avec son propre frère ; il lui raconta donc d'un trait l'affaire du début jusqu'à la fin, avec ses tenants et ses aboutissants.

Après avoir entendu ce récit, le vieux Qi resta longtemps silencieux avant de dire : « Le Quatrième, les temps ont changé, les gens aussi. Ne t'en fais pas trop ! À nous deux, avec nos quatre yeux nous les aurons à l'œil, et on verra bien qui ira le plus loin ! »

M. Li fit oui avec la tête et soupira, tout ému.

« Nous en avons connu des tempêtes, et pas des moindres, nous en avons supporté des souffrances ! Est-ce que ces médisances vont nous faire peur ? » Tout en consolant son ami de longue date, le vieux Qi rappelait leur expérience et leur dignité passée. Puis les deux vieillards se remémorèrent des faits anciens sans importance. Ils parlèrent ainsi pendant une heure et demie. Mme Li, grâce à cette conversation, sut qu'il était question de dons de fer et que tous les embarras venaient de là. Elle avait toujours été très droite et très nature. D'ordinaire elle apportait toujours son aide aux voisins qui la lui demandaient. En apprenant les attaques lancées contre sa « vieille baderne », elle était prête à aller sur-le-champ contre-attaquer. Elle voulait se rendre tout de suite au n° 7 pour réprimander ces ingrats. Elle n'avait peur de rien si ce n'était de ne pouvoir être en accord avec la « vérité » qu'elle gardait dans son cœur.

Les deux vieux l'en dissuadèrent par tous les moyens. Force lui fut de se contenter, tout en préparant du thé, de lancer du beau milieu de la cour quelques phrases d'injures bien envoyées, en guise de démonstration de force, comme font les militaires quand ils lancent au loin leurs obus de canon. Une fois l'eau bouillie, elle entra dans la pièce et participa à la conversation.

À ce moment-là, des gens du n° 7 et d'autres cours se rendirent chez les Guan pour porter leur fer. Ils entendaient par là mettre M. Li dans l'embarras, mais ils le faisaient aussi parce que les Guan ne demandaient que deux yuan et demi la livre.

Guan Xiaohe ne perdit pas d'argent bien que le prix du fer à l'extérieur fut très vite passé à trois yuan quarante. La « grosse courge rouge » avait contraint Gao Yituo à lui revendre, toujours à deux yuan la livre, une partie du fer que ce dernier avait stocké à des fins spéculatives.

« Tant pis ! On n'a pas gagné beaucoup mais c'est toujours un petit créneau pour faire du profit ! » avait dit Guan Xiaohe assez satisfait.

CHAPITRE LVIII

Zhaodi n'avait appris que deux pièces de théâtre : *Crique de la rivière Fen* et *Bonheur de l'argus rouge.* Elle était assez intelligente mais, tel un petit poisson mort, elle suivait le courant, poussée par le vent, et cela la menait très loin. Elle n'était pas motivée pour consacrer le temps nécessaire à apprendre correctement quelque chose.

Son but principal était de profiter de la vie et il n'y avait pas de limite à cela : manger, boire, aimer, tout était jouissance pour elle, chanter quelques phrases d'opéra et remporter un petit succès, bien vain aussi. Elle entendait profiter de tout. Si les autres allaient patiner et qu'elle n'y allait pas de son côté, elle trouvait que c'était injuste, versait quelques petites larmes. Mais elle ne pouvait être de toutes les fêtes. D'abord parce qu'elle ne savait pas se libérer, et puis parce qu'elle ne maîtrisait pas encore la notion de temps, elle ne savait pas faire attendre le temps. Elle ne pouvait guère que s'évertuer à s'accorder au temps, comme l'aiguille des secondes qui ne chôme pas de la journée.

Ainsi, elle s'attirait toutes sortes de petits ennuis. Elle allait patiner et se mettait en retard pour apprendre ses pièces de théâtre. De plus, si elle prenait froid à la patinoire, sa voix était tout de suite enrouée et le violon avait beau descendre dans la gamme, elle ne montait jamais assez haut. Cela la rendait si nerveuse qu'elle en transpirait de tout son corps. De même, si parmi trois amis l'un l'invitait au cinéma, l'autre au théâtre, le dernier à manger dans un parc, comme elle ne pouvait se libérer pour les trois invitations, c'était toujours pour elle une source de difficultés. Si elle déclinait l'invitation de deux d'entre eux, elle les froissait, et si elle ne regardait que la moitié du film, puis allait assister à une pièce de théâtre pour finir par aller manger avec le dernier, il lui fallait faire bon usage de ses organes phonatoires et raconter pas mal de mensonges et là, les trois amis étaient froissés. De plus, c'était fatigant de courir ainsi à droite et à gauche. La jouissance amoureuse est souvent une possession totale et non une course de tous côtés. Parfois cette jouissance exige qu'on l'apprécie les yeux fermés, dans un lieu retiré, ce n'est pas une chose que l'on mène tambour battant. Il lui arrivait de songer presque à cesser d'aller au cinéma, au théâtre, d'aller manger au parc pour ne plus aimer qu'un seul homme, pour qu'aimer ait enfin un sens et ne soit plus une stratégie militaire. Mais elle avait du mal à délaisser fêtes, animation. Tout cela fonctionnait pour elle comme autant de stimulants. Si elle était enfermée au Monastère des Nuages blancs sur les Collines de l'Ouest, il n'y aurait ni films, ni pièces, ni gongs et tambours, ni vociférations, et même si elle avait à ses côtés un homme tout ce qu'il y a de plus adorable, il est à craindre qu'elle tomberait malade, se disait-elle. Une jouissance exacerbée fait de cette même jouissance un stimulant ; or un stimulant se doit d'être de plus en plus violent. Prenons le théâtre : peu à peu elle en était arrivée à apprécier le rôle du jeune homme bien élevé, car la voix de ce dernier était plus affirmée que celle de la femme vertueuse, plus aiguë encore. Elle aimait aussi les spectacles d'arts martiaux, non ceux joués par Yang Xiaolou [1] où les démonstrations d'arts martiaux se mêlent à des parties chantées et au jeu scénique. Elle aimait *Le Temple de la porte Rouge, Le Coq de fer, La Grotte de la pierre verte* où il n'y avait pas d'intrigue et où l'on se contentait de faire une démonstration d'arts martiaux. Alors elle éprouvait un peu de joie, en revanche si elle tombait sur des parties chantées du genre *L'Union dans le pavillon décoré, La Tour des sacrifices,* elle s'endormait. Il en allait de même pour les films. Seuls faisaient quelque impression sur elle ceux qui n'avaient pas d'intrigue ni de suite logique, étaient riches en scènes de bagarre et de violence et en bouffonneries. Il lui fallait de puissants stimulants.

Ses petits amis l'ennuyaient souvent, avec leurs petites ruses, toujours les mêmes, qui ne lui faisaient ni chaud ni froid. Aucun ne valait Li Kongshan. Comme ils l'ennuyaient, elle pensait souvent à ce dernier. Ni la tendresse ni la prévenance ne l'étouffaient, mais il l'avait excitée. Elle n'osait pas en choisir un pour en faire un Li Kongshan. Elle avait besoin de jouissance, mais aussi il lui fallait être prudente. Un bébé mettrait un terme à tout cela. Et puis, si elle n'aimait plus qu'un seul homme, les autres hommes ne lui feraient plus de cadeaux, et cela aussi serait une perte. Elle vivait au jour le jour dans un étourdissement perpétuel. Elle avait tout ce qu'elle voulait et semblait pourtant manquer de quelque chose. Elle même ne comprenait pas à quoi cela était dû. Au beau milieu de sa confusion parfois, de façon très fortuite, elle se rendait compte que, si elle était

1. Yang Xiaolou (1878-1938), acteur de l'opéra de Pékin

ainsi, c'est qu'elle était chargée d'une mission, et que cette mission lui avait été confiée depuis l'occupation de Peiping par les Japonais. Elle voulait qu'il en fût ainsi, ses amis souhaitaient qu'il en fût ainsi, son père et sa mère aussi. Si ce n'était pas là une mission, qu'est-ce que c'était ?

Parmi ses amis masculins, quelques acteurs avec lesquels elle s'était liée de fraîche date la contentaient un peu mieux. Ils étaient bien bâtis, volages, parlaient avec grossièreté. Avec eux elle en oubliait presque qu'elle était une femme et, sans que personne n'en rougît, elle pouvait tenir des propos grossiers. Elle trouvait cela relativement sain.

Les hommes flattent les actrices, les femmes font de même avec les acteurs, c'est passé dans les mœurs. Il n'y avait là rien d'extraordinaire en soi. Pourtant, ses amis la critiquaient souvent de se lier ainsi d'amitié avec des acteurs. Cela lui causait pas mal de tourment. Tout ce que les autres pouvaient faire, elle le pouvait aussi, elle avait une « mission », elle n'aurait jamais accepté de rester à la traîne. Pourquoi ne pourrait-elle pas avoir des amis acteurs ? Mais elle n'osait pas non plus batailler ouvertement avec ses amis, ni refuser catégoriquement leurs critiques. Elle avait une « mission », elle devait être bien accueillie partout, se propulser toujours aux premières loges de la société ; elle ne pouvait se permettre d'offenser quiconque à la légère, aller jusqu'à s'attirer des huées.

Elle était très occupée, avait les idées confuses, était fatiguée. Il lui fallait calculer, mais pas trop, avoir de l'audace, tout en prenant garde. Elle éprouvait le sentiment d'être frustrée sans l'être vraiment. Elle était excitée, tout en se sentant l'esprit vide. Elle ne savait trop que faire et pourtant trouvait que toute solution était bonne. Elle avait maigri. Quand elle n'était pas maquillée son visage semblait jaune comme un coing, elle avait les yeux cernés. Parfois elle avait envie de se reposer, mais ne le pouvait pas, un événement la forçait à se montrer active. Elle ne savait pas si elle était malade, mais se sentait parfois comme dans du coton. Une fois fardée et poudrée, elle reprenait confiance en elle : elle était forte, belle, n'avait pas de souci à se faire pour sa santé. Elle s'était mise à fumer et s'aventurait à boire quelques verres d'alcool fort. Elle avait déjà perdu sa jeunesse, tout en ne se sentant pas âgée. Elle était précisément une petite femme qui avait une mission, de la vitalité, qui était sociable, qui avait de la chance.

Au beau milieu de ses occupations : travail, confusion, satisfaction, souffrances, joies, elle ne fit qu'une seule chose bien et encore, sans le vouloir : elle sauva Tongfang.

Pour éviter ou retarder le danger de se retrouver fille de joie, Tongfang recourut à toute son ingéniosité pour attirer à elle la seconde fille des Guan. Elle ne détestait pas complètement Zhaodi et ne voulait pas lui causer du tort en l'encourageant à avoir une liaison. On lui avait fait du mal, elle ne supportait pas de voir une jeune femme suivre le même chemin qu'elle. Elle vouait une haine profonde à la « grosse courge rouge » et aux Japonais. Elle ne pouvait pas attendre assise que la « grosse courge rouge » la chassât au bordel car, une fois là-bas, elle ne pourrait plus se venger. Elle se servait donc de Zhaodi comme d'un rempart. Abritée derrière ce rempart, elle ne pouvait rien faire d'autre que le pousser, ajoutant à tout instant un peu de terre ou quelques bouts de bois pour accroître sa résistance. Il lui était impossible d'informer Zhaodi de façon brutale au risque de provoquer, par là même, son mécontentement. Si Zhaodi venait à la prendre en grippe, elle perdrait ce rempart et serait à tout moment à la merci des balles de la « grosse courge rouge ».

Zhaodi était jeune, elle aimait être servie, flattée. Au tout début, elle sembla s'être aperçue que la cordialité dont faisait preuve Tongfang à son égard était une tactique politique. Mais au bout de quelques jours, grâce à son éloquence, son savoir et sa connaissance des choses, ses aptitudes de physionomiste, Tongfang l'avait mise à l'aise. La jeune fille avait fini par croire que si Tongfang cherchait à être bien avec elle, c'est que cela partait d'un sentiment sincère. Quelques jours passèrent encore, elle lui accorda sa confiance et se montra un peu plus froide avec sa mère. Cette dernière l'aimait vraiment, elle le savait, mais elle n'était plus un bébé. Elle avait envie d'avoir un peu de pouvoir de décision et ne pas s'en remettre à sa mère pour décider de tout à sa place. Elle n'avait pas l'intention de rester toute sa vie l'accessoire de sa mère. Prenons comme exemple un fait mineur : quand elle sortait avec sa mère, si elle rencontrait des jeunes gens de ses amis, ils ne manquaient pas de saluer sa mère en premier, la faisant passer après. Quand elle était aux côtés de sa mère, elle semblait n'être qu'une des œuvres dans le musée des succès de sa mère, comme si, justement, tout le mérite de sa beauté revenait à cette dernière. On aurait dit qu'elle n'avait pas droit à une gloire personnelle. Avec Tongfang elle était l'hôte, Tongfang l'invitée, elle était le soleil, Tongfang la lune. Elle se sentait à l'aise. Ses paroles pouvaient devenir des ordres pour Tongfang, et si elle n'arrivait pas à prendre une décision, elle pouvait en discuter avec Tongfang. Il s'agissait alors de discussions familières, et c'était très différent pour Zhaodi, habituée à recevoir des ordres. Quand elle était avec Tongfang, sa gloire lui appartenait, tout entière, en propre. De plus, Tongfang était bien plus jeune que sa mère, et elle était encore pas mal du tout. Quand elles vadrouillaient toutes les deux, elle avait l'impression d'être la nouvelle lune tandis que Tongfang était une petite étoile à côté de ce croissant, le tableau y gagnait en beauté. Quand elle était avec sa mère, les gens jetaient un coup d'œil à sa mère qui, fière de son expérience, prenait des airs importants, puis ils la regardaient elle, aussi belle qu'une fleur au printemps, et ils ne pouvaient s'empêcher de sourire, comme à la vue d'un film comique. Cela la faisait chaque fois rougir jusqu'aux oreilles.

La « grosse courge rouge » n'était pas du genre à se laisser faire. Au premier coup d'œil elle avait compris le dessein de Tongfang. Mais il n'est pas certain que les gens qui ne se laissent pas mener par le bout du nez n'aient pas un petit pois dans le cerveau. Elle était convaincue que Zhaodi était une perle rare et que plus tard elle serait certainement une Yang Guifei ou une impératrice Xi[1]. Il lui fallait contrôler ce trésor tout en cherchant à plaire à la jeune demoiselle. Si un conflit naissait entre la mère et la fille à propos de Tongfang, la fille pourrait bien, de colère, se marier avec un petit saligaud louche, joli cœur, mais sans le sou. Est-ce que cela ne reviendrait pas à casser soi-même une assiette en agate ou un bol en jadéite ? Non, décidément, il lui fallait ouvrir un peu le filet, laisser à la jeune fille des plages où elle pourrait respirer, mais sur le chapitre du mariage, elle serait obligée d'écouter sa mère. De plus, une fille ne reste pas jeune longtemps, Zhaodi devrait se marier à l'apogée de sa beauté. Quand sa fille aurait quitté la maison, elle

1. Yang Guifei (719-756) : favorite de l'empereur Xuanxong des Tang. Cixi (1835-1908) : proclamée impératrice douairière des Qing en 1861.

réglerait son sort à Tongfang. Oui, même si elle devait attendre, même si cela devait se faire quand elle aurait soixante-dix ou quatre-vingts ans, alors qu'elle serait à deux doigts de la tombe, il lui faudrait avant tout régler son compte à Tongfang, afin de pouvoir enfin mourir en paix !

Seule Gaodi souffrait de cette nouvelle situation. Sa mère ne l'aimait pas, elle méprisait la conduite de sa cadette et, de plus, avait perdu l'amitié de Tongfang. C'est vrai qu'elle comprenait les raisons de la froideur de cette dernière à son égard, mais la raison ne l'emporte jamais complètement sur le cœur. C'était une enfant, elle avait besoin d'amour ou de tendresse. À présent elle se retrouvait dans un silo à glace, tout était si froid, elle ne le supportait pas. Tantôt elle se haïssait de manquer de courage pour se sauver de Peiping, tantôt elle pensait mettre fin à cette vie glacée en se mariant. Mais avec qui ? L'idée de mariage allait de pair avec celle de danger. Le mariage n'était pas, comme l'huile de foie de morue, bénéfique et sans risque. À la maison, elle se sentait assaillie par le froid, au-dehors le monde était si vaste qu'elle ne savait où aller. Se montrer romantique ? Elle avait peur du danger. Être sérieuse ? C'était ennuyeux au possible ! Elle ne savait plus trop sur quel pied danser. Elle était souvent irritable, allant même jusqu'à se mettre en colère contre Tongfang. Mais plus elle se montrait désagréable, moins on l'aimait, elle donnait elle-même des bâtons pour se faire battre. Ne pas se mettre en colère ? Les autres n'étaient pas plus attentionnés pour autant. Elle était devenue une orpheline, bien qu'elle eût un père, une mère, une sœur. Parfois, elle se rendait à des réunions de groupes caritatifs, comme ça, pour écouter réciter la messe. Mais cela ne lui apportait ni paix ni délivrance, bien au contraire. Après s'être calmée parmi les sons des cloches, les cierges et les vapeurs d'encens, elle désirait encore plus quelque stimulation, tout comme après avoir bu du vin froid, on a envie de thé bien chaud. Elle ne pouvait que verser quelques larmes en cachette.

Le temps se rafraîchit. On ne trouvait pas de charbon. Chaque jour apportait inévitablement son cortège de morts par le froid dans la rue. Les Japonais avaient transporté le charbon par bateau mais ils voulaient montrer leur bon cœur. Ils lancèrent un grand divertissement de secours public pour l'hiver dont les recettes seraient intégralement consacrées à une usine de brouet. Ainsi, ceux qui étaient condamnés à mourir de froid, tant qu'ils auraient encore un souffle de vie, devraient les remercier. En dehors de cette intention, ils voulaient en même temps donner aux Pékinois l'occasion de se changer les idées. Se divertir c'est s'anesthésier. De toute façon ceux qui étaient destinés à mourir de froid mourraient de froid. Les Japonais comptaient bien se réjouir à regarder ceux qui n'étaient pas encore morts de froid se geler l'âme en écoutant les gongs et les tambours, en assistant au spectacle. En ce qui concerne ce divertissement de secours public, ils avaient beaucoup insisté sur la participation des jeunes demandant à ceux qui savaient chanter ou exécuter des tours de venir se produire, car si les jeunes s'occupaient de chanter et de jongler, ils oublieraient le peuple et le pays.

Lan Dongyang et la grassouillette Chrysanthème vinrent en personne inviter Mlle Zhaodi à participer au divertissement. Les Guan se montrèrent tout de suite intéressés, leur cœur se mit à battre plus vite. Guan Xiaohe, qui s'efforçait de rester calme alors que son cœur battait la chamade, déclara :

« Demoiselle, demoiselle ! Le moment tant attendu est arrivé, il faut absolument que vous chantiez un ou deux airs ! »

Zhaodi se sentit aussitôt la gorge sèche. Elle dit en minaudant : « C'est impossible. Et puis, cela fait plusieurs jours que je ne me suis pas exercé la voix ; je ne connais pas non plus les textes par cœur. Monter sur scène ? Je ne veux pas perdre la face ! Je vais patiner, ce sera mieux !

— Perdre la face ? Allons ! Nous, les Guan, nous ne faisons rien qui pourrait nous faire perdre la face, ma petite demoiselle ! Personne n'a une voix d'acier, il suffit d'être favorisée. Si tu veux bien monter sur scène, même si c'est pour faire un pet, tu seras célèbre ! De toute façon, les billets de théâtre sont vendus à l'avance, si nous chantons bien, tant mieux pour eux, sinon, tant pis ! » Xiaohe était tellement excité qu'il en oubliait presque sa distinction habituelle, les yeux brillants il expliquait sa théorie du « je-m'en-foutisme ».

« Il faut absolument chanter quelque chose ! dit la "grosse courge rouge" avec superbe. Tu apprends depuis si longtemps, et on a dépensé tant d'argent, si tu ne te produis pas cela rime à quoi ? » Puis elle se tourna vers Dongyang : « Dongyang, nous sommes d'accord, mais à une condition : Zhaodi devra chanter le morceau à succès tout à la fin de la représentation. Peu importe les acteurs connus présents, ils devront accepter. Ma fille ne saurait servir de faire-valoir aux autres ! »

Dongyang avait l'expérience de ces pièces de théâtre bénévoles. Il savait que Zhaodi n'avait pas les capacités requises pour chanter en fin de programme, mais il savait aussi que les Japonais aimaient faire venir de nouvelles têtes. Après avoir fait bouger tous les muscles de son visage verdâtre, il accepta cette condition. Certes, il y aurait des difficultés à aplanir, mais il se disait que, si cela ne marchait pas, il pourrait mettre la pression, grâce aux Japonais, pour contraindre les participants. Il en profita pour faire une démonstration de son prestige :

« Celui à qui je demanderai de chanter pour ouvrir la séance devra s'exécuter, et il en sera de même pour celui que je ferai passer en dernier. Peu importe qu'ils aient ou non les qualités ou le talent requis. Vous refusez ? Vous arrangerez ça avec les Japonais. On oserait ? Ce serait étonnant !

— Et pour les costumes et les accessoires, comment faire ? Je ne peux tout de même pas en sortir un de la "malle" et me le mettre comme ça sur le dos ! Si on veut s'amuser alors il faut que cela ressemble à quelque chose ! » Tout en parlant, Zhaodi se tapotait le visage avec la paume de la main.

Gao Yituo entra. Il avait entendu les paroles de Zhaodi ; tout naturellement, il prit la parole : « Vous cherchez un costume, mademoiselle ? Confiez-moi ce souci ! Quelle sorte de costume voulez-vous ? Vos désirs seront des ordres, vous serez satisfaite, je m'en porte garant ! » Il était habillé ce jour-là avec un soin et une propreté particuliers, on aurait vraiment dit un « habilleur ».

Après avoir jaugé du regard Gao Yituo, Zhaodi rit : « D'accord, je vous nomme habilleur !

— À vos ordres ! » accepta Yituo, très satisfait de cette sinécure.

Xiaohe lança un regard furieux à Yituo. Il avait pensé servir d'habilleur à Zhaodi pour pouvoir circuler dans les coulisses, et se rincer l'œil avec les actrices. Quand elle monterait sur la scène, il pourrait lui apporter une petite théière pour qu'elle puisse boire sur la scène, ainsi les gens au pied de l'estrade le verraient. Et voilà que cet emploi si intéressant venait de lui être soufflé par Yituo !

« À mon avis (Xiaohe voulait minimiser le service que leur rendait Yituo pour ne pas avoir à le payer en retour) nous allons en faire un tout neuf. Il ne faut pas en emprunter un, mais utiliser notre argent gagné dignement pour valoriser notre image de marque et faire les choses jusqu'au bout. »

Zhaodi applaudit. D'ordinaire elle considérait son père comme le rôle secondaire, il venait après sa mère. Il était calme, n'avait pas de travers trop prononcé, mais ne recueillait pas tous les suffrages. Aujourd'hui papa faisait soudain preuve de lucidité, il avait dit ce qu'elle aurait voulu dire. « C'est vrai, papa, faire soi-même un costume, comme ce doit être amusant ! Ça oui, ce doit être amusant ! » Elle n'avait pas du tout pensé au prix d'un tel costume.

La « grosse courge rouge » était disposée à ce que sa fille se fît remarquer pour de bon, mais elle savait qu'un costume coûtait cher et qu'il ne pouvait servir que sur scène. Elle cligna des yeux, elle avait une idée : « Zhaodi, tu exagères toujours ! Tu dis que tu as beaucoup d'amis, eh bien, c'est le moment de les mettre à l'épreuve : qu'ils montrent s'ils ont quelque aptitude à faire quelque chose pour toi ! »

Zhaodi eut une inspiration : « Oui, oui ! je vais leur dire que je veux chanter de l'opéra et faire un costume et on va voir s'ils voudront bien mettre la main à leur bourse. S'ils ne le veulent pas, je ne les gratifierai même plus d'un regard. Merde alors ! Je ne suis pas une fille dévergondée, une gueuse pour les accompagner pour rien, comme ça, dans leurs distractions ! » Elle parut ravie d'avoir tenu ces propos grossiers dignes d'un charretier, il lui semblait en outre éprouver un peu le sens de la justice.

« Demoiselle, demoiselle ! répéta Xiaohe, ton vocabulaire n'est pas très élégant !

— Et la parure de tête ? » Yituo, qui avait perdu l'occasion de s'occuper de l'emprunt d'un costume, cherchait une compensation. « Un nouveau costume n'ira pas avec une parure de tête ancienne, ce sera très vilain. Je vais en emprunter une, avec de l'émeraude, toute neuve et je m'en porte garant : elle ira parfaitement avec le costume ! »

Le problème du costume et de la parure de tête étant pratiquement réglé, la « grosse courge rouge » proposa d'aller chercher sur-le-champ Petit Wen pour une répétition. « Même avec un beau costume et une splendide parure de tête, si l'on ne parvient pas à chanter, ça ne marchera pas, non ? Dis, demoiselle, il faut tout de suite te montrer appliquée ! » Elle envoya quelqu'un mander Petit Wen.

Petit Wen avait sa dignité. Quand vous alliez chez lui, il vous recevait toujours avec une grande politesse, si vous lui demandiez de venir chez vous avec son violon il faisait le difficile.

Quand elle vit qu'elle ne le ferait pas venir, la « grosse courge rouge » se fâcha tout de suite. Le visage de Dongyang devint très mobile. Il pensa se servir de sa carte de visite pour le « citer à comparaître ». Zhaodi, car ce fut elle, les en empêcha : « N'allez pas faire d'impair ! Petit Wen compte parmi les meilleurs violonistes de Peiping. Vous aurez beau le menacer de mort, il ne se déplacera pas ! Avec lui seul je suis sûre de ne pas rater. S'il n'est pas là, c'en sera fini, c'est certain ! Laissons tomber, et faisons quelques parties ! »

Dongyang avait à faire, la « grosse courge rouge » aussi, ainsi que la grassouillette Chrysanthème. Mais un Chinois qui a à faire, quand il s'agit de mah-jong, allez savoir pourquoi, est toujours disponible. Tout le monde prit place.

Yituo, après avoir regardé deux parties de cartes par-dessus l'épaule de la « grosse courge rouge », s'éclipsa doucement pour aller trouver Cheng Changshun.

Une vie de privations bon gré mal gré mûrit son homme. Changshun avait grandi, il était beaucoup plus grave, il avait l'air d'un adulte. Depuis la mort de Petit Cui, il coopérait avec John Ding pour faire un peu de commerce. Il s'agissait d'un commerce singulier et sale découvert par John Ding. Depuis l'ambassade de Grande-Bretagne il avait remarqué que des véhicules pleins de vêtements militaires au tissu usagé passaient souvent dans la rue pour se diriger vers l'ambassade du Japon et vers les casernes. Ces vêtements étaient manifestement en coton car le haut comme le bas étaient très épais. Mais ils devaient être légers, en effet, malgré le volume qu'ils faisaient sur chaque véhicule, les hommes ou les chevaux qui les tiraient ne semblaient guère peiner. Cela excita sa curiosité. Il s'informa auprès de l'homme à tout faire qui travaillait dans une caserne japonaise. Cet homme était son ami — tous ceux qui travaillaient comme hommes à tout faire dans le quartier des ambassades se réclamaient de la même bande —, il se montra pourtant peu enclin à lui dire de quoi il retournait. John Ding, en tant que maître d'hôtel à l'ambassade de Grande-Bretagne, éprouvait bien évidemment un peu de mépris pour cet ami homme à tout faire dans une caserne japonaise. Il pensa d'abord partir la tête haute sans poursuivre ses investigations. Mais la chance lui sourit, stimulant ses facultés. Il invita cet ami à aller boire quelques verres de vin. En tant que disciple dépositaire de la tradition chrétienne, il s'était toujours montré opposé au fait de boire de l'alcool, toutefois, pour satisfaire sa curiosité, il en fut réduit à demander à Dieu cette petite mise entre parenthèses.

Le vin s'avéra efficace, au bout de trois verres son ami lui dit toute la vérité. L'affaire était la suivante : les Japonais, dans la Chine du Nord, avaient levé de nombreuses armées fantoches et, comme on arrivait en hiver, ils devaient procurer à chaque soldat un uniforme ouaté. Le coton du Nord avait déjà été transporté par bateau au Japon, il n'était pas question de le rapporter en Chine pour les armées fantoches. Les stratèges japonais s'absorbèrent dans leurs réflexions pendant plusieurs jours pour trouver un ersatz. Ce dernier ne demandait pas de fabrication industrielle, ne devait pas être commandé à Shanghai ou à Tianjin, on le faisait avec des vieux tissus et du papier usagé. D'où les véhicules chargés de vêtements militaires qu'avait aperçus John Ding. Ces vêtements se déchiraient au moindre contact, devenaient informes dès qu'ils étaient mouillés, quant aux moins endommagés ils ne protégeaient même pas du froid. Malgré tout, les armées fantoches auraient des vêtements militaires — puisque les Japonais les appelaient ainsi, il fallait bien que ce fussent des vêtements militaires.

C'est un Japonais qui était chargé de les faire. Les hommes à tout faire à l'ambassade du Japon avaient graissé la patte à ce Japonais pour obtenir la prérogative de le remplacer dans sa tâche de confection par quelques amis à eux. Cet ami-là faisait partie de ceux qui avaient obtenu ce privilège.

John Ding avait toujours méprisé les Japonais, pour la seule et unique raison qu'il travaillait lui-même à l'ambassade de Grande-Bretagne il pensait qu'un domestique attaché à cette ambassade était beaucoup plus distingué qu'un attaché ou qu'un secrétaire à l'ambassade du Japon. Cette affaire de vêtements militaires faits avec du tissu et du coton recyclés, dans la mesure où il s'agissait d'une opération de duperie, aurait dû, puisqu'il était chrétien, être considérée comme une transgression des ordres de Dieu. De quelque côté qu'on envisageât la question, il n'aurait pas dû s'y intéresser, se contenter d'en sourire. Mais voilà, l'être humain est faible, quand il voit de l'argent n'en oublie-t-il pas Dieu et l'ambassade de Grande-Bretagne ? Il avait décidé de rester un homme, quitte à donner son âme au diable. D'autant plus qu'il trouvait que gagner ainsi un peu d'argent n'était pas un crime, car il s'agissait d'argent japonais. Quant à la question de savoir si, en fabriquant de ses propres mains ces ersatz de vêtements il se montrait digne de ces soldats, il se disait qu'il n'avait pas besoin de trop réfléchir là-dessus. Ces soldats fantoches étaient des Chinois, et il n'avait jamais porté les Chinois dans son cœur.

Au bout de dix jours d'effort, il devint très intime avec cet ami. Le beurre, les conserves, le brandy qu'il portait aux Guan lui furent désormais destinés. Ainsi il partagea ce petit privilège, s'engagea pour mille vêtements. Après avoir obtenu ce qu'il souhaitait, il alla à la messe, communia avec une grande piété, fit une offrande de cinquante centimes (d'ordinaire il ne donnait que dix centimes) pour remercier Dieu. Puis il décida de demander à Changshun de coopérer avec lui car il était, selon lui, la personne la plus honnête de la ruelle et il avait déjà des relations avec lui.

Le plan de John Ding était le suivant : donner d'abord une avance comme capital. Changshun irait acheter des tissus, des vêtements et papiers usagés. Si les vêtements étaient ouatés, il en retirerait la ouate et l'arrangerait avant de la revendre.

Lui, Ding, donnerait trente pour cent des bénéfices de la vente de la ouate ainsi récupérée à Changshun. Ce n'était pas un partage très équitable, mais il se disait que, puisque Changshun était encore un enfant, il ne pouvait pas partager équitablement avec un adulte, et qui plus est, avec un chrétien situé dans le droit fil de la tradition. Une fois les tissus et vêtements usagés en sa possession, Changshun les laverait, les assemblerait. « Ta grand-mère doit savoir faire cela, qu'elle se fasse aider par la veuve de Petit Cui ! En résumé c'est ton affaire, fais comme bon te semble ! » Les vieux tissus rassemblés seraient bourrés de vieux papiers à l'intérieur. « Il ne faudra pas les défroisser sinon cela demandera trop de matière première et le vêtement semblera trop mince, le mieux sera de l'insérer comme ça en boule, pour que le vêtement ait l'air épais, qu'il soit léger, cela permettra d'économiser la fatigue des porteurs. » Ainsi remplis, les vêtements seraient cousus grosso modo, puis on ferait quelques piqûres horizontalement et verticalement, sinon le papier tomberait quand on les prendrait en main, ne laissant qu'un sac en papiers déchirés. « Tout cela, recommandait John Ding cordialement, c'est ton affaire, tu fais les courses, tu laves, couds, travailles, moi je ne m'en occupe pas. Je te donnerai un yuan par vêtement, mille vêtements cela fera mille yuan. Mais tu devras tenir les comptes de ce que je te donne, ce que tu dépenses. Je ne parle que de l'achat des matières premières. L'argent du transport, de l'eau, etc., n'entre pas dans cet accord. Tu devras chaque jour m'en faire un rapport, et, si je ne suis pas à la maison, tu le feras à ma femme. Je ne te donnerai un yuan par vêtement que si les comptes sont clairs et les uniformes bien faits. S'il y a un défaut je retiendrai l'argent. Tu m'as bien entendu ? Je suis chrétien, je fais les choses au grand jour, je suis juste. Les bons comptes font les bons amis. Il faut séparer clairement les choses. Tu as compris ? » Ces deux derniers mots avaient été prononcés en anglais, comme pour accroître leur impact.

Changshun avait répondu oui tout de suite, sans même réfléchir davantage. Il ne s'était pas occupé de calculer ce qu'il resterait sur un yuan une fois déduits les frais de transport, d'eau, d'huile pour la lampe, de fil et le temps et l'énergie qu'il faudrait consacrer à l'achat de la matière première, puis à sa mise en ordre, au lavage, à l'assemblage, au piquage et à la tenue des comptes. Il n'avait prêté attention qu'à ces mille yuan lointains. Il pensait pouvoir régler ainsi la question de la subsistance pour sa grand-mère et pour lui. Depuis que plus personne n'écoutait le phonographe, et après la perte de la monnaie du Guomindang que possédait sa grand-mère, il se sentait guetté par la menace de la faim et du froid. Il pensait depuis longtemps faire un petit commerce, mais il ne possédait pas de capital et n'avait aucune formation. Il n'avait pas osé prendre le risque d'emprunter. S'il venait à perdre son capital, comment ferait-il ? Il avait été élevé par sa grand-mère, il était prudent. Toutefois, rester inactif ne résolvait pas le problème de la nourriture, il était inquiet. Quand il entendait sa grand-mère soupirer la nuit, il se cachait la tête pour pleurer en cachette. Il n'était pas digne d'elle, elle l'avait élevé en vain, elle n'avait élevé qu'un propre à rien !

Il n'avait pas pensé un seul instant à faire un calcul ni à prendre des renseignements. John Ding, sans faire d'efforts, sans faire un pas, sans lever le petit doigt, allait gagner beaucoup d'argent. Il ne pensait qu'à le remercier. John Ding avait un Dieu, il devait s'enrichir. Changshun aussi avait un Dieu maintenant : c'était John Ding. Il devait faire ce travail avec loyauté. Il ne pouvait pas tomber malade, même légèrement. Il ne pouvait pas se montrer paresseux, il lui fallait se montrer digne de sa grand-mère et de ce Dieu nouveau.

Changshun s'activa. Il se levait avant le point du jour pour se rendre au marché du matin acheter du tissu et des papiers usagés qu'il rapportait sur son dos. Certes, les matériaux n'étaient pas très lourds, mais la boue qui les maculait en augmentait le poids. Il serrait les dents, les portait sur son dos, ne prenant de voiture que s'il y était vraiment contraint. La sueur trempait ses vêtements mais il ne se plaignait pas, c'était un moyen de subsistance et la meilleure façon d'exprimer la piété filiale qu'il devait à sa grand-mère.

Quand il avait rapporté, tirant et peinant, les matériaux à la maison, il devait rester longtemps a croupetons avant de pouvoir se redresser. Il aurait dû aller se reposer un moment sur son lit, mais il ne voulait pas le faire, pour ne pas montrer à sa grand-mère qu'il était déjà à bout de forces et lui causer ainsi du chagrin.

Ces vieux matériaux avaient chacun une odeur bien particulière. Une fois mis ensemble, l'odeur devenait indéfinissable, mais vous donnait toujours la nausée. C'est la raison pour laquelle il ne laissait pas sa grand-mère y toucher. C'est lui qui procédait à la première mise en ordre. Il connaissait l'amour de sa grand-mère pour la propreté.

Tout d'abord, il lui fallait battre ces rebuts avec une batte en bois pour les dépoussiérer. Puis il les ramassait un à un et les secouait pour en ôter les grains les plus consistants. Il en profitait pour les examiner, pour savoir si la crasse partirait au lavage. Après il plongeait ceux qui devaient être lavés dans une première cuvette en terre. La quatrième opération consistait, quand toutes les étoffes étaient bien imbibées, à les rincer dans une cuvette d'eau claire. Enfin, il faisait sécher sur une corde les bouts de tissu de toutes tailles, mais aussi défraîchis les uns que les autres.

Ce travail de dépoussiérage transformait la petite cour du n° 4 en un tel champ de poussière qu'on ne voyait plus la personne qu'on avait devant soi. C'était comme si quatre chevaux se roulaient dans une fosse. La poussière recouvrait tout, et même le faîtage et les portes des maisons se perdaient dans son nuage, tant et si bien que les moineaux sous l'auvent, qui s'étouffaient, avaient tous élu domicile ailleurs. Ce nuage de poussière était épais et, de plus, nauséabond. Le nez de Mme Li, même en humant de tous côtés, ne pouvait se prononcer sur son odeur exacte. Après le battage, de fines particules flottaient dans l'air avec une extrême insouciance avant de trouver une place et de retomber qui sur votre tête, vos sourcils, votre cou, qui sur un bol ou dans les coutures des vêtements, et vous pouviez prouver alors que vous apparteniez bien à ce « monde de la poussière ».

Quand les particules étaient lentement retombées, Changshun se tapotait le corps avec la batte et aussitôt un nuage de poussière s'élevait dans la cour, à plus petite échelle, mais aussi irritant. Entre ses dents il y avait des grains de sable, très fins et malodorants.

La vieille Mme Ma, qui aimait tant la propreté, ne supportait vraiment pas cette débauche de poussière que provoquait chaque jour son petit-fils. Elle avait beau fermer hermétiquement portes et fenêtres, la poussière nauséabonde continuait de retomber sur sa tête, ses sourcils, ses vêtements et sur tous les meubles. Elle ne pouvait pourtant pas empêcher son petit-fils de travailler et encore moins lui faire des reproches. Il voulait vraiment être meilleur et c'était pour subvenir à leurs besoins qu'il faisait cette sale besogne, se levant tôt, se couchant tard. Il ne lui restait plus qu'à s'envelopper la tête d'un mouchoir et essuyer au passage table et tabourets. Quand elle entendait qu'il avait fini l'époussetage des tissus sales, elle s'empressait d'ôter le mouchoir de sa tête pour ne pas le froisser.

La femme de Petit Cui n'échappait pas bien sûr à ce malheur, mais elle ne disait rien. Grâce à l'argent de Changshun elle avait eu de quoi vivre ces derniers temps. Elle ne pouvait que le remercier, ne pouvait se laisser aller à des médisances sur cette maudite poussière. En plus de l'argent, elle avait besoin de consolation et de protection, or la vieille Mme Ma et Changshun étaient pleins de sollicitude pour elle, attentifs à lui venir en aide. À sa naissance elle n'avait déjà plus de parents en ce monde, bien qu'elle eût un frère aîné, mais il n'était pas très exigeant envers lui-même, se montrait capable de tout sauf de faire une bonne action. S'il savait qu'elle touchait chaque mois dix yuan de Gao Yituo, il viendrait lui en extorquer trois ou quatre. Il ne connaissait que l'argent, ne s'occupait pas de savoir ce qu'on entendait par frère et sœur. Elle détestait les Japonais, ils avaient décapité sans raison son mari. Or elle avait entendu dire récemment que son frère travaillait pour eux, elle ne voulait donc pas entretenir de relations avec lui. Ayant coupé ces derniers liens de famille, elle se retrouva seule et, sans la vieille Mme Ma et Changshun, elle ne savait vraiment pas comment elle aurait pu continuer à vivre. Non, elle avait décidé qu'elle ne pouvait pas avoir en horreur cette horrible poussière. Elle trouvait même qu'il était de son devoir d'aider Changshun. Puisqu'il lui donnait un salaire elle le prenait, s'il ne lui avait rien donné cela n'aurait pas eu beaucoup d'importance.

Après que M. Li eut enterré Petit Cui, elle était tombée gravement malade. Elle ne mangeait ni ne buvait, restait toute la journée plongée dans un état de léthargie. Parfois elle avait beaucoup de fièvre et, dans ces moments-là, elle appelait Petit Cui ou vomissait des injures contre les Japonais. Après ces accès de fièvre, elle redevenait sage, les ailes de son nez frémissaient et elle sombrait dans le sommeil. La vieille Mme Ma, du temps où Petit Cui était encore en vie, n'était pas très proche de la jeune femme. D'abord parce que Petit Cui aimait insulter les gens, elle ne pouvait s'y faire, et puis les époux Cui, tout compte fait, formaient une famille, tandis qu'elle-même n'était qu'une veuve âgée, il lui eût paru inconvenant de s'occuper outre mesure des affaires des autres. Quand la femme de Petit Cui s'était soudain retrouvée veuve, la vieille Mme Ma, tout naturellement, s'était montrée compatissante. Elle venait à tout moment la voir, lui verser un bol d'eau bouillie ou lui apporter un peu de brouet. Quand la femme de Petit Cui criait et vociférait, elle ne manquait pas de venir tenir la main de la malade. Quand elle trouvait cette dernière trop agitée, elle priait M. Li de venir pour discuter d'une solution. Quand la malade sombrait de nouveau dans le sommeil, la vieille femme venait souvent écouter à la fenêtre. Par ailleurs, elle et Mme Li avaient mis en commun leurs connaissances médicinales, se concertant sur les drogues ou les recettes populaires qu'elles faisaient prendre à la jeune femme.

Le temps, les recettes, l'affection avaient guéri peu à peu la malade. Elle ne parvenait pas encore à oublier Petit Cui, mais le temps devait tracer une ligne très nette entre lui et son monde à elle : il était mort, elle vivait, et devait continuer à vivre.

Alors qu'elle pouvait tout juste recommencer à marcher, elle avait contraint M. Li à l'emmener sur la tombe de son mari. Vêtue de sa robe de deuil, tenant à la main pour vingt centimes de monnaie en papier, laissant couler ses larmes, elle avait suivi M. Li comme un agnelet qui apprend à marcher, depuis la maison jusqu'à l'ouest du Temple de l'Agriculture. Sur la tombe elle avait pleuré toutes les larmes de son corps.

Ayant ainsi épanché son chagrin, elle avait recommencé à prêter attention aux petites choses de la vie quotidienne, comme manger et boire. Elle était en fait de constitution assez robuste, aussi son rétablissement avait-il été relativement rapide. Mme Li l'avait accompagnée quand, vêtue de sa robe de deuil, elle était allée remercier chez eux chaque voisin qui l'avait aidée ou lui avait donné de l'argent. Cela lui avait fait reprendre contact avec le monde réel, admettre qu'elle devait continuer de vivre.

L'argent qu'avaient collecté M. Li, M. Sun, Changshun n'avait pas été entièrement utilisé. Le vieil homme lui avait remis ce qui restait en présence de M. Sun et de Changshun. Changshun chaque mois lui donnait les « fonds de secours » venant de Gao Yituo. Elle n'avait pas pour le moment à souffrir ni de la faim ni du froid.

Peu à peu elle en vint à bien tenir sa maison, mieux que du temps de Petit Cui quand il y régnait un bazar perpétuel. Elle commençait à comprendre pourquoi la vieille Mme Ma aimait tant la propreté — elle était veuve, et quand on aime la propreté, on a de l'occupation. Elle trouvait un peu de joie à bien tenir sa maison. Son mari était mort, mais il y avait de l'ordre dans la pièce. Pourtant, dans cette maison bien rangée, elle ressentait un sentiment de vide. Certes, la vieille table et le banc délabré frottés par ses soins reluisaient, semblaient vivre, mais ils ne pouvaient pas, comme Petit Cui, sauter et gambader avec vitalité. En leur présence elle repensait à ce qu'était son mari. Son amour, l'odeur de sa sueur, les propos qu'il tenait à tort et à travers, les bêtises qu'il faisait, tout était bien, mieux de toute façon que ces meubles sans vie. Plus elle mettait de l'ordre dans la pièce, plus elle paraissait spacieuse, elle semblait s'être élargie aux quatre coins. Elle pouvait se tenir debout ou assise partout, mais toujours elle ressentait le calme, la solitude, alors elle ne pouvait s'empêcher de repenser à Petit Cui. De son vivant il pouvait se disputer avec elle dès qu'il franchissait la porte, allant même jusqu'à la frapper, mais il lui faisait battre le cœur, elle supportait ou se révoltait, et c'était cela, vivre. À présent, son cœur n'avait plus de raison de battre, car elle avait perdu le sens de la vie. Si Petit Cui était bel et bien mort, elle était morte à demi.

Elle était plus soignée de sa personne qu'avant. Elle avait le temps de faire attention à elle, de prendre soin d'elle-même. Avant, elle semblait ignorer qu'elle avait sa propre existence, elle ne pensait qu'à Petit Cui. Il lui fallait faire cuire le riz à l'avance — quand il y en avait — pour qu'il ne crie pas famine comme un loup affamé en rentrant. Si le riz était prêt et qu'il n'était pas encore rentré, il lui fallait trouver un moyen pour le garder au chaud ainsi que l'accompagnement. Il n'était pas question de lui donner à manger quelque chose de froid. Il changeait de vêtements tous les jours, car ils étaient imbibés de sueur et il fallait les laver aussitôt ; d'autre part il avait très peu de linge de rechange et les jours gris, ou lorsqu'il pleuvait, il lui fallait trouver le moyen de les faire sécher. Ses chaussures et ses chaussettes se trouaient si facilement ! On aurait dit que des crocs en acier lui poussaient aux pieds ! En un rien de temps elles se trouaient. Elle devait alors tout de suite, sans répit, les repriser, ou en confectionner d'autres. Elle lui consacrait tout son temps, ne s'occupait pas d'elle-même. À présent, elle commençait à se voir, elle ne laissait plus sa veste à moitié boutonnée, ni ses chaussettes avoir des trous. Cette propreté lui avait redonné un air de jeunesse, elle n'était plus ce souffre-douleur, cette souillon, mais une jeune femme assez jolie. Pourtant, cette jeunesse n'était que partielle, son cœur aspirait à un peu de chaleur. Son visage était propre, mais jaune, elle n'avait pas le teint de la jeunesse. Elle ne se laissait pas aller à froncer les sourcils, ni à soupirer à longueur de journée ; pourtant, parfois, elle restait là, hébétée, les yeux fixés sur sa veste ou ses chaussons de toile. Elle semblait ne plus se reconnaître elle-même. Cette femme assez jolie, soignée, était une autre. Elle était toujours la femme de Petit Cui, mais sans l'être vraiment. Elle ne savait plus qui elle était. Elle restait là hébétée, ahurie et, insensiblement, elle en venait à se parler à elle-même Jusqu'à ce qu'elle s'aperçût qu'elle parlait toute seule, alors elle rougissait soudain, serrait les lèvres, cherchant vite quelque chose à faire. Mais quoi ? Elle ne trouvait pas. Si Petit Cui vivait encore elle aurait toujours eu à faire, à présent qu'il n'était plus là, elle avait perdu le moteur qui faisait tourner sa vie. Elle était jeune encore, mais semblait ensevelie à moitié déjà sous la terre jaune.

Même quand elle s'ennuyait à mourir, elle n'aurait jamais consenti à rester debout un moment au portail donnant sur la rue. Elle ne sortait que contrainte à le faire. Si elle avait besoin de caillé de soja ou d'huile pour la lampe, elle suppliait Changshun de les lui rapporter. Elle était veuve, ne pouvait se montrer en public de façon inconsidérée. Ce serait attenter à la mémoire de Petit Cui. Si par hasard elle allait dans la rue, elle gardait toujours la tête baissée, ne s'attardait pas en chemin, n'osait pas regarder l'animation. Étant donné son âge, elle aurait dû être toute fringante, pourtant, il lui fallait garder la tête baissée. Elle n'était plus elle-même, mais la veuve de Petit Cui. Si elle marchait à petits pas pressés en baissant la tête, c'était pour Petit Cui, et non parce qu'elle méprisait les autres. Le devoir d'une veuve est de vivre en portant toujours une planche de cercueil. Alors elle avait compris pourquoi la vieille Mme Ma se montrait si discrète, si posée. La mort de Petit Cui avait été pour sa femme un enseignement nouveau. Il lui fallait se montrer extrêmement vigilante, devenir une vraie veuve. Elle n'avait pratiquement pas réfléchi auparavant à sa dignité, à ce qu'il lui fallait éviter de faire. Elle était elle-même, elle était la femme de Petit Cui. Quand ce dernier la tirait au-dehors, la frappait, elle le laissait faire. Si elle le pouvait, elle lui rendait quelques coups ou le mordait. Il n'y avait là rien de déshonorant. Certes Petit Cui l'humiliait, mais dans cet état d'humiliation, il l'aidait. Si elle laissait voir sa peau sous sa veste elle s'en moquait, Petit Cui semblait pouvoir cacher ce morceau de peau. Maintenant, elle devait avoir honte, cacher son corps. Elle était veuve, et devait prendre conscience de ce fait. Le monde d'une veuve se réduit à une petite cellule noire, elle devait s'y enfermer à clef de plein gré.

C'est pourquoi, non seulement elle n'osait pas en vouloir à Changshun pour ce nuage de poussière, mais elle se trouvait moins solitaire. Elle était disposée à aider la vieille Mme Ma. Changshun bien sûr n'aurait pas accepté qu'elle le fît gratuitement, il lui donnait vingt centimes comme rémunération pour un « uniforme », tandis qu'il lui fournissait fil et aiguille. La veuve de Petit Cui n'avait pas refusé cette rémunération, elle ne s'était pas plainte non plus de la modicité de la somme. Elle s'y était mise avec tout son cœur. Ainsi, elle pouvait, sans sortir de chez elle, avoir des revenus et un travail. Cela lui permettait de montrer qu'elle était une veuve contente de son sort et qui ne se laissait pas aller à la paresse.

M. Sun aimait lui aussi la propreté, il avait du mal à supporter une atmosphère aussi pestilentielle. Il se mit en colère. « Dis voir un peu, Changshun, qu'est-ce que tout cela veut dire ? Tu n'es plus un enfant, tu ne sais donc rien faire d'autre que répandre de la poussière ? Ça rime à quoi ? Regarde un peu ! » Il retira de son oreille un petit morceau de boue. « Regarde ! On pourrait même me planter du blé dans les oreilles ! Et quelle odeur ! Quand la poussière est retombée, c'est encore mieux ! La cour devient une petite teinturerie, tous ces vieux bouts de chiffons bariolés accrochés comme ça ! J'ai horreur de sentir ces choses mouillées sur ma tête ! »

Changshun avait effectivement acquis de l'expérience. Autrefois, il aurait discuté avec M. Sun jusqu'à ce que la vérité soit établie, il avait toujours méprisé M. Sun et puis, animé par la force de la jeunesse, il n'hésitait pas à entreprendre une polémique verbale pour l'amour de la polémique. À présent, il n'ouvrait pas la bouche, bien décidé à ne rien dire. D'abord il lui fallait garder le secret, il ne pouvait crier sur tous les toits le « privilège » dont il bénéficiait. Sapristi ! Si les gens savaient, ses mille yuan n'en seraient-ils pas menacés ? Par ailleurs, il se considérait comme le fondateur d'une lignée, d'une entreprise, presque digne d'être comparé au vieux Qi et à M. Li. Comment aurait-il pu perdre son temps à parler ? Si M. Sun entendait vitupérer sur son compte, libre à lui, le plus important était de gagner de l'argent ! Eh oui, récemment il ne se préoccupait plus guère d'aller se battre contre les Japonais. Alors, que lui importaient les commérages de M. Sun ? Il se contint, ne jeta même pas un regard à son voisin. En tout cas il savait bien qu'il n'y avait rien de déshonorant à gagner de l'argent à la sueur de son front pour subvenir aux besoins de sa grand-mère. À quoi bon polémiquer ! Mais plus il se taisait, plus M. Sun poursuivait. Ce dernier adorait les prises de bec, si au moins il avait pu engager une bonne dispute avec Changshun, à en avoir le cou gonflé, les veines apparentes, il aurait pu oublier ce procès pour des vieux bouts de chiffons, retirer un peu de contentement de cette dispute. Le silence de Changshun était pour lui une riposte cruelle.

Heureusement, la vieille Mme Ma et la femme de Petit Cui sortirent pour s'excuser auprès de lui, il battit le rappel.

Changshun était secrètement satisfait d'avoir ainsi tenu tête à M. Sun. Il avait confiance en lui. Il n'était plus ce gamin qui ne savait qu'arpenter au hasard les petites ruelles portant son phonographe sur le dos, et dont les gens se moquaient souvent. Il était un jeune homme qui savait y faire, avait l'esprit inventif, de l'ambition. Alors tous ces Messieurs machin chose il s'en moquait, il ne se laisserait pas mettre en colère pour rien. Il avait mille yuan à portée de la main, il serait un… un quoi au juste ? Il n'arrivait pas à se le représenter, mais il serait quelqu'un de mieux que le Changshun d'aujourd'hui, il en était sûr.

Gao Yituo vint le voir. Il était perdu. Il ne pouvait se mesurer à lui. Il était encore un enfant, et stupide par-dessus le marché ! Il perdit confiance en lui-même.

CHAPITRE LIX

Le vieux Tianyou ne savait pratiquement plus que faire. Il était le patron, il avait le droit de déplacer, de régler tout dans sa boutique. Mais à présent, il semblait être devenu un homme complètement inutile, tout juste bon à manger en vain ses trois repas par jour. L'hiver était arrivé, c'était justement l'époque où l'on ajoutait des vêtements d'hiver, mais il ne pouvait acheter de coton ni de cotonnade. N'ayant pu faire d'achats, il n'avait naturellement rien à vendre. Sur dix clients qui entraient sept ou huit ressortaient les mains vides. Il avait fait son apprentissage à Peiping, et à présent c'est à Peiping encore qu'il formait ses apprentis. Ce qu'il avait appris, ce qu'il avait enseigné aux autres, c'était principalement l'honnêteté et la politesse, le but de ces deux qualités étant d'amener le client, qui pensait au départ acheter un article, à en acheter deux ou trois, qui pensait acheter du blanc, à accepter, faute de mieux, de prendre du gris. Si les clients sortaient les mains vides, c'était un échec pour le magasin. À présent Tianyou constatait ce phénomène chaque jour, et cela n'était pas le fait d'une seule personne. Il n'avait pas grand-chose à vendre et, même si les acheteurs avaient voulu acheter davantage, il n'aurait pas pu leur fournir la marchandise. Les garçons de boutique avaient beau se montrer honnêtes et polis, réussissant à retourner le client comme une crêpe, à l'amener à se montrer accommodant pour la couleur et le modèle, il n'avait pas assez de marchandises en remplacement. De la toile blanche pouvait remplacer de la grise, mais non du satin bleu-vert. Honnêteté et politesse n'étaient plus d'aucun secours.

Avec si peu de marchandises dans la boutique, les ventes diminuaient encore le stock, et la boutique ne ressemblait plus à rien. Autrefois, en rayon, étaient disposés dans les casiers, pliés bien en ordre, des tissus de couleurs très variées, des bleus, des blancs, des tissus épais, tout neufs, calmes, doux. De certains d'entre eux émanait une douce odeur d'indigo, d'autres avaient un éclat agréable à l'œil. Tianyou était assis sur une grande banquette recouverte d'un épais brocart bleu près de la porte de la boutique ; il regardait les marchandises dans les casiers, respirait cette légère odeur d'indigo. Il se sentait bien malgré lui, content. C'était des marchandises, c'était un capital, c'était du profit, il y avait là-dedans un gage de crédibilité, de bonne gestion, d'honnêteté. Même par les jours de tempête, alors qu'il pouvait ne pas y avoir un seul client, cela n'avait pas d'importance, les marchandises ne seraient pas emportées par le vent, mouillées par l'eau. Tant qu'il y aurait des marchandises, tôt ou tard il y aurait bien un connaisseur, il n'avait pas besoin de se faire du souci. À chaque extrémité de la banquette il y avait deux grandes corbeilles de coton tout blanc, tout moelleux, tout doux, à leur vue son cœur s'éclairait.

En regardant en biais, il pouvait voir la moitié du comptoir intérieur. Certes, il vendait essentiellement des cotonnades, mais il avait un comptoir qui méritait le coup d'œil. Y étaient rangés soieries et satins. Ces marchandises fines étaient enveloppées dans du papier de soie, alignées en biais sur la tranche dans la vitrine, ou posées à plat derrière les vitres du comptoir. Là, l'apparence n'était pas fruste comme celle du comptoir extérieur, c'était un tout autre style. Chaque marchandise avait son lustre et sa majesté. Cela faisait penser à la magnificence de Suzhou et de Hangzhou, penser aux moments les plus heureux de l'existence — si son vieux père pouvait fêter ses quatre-vingts ans, ne devrait-il pas lui faire une longue tunique doublée pourpre, bleu foncé ou mordorée en satin doublé ? Ces nouveaux mariés ne devront-ils pas porter des vêtements en soie ? À la vue du comptoir intérieur, il pensait certes au mot abondance, mais aussi aux mots paix et prospérité. Même à la campagne on achète quelques pièces de soieries pour des fiançailles !

Trois cent soixante-cinq jours par an, ou presque, il était dans sa boutique et n'avait jamais eu horreur de cette vie et de ces marchandises. Il n'avait pas d'ambition, ne laissait pas son esprit vagabonder. Il était un petit poisson, auquel de l'eau claire et des algues vertes suffisaient et qui nageait tout content, sans s'occuper de savoir s'il se trouvait dans un lac ou dans un récipient en porcelaine.

À présent les deux corbeilles de coton avaient disparu depuis longtemps, et l'on avait jeté les vanneries vides dans l'arrière-cour. Les casiers du comptoir extérieur étaient vides pour une bonne moitié. Au début Tianyou demandait aux employés de répartir les marchandises, donc même si les casiers n'étaient pas pleins, il n'y en avait aucun entièrement vide. À la longue, cette opération ne suffisant plus, on avait laissé les casiers vides. Dans sa boutique, Tianyou n'osait pratiquement pas relever la tête. Ces casiers vides étaient comme des yeux carrés, sans pupilles, qui restaient grands ouverts jour et nuit à le contempler, comme pour le narguer. À défaut d'autre chose, il avait recouvert les casiers vides de papier fantaisie. Mais c'était là bien évidemment une façon de se tromper soi-même, y avait-il de la marchandise pour autant ?

Une bonne moitié des casiers fut ainsi camouflée, au comptoir ne restait plus assis qu'un ancien employé, tous les autres avaient été congédiés. Le vieil employé n'avait rien à faire, alors il dormait. Ce n'était pas là faire du commerce, c'était une honte pour un commerçant ! Le comptoir intérieur était un peu plus attrayant, mais sa vue vous brisait le cœur. Les soieries, tout comme les cheveux des femmes, doivent varier chaque jour. Quand elles étaient restées exposées trois mois il n'y avait guère d'espoir de les vendre. Six mois après, c'étaient des antiquités, et des antiquités sans la moindre valeur. Il ne restait plus que les cotonnades, marchandises vendues à perte. Un seul employé également s'occupait du comptoir intérieur, il avait encore moins de travail à faire que son collègue. À défaut de s'employer à autre chose, il astiquait le comptoir et les vitrines. Plus le verre brillait, plus les vieilles soies semblaient ternes, les blanches avaient jauni, les jaunes avaient passé. À la vue de ses fines marchandises vouées au même sinistre destin et qu'il avait achetées avec des pièces d'argent, Tianyou, qui n'aimait guère parler, osait encore moins le faire. Il avait un goût amer dans la bouche. Son honorabilité, sa loyauté, son savoir-faire, son expérience, sa dignité, avaient été effacés d'un seul coup. Il n'avait plus d'idées, était devenu un objet bon à mettre au rebut, comme ces vieilles marchandises.

Un être sans ambition, très souvent, n'a pas l'esprit large et inventif. Tianyou était ainsi. En apparence, il gardait son sang-froid, alors que son esprit semblait être piqué cruellement par un essaim de guêpes sauvages.

Il alla secrètement voir les boutiques voisines. Dans les pâtisseries qui manquaient de farine, les marmites étaient vides, les fourneaux éteints. Les boutiques de thé ne travaillaient pas, car les difficultés de communication empêchaient l'approvisionnement. Dans les charcuteries, il n'y avait parfois aucun morceau de viande. Devant un tel spectacle, il se sentit plus ou moins soulagé : tout le monde était effectivement dans le même pétrin, il ne s'agissait pas de sa part d'un manque d'aptitudes, d'incapacité personnelle. Cela le consola un instant. Mais après avoir réfléchi calmement, son cœur se serra de nouveau et plus fort encore. Il se posa la question suivante : si les choses continuaient de ce train, tous les commerces allaient s'arrêter de concert, n'allait-on pas tous mourir de faim et de froid ? Ainsi, tout Peiping allait manquer de tissu, de thé, de farine, de viande de porc, comment feraient-ils, lui et tous les autres Pékinois ? Arrivé à ce point de ses réflexions, il ne put s'empêcher de penser à son pays. Le pays était asservi, tout le monde devait mourir, c'était tout ce qu'il y avait de plus vrai, tous devaient mourir !

En pensant à son pays, il repensa à son troisième fils, Ruiquan. Il avait eu raison de partir, tout à fait raison ! se disait-il. Sans parler de son vieux père, lui-même ne pouvait rien faire, était inutile. Même l'aîné, Ruixuan, si intelligent, si noble de caractère, n'y pouvait rien, était inutile. Peiping était perdue et les habitants aussi. Seul le troisième, lui seul, qui avait fui Peiping, avait quelque espoir de s'en sortir. La Chine ne serait pas conquise car Ruiquan ne s'était pas encore rendu. Cette réflexion le fit se redresser. Un souffle blanc sortit longuement de sa bouche.

Mais il s'agissait là d'une bien mince consolation qui ne résolvait pas les difficultés du moment. Peu de temps après, il perdit jusqu'à cette consolation car il devint très occupé et n'eut plus le temps de penser à son fils. Il avait reçu un avis d'inspection des stocks. Il savait que tôt ou tard il faudrait en passer par là, mais cela se concrétisait. Chaque boutique devait inventorier les marchandises et remplir en détail des formulaires. Tianyou avait compris : il s'agissait d'une « saisie par mandat impérial ». Quand les formulaires seraient remplis, les Japonais connaîtraient parfaitement l'état des ressources de Peiping et leur valeur. Peiping ne serait plus cette ville célèbre pour la beauté de ses parcs et de ses palais, pour sa longue histoire, pour ses végétaux, ses poissons et ses oiseaux, mais une grande entreprise dotée d'un certain prix et dont les patrons étaient les Japonais.

Comme le personnel était réduit, Tianyou dut procéder lui-même à l'inventaire. Il remplit les formulaires. Il est vrai qu'il y avait peu de marchandises, pourtant l'inventaire n'était pas si simple. Il savait que les Japonais aimaient couper les cheveux en quatre et que, s'il faisait un rapport à la va-vite, il s'attirerait des ennuis. Il devait mesurer correctement chaque pièce de tissu avec son mètre, ne pas porter de chiffres trop ronds, puis calculer scrupuleusement son prix.

Après un inventaire minutieux et des calculs clairs qui lui avaient pris toute une nuit, il n'osa pas remplir tout de suite le formulaire. Il se demandait s'il devait mettre un prix bas ou élevé. Il savait qu'une bonne moitié de ses marchandises n'avaient guère de chances d'être vendues un jour. Dans ces conditions, en fixant un prix élevé, la marchandise ne partirait pas et les Japonais appliqueraient les taxes en conséquence. Que faire ? Inversement, s'il mettait le prix bas, il vendrait à perte, en pâtirait le premier et risquait de s'attirer les critiques de ses confrères. Il gardait les sourcils froncés. Mieux valait demander conseil et voir ce qui se passait dans les autres boutiques de tissu. Il avait toujours eu son propre style et une façon bien à lui de régler les choses. À présent, il lui fallait faire cette démarche. Il était patron de sa boutique mais il avait perdu son autonomie.

Les confrères, eux non plus, n'avaient pas d'idées. Les Japonais s'étaient contentés de donner des ordres sans aucune explication détaillée. Un ordre est un ordre, quant à la suite qui serait donnée les Japonais ne voulaient en informer personne à l'avance. Ils avaient conquis Peiping, les commerçants de Peiping devaient souffrir mille morts.

Tianyou avait pensé à une solution de compromis : mettre un prix fort pour les marchandises vendables et faire des rabais pour les autres. Il se croyait relativement malin. Après avoir retourné les formulaires, il passa son temps à faire des suppositions : quel serait le deuxième pas ? Il ne voyait pas, mais il n'abandonnait pas pour autant, il était tenace. Tout cela l'irritait, l'inquiétait, il trouvait qu'il s'agissait d'une humiliation : pour son commerce il devait se plier aux directives de quelqu'un d'autre. Sa moustache déjà pleine de poils blancs s'en dressait souvent.

À force d'attendre, les contrôleurs tant attendus arrivèrent pour vérifier ce qui avait été déclaré. Certains étaient en civil, d'autres étaient armés, chinois ou japonais, cette démonstration de force ne semblait pas cadrer avec l'inspection de marchandises, elle ressemblait plutôt à l'arrestation d'un bandit de grand chemin. Les Japonais aimaient faire d'un grain de sésame tout un monde. Tianyou avait une assez bonne constitution physique, il n'avait pas facilement mal à la tête ou de la fièvre. Or voilà que sa tête se mettait à le faire souffrir. Les contrôleurs tenaient les formulaires à la main, tandis que lui prenait son mètre. Il fallut remesurer chaque pièce de tissu, voir si le résultat était conforme au chiffre porté sur le formulaire. Le vieil homme en avait presque oublié sa correction et sa politesse, il avait une violente envie de les frapper sur la bouche avec son mètre en bois pour leur faire sauter quelques dents. Ce n'était pas travailler, c'était s'adapter à la demande. Il avait été droit toute sa vie, voilà qu'on le considérait comme un voleur invétéré.

Ce mauvais moment passé, alors qu'ils n'avaient relevé aucun vice, il se trouva qu'il manquait une pièce de tissu. Elle avait été vendue la veille. Ils ne furent pas d'accord. Le vieil homme, déjà rouge de colère, se maîtrisa pourtant et leur fit face. Il sortit le registre de comptabilité, les invita à y jeter un coup d'œil. Il alla même jusqu'à produire l'argent de la vente. « Alors ? La somme est intacte, on n'y a pas touché, cinq yuan et dix centimes. » Non, c'était impossible, ils ne pouvaient valider cette écriture !

Alors qu'on n'avait pas encore conclu sur cette affaire, ils trouvèrent autre chose qui « clochait ». Pourquoi le prix de certaines marchandises était-il si bas ? Ils sortirent les anciens comptes. « Mais oui, le prix que tu as fixé est plus bas que le prix d'entrée des marchandises. Qu'est-ce que cela signifie ? »

La bouche barbue de Tianyou se mit à trembler. Il s'étrangla plusieurs fois avant de pouvoir répondre : « Ce sont des marchandises anciennes dont la vente n'est pas très bonne, voilà pourquoi... » Non, c'était impossible, c'était visiblement provoquer à dessein des troubles, car enfin qui voudrait vendre à perte ?

« Est-ce que je peux corriger ? » Le vieil homme s'efforçait de sourire.

« Corriger ? Mais ce ne serait plus un papier officiel !

— Alors, que faire ? » Le vieil homme avait si mal à la tête qu'elle semblait prête à éclater.

« À ton avis ? »

Le vieil homme était tel un chien sauvage coincé contre un mur que l'on frappe à tour de bras.

Le premier vendeur s'approcha, il offrit à la ronde du thé et des cigarettes, puis il tira en cachette la manche du vieil homme. « Offrez-leur de l'argent ! »

Les yeux pleins de larmes le vieil homme reconnut ses torts et prit l'initiative de se punir en leur offrant cinquante yuan. Ils ne voulurent rien entendre mais cessèrent de se faire prier quand il ajouta dix yuan.

Après leur départ, Tianyou était resté sur son siège à trembler. Au moment de la guerre intestine des seigneurs de la guerre, il avait connu de nombreux événements déraisonnables, mais, à l'initiative de la Chambre de commerce, les charges avaient toujours été réparties selon les boutiques, il pouvait faire un rapport des comptes selon les informations données par cette même chambre. Il n'avait pas été humilié ni injurié directement par les militaires. Aujourd'hui, on l'avait traité de « commerçant malhonnête » et de plus il leur avait donné une somme d'argent qu'il ne pourrait pas inscrire dans ses comptes. Il avait été humilié, spolié, il avait honte d'en parler. Les affaires ne marchaient pas, la boutique perdait de l'argent et il fallait encore donner comme ça soixante yuan.

Il resta assis, hagard, pendant un bon moment. Il avait envie de rentrer faire un tour à la maison. S'il lui était difficile de parler de cette humiliation aux autres, ne pouvait-il pas le faire à son père, à sa femme, à son fils ? Il quitta la boutique. Il n'avait marché que quelques pas quand il fit demi-tour. Tant pis ! Cette humiliation, mieux valait la garder pour lui, à quoi bon affliger les siens ? Revenu à la boutique, il sortit sa tunique en renard qu'il n'avait portée que quelques fois et dont la peau n'était pas tout à fait régulière. C'était vrai, il l'avait très peu portée, d'abord parce qu'un commerçant ne peut pas s'habiller trop somptueusement et puis parce que vis-à-vis de son père, il n'eût pas été décent de faire valoir son grand âge en la portant de façon inconsidérée — même si cette tunique, vu l'état de la peau, n'avait pas une grande valeur. Il la prit, la confia au premier vendeur. « Vends-la ! La peau n'est pas terrible, mais je l'ai peu portée. L'endroit est en pur satin !

— Il va bientôt faire très froid. Est-ce bien le moment de la vendre ? demanda l'employé.

— Je n'aime pas la porter ! À quoi bon la garder, ne vaut-il pas mieux en tirer quelque argent ? Profitons de ce qu'il va vraiment faire froid, elle se vendra peut-être mieux.

— Combien faut-il la vendre ?

— Ce sera selon, fais au mieux ! Disons cinquante ou soixante yuan. Entre le montant de l'achat et celui de la vente les différences sont toujours grandes. On ne peut revendre une chose au prix où on l'a achetée, n'est-ce pas ? » Tianyou ne disait toujours pas à l'employé pourquoi il voulait la vendre.

L'employé s'activa longtemps, le prix le plus élevé qu'on lui en avait offert était quarante-cinq yuan.

« Va pour quarante-cinq yuan ! » dit Tianyou très décidé.

En plus des quarante-cinq yuan, en grappillant quelques yuan par-ci par-là, il put remettre les soixante yuan dans le comptoir. On peut se passer d'une tunique fourrée mais on ne peut laisser une perte sèche de soixante yuan dans sa comptabilité. Puisqu'il n'avait pas de chance et était né dans cette fichue époque, il lui fallait, se disait-il, accepter ce châtiment. Malgré sa mauvaise étoile il lui fallait préserver sa dignité, il ne pouvait se montrer irresponsable, faire apparaître des pertes dans ses comptes.

Quelques jours passèrent, les Japonais lui remirent une fiche de prix. Le vieil homme éplucha en détail les sommes une à une. À la fin de sa lecture il ne dit mot, mit son chapeau, sortit. Il franchit la porte Pingzemen. Il avait l'impression de ne plus pouvoir respirer en ville. Il lui fallait trouver un espace vaste et vide pour emplir ses poumons et réfléchir. Les prix fixés par les Japonais n'atteignaient pas les deux tiers du prix de revient et il était absolument impossible de les changer dans le sens de la hausse : ce serait considéré comme une atteinte à l'ordre public et il serait fusillé.

L'eau avait été changée dans les fossés en prévision des vents du nord, elle gèlerait, on casserait la glace pour la garder. Le courant était assez rapide, mais près des rives il y avait quelques blocs de glace. Les arbres sur les berges ou ailleurs avaient tous perdu leurs feuilles, le regard pouvait porter assez loin. Les Collines de l'Ouest aux teintes estompées n'avaient plus ce bleu intense des jours d'été après la pluie, ni cette limpidité des belles journées d'automne. Elles avaient blanchi, comme si elles redoutaient le froid. La lumière était belle, mais sans chaleur, même les ombres, celles des arbres comme celles des gens, semblaient diluées, rabougries, on les aurait crues éclairées par la lune. Le vieil homme jeta un coup d'œil en direction des monts lointains, puis de l'eau de la rivière. Il soupira longuement.

Comment continuer à faire du commerce ? Impossible d'avoir des marchandises. On ne permettait pas les cessations d'activité. Les taxes étaient élevées et, à présent, il y avait un prix officiel. Ne pas vendre ? Mais les clients ? Vendre ? Ce serait à perte ! Est-ce que c'était cela, faire du commerce ?

Que voulaient les Japonais ? Il est vrai que si les prix étaient fixés, le peuple ne serait pas spolié. Mais les commerçants ne faisaient-ils pas partie du peuple ? Ils allaient perdre gros ! Qui ferait du réassort ? Et si personne ne faisait de réassort, Peiping ne deviendrait-elle pas une ville morte ? Qu'est-ce que tout cela voulait dire ? Le vieil homme ne comprenait pas bien ce qui se passait.

Immobile sur la rive, Tianyou oubliait où il se trouvait. Il réfléchissait, réfléchissait, son cerveau semblait occupé par une toupie emballée. Plus il réfléchissait, plus ses idées s'embrouillaient. Il regrettait de ne pas pouvoir se jeter la tête la première dans l'eau et mettre fin à tous ses tourments.

Une brise légère le réveilla. L'eau qui coulait devant lui, les saules desséchés, les herbes fanées, lui semblèrent soudain plus réels. Inconsciemment il tâta ses joues : elles étaient froides mais ses paumes, elles, étaient moites. La toupie dans sa tête avait arrêté sa ronde folle. Il avait compris ! C'était très simple, si simple ! Il n'y avait là rien de bien profond, non vraiment rien ! C'était juste pour montrer au peuple que grâce aux Japonais les prix ne s'envoleraient pas. Les Japonais étaient des gens capables, leur politique était bienfaisante. Quant à savoir comment vivraient les commerçants, qui s'en souciait ? Les commerçants étaient des Chinois, ils pouvaient crever de faim et de froid ! Les commerçants ne faisaient plus de réassort, tant pis ! Les prix n'avaient pas augmenté, tant pis ! Si le peuple ne pouvait acheter de tissu de coton, ne pouvait rien acheter, tant pis ! En tout cas, les prix n'avaient pas augmenté. La politique bienfaisante des Japonais était de tuer proprement.

Après avoir mis de l'ordre dans ses pensées, il jeta de nouveau un coup d'œil sur l'eau. Vite, il se détourna. Il devait aller expliquer aux actionnaires ce à quoi il venait de penser. Il ne pouvait pas, de façon irréfléchie, aller au fiasco avec les deux mots « tant pis ! ». Il fallait leur expliquer clairement la situation. Ses pieds solides martelaient le sol avec bruit. Il entra en ville de toute la vitesse de ses jambes. Il ne pouvait garder cela secret, il devait tirer les choses au clair tout de suite, il n'était pas question pour lui de continuer à faire l'autruche et à vivoter ainsi plus mort que vif.

Il rencontra les actionnaires, aucun ne lui donna de solution. Tous voulaient arrêter tout de suite l'entreprise, même s'ils savaient que les Japonais n'acceptaient aucun dépôt de bilan. Une chose était sûre : il n'y avait plus d'espoir et aucun moyen de sauver la situation. Ils ne trouvèrent rien d'autre à dire à Tianyou que : « On en reparlera ! Pour toi les difficultés vont aller croissant. Quelle malchance de vivre à... » Tous lui gardaient leur confiance, le respectaient, mais ils n'avaient pas de solution. Ils ne pouvaient que lui demander de veiller sur cette coquille d'huître vide. Et lui ne put qu'acquiescer d'un signe de tête.

N'en pouvant mais, il revint à la boutique et resta assis, hébété. Une nouvelle consigne arriva : on ne pouvait vendre que trois mètres trente de chaque tissu, un centimètre de plus et l'on serait puni. Ce n'était pas une consigne, c'était une plaisanterie ! Ce métrage ne permettait pas de faire un pantalon et une veste d'homme, pas plus qu'une longue tunique. Les Japonais étant petits, ce métrage leur suffisait peut-être pour confectionner un vêtement, mais les Chinois n'étaient pas tous des nains ! Cela fit pourtant rire Tianyou. Les gens de haute taille allaient être obligés de se plier à cette prescription de nains ! Il n'y avait rien à ajouter. « Voilà qui va simplifier les choses ! » Il était très affecté mais voulait donner le change. « Le prix est imposé, le métrage aussi, nous pouvons tout à fait ranger nos bouliers ! »

Il venait juste de prononcer pour lui ces paroles que les larmes déjà montaient à ses yeux vieillis. Pouvait-on encore parler de commerce ! L'expérience, le talent, l'honnêteté, les plans n'étaient plus d'aucun secours. Il ne s'agissait plus de faire du commerce, mais de dorer le blason des Japonais. Un commerce sans commerce, et il faudrait pourtant chaque jour lever le rideau, ouvrir la boutique.

Il avait toujours été réservé, mais maintenant il ne voulait plus rester immobile plus longtemps. Il n'était plus bon à rien, s'il restait assis là, à jouer l'important, à jouer les patrons, ce serait assommant, il se montrerait incapable de savoir où était son intérêt. Il voulait quitter la boutique, ne plus jamais y revenir.

Le lendemain, il sortit de très bonne heure. Il allait sans but précis, lentement, au gré de sa fantaisie. Quand il passait devant un petit étalage, il s'arrêtait pour regarder un moment, sans s'occuper de savoir si cela en valait la peine. Il fallait qu'il vît pour laisser s'écouler quelques minutes. Quand il rencontrait une connaissance, il s'avançait pour échanger quelques paroles avec la personne en question. Il avait envie de parler, il était très déprimé. Il marcha ainsi pendant une à deux heures. Puis il revint sur ses pas. Cela ne pouvait durer ainsi, de quoi avait-il l'air ? Il n'était pas habitué à ce laisser-aller. Il lui fallait rentrer. Peu importe ce que deviendrait la boutique, s'il y aurait ou non des clients. Il était commerçant dans l'âme, il savait se tenir et ne pouvait continuer à marcher à l'aveuglette comme pris de folie. Rester assis dans la boutique le rendait malheureux, marcher ainsi sans but le rendait mal à l'aise. D'autant plus que, de toute façon, en tant que commerçant, sa place était dans la boutique.

De retour au magasin, il aperçut un tas de chaussures en caoutchouc sur le comptoir ainsi que de vieux jouets délabrés *made in Japan*.

« C'est à qui ? demanda Tianyou.

— On vient de les apporter. » Le premier vendeur eut un sourire forcé. « Quand on vend un métrage de satin, il faut vendre aussi une paire de chaussures en caoutchouc. Pour la vente d'un métrage de cotonnade il faut vendre un jouet. C'est une consigne ! »

Tianyou resta frappé de stupeur à la vue de ce tas d'objets japonais peu solides, hétéroclites. Il lui fallut un bon moment avant de pouvoir parler : « Les chaussures en caoutchouc ont une certaine utilité, mais à quoi servent tous ces trucs ? Et ils sont abîmés en plus ! N'est-ce pas pure escroquerie à l'encontre des clients ? »

Le premier vendeur jeta un regard au-dehors avant de dire à voix basse : « Les usines japonaises doivent être toutes réquisitionnées pour la fabrication de fusils et de canons. Ils ne font plus de jouets nouveaux, c'est sûr !

— Peut-être. » Tianyou n'avait guère envie de parler des problèmes de l'industrie japonaise. Il trouvait qu'avec ces jouets, un pas de plus était franchi dans la voie de l'humiliation et de la dérision. Il était sur le point de se mettre en colère. « Mets-les au comptoir de derrière, allons vite ! Tant d'années d'enseigne pour vendre des gadgets, et abîmés en plus ! Demain ils nous feront vendre des pilules de *rendan*. Tu parles ! »

Tout en regardant l'employé ranger les objets dans le comptoir de derrière, il se prépara une théière de thé et le but lentement, tasse après tasse. Il semblait le faire, non pour goûter le thé, mais pour calmer sa colère. À la vue du liquide dans la tasse, il repensa à la rivière qu'il avait vue la veille. Il trouvait cette eau adorable, et même plus, elle semblait pouvoir résoudre tous les problèmes. Il n'avait pas les idées larges. Quand il se trouvait confronté à une question qui le dépassait, il ne pouvait l'admettre et prendre le parti d'en sourire. Il y voyait une épreuve qui lui était imposée. Admettre le côté imparable de l'affaire, c'était reconnaître son incapacité à y faire face, son inutilité. Comme il ne pouvait faire face à la situation, il lui fallait au plus vite en finir avec lui-même — se laisser dériver dans le courant, flotter, flotter encore jusqu'au fleuve, jusqu'à la mer, voilà qui serait bien. Pour les êtres à l'esprit étroit, la mort apparaît souvent comme un chemin radieux. C'était vrai pour Tianyou, la pensée de la rivière, de la mer le réjouissait plutôt, il voyait un espace ouvert, libre, sans souci, bien supérieur à cette vie ravageuse.

À midi un gros camion s'arrêta devant la boutique.

« Ils reviennent ! dit l'employé.

— Qui ça ? demanda Tianyou.

— Ceux qui ont apporté la camelote !

— Cette fois je crains qu'il ne s'agisse de pilules de *rendan* ! » Tianyou avait envie de rire mais il n'y parvint pas.

Un Japonais et trois Chinois sautèrent du véhicule, firent irruption dans la boutique avec la férocité des tigres et des loups. Bien qu'ils ne fussent que quatre, cette démonstration de force faisait penser à une compagnie de soldats armés de mitraillettes.

« Et les marchandises, celles qu'on vient de livrer ? » demanda l'un des Chinois, très nerveux.

Le premier vendeur s'empressa d'aller les chercher derrière le comptoir. Le Chinois, d'un geste vif, les attrapa et se mit à fouiller vite et énergiquement dans le tas de marchandises. On aurait dit un coq picorant le sol. « Une paire, deux... » Quand il eut fini de compter, les muscles de son visage se relâchèrent un peu et il dit au Japonais en souriant : « Il y en a dix de plus. À mon avis le problème vient de là, c'est sûr ! »

Le Japonais toisa le patron Tianyou et demanda avec arrogance et dureté : « Toi le patron ? »

Tianyou fit oui de la tête.

« Ah ! Toi c'est réceptionné marchandise ? »

Le premier vendeur allait prendre la parole car c'est lui qui avait réceptionné la marchandise, mais Tianyou fit un pas en avant et fit oui avec la tête. Il était le patron, c'était à lui d'assumer les responsabilités, même si l'erreur venait de l'employé.

« Toi, grande grande crapule ! »

Tianyou avala longuement sa salive, qui emporta sa colère, tout comme on avale une pilule. Il demanda, toujours avec autant de correction, toujours aussi doucement :

« Il y en a dix en trop, c'est bien ça ? Je les rends ; pas une de moins, voilà tout.

— Rendre ? Toi grand grand commerçant malhonnête ! » Et sans qu'on s'y attendît, le Japonais le gifla.

Tianyou en vit trente-six chandelles. Cette gifle lui fit perdre conscience de tout. Il devint soudain une chiffe molle, il était incapable de penser, de sentir, de bouger, il était anesthésié. Il ne s'était jamais battu de sa vie, n'avait jamais dit de grossièreté et il n'aurait jamais pensé qu'on le frapperait un jour. Il avait cru que son honnêteté, sa correction, sa dignité étaient son armure qui le préserverait de l'humiliation et des coups. Et voilà qu'on venait de le frapper, il n'était plus rien, rien qu'une masse inerte qui se tenait debout.

Le premier vendeur avait pâli. Il dit avec un sourire plus que forcé : « Ces Messieurs m'ont donné vingt paires. J'ai réceptionné vingt paires. Comment se pourrait-il que… » Il avala le reste de sa phrase.

« Nous t'avons donné vingt paires ? » demanda un Chinois. Il en imposait moins que le Japonais. « Tout le monde sait bien qu'on distribue dix paires par magasin. Tu as profité de ce que nous étions pressés pour réceptionner dix paires en plus et tu t'en prends à nous. Tu es vraiment gonflé ! »

En fait, ils avaient réellement donné dix paires de plus, mais l'employé, de son côté, ne le savait pas. Pour ces dix paires, ils avaient parcouru la moitié de la ville. Il leur fallait retrouver ces dix paires sans quoi ils ne pourraient rendre compte de leur mission. Comme ils ne pouvaient reconnaître leur négligence, il leur fallait rejeter la faute sur le dos des autres.

L'employé roula des yeux, il avait une idée : « Si nous avons reçu de la marchandise en trop, punissez-nous, voilà tout ! »

Cette fois, ils n'acceptèrent pas d'être soudoyés. Il leur fallait emmener le patron. Les Japonais, pour faire appliquer coûte que coûte les « prix officiels » et contraindre les commerçants à accepter les marchandises qu'ils leur envoyaient, entendaient faire une démonstration de force. Ils traînèrent au-dehors le patron Tianyou. Ils sortirent du camion une chasuble en tissu blanc qu'ils avaient préparée à l'avance sur laquelle était inscrit devant et dans le dos, en gros caractères rouges : « Commerçant malhonnête ». Ils la lancèrent à Tianyou et lui demandèrent de la passer lui-même. À ce moment-là, beaucoup de badauds s'étaient déjà rassemblés devant la boutique. Tremblant de tout son corps, Tianyou enfila la chasuble. Il semblait à demi mort. Il regarda les gens devant lui, il crut en reconnaître quelques-uns, tout en ne les reconnaissant pas. Toute honte bue, il paraissait avoir oublié ce qu'était l'indignation, il ne savait plus que se laisser mener en tremblant.

Le Japonais monta en voiture, les trois Chinois marchaient lentement derrière Tianyou, suivis par le camion. Une fois sur la route les trois hommes lui intimèrent de crier : « Je suis un commerçant malhonnête ! Je suis un commerçant malhonnête ! J'ai pris de la marchandise en plus, je ne respecte pas les prix de vente fixés. Je suis un commerçant malhonnête ! »

Tianyou ne disait mot.

Trois revolvers furent pointés dans son dos. « Dis-le !

— Je suis un commerçant malhonnête ! » dit Tianyou tout bas. D'ordinaire sa voix n'était pas très forte, il était incapable de crier à s'en gonfler le cou et faire saillir les veines.

« Un peu plus fort !

— Je suis un commerçant malhonnête ! » Tianyou avait un peu haussé la voix.

« Encore plus fort !

— Je suis un commerçant malhonnête ! » se mit à crier Tianyou.

Les passants s'étaient tous arrêtés. Ceux qui n'étaient pas pressés suivaient derrière ou sur les côtés. Les Pékinois sont des badauds dans l'âme. S'il y a quelque chose à voir, il faut qu'ils voient, qu'ils accompagnent, cela ne les répugne pas du tout. Tant qu'ils ont quelque chose à regarder ils oublient l'humiliation, le vrai et le faux, l'indignation.

Tianyou avait la vue brouillée par les larmes. Cette rue lui était familière, pourtant il semblait ne pas la reconnaître. Il la trouvait seulement très large, très fréquentée, comme s'il la voyait pour la première fois. Il ne savait plus ce qu'il faisait. Il criait machinalement une phrase puis une autre, il criait sans plus savoir ce qu'il criait. Peu à peu la sueur qui coulait de son front et les larmes se mêlèrent. Il ne distinguait plus clairement le chemin, les gens, toutes choses. Sa tête se courba tandis qu'il continuait de crier. Il n'avait pas besoin de réfléchir, les paroles semblaient s'échapper toutes seules de sa bouche. Il redressa brusquement la tête et, de nouveau, vit la route, les voitures, les passants. Il semblait encore moins reconnaître ce qu'il voyait, comme au sortir d'un long rêve on aperçoit soudain la lumière et les choses. Il vit un monde entièrement nouveau, avec des couleurs et des sons variés, mais sans lien aucun avec lui. Tout était si abîmé et pourtant si froid, si beau mais si inhumain. Ce monde le regardait tranquillement, proche et pourtant lointain. Il baissa de nouveau la tête.

Au bout de deux rues sa voix était rauque déjà. Il se sentait fatigué, il avait des vertiges, mais ses jambes continuaient à le porter. Il ne savait pas où il était, vers où il se dirigeait. La tête baissée il continuait de crier ces phrases, mais le son était étouffé, on aurait dit qu'il se parlait à lui-même. En levant la tête il aperçut un arc commémoratif, avec quatre piliers d'un rouge violent. Les piliers devinrent soudain très grossiers, très grands. Ils s'avancèrent vers lui en vacillant. Quatre jambes rouges démesurées s'avançaient vers lui. Tout était rouge, le ciel et la terre, son cerveau aussi. Il ferma les yeux.

Combien de temps avait passé, il ne le savait pas. Quand il ouvrit les yeux, il comprit qu'il était étendu près de l'Arc commémoratif de Dongdan. Le camion avait disparu, les revolvers aussi. Seul un groupe d'enfants l'entourait. Il s'assit, hébété. Il resta ainsi un bon moment, frappé de stupeur. Il baissa la tête pour regarder sa poitrine, la chasuble avait disparu elle aussi. Seuls étaient encore visibles de la mousse blanche et du sang. Il se mit lentement debout, retomba. Ses jambes semblaient déjà deux morceaux de bois. Il fit des efforts surhumains pour se mettre debout. Il parvint à garder la position et vit qu'au-dessus de l'arc commémoratif il n'y avait qu'un rai de lumière. Tout son corps était douloureux. Sa gorge était si sèche qu'elle allait se craqueler.

Il marcha vers l'ouest, s'arrêtant à chaque pas. Il avait la tête complètement vide. Son vieux père, sa femme malade depuis si longtemps, ses trois fils, ses belles-filles, son petit-fils et sa petite-fille, sa boutique semblaient ne plus exister pour lui. Il ne voyait plus que l'eau des fossés de la ville, cette eau adorable semblait couler sur la route, le saluer. Il fit oui avec la tête. Son monde avait été détruit, il devait aller vers un autre monde. Là, seulement, sa honte pourrait être lavée. S'il restait en vie, il incarnerait l'humiliation. Cette chasuble en tissu blanc avec ses caractères rouges qu'il venait de porter resterait accrochée à lui, elle lui collerait au corps, serait imprimée sur son corps. Il serait toujours, pour la famille Qi et pour la boutique, une énorme tache noire et cette tache ferait que le soleil à jamais serait noir, que les fleurs sentiraient mauvais, que la droiture deviendrait tromperie, que la douceur serait cruauté.

Il prit une voiture jusqu'à la porte Pingzemen. Il sortit pas à pas en prenant appui sur les murailles. Le soleil s'était couché. Les arbres au bord de la rivière l'attendaient tranquillement. Dans le ciel, quelques nuages crépusculaires d'un rouge léger semblaient lui sourire. Le courant était rapide, comme s'il s'impatientait de l'avoir attendu si longtemps. L'eau faisait un bruit léger, comme un appel qu'elle lui adressait.

Vite, il revit les événements de sa vie, aussi vite il les oublia. Flotter, ô flotter, oui flotter ! Il flotterait jusqu'à la mer, libre, frais, propre, heureux et laverait les caractères rouges sur sa poitrine.

CHAPITRE LX

Le cadavre de Tianyou ne devait pas flotter jusqu'à la mer : il fut pris dans la glace, les algues et les racines des arbres. Il gela au bord de la rivière.

Le lendemain, au petit matin, quelqu'un aperçut le corps mais la nouvelle ne parvint chez les Qi qu'après midi. La douleur du vieux Qi fut telle qu'on ne saurait la décrire. Un étage de sa forteresse — quatre générations sous un même toit —, l'étage le plus important, le plus proche de lui, le plus sage, le plus fiable, s'écroulait de façon imprévisible. Il pouvait imaginer sa propre mort, celle de sa belle-fille, si fragile. Il pouvait même imaginer celle de son troisième petit-fils. Jamais il n'aurait pu envisager l'éventualité de la mort de Tianyou, et une mort si tragique ! La justice du ciel est aveugle, impitoyable, sans merci, pour ravir ainsi un homme aussi essentiel, aussi sage ! « À quoi suis-je bon encore, ô ciel, pourquoi Tianyou et pas moi ? » Le vieil homme trépignait sur place tout en interpellant ainsi le ciel. Puis il se mit à maudire les Japonais. Oubliant toute correction, toute crainte, il se mit à vomir un torrent d'injures. Tout en vociférant il pleurait si fort qu'il n'en eut plus de voix.

Les larmes de Mme Tianyou coulaient en flot ininterrompu, elle tremblait de tout son corps, mais elle ne se laissa pas aller à de bruyantes manifestations de douleur. Parfois ses yeux se révulsaient et sa respiration s'arrêtait.

Yun Mei, en pleurs, s'employait à apaiser le grand-père tout en appelant sa belle-mère. Les deux enfants, qui ne comprenaient pas ce qui se passait, s'accrochaient à ses vêtements et ne voulaient pas lâcher prise.

Ruifeng, qui n'avait pourtant jamais éprouvé le moindre sentiment de piété filiale vis-à-vis de son père, pleurait bruyamment la bouche grande ouverte.

Peu à peu Mme Tianyou revint à elle. Alors elle se mit à pleurer et à gémir. Yun Mei pleurait avec elle.

Passé ce long moment de pleurs et de cris, la cour devint soudain silencieuse. Les larmes continuaient de glisser, les nez de couler, mais sans bruit, tout comme après l'orage il ne tombe plus qu'une fine pluie. L'indignation, la douleur une fois criées au-dehors, les cerveaux étaient vidés, incapables de dicter la moindre pensée, le moindre mouvement. Tous semblaient vivre tout en étant morts à demi, frappés de stupeur ils pleuraient la tête baissée.

Après un moment d'hébétude générale dont on ne savait pas combien de temps il avait duré, Yun Mei, la première, prit la parole : « Le cadet, va chercher ton frère aîné ! »

Cette phrase, tel un coup de tonnerre quand il ébranle d'épais nuages noirs et fait tomber une pluie diluvienne, provoqua de nouveau des pleurs et des gémissements collectifs. Yun Mei exhortait l'un, consolait l'autre, en vain ; tous, pris dans la manifestation de leur douleur, n'entendaient absolument pas sa voix.

Mme Tianyou, assise sur le bord du kang, ne pouvait plus se déplacer, elle avait les pieds et les mains glacés. Le visage du vieux Qi semblait s'être soudain réduit de moitié. Ses mains sur les genoux, il ne pouvait plus pleurer, gémissait longuement en tremblant. Les pleurs de Ruifeng étaient plus héroïques que ceux des autres. Il ne savait pas pourquoi il pleurait, mais pleurer et se lamenter à grand bruit soulageait son cœur.

Yun Mei essuya ses larmes et secoua plusieurs fois le cadet par l'épaule : « Va chercher ton aîné ! » Devant sa voix si perçante, son expression si impatiente, Ruifeng ne put que retenir ses lamentations. Même le vieux Qi en fut comme ébranlé et retrouva brusquement ses esprits. Le vieil homme cria à son tour : « Va chercher ton aîné ! »

Petit Wen et la femme de maître Liu arrivèrent sur ces entrefaites. Depuis le départ de maître Liu, quand Ruixuan touchait son salaire, il demandait à Yun Mei de porter six yuan à Mme Liu. Cette dernière était une paysanne trapue, de robuste constitution, capable d'affronter les épreuves. En plus de l'argent donné par la famille Qi, elle allait dans les boutiques chercher des vêtements à coudre et à laver et en tirait quelques pièces. Elle venait souvent chez les Qi, emportait les travaux d'aiguille auxquels Yun Mei était occupée pour les terminer à temps perdu. C'était une paysanne, elle ne travaillait pas très finement, mais ce qu'elle faisait était solide. Les chaussons de toile qu'elle confectionnait pour Petit Shunr avaient une empeigne bien dure, des semelles épaisses. Une paire faisait l'usage de deux. Elle n'était guère bavarde, mais ses propos étaient savoureux et originaux, elle était devenue très amie de Mme Tianyou et de Yun Mei. Elle ne saluait guère les hommes de la famille Qi, elle venait de la campagne, certes, mais elle n'était pas bête.

Petit Wen ne venait pas inconsidérément chez les Qi. Il savait que les membres de cette famille étaient presque tous de la vieille école, ou n'aimaient guère son métier et son comportement. Il eût été déplacé de sa part de venir les importuner trop souvent. Non qu'il se méprisât lui-même, mais il respectait les autres, il lui fallait donc rester à sa place, se montrer ni trop collant ni trop distant. Aujourd'hui, il avait entendu les pleurs terribles versés par la famille Qi, il ne pouvait pas ne pas venir.

Ruifeng salua les deux voisins le front contre terre. Ils comprirent tout de suite que la famille Qi était en deuil. Petit Wen et Mme Liu n'osèrent pas demander qui était mort, se contentant de regarder avec attention de tous côtés. Ruifeng dit : « Mon père... » Les yeux de Petit Wen et de Mme Liu s'emplirent immédiatement de larmes. Ils n'avaient pas entretenu de relations avec Tianyou, mais ils savaient que c'était l'homme le plus droit et le plus sérieux qui fût, et ils trouvaient cela fâcheux.

Mme Liu courut aussitôt offrir ses services à Mme Tianyou et s'occuper des enfants.

Petit Wen demanda tout de suite : « Puis-je être utile à quelque chose ? »

Le vieux Qi, qui n'avait jamais guère apprécié Petit Wen, lui avait pris la main. « Monsieur Wen, il est mort de façon si tragique, si tragique ! » Les yeux du vieil homme, déjà petits, étaient à présent si rouges, si enflés qu'on ne voyait plus les pupilles.

Yun Mei reprit la parole : « Monsieur Wen, passez un coup de fil à Ruixuan ! »

Petit Wen accepta de rendre ce menu service.

Le vieux Qi, tenant Petit Wen par la main, se mit debout : « Monsieur Wen, allez téléphoner ! Dites-lui de se rendre à l'extérieur de la porte Pingzemen. Près de la rivière, près de la rivière ! » Sur ces mots, il lâcha la main de Petit Wen et dit à Ruifeng : « En route, on y va !

— Grand-père, vous ne pouvez y aller ! »

Le vieil homme rugit de colère : « Et pourquoi ? Il s'agit de mon fils, et je n'irais pas ? Et si je dois tomber soudain dans la rivière, et mourir avec lui, ce sera une satisfaction pour moi. Allons, Ruifeng ! »

Petit Wen, qui ne se pressait jamais, sortit au petit trot. Il alla d'abord voir si M. Li était chez lui. Il y était. « Monsieur Li, le patron Tianyou est décédé !

— Qui ça ? » M. Li n'en croyait pas ses oreilles.

« Le patron Tianyou. Allez-y vite ! » Petit Wen courut emprunter un téléphone dans la rue.

Dès que Mme Ma eut réalisé ce qui se passait, elle se précipita chez les Qi. À peine entrée, sans se soucier de rien, elle se mit à pleurer et à se lamenter.

M. Li prit la main du vieux Qi, les deux vieillards tremblaient de concert. M. Li, qui avait l'habitude de régler des funérailles, ne s'émouvait pas facilement. Cette fois, il était vraiment ému. Le vieux Qi était un excellent ami de longue date, et Tianyou était un homme si droit, si sérieux, qui ne s'était jamais attiré de malheurs. Quand il avait fait la connaissance du vieux Qi, au tout début, Tianyou était encore un enfant.

Après une nouvelle séance de pleurs, tout le monde se sentit l'esprit un peu plus calme, tous savaient que M. Li était un homme de ressources. Ce dernier s'essuya les yeux et dit à Ruifeng : « Le cadet, on y va !

— J'y vais aussi ! dit le vieux Qi.

— J'y vais, tu devrais être rassuré, frère aîné ! » Il savait que si le vieux Qi les accompagnait, ce serait un embarras de plus, il essayait de l'en dissuader.

« Il faut que j'y aille ! » Le vieux Qi était très décidé. Pour montrer à tous qu'il pouvait marcher, qu'il n'avait pas besoin qu'on s'occupât de lui, il voulut sortir très vite, faillit tomber en descendant les marches extérieures. Il s'efforça de rester debout, mais se retrouva incapable de faire un seul pas, il ne faisait que trembler.

Mme Tianyou voulait y aller elle aussi. Tianyou était son mari, elle savait tout de lui, il lui fallait donc savoir comment il était mort.

M. Li retint le vieux Qi et Mme Tianyou : « Je jure que je vous montrerai le corps, sûr ! Pour le moment ne venez pas ! Quand j'aurai tout réglé, je viendrai vous chercher, ça vous convient comme ça, non ? »

Le vieux Qi eut beau arrondir ses yeux ce fut sans effet, il ne pouvait toujours pas avancer.

« Mère ! » Yun Mei suppliait sa belle-mère. « Vous n'avez pas besoin d'y aller ! Si vous restez là, grand-père se sentira mieux ! »

Mme Tianyou, tout en pleurant, fit oui avec la tête. Le vieux Qi retourna dans sa chambre, soutenu par Mme Li.

M. Li et Ruifeng sortirent. Comme ils franchissaient la porte, Petit Wen et M. Sun arrivèrent. Petit Wen avait pu téléphoner. Il avait rencontré M. Sun en chemin. D'ordinaire, si M. Sun n'éprouvait pas d'aversion pour Petit Wen, il n'entretenait pas avec lui de rapports amicaux. Pour ne parler que de cheveux, Petit Wen se rendait chez le meilleur coiffeur pour se les faire couper et se faire raser. Quand la femme de Petit Wen devait donner une représentation chez des gens pour fêter un heureux événement, elle allait se faire friser dans un salon d'esthétique tenu par des Shanghaïens. M. Sun en était un peu froissé, aussi n'était-il pas enclin à faire de grandes démonstrations de politesse au jeune couple. À présent, il semblait devenu soudain un grand ami de Petit Wen, car ce dernier, en acceptant d'aider la famille Qi, prouvait qu'il avait assez bon cœur. Dans l'épreuve les cœurs se retrouvent plus facilement.

Petit Wen, ne sachant trop que dire, se contentait de fumer cigarette sur cigarette. M. Sun avait la parole facile et vive, cela consolait un peu le vieux Qi. Le vieil homme s'était déjà allongé sur le kang, il était incapable de prononcer un seul mot, mais il pouvait encore écouter les propos sans queue ni tête de M. Sun. Il soupirait à tout moment. Sans ce bavardage incessant, il se serait mis à pleurer, il le savait bien.

L'expérience professionnelle et humaine de M. Li faisait que, même dans les moments où il avait le plus de peine, il programmait tout. Arrivé au coin de la rue, il demanda à deux hommes dans une petite maison de thé d'aller repêcher le corps. Puis il se rendit dans une boutique de vêtements funéraires dans la rue du Temple de la Sauvegarde nationale pour acheter à crédit les deux vêtements de deuil indispensables. Voilà ce qu'il comptait faire : repêcher le corps, lui ôter les vêtements qui avaient macéré toute une nuit dans l'eau, lui passer les vêtements de deuil — si ces deux vêtements n'allaient pas, ne suffisaient pas, les Qi les changeraient ensuite. Après avoir habillé le mort, se disait-il, il laisserait provisoirement le corps au Temple des Trois Immortels en dehors de la ville, en attendant que la famille Qi vînt procéder à la mise en bière et recevoir les condoléances. Les Japonais n'autorisaient pas l'entrée de cadavres dans la ville, le porter en ville pour le reporter à l'extérieur était d'ailleurs trop compliqué. Autant régler tout cela au temple puis, de là, le porter en terre.

Il soumit son plan à Ruifeng qui n'avait pas d'avis. Ruifeng avait l'esprit vide, il entendait pouvoir faire montre de piété filiale sans avoir à trop réfléchir : recevoir la compassion de tous, c'était assez agréable, cela procurait un sentiment de fierté.

Ils sortirent de la ville. À la vue du cadavre — qui avait été repêché par les deux hommes embauchés pour cela et était maintenant posé sur la berge —, Ruifeng fut réellement touché. D'un coup il se retrouva penché vers le sol. Il prit le cadavre dans ses bras, éclata en sanglots. Cette fois ce n'était pas des larmes de crocodile, elles venaient du plus profond de son cœur. Le visage et le corps de Tianyou étaient enflés, mais pas trop repoussants à regarder, il avait cette même expression de sérénité et de douceur. Ses mains étaient pleines de vase, mais son visage était assez propre, si ce n'était quelques herbes dans sa moustache.

M. Li pleura lui aussi. C'était ce Qi Tianyou qu'il avait vu grandir et qui, tout enfant déjà, était si réservé, qui n'avait jamais fait de faux pas dans la vie, un homme si pacifique, si honnête, si exigeant envers lui-même, si posé ! Comment n'en aurait-il pas eu gros sur le cœur ! Ce n'était pas seulement le destin de Tianyou qui était en cause, le monde avait changé — les gens honnêtes, bons devaient trouver la mort, noyés !

Ruixuan arriva à son tour. Dès qu'il avait appris la nouvelle au téléphone, son visage était devenu blanc comme un linge. Les lèvres tremblantes il avait informé M. Goodrich de ce qui lui arrivait par cette seule phrase : « Un décès à la maison ! » puis il était parti comme le vent. Il semblait presque ne pas savoir comment il était arrivé à l'extérieur de la porte Pingzemen. Il n'avait pas pleuré, ses yeux pourtant ne distinguaient plus très bien ce qu'il avait devant lui. Si son grand-père était mort subitement, il aurait certainement pleuré de chagrin, mais ce n'aurait été que du chagrin, non cet égarement qui le prenait, car grand-père avait l'âge de mourir, sa mort était inéluctable ; il n'aurait jamais pensé que son père serait frappé de mort subite. Et puis, il était l'aîné, il ressemblait à son père : même visage, même caractère, même comportement, même façon de parler. Enfant, il avait eu son père pour seul modèle, tandis que son père n'avait que lui, ce petit trésor, pour recevoir tout son amour. La première fois qu'il était allé dans l'avenue, c'est son père qui le portait. Quand il avait appris à marcher c'est son père qui lui avait tenu la main. Quand il était allé à l'école primaire, au lycée, à l'université, c'est son père qui avait donné son avis. Il s'était marié, avait travaillé, avait eu ses propres enfants, sur de nombreux points il décidait par lui-même, il n'avait pas besoin d'en discuter encore avec son père, mais les mobiles qui l'amenaient à s'occuper d'une chose, la façon dont il la réglait, concordaient subrepticement avec ceux de son père. Il n'avait pas besoin de parler avec lui, il y avait entre eux une connivence qui se passait de discours. Un regard, un sourire suffisaient, les paroles étaient superflues. Son père le regardait, il regardait son père, comme s'ils étaient reportés vingt à trente ans en arrière. À cette époque il n'avait qu'à tendre sa menotte à son père pour que ce dernier sût qu'il avait envie de sortir jouer. Il avait, certes, un travail, des connaissances bien à lui, très différents de ceux de son père, mais cela mis à part, il trouvait qu'il était la réincarnation de son père. Il n'était pas tout à fait lui-même, tout comme son père n'était pas tout à fait son père. Il ne se sentait en sûreté, heureux, que lorsqu'il était en symbiose avec lui. Il n'avait pas d'ambition, il ne demandait rien d'autre que ceci : que son père pût atteindre le même âge avancé que son grand-père. Il se comporterait alors comme le faisait actuellement son père avec son grand-père : bien que Tianyou portât déjà des moustaches, il l'entourait de prévenances, voulait lui faire passer quelques années de vieillesse heureuse. Ce n'était pas là fausse piété filiale, mais une attitude naturelle, dans l'ordre des choses.

Mais voilà que son père s'était jeté à l'eau d'une façon si soudaine ! Il semblait lui-même être mort à demi.

Il ne cherchait même pas à repenser à la cause de cette mort, à maudire les Japonais. Il avait devant les yeux un père vivant et un père mort, ne voyait rien d'autre. L'image de son père, toujours différente, passait devant ses yeux : son père avec des moustaches, sans moustaches, son père riant, pleurant, puis l'image disparaissait. Il ne se souciait de rien d'autre.

À la vue du corps il n'avait pas éclaté en sanglots. Il n'avait jamais pleuré ni crié fort. Cela ne résolvait rien. Il était plutôt enclin à chercher des solutions, il n'était pas habitué à toutes ces démonstrations bruyantes. Il s'agenouilla devant la tête de son père, le regarda au travers de ses larmes. Sa poitrine le démangeait, il avait un goût sucré dans la gorge. Il cracha du sang très rouge. Ses jambes mollirent, il se retrouva assis par terre. Terre et ciel basculèrent. Il perdit conscience de tout, seule sa bouche criait tout bas : « Papa ! Papa ! »

Il lui fallut longtemps avant de pouvoir distinguer à nouveau ce qu'il avait devant les yeux et se rendre compte de la présence de M. Li qui le soutenait par-derrière.

« Ne te laisse pas aller comme ça à la douleur ! dit M. Li, ceux qui sont morts sont bien morts, les survivants, quant à eux, se doivent de vivre ! »

Ruixuan essuya ses larmes, se mit debout, écrasa le sang sous son pied. Il n'avait plus de force, la lividité de son teint était effrayante ; mais il lui fallait régler l'affaire. Finalement, quelle que fût sa douleur, c'était à lui d'assurer les charges familiales. Il devait se démener pour tout régler, ainsi il éliminerait ce sang qu'il n'avait pas fini de cracher.

Il partageait la façon de voir de M. Li, de laisser le corps au Temple des Trois Immortels.

M. Li emprunta une planche, Ruixuan, Ruifeng et les deux aides soulevèrent Tianyou et se dirigèrent vers le temple. Déjà le soleil déclinait à l'ouest. La lumière, qui n'était plus très chaude, éclairait le visage de Tianyou. À la vue du visage de son père, Ruixuan se remit à pleurer, ses larmes coulèrent sur les pieds de son père. Son corps était courbatu et sans force, mais il portait cependant la planche solidement. Chaque pas en avant lui coûtait un effort. Il se dit que s'il venait à tomber il ne se relèverait pas, aussi luttait-il pour progresser, il devait porter son père jusqu'au temple pour qu'il y reposât en paix.

Le Temple des Trois Immortels était très petit. Deux vieux cyprès dans la cour étendaient leurs branches par-delà le mur comme pour mieux profiter de l'air et de la lumière. Quand ils franchirent la porte, le visage de Tianyou ne fut plus éclairé et se couvrit d'une légère ombre verte. « Papa ! gémit Ruixuan. Tu vas dormir ici ! »

La salle où l'on gardait le cercueil était dans l'arrière-cour. Cette dernière était encore plus petite, mais elle n'était plantée d'aucun arbre. Le visage de Tianyou fut éclairé de nouveau. Quand le cercueil fut installé, Ruixuan resta là, hébété, à regarder son père. Il dormait vraiment bien, parfaitement immobile, comme s'il était installé très confortablement, comme s'il se sentait à l'aise, libéré de tout souci. Si la vie est un rêve, la mort, elle, est bien réelle, est affirmation, liberté !

« Grand frère ! » Les yeux de Ruifeng, son nez et même ses oreilles étaient tout rouges. « Comment va-t-on procéder ?

— Hein ? » Ruixuan semblait sortir d'un rêve.

« Je disais : comment va-t-on procéder ? » La douleur du cadet semblait déjà s'être envolée à quatre-vingts, quatre-vingt-dix pour cent, il pensait à l'animation que cela provoquerait. Des funérailles, eh oui, même des funérailles, à ses yeux, étaient une bonne occasion pour profiter de l'animation. Les vêtements de deuil, les psalmodies, la monnaie en papier, l'offrande du vin, les salutations le front contre le sol, les mets, la mise en bière, les condoléances, le cortège funèbre... que d'animation ! Il savait qu'il n'avait pas d'argent lui-même. Bah ! L'aîné saura bien se débrouiller pour en trouver ! Il fallait montrer la plus grande piété filiale, on ne perd son père qu'une fois ! Même si l'aîné était dans l'embarras, il faudrait que la cérémonie fût animée. Si l'aîné consentait à faire les choses en grand, lui, le cadet, s'efforcerait de régler tout au mieux pour que l'événement eût de l'allure, fût décent, brillant. Par exemple, le troisième jour ne faudrait-il pas coller des gens et des chevaux en papier, très beaux, et inviter treize bonzes pour lire les sutra toute une nuit ? Pour la veillée du corps, il faudrait encore plus de faste, pour le banquet il faudrait au moins huit grands bols et une grande marmite sur un réchaud. À l'intérieur du temple il faudrait un ensemble de joueurs de tambour au complet. Le jour, si les bonzes continuaient à lire les sutra, il faudrait les remplacer par des lamas ou des taoïstes. Pour le cortège funèbre il faudrait au moins sept à huit amis et parents portant le vêtement de deuil. Derrière le cercueil viendraient dix à vingt voitures blanches, noires, bleues dans lesquelles prendraient place les femmes venues assister à l'enterrement. Il faudrait encore des ordonnateurs de la cérémonie, des instruments à vent et à cordes, des tambours de deuil, des figurines et des voitures en papier, des montagnes dorées, d'autres argentées. Ainsi seulement, pensait-il, se montrerait-on digne du père décédé, parents et amis admireraient-ils les Qi et, bien qu'il s'agît d'une mort par noyade, l'affaire aurait été menée sans anicroche.

« Monsieur Li ! dit Ruixuan au vieux Li, sans daigner répondre à la question du cadet, rentrons ensemble ! Je dois discuter avec grand-père et ma mère pour savoir comment ils entendent régler l'affaire, mais vous, comme vous serez là, alors peut-être que... »

Il avait fallu un seul regard au vieil homme pour deviner ce que pensait Ruixuan. « Je sais, on va voir ce qu'ils diront et on pensera à la façon d'assurer financièrement. Il ne faudrait pas mener les choses trop chichement, ni en faire trop, par les temps qui courent ! » Puis il dit à Ruifeng : « Le cadet, tu vas rester ici à garder le mort, nous revenons tout de suite ! » En même temps il congédia les deux aides.

Quand il aperçut la porte de la maison, Ruixuan fut carrément incapable de faire un pas de plus. Au prix de grands efforts, il parvint à gravir les deux ou trois marches qui composaient l'escalier. Cela acheva de l'épuiser. Il avait des mouches devant les yeux, son cœur battait à toute allure. Il s'appuya contre le chambranle de la porte, incapable de se mouvoir davantage. Il ne pouvait ni n'osait franchir cette porte sur laquelle on avait collé du papier blanc. Que dirait-il quand il serait en présence de son grand-père et de sa mère ? Comment les consolerait-il ?

M. Li le soutint pour l'aider à entrer.

Quand les siens le virent arriver, ils se mirent tous à pleurer. Il n'aurait pas voulu se mettre à pleurer lui-même, mais il ne pouvait plus contrôler ses larmes qui se mirent à couler régulièrement.

Jugeant qu'ils avaient assez pleuré, M. Li décida de mettre un holà à tous ces pleurs : « Assez pleuré ! Il faut discuter de la façon dont on va régler l'affaire ! »

Cette suggestion fit prendre conscience à tous, pour la première fois, que le mort devait être enterré. Ils essuyèrent leurs larmes et firent cercle.

Le vieux Qi, qui n'avait pas la tête à s'occuper de questions matérielles, prit la main de M. Li et dit : « Tianyou ne m'a pas accompagné jusqu'à la fin et c'est moi qui vais devoir l'accompagner, lui !

— Que peut-on y faire, frère aîné ? » dit M. Li en soupirant. Puis en une phrase il alla au vif du sujet : « Voyons d'abord de quelle somme nous disposons ?

— Je vais toucher un mois de salaire. » Ruixuan ne dit rien de plus, montrant ainsi qu'il n'avait pas d'autre solution.

Mme Tianyou avait encore vingt yuan en pièces d'argent. Le vieux Qi avait lui aussi quelques dizaines de yuan en pièces d'argent et quelques grosses pièces de monnaie en cuivre. C'était les sommes qu'ils avaient mises de côté l'un et l'autre pour leur cercueil ; mais ils les cédaient bien volontiers pour Tianyou. « Monsieur Li, achetez-lui un beau cercueil, le reste est sans importance ! Qui sait si à ma mort j'aurai droit à un cercueil ou si l'on ne me roulera pas dans une natte ! » dit le vieil homme d'une voix chevrotante. C'était vrai, les petits yeux du vieil homme ne voyaient plus comment serait demain. Il ne redoutait qu'une chose : la mort ! Mais le moment venu, il faudrait bien mourir ! Il aimerait avoir un beau cercueil, et une ribambelle de petits-enfants pour porter le deuil. Ce serait sa dernière gloire ! Mais son fils s'était suicidé avant lui, il lui avait ravi le cercueil. Que pouvait-il dire de plus ? La dernière gloire est la seule gloire, il n'osait plus l'espérer. Tout l'ordonnancement de sa vie était bouleversé, il n'attendait plus rien, n'avait plus confiance en lui-même. Il n'était plus ce dieu de la longévité et peut-être même deviendrait-il un vieux mendiant, ne trouverait-il même pas de cercueil, une fois mort ?

« Bien ! Je vais chercher un cercueil ! Je garantis qu'il sera solide et décent ! » M. Li s'empressa de mettre un terme à la proposition du vieux Qi. « On l'expose combien de jours, Madame Tianyou ? »

Mme Tianyou avait envie de marquer le coup. Elle savait que son mari n'avait jamais fait de dépenses inconsidérées et que, s'il rapportait de l'argent à la maison, c'était le fruit d'une vie frugale faite d'économies. En retour, il fallait lui faire des funérailles décentes. Mais qui sait si elle ne serait pas réunie bientôt à son mari dans la tombe ? Elle devait penser tout d'abord à Ruixuan. S'il se trouvait confronté à un autre deuil, comment s'en sortirait-il ? Elle prit une décision :

« Grand-père, si on le laissait cinq jours, qu'en dites-vous ? Au temple, pour un jour supplémentaire on vous compte le prix d'un jour. »

Cinq jours, c'était trop peu, le vieux Qi acquiesça pourtant à contrecœur. À ce moment, il avait pu voir nettement le visage de Ruixuan : il était verdâtre, comme une feuille de papier battue par le vent et la pluie.

« Il faudrait tout de même faire lire des sutra toute une nuit, n'est-ce pas, grand-père ? » demanda Mme Tianyou la tête baissée.

Personne ne fit opposition.

Ruixuan, l'esprit confus, se contentait d'écouter, sans prendre la parole. D'ordinaire, il n'éprouvait aucun intérêt pour la récitation des sutra, les condoléances, allant même jusqu'à penser que cela ne servait à rien, que ce n'était absolument pas indispensable. Aujourd'hui il eût été mal venu de sa part de dire quelque chose. La culture est la culture, toute culture comporte un grand nombre de formalités superflues, qu'il n'avait pas à maintenir, ni à détruire. De plus, dans cette famille où quatre générations vivaient sous le même toit, la culture présentait plusieurs strates, comme un mille-feuilles. Si l'on réglait les choses uniquement selon la raison, il faudrait retrancher plusieurs strates, mais, aux yeux de la sagesse, il n'avait vraiment pas besoin, par son entêtement, de froisser les membres âgés de la famille. Il était un homme moderne, mais il devait prêter attention à l'histoire passée. Du moment que son grand-père et sa mère ne recherchaient pas l'animation comme c'était le cas pour Ruifeng, il n'avait pas à les mettre dans une situation pénible. Il semblait être le balancier qui allait de la nouvelle à l'ancienne culture, il devait osciller régulièrement pour que le temps passe, régulier, précis.

M. Li se chargea de résumer et de conclure : « Bien, frère aîné Qi, j'ai la somme en tête. Demain je m'occuperai du cercueil. Ruixuan, tu iras demain de bonne heure au cimetière pour faire creuser une fosse. Le Septième, tu as un peu de temps ? Bien, tu accompagneras Ruixuan. Mme Liu, allez acheter du tissu, au retour, vous aiderez Mme Qi à coudre les vêtements de deuil. Pour la récitation des sutra, on prendra sept bonzes, je m'en occupe. Pour ce qui est des tambours et des membres du cortège, il n'est pas nécessaire d'y accorder trop d'importance, un peu de bruit fera l'affaire, n'est-ce pas ? On invite qui ? »

Yun Mei sortit du coffre le registre de l'argent et des cadeaux concernant les parents et amis. Sans même le regarder le vieux Qi décida : « Rien qu'avec les proches parents et les amis intimes on arrive déjà à une vingtaine de familles. » D'ordinaire, quand le vieil homme ne dormait pas, il comptait souvent sur ses doigts que, s'il venait à mourir, et si la situation financière permettait de faire un bel enterrement, il faudrait inviter plus de cinquante familles et installer au moins quatre ou cinq tables : si l'on voyait moins grand, le nombre serait divisé par deux.

« Alors nous préparerons les tables pour une vingtaine de familles ! » M. Li avait vite trouvé ce qu'il fallait faire : « Si l'on mange des nouilles sautées avec des légumes, c'est économique, c'est bien chaud, par les temps qui courent, parents et amis ne se moqueront pas de nous. Frère aîné, emmène les femmes au temple pour qu'elles le voient. Une fois là-bas tu demanderas au cadet d'aller demain faire part du décès et s'occuper des invitations. Heureusement, il n'y a que vingt familles, on peut faire le tour en une journée. Frère aîné, une fois là-bas ne te laisse pas aller à la douleur, ménage-toi. Madame Ma, vous accompagnerez Madame Tianyou et reviendrez après avoir manifesté votre douleur. Tout à l'heure je vais aller garder le corps avec le cadet ! »

Quand le vieux Li eut fini de donner ses ordres, Mme Liu se dépêcha d'aller acheter du tissu. Le vieux Qi, accompagné de Mme Ma, de sa belle-fille et de Petit Shunr, loua une voiture pour se rendre au temple.

Mme Liu prit l'argent. Alors qu'elle allait franchir le portail, Mme Li lui lança : « On ne peut acheter qu'un métrage par boutique, vous allez devoir en faire plusieurs ! »

Yun Mei aurait bien voulu aller pleurer au temple, mais quand elle vit dans quel état était Ruixuan, elle décida de rester à la maison.

Le travail de M. Sun commençait le lendemain. Il prit congé et rentra chez lui boire du vin. Il se sentait la poitrine terriblement oppressée.

Petit Wen, qui n'avait reçu aucun ordre, continuait de fumer cigarette sur cigarette. M. Li lui jeta un coup d'œil et agita la main dans sa direction : « Monsieur Wen, allez vous procurer quelques pintes d'eau-de-vie, j'ai beaucoup de chagrin ! »

Ruixuan se rendit dans sa chambre, il s'allongea sur le lit. Yun Mei entra doucement, le couvrit d'une couverture. Il se cacha la tête dessous, pourtant on l'entendit pleurer.

Après avoir pleuré tout son saoul, il se sentit l'esprit plus clair et pensa aux Japonais. En pensant à eux, il admit ses erreurs : s'il n'avait pas voulu quitter Peiping c'était presque uniquement pour la sécurité et la subsistance des siens, jeunes et vieux. Mais cela avait servi à quoi ? Il avait goûté de la prison, le cadet était devenu un bon à rien, et voilà que son père, si sage, si discret, s'était jeté dans la rivière ! Être dans la main de l'ennemi et penser malgré cela pouvoir protéger sa famille, quelle chimère !

Il ne pleurait plus. Il haïssait les Japonais, se détestait lui-même.

CHAPITRE LXI

Ruixuan resta allongé ainsi toute la nuit à somnoler. Il entendit vaguement son grand-père et sa mère rentrer, ainsi que la conversation à voix basse entre Yun Mei et Mme Liu tandis qu'elles cousaient les vêtements de deuil. Il ne savait pas quelle heure il était, pas plus qu'il ne savait trop ce que faisaient les autres. Il en avait même oublié le deuil qui frappait la famille. Son esprit semblait posé là, à la frontière du rêve et de la réalité.

Il devait être cinq heures peut-être quand il s'éveilla complètement, comme s'il avait pris froid. Il vit soudain son père, non ce doux vieillard, mais le corps allongé sur la berge. Vite, il s'assit, s'aspergea à la va-vite le visage d'eau froide, se rinça la bouche et sortit chercher M. Sun.

Le vent très froid soufflait sur son visage, s'infiltrait dans ses vêtements. Son estomac vide et son cœur qui avait saigné ressentirent le froid en même temps. Il se mit à trembler de tout son corps. S'appuyant au portail il se reprit. Non ! Non ! Même s'il ne se sentait pas bien, il lui fallait aller s'occuper de la fosse pour son père. C'était un devoir auquel il ne pouvait se soustraire. Il ouvrit le portail, il ne faisait pas encore très jour mais, déjà, on distinguait mal les étoiles. C'était le moment où le jour succède à la nuit, où il ne fait ni nuit ni jour, où tout est vague et lointain.

Il appela M. Sun.

Cheng Changshun se levait tôt pour aller acheter ses vieux chiffons et vieux papiers. Quand il entendit la voix de Ruixuan, il alla réveiller doucement M. Sun, mais n'osa pas sortir saluer Ruixuan. Il avait à faire. Il avait ses soucis. Il n'avait pas le temps d'aider les Qi, il aurait été gêné de venir trouver Ruixuan.

M. Sun avait bu pas mal de vin la veille pour noyer son chagrin. Jusqu'au moment de se mettre au lit, il n'avait cessé de se faire cette recommandation : demain, se lever de bonne heure ! Mais l'effet conjoint du vin et du sommeil fit en sorte que ses ronflements réveillèrent les autres, pas lui. En entendant la voix de Changshun, il se dépêcha de s'asseoir, de s'habiller ; il sortit à la hâte. Il avait encore l'haleine avinée et suivait Ruixuan, dans une vague torpeur, incapable de trouver quelque chose à dire. Tout en marchant, il suffoquait terriblement. Il rota plusieurs fois franchement. Alors il se sentit mieux, ouvrit aussitôt la bouche : « Nous sortons par la porte Deshengmen ou par la porte Xizhimen ?

— C'est égal. » Ruixuan, qui grelottait encore intérieurement, n'avait vraiment pas envie de parler.

« Par la porte Deshengmen, alors ! » La décision de M. Sun n'était dictée par aucune raison spéciale, il voulait simplement montrer qu'il était capable de trancher, de choisir. Comme Ruixuan ne disait rien, il passa devant pour ouvrir le chemin. C'était une façon de montrer son dévouement et son courage.

Lorsqu'ils arrivèrent devant la porte elle-même, les lueurs du petit matin éclairaient la tour de guet. C'était l'endroit le moins reluisant de Peiping. Ici, pas de route goudronnée brillante, pas d'enseignes dorées, pas de boutiques aux larges baies vitrées, ni d'automobiles. Les cailloux de la route montraient leurs arêtes disparates ; ils formaient des bosses qu'on aurait pu prendre pour des engelures. Sur les angles vifs des pierres restait un peu de glace ou de givre, ces arêtes donnaient l'impression que la route était plus anguleuse. Les véhicules qui circulaient étaient lourds, délabrés. Il s'agissait de tombereaux conduits par les paysans et qui progressaient lentement, avec un bruit de ferraille. Même les pousses qui roulaient là n'étaient pas beaux, mais délabrés, semblaient à la merci du moindre coup de vent. C'étaient des antiquités qui servaient plus à transporter des objets que des personnes. Parmi les charrettes et les pousses avançaient des ânes efflanqués mais dont les braiments en imposaient. Il y avait aussi des chameaux qu'on aurait dits las de la vie depuis longtemps, et qui devaient pourtant se forcer, c'est la raison pour laquelle ils ne pouvaient avancer qu'avec une lenteur extrême. Ce spectacle disparate faisait perdre à la grandiose tour de guet sa magnificence et sa majesté pour donner une impression de décrépitude, de désolation et même de tristesse. Les gens n'auraient jamais pensé que cet endroit avait vu se développer le talent du docteur Mei Lanfang[1], qu'il avait produit des criquets vert émeraude capables de chanter en hiver, que le mouvement du Quatre Mai était parti de là. Ce qui frappait le regard c'était la désolation, la pauvreté d'une campagne recouverte de lœss. C'était une région où ville et campagne se mêlaient étroitement. Si Peiping était un fin coursier, cet endroit pouvait être considéré comme la queue longue et laide de l'animal.

1. Mei Lanfang (1894-1961) : célèbre acteur d'opéra de Pékin.

Malgré tout, quand le soleil éclairait la tour de guet, toute chose semblait retrouver de l'énergie. Les ânes lançaient leurs braiments, la tête rejetée en arrière, le givre étincelait sur le cou des chameaux et les cailloux recouverts de glace sur la route semblaient plus brillants. Tout était encore très miteux, décrépit, mais la lumière redonnait de la vigueur à chaque chose, en accusant les contours, les couleurs, l'usage, lui redonnait vie. Peiping, bien que diminuée, affaiblie, semblait ne pas être condamnée à mourir.

M. Sun conduisit Ruixuan jusqu'à un vendeur de lait de soja. Ruixuan avait de l'amertume plein la bouche, il n'avait vraiment pas envie de manger. Toutefois il ne refusa pas ce bol de lait de soja brûlant. Le bol entre les mains, il en ressentit la chaleur. La vapeur s'élevait jusqu'à son visage. C'était une sensation agréable. Le contact de la vapeur chaude produisait sur ses yeux gonflés d'avoir pleuré le même effet qu'un remède oculaire.

Après avoir soufflé longtemps dessus, il ne put s'empêcher d'approcher ses lèvres du bord du bol et d'aspirer par gorgées le liquide blanc, brûlant. La chaleur se diffusa dans tout son corps. Ce n'était pas du lait de soja mais un sang nouveau qui le parcourait tout entier, le réchauffant, mettant fin à ses grelottements. Quand il eut fini son bol, il le redonna.

M. Sun, en plus du bol de lait de soja, avait mangé un bon nombre de beignets. Comme s'il voulait se montrer équitable, il demanda au vendeur de mettre deux œufs dans un second bol pour Ruixuan.

Leur repas terminé, ils sortirent de la ville. M. Sun, qui avait le ventre plein, en oubliait sa douleur et le froid. Il était prêt à faire le trajet d'une traite jusqu'au cimetière — les citadins ont rarement l'occasion de marcher en banlieue et il faisait si beau ce jour-là, il avait mangé tant de beignets ! Mais il était là pour prendre soin de Ruixuan. Il savait que celui-ci était un intellectuel, qu'il n'était guère rompu à ce genre d'exercice et que, comme il avait craché du sang, il ne pouvait pas trop se fatiguer. Aussi ne pouvait-il s'en remettre à son impulsion du moment.

« On prend une voiture ? » demanda-t-il.

Ruixuan fit non avec la tête, il savait quelle punition c'était que de prendre une voiture. Il se rappelait que lorsqu'il était enfant, il était allé brûler de la monnaie en papier sur la tombe avec sa mère, qu'ils avaient pris une voiture et qu'il avait eu la tête couverte de contusions.

« Alors un pousse ?

— Avec ces chemins de terre, il n'avancera pas !

— Alors on y va à dos d'âne ? » M. Sun, avec ses yeux myopes, n'avait pas vu les petits ânes au carrefour, mais il avait entendu leurs clochettes.

Ruixuan fit non de la tête. Les citadins ont peur des animaux, ils pensent ne pas pouvoir maîtriser une bête, fût-ce un âne.

« On va y aller à pied ! Cela nous réchauffera et on sera libres ! » dit enfin M. Sun dont c'était la première intention. « Mais pourrez-vous marcher si longtemps ? Si vous êtes fatigué, ce ne sera pas une partie de plaisir !

— En allant doucement ça devrait aller ! » dit Ruixuan qui ne faisait pas exprès d'aller lentement. En fait, il bouillait d'impatience, il aurait voulu en une enjambée être sur la tombe.

Ils sortirent des faubourgs, suivirent la large route de terre. Le soleil montait. Il ne devait pas comme en ville contourner maints auvents et coins de murs avant de pouvoir éclairer toute chose. Dès son lever, il venait frapper directement les points les plus lointains. Quand ils baissaient la tête, ils pouvaient voir leur ombre claire sur la terre jaune, quand ils la relevaient, ils apercevaient à l'infini une étendue de lœss nimbée de lumière. La brise matinale s'était arrêtée de souffler, le soleil était bas sur l'horizon, tout rouge, comme s'il voulait au plus vite changer l'hiver en printemps. L'air était vif encore mais sec, calme ; il vous donnait de l'entrain. Ruixuan redressa la tête malgré lui. Cette impression d'immensité, de fraîcheur, de luminosité semblait lui dénouer le cœur, forçait son enthousiasme

Il n'y avait pratiquement pas de passants. Parfois ils croisaient une charrette, un ou deux enfants ou vieillards qui ramassaient du crottin. Partout où se posait le regard, ce n'était que champs jaunes. Pas le moindre brin d'herbe, pas le moindre arbrisseau, mais une étendue plate, jaune, pareille au désert. Au loin on apercevait quelques arbres dépouillés de leurs feuilles. Ils devaient masquer un hameau composé peut-être seulement de trois ou de cinq maisons. La fumée montait tout droit en colonne ronde près des arbres. Les chants des coqs et les aboiements des chiens venaient des hameaux, lointains et pourtant très distincts. D'un petit hameau proche s'élevaient des voix aiguës qui invectivaient bêtes et enfants. Il s'agissait la plupart du temps de voix de femmes, si aiguës qu'on aurait dit qu'elles allaient ouvrir une longue fente dans le ciel. Il y avait aussi des jeunes filles ou des femmes portant des vestes rouges qui faisaient tourner les meules près des haies. Il y avait peu d'eau, tout était sec. Les charrettes venues de loin soulevaient un nuage de poussière jaune. Le sol était desséché, il n'y avait pas un nuage dans le ciel, pas le moindre signe d'humidité dans l'air. Des villages proches ou lointains aucun signe de chaleur ou d'humidité ne parvenait, tout était sec : murs jaunes, haies jaunes, troncs d'arbres grisâtres, comme s'ils venaient tout juste d'être dessinés avec des craies de couleur.

À force de regarder, Ruixuan avait le regard brouillé. Les couleurs monotones, sous la lumière vive, lui blessaient les yeux de façon insupportable Il baissa la tête, mais, sous ses pieds, la terre jaune, durcie et pourtant prête à s'élever, était aussi aveuglante, tandis que de chaque côté de la route, les champs qui avaient été labourés, avec leurs sillons et leurs bosses, lui donnaient le tournis. Ce n'était pas des champs avec des sillons, mais des vagues de terre désolées, froides, monotones. Déjà il n'avait plus autant d'entrain. Les yeux mi-clos il progressait péniblement, s'enfonçait parfois profondément dans la terre, sans regarder le lointain ni sous ses pieds. Il s'avançait dans la campagne de la Chine du Nord, monotone. À quelques pas de Peiping, il semblait pourtant dans un désert immense.

Plus il avançait, plus il s'enfonçait. Cette terre meuble semblait vouloir saisir ses semelles et il lui fallait peiner pour dégager son pied. Il se mit à transpirer.

M. Sun transpirait lui aussi. Il avait pensé pouvoir bavarder de tout et de rien avec Ruixuan pour lui faire oublier le décès, mais il ne pouvait pas beaucoup parler, il lui fallait garder de la salive. Tout était si sec et il n'y avait aucune petite maison de thé en vue. Il regrettait de ne pas avoir contraint Ruixuan à prendre une voiture ou un âne. Ils progressaient sans dire un mot. La fine terre jaune chargée de l'odeur de l'urine de cheval se déposait sur leurs chaussures, entrait dans leurs chaussettes, remplissait les plis de leurs vêtements, leurs narines, leurs oreilles, allant même jusqu'à s'infiltrer dans leur gorge. Le ciel était plus bleu, la lumière plus claire et chaude, ils avaient cependant l'impression d'être dans un abri en terre immense et minuscule à la fois, lumineux et pourtant vague.

Enfin ils aperçurent les remparts en ruine — cette Peiping du temps où les Mongols régnaient sur la Chine, à présent oubliée de tous, dont il ne restait que quelques petits monticules. À la vue des remparts de terre Ruixuan hâta le pas. Près des remparts il pourrait voir le vieil homme le plus délicieux qui fût : M. Chang. Il lui annoncerait les yeux pleins de larmes le décès de son père et les conditions dans lesquelles il avait trouvé une mort si pitoyable. Il ne racontait pas volontiers à autrui les injustices dont il était victime, toutefois M. Chang n'était pas une simple connaissance et il était sensible. Pour lui, M. Chang était un brave homme, tout comme l'avait été son père. Il devait, c'était une nécessité, tout lui raconter. Il n'avait pas encore contourné les remparts de terre qu'il voyait déjà avec les yeux de l'esprit la maison de M. Chang, la petite aire de battage tout en longueur, lumineuse. À gauche il y avait deux saules et dessous une meule en pierre. La haie basse était à hauteur d'homme, aussi pouvait-on apercevoir de loin les maïs dorés qui séchaient sur le toit et des chapelets de piments rouges. Il voyait aussi l'intérieur de la maison, non seulement il le voyait, mais il sentait cette odeur de bois et de fumée omniprésente, qui n'était pas franchement agréable mais qui vous apportait une sensation de chaleur. Dans la pièce, ce qui vous donnait le plus chaud au cœur, c'était la voix et le rire de M. Chang.

« On y est ! Quand on aura tourné aux remparts de terre, on y sera ! » dit-il à M. Sun.

Quand ils eurent tourné aux remparts il se frotta les yeux. Oh ? Seuls restaient les deux saules, tout le reste avait disparu. Il n'en croyait pas sa vue. Oubliant sa fatigue, il se mit à courir. Il s'arrêta à quelques mètres des saules. Il comprit. Il ne restait plus qu'un tas de cendres, même la meule avait disparu.

Il resta cloué sur place.

« Qu'est-ce que cela veut dire, mais qu'est-ce qui a bien pu se passer ? » demanda M. Sun qui n'y comprenait rien.

Ruixuan était incapable de répondre, il resta longtemps figé sur place. Il se retourna, regarda le cimetière, se dirigea lentement vers les tombes. Il n'était pas revenu ici depuis l'occupation de Peiping par les Japonais. Il ne s'était pas inquiété car il savait que M. Chang continuerait à prendre soin de la tombe, arrondissant la terre qui la recouvrait et qu'il ne se montrerait pas paresseux, même si personne ne venait y brûler de la monnaie en papier. Aujourd'hui, les tombes n'étaient plus aussi hautes qu'autrefois, ni aussi ordonnées. Des herbes desséchées y rampaient et la terre s'écroulait. Il regardait ces monticules qui ne payaient pas de mine, éboulés par endroits, que le vent et la pluie pourraient bien détruire à la longue. Au bout d'un moment il s'assit sur la terre sèche et meuble.

« Qu'est-ce qui a bien pu se passer ? » M. Sun s'assit à son tour.

Sans s'en rendre compte, Ruixuan avait pris une motte de lœss ; très simplement il expliqua les choses.

« Quelle poisse ! » M. Sun était inquiet. « Si M. Chang n'est plus là pour creuser la tombe, qui va le faire ? »

Ruixuan, après être resté un moment silencieux, se leva, regarda de nouveau les deux saules. À quelques centaines de mètres de là il aperçut la maison des Ma, toute petite, mais entourée d'une végétation plus dense, dont un pin. Il se rappela cette fois où M. Chang était venu en ville et avait été châtié à la porte. C'était pour acheter les remèdes pour le fils aîné des Ma. « On va aller voir chez les Ma ! » Il montra du doigt le pin.

Quand ils furent arrivés près des saules, M. Sun coupa une badine. « À la campagne les chiens sont féroces. Mieux vaut prévoir ! »

Au même moment ils entendirent des aboiements — la campagne étant vaste et l'habitat clairsemé, les chiens, à la vue de silhouettes au loin, aboient longtemps. Ruixuan ne semblait pas y avoir prêté attention et continuait d'aller lentement de l'avant. Deux chiens au pelage miteux d'une couleur indéfinissable, ni jaune ni grise, mais qui se croyaient très courageux et imposants, s'avançaient à leur rencontre. Ruixuan continuait de progresser face à eux, sans s'affoler. Les chiens le dépassèrent et se ruèrent tout droit sur M. Sun qui tenait sa badine à la main.

Ce dernier fit une démonstration d'arts martiaux en jouant avec virtuosité de sa badine. Il ne réussit pas à les faire reculer. Mieux, il se frappa lui-même au genou. Il se mit à crier : « Ouste ! La trique ! Holà ! retenez vos chiens ! Y a quelqu'un ? Retenez vos chiens ! »

Un groupe de bambins, garçons et filles, sortit de chez les Ma, ils étaient tous plus sales les uns que les autres. La crasse sur leurs vêtements brillait au soleil, on aurait dit qu'ils avaient revêtu une armure.

Les cris que poussèrent pendant un bon moment les enfants firent sortir une femme jeune. Ce devait être la femme du fils aîné. Le son qu'elle émit pour gronder les chiens, strident et long, fit stopper les aboiements furieux. Les bêtes s'écartèrent un peu pour se coucher au sol. Elles faisaient de l'intimidation, grondaient, tout en regardant les chevilles de M. Sun.

Ruixuan échangea quelques paroles avec la jeune femme. Elle avait déjà compris de quoi il retournait. Elle avait entendu parler des Qi, M. Chang en parlait souvent. Elle tint à faire entrer les visiteurs. Elle avait une solution. Creuser la tombe n'était pas un problème. Elle passa devant, Ruixuan, M. Sun, les enfants et les chiens la suivirent. La pièce était très sombre, sale, malodorante et en désordre, mais la cordialité et la politesse de la jeune femme palliaient ces désagréments. Elle s'excusa, leur fit un passage, ôtant de ci de là les objets qui gênaient. Elle les fit asseoir ; puis elle ordonna au plus grand des garçons d'allumer le feu pour faire chauffer de l'eau et à l'aînée des filles d'aller laver des patates douces pour les invités. « Aïe ! Venir ici, quel calvaire ! sans rien à boire ni à manger ! »

Elle parlait avec un pur accent pékinois très agréable. Son parler était plus naturel et plus mélodieux que celui des gens de la ville. Puis elle demanda aux plus petits qui ne savaient rien faire, si ce n'était courir, de se partager pour aller chercher les hommes de la maison — certains étaient partis ramasser du crottin, d'autres bavardaient chez les voisins. Enfin, elle envoya d'un coup de pied les chiens dehors, ce qui rassura un peu M. Sun.

Le garçon avait allumé rapidement le feu, la pièce s'emplit immédiatement de fumée. M. Sun ne cessait d'éternuer, la fumée ne s'était pas encore dissipée que le thé était prêt. Deux grands bols en terre de lœss pleins d'un liquide jaune clair, une infusion de feuilles fraîches de jujubiers. Puis la fille apporta dans son vêtement plusieurs gros morceaux de patates douces à la peau rouge, fraîchement lavées. Comme elle n'osait pas les donner tout de go aux invités, elle tournait en rond dans la pièce

Ruixuan n'avait pas le cœur à penser à quoi que ce fût mais des larmes lui vinrent aux yeux malgré lui. C'était cela, la Chine, la culture chinoise ! Le prix de tout ce qui meublait la pièce ne devait pas dépasser quelques dizaines de yuan. Ces enfants et ces adultes étaient à la merci du froid et de la faim, risquaient à tout moment d'être massacrés par les Japonais, pourtant ils gardaient leur politesse, leur enthousiasme, prêts à rendre service, sans se montrer abattus. Ils ne possédaient rien, pas même un vêtement propre, ni de la poussière de feuilles de thé, mais ils semblaient riches de tout. Ils avaient leur vie, une histoire plusieurs fois millénaire. Ils ne semblaient pas « vivre » mais se débattre pour accomplir un devoir, remplir une mission qu'ils ne comprenaient pas. Si on leur avait ôté leurs vêtements crasseux et déchirés, ils se seraient montrés robustes, glorieux, purs, comme l'étaient leurs lointains ancêtres Yao et Shun[1].

Le vieux Ma, qui avait plus de cinquante ans, revint le premier, suivi de près par deux jeunes hommes. Il accepta sans se faire prier d'aller immédiatement creuser la tombe avec ses fils.

Ruixuan but entièrement le bol d'infusion jaune, prit un morceau de patate douce crue, non qu'il en eût envie, mais pour faire plaisir à la jeune femme et aux enfants.

Le vieil homme et les jeunes allèrent chercher des outils pour creuser la fosse. Ruixuan et M. Sun retournèrent avec eux au cimetière. Derrière suivait le garçon avec la grosse théière et les deux bols en terre de lœss. La petite fille portait toujours dans son vêtement les patates douces.

1. Yao et Shun : souverains mythiques de la Haute Antiquité incarnant la vertu dans la tradition confucéenne.

Après avoir déterminé l'emplacement, Ruixuan demanda au vieux Ma : « Et Monsieur Chang ? »

Le vieil homme, après être resté un moment sans réaction, pointa son doigt en direction de l'ouest. Là il y avait une tombe fraîchement creusée

« Mort... » Ruixuan ne dit que ce seul mot, sa gorge à nouveau le gratta et s'emplit d'un goût âcre.

Le vieux Ma poussa un soupir, s'appuyant sur le manche de sa pelle en fer, il resta figé sur place un bon moment, le regard fixé sur la tombe de M. Chang.

« Comment est-il mort ? » demanda Ruixuan en se massant la poitrine.

Tout en creusant, le vieil homme répondit : « Un si brave homme ! Les gens braves, les gens braves ont une fin tragique ! Cette fois où il a acheté des remèdes pour mon aîné, n'a-t-il pas...

— Je suis au courant ! » Ruixuan aurait voulu que le vieil homme parlât plus directement.

« Oui, vous êtes au courant. Rentré chez lui, il est resté couché trois jours et trois nuits. Il ne voulait ni thé, ni nourriture. Là... » Le vieil homme montra sa propre poitrine. « Il avait été blessé là. Nous avons eu beau l'exhorter, nous ne sommes pas arrivés à le soulager de ce nœud qu'il avait là. Il me posait toujours la même question : “Mais qu'est-ce que j'ai fait de mal pour que les Japonais me condamnent à m'agenouiller comme ça !” Puis au bout d'un certain temps il s'est levé, mais il ne mangeait pas grand-chose. Nous l'avons poussé à se procurer des remèdes. Il disait qu'il n'était pas malade. Vous savez à quel point il était têtu ! À ce régime il s'est couché de nouveau. Il avait du sang dans ses selles, du sang ! Mais nous ne le savions pas, il n'a jamais voulu nous le dire. À la longue, lui qui était si résistant est devenu un sac d'os. Lorsque sa dernière heure est arrivée, il nous a fait venir et devant tout le monde a demandé à son fils : "Daniur, t'as quelque chose dans le ventre oui ou non ? Alors venge-moi ! Venge-moi !" Jusqu'à sa mort il n'a eu que le mot vengeance à la bouche. Il le disait parfois très fort, parfois, c'était tout bas. » Le vieil homme se redressa, jeta de nouveau un coup d'œil à la tombe de M. Chang. « Daniur était encore plus têtu que son père. Il gardait le mot vengeance à l'esprit ; il grommelait à longueur de journée sur la tombe. On avait peur. Qu'est-ce qu'il raconte là ? Et s'il allait tuer pour de bon un Japonais ? Toutes les maisons à cinq lieues à la ronde seraient incendiées ! On a essayé par tous les moyens de l'en dissuader, on était prêts à se mettre à genoux devant lui. Il ne voulait rien entendre. Il disait qu'il avait des tripes. Quand on a récolté les céréales, les Japonais ont envoyé des gens pour nous surveiller. Ils ont tout noté, même les récoltes de chaume. Puis ils ont tout emporté, blé et chaumes dans des charrettes. Ils nous ont dit qu'après ils nous les rendraient, qu'il n'y avait pas de quoi s'inquiéter. Pensez donc ! Qui les aurait crus ? Daniur, mine de rien, leur demandait : "Est-ce que les Japonais vont venir ? Est-ce qu'ils vont venir ?" Nous savions qu'il n'attendait que cela pour passer à l'acte. L'homme, Monsieur Qi, est une drôle de chose ! Nous savions parfaitement qu'ils nous avaient pris nos céréales et que la famine nous guettait, et pourtant nous avions peur du malheur que Daniur pouvait attirer sur nos têtes. Comme si le fait que Daniur se tînt tranquille aurait pu nous laisser la vie sauve ! » Le vieil homme eut un sourire triste, but un plein bol d'infusion de feuilles de jujubiers. Il s'essuya la bouche du revers de sa main et poursuivit :

« Daniur a expédié femme et enfants chez ses beaux-parents, puis il a acheté du vin, a invité les pilleurs de céréales à venir chez lui. Pour nous c'était clair : il n'attendrait pas les Japonais, mais réglerait d'abord leur compte à ceux qui aidaient les Japonais, et cela pour donner libre cours à sa colère. Ils burent jusqu'au coucher du soleil. Quand ce fut l'heure du changement de veille, je vis les lueurs de l'incendie. Ce fut comme un feu de paille. Tout fut réduit en cendres. Il ne resta que les deux saules. L'odeur était infecte, nous savions que les hommes avaient péri dans la maison. Quant à Daniur, est-il mort dans l'incendie, ou s'est-il échappé, personne ne le sait. Nous avions les tripes nouées. Les Japonais allaient-ils venir massacrer le village ? Mais à ce jour personne encore n'est venu. Je me dis que c'est parce que ceux qui ont péri dans l'incendie étaient des Chinois, voilà pourquoi les Japonais n'ont pas pris la chose à cœur. Une famille si bien, finir ainsi ! Finir comme dans un rêve ! »

Sur ce, le vieil homme se redressa, regarda les deux saules, puis les tombes des deux côtés. Le regard de Ruixuan suivit le même parcours, mais il semblait n'avoir rien vu. Tout, tout allait devenir vide, allait mourir. La terre entière deviendrait une feuille de papier, sans un brin d'herbe ! Tout était vide, lui aussi était vide. Il ne servait à rien, ne pouvait rien faire, il attendait une mort silencieuse, il attendait de périr avec tout le reste.

On approchait de midi, la fosse était creusée. Ruixuan donna un peu d'argent au vieux Ma, mais ce dernier refusa catégoriquement. M. Sun dut faire le serment suivant : « Si vous n'acceptez pas, que je sois changé en chien ! » pour que le vieil homme consentit enfin à en accepter la moitié. Ruixuan fourra le reste de l'argent dans la main du garçon qui tenait la théière.

Le vieux eut beau se montrer persuasif, Ruixuan ne retourna pas chez les Ma. Il se rendit sur la tombe de M. Chang et, les yeux pleins de larmes, se frappa trois fois le front contre le sol tout en murmurant : « Deuxième grand-père, un peu de patience, mon père va bientôt venir vous tenir compagnie ! »

M. Sun eut une inspiration soudaine : il proposa de prendre la route de l'ouest car ils passeraient devant le Temple des Trois Immortels. Le vieux Ma les accompagna un bon bout de chemin avant de faire demi-tour.

Au temple il y avait déjà de nombreux proches parents des Qi pour rester avec Ruifeng dans l'attente de la mise en bière, quand la famille serait au complet. Ruifeng avait déjà revêtu des vêtements de deuil, il bavardait avec les gens, les yeux tout rouges, il ne cessait de répéter que la mort de son père était une injustice inacceptable non parce que son père était mort par la faute des Japonais, mais parce que les funérailles étaient trop simples, manquaient d'allure. Il parlait ainsi pour montrer qu'il n'était pas responsable, et que Ruixuan, qui était chargé des problèmes domestiques, avec sa mentalité d'étranger, était incapable de sauver la face, ne savait que mettre de l'argent de côté. Quand il vit entrer son aîné et M. Sun, il en rajouta pour le cas où son frère n'aurait pas compris. Comme Ruixuan ne prêtait pas attention à lui, il éclata en sanglots puis mit à la disposition des parents et des amis des cigarettes, du thé et du vin tous d'excellente qualité. On aurait dit que l'argent était son ennemi juré.

Tianyou fut mis en bière à quatre heures et demie.

CHAPITRE LXII

Cheng Changshun était très occupé. Non seulement ses pieds et ses mains s'affairaient, mais son esprit aussi. Il n'avait donc pu aider la famille Qi. Il en était très malheureux, mais c'était comme ça.

Gao Yituo avait invité Changshun dans une maison de thé pour discuter avec lui. Yituo s'était montré très courtois, une fois assis il avait payé à l'avance les consommations. Puis, comme s'il buvait et bavardait avec un ami, il avait parlé de choses sans importance. Il lui avait demandé, par exemple, si la vieille Mme Ma était en bonne santé ces derniers temps, comment ils vivaient, s'ils s'en sortaient. Il avait posé aussi des questions sur M. Sun et John Ding. Cheng Changshun, qui se considérait pourtant comme un adulte, était au fond un enfant, et plutôt simpliste. Il avait donc répondu avec force détails, sans se rendre compte que Yituo bavardait sans fin pour meubler la conversation.

En parlant ainsi de choses et d'autres Yituo avait mentionné la femme de Petit Cui. Changshun lui avait répondu avec encore plus de détails et avec enthousiasme, car c'étaient lui et sa grand-mère qui lui avaient sauvé la vie. Il ne pouvait s'empêcher d'en éprouver de la fierté. Il avait remercié Yituo au nom de la jeune femme.

« Dix yuan tous les mois, ça sert, elle s'en est sortie ! »

Yituo avait semblé ne se rappeler de l'argent que parce que Changshun avait attiré son attention là-dessus. « Oh ! Heureusement que tu en parles, j'avais complètement oublié ! Mais puisque tu en parles, j'ai justement quelque chose à te dire ! » Il avait retroussé légèrement la manche de sa tunique, montrant des manchettes de chemise immaculées, puis avait plongé lentement sa main dans sa tunique, à hauteur de poitrine, et avait fini par sortir au bout d'un long moment le petit calepin que Changshun connaissait. Une fois le calepin sorti, il avait pris une inspiration et l'avait feuilleté feuille par feuille. Arrivé à un certain endroit, il avait regardé avec attention, puis il avait levé les yeux, avait compté sur ses doigts pendant un moment. Les comptes faits, il avait pouffé de rire : « C'est ça, tout juste, cinq cents yuan !

— Quoi ? » Changshun avait écarquillé tout grands les yeux. « Cinq cents ?

— Comme si je pouvais me tromper ! C'est un truc tout ce qu'il y a de plus juste ! Tu as un livre de comptes ? » Yituo souriait toujours mais son regard n'avait plus autant de douceur.

Changshun avait fait non de la tête.

« Tu devrais tenir tes comptes. Quoi que tu fasses il faut que tu le notes, et avec soin, sans négligence !

— Je sais, mais cet argent c'était pour elle, c'était "donné" ! Pourquoi l'inscrire ? » Le nasillement de Changshun s'était légèrement accentué.

« Donné ? » Yituo, très surpris, avait cillé pendant un bon moment. « Par les temps qui courent tu penses bien qu'on ne donnerait pas de l'argent comme ça !

— Mais vous aviez dit que... » Changshun commençait à se dire que tout cela sentait le roussi.

« J'ai dit quoi ? J'ai dit : elle emprunte et tu te portes garant. Il y a ta signature. Intérêts et capital : cinq cents yuan !

— Je, je, je... » Changshun ne trouvait pas ses mots.

« C'est toi ! Sinon, c'est moi peut-être ? » Les yeux de Yituo étaient fixés sur le visage de Changshun. Ce dernier n'osait pas bouger.

Le regard tourné vers le bas, Changshun avait dit en nasillant : « Qu'est-ce que cela veut dire ?

— Allons, allons, ne joue pas les idiots avec moi, mon petit gars ! » Yituo avait recouru à toute son éloquence : « Au début tu as eu pitié d'elle, et qui n'aurait pas eu pitié d'elle ? Ce sont des sentiments communs à tous, je ne peux pas te les reprocher. Tu as bon cœur, c'est la raison pour laquelle tu es venu m'emprunter de l'argent.

— Faux !

— Oh, oh, ce n'est pas parce qu'on est jeune qu'on ne doit pas être de bonne foi ! » Yituo faisait du prêchi-prêcha avec zèle : « En tant qu'être humain, en société, il faut être loyal. Si on n'est pas loyal qui sait de quoi on est capable ?

— Je ne vous ai pas emprunté d'argent, vous me l'avez donné ! » La sueur perlait sur le nez de Changshun.

Les yeux de Yituo s'étaient plissés en une fente, son cou s'était beaucoup allongé, Changshun avait senti le souffle chaud de sa bouche sur son propre crâne. « Alors, qui, je te le demande, hein, qui a signé ?

— Je ! J'en sais rien !...

— Alors comme ça on signerait sans le savoir ! Allons donc ! Tais-toi, tiens ! Si je ne voyais pas que tu n'as pas de mauvaises intentions, je te donnerais deux claques sur-le-champ. Ne dis pas de bêtises, il faut que nous discutions pour trouver une solution. Cette dette, qui l'assume, et comment la rembourser ?

— Je n'ai aucun moyen de le faire, je dispose d'une seule chose : de ma vie, et c'est tout ! » Les larmes emplissaient déjà les yeux de Changshun.

« Ne joue pas les canailles ! "Je n'ai que ma vie", ça rime à quoi ? À la vérité, si j'en voulais à ta vie, ce serait vraiment simple ! Je vais te le dire : cette somme, c'est au chef de centre Guan. Elle m'a demandé de la placer pour produire quelques intérêts. Tu penses, même si j'étais habile en paroles — et je le suis —, je ne pourrais pas laisser le chef de centre Guan perdre de l'argent ! La plumer, comme ça ! Je ne peux me permettre de la provoquer, et toi encore moins ! C'est que, quand elle tape du pied presque tout Peiping en est ébranlé. Est-ce que nous oserions nous, nous seuls, aller ôter la viande de la bouche du tigre ? Elle a de l'influence, du talent, de l'audace, les Japonais l'aident, que sommes-nous à ses yeux ? Et sans parler de toi, même moi, si je ne lui remettais pas ces cinq cents yuan, elle m'emprisonnerait pour trois ans et pas un jour de moins, c'est certain. Tu t'imagines ! »

Les yeux de Changshun lançaient des éclairs. « Eh bien, qu'elle me mette trois ans en prison ! Je n'ai pas d'argent ! La femme de Petit Cui non plus !

— Mais il ne faut pas parler ainsi ! » Yituo semblait se délecter de cette conversation, il jouait comme un chat avec une souris, dans ses paroles il y avait des crochets et des piques. Il y allait, en toute liberté, de la souplesse et de la fermeté. « Si tu vas en prison, que va devenir la vieille Madame Ma, ta grand-mère ? Tu crois que ça a été facile pour elle de s'occuper de toi jusqu'à maintenant ? » Il allait même jusqu'à se frotter les yeux comme s'il était ému. « Trouve un moyen pour rembourser ta dette petit à petit. Imagine une solution et j'intercéderais pour toi auprès du chef de centre Guan. Tu pourrais rendre par exemple cinquante yuan par mois ? En dix mois tu aurais remboursé, non ?

— Je ne peux pas !

— Alors cela devient difficile ! » Yituo avait remis ses manches comme il faut, y avait glissé ses mains, il fronçait les sourcils pour bien montrer qu'il réfléchissait à une solution pour Changshun. Au bout d'un long moment, il avait eu une inspiration soudaine : « Puisque tu ne peux pas rembourser, demande à la femme de Petit Cui de trouver une solution. C'est elle qui se sert de l'argent, non ?

— Comme si elle en avait ! » dit Changshun en essuyant la sueur sur son nez.

Yituo avait baissé la voix et demandé sur un ton tout ce qu'il y avait de plus cordial et de plus sincère : « Vous êtes parents ? »

Changshun avait fait non de la tête.

« Tu lui es redevable de quelque chose ? »

Changshun avait refait non de la tête.

« C'est bon ! Puisque vous n'êtes pas parents et que tu ne lui es redevable de rien, pourquoi donc te laisserais-tu discréditer à sa place ? »

Changshun ne disait rien.

« Les femmes... » Yituo semblait s'être lancé dans un grand problème philosophique, il avait continué avec force intonations : « Les femmes ont plus de ressources que nous autres hommes. Quoi que nous fassions, nous autres, il nous faut un capital. Pour les femmes c'est commode, elles peuvent gagner leur vie à partir de rien. Les femmes, je les envie ! Leur visage, leurs mains, leur corps sont un capital naturel. Pour peu qu'elles consentent à faire le saut, elle ont immédiatement de l'argent, de quoi manger et se vêtir, ainsi que le plaisir. Tiens, la femme de Petit Cui, elle est jeune, elle est pas mal physiquement, pourquoi ne cherche-t-elle pas à gagner joies et argent ? Je ne comprends vraiment pas !

— Qu'est-ce que vous voulez dire par là ? » Changshun commençait à en avoir assez.

« Oh rien, si ce n'est lui ouvrir les yeux, l'aider à rembourser sa dette.

— Et comment ?

— Mon petit gars, il ne faut pas m'en vouloir si je te dis que tu n'as vraiment pas l'esprit vif. C'est sans doute le manque d'études, oui, ce doit être cela, le manque d'études !

— Parlez franchement si vous voulez bien ! » avait imploré Changshun en colère.

« Bien, bien, je vais être clair ! » Yituo s'était rincé la bouche avec du thé et avait craché par terre. « Elle ou toi si vous le pouvez, vous remboursez immédiatement, et ce sera tant mieux. Sinon, va la prévenir que je suis prêt à l'aider. Je peux lui prêter encore cinquante yuan pour se faire deux vêtements un peu tape-à-l'œil et permanenter les cheveux. Alors je lui trouverai des amis, qui lui tiendront compagnie pour s'amuser. Je partagerai avec elle moitié-moitié. Ce remboursement ne me concerne pas, je le fais pour le compte du chef de centre Guan, les agents de police ne lui chercheront pas d'histoires, je les amadouerai. Si elle travaille bien, elle réussira. Alors je viendrai la voir pour nos petits comptes, et on ne parlera plus des cinq cents yuan.

— Ce que vous lui demandez c'est de vendre… » Un hoquet avait empêché Changshun de terminer sa phrase.

« C'est à la mode ! C'est pas une question d'honneur, regarde ! » Yituo avait montré du doigt le petit calepin. « Combien sont inscrites là-dessus ! Même des étudiantes ! Bien, va la prévenir et tu me donneras la réponse. Si vous obtempérez, nous serons bons amis, sinon vous aurez à donner tout de suite les cinq cents yuan. Si tu fais le malin, et n'es pas d'accord — non, je crois que tu en es incapable —, tu sais à quel point le chef de centre Guan est redoutable ! Bien, mon petit gars, j'attends ta réponse. Je te dérange, excuse-moi. Veux-tu manger quelque chose avant de rentrer ? » Yituo s'était levé.

Changshun s'était retrouvé debout lui aussi, sans avoir compris comment.

Arrivé à la porte de la maison de thé, Yituo avait tapé sur l'épaule de Changshun. « J'attends ta réponse ! Va doucement, hein, va doucement ! » Sur ces mots, et comme s'il le quittait à contrecœur, il s'était éloigné en direction du sud.

La grosse tête de Changshun bourdonnait tellement qu'on aurait dit qu'un couple de gros taons y logeait. Il était resté un bon moment figé sur place à la porte de la maison de thé avant de faire quelques pas, ses pieds lui semblaient peser plus de cinquante kilos. Au bout de quelques mètres, il s'était arrêté de nouveau. Non, il ne pouvait rentrer, il avait honte de se montrer devant sa grand-mère et la femme de Petit Cui. Après être resté comme pétrifié très longtemps, il avait repensé à M. Sun. Non qu'il estimât ce dernier, mais il était quand même plus âgé que lui, et puis c'était un voisin de longue date qui habitait dans la même cour. Peut-être aurait-il une idée.

Il avait cherché M. Sun longtemps dans la rue, avait fini par le trouver. Les deux hommes étaient entrés dans la maison de thé. Changshun avait aligné l'argent des consommations.

« Oh, formidable, mais c'est que tu sais y faire ! » avait dit M. Sun en riant.

Changshun n'avait pas le cœur à bavarder. Il avait tout raconté à M. Sun, sans rien omettre, sans détours, à voix basse, très inquiet.

« Je n'aurais jamais cru les Guan aussi mauvais. Merde alors, les chiens ! Rien d'étonnant à ce qu'il y ait partout des prostituées clandestines, ainsi il y a des gens qui tirent les ficelles par-derrière ! Les salauds ! Et moi je te le dis : tant que les Japonais resteront ici, veuves et jeunes filles n'oseront pas dire qu'elles ne sont pas des prostituées clandestines !

— Ne jurez pas, cherchez plutôt une solution ! avait supplié Changshun.

— Comme si j'en avais une ! » M. Sun était inquiet, indigné, mais il n'avait pas de solution.

« Il faut en trouver une, allez, réfléchissez bien, vite ! »

M. Sun avait fermé ses yeux de myope pour réfléchir sérieusement. Au bout d'un interminable moment de réflexion, il avait soudain ouvert les yeux. « Changshun, Changshun, épouse-la, et tout sera réglé, non ?

— Moi ? » Changshun était soudain devenu tout rouge. « L'épouser, moi ?

— Mais oui, épouse-la. Quand elle sera ta femme, qu'est-ce qu'ils pourront faire ?

— Et les cinq cents yuan ?

— Eh bien... » M. Sun avait fermé de nouveau les yeux. Un bon moment après, il avait repris la parole. « Et ton commerce ? »

Changshun était tellement en colère qu'il en perdait la tête, et en avait même oublié son commerce. La remarque de M. Sun lui avait fait repenser aux mille yuan. Mais sur ces mille yuan, une fois les frais déduits, il ne resterait que cinq à six cents yuan, ou moins peut-être. S'il donnait tout pour le remboursement de la dette, de quoi vivrait-il ? De plus c'était bien évidemment pure escroquerie de la part des Guan, pourquoi devrait-il faire cadeau aux Guan de cet argent qu'il avait gagné au prix de mille fatigues ? Après avoir réfléchi un bon moment il avait dit à M. Sun : « Allez en discuter avec grand-mère, vous voulez bien ? » Il avait honte de se montrer devant sa grand-mère et pouvait encore moins parler avec elle de mariage.

— Je parle aussi du mariage ? » avait demandé M. Sun.

Changshun ne savait trop que répondre. Il n'était pas opposé à l'idée d'épouser la femme de Petit Cui. En fait, il ne connaissait pas bien la signification du mariage, ni les responsabilités qui en découlaient. Mais, pour sauver la femme de Petit Cui, il lui semblait qu'il devait braver le danger. Tout benêt, il avait fait oui de la tête.

M. Sun se sentait important. Il n'avait pas été victime des arguments de Changshun et lui servait même d'intermédiaire pour son mariage. C'était un fait rare !

M. Sun était retourné chez lui.

Changshun, quant à lui, n'avait pas osé rentrer. Il lui fallait trouver un endroit calme, pour rafraîchir sa grosse tête. Lentement, il s'était dirigé vers les quartiers nord de la ville jouxtant le mur d'enceinte. Il s'était assis au pied des remparts. Il tournait et retournait tout cela dans sa tête, et plus il réfléchissait plus il était en colère. Mais la colère n'était d'aucun secours, il lui fallait trouver une idée valable, une idée qui expédierait d'un coup la « grosse courge rouge » et Gao Yituo en prison. Il ne lui avait pas été facile de refouler sa colère. Au bout d'un long moment il avait pensé : les dénoncer, aller les dénoncer !

Mais où porter plainte ? Il ne le savait pas.

Comment rédiger le formulaire de plainte ? Il ne savait pas non plus.

Est-ce que cela servirait à quelque chose de porter plainte ? Il n'en savait rien.

Et si, la plainte portée, les Japonais ne châtiaient pas la « grosse courge rouge » et Gao Yituo, mais le punissaient lui ? Sa tête avait été de nouveau en sueur.

Mais il ne pouvait pas prendre en compte tant de choses. Non ! Quand il était petit, alors qu'il n'osait pas aller se battre avec les enfants qui l'avaient offensé, il lui fallait cependant écrire sur le mur avec du charbon de bois ou de la chaux : un tel est un vrai salaud, pour laisser libre cours à sa haine, sans s'occuper de savoir si le mot salaud aurait vraiment un impact sur l'ennemi, s'il lui ferait du mal, le mettrait en difficulté. À présent, il devait agir encore ainsi, sans s'occuper du résultat. Il devait aller porter plainte, sinon il ne pourrait laisser libre cours à sa haine.

Tout étourdi, il s'était mis debout, avait marché en direction du sud. Au carrefour Xinjiekou il était allé trouver un diseur de bonne aventure par l'étude des idéogrammes. Il en avait été pour cinquante centimes, il lui avait demandé de lui rédiger l'acte d'accusation. Ce personnage savait que, étant donné la gravité du contenu, un tel acte ne serait peut-être pas dans l'intérêt du plaignant, mais pour toucher les cinquante centimes il n'avait pas mis Changshun en garde. L'acte rédigé, il avait demandé : « Où sera-t-il porté ?

— Selon vous ? » Changshun voulait l'avis du devin.

« La mairie, non ? avait proposé celui-ci.

— D'accord ! » Changshun n'avait pas particulièrement réfléchi.

L'acte d'accusation à la main, il était sorti le plus rapidement possible, s'était précipité vers la mairie. Il y allait de sa vie. Était-ce pour le meilleur ou pour le pire ? Il s'en moquait. Autrefois, il n'avait pas écouté les conseils de Ruixuan d'aller s'enrôler dans les rangs de l'armée en lutte contre les Japonais, tout persuadé qu'il était de pouvoir honnêtement subvenir aux besoins de sa grand-mère. Qui aurait cru que, enfermé comme il l'était à la maison, le malheur tomberait du ciel. La « grosse courge rouge » voulait sa ruine, ou que la femme de Petit Cui devînt prostituée clandestine. Bon, il fallait le faire, advienne que pourra ! De toute façon on n'a qu'une vie. Il la risquerait. Il avait repensé à la famille Qian, à la famille Qi, aux Cui, à leur infortune et aux calamités qui les avaient frappés. Il ne voulait pas être un petit vieux résigné, il lui fallait retrouver l'ardeur de la jeunesse. Il n'avait pas envie d'attendre comme un idiot qu'on lui mît le couteau sur la gorge. Il devait remettre sur-le-champ l'acte d'accusation. S'il hésitait, tout son courage s'envolerait.

Une fois le document remis, il était rentré chez lui. Il marchait très lentement. Il commençait à douter de sa sagesse, regrettait un peu son geste. Mais ces regrets arrivaient trop tard. Il devait redresser le torse, attendre les résultats, même s'ils étaient mauvais pour lui.

M. Sun avait réglé très vite l'affaire. Avant le retour de Changshun il avait déjà mis dans l'embarras les deux veuves. La vieille Mme Ma n'avait rien à redire à propos de la femme de Petit Cui, mais laisser son petit-fils épouser une jeune veuve, ce n'était quand même pas très judicieux. Et puis, même si elle s'accommodait de ce mariage, l'affaire ne pourrait se régler aussi facilement, il faudrait encore trouver un moyen pour rembourser la dette. Elle n'avait pas d'idée là-dessus.

Quant à la femme de Petit Cui, quand elle eut compris ce que disait M. Sun, elle n'avait su que pleurer. Elle n'avait pas encore eu le temps de bien réfléchir pour savoir si elle devait se remarier ou non, et si oui, avec qui. Elle trouvait simplement que son sort était trop dur, si dur. Elle était veuve et en plus il lui faudrait se prostituer ! Tout en pleurant elle s'était levée, elle voulait aller se donner la mort chez les Guan. Elle était la femme de Petit Cui, acculée à une impasse elle saurait être grossière, risquer sa vie. « Je leur dois cinq cents yuan, fort bien, qu'ils décident de ma vie. Je n'ai rien d'autre que ma vie ! » Les sourcils dressés haut, elle s'était précipitée au-dehors, oubliant qu'elle était veuve, elle voulait lancer des injures tout son content devant la maison des Guan, puis elle s'élancerait la tête la première contre la porte pour mourir. Elle voulait mourir, elle ne pouvait se prostituer.

M. Sun, pris de panique, tout en la retenant, avait crié : « Madame Ma, venez vite ! Cela partait chez moi d'une bonne intention et si ce n'était pas le cas, que je connaisse une mort affreuse ! Venez vite ! »

La vieille Mme Ma était arrivée. Mais elle ne trouvait rien à dire. Les deux veuves étaient restées là, hébétées. Au bout d'un moment, elles s'étaient mises à pleurer toutes les deux. Elles ne pouvaient dire l'injustice dont elles étaient victimes, car cette injustice n'était pas le fruit de leur propres actes, mais de quelque chose d'incompréhensible, contre quoi elles ne pouvaient se protéger, qui leur collait au dos malgré elles. Elles ne pouvaient vivre libres ; elles étaient comme deux feuilles mortes emportées dans la tourmente. Elle devaient aller là où le vent les emportait, même s'il s'agissait d'une flaque d'eau nauséabonde ou d'une fosse d'aisance.

En proie à de tels sentiments, la vieille Mme Ma en avait oublié toute circonspection, elle avait saisi la main de la femme de Petit Cui. Elle trouvait que pouvoir vivre ensemble, avoir des liens plus étroits était une force qui leur permettrait de se protéger contre cet « outrage venu de l'extérieur ».

Changshun était entré à ce moment-là. Il leur avait jeté un coup d'œil avant de se diriger vers sa chambre. Il ne voulait rien dire, il n'en avait aucune envie. Il avait vraiment peur que cet acte d'accusation ne provoquât de grands malheurs.

CHAPITRE LXIII

Après l'inhumation de son père, Ruixuan fut malade pendant plusieurs dizaines de jours.

Avec la mort de Tianyou, la famille Qi ne se ressemblait plus. Si de son vivant il n'habitait pas dans la maison familiale, tous avaient l'impression qu'il était parmi eux. Quand on obtenait quelques bonnes feuilles de thé, ou si l'on avait préparé quelque aliment de saison, si on n'allait pas lui en porter tout de suite, on lui gardait sa part, et il en profitait quand il rentrait. De son côté, qu'il achetât des cerises, des douceurs, il trouvait toujours le temps de faire un saut jusqu'à la maison pour les offrir à son vieux père qui les distribuait à toute la famille. C'est parce qu'il ne vivait pas dans la maison familiale qu'on manifestait une sollicitude particulière à son égard. Il n'habitait pourtant qu'à un ou deux kilomètres de là, mais en raison de cette distance, chacun, en son for intérieur, avait un petit espace pour penser à lui, parlait sans fin de lui. Ainsi, chaque fois qu'il rentrait, il se montrait particulièrement chaleureux avec tout le monde et il faisait oublier à chacun ses rancœurs pour ne plus penser qu'à se réjouir. Si quelqu'un se laissait aller à un petit désaccord ou à quelques phrases de dispute, il changeait le mutisme en rires francs

Il ne faisait pas de manières. Il ne savait pas prendre des airs méchants. Quand il rentrait, on n'avait pas l'impression que c'était le « père » qui rentrait. Il ne se faisait pas remarquer ; comme on reçoit une chaude brise, tout le monde ressentait une douce stimulation. Tous mesuraient aussi ses mérites et son importance pour la famille. De plus, ils savaient que, mis à part le vieux Qi, c'était lui le plus haut placé dans la hiérarchie familiale et quant à la position sociale et, à cause de cela, tout le monde l'aimait, le respectait. Ils savaient qu'à la mort du vieux Qi ce serait lui, tout naturellement, le représentant de la famille. Et puis il était si facile à contenter, ne se mettait jamais en colère. N'était-il pas leur bonne fortune ? Personne ne souhaitait la mort du vieux Qi, mais si par malheur il était venu à mourir, Tianyou l'aurait remplacé, et la famille Qi aurait peut-être été plus unie, plus radieuse. Il était une douce brise, la lumière. Il aurait éclairé les descendants des Qi pendant plusieurs générations. Le vieux Qi avait connu la gloire d'avoir quatre générations sous un même toit, qui sait si Tianyou n'aurait pas eu la chance de voir cinq générations habiter ensemble ?

Et pourtant il était mort, et de façon si tragique !

Le vieux Qi, Mme Tianyou, Ruifeng et Yun Mei étaient plus ou moins superstitieux. Si quelqu'un d'autre que Tianyou s'était jeté dans la rivière, ils auraient certainement éprouvé un malaise. Ils auraient eu peur que cet esprit mort d'une mort injuste ne revînt faire des siennes. Mais celui qui s'était jeté dans la rivière était Tianyou. En repensant à sa douceur et à son honnêteté, on ne pouvait qu'évoquer son visage bienveillant, on ne pouvait imaginer qu'il pourrait devenir un esprit malfaisant. Tout le monde sentait son absence au sein de la famille, l'absence de l'homme le plus adorable qui fût, sans pouvoir penser à autre chose.

Aussi, après les funérailles, la famille Qi goûtait-elle un calme qui lui semblait redoutable. Ruixuan était tombé malade, le vieux Qi restait souvent couché sur le kang sans rien dire, à remuer doucement sa bouche barbue. Mme Tianyou était terriblement maigre. Vêtue d'une longue et ample robe de deuil, elle entrait et sortait, aidant sa belle-fille dans son travail. Elle aurait dû s'allonger, se reposer, mais elle ne voulait rien entendre. Elle sentait que ses jours étaient comptés, pourtant, il lui fallait montrer à Ruixuan, afin de le rassurer, qu'elle était encore capable de faire quelque chose et qu'elle ne mourrait pas si rapidement. Elle savait Ruixuan incapable de faire face à un nouveau deuil s'il s'en produisait un dans la famille. Elle était malade, pleine de griefs, pourtant elle ne pleurait pas, refusait de s'allonger. Elle devait soutenir cette famille à la place de son mari, l'empêcher de s'écrouler tout de suite.

Ruifeng continuait de s'acoquiner à longueur de journée avec des canailles. Personne n'osait le mettre en garde, l'atmosphère de la « mort » avait clos toutes les bouches, personne n'avait envie de faire de bruit et encore moins d'avoir des prises de bec.

Yun Mei en était malheureuse. Il lui fallait s'ingénier à obtenir les bonnes grâces de tous et, en même temps, elle ne voulait pas encore faire montre d'une activité trop exagérée. Elle devait éviter d'amener les autres à dire qu'elle n'avait pas de cœur. La maladie de son mari l'inquiétait plus que tout, mais le grand-père et sa belle-mère ne devaient pas se sentir délaissés pour autant. Elle ne pouvait supporter la conduite de Ruifeng, mais elle n'osait pas ouvrir la bouche pour le blâmer. Tout le monde portait encore le grand deuil, elle ne pouvait provoquer son beau-frère, ni se disputer avec lui.

Les funérailles avaient été simples, on avait pourtant dépensé presque le double de la somme prévue. Le budget d'un mariage ou d'un enterrement n'est jamais fiable. On pense toujours avoir assez de menue monnaie pour s'en servir sans restriction, mais Ruifeng avait acheté pour tous des cigarettes, du vin, du thé, tout cela de très bonne qualité ; il avait retenu des voitures, mit les petits plats dans les grands si bien que cette monnaie pour les petites dépenses, qui semblait inépuisable, avait été dilapidée selon son bon plaisir. Ruixuan avait dû emprunter. Les Qi n'avaient jamais eu beaucoup d'économies, mais n'avaient pas de dettes non plus. Le vieux Qi n'avait jamais permis qu'on achetât à crédit du charbon, ou qu'on fît des dettes, même minimes. Ruixuan n'osait pas informer son grand-père de la somme exacte qui avait été dépensée. Mme Tianyou la connaissait, mais elle ne souhaitait pas, alors que son aîné était malade, trop en parler. Yun Mei, qui était au courant de tout, trouvait que c'était une responsabilité à laquelle elle ne pouvait pas se soustraire : il lui fallait immédiatement réduire les dépenses, bien qu'une sapèque ou une demi-sapèque grappillée sur les produits d'épicerie de base ne remédierait guère à la situation, cela montrerait au moins qu'elle avait le sens des responsabilités. Mais voilà, en se montrant économe elle risquait de mécontenter tout le monde, surtout Ruifeng. Il n'était pas question de réduire son argent de poche pour les cigarettes et le vin ; si elle le faisait, il lui chercherait querelle, et les membres âgés de la famille seraient inquiets. Ses grands yeux n'étaient déjà plus aussi beaux, aussi lumineux, ils étaient éteints, comme ceux de quelqu'un qui a perdu son chemin.

Yun Mei discuta avec sa belle-mère, ne pourrait-elle pas prendre la chambre du troisième ? On louerait les pièces au sud, chaque mois on pourrait ainsi percevoir deux loyers. Les chambres étant difficiles à trouver en ce moment, même si ces pièces étaient sombres et froides, elles partiraient tout de suite, et le loyer ne serait pas trop bas.

Mme Tianyou approuva ce projet. Ruixuan n'y était pas opposé. Mais le vieux Qi en fut chagrin. Quand il avait acheté cette maison autrefois, les bouches à nourrir étant peu nombreuses, il avait à l'origine des voisins. Mais à l'époque il était tourné vers l'avenir, il savait que si la famille s'agrandissait, il congédierait les voisins et la cour entière serait habitée par ses enfants et petits-enfants. À l'époque, il était un arbre qui grandissait en hauteur et en largeur. Il avait calculé que bientôt ses branches et ses feuilles s'étaleraient. À présent, son fils était mort, et déjà on parlait de louer la maison. Il voyait bien que ses feuilles se fanaient, tombaient. Pourquoi ne mourait-il pas, se demandait-il. Pourquoi ne pas profiter de ce moment où la maison était intacte pour mourir, et pourquoi lui fallait-il attendre la venue des locataires ?

Malgré sa tristesse, il ne s'y opposa pas résolument. Quelle valeur avait une opinion personnelle en ces temps de profond bouleversement ? Les yeux pleins de larmes il alla raconter la chose à M. Li : « Si tu vois quelqu'un de convenable, donne-toi la peine de me le faire savoir, ces deux pièces au sud… »

Le vieux Li accepta de donner un coup de main et, de plus, il recommanda à son vieil ami de ne pas ébruiter la chose, car si la nouvelle filtrait, des Japonais viendraient s'installer aussitôt. Il y avait déjà deux cent mille Japonais de plus à Peiping. Ils s'infiltraient par la moindre fente. Qui sait si dans peu de temps ils ne feraient pas partir la moitié des Pékinois ? C'était vrai, les Japonais avaient commencé à Balizhuang, au-delà de la porte Pingzemen, à édifier une nouvelle Peiping pour y faire venir les Pékinois, afin de récupérer les maisons en ville. Les Japonais semblaient s'être emparés de Peiping pour ne plus jamais la lâcher.

Le jour même, M. Li donnait sa réponse. Un couple d'âge moyen récemment arrivé de l'extérieur de la ville, avec deux enfants, souhaitait habiter les deux pièces.

Le vieux Qi voulut voir d'abord les locataires. Il était prudent, n'aurait jamais voulu louer sa maison à des gens louches. M. Li les amena rapidement. Ces gens s'appelaient Meng. Ils possédaient pas mal de terres cultivées de Xiyuan aux Collines de l'Ouest. Les Japonais avaient construit un aéroport à Xiyuan, et leur avaient pris beaucoup de terres. Quant aux biens situés près des Collines de l'Ouest, ils ne trouvaient personne pour les cultiver et, comme il fallait continuer à payer les taxes et les impôts en nature, ils avaient décidé de les abandonner et de se cacher en ville. M. Meng était un homme qui avait beaucoup d'expérience, assez fin ; par ses manières et ses gestes il ressemblait beaucoup à M. Chang. Mme Meng, qui avait une dent en moins, était une femme assez robuste, on voyait qu'elle était honnête. Les deux enfants, deux garçons, étaient âgés l'un de quinze ans, l'autre de douze ; ils étaient solides comme des taureaux.

Le vieux Qi, voyant que M. Meng ressemblait un peu a M. Chang, donna immédiatement son accord et, de plus, leur raconta de long en large toute la vie de M. Chang. M. Meng ne connaissait pas M. Chang ; il accepta pourtant de raconter, par la même occasion, l'injustice dont il avait été victime lui-même. Le malheur rassemble les cœurs, à montrer ainsi de la sympathie, le vieux Qi se lia très vite d'amitié avec M. Meng. Malgré tout cela, il n'avait pas oublié de recommander à M. Meng qu'il aimait la décence et la propreté. M. Meng comprit parfaitement le sous-entendu, il assura sur-le-champ qu'il ne laisserait pas les enfants abîmer la cour. Dans la famille on était sérieux, diligent, économe, et l'on n'avait pas un seul ami douteux.

La famille Meng emménagea le lendemain. Bien que le vieux Qi fût assez content de ses locataires, il ne put s'empêcher de penser davantage à son fils disparu. En voyant les Meng passer dans la cour avec des objets le vieil homme disait tout bas : « Tianyou ! Ah Tianyou ! Si tu reviens, ne te trompe pas de pièce ! Ta chambre a été louée ! »

La vieille Mme Ma, vêtue de vêtements propres, tout intimidée, vint voir le vieux Qi. Elle n'aimait pas se rendre chez les gens, le vieil homme devina donc qu'elle avait quelque affaire importante sur laquelle elle voulait le consulter. Mme Tianyou arriva vite elle aussi pour parler avec eux. Bien que tous fussent de proches voisins, comme ils ne s'étaient jamais beaucoup fréquentés, et parce que l'arrivée des Japonais avait mis chaque famille en difficulté, lorsqu'on venait à se rencontrer par hasard, on avait beaucoup de choses à se dire. Après avoir bavardé un bon moment et raconté un peu les griefs qu'elle avait dans le cœur, la vieille Mme Ma finit par aborder le vrai sujet. Elle venait pour solliciter l'avis du vieux Qi. Si Changshun venait vraiment à épouser la femme de Petit Cui, est-ce que cela n'attirerait pas les moqueries des autres ? Le vieux Qi était la personne la plus âgée et la plus vertueuse de la ruelle, s'il ne formulait aucune critique contre ce mariage, elle oserait le régler sans craintes.

C'était une question embarrassante pour le vieux Qi. Il n'était pas à même de se prononcer. S'il montrait qu'il était opposé à ce projet, il briserait le mariage. Or, le proverbe le dit bien : « On peut détruire dix temples, mais pas un mariage. » À l'inverse, s'il laissait voir qu'il approuvait ce mariage, qui pouvait savoir s'il en sortirait quelque chose de bon ou non. Primo, la femme de Petit Cui était veuve, ce n'était pas de bon augure. Secundo, elle était plus âgée que Changshun, cela ne semblait pas tout à fait judicieux. Tertio, même s'ils décidaient de se marier, cela ne résoudrait pas tout, que faire de la dette contractée auprès de la « grosse courge rouge » ?

Ses petits yeux étaient pratiquement fermés, pourtant il n'arrivait pas à prendre une décision. Il serait responsable de ses paroles, il ne pouvait pas dire n'importe quoi. À force de réfléchir il ne trouva que ceci : « Par les temps qui courent, oui, par les temps qui courent, toute chose est impossible à régler ! »

Mme Tianyou ne parvenait pas elle non plus à trouver une solution. Elle fit venir Ruixuan. Ce dernier allait un peu mieux, mais il avait encore très mauvaise mine. Quand il eut compris de quoi il s'agissait, il pensa immédiatement : « Une bombe, pour pulvériser ces chiens que sont la "grosse courge rouge" et Gao Yituo ! » Toutefois, il retint cette phrase qui le faisait jubiler, cette phrase directe, efficace. S'il n'osait pas lui-même aller lancer une bombe, il ne pouvait espérer que la vieille Mme Ma ou Changshun le fissent. Il savait que seule une bombe pouvait tout régler, mais il savait aussi que, même si la bombe était à portée de leur main, ni lui ni la vieille Mme Ma ni Changshun n'oserait la lancer. Lui était allé en prison, son père avait été poussé par les Japonais à se jeter dans la rivière, mais avait-il manifesté ses sentiments ? Il n'avait fait que cracher du sang, faire creuser une tombe pour son père, et emprunter de l'argent pour les funérailles, sans oser aller toucher un seul poil de l'ennemi. Il ne savait faire que cela : selon la tradition, remplir ses devoirs de fils, sans oser regarder en face la source de tous ces malheurs. L'éducation qu'il avait reçue, l'histoire, la culture ne lui avaient appris qu'à tenir bon, qu'à baisser la tête, qu'à se sacrifier inutilement, et à considérer comme trop dangereux, trop violent d'assouvir sa haine en se vengeant.

Après être resté silencieux un moment, il se força à ravaler sa gêne et sa honte comme on ravale une gorgée de sang chaud. Il dit avec sa douceur coutumière :

« Selon moi, Madame Ma, personne ne devrait se moquer de ce mariage. Vous, Changshun, la femme de Petit Cui êtes tous des gens comme il faut, vous ne provoquerez pas de commérages. Là où le bât blesse c'est que ce mariage va piquer les Guan au vif. Qui sait s'ils ne vont pas chercher tous les moyens pour vous faire des ennuis ?

— Tout à fait, tout à fait, Dieu sait quelle purée les Guan sont capables de lâcher ! soupira le vieux Qi.

— Mais si on ne fait pas comme ça, la femme de Petit Cui deviendra immédiatement, deviendra... » La bouche de la vieille Mme Ma était aussi propre que ses vêtements, elle n'aurait jamais consenti à dire un mot déplacé. Elle regardait les uns et les autres, elle avait perdu son calme et sa pondération habituels.

Il n'y avait plus de bruit dans la pièce, comme si l'ombre de la mort s'approchait doucement.

Il était juste cinq heures. Les jours raccourcissaient, c'était déjà presque le crépuscule.

La vieille Mme Ma s'apprêtait à prendre congé quand Ruifeng, la tête en nage, comme poursuivi par des esprits, entra en courant. Sans s'occuper de saluer les personnes présentes, il se laissa choir sur une chaise tandis qu'il haletait rapidement, la bouche grande ouverte.

« Que se passe-t-il ? » demandèrent les autres comme un seul homme. Il se contenta d'agiter la main, incapable de parler. Alors tous purent voir que son petit visage sec souffrait de plusieurs contusions, et que le dos de sa tunique avait une déchirure de plusieurs dizaines de centimètres.

Ce jour-là était le premier jour de la séance récréative de secours public. Un théâtre près de l'Arc commémoratif de Xidan donnait un spectacle bénévole. Le programme était assez bon. Le troisième morceau en partant de la fin était *Une rencontre extraordinaire* par Wen Ruoxia, le morceau à succès de la fin, *Bonheur de l'argus rouge* était chanté par Zhaodi et le tout dernier morceau, le plus important, *Le village Daxihuang,* était interprété par un acteur célèbre. Seul le *Bonheur de l'argus rouge* était un peu faible, mais vu la beauté de Zhaodi, et comme c'était sa première exhibition et que, d'autre part, la pièce n'était pas longue, les gens ne devaient pas se montrer trop exigeants.

Les Guan se démenaient dans tous les sens. Le costume était un « hommage » des amis de Zhaodi. Après l'avoir essayé cinq fois, remanié autant de fois, elle avait fait venir un tailleur à la maison pour son service personnel. Yituo s'était affairé à trouver la parure de tête et à recruter des spécialistes en coiffure et en maquillage. La « grosse courge rouge » s'était occupée de procurer à sa fille une collection de huit paires de corbeilles de fleurs fraîches qui, lorsque celle-ci sortirait du rideau, devaient être présentées toutes à la fois. Xiaohe était le plus occupé. Il avait cherché les meilleurs joueurs de tambour, de grand gong et de petit gong de la ville, avait fait venir les journalistes de la grande presse pour faire des photos de Zhaodi en costume et en tenue de ville, pour les journaux et revues de la veille et du jour même de la représentation. De plus, il lui avait fallu écrire des poèmes et de la prose et les remettre à Lan Dongyang pour un numéro spécial sur Mlle Zhaodi dans divers journaux. Il se croyait du talent, pourtant, après avoir bu de nombreuses tasses de thé fort et de café, il n'avait rien pu écrire. Il avait retenu une table et invité ceux qu'ils jugeaient avoir du talent littéraire pour rédiger les textes à sa place. Ces gens-là avaient effectivement des dispositions. Ils avaient écrit séance tenante des formules du genre : « mignonne à croquer », « petit oiseau attachant », « une voix si pure », « enfilade de perles noires » et « des gestes ni trop réservés ni trop exubérants ». Lan Dongyang était le responsable en chef de la manifestation, il était très occupé, il ne pouvait faire autrement que d'accourir quand il avait un moment et de grimacer à l'intention de tous. La grassouillette Chrysanthème, elle, était souvent là, mais elle était si grosse qu'elle avait la flemme de bouger, toutefois, quand les autres étaient un peu moins occupés, elle proposait des parties de mah-jong. Tongfang ne quittait pas Zhaodi d'une semelle. Elle portait le manteau de la demoiselle, de peur qu'elle ne prît froid et en perdît la voix. Tongfang avait trouvé aussi du temps pour s'absenter et rencontrer M. Qian afin de discuter avec lui.

Trois jours avant le spectacle, il ne restait plus de billets. Les quatrième et cinquième rangs de l'orchestre avaient été retenus par les Japonais. Les premier, deuxième et troisième rangs et le parterre avaient été réservés par les amis de Zhaodi et de Ruoxia. Les amis de cette dernière, voyant qu'elle entrait en scène avant Zhaodi, avaient été indignés, ils comptaient se retirer dès l'apparition de la fille des Guan sur scène pour la mettre dans l'embarras. En apprenant la nouvelle, les amis de Zhaodi, cheveux gominés, visages huilés, se préparèrent à conspuer de leur mieux Ruoxia, en guise de riposte. Heureusement, Xiaohe avait eu vent de la chose, il avait convoqué de toute urgence les meneurs des deux bandes et avait demandé à Ruoxia et à Zhaodi de s'occuper d'eux personnellement. Il avait invité aussi une canaille japonaise pour mettre la pression. L'affaire avait enfin pu être conclue et l'on s'était serré la main, faisant cesser la petite guéguerre.

Ruifeng voulait à tout prix être de la fête. Il avait des amis parmi les espions. Ceux-ci devaient investir le théâtre avant la représentation car de nombreuses personnalités japonaises seraient présentes. Il était venu vers dix heures attendre à l'extérieur du bâtiment. Il avait la bouche grande ouverte, son cœur battait la chamade. Il regardait à droite et à gauche et, à la vue d'un ami, il s'avançait au pas de gymnastique. « Mon vieux Yao, fais-moi entrer ! » Peu après il s'avançait vers quelqu'un d'autre : « Mon vieux Chen, pense à moi ! » Il avait salué ainsi une dizaine de personnes, mais cela ne l'avait pas rassuré et il continuait de regarder de tous côtés, pensant confier sa demande à d'autres encore. L'heure du spectacle était loin, mais il ne voulait pas quitter les lieux comme s'il craignait que le théâtre ne fût soudain transporté ailleurs. Peu à peu, il avait vu arriver les contrôleurs, les agents de la police militaire et les malles. Son cœur s'était mis à battre encore plus vite, sa bouche s'était ouverte encore plus grand. Il était retourné confier sa demande à ses amis. Ceux-ci, mal disposés, lui avaient dit : « Sois tranquille ! On ne va pas t'oublier, il est tôt encore, pourquoi es-tu si pressé ? » La bouche ouverte, il avait eu un petit rire étouffé et s'était dit qu'il était assuré de pouvoir entrer, tout en craignant une négligence de la part de ses amis. Il serait presque allé leur demander de le faire entrer tout de suite, cela ne l'aurait pas rebuté de rester pendant une ou deux heures à regarder des bancs vides car alors, il aurait bel et bien été dans la place. Attendre à l'extérieur ce n'était quand même pas sûr. Mais il n'osait pas parler, s'il les bousculait trop, le résultat ne serait peut-être pas heureux. Il avait acheté un morceau de patate douce, l'avait mastiqué face au théâtre. Il regardait la patate, regardait le théâtre, il aurait voulu faire une bouchée de ce dernier aussi.

Selon les usages, comme il portait encore le deuil, il n'aurait jamais dû aller au théâtre. Mais pour une pièce il aurait donné sa vie, sans parler de ces vieilles coutumes.

À onze heures passées il était sur des charbons ardents. Il avait arrêté un ami, l'avait supplié de le laisser entrer tout de suite. Il n'arrivait même plus à prononcer une phrase entière, deux ou trois mots seulement avaient jailli de sa bouche tandis que les veines saillaient sur son front, que la sueur perlait à son nez, que ses paumes étaient froides. Cet ami lui avait dit : « C'est qu'il n'y a pas de place assise ! » Il avait fait : « Ah ! Ah ! » pour montrer qu'il était d'accord pour rester debout.

Il était entré, s'était assis à une bonne place, avait regardé la scène vide, le théâtre vide. Il se sentait bien. Il avait fermé la bouche, il avait un goût sucré dans la bouche qui toujours le poussait à sourire. Il avait ri.

Ça n'avait pas été facile, non vraiment, que d'attendre jusqu'aux sons de tambours et de gongs. Il avait ouvert la bouche avec la première note, allongé le cou. Il avait concentré son attention sur la façon dont on jouait du tambour sur scène, dont on frappait les gongs. Son corps accompagnait les temps forts des instruments. Dans son cœur planait une joie douce et rythmée.

Il avait attendu encore très longtemps jusqu'au morceau *Le Ciel accorde le bonheur.* Son cou s'était allongé encore plus. Alors qu'il était sous le charme, quelqu'un l'avait appelé. C'était le « billettiste ». Il avait changé de place sans quitter la scène du regard. Peu après le « billettiste » était revenu. Il avait changé encore une fois de place. Il ne trouvait pas cela gênant du tout. Toute son attention était retenue par la scène, on aurait dit qu'il était ivre. Il avait changé plusieurs fois de place. Alors qu'on allait jouer *Une rencontre extraordinaire,* il s'était plus ou moins rendu compte qu'il était debout. Cela ne le gênait pas, il avait oublié que c'étaient ses jambes qui peinaient. Il avait ouvert encore plus grand la bouche. Souvent, lorsque la fumée du tabac le faisait tousser, il la refermait, avalait de la salive pour humecter sa gorge.

Les Japonais étaient arrivés. Il s'était hissé sur la pointe des pieds, avait regardé vers la scène, sans s'occuper de savoir quelles étaient les personnalités japonaises présentes. Alors qu'on changeait gongs et tambours il lui avait semblé voir M. Qian passer près de lui. Il ne s'était pas soucié de le saluer. Petit Wen venait de faire son entrée, il s'était assis, avait essayé sa flûte. Il avait été encore plus excité. Il aimait bien Petit Wen. Il l'admirait. Petit

Wen passait ses journées au théâtre. Comme ce devait être agréable ! Il avait aperçu Lan Dongyang qui faisait un tour sur scène. Il aurait dû haïr Lan Dongyang, pourtant le voir ne lui avait rien fait. L'important c'était la pièce. La grassouillette Chrysanthème et une fille très jolie avaient apporté des corbeilles de fleurs qu'elles avaient déposées sur la scène. Il s'était senti ému, avait avalé sa salive et à part soi lui avait demandé de partir. Xiaohe avait sorti sa tête par la fente du rideau. Comme il l'enviait !

Bien que la claque fût importante, Ruoxia avait vraiment du talent et elle ne comptait pas uniquement là-dessus. Bien au contraire, après un temps fort, un grand silence régnait dans la salle. Le moindre de ses gestes était gracieux, correct, posé, juste, il vous calmait. Elle semblait regarder chaque personne dans la salle et les spectateurs se sentaient bien. Elle forçait leur amour et leur estime. La claque n'osait pas crier « Bravo ! » à tort et à travers, ce n'aurait pas été une bonne chose pour elle, mais un manque de respect. Elle était si gracile et pourtant si animée, si radieuse ! On aurait dit qu'un charme émanait de sa personne ; les spectateurs, tout en contemplant sa jeunesse et sa beauté, ressentaient en eux-mêmes la joie et la chaleur de la jeunesse. Elle captivait l'auditoire sans que cela lui demandât des efforts particuliers, sans aucune ostentation.

Petit Wen semblait déjà dans un état second. Le corps un peu penché en avant, la flûte traversière à la bouche, il avait le regard rivé sur Ruoxia. Les sons qu'il produisait étaient d'une rondeur parfaite, il les portait jusqu'au bout. Il ne se contentait pas d'accompagner le chant, de toute son énergie il transformait sa vie en musique. Chaque son semblait empreint d'une grande émotion, de chaque son émanaient des ondes électriques et lumineuses qui soutenaient le corps et la voix de Ruoxia, et elle, sans fournir d'efforts, s'élevait au-dessus du commun des mortels.

Parmi les Japonais assis aux deux rangs qui leur avaient été réservés un officier éméché était dans un état de léthargie. Ses yeux, qui s'ouvraient à l'occasion, semblaient avoir aperçu la silhouette de la belle femme qui était devant lui. Il avait fermé de nouveau les yeux, emprisonnant la silhouette dans son regard. Quand un Japonais voit une femme il ne pense bien évidemment à rien d'autre qu'à l'« usage » qu'il pourrait en faire. Il avait rouvert les yeux, les avait frottés avec force. Alors il avait vu distinctement Ruoxia. Ses yeux d'homme ivre suivaient ses déplacements, pourtant jamais ils ne croisaient les siens. Cela l'avait mis en colère. Il était un militaire du Grand Empire du Japon, le conquérant des Chinois. Il était juste qu'il foulât au pied toute femme chinoise et laissât libre cours, partout et à tout moment, à ses instincts bestiaux, et ce, même au théâtre. Il aurait voulu la traîner tout de suite en bas de la scène, déchirer ses vêtements et donner une représentation des capacités des officiers japonais, ajouter ainsi à la gloire des militaires japonais. Mais Ruoxia ne le regardait pas. Il s'était presque mis debout, avait lancé un cri à son intention. Comme elle ne prêtait toujours pas attention à lui, il avait vite dégainé son arme et avait fait feu. Ruoxia avait vacillé, elle avait voulu cacher sa poitrine avec ses mains mais elle s'était écroulée sur la scène avant de pouvoir finir son geste.

Des pleurs, des cris s'étaient élevés immédiatement. Des gens s'étaient mis à courir, étaient tombés, s'étaient roulés au sol dans une belle pagaille, telle une marée humaine ils s'étaient rués tous ensemble vers l'extérieur. Ruifeng n'avait pas encore eu le temps de fermer la bouche qu'il avait été renversé. Il avait glissé au sol, avait rampé. Sur sa tête, ses mains, son corps ce n'était que chaussures et bottes. Il s'était remis debout, était retombé, avait roulé de nouveau, s'était remis à crier. Puis il avait joué des poings. Ses yeux étaient cachés par des vêtements, ou par une jambe, puis il voyait de nouveau un pilier. Il avait perdu tout sens de l'orientation, ne savait plus s'il s'agissait de sa propre jambe ou de celle de quelqu'un d'autre. Il roulait, rampait, se heurtant à des obstacles, frappant de tous côtés. Il avait roulé vers l'extérieur, entraîné par la marée humaine.

Les militaires japonais s'étaient tous levés et avaient tous dégainé leur arme dont le canon était pointé en direction de chaque recoin des différents niveaux.

Tongfang était sortie des coulisses. Elle avait prévu initialement de lancer une grenade quand Zhaodi entrerait en scène. Son plan se trouvait anéanti maintenant. Elle avait tout oublié pour ne plus penser qu'à protéger Ruoxia. Quand elle était sortie des coulisses, une balle avait frôlé son oreille. Elle s'était aplatie au sol. Alors, s'aidant des mains et des genoux, elle avait progressé jusqu'à Ruoxia.

Petit Wen avait jeté sa flûte, avait saisi une chaise qui se trouvait à portée de sa main. D'un bond, comme habité par un démon, il avait sauté en bas de la scène et s'était précipité avec sa chaise sur le crâne du meurtrier. La cervelle de ce dernier avait jailli alors que l'homme n'était pas encore sorti de son ivresse. Elle était venue éclabousser le devant du vêtement de Petit Wen.

Ce dernier avait été immobilisé, plusieurs pistolets étaient pointés sur lui. Il avait ri. Il s'était retourné pour regarder Ruoxia : « Xia ! Si tu meurs, ça n'a pas d'importance ! » Il avait mis de lui-même ses mains derrière le dos et s'était laissé ligoter.

Il y avait beaucoup d'espions dans les coulisses. Certains avaient déjà mis leur costume, d'autres non, tandis que d'autres étaient en train de le passer. Personne parmi les acteurs amateurs, les comédiens, figurants, habilleuses et maquilleuses et accordeurs n'avait pu s'enfuir. Zhaodi, qui était déjà en costume, avait donné une main à Yituo, l'autre à Xiaohe. Elle tremblait tellement qu'elle en était toute pelotonnée sur elle-même.

Les gens en haut ne s'étaient pas tous sauvés. Il restait un vieil homme, assis immobile. Sa bouche barbue, édentée, remuait. On aurait dit qu'il se mordait les gencives ou qu'il s'apprêtait à rire. Ses yeux brillaient comme s'il avait reçu une inspiration poétique. Il savait que Tongfang était encore sur scène, que Petit Wen était en bas. Il ne s'était pas embarrassé d'autres considérations, il n'avait d'yeux que pour les Japonais, ils devaient mourir. Il avait lancé sa grenade.

Le lendemain le poète, qui boitait un peu, alla acheter un petit journal et lut attentivement les nouvelles locales dans une petite maison de thé du marché Xi'an :

« Mort d'une actrice : la célèbre chanteuse Wen Ruoxia et son époux, le non moins célèbre virtuose de luth, agissant de connivence avec le parti des traîtres, avaient caché des armes dans l'intention d'assassiner, au beau milieu de la séance récréative de secours public, des officiers de l'armée impériale. Les époux Wen ont été abattus sur-le-champ. Une amie de Wen Ruoxia, touchée accidentellement, a succombé à ses blessures. » Ce que voyait le vieil homme, le regard fixé sur le journal, c'étaient en fait Petit Wen, Ruoxia et You Tongfang en chair et en os. Il ne connaissait pas bien les époux Wen, il n'osait donc pas porter un jugement sur eux, mais il les trouvait adorables car ils étaient morts. Ils avaient connu la même mort que sa femme et son fils et, comme eux, ils étaient adorables. Il aimait surtout Petit Wen. Il n'était pas seulement un joueur de violon talentueux, c'était un martyr. Il avait osé pulvériser la tête de l'ennemi avec une chaise. Quant à You Tongfang, non seulement il la chérissait, mais il se trouvait indigne d'elle ! C'était un petit bout de femme si intelligent, si courageux ! C'est lui qui avait dû la tuer avec un éclat de la bombe qu'il avait lancée. Si elle vivait encore elle aurait pu devenir son assistante, l'aider à faire des choses encore plus grandes, tandis que son nom à elle serait passé à la postérité. À présent, elle n'avait droit qu'à cette phrase : « touchée accidentellement, a succombé à ses blessures ». Arrivé à ce point de ses réflexions le vieil homme allait presque dire : « Tongfang, mon cœur, je me souviendrai de toi toujours, je serai ta stèle funéraire ! » Ses yeux se reportèrent sur les nouvelles, il continua de lire : « Il n'y a pas eu de victimes parmi les officiers de l'armée impériale. » Le vieil homme relut la phrase entière et sourit. « Tu parles, pas de victimes, ça alors ! » Il poursuivit sa lecture : « Au moment de l'acte, les spectateurs se sont bien comportés. Seuls deux ou trois personnes ont été légèrement blessées, des personnes âgées ou faibles. » Le vieil homme hocha la tête, montrant par là qu'il louait le talent « créatif » du journaliste. « Toutes les personnes qui se trouvaient dans les coulisses ont été conduites sous escorte au Poste de commandement pour y être entendues. Celles sur lesquelles ne pèse aucun soupçon pourront être relâchées le jour même. » Le vieil homme resta interloqué un bon moment, il savait que quelques-unes d'entre elles, peut-être dix à vingt personnes, ne ressortiraient pas de la prison. Il était très malheureux, mais il ne pouvait pas s'empêcher de se faire à lui-même cet avertissement : « C'est ainsi ! C'est comme ça le combat ! La mort, la mort seule, peut engendrer la haine, et quand on hait on se venge ! »

Le vieil homme but une gorgée d'eau bouillie avant de quitter la maison de thé. Il se dirigea lentement vers la ville est. Il avait l'intention d'aller au cimetière pour dire à sa femme et à son fils disparus : « Dormez en paix, je vous ai déjà un peu vengés ! »

CHAPITRE LXIV

L'ordre était troublé dans la ruelle du Petit-Bercail. Chacun avait les yeux brillants, chaque cœur était en joie, un sourire se lisait sur chaque visage. Bouches, oreilles, cœurs étaient en mouvement. Ils avaient envie de crier et de sauter sans retenue, de fêter l'événement. Fang le sixième, dit « poil noir », devint le personnage le plus important, tout le monde l'entourait, le tirait par le revers ou par la manche pour lui demander de faire le récit de ce qui s'était passé au théâtre : la pièce, *Une rencontre merveilleuse,* les coups de revolver, les morts, la chaise, la cervelle, la grenade, la pagaille, les blessés, les morts... Ceux qui avaient tout compris lui demandaient de raconter encore ; ceux qui n'avaient pas entendu ne se décidaient pas à le quitter, comme si le simple fait de le voir était pour eux un plaisir. C'était un héros, un ange — il leur apportait la bonne nouvelle.

Avant cela « poil noir » était déjà une « figure ». Son talent ne le classait que parmi les conteurs de sketches humoristiques de deuxième ou de troisième rang ; mais, à part le fait que les salles de conteurs et les grandes maisons de thé l'invitaient quand leurs artistes étaient en tournée à Tianjin ou à Shanghai, qu'il participait temporairement à des représentations au bénéfice des plus démunis de la profession, qu'il jouait le bateleur au pont du Ciel, au marché de Dong'an, au Temple Longfu, au Temple de la Sauvegarde nationale, il avait rarement l'occasion de participer à des séances privées dans les familles.

Avec la chute de Peiping, la chance avait tourné pour lui. Un de ses amis obtint un poste dans l'Union du peuple nouveau. Grâce à lui il eut l'occasion de passer sur les ondes. Toujours grâce à cet ami, il sut dans quel sens il fallait travailler. « Apprends vite par cœur les "Quatre Livres" ! lui dit cet ami. Les Japonais accordent beaucoup de crédit à ces ouvrages, car ce sont des choses du passé. Il suffit que dans chaque sketch il y ait des phrases de ces quatre classiques et les Japonais t'engageront pour passer à la radio. Et si tu passes souvent sur les ondes, tu pourras aller faire des affaires dans les grandes maisons de thé, dans les grandes salles de conteurs, et tu deviendras un acteur de premier ordre. »

Fang le sixième se mit à apprendre par cœur les quatre classiques. Il savait bien que citer des phrases de ces canons serait mal accueilli par les spectateurs, car les lycéens et les étudiants d'aujourd'hui, ainsi que les garçons de bureau, et même les enseignants sortis des rangs de ces mêmes lycéens et étudiants, n'avaient jamais lu les « Quatre Livres ». Dans les passages qu'il connaissait il y avait des phrases dont on s'était déjà servi pour faire des jeux de mots. Chaque fois qu'il recourait à ces citations littéraires, au pied de l'estrade — exception faite de quelques personnes âgées — le public restait sans réaction, ne voyant pas ce qu'il y avait là de drôle. Mais il avait confiance en son ami. Il savait que le pays appartenait aux Japonais ; tant que ceux-ci seraient prêts à l'engager à la radio à long terme parce qu'il savait se servir des « Quatre Livres », son gagne-pain serait assuré. Il apprit les textes sur le bout des doigts. Quand il donnait des explications, certaines étaient assez ridicules, d'autres insipides. Mais il ne s'occupait pas de l'auditoire, il ne voyait que les Japonais. À chaque radiodiffusion il devait expliquer la question traitée : « Le maître dit : "Apprendre et..." », « Le maître autrefois a dit : "Je fais mon examen de conscience trois fois par jour" », ou : "Quand les parents sont en vie on ne part pas au loin, et si l'on part il faut donner son adresse..." » Les Japonais étaient ravis, il avait assuré son gagne-pain si bien qu'il n'allait plus faire le bateleur, tandis que les grands restaurants se l'arrachaient — non pour son talent, mais pour les liens qu'il entretenait avec l'occupant. Dans le même temps, comme le bonheur stimulait ses facultés, il participa avec enthousiasme à l'Association des écrivains et des artistes, ainsi qu'à toutes les réunions culturelles. Il devint un homme de culture.

Il faisait partie du personnel d'accueil lors de la séance récréative de secours public. Il vit tout, mais ne fut pas blessé.

Il savait parler et aimait cela. Il lui était difficile de dissimuler quelque chose sur les Japonais. Bien qu'il mangeât grâce à eux, il ne leur avait pas vendu son âme. D'autant plus que ceux qui étaient morts étaient les époux Wen, cela l'avait touché. Bien qu'il ne fût pas de la même corporation qu'eux, et qu'il ne les fréquentât pas plus que cela, ils avaient en commun de gagner leur pain en donnant des représentations. On pleure la mort de ses semblables, il ne pouvait pas ne pas être désolé.

Tous regrettaient les époux Wen, on alla jusqu'à se rendre dans la cour du n° 6, à se hisser à la fenêtre de la chambre est pour regarder à l'intérieur.

On trouva que la façon dont elle était meublée lui donnait un air de sanctuaire. Mais ce qui excita le plus les gens fut le fait que Zhaodi eût été emmenée, toute costumée, par la police militaire, ainsi que Guan Xiaohe et Gao Yituo.

Ils avaient aperçu la « grosse courge rouge ». Son chapeau sur lequel était fichée une plume de faisan était tout de guingois sur sa tête, de la plume il ne restait que la moitié. Le parement de sa pelisse en peau de renard était mouillé à demi, comme s'il avait reçu le contenu d'une théière. Elle marchait sur ses bas troués avec *une* chaussure à haut talon dans la main gauche. La poudre sur son visage était toute partie, et l'on voyait des plaques de taches de rousseur. Mais elle avait toujours ses grands airs, ce qui la rendait encore plus ridicule. Elle ne donnait pas le bras à Gao Yituo, Zhaodi n'était pas dans son sillage, et Xiaohe ne la suivait pas, portant son coupe-vent et son sac à main. Elle était seule, en bas, comme une démone poursuivie par le roi des démons. Elle entra clopin-clopant au n° 3.

Cheng Changshun avait délaissé son ouvrage pour se mêler à la foule qui écoutait le récit haut en couleur de Fang le sixième. À la fin il alla tout de suite raconter l'affaire à sa grand-mère. Les yeux myopes de M. Sun non seulement ne semblaient plus myopes, mais paraissaient même doués de clairvoyance. Quand il eut entendu le récit de Fang le sixième, il lui sembla pouvoir voir au loin Xiaohe et Yituo dans la prison se faire asperger de pétrole par les Japonais, se faire briser les os des jambes, se faire retirer les dents. Il jubilait, il lui fallait absolument inviter Changshun à boire un verre. Changshun ne s'était pas encore mis au vin. Mais M. Sun insista fermement : « C'est le vin de tes noces et tu n'en boirais pas ? » Il alla dire à la vieille

Mme Ma : « Ma bonne dame, qu'en dites-vous, si Changshun buvait un petit verre pour fêter tout cela ?

— Pour fêter quoi ? » demanda la vieille femme qui n'avait pas compris.

M. Sun éclata d'un gros rire. « Ma bonne dame, il s'agit d'eux... » Il montra du doigt le n° 3, mis sous scellés par la police militaire. « Alors qu'est-ce qu'on attend pour régler notre affaire ? »

La vieille Mme Ma avait compris ce que voulait dire M. Sun, mais elle n'était pas encore entièrement rassurée. « Ils ont de l'influence, si on les relâchait au bout de deux jours de prison ?

— En ce cas, ils n'oseront pas nous faire du tort comme ça tout de suite ! »

La vieille Mme Ma ne dit plus rien. Elle calculait : « Il serait raisonnable que mon petit-fils se mariât, tôt ou tard il faudrait régler cette affaire. Pourquoi pas maintenant ? Certes, la femme de Petit Cui était veuve, mais elle savait laver, travailler, était capable de vivre à la dure. Son caractère et son physique étaient acceptables. Et puis, elle était déjà au courant et, de plus, n'avait pas manifesté une opposition farouche à ce projet. Si on n'en parlait plus, ne serait-elle pas gênée : comment continuer à vivre dans la même cour ? Non, il n'y avait pas d'autre solution, il fallait prendre les choses comme elles venaient. » Elle fit oui de la tête à l'intention de M. Sun.

Le lendemain après-midi, un parent très éloigné de Petit Wen emporta tout ce qu'il y avait dans la maison. Cela provoqua l'indignation de tout le monde. D'abord ils auraient voulu demander si les corps des époux Wen avaient au moins été enterrés. Secundo, étaient-ce là les dernières volontés de quelqu'un, et de qui ? Peu à peu ces paroles qu'ils gardaient au fond du cœur s'échappèrent de toutes les bouches, puis finirent par se traduire en actes. M. Li, Fang le sixième, M. Sun, sans s'être concertés, sortirent ensemble de chez eux et arrêtèrent ce lointain parent. Il n'eut pas le choix : il accepta d'acheter les cercueils.

Mais les cadavres des époux Wen avaient disparu. Les Japonais les avaient déjà jetés à l'extérieur de la ville pour les donner en pâture aux chiens sauvages. La vengeance des Japonais était impitoyable, même envers les morts. M. Li n'avait rien à dire, il ne lui restait plus qu'à regarder partir, indigné, les affaires des Wen. Quand Ruifeng vit que « poil noir » faisait l'intéressant, il ne se résigna pas au silence, et voulut rapporter ce qu'il avait vu et entendu. Mais voilà, le vieux Qi l'en empêcha : « Sors le moins possible ! Avec toutes ces contusions sur le visage, si un espion te repère et dit que tu es l'assassin ! Tu vas me faire le plaisir de rester sagement à la maison ! » Ruifeng n'y pouvant mais dut obtempérer. Il raconta ce qui s'était passé dans le théâtre à sa belle-sœur et aux enfants. Il se prenait pour un homme héroïque, qui avait vu le vrai monde et qui osait braver le danger.

La « grosse courge rouge » se montra ravie de la mort de Tongfang. Le corps de cette dernière avait connu le même sort que ceux des époux Wen. Pour la « grosse courge rouge » cette ultime demeure convenait parfaitement à Tongfang. Elle décida de n'autoriser personne à organiser des funérailles pour elle, d'abord pour assouvir sa haine, ensuite pour éviter les soupçons — sapristi ! Si les Japonais venaient à apprendre que Tongfang faisait partie de la famille Guan, quelle catastrophe ce serait ! Elle recommanda à Gaodi et aux domestiques de ne pas dire, surtout au-dehors, que celle qui était morte à côté de Wen Ruoxia était Tongfang. Ils étaient seulement autorisés à dire que Tongfang s'était enfuie secrètement avec des bijoux en or et en argent.

Après avoir réglé définitivement le cas de Tongfang, elle se mit à courir à droite et à gauche, pour faire délivrer au plus vite Zhaodi, Yituo et Xiaohe.

Elle alla trouver Lan Dongyang. Ce dernier avait déjà été désavoué pour avoir fait montre de relâchement dans son travail, le blâme avait été sévère. À la suite de cela, il s'était imaginé qu'il serait destitué de ses fonctions et perdrait son emploi. Il avait eu peur, avait été pris de panique, ah ! s'il pouvait mordre quelqu'un ! Ses yeux se révulsaient souvent et avaient tendance à ne pas retrouver leur position normale. Il lui fallait trouver un moyen pour découvrir et arrêter le meurtrier afin, par ses mérites, de racheter sa faute et de rester un homme en vogue. Quand il vit arriver la « grosse courge rouge » il se dit immédiatement : bon et si je commençais par punir pour l'exemple les Guan ! Tongfang était impliquée, cela ne faisait aucun doute. Il lui fallait saisir entre ses dents Zhaodi, Yituo et Xiaohe, prétendre mordicus que les Guan jouaient double jeu et qu'ils avaient voulu assassiner les officiers japonais.

La « grosse courge rouge » était effectivement en proie à une vive émotion. Zhaodi était sa fille adorée, Gao Yituo était « une sorte » d'amoureux. Il lui fallait les sauver sur-le-champ. Elle ne s'était pas inquiétée outre mesure pour Xiaohe, car ce dernier, à ce jour, n'avait pas encore décroché le moindre poste officiel, fût-ce à mi-temps, c'était pratiquement un propre-à-rien. Si par malheur il venait à mourir en prison elle n'en serait pas trop peinée. Peut-être même qu'elle ferait bien, après sa mort, de se remarier avec Yituo. Elle avait les idées larges, elle était perspicace, d'un coup d'œil elle voyait loin, très loin. Mais à présent, comme elle courait partout pour sauver Zhaodi et Yituo, elle se serait sentie gênée de ne pas tirer Xiaohe hors de prison par la même occasion.

Bien qu'elle ne se sentît pas très bien, à la vue de Dongyang, elle n'en prit pas moins de grands airs. Elle ne fronçait pas les sourcils à la légère.

« Dongyang ! lança-t-elle sur un ton dégagé, comme si aucun souci ne troublait son esprit. Dongyang ! Tu as des nouvelles ? »

Le visage de Dongyang ne cessait de se contracter tandis que son corps se tortillait. Il ressemblait à un petit lézard qui vient de manger de la nicotine. Il était décidé à ne pas répondre. Il regardait son cœur, et son cœur n'était que fiel.

Dongyang ne dit mot, la « grosse courge rouge » et Chrysanthème échangèrent quelques phrases. La grassouillette Chrysanthème avait un corps volumineux, c'est la raison pour laquelle elle présentait un bon nombre de contusions bénignes. Malgré le peu de gravité de son cas, elle s'était déjà mise plusieurs fois en colère contre Dongyang : être l'épouse d'un chef de département et se faire ainsi blesser comme ça ! Le préjudice moral qu'elle avait subi était plus grand encore que les dommages corporels. Depuis qu'elle était l'épouse d'un chef de département, plus ou moins consciemment, elle imitait la « grosse courge rouge » avec un certain succès. Elle était orgueilleuse, insolente, hautaine. Partout elle prenait de grands airs. Dongyang était sale et vil, il la dégoûtait, et puis ses exigences sexuelles étaient sans fin. Mais elle n'aurait pas non plus consenti à abandonner à la légère ce titre d'« épouse de chef de département ». Il ne lui restait donc qu'à se montrer souvent menaçante, avec lui et avec les autres, de se mettre en colère pour épancher ses ressentiments.

Elle aimait bavarder avec la « grosse courge rouge ». Elle avait été sa « disciple », à présent elle se retrouvait son égale, ce dont elle n'était pas peu fière. En même temps, pour ce qui était de l'expérience, de l'âge, du train de vie, elle devait s'incliner, c'est aussi pourquoi elle ne pouvait pas ne pas lui demander conseil. Et même si parfois elle en venait à souhaiter la mort de cette dernière, pour régner seule sur Peiping, dès qu'elle l'apercevait, elle semblait ne pas pouvoir supporter l'idée de maudire une amie de longue date, et pensait qu'en se retrouvant l'une à côté de l'autre elles auraient peut-être plus d'influence.

Mais la « grosse courge rouge » n'avait pas prévu de bavarder bien longtemps avec Chrysanthème, il lui fallait faire d'autres démarches. La grassouillette Chrysanthème était d'accord pour l'accompagner. Elle n'aimait pas rester à la maison pour se faire disputer ou pour, elle-même, attaquer. Dongyang, ces derniers jours, n'avait que l'idée de procès en tête : à moins qu'elle ne se mît en colère il devenait violent. La « grosse courge rouge », de son côté, accepta volontiers la compagnie de Chrysanthème. En unissant leur dignité, elles doubleraient tout naturellement l'efficacité des démarches. Chrysanthème commença à s'affairer, à s'enduire de crèmes renommées et de baume essentiel pour accompagner la « grosse courge rouge » dans son expédition.

Dongyang mit le holà à tous ces préparatifs et, sans donner la moindre explication, refusa purement et simplement de la laisser sortir. Le gros visage de Chrysanthème était si rouge qu'on aurait dit un crabe de mer. « Pourquoi, hein, pourquoi ? » demanda-t-elle, furieuse.

Dongyang ne dit mot, se contentant de se ronger les ongles. Pressé de questions par Chrysanthème, il se contenta de cette phrase : « Je ne t'autorise pas à sortir ! »

La « grosse courge rouge », qui avait compris que Dongyang ne laisserait pas Chrysanthème l'accompagner, n'était pas contente du tout. Mais elle garda son entregent et dit en se forçant à sourire : « Tant pis ! Je sais marcher toute seule ! »

Chrysanthème se retourna, elle voulait absolument accompagner l'invitée. Dongyang, qui ne s'embarrassait ni de la politesse ni des usages, finit par dire la vérité : « Je ne t'autorise pas à sortir avec elle ! »

Le visage de la « grosse courge rouge » s'empourpra, ses taches de rousseur devinrent des petits grains de raisin, du violet pointait sous le gris. « Que se passe-t-il, Dongyang ? Alors, parce qu'il y a quelque chose qui cloche en ce qui me concerne, tu penses déjà à prendre tes distances ! Je te préviens, une vieille femme comme moi ne va pas se laisser dérouter pour autant ! Tu parles, j'étais bien aveugle en te considérant comme un ami ! Mais il faut que tu le saches : si Zhaodi est montée sur scène et s'est montrée en public c'était pour te faire plaisir. Ne te montre pas ingrat ! Compte un peu sur tes doigts : combien de repas n'as-tu pas pris chez moi, sans parler du vin et du café ! Je vais dire quelque chose de pas très agréable, mais, si j'avais affaire à un chien, il remuerait la queue en me voyant ! » La « grosse courge rouge » se croyait remarquable, mais quand elle commençait à injurier les gens, allez savoir pourquoi, elle ne trouvait pas de mots marquants et ne pouvait parler que de repas et de café. Elle-même sentait combien c'était indécent, mais elle ne pouvait s'empêcher de continuer dans le droit fil de sa colère.

Dongyang, qui se croyait très imaginatif, pensait trouver des mots brillants pour passer à la contre-attaque. Mais il ne trouva que cela : « Mais dites donc je vous ai acheté des choses, moi !

— Oui, c'est vrai, un paquet de cacahuètes et deux kaki frais ! Je te préviens, mon garçon, ne sois pas trop arrogant, une vieille femme comme moi n'est pas dupe ! » Sur ces mots la « grosse courge rouge » attrapa son sac à main, émit deux ricanements et sortit en se pavanant.

La grassouillette Chrysanthème, en revanche, ne savait comment faire. Sur le plan de l'amitié, elle était vraiment mécontente de la façon dont Dongyang avait traité la « grosse courge rouge ». Elle la trouvait en tout cas plus humaine que Dongyang, un peu plus sympathique. Mais la réprimande de la « grosse courge rouge » s'adressait aussi un peu à elle, car, après tout, elle était la femme de Dongyang. Pourquoi celui-ci ne se montrait-il pas plus généreux et allait-il toujours manger et boire à l'œil chez les Guan ? Même si c'était à Dongyang que s'en était pris la « grosse courge rouge », elle aussi, la grassouillette Chrysanthème était concernée. C'était une femme, elle avait vu que le prix d'une tasse de café, pendant la dispute, était plus important que l'amitié. À cause de cela, elle ne voulait pas ouvrir le feu contre Dongyang. Mais, si elle ne le faisait pas, son prestige s'en trouverait diminué. Le mieux était de faire la tête et de rester là, figée comme une statue.

Dongyang savait très bien garder un secret, il ne voulait pas l'informer du vrai sens caché de ses paroles. Mais pour empêcher sa femme de se fâcher, il décida de cracher un peu le morceau. « Je te préviens ! Je vais la dénoncer ! La faire tomber, voilà où est mon intérêt ! » Puis il lui dit des mots gentils dans un langage fleuri.

Au départ, Chrysanthème n'approuvait pas entièrement ce projet. Il est vrai que la « grosse courge rouge » montait parfois sur ses grands chevaux et que c'en était insupportable, mais, après tout, c'était une amie, pourquoi se brouiller ainsi et se poser en ennemie ? Elle réfléchit un moment à la question et ne put prendre une décision. Finalement, elle se rangea à l'avis de Dongyang. Fort bien, on allait renverser la « grosse courge rouge », le fait qu'elle-même pourrait alors régner seule en despote sur Peiping, qu'elle en serait la première dame, n'était probablement pas une mauvaise chose. En cette époque de troubles, et étant donné la situation, se disait-elle, la dureté de cœur est le seul secret de la réussite. Si elle n'avait pas rejeté Ruifeng avec dureté, aurait-elle pu devenir l'épouse d'un chef de département ? Non ! Fort bien ! Comme la « grosse courge rouge », elle était de son époque, avait du renom, du prestige, pourquoi lui faudrait-il absolument flatter cette dernière, rester au second plan ? Elle rit, se rangea à l'avis de Dongyang et, de plus, accepta de l'aider.

Un léger sourire se dessina sur le visage verdâtre de ce dernier. Les deux époux se rapprochèrent et parlèrent à voix basse un bon moment. Il leur faudrait présenter un rapport sur le fait que Tongfang faisait partie de la famille Guan, et semer ainsi le doute dans l'esprit des Japonais. Puis ils s'emploieraient à fabriquer toutes sortes de charges contre eux, ils fabriqueraient de fausses preuves et mettraient la « grosse courge rouge » dans une situation désespérée. Même si elle n'en mourait pas, ils lui feraient perdre son poste de chef de centre, tant et si bien qu'elle n'oserait plus avoir l'air si satisfait.

« C'est cela, si nous la tenons bien entre nos dents, cette affaire aura une conclusion, ma situation sera assurée. Quant à toi, tu devrais te démener un peu pour récupérer ce poste de chef de centre ! »

Les yeux de la grassouillette Chrysanthème s'illuminèrent. Elle n'aurait jamais imaginé que Dongyang était aussi astucieux et qu'il aurait de lui-même pensé à la pousser à devenir chef de centre. Depuis qu'elle le connaissait, jusqu'à son mariage avec lui, elle n'avait jamais éprouvé pour lui la moindre attirance. Aujourd'hui, elle avait le sentiment qu'il était quelqu'un de sympathique. Il lui avait donné le titre d'épouse de chef de département mais il lui disait en plus de devenir chef de centre. À part la puissance et la position sociale, elle avait l'impression de voir des billets de banque voler vers elle, tels des grains de sable poussés par un ouragan. Au bout d'un ou deux ans de fonction, elle n'aurait plus de problèmes financiers jusqu'à la fin de ses jours. Si la chose se faisait, elle serait une femme libre et Lan Dongyang ne pourrait plus s'ingérer dans ses agissements, elle pourrait agir avec audace comme bon lui semblerait, sans plus subir d'entraves. Elle embrassa le visage verdâtre de Dongyang, elle l'aimait vraiment aujourd'hui. Quand l'affaire aurait réussi, elle pourrait l'écraser sous ses pieds et le ramasser comme on fait d'une vermine.

Elle mit tout de suite ce qu'elle avait de mieux et s'apprêta à sortir se « démener ». Elle ne pouvait faire la paresseuse plus longtemps, il lui fallait redresser la graisse de tout son corps, aller chercher cet emploi juteux. Quand elle l'aurait obtenu, elle pourrait alors redoubler de paresse et même avoir une domestique pour lui laver le visage ; là, ce serait le bonheur !

Ruixuan avait entendu parler de « l'émeute » du théâtre, ainsi que de la mort des époux Wen et de celle de Tongfang. Il se trouvait indigne de cette dernière. M. Qian lui avait demandé autrefois de veiller sur elle, mais il n'avait fait aucun effort dans ce sens. Cette petite honte mise à part, cette affaire ne l'avait pas excité plus que cela. C'était vrai, la mort des époux Wen était injuste, il le savait, mais n'était-ce pas vrai aussi de celle de son père ? S'il ne pouvait venger son père, il n'avait pas à montrer de l'indignation pour l'injustice dont avaient été victimes des tierces personnes ! En un sens, les époux Wen pouvaient être considérés comme des artistes, et leur mort était regrettable. Mais si les artistes, en ces temps de troubles, se contentaient de se résigner à leur sort, cherchant unc tranquillité trompeuse, sans s'occuper de résister, sans se protéger, une mort tragique était ce qui les attendait au bout du compte.

Avec ces idées en tête, il n'avait presque pas d'énergie pour prêter attention aux choses qui ne méritaient pas qu'on s'enthousiasmât pour elles. Si la mort tragique des époux Wen et de Tongfang n'avait fait que passer dans son esprit, il n'avait absolument pas prêté attention à l'infortune de ces chiens qu'étaient les Guan. Depuis les funérailles de son père, du matin au soir, il faisait son travail tranquillement, en silence. En apparence, il semblait installé dans une attitude de résignation et vivait ces jours de souffrance sans mot dire. Pourtant son esprit ne connaissait pas un moment de paix. Il ne parvenait pas à oublier la mort tragique de son père, aussi se considérait-il comme l'homme le plus incapable qui fût. Il trouvait sa vie inutile, à moins de pouvoir venger son père. Cela, il le savait, ne lui était pas dicté uniquement par la piété filiale. Il était un de ces Chinois de la nouvelle génération qui ne se considéraient pas volontiers comme la chose de leurs parents, qui se montraient peu enclins à se sacrifier pour eux. Il savait que les liens entre un père et un fils étaient ceux de la perpétuation de la vie. Il est à craindre que la piété filiale la plus judicieuse ne consiste qu'à poursuivre la réussite de la génération des pères, la développer, la faire gagner en puissance, afin que la génération suivante puisse recevoir un héritage spirituel et matériel meilleur. La vie est perpétuation, le progrès, c'est vivre aujourd'hui et se soucier du bien-être de l'humanité future. La vie nouvelle ne doit ni empêcher ni remplacer la mort de la vie ancienne. Si son père était mort de vieillesse ou de maladie, tout en étant affligé, il aurait certainement trouvé l'entrain pour poursuivre sa route avec courage vers les devoirs du lendemain. Mais son père avait été poussé à la mort par les Japonais. S'il n'osait pas, de son propre sang, laver cet affront et se venger, ses descendants resteraient à jamais plongés dans l'enfer. Les Japonais qui avaient tué son père tueraient ses descendants. S'il se contentait de survivre à tout prix aujourd'hui, il ne laisserait que déshonneur à sa postérité. Plutôt que perpétuer la honte ne valait-il pas mieux mourir tous ensemble ?

Mais quelque chose lui donnait tout de même un peu de contentement. Alors que tous les voisins avaient l'esprit occupé par ce qui s'était passé chez les Guan et chez les Wen, les deux hommes japonais avaient été réquisitionnés. Pour Ruixuan ce fait était bien plus significatif que l'arrestation de Xiaohe et de Zhaodi. L'emprisonnement du père et de la fille était, selon lui, une bouffonnerie, laquelle ne manque jamais de se produire dans les temps de troubles ; tandis que le rappel des hommes du n° 1 pour faire de la chair à canon signifiait que les agresseurs avaient besoin d'investir en masse, sans discontinuer — c'est-à-dire de verser le sang du peuple sur le champ de bataille. Avec la mort et les blessures des soldats venaient la ruine des familles, la pénurie des forces de production et une augmentation des rentes et des dépenses. L'agression ne profitait qu'aux généraux et aux capitalistes, tandis que le peuple devait se tuer au travail.

D'ordinaire il exécrait ces deux hommes. Aujourd'hui, en revanche, il avait presque pitié d'eux. Ils avaient amené en Chine famille et biens et allaient mourir eux-mêmes dans un pays étranger, puis leurs femmes rapporteraient une petite urne contenant leurs os et leurs cendres. Mais cette compassion n'avait pas étouffé son contentement. Non, non et non ! Il ne pouvait continuer comme d'habitude et par amour pour la paix à trouver un moyen d'avoir de la compassion. Non, il ne le pouvait pas ! Qu'ils fussent victimes d'une éducation et d'une propagande empoisonnées ou qu'ils eussent été bernés par les capitalistes et les seigneurs de la guerre, dans la mesure où ils acceptaient de prendre leur fusil et d'aller se battre, ils tueraient des Chinois, ils étaient les ennemis des Chinois. Une balle, peu importe comment elle est tirée, ne saurait être miséricordieuse. C'était vrai, ils allaient mourir au champ d'honneur, mais s'ils ne mouraient pas, ils tueraient encore plus de Chinois. C'était vrai, il devait les maudire sans pitié, souhaiter leur mort, la ruine de leur famille, souhaiter de voir leurs frères et leurs neveux, leurs amis et leurs parents devenir os et cendres. Ils étaient des punaises, des rats, des serpents venimeux, il fallait les détruire, alors seulement la Chine et le monde connaîtraient enfin la paix et la sécurité.

Il vit les deux femmes, semblables à des poupées de porcelaine, flanquées de leurs deux enfants turbulents, accompagner les hommes qui partaient pour le front. Elles avaient les yeux secs, aucune expression ne se laissait voir sur leur visage, leur corps entier disait la soumission et cet orgueil qui accompagne la soumission. Eh oui, ces femmes devaient mourir elles aussi, car par cette soumission elles obtenaient la gloire. Sans dire un mot elles s'inclinèrent profondément devant ces dieux de la guerre cruels ; elles encourageaient ainsi leurs hommes à massacrer sans retenue. Ruixuan savait qu'il en voulait peut-être à tort à ces deux femmes. Ce n'était que des poupées de porcelaine, pur produit de l'éducation et de la culture japonaises. Elles ne pouvaient pas ne pas être soumises et endurer. Depuis leur enfance elles avaient reçu ce médicament rendant muet qu'avait été leur éducation ; elles ne parlaient donc pas, se contentant de sourire. Malgré tout cela, Ruixuan ne voulait pas leur pardonner, car, dans la mesure où elles avaient pris ce médicament, elles faisaient partie du dispositif intégral des Japonais. Leur silence et leur soumission apportaient justement la touche finale aux hurlements furieux et à la folie meurtrière de leurs hommes. Par ce fait même — c'était effectivement un fait —, elles étaient leurs complices. S'il ne pouvait pas pardonner aux hommes japonais, il eût été malvenu de sa part de faire grâce à leurs femmes à la légère. Et même si tout cela se révélait faux, il ne pouvait changer d'idée, car Mengshi, Zhongshi, Mme Qian, Petit Cui, les époux Wen, Tongfang et son père à lui étaient tous bel et bien morts entre les mains des Japonais. Pardonner à un ennemi de façon exagérée et au terme de détours, c'est se montrer lâche.

Debout sous les sophoras, il regardait ces hommes qui partaient pour le front, ces poupées de porcelaine, ainsi que les deux diablotins. Il repensa à des bribes de poèmes, chinois et étrangers : « Derrière le succès dix mille ossements blanchis [1] », « Pitoyables ossements errants au bord du

1. Vers du poète Cao Song (vers 867) des Tang.

fleuve[1] », « Qui n'a des parents, qui n'a des frères ? » Mais il redressa le cou et, tout en regardant ces hommes et ces femmes, il se força à écarter ces vers nobles et pleins d'humanisme, pour les mots suivants : « "Haine, mort, tueries, vengeance." C'est ça la guerre, et ceux qui n'osent pas tuer seront tués ! » se dit-il à lui-même.

La vieille femme du n° 1 fut la dernière à sortir. Elle s'inclina profondément devant les deux jeunes hommes, ne se redressa que lorsqu'ils eurent tourné au coin de la rue. Elle releva la tête, aperçut Ruixuan. Elle s'inclina de nouveau. Elle se redressa, puis se dirigea vers lui. Elle avançait vite. Sa façon de marcher avait changé, ce n'était plus celle d'une femme japonaise. Elle se tenait très droite, la tête haute, elle n'était plus aussi ramassée sur elle-même que d'habitude. On aurait dit un crabe qui vient juste de s'éveiller, elle allongeait les pieds, n'était plus cette boule ronde. Elle avait le visage souriant, comme si le départ des deux jeunes hommes lui donnait la liberté de sourire à sa guise.

« Bonjour ! dit-elle en anglais. Puis-je vous dire deux mots ? » Son anglais était courant et très correct, on n'aurait pas dit que c'était une Japonaise qui parlait.

Ruixuan en resta interloqué.

« Voilà longtemps que je souhaitais vous parler, mais je n'ai jamais trouvé l'occasion de le faire. Aujourd'hui... », elle montra l'entrée de la ruelle, « ils sont tous partis, voilà pourquoi... » Le ton de sa voix et ses gestes étaient ceux d'une Occidentale, surtout sa façon de montrer les choses du doigt, non avec l'index, mais avec le pouce.

Ruixuan se dit que les Japonais étaient tous des espions, et le fait que la vieille dame sût qu'il

1. Vers du poète Chen Tao (vers 841) des Tang.

connaissait l'anglais en était la meilleure preuve. C'est la raison pour laquelle il avait l'intention de s'en tenir à la forme et de prendre ses distances.

La vieille dame parut avoir deviné ses intentions car elle rit de nouveau avec beaucoup de naturel. « Ne soyez pas si méfiant ! Je ne suis pas une Japonaise ordinaire ! Je suis née au Canada et j'ai grandi aux États-Unis, puis j'ai suivi mon père à Londres pour son commerce. J'ai vu le monde, je connais les fautes commises par les Japonais. Ces deux jeunes hommes sont mes neveux, leur commerce, leurs capitaux m'appartiennent. Mais je suis leur esclave. Puisque je n'ai pas d'enfants et que je ne sais pas gérer seule mes affaires — dans ma jeunesse j'ai fait du piano, de la danse, du théâtre, de l'équitation, de la natation —, j'en suis réduite, malgré mon argent, à m'incliner profondément devant eux et à leur offrir thé et nourriture à genoux ! »

Ruixuan n'osait toujours pas parler. Il savait que les Japonais avaient toutes sortes de ruses pour obtenir des renseignements.

La vieille femme s'approcha encore de lui et dit plus bas : « Voilà longtemps que j'avais envie de vous parler. Parmi tous les gens qui habitent cette ruelle, vous êtes le seul à avoir des qualités morales, de la réflexion, je le vois bien. Je sais que vous êtes méfiant, que vous n'êtes pas enclin à bavarder avec moi, mais je ne cherche rien d'autre qu'à dire ce que j'ai sur le cœur à quelqu'un de sensé. Je suis japonaise, mais quand je parle en japonais, je ne peux jamais dire ce que je ressens au fond du cœur. Un Japonais sur mille probablement est capable de comprendre ce que je dis. » Elle parlait très vite, comme si elle récitait quelque chose par cœur.

« Je suis au courant de ce qui se passe ici. » Elle montra du doigt les n°s 3, 4, 5, 6 tandis que son regard, suivant son doigt, faisait un demi-cercle. « Tout comme vous savez, bien évidemment, tout ce que les Japonais font à Peiping. Je voudrais juste vous dire ceci en toute franchise : les Japonais seront vaincus ! Aucun autre Japonais n'oserait dire cela. En un certain sens, je ne suis pas japonaise. Je ne peux, du simple fait de ma nationalité, oublier l'humanité et le monde. Bien sûr ma conscience m'empêche de souhaiter que les Japonais, à cause de leurs crimes, soient exterminés. Meurtres et violence, voilà les crimes des Japonais, je n'accepte pas que le meurtre réponde au meurtre. À vous je dirai seulement ceci : les Japonais seront vaincus. Quant aux Japonais, je ne souhaite qu'une chose : que leur défaite leur fasse regretter ce qu'ils ont fait, et qu'ils orientent autrement leur intelligence et leurs efforts, qu'ils les consacrent au bonheur de l'humanité. Ce n'est pas une prédiction que je vous fais là, mon jugement est lié à ma connaissance du monde et du Japon. Je vois bien que vous êtes triste à longueur de journée, je voudrais vous rendre un peu plus optimiste. Ne vous faites pas trop de souci, ne soyez pas trop pessimiste. Vos ennemis, tôt ou tard, seront vaincus. D'ailleurs, ma famille est vaincue : deux déjà sont morts, et puis deux de plus — ils partent sur le front — sont perdus ! Je sais que vous n'êtes pas prêt à me croire aussi facilement, cela n'a pas d'importance. Toutefois, n'avez-vous pas songé à ceci : si vous me dénonciez, je perdrais ma tête de la même façon que ce tireur de pousse ! » Elle montra du doigt le n° 4. « N'allez pas croire que je ne suis pas saine d'esprit, ni que je cherche à vous amadouer tout exprès par de belles paroles. Non, je suis japonaise, et le resterai toujours, je ne souhaite pas qu'on me pardonne particulièrement. Je ne souhaite qu'une chose : émettre mon jugement de la façon la plus objective qui soit, me délivrer d'une peine secrète, car ne pas pouvoir dire la vérité c'est une peine réelle. Bien ! si vous n'avez pas de méfiance envers moi, devenons amis, des amis par-delà les rapports qui existent entre la Chine et le Japon. Si vous n'y consentez pas, cela n'a pas d'importance. Aujourd'hui vous m'avez donné l'occasion de parler à cœur ouvert, et je dois déjà vous remercier pour cela ! » Sur ces mots, et sans attendre la réponse de Ruixuan, elle s'éloigna lentement. Les mains dans ses manches, le dos courbé, elle avait repris son attitude habituelle — celle d'une vieille dame japonaise prête à s'incliner dans un profond salut.

Ruixuan resta planté là longtemps, abasourdi. Il ne savait que faire. Il n'était pas disposé à croire les paroles de la vieille femme et, pourtant, il semblait comme poussé à le faire. On verrait bien ! Mais il ne cessait de sourire. Cela ne lui était pas arrivé depuis longtemps !

CHAPITRE LXV

La fête de la première lune approchait. Changshun et la femme de Petit Cui se marièrent. La cérémonie fut très simple. M. Sun fit venir la femme de maître Liu comme entremetteuse, ainsi, la femme de Petit Cui put partir de chez Mme Liu en palanquin. Il s'agissait d'un palanquin à demi neuf avec quatre ou cinq tambours. Le palanquin fit le tour du Temple de la Sauvegarde nationale, entra par l'entrée normale de la ruelle du Petit-Bercail. La chambre nuptiale était la chambre de la vieille Mme Ma. Elle-même alla loger chez la femme de Petit Cui. Selon la coutume ancienne, une femme mariée qui se remarie doit le faire au beau milieu de la nuit, sans voir le jour, car une veuve qui se remarie c'est indécent. Une fois la mariée arrivée à la porte de la nouvelle maison, on fait partir un chapelet de pétards et l'on pose, sur le seuil de la porte, un brasero afin qu'elle l'enjambe. Si les pétards peuvent effrayer l'esprit de son défunt mari, le brasero complète l'action des pétards et brûle tous les souffles néfastes.

Selon les volontés de la vieille Mme Ma, il fallait respecter toutes ces coutumes, d'abord pour se protéger contre les influences pernicieuses, et aussi pour montrer qu'une veuve qui se remarie ne vaut rien — elle-même étant digne, car elle ne s'était pas remariée.

Mais il y avait maintenant une semi-loi martiale, il n'était donc pas facile de faire quelque chose la nuit. On n'autorisait plus depuis longtemps les pétards — les Japonais manquaient d'assurance, ils redoutaient d'entendre au loin ce bruit qui ressemblait à un tir de mitraillette. Puisqu'on ne pouvait allumer de pétards, il était inutile de mettre un brasero. Tel était l'avis de M. Sun : « Ma bonne Madame Ma, ce n'est pas la peine de disposer un brasero ! Pourquoi ajouter au chagrin de la femme de Petit Cui ? »

Et pourtant, même ainsi, la femme de Petit Cui pleura comme une Madeleine. Elle repensait à son mari défunt, à toutes les injustices dont elle avait été victime. Elle avait perdu son autonomie, était à la merci de quelque chose de plus terrible que M. Sun, Changshun, la vieille Mme Ma, et cette chose disposait d'elle, la plaçait ici ou là, lui faisait changer de nom, de mari, lui faisait changer tout. Elle n'avait d'autre moyen contre cela que ses larmes.

La grosse tête de Changshun bourdonnait sans fin. Il ne savait s'il devait rire ou pleurer. Vêtu d'un long gilet bleu tout neuf, et d'une jaquette de mandarin en satin empruntée aux Qi, quand il était assis il ne tenait pas en place, debout il était comme ankylosé, marcher en long et en large l'ennuyait. En son for intérieur il calculait : les mille uniformes ont été faits, le capital et les sommes dues à John Ding déduits, il ne lui restait qu'un peu plus de quatre cents yuan. C'était tout ce dont il disposait, et voilà qu'il avait une bouche de plus à nourrir. Une fois marié, il serait un adulte. Il lui faudrait subvenir aux besoins de sa grand-mère et de sa femme. Que dire de plus ? Quatre cents yuan permettraient de vivre combien de temps ? Même si la cérémonie du mariage avait été très simple, les tambours, le palanquin n'avaient-ils pas dû être payés ? Sa longue tunique neuve avait-elle été trouvée comme ça ? N'avait-il pas fallu préparer du thé, du vin et de la nourriture pour les voisins venus offrir leurs félicitations ? Tout cela coûtait de l'argent. Une fois marié que devrait-il faire ? Il ne trouvait pas. C'est vrai, pour fabriquer ces faux uniformes militaires, il avait appris à acheter des objets de récupération. Mais allait-il passer toute sa vie à faire un travail aussi sale ? Il avait ressenti de l'indignation pour ce qui était arrivé aux Qian, aux Qi, aux Cui, il les avait aidés spontanément. Il se rappelait l'espoir et l'avertissement formulés par Qi Ruixuan à son intention et comment, autrefois, il avait eu la détermination de prendre le fusil pour aller massacrer les Japonais. Et voilà qu'aujourd'hui il se mariait comme un idiot, s'attachant ainsi à jamais à la maison. Il fronça les sourcils.

Mais il recevait de tous des félicitations : M. Li, Mme Li, Qi Ruifeng, M. Sun, Mme Liu, et quelques voisins du n° 7. Il lui fallait se dérider. Il était un peu intimidé, ne pouvait pas non plus faire celui qui n'était pas affecté le moins du monde. Les vœux que formulaient les autres semblaient venus du fond du cœur, mais il les ressentait aussi comme des railleries, des moqueries. Il n'osait pas les refuser, et quand il les acceptait, cela le mettait plutôt mal à l'aise. Il ne savait que faire, il ne pouvait que se forcer à montrer un minimum de politesse. Il rougissait, pâlissait, sa voix était si nasillarde que cela vous écorchait l'oreille. Lui-même, à s'entendre ainsi parler, trouvait cela insipide.

Le plus actif et le plus détestable des invités venus le féliciter était Qi Ruifeng. Changshun n'avait jamais pu oublier la scène au Bureau de l'éducation. Alors qu'aujourd'hui il se mariait avec la femme de Petit Cui, il n'aurait jamais pensé que Ruifeng osât venir le féliciter. Ruifeng, quant à lui, s'en moquait éperdument. Il s'était dit que, puisqu'il était venu pour présenter ses félicitations, on ne le chasserait pas. Il comptait boire et manger. Et puis, comme on ne le chasserait pas, il devait se conduire comme un invité venu congratuler, il lui fallait plaisanter avec tout le monde, taquiner au mieux le nouveau marié, prendre un air sévère pour demander à son hôte des cigarettes et du thé, puis se préparer à faire du tapage et à plaisanter dans la chambre nuptiale. Alors qu'il portait encore le deuil, on ne lui avait pas permis à la maison de venir présenter ses compliments. Il avait accepté la proposition de sa mère : rester à l'extérieur et donner l'argent à Changshun ou à la vieille Mme Ma avant de rentrer au plus vite à la maison. Mais il avait ôté ses vêtements de deuil, s'était éclipsé en cachette. Il était entré chez les Ma le visage radieux. Il se prenait pour un mondain, trouvant que s'il ne se rendait pas sur place, non seulement il perdrait l'occasion de boire et de manger, mais le mariage Ma en perdrait de l'éclat. À peine entré, il s'empressa auprès de Changshun, plaisanta avec lui, mais il ne savait pas mesurer ses propos, alors Changshun rougissait souvent au-delà des oreilles. Changshun aurait bien voulu se fâcher, l'injurier, mais il sentait qu'il ne devait pas se disputer ni chercher querelle en un tel jour, il ne lui restait plus qu'à l'éviter et à se tenir à distance. Le recul de Changshun laissait justement croire à Ruifeng qu'il avait réellement du talent oratoire. Il s'avança donc pour le relancer et déployer railleries et plaisanteries. Les invités connaissaient tous le sérieux de Changshun, ils savaient aussi que Ruifeng était détestable, ils craignaient tous qu'il ne mît Changshun à bout, ce qui serait fâcheux. Mais dans le même temps, en pensant à l'honneur du vieux Qi et de Ruixuan, ils n'osaient pas donner un avertissement à Ruifeng. Aussi tous l'évitaient-ils sans se donner le mot ; ils faisaient exprès de ne pas rire de ses plaisanteries, pensant qu'en agissant ainsi ils le feraient battre en retraite devant les difficultés qui l'attendaient. Mais lui, contre toute attente, pensa que leur mutisme, et le fait qu'ils ne riaient pas, étaient dictés par la légère crainte qu'ils avaient de lui. Aussi se mit-il à parler encore plus. À la fin, M. Li, n'y tenant plus, le tira dans un coin : « Le cadet, je vais être franc, il ne faut pas m'en vouloir ! Vous devriez mesurer la portée de vos plaisanteries. Changshun est pudique, ne le provoquez pas ! »

Ruifeng n'osa pas discuter avec M. Li, mais il était très mécontent. Toutefois il ne voulut pas prendre congé tout de suite et rentrer chez lui. Il ne pouvait pas lâcher ce repas. Avant de passer à table il fuma cigarette sur cigarette. Il ne parla plus à tort et à travers, mais quand il vit que la cigarette qu'il fumait allait se terminer, il prit un air sévère et dit à Changshun : « Va acheter deux paquets de cigarettes en plus ! » Quand on passa à table, il prit la place d'honneur avec un sans-gêne superbe, car il se disait que, comme il était le seul parmi les invités à avoir rempli les fonctions de chef de section, cette place lui revenait de droit. Il montra qu'il tenait l'alcool, rejetant le cou en arrière, il but cul sec. Les autres s'effaçant par modestie, il prit leur verre en disant : « Fort bien, je vais boire à votre place ! » Après plusieurs verres, il avait du mal à refermer la bouche, il recommença à taquiner Changshun, mentionna le fait que la femme de Petit Cui était veuve. Non seulement il montra qu'il avait la langue bien pendue, mais il se leva pour faire un discours. Il méprisait tous ces invités, il voulait donc se défouler en se montrant ennuyeux et détestable jusqu'au bout.

Le mécontentement avait gagné M. Sun depuis un certain temps déjà. Il était l'entremetteur principal, c'est lui qui aurait dû s'asseoir à la place d'honneur. Grâce à la pression exercée sur lui par M. Li, il avait contenu sa colère. Mais quand il eut bu à son tour quelques verres, il ne se soucia plus des regards que lui lançait M. Li, il s'empara du pichet de vin.

« Chef de section Qi ! lança-t-il tout exprès, on va se mesurer pour six verres ! »

M. Li allongea le bras pour s'emparer du pichet. M. Sun n'écoutait plus. « Monsieur Li, ne vous mêlez pas de cela ! Je vais me mesurer avec le chef de section Qi, on va voir qui tient le mieux le vin ! »

Le visage de Ruifeng était tout luisant. Il se dit que M. Sun faisait grand cas de lui. « Boire comme ça quel intérêt ? Jouons plutôt à la mourre ! Un verre par partie, six parties. Je vous préviens, si vous ne perdez pas les six, vous en perdrez au moins cinq ! Si vous ne me croyez pas, alors, annoncez la couleur !

— Je ne joue pas à la mourre. Vous êtes un héros, je suis un gaillard, on se mesure pour six verres ! » Tout en parlant M. Sun avait déjà rempli trois verres.

Ruifeng savait bien que s'il buvait six verres d'affilée, il irait sûrement rouler sous la table. « Je ne marche pas, aucun intérêt ! À un mariage il faut boire en s'amusant. Si vous ne jouez pas à la mourre, nous allons jouer au tissu et aux ciseaux ! »

M. Sun ne répondit rien, il prit un verre à deux mains, fit cul sec, et ainsi trois fois de suite, puis il remplit de nouveau les verres. « Allez, buvez, après ces trois-là il y en aura encore trois autres !

— Ça, non, je ne marche pas ! » dit Ruifeng en riant avec contentement. Il se croyait très fin, très amusant.

« Allez, buvez, chef de section Qi ! » Les veines sur le front de M. Sun étaient saillantes, mais il parlait exprès avec calme. « C'est le vin des noces, n'avez-vous pas perdu votre femme ? Un peu plus de vin de noces et vous en épouserez une autre ! »

M. Li s'empressa d'arrêter M. Sun : « Assieds-toi ! Interdiction de continuer à dire des sottises ! » Puis, tourné vers Ruifeng : « Le cadet, mangez ! Ne vous occupez pas de lui, il est ivre ! »

Tous pensaient que Ruifeng partirait avec un mouvement de manche, c'est du moins ce qu'ils espéraient. Son départ serait certes une ombre au tableau, mais tous pourraient enfin boire en harmonie les uns avec les autres quelques verres de vin.

Mais il restait là, assis sans bouger, il voulait se montrer désagréable jusqu'au bout. Finir de boire et de manger, ne pas sacrifier la nourriture pour quelques phrases désagréables à entendre.

Juste à ce moment de gêne Gao Yituo entra. Les lèvres de Changshun se mirent à trembler.

La « grosse courge rouge » était vraiment habile. Après deux jours de démarches, de cadeaux, de demandes d'aide, de paroles très polies, de paroles mesurées, elle avait fait libérer Xiaohe, Yituo et Zhaodi. Aucun n'avait été maltraité, ils avaient seulement souffert de la faim pendant quelques jours. Ils n'étaient pas habitués à manger des pains de maïs à la vapeur et à boire de l'eau. Au début pour rien au monde ils n'auraient voulu y toucher. Par la suite ils avaient été obligés de s'exécuter, mais n'avaient pas été rassasiés pour autant. Zhaodi, pendant tous ces jours, était restée vêtue de son costume, n'ayant d'autres vêtements pour se changer. Elle ne s'était pas lavée la figure depuis plusieurs jours, ni les pieds ; son corps la démangeait, elle pensait avoir des poux. Elle avait lancé des regards charmeurs à chacun dans l'espoir qu'on lui donnerait un peu d'eau, mais cela n'avait eu aucun effet. Cela l'avait rendue si nerveuse qu'elle ne cessait de pleurer. Ce qui la rendait très malheureuse était ce beau costume, non seulement elle n'avait pu l'exhiber sur la scène, mais voilà qu'elle le portait en prison. Elle n'était plus cette jeune fille moderne, mais Yu Tangchun et Dou'E, emprisonnées[1]. Elle espérait vivement que ses amis masculins viendraient lui rendre visite, la sauver, mais aucun d'entre eux n'était venu. Après avoir été désespérée, elle s'était mise à se bercer d'illusions, espérant que quelque chevalier errant, ou que la Sainte Vierge l'emporteraient sur leur dos en pleine nuit. Elle avait repensé à un bon nombre d'histoires qu'elle avait vues dans les films, elle espérait que ces histoires deviendraient réalité, lui feraient quitter la prison.

Xiaohe avait eu vraiment peur. Depuis qu'il était sorti des coulisses, il ne pouvait plus parler. Des gens dont il ne se souciait pas d'ordinaire, comme M. Qian et Petit Cui, surgissaient devant ses yeux. Allait-il lui aussi perdre sa tête ? Il avait commencé à prier sérieusement l'Empereur de jade, Lüzu, Guanfuzi et la Reine Mère d'Occident. Il pensait que ces êtres surnaturels devaient pouvoir le bénir

1. Yu Tangchun (Susan) : personnage d'une pièce du théâtre traditionnel Il s'agit d'une courtisane liée à un noble, mais qui sera vendue comme concubine à un marchand. Son ancien amant la fera réhabiliter après sa mort. Dou'E : héroïne d'une pièce du célèbre dramaturge des Yuan, Guan Hanqing, qui a été accusée à tort de crime.

et le protéger, qu'ils n'iraient pas jusqu'à lui laisser subir les souffrances de la décapitation. Assis dans sa petite cellule humide, il avait examiné son passé. Il n'avait trouvé aucune faute. Il avait dit tout bas à l'Empereur de jade : « Quand il s'agissait de faire des cadeaux, je n'ai jamais été à la traîne, dans les relations sociales, j'ai toujours offert ce qu'il y avait de meilleur : cigarettes, vin, thé et nourriture. Je n'ai jamais maltraité qui que ce fût ! Envers ma femme, ma concubine, j'ai été un bon mari. Envers mes filles, j'ai été un bon père. Envers mes amis, j'ai toujours fait montre de loyauté et, finalement, en ce qui concerne les Japonais, je leur ai toujours voué une véritable admiration, les ai vénérés, flattés. Ciel, pourquoi me traites-tu ainsi ? » Il priait avec sincérité, se sentait victime d'une profonde injustice. Plus il priait, plus il était nerveux, car il ne savait pas trop quelle divinité était la plus puissante, la plus efficace. S'il se trompait dans ses prières, quelle catastrophe !

Il avait peur de la mort, des supplices. La nuit il somnolait, ne parvenait pas à dormir tranquillement. Le moindre petit bruit le faisait sursauter d'effroi, et il s'imaginait qu'on allait le ligoter et l'emmener pour lui trancher la tête. Il ne pouvait mourir, se disait-il à lui-même, car il n'avait pas encore obtenu de poste de fonctionnaire sous les ordres des Japonais, mourir serait vraiment trop injuste.

Celui qui en avait pâti le plus était Gao Yituo. Il était opiomane, et ne trouvait pas d'opium à fumer. Deux ou trois heures après son arrestation, il n'en pouvait déjà plus, sa morve coulait, il ne pouvait même plus bâiller. Il n'avait pas la tête à penser à quoi que ce fût, il attendait la mort, la tête baissée.

La « grosse courge rouge » était allée les chercher Quand Zhaodi avait vu sa mère, elle s'était mise à pleurer tout fort. Guan Xiaohe avait pleuré lui aussi. Il faisait exprès de grogner pour accroître sa dignité : « Chef de centre, c'est tout simplement ce qu'on entend par échapper de peu à la mort ! » Il écrivait mentalement un récit de ses malheurs, pour pouvoir les raconter quand il rencontrerait quelqu'un, montrant ainsi qu'il avait fait de la prison, ne manquait pas d'héroïsme et de courage. Gao Yituo était sorti, porté par deux hommes, il était déjà tellement en manque qu'on aurait dit une loque.

De retour à la maison, la première chose que Zhaodi avait faite avait été de prendre un bain. Après, elle avait avalé d'une traite cinq ou six gâteaux. Une fois rassasiée, elle s'était touché la poitrine et avait dit à Gaodi : « Ça suffit, cette fois, c'est pour moi une leçon terrible ! Je ne chanterai plus d'opéra, ni ne patinerai désormais. Sapristi ! S'il m'arrive encore des ennuis, je mourrai en prison ! » Elle avait voulu commencer à apprendre à tricoter des bonnets de laine auprès de Gaodi. « Apprends-moi, grande sœur ! À partir de mainte nant, je ne serai plus polissonne ! » Elle avait prononcé les deux mots « grande sœur » avec beaucoup d'affection, comme si elle avait vraiment envie de faire peau neuve. Mais au bout d'un quart d'heure, elle ne pouvait plus rester en place. « Man ! Si on faisait huit parties ! Il me semble que cela fait une éternité que je n'ai pas joué au mahjong ! »

Xiaohe avait besoin de dormir. « Ma seconde demoiselle, laisse-moi dormir un peu et je jouerai avec toi, sûr ! Quand on échappe de si peu à la mort, cela se fête. Chef de centre, dans un moment on va acheter quelques livres de très bonne viande de mouton pour faire une fondue mongole, qu'en dites-vous ? »

La « grosse courge rouge » ne leur avait rien répondu. Elle était assise sur le canapé, imposante, à fumer une cigarette. Elle n'avait pris la parole que lorsqu'elle avait eu fini de fumer sa cigarette : « On dirait que vous avez été maltraités ! Sans moi il ne fallait pas vous attendre à être libérés ! J'ai mal aux jambes d'avoir fait tant de démarches pour vous, et vous ne me gratifiez même pas d'un merci !

— C'est vrai ça ! s'était empressé de poursuivre Xiaohe. Si le chef de centre n'avait pas été là, nous aurions été emprisonnés au moins pour un demi-mois. Sans recevoir de mauvais coups, quinze jours de prison et c'était la mort à coup sûr ! La prison, c'est pas une plaisanterie !

— Ah ! tu comprends un peu maintenant ! » La « grosse courge rouge » voulait se dédommager entièrement sur Xiaohe de la fatigue et des vexations rencontrées au cours de ses démarches ces quelques jours. « En temps ordinaire, tu cavales ; tu prends le parti de ta concubine, et une fois en prison, alors là tu te souviens de ta femme. Quel genre de type tu fais !

— Oh ! s'était rappelé soudain Zhaodi, et Tongfang ? »

C'était la question que Xiaohe aurait bien voulu poser, mais après avoir ouvert la bouche, il l'avait refermée tout de suite.

« Elle ? » La « grosse courge rouge » avait ricané. « Désolée, elle est morte !

— Hein ! » Xiaohe n'avait plus sommeil, il était bouleversé.

« Morte ? » Zhaodi aussi était affectée.

« Elle a été touchée mortellement par la grenade, tout comme Wen Ruoxia et Petit Wen. Je vous le dis, Zhaodi et Xiaohe, avec la mort de Tongfang nous allons pouvoir mener une vie un peu plus régulière, mais vous devez m'écouter. Je suis dévouée, juste, je me lève tôt, me couche tard, me fais du souci, dépense mon énergie sans compter, tout cela pour vous. Vous pouvez compter sur moi et, si vous m'écoutez, nous pourrons vivre bien. Si vous ne voulez pas me suivre, libre à vous, mais si un beau jour vous trouvez la mort en prison, il ne faudra pas vous en prendre à moi ! »

Xiaohe n'avait rien entendu de ce discours. Assis sur sa chaise, la tête dans ses mains, il s'était mis à pleurer tout bas.

Zhaodi pleurait aussi.

Leurs pleurs n'avaient fait qu'attiser la colère de la « grosse courge rouge » : « Taisez-vous ! On va voir qui osera encore pleurer cette traînée ! Pleurer ? Elle méritait la mort depuis longtemps ! Et, moi je vous le dis, j'interdis à quiconque de dire au-dehors qu'elle faisait partie de la famille ! Par bonheur, les journaux n'ont pas mentionné son nom. Nous n'allons tout de même pas nous mettre de nous-mêmes dans la merde ! J'ai déjà déclaré à la police qu'elle était partie avec des bijoux en or et en argent. C'est bien clair ? Nous devons tous dire la même chose, et non raconter chacun sa propre version, ce qui reviendrait à donner des bâtons pour se faire battre ! »

Xiaohe avait ôté lentement les mains de son visage, ravalant ses larmes, il avait dit à la « grosse courge rouge », bien en face : « C'est impossible ! » Sa voix tremblait, mais elle était ferme.

« Impossible, comment ça impossible ? avait demandé cette dernière en se redressant.

— Elle fait partie de notre famille, pour le meilleur et pour le pire. On dira ce qu'on voudra, je dois lui faire un enterrement convenable. Elle est restée avec moi de si longues années ! » Xiaohe avait décidé de déclarer la guerre. Tongfang était sa concubine, il ne pouvait pas l'abandonner comme ça, comme un chat ou un chien crevé. Personne dans cette famille ne pouvait remplacer Tongfang, il lui était impossible, alors qu'elle venait de trouver la mort, de l'accuser faussement de s'être enfuie après les avoir volés. Un mort ne peut revenir à la vie, c'est vrai, mais il se devait, au moins, de lui procurer un bon cercueil et de l'enterrer assez décemment. Si Gaodi ou Zhaodi venaient par malheur à mourir, il n'en serait peut-être pas aussi peiné. C'étaient ses filles, et même si elles ne mouraient pas, tôt ou tard elles quitteraient la maison pour se marier. Pour Tongfang, c'était différent, elle était sa concubine, elle serait à lui à jamais, elle ne pouvait mourir. De plus, bien qu'il arrachât chaque cheveu blanc, il vieillissait insensiblement, peut-être n'aurait-il plus l'occasion de prendre une autre concubine. Ainsi, avec la mort de Tongfang, il s'apprêtait à vivre jusqu'à la fin de ses jours dans la tristesse et la solitude — il n'aurait plus de confidente, et il lui faudrait encore et toujours être persécuté par la « grosse courge rouge ». Impossible, on pouvait dire tout ce qu'on voulait, c'était impossible ! Il lui fallait l'enterrer convenablement. Il n'avait rien d'autre pour la payer en retour que penser à lui acheter un bon cercueil, psalmodier un ou deux sutra et la revêtir de quelques beaux vêtements. C'était la seule consolation pour lui et pour l'âme de la défunte. S'il ne faisait pas ce petit geste, il aurait honte de continuer à vivre.

La « grosse courge rouge » s'était levée, ses yeux lançaient des éclairs, elle tonitruait : « Qu'est-ce que tu veux ? Allez, dis voir ! Tu cherches la bagarre ? Fort bien, allons-y ! »

Xiaohe était décidé à l'affronter. Il s'était levé lui aussi. Il criait de son côté : « Je te préviens qu'il est impossible de réserver ce traitement à Tongfang ! Impossible, et tu auras beau frapper, injurier, faire tous les efforts que tu voudras, je te tiendrai tête là-dessus ! Alors ? »

Les mains de la « grosse courge rouge » s'étaient mises à trembler. C'était manifestement pure révolte de la part de Xiaohe ! Elle ne pouvait supporter cela ! Si elle faisait des concessions cette fois-ci, il s'enhardirait et amènerait une autre catin : « Tu oses me faire les gros yeux, fort bien ! J'ai été une belle idiote, bien aveugle de t'avoir fait sortir ! Ça aurait été tellement plus simple de te laisser mourir en prison !

— D'accord, lance-moi des injures, allez vas-y ! » Xiaohe s'était mis à grincer des dents de colère. « Ce ne sont pas tes injures qui me feront mourir et je ferai un enterrement pour Tongfang. Personne ne pourra m'en empêcher !

— Si, moi ! dit la "grosse courge rouge" en se frappant la poitrine.

— Man ! » Zhaodi ne supportait plus la scène. « Man ! Tongfang n'est plus, pourquoi lui en vouloir encore ainsi ?

— Oh ! Tu es de son côté toi aussi ? Espèce de petite ensorceleuse, sale petite ingrate ! Est-ce que tu as droit à la parole ? Tu as été emprisonnée en costume de scène, et tu joues ici les petites demoiselles ! Tu parles de décence ? Oh, je sais, vous mangez et buvez grâce à moi, et quand vous provoquez un malheur, c'est moi qui dois vous tirer de là, ensuite, vous vous liguez contre moi pour me pousser à bout ! C'est ça, vous me ferez mourir de colère, oui, vous trouvez du plaisir à me contrarier pour un oui ou pour un non : cet éhonté qui prend des concubines, et toi, ma petite demoiselle, qui t'es mise en ménage de façon irresponsable ! Vous êtes bons, et moi je serais méchante ? » La « grosse courge rouge » s'était administrée une gifle, pas très douloureuse, mais sonore.

« Fort bien, puisque je n'ai pas le droit d'ouvrir la bouche, je peux sortir me promener peut-être ? » Zhaodi avait oublié qu'elle voulait faire peau neuve, elle avait l'intention de sortir s'amuser comme une folle toute la journée. Elle s'était dirigée vers l'extérieur.

« Reviens ! » La « grosse courge rouge » trépignait.

« Au revoir, Pa ! » Zhaodi était sortie en courant.

Voyant qu'elle n'avait pu retenir Zhaodi, la « grosse courge rouge » avait été encore plus en colère. Se retournant, elle avait dit à Xiaohe : « Et toi ?

— Moi ? Je vais chercher le corps !

— C'est pas ta place ! Son cadavre a été depuis longtemps dévoré par les chiens sauvages. Vas-y, allez, vas-y ! Si tu oses sortir, et si je te laisse franchir de nouveau cette porte, c'est que suis la fille de moins que rien ! »

À ce moment-là, dans la pièce du fond, Yituo, qui avait déjà fumé six ou sept prises, comptait faire un somme ; ayant entendu la mauvaise tournure que prenait la dispute dans l'autre pièce, il s'était forcé à se rendre sur les lieux. Dès qu'il eut soulevé le rideau de tissu, il comprit que quelque chose clochait. Les époux Xiaohe étaient debout l'un en face de l'autre séparés par une table, ils se regardaient, les yeux ronds de colère, tels deux coqs prêts à en découdre. Yituo passa la tête entre eux deux : « Un vieux couple comme vous, à quoi bon s'emballer ainsi en paroles. Asseyez-vous tous les deux ! Que se passe-t-il ? »

La « grosse courge rouge » s'était assise, ses larmes s'étaient soudain mises à couler. Elle se sentait victime d'une profonde injustice. Ça n'avait pas été facile d'attendre la mort de Tongfang et ça n'avait pas été faute de la souhaiter. Elle s'était imaginé qu'elle pourrait désormais mener une vie tranquille en bonne intelligence avec Xiaohe. Elle n'aurait jamais pensé que celui-ci se mettrait en colère contre elle et se révolterait ouvertement. Comment n'en aurait-elle pas eu gros sur le cœur ?

Xiaohe était resté debout. Il était décidé à mener l'offensive jusqu'au bout. Ses yeux étaient pleins de colère, ce qui l'effrayait lui-même. Il ne savait d'où lui venait toute cette rage.

Quand la « grosse courge rouge » eut eu expliqué à Yituo ce qui se passait, ce dernier avait conduit Xiaohe par le bras jusqu'à une chaise sur laquelle il l'avait fait asseoir, puis il avait dit en souriant : « Les craintes du chef de centre sont fondées. Cette affaire ne doit absolument pas être ébruitée. Nous avons été pris, interrogés, heureusement il n'y avait rien contre nous ; ajoutées à cela les démarches du chef de centre, nous avons pu en sortir sains et saufs. Ne croyez pas qu'il s'agisse là d'une simple affaire ! Si les critères pour l'arrestation avaient été plus sévères, nous aurions été décapités ! Pour Tongfang, c'est différent, pourquoi est-elle morte là-bas ? Personne ne le sait. Sapristi, si les Japonais vont jusqu'au bout de leur enquête et apprennent qu'elle est des nôtres, pourrons-nous le supporter ? Laissez tomber, Monsieur Guan, elle est morte et nous ne la ferons pas revivre, mais, nous qui vivons, n'allons pas au-devant de la mort. Je dis toujours la vérité ! »

Les époux Guan ne disaient plus rien. Au bout d'un long moment de silence Xiaohe s'était levé pour sortir.

« Qu'allez-vous faire ? avait demandé Yituo.

— Marcher un peu ! Je reviens dans un moment ! » La colère n'avait pas empêché Xiaohe de prendre son chapeau, il avait peur d'attraper froid à la tête.

La « grosse courge rouge » avait soupiré longuement. Yituo avait voulu le rattraper, elle l'en avait empêché. « Ne nous occupons pas de lui, il n'est pas très courageux, il fait cela exprès pour me faire enrager ! »

Yituo avait bu un bol de thé chaud, mangé quelques gâteaux, et dit ce qu'il avait sur le cœur : « Chef de centre ! Je suis peut-être superstitieux, mais je trouve que les choses prennent une mauvaise tournure.

— Comment ça ? » La « grosse courge rouge » était encore en colère, toutefois il eût été mal venu de sa part de s'en prendre à Yituo, aussi le ton de sa voix était-il assez doux.

« Malgré notre position, notre réputation, nous sommes quand même restés deux jours en prison, je trouve que c'est là où le bât blesse. » Il avait glissé ses mains dans ses manches et regardait au loin.

« Comment cela ? avait demandé de nouveau la "grosse courge rouge".

— Quand on est attaché à un maître, on est aussi en danger qu'avec un tigre. Dès qu'il se fâche, le ministre méritant ne conserve pas sa tête.

— Ainsi, c'est ce que tu penses !

— Selon moi, chef de centre, faisons vite cet hôtel, et gagnons de l'argent. Quand nous aurons des bases, nous n'aurons plus rien à craindre. Si on veut bien de nous, nous resterons fonctionnaires, sinon, nous nous consacrerons à notre commerce. Chef de centre, n'est-ce pas vrai ? »

La « grosse courge rouge » avait fait oui de la tête.

« La femme de Petit Cui a l'intention de nous faire des crasses, c'est intolérable, je vais de ce pas lui montrer de quel bois je me chauffe !

— C'est ça !

— Quand cette affaire sera réglée, je me dépêcherai de prendre sérieusement des dispositions pour cet hôtel, dans l'espoir de l'ouvrir au printemps. Le commerce ne devrait pas être mauvais. Opium, jeux, femmes, dancing, tout cela dans un même lieu, ce sera du jamais vu, oui, du jamais vu ! Si les affaires marchent bien, si chaque jour on gagne de l'or, nous n'aurons plus rien à craindre ! »

La « grosse courge rouge » avait de nouveau fait oui de la tête.

« Chef de centre, pourriez-vous me donner une petite avance, si cela vous est possible ? À présent tout se paie comptant, sinon, avec un peu de bagout nous aurions pu tous les deux nous équiper parfaitement.

— Combien veux-tu ? »

Yituo avait fait semblant de réfléchir avant de dire : « Il faut d'abord huit à dix millions. Ne me donnez pas tout, pour le cas où il y aurait un pépin et où je me montrerais indigne. Les bons comptes font les bons amis !

— Huit millions pour commencer, ça te va ? » La « grosse courge rouge » avait confiance en Gao Yituo, mais elle était tout de même un peu sur ses gardes. Elle ne pouvait pas ne pas lui donner de l'argent, elle n'était pas pingre, et puis Yituo était son ministre méritant. Rien qu'en fabriquant des prostituées clandestines, il lui avait procuré bien plus que huit millions. Ne pas faire confiance à un ministre loyal, ce n'est vraiment pas un bon raisonnement, ni un bon style de travail quand on veut faire de grandes choses et gagner des fortunes. Mais elle n'osait pas lui confier d'un coup dix à vingt millions. Il lui fallait, dans sa générosité, être sur ses gardes. Elle lui avait donné un chèque.

Yituo avait empoché le chèque et avait foncé jusqu'au n° 4.

M. Sun avait bu. Quand il comprit que celui qui entrait était Yituo la moutarde lui monta au nez. Il était beau parleur, mais pas très résistant physiquement, il osait avoir des prises de bec, mais redoutait les bagarres. Pourtant, aujourd'hui, il était prêt à en venir aux mains. Il avait apporté du vin, il était l'entremetteur principal, et Yituo était un opiomane, aussi maigre qu'un petit poulet. Alors, sans réfléchir davantage, il décida de lui assener une bonne série de coups de poing.

M. Li empoigna M. Sun. « Attends un peu, voyons ce qu'il va dire ! »

Yituo offrit ses félicitations à Changshun et à la vieille Mme Ma, puis il s'approcha de M. Li et dit tout bas au vieil homme :

« Rassurez-vous, il n'y a rien ! Je suis votre ami. Elle, cette dame (il montra du doigt le n° 3) est votre ennemie, je ne prends plus place à sa table et ne voudrais pas être injurié à sa place. Le voilà, non ? » Il sortit son petit calepin. « Je prends tout le monde à témoin, regardez ! » En deux temps trois mouvements, il avait déchiré le petit calepin. Il jeta les morceaux par terre. Cela fait, il rit largement à la ronde, puis il prit un verre de vin et le but la tête en arrière : « Changshun ! Je souhaite que vous restiez unis jusqu'à la fin de vos jours. Ne me garde pas rancune ! Je ne faisais qu'agir pour le compte des autres, je n'avais aucune mauvaise intention. Asseyez-vous tous ! Au revoir ! » Sur ces mots, il redressa sa tête au teint verdâtre, rejeta ses longues manches et sortit avec un air important.

Il se précipita directement à la porte Qianmen pour y changer le chèque dans la ruelle Xijiaolinxiang, puis se rendit à la gare acheter un billet de seconde pour Tianjin. « Je vais d'abord me divertir quelques jours à Tianjin, puis il vaudra mieux que j'aille à Nankin vendre des plantes médicinales. Je crains de ne plus pouvoir supporter Peiping ! » se dit-il à lui-même.

CHAPITRE LXVI

Guan Xiaohe, ce ver de la capitale, ne consentait pas volontiers à quitter la ville. Quand, de cette dernière, il voyait les tours de guet, il se sentait en sécurité. À l'inverse, s'il les voyait de l'extérieur de la ville, il ressentait une légère appréhension, comme si les énormes portes allaient le garder prisonnier de l'autre côté. Pour lui, la couleur de la terre était noire, à la vue de la terre jaune de la banlieue il était déboussolé. Pour lui, l'air était doux, malodorant, imprégné de l'odeur de la poudre de riz et des beignets frits. La fraîcheur de l'air de la banlieue lui faisait mal aux sens et aux poumons, le fatiguait. Il était une fleur de serre qui ne supportait ni le soleil, ni la pluie, ni la rosée.

Et pourtant, aujourd'hui, voilà qu'il franchissait la porte Pingzemen. Il avait entendu dire que ceux qui mouraient de faim et de froid en ville étaient emportés en camion par la police au-dehors de la ville et qu'on les jetait là, comme on déverserait des poubelles. Il espérait y trouver le cadavre de Tongfang, même si, par malheur, elle avait été mise en pièces par les chiens sauvages. S'il pouvait au moins trouver un os ou des cheveux, ce serait toujours ça ! Cela lui coûtait vraiment beaucoup, il lui fallait sortir de la ville, marcher vers des cadavres !

À la vue de la porte, il eut des sueurs froides. Il redoutait de quitter les rues animées, de s'avancer dans cet espace vaste et désert. Il ralentit donc le pas, hésita un moment. Non, non, il ne pouvait pas faire demi-tour comme ça ! Il devait se montrer déterminé. Il appelait Tongfang à voix basse : « Tongfang, Tongfang ! Protège-moi. Je brave les dangers pour venir te chercher ! »

Au moment de franchir la porte, il n'osa pratiquement pas ouvrir les yeux. Il était habitué à circuler parmi une foule habillée de soieries, fardée, dans les théâtres et les cinémas. Ici se bousculaient pousses, charrettes de fumier, de terre, carrioles tirées par des mulets, tombereaux, gens habillés de guenilles de toutes les couleurs, portant des hottes sur le dos, des palanches sur les épaules ou tenant à la main des chapelets d'intestins de porc. Impossible d'aller vite avec toute cette circulation. Il n'osait pratiquement pas ouvrir les yeux, se bouchait le nez.

Cela lui sembla durer une éternité, enfin il put franchir la porte ! Une fois hors de la ville il aurait dû normalement se sentir mieux, pourtant ses craintes allèrent en augmentant. Tel un oiseau habitué à sa cage, la vision de cet espace immense le laissait désemparé. Il avançait, contraint et forcé. Il sortit des faubourgs, à la vue de la rivière dans les fossés, du mur d'enceinte, on aurait dit un petit enfant égaré. Il n'osait plus faire un pas dans aucune direction. Il resta sur place un bon moment, ne parvenant pas à décider s'il devait avancer ou faire marche arrière. Il semblait avoir oublié Tongfang. Il avait l'impression que des voix l'appelaient : « Retourne ! Reviens en ville ! » La ville ! Seule la ville était sa demeure, était tout pour lui. Comme une pelure de fruit ou des intestins de poulet, il devait pourrir sur cette grande décharge qu'était la ville, il était le ténia de la culture citadine, il ne pouvait trouver vie et force que dans cet estomac chaud et malodorant. Il ne supportait pas le moindre souffle de vent, le moindre froid, cet espace, ce silence étaient pour lui un tombeau.

Il aurait dû rentrer, même si Tongfang était l'être le plus cher pour lui, il lui était difficile de souffrir ainsi dans cet endroit redoutable. De plus il était tout de même sorti de la ville, et ce au mépris du danger. Il avait fait tout ce qu'il lui était possible de faire, l'esprit de la défunte le saurait. Si Tongfang avait une âme, elle le comprendrait, le remercierait, lui pardonnerait.

Il se dit encore que même s'il trouvait un os ou des cheveux de Tongfang, qu'est-ce que cela ferait ? N'était-ce pas là faire montre de cette même passion aveugle que celle qu'on trouve dans les romans et les pièces de théâtre ? Ce n'était d'aucun secours pour la réalité. Il était fin, ne se laissait pas facilement aller à faire des choses imbéciles. Et puis, le plus important était peut-être encore de devenir fonctionnaire. Ainsi il pourrait convenablement faire réciter des sutra à l'intention de Tongfang, lui faire édifier une tombe décente pour enterrer ses effets personnels, à défaut d'avoir pu enterrer son corps. Une fois fonctionnaire, il n'aurait plus à être le souffre-douleur de la « grosse courge rouge », de plus il pourrait prendre une ou deux concubines. Non ! Ce serait vraiment se montrer indigne de Tongfang ! Cependant, quand on a la chance de devenir fonctionnaire, on progresse et, s'il le devenait vraiment, il lui faudrait alors prendre une concubine. Qui dit que Tongfang ne le lui pardonnerait pas ? Après avoir bien fait le tour de la question, il se sentit soulagé. Tant pis, il allait rentrer ! De retour à la maison, il ne devrait pas se fâcher de nouveau avec sa femme. Se comporter en être humain, se tenir en société, se disait-il, implique qu'on prenne en compte la réalité, on ne pouvait se montrer trop sentimental, se bercer de chimères.

Il s'apprêtait à revenir sur ses pas, quand il fut saisi par le bras. Il fut très effrayé, il se dit que ce devait être un voleur. On était en dehors de la ville, c'était la campagne, on s'y faisait voler en plein jour. Il lança un regard furtif sur le côté, il voulait voir de quoi il retournait avant de crier au secours ou de remettre bien sagement sa bourse. Remettre sa bourse, ce n'était pas avantageux, mais sa vie était plus précieuse que sa bourse.

Il comprit : à ses côtés se trouvait un vieillard à la bouche édentée et barbue. Ses vêtements n'étaient pas décents du tout. Xiaohe retrouva tout de suite du courage. Il méprisait les pauvres, ils le dégoûtaient. Il n'était pas aimable du tout avec eux. Il fit tomber en la frappant la main qui l'avait empoigné, tout comme on fait tomber une bestiole sale et malodorante : « Tu veux de l'argent, alors dis-le ! Est-ce que c'est bien de jouer comme ça des pieds et des mains ! Si je n'avais pas vu ta barbe j'allais te donner deux gifles !

— Ce ne serait pas la première fois ! » Le vieil homme fit un pas en avant, les deux hommes se retrouvèrent face à face.

Alors Xiaohe se rendit compte qu'il s'agissait de M. Qian Moyin. « Oh ! Monsieur Qian ! » lança-t-il sur un ton très chaleureux. Il avait oublié qu'autrefois il avait vendu le poète Qian. Il le croyait mort depuis longtemps. Puisqu'il n'était pas mort, mais était tombé dans le dénuement le plus complet, et qu'on aurait dit un mendiant, par égard pour un voisin de longue date, il ne fallait pas le traiter comme un mendiant ordinaire. Il voulut donner au vieil homme dix à vingt centimes, pour montrer à quel point il était charitable et généreux.

« Vous m'avez déjà frappé ! » Les yeux brillants de M. Qian regardaient fixement le visage de Xiaohe.

« Moi, je vous aurais frappé ? » demanda Xiaohe stupéfait. Il se dit que le vieux devait avoir l'esprit un peu dérangé à cause de la misère. Il alla vite fouiller dans sa poche. Il sentit d'abord un billet, sans doute d'un yuan, il le laissa. Il ne pouvait pas lui donner un yuan. Il était charitable, mais sa bonté avait des limites. Il fouilla encore, trouva deux pièces de cinq centimes, frappées par les Japonais, deux toutes petites pièces. Les deux réunies ne faisaient que dix centimes. C'était un peu juste, mais quand on donne de l'argent comme ça, pour rien, mieux vaut qu'il y en ait plutôt moins. Il les sortit : « Mon brave monsieur, prenez ! Mais ne recommencez pas ! »

M. Qian ne prit pas cette aumône. « Vous avez oublié. Vous ne m'avez pas frappé vous-même, vous m'avez fait battre par les Japonais. Vous êtes mon ennemi. Vous vous en souvenez maintenant ? »

Xiaohe se souvenait. Immédiatement, il blêmit.

« Suivez-moi ! dit le vieil homme très décidé.

— Pour, pour aller où ? » Xiaohe avala sa salive. « Je suis très occupé, je dois rentrer immédiatement en ville !

— À quoi bon toutes ces sornettes, en route ! »

Xiaohe, les yeux arrondis par la peur, regardait de tous côtés, prêt à s'enfuir ou à crier au secours.

« En route ! » Le vieil homme glissa sa main dans sa veste ouatinée. Il y avait un renflement, Xiaohe pensa à une arme.

« Un mot et je tire ! »

Les lèvres de Xiaohe se mirent à trembler. En fait le vieil homme n'avait pas d'arme sur lui, mais Xiaohe avait l'impression d'avoir aperçu « l'engin ». Il se rappela le coup sombre qu'il avait monté autrefois, se rappela aussi qu'il avait conduit les agents de la police militaire japonaise venus arrêter le poète. Qian et lui étaient ennemis, aussi il pouvait s'imaginer qu'un ennemi est armé. Ses genoux faiblirent, si ses muscles venaient à se relâcher encore un peu il tomberait à genoux. Une arme, un ennemi, être hors de la ville, tout cela réuni, c'était la mort certaine, pensait-il.

« M. Qian ! implora-t-il la voix tremblante, faites-moi grâce ! C'était par ignorance, je ne voulais pas vous nuire ! Les grands hommes ne doivent pas s'arrêter aux crimes des gens de peu. Faites-moi grâce pour cette fois, je n'oserai plus recommencer ! Si vous manquez d'argent, je vous en donnerai. Je vous honorerai à jamais comme si vous étiez mon propre père !

— Suivez-moi ! » M. Qian le poussa du doigt.

Les larmes montèrent aux yeux de Xiaohe. Il regrettait, allait jusqu'à maudire Tongfang. À cause d'elle il était venu jusqu'à ce « terrain d'exécution ». Ses jambes ne pouvaient plus avancer, elles étaient comme rivées au sol. M. Qian attrapa son bras et le tira pour le faire avancer. Xiaohe n'osait pas relever la tête. Il avait peur de voir les montagnes lointaines, ces montagnes redoutables. Il ne pourrait jamais plus revenir en ville, il le savait, son âme resterait emprisonnée à l'extérieur et ne pourrait planer qu'au-dessus des montagnes et de la vaste campagne. C'était affreux ! Il n'osait pas pour autant dégager son bras et prendre la fuite. Il savait que les balles partiraient plus vite que ses jambes. Il ne lui restait plus qu'à implorer grâce de nouveau, mais ses lèvres ne cessaient de trembler, il ne parvenait pas à parler.

Ils passèrent devant l'endroit où Qi Tianyou s'était jeté dans la rivière. M. Qian le lui montra du doigt. « C'est là qu'est mort Qi Tianyou ! »

Il n'y avait rien là que de l'eau prise solidement en glace. Xiaohe n'osa toutefois pas regarder, il détourna la tête. À la mort de Tianyou, il n'avait rien éprouvé, ne s'était pas rendu non plus chez les Qi pour présenter ses condoléances. Pour lui, Tianyou n'était qu'un petit commerçant. Sa mort ne le concernait pas, tout comme sa vie ne l'avait pas concerné. Mais à présent, il était touché, il pensait que dans les dix minutes qui suivraient, il deviendrait peut-être son voisin sous terre.

Ils continuaient d'avancer, il arrivèrent à l'endroit où Ruifeng avait aperçu le chapeau recouvrant une tête humaine. Le chapeau avait disparu, la tête aussi, mais, de ci de là, avaient été jetés des ossements humains. Ils continuaient toujours d'avancer. Xiaohe perdait patience, il aurait voulu poser cette question : « Mais où allons-nous ? » Il n'osait pas ouvrir la bouche. Il n'osait pas dire : « Ne me tourmentez pas ainsi ! Si je dois mourir, que ce soit vite ! » Non seulement il n'osait pas ouvrir la bouche, mais il n'osait pratiquement pas non plus ouvrir les yeux pour regarder autour de lui. Il trouvait qu'il n'était pas nécessaire de le tuer, il suffisait de le faire marcher dans ces lieux un jour entier, il en mourrait de peur. Il savait que l'endroit n'était séparé de la ville que par une petite rivière et un mur d'enceinte épais, mais il savait aussi que seul ce qui était à l'intérieur des murailles était vraiment Peiping, que là seulement il se sentait en sécurité, que là-bas il y avait le bazar Dong'an, des azeroles caramélisées et des fondues mongoles.

Ils traversèrent une petite forêt de pins, ils obliquèrent en direction du sud-ouest. Ils marchèrent encore pendant environ cinq cents mètres, et arrivèrent devant un tertre servant de cimetière collectif. Parmi toutes ces petites tombes deux étaient fraîchement creusées. Ce n'était pas tout à fait des tombes mais un peu de terre recouverte de tuiles et de briques cassées.

M. Qian s'arrêta.

Les lèvres de Xiaohe commencèrent à s'animer, son nez ne faisait qu'aspirer sans relâche. « Monsieur Qian, vous avez vraiment l'intention de me fusiller ? Je, je n'ai rien fait de mal de toute ma vie. J'aime seulement la vie en société, bien manger et bien m'habiller. Je n'ai jamais eu de mauvaises intentions. Ne pouvez-vous me faire grâce ? Monsieur Qian ! Oncle Qian !

— À genoux ! » lui intima M. Qian.

Xiaohe s'exécuta sans trop de peine, à genoux devant la tombe, il cacha l'arrière de la tête avec ses mains, comme si elles pouvaient arrêter les balles. Quand il fut resté un moment à genoux, M. Qian vint se placer devant lui et lui dit à voix basse : « C'est la tombe de Tongfang, celle-là est celle des époux Wen. J'ai transporté leurs corps qui se trouvaient près de la rivière jusqu'ici et les ai enterrés. Vous dites n'avoir rien fait de mal, regardez ces deux tombes ! Le pays est perdu, non seulement ce n'est pas un déshonneur pour vous, mais votre cœur déborde de joie. Pour que votre fille soit mise en vedette lors de la représentation théâtrale, vous avez sacrifié pour rien les époux Wen. Et vous dites que vous n'avez rien fait de mal ? Quant à Tongfang, elle avait du cœur, du courage, l'esprit ouvert, vous vous êtes servi d'elle comme d'un jouet. Elle haïssait les Japonais, et vous aussi, qui flattez les Japonais ! Si vous n'aviez pas été là, vous et tous les vôtres sans vergogne, il n'est pas dit qu'elle ne serait pas allée jusqu'à risquer sa vie. Elle vous haïssait tous. Vous l'avez brimée, vous avez joué avec elle, la considérant tout au plus comme un animal favori. Elle vous haïssait tous. Elle aurait voulu boire votre sang, vous écorcher vifs. Vous croyiez être la personne la plus proche d'elle, mais en réalité vous ne la compreniez pas du tout. Vous êtes un personnage sans intérêt, sans honneur, qui ne pense qu'à manger, à boire, à s'habiller, à être fonctionnaire et à faire fortune. Vous vous montrez indulgent pour votre femme, vos filles, les laissez faire n'importe quoi comme bon leur semble. Et vous n'avez rien fait de mal ! » Le vieil homme reprit son souffle et éleva un peu la voix : « Frappez-vous le front contre le sol ! Allez ! Ils ne sauront pas forcément que vous les avez salués ; et, même s'il le savaient, peut-être ne daigneraient-ils pas accepter ce salut ! Si je vous fais vous prosterner à terre, c'est pour que vous compreniez un peu que vous êtes un criminel, que vous êtes un traître à la nation, une canaille éhontée ! »

Xiaohe, complètement abruti, se frappa plusieurs fois le front à terre.

« Regardez ma jambe ! Ce sont les Japonais qui me l'ont brisée en me battant. Et vous osez dire que vous n'avez rien fait de mal, que vous n'aviez pas de mauvaises intentions ! Regardez encore ceci ! » En deux temps trois mouvements le vieil homme avait défait sa veste ouatée, il montrait une partie de son dos. « Relevez la tête, regardez ! Chaque balafre, chaque blessure c'est votre fait. Elles resteront à jamais sur ma peau et à chaque changement de saison, la douleur qu'elles provoquent me dit de ne pas oublier la vengeance ! Elles me disent que l'ennemi c'est les Japonais, et vous ! »

Le vieil homme avait remis sa veste ouatinée aussi vite qu'il l'avait ouverte. « Vous savez que vous êtes coupable ?

— Oui, je le sais, je vous demande seulement de m'épargner ! » Xiaohe se frappa de nouveau deux fois le front contre terre.

« Les dommages en ce qui me concerne sont bien peu de chose. Je voudrais vous demander ceci : êtes-vous chinois oui ou non, ou japonais ? Voilà ce qui est important !

— Chinois, je suis chinois !

— Oh, vous savez que vous êtes chinois ! Alors pourquoi vous réjouissez-vous tant lorsque les villes chinoises sont occupées par les Japonais ? Pourquoi cherchez-vous à les flatter par tous les moyens comme s'il s'agissait de votre propre père ?

— Je suis un salaud !

— Vous n'êtes pas seulement un salaud, vous avez reçu de l'éducation, vous êtes assez intelligent et, de plus, vous avez la cinquantaine. Alors même qu'un bébé ignorant de tout est capable de haïr les Japonais, vous, justement, ne le pourriez pas ? Vous faites exprès de ne pas pouvoir. Vous êtes un traître, vous n'avez pas de tripes ! Je peux pardonner à un salaud, mais pas à un traître tel que vous !

— Je ne recommencerai plus !

— Vous ne recommencerez plus ? Avez-vous compris ma question ? Avez-vous compris qu'on doit aimer son pays et haïr ses ennemis ? Vous devriez comprendre ! N'avez-vous pas su que Petit Cui avait été décapité sans raison, que Qi Tianyou s'était jeté dans la rivière ? Et ne voyez-vous pas à présent que Tongfang et les époux Wen sont enterrés ici ? Les Japonais ont tué les nôtres par millions, comme ils ont tué Tongfang. Si les autres vous laissent indifférent, vous vous souciez d'elle, non ? Si les Japonais peuvent tuer Tongfang, ils feront la même chose pour vous. Le savez-vous ?

— Oui, oui, je le sais !

— Alors, que dois-je faire ?

— Relâchez-moi et je vais m'amender !

— Et comment ?

— Je vais haïr les Japonais !

— Ah, oui, et comment ? »

Xiaohe était incapable de répondre.

« Vous êtes incapable de répondre ! Vous n'avez pas de jugement, pas de sens moral. Personne ne compte à vos yeux que votre petite personne. Vous ne savez pas ce qu'est l'amour, ce qu'est la haine. Je vous le dis, si vous avez encore un tant soit peu de conscience, vous devriez, primo, empêcher votre femme de faire n'importe quoi selon sa fantaisie. Si elle ne veut pas entendre raison, eh bien, tuez-la ! Ses crimes sont plus grands encore que les vôtres. En la tuant, vous rachèterez un peu les vôtres. Comprenez-vous cela ? »

Xiaohe ne disait mot.

« Parlez !

— J'ai peur d'elle ! »

M. Qian rit. « Vous n'avez rien dans le ventre !

— Si vous me relâchez, de retour à la maison je m'emploierai à la raisonner.

— Et si elle ne vous écoute pas ?

— Je n'y peux rien.

— Vous ne pouvez pas vous enfuir de Peiping, faire quelque chose pour le pays ?

— Je n'oserai jamais quitter Peiping, j'ai trop peur ! »

M. Qian éclata de rire. « Étant donné vos intentions, vos crimes, je devrais vous tuer. Ce serait aussi facile pour moi que d'écraser une bestiole puante entre mes doigts. Rappelez-vous ceci : je peux mettre fin à vos jours en tout lieu, à tout instant. Toutefois, vu votre courage, vu ce que vous avez dans le ventre, je ne m'abaisserai pas à vous tuer. Je ne veux pas que mes mains soient souillées par votre sang ! Vous êtes mon ennemi et cela ne changera jamais, sauf si vous vous armez de courage et ressemblez davantage à un être humain, si vous faites quelque chose pour vous montrer digne de votre pays. Debout ! Aujourd'hui je vous laisse partir ! Demain, après-demain, si je vois que vous ne vous amendez pas, je reviendrai pour vous régler votre compte ! Vous m'avez bien compris ? »

Xiaohe se leva bien sagement. Une fois debout il lança un regard aux remparts, il aurait voulu pouvoir y voler d'une traite.

« Foutez le camp ! » M. Qian lui envoya une bourrade qui faillit le faire tomber. Xiaohe était tout ankylosé d'être resté si longtemps agenouillé. Il se massa les genoux et se mit à courir vers la ville, lâchant pets et urine. En regardant sa silhouette de dos M. Qian soupira, baissa la tête et dit face aux deux tombes : « Je me suis montré indigne de vous, mon cœur est encore trop tendre ! Tongfang, Monsieur Wen, Ruoxia, reposez en paix ! Si j'apprends quelque bonne nouvelle, je viendrai vous en informer, soyez-en sûrs ! » Sur ces mots, il se mit à genoux pour ajouter quelques morceaux de tuiles et de briques cassées sur les tombes.

À la vue de l'entrée de la ville, Xiaohe s'empressa de tapoter la poussière sur ses vêtements. Il revivait. À la vue de la ville de Peiping, il avait retrouvé sa dignité coutumière. Il lui suffit d'un clin d'œil à un tireur de pousse pour que celui-ci s'approchât. Il y prit place. Quelle ne fut pas sa joie en entrant en ville d'apercevoir les vastes avenues ! Il en oublia les propos de M. Qian. Il ne se souvenait de rien. Il repensait à deux choses : il regrettait d'avoir pris des risques pour aller chercher le corps de Tongfang et fit le serment de ne plus jamais sortir seul en dehors de la ville, quant à M. Qian, il n'était pas encore parvenu à trouver une solution à son sujet. Rira bien qui rira le dernier ! Qu'un beau jour M. Qian vînt à lui tomber entre les pattes, il n'abandonnerait certainement pas la partie. À l'Arc commémoratif de Xisi il fit arrêter le pousse, entra dans une boutique de fruits séchés pour acheter deux boîtes de cydonias et des amandes grillées. De retour à la maison, il lui fallait chauffer un pot de vin de Fenyang, mélanger un soupçon de jus de cy donia à des cœurs de chou chinois. Croquer quelques amandes pour lutter contre le froid. Une fois ses achats terminés, il alla dans une boutique de produits étrangers et choisit deux flacons de produits de beauté fabriqués au Japon, pour son chef de centre de femme. Dorénavant, il ne se mettrait plus en colère contre elle. Sapristi ! S'il ne s'était pas brouillé avec elle, y aurait-il eu cette scène en dehors de la ville ? Il avait lui-même donné des bâtons pour se faire battre ! Merde alors ! Quant à tuer sa femme ou à lui faire la leçon, c'était des propos insensés, ridicules !

Il rentra chez lui le sourire aux lèvres.

CHAPITRE LXVII

Quand il aperçut la porte de la maison, Xiaohe fut comme celui qui, sur le point de mourir de soif, aperçoit un puits. En repensant à la scène en dehors de la ville, puis à la chaleur et à la sécurité qui régnaient à la maison, il faillit crier : « Je suis de retour ! » Il était déjà plus de quatre heures de l'après-midi. Le soleil couchant, qui allait écraser la montagne, éclairait légèrement d'une lueur rouge la pancarte portant l'inscription « Bureau du chef de quartier », on l'aurait dite tout juste repeinte. Il hocha la tête en voyant la pancarte. En dehors de la ville il s'était agenouillé devant les tombes et avait supporté l'humiliation qu'on lui avait imposée. Ici, il était le chef de famille, le chef du quartier, il pouvait donner ordres et instructions. Il jubilait. Il poussa doucement la porte.

Dès qu'il eut franchi le seuil, il aperçut un tas à deux mètres de lui à peine. Il eut une exclamation de surprise. Il venait de se rendre compte qu'il ne s'agissait pas d'objets mais d'une personne, et cette personne n'était autre que sa fille aînée, Gaodi. Elle avait les bras croisés derrière le dos, contre le mur.

« Que s'est-il passé ? » Il faillit en lâcher les deux boîtes de cydonias. « Mais que s'est-il passé ? »

Gaodi se tortilla, souleva un peu la tête, les yeux exorbités ; de son nez sortait un peu de bruit, sa bouche était bâillonnée.

« Diable ! Mais que s'est-il passé ? » dit-il tout en posant doucement les deux petites boîtes qu'il avait à la main.

Les yeux de Gaodi lui sortaient de la tête. Elle se tortilla de nouveau, fit oui de la tête énergiquement.

Xiaohe lui libéra la bouche. Elle poussa un long soupir puis fut prise d'un haut-le-cœur.

« Mais que s'est-il passé ?

— Libère-moi vite de cette corde ! » dit-elle en s'emportant.

Xiaohe retroussa ses manches. Il voulait montrer qu'il était rapide et efficace, mais il se hâtait avec lenteur. Il s'avança pour défaire le nœud. Celui-ci était très serré. Il eut peur de s'abîmer les ongles. Aussi, bien qu'il s'affairât un long moment dans la précipitation et la confusion, cela n'aboutit à aucun résultat tangible.

« Va chercher un couteau ! » Gaodi était si contrariée qu'elle était prête à pleurer.

Il avait sur lui un canif. Il le sortit et commença doucement à scier la corde.

« Dépêche-toi donc un peu, mes poignets vont tomber !

— Patience, patience ! J'ai peur d'entamer la chair ! » Il continua sur la même lancée. Gaodi l'aidait en forçant de son mieux. Elle grognait bruyamment.

Ce ne fut pas facile de couper la corde. Xiaohe souffla longuement, essuya la sueur sur sa tête. Il transpirait vraiment Comme il ne faisait jamais rien, au moindre effort il était en nage.

Gaodi se frottait les poignets l'un après l'autre. La corde avait entamé la chair, mais comme elle était ankylosée, elle ne sentait pas encore la douleur. Après un long massage elle bondit soudain sur ses pieds. Ses jambes elles aussi étaient tout engourdies, elle ne put tenir debout, retomba assise, se cogna la tête contre le mur. « Aide-moi à me relever ! »

Xiaohe s'empressa de l'aider à se relever et à marcher lentement dans la cour. La porte de la chambre au nord était ouverte. Xiaohe, au premier coup d'œil, vit que le mobilier avait été renversé, que les porcelaines jonchaient le sol, que les vases et le crachoir étaient par terre dans un coin. On aurait dit qu'il venait juste de se produire un tremblement de terre. Il lâcha Gaodi, d'un bond fut dans la pièce. Son divan favori avait un trou béant, comme s'il avait été éventré par une baïonnette. Il avait des difficultés à se mouvoir, il restait là bouche bée. C'était la forteresse qu'il avait construite au prix de dix à vingt ans d'efforts. Qui aurait cru qu'elle deviendrait un tas d'ordures ? Il pleurait à chaude larmes.

Appuyée contre le chambranle de la porte, Gaodi faisait bouger ses jambes. « Il s'agit de représailles !

— Comment ça ? » demanda Xiaohe. Après qu'il eut prononcé cette phrase il sentit que ses jambes pouvaient bouger de nouveau. Piétinant les objets au sol, il bondit dans la chambre à coucher. Sa couette brodée et l'oreiller en plumes qui étaient sur son lit avaient disparu. Les meubles en bois, comme dans la pièce de devant, étaient aussi mis sens dessus dessous. « Que s'est-il passé ? » cria-t-il avec fureur.

Gaodi s'approcha en boitillant. « Il s'agit de représailles !

— Dis voir, de quoi s'agit-il ? Qu'est-ce que c'est que cette histoire de représailles ? Je n'ai jamais commis la moindre atrocité.

— Papa ! » Gaodi s'était assise sur un petit tabouret renversé à terre. « Tu as monté un coup contre M. Qian. Tu as laissé maman n'en faire qu'à sa tête et forcer les femmes et les filles des autres à se prostituer, tu l'as laissée extorquer l'argent des filles. Tu as laissé Zhaodi badiner avec les hommes comme bon lui semblait, et laisser les hommes jouer avec elle. Tu as laissé maman brimer Tongfang. Du matin au soir tu bois, manges, tu t'amuses, tu te lies d'amitié avec des gens qui ne sont pas corrects sans chercher à savoir d'où vient tout cet argent !

— Je t'ai demandé ce que tout cela veut dire, je ne t'ai pas demandé de me faire la morale ! cria Xiaohe en trépignant.

— Surtout, tu ne devrais pas faire des Japonais tes chouchous, les flatter, te mettre comme ça à plat ventre devant eux, comme s'ils n'avaient pas tué des nôtres, pris notre terre !

— Tu me feras mourir d'impatience ! Je te le redemande : qu'est-ce que tout cela veut dire ?

— C'est ce que je me tue à t'expliquer : c'est l'œuvre des Japonais !

— Hein ? » Il n'osait en croire ses oreilles.

« C'est l'œuvre des Japonais ! » dit-elle une seconde fois, encore plus nettement que la première.

Il ne pouvait pas ne pas se fier à ce qu'il avait entendu. Pourtant, son esprit doutait encore. Ses jambes semblaient ne plus vouloir le porter, il se mit à croupetons, prit sa tête dans ses mains. « Impossible ! se disait-il, ce ne peut être le fait des Japonais. » S'il se plaçait du point de vue des Japonais, ils avaient donné à sa femme emploi, situation, argent, puissance. Ils avaient donné à Zhaodi la possibilité de se mettre en vedette, et la gloire. De son point de vue à lui, il avait fait pour eux tout ce qui était en son pouvoir. La maison qu'il avait louée, il la leur avait sous-louée ; quand il rencontrait les enfants japonais, il ne manquait pas de les saluer ; quant aux militaires japonais, il les saluait profondément du plus loin qu'il les voyait. Il avait dénoncé les Chinois qui haïssaient les Japonais. Il avait toujours participé avec enthousiasme à tous les défilés et réunions qu'organisaient les Japonais. Quant aux termes chinois inventés par ces derniers, il était le premier à les avoir aux lèvres. Vis-à-vis des fonctionnaires japonais, qu'il les connût ou non, il leur faisait toujours des cadeaux... Arrivé à ce point de ses réflexions, il dit tout haut : « Impossible. Ce ne peut être l'œuvre des Japonais. Je n'ai rien fait qui ait pu les décevoir. Gaodi ! Dis-moi la vérité !

— Tout ce que j'ai dit est vrai !

— Ce sont vraiment des Japonais qui sont entrés ?

— Après déjeuner maman est allée au bureau. » Gaodi commençait à sentir une douleur aux poignets, mais elle supportait la douleur pour mettre toute son énergie à faire comprendre la vérité à son père. « Zhaodi n'était pas revenue. J'étais seule à la maison.

— Et les domestiques ?

— Oh, eux ! Quand maman est là, ce sont des machines. Dès que maman sort, ils prennent des congés. Ils ont peur de maman mais ne l'aiment pas !

— Toi non plus on dirait ! » Xiaohe se leva, et s'assit sur le lit.

— Comment pourrais-je l'aimer avec sa façon d'agir et ses machinations ! » Gaodi approcha son tabouret plus près de lui.

« Bon ça suffit, inutile de parler de cela ! Dis-moi, qu'est-ce qui s'est passé ?

— Il devait être deux heures et demie, ils étaient dix, dont deux Japonais. Ils n'ont rien dit en entrant, mais ont pris les choses.

— Les choses ?

— Mais regarde ! Où est passé le coffre de maman ? » Gaodi montrait du doigt l'emplacement du coffre.

Xiaohe lança un coup d'œil dans cette direction, il n'y avait plus rien, même la boîte à bijoux avait disparu. Ses mains se mirent à trembler.

« Dans cette pièce, celle de Tongfang et dans celle de Zhaodi et la mienne, tous les coffres et écrins ont été pris. J'étais contrariée, je suis allée leur demander des explications. Ils m'ont ligotée avec une corde. Comme je voulais crier, ils m'ont bâillonnée. Je ne pouvais plus que les regarder avec des yeux furieux déménager les choses. Ils devaient avoir un camion qui les attendait à l'entrée de la ruelle. Seuls les Chinois circulaient avec les objets, les deux Japonais se contentaient probablement de faire leur choix, sans s'occuper de transporter la marchandise. Parfois je restais seule avec eux dans la cour. J'étais décidée, pour le cas où ils s'approcheraient et me manqueraient de respect, à me fracasser la tête contre le mur. D'abord pour préserver ma pureté, et pour alléger un peu les fautes de maman : elle a détruit tant de femmes, sa fille devait mourir ! Mais ils ne sont pas venus me trouver, peut-être étaient-ils trop occupés à piller ? Quand ils ont eu pratiquement fini, ils ont pris du vin. J'ai commencé à rouler vers l'extérieur. Je le savais : une fois qu'ils auraient bu, ils ne me laisseraient pas. Arrivée sur le seuil de la porte, j'étais coincée. J'avais beau faire tous les efforts possibles, je ne pouvais passer au-delà. Quand ils ont eu fini leur vin, ils ont commencé à tout casser. J'entendais le vacarme que cela faisait dans chaque pièce. Alors ils sont sortis et m'ont portée du seuil de la porte au pied du mur. Ils sont partis, ont refermé comme il faut la porte de la rue. Il s'agit de représailles. Nous les avons flattés, avons cherché à leur plaire, nous nous sommes mis à plat ventre devant eux, tout ça pour un peu d'argent. À présent nous avons perdu notre capital et n'avons plus ni vêtements ni couvertures ! »

Quand elle eut fini, Xiaohe resta longtemps sans rien dire. Après ce long moment d'hébétude, il demanda tout bas : « Gaodi, tu es sûre que ces deux hommes étaient des Japonais ? Comment sais-tu que ce n'étaient pas des gens déguisés ? »

Gaodi ne parvenait plus à contenir sa colère : « Mais oui, voyons ! C'était des gens déguisés en Japonais ! Les Japonais sont tous tes parents, tes amis, ils ne viendraient jamais te faire du tort !

— Ah, ne te fâche pas, voyons, ne te fâche pas ! Je me disais, étant donné mes relations avec eux, ils n'iraient pas jusqu'à se montrer aussi impolis !

— Ils sont assurément très polis, sinon, comment oseraient-ils venir te prendre ta ville et ton territoire, piller ton pays !

— Voyons, ne te fâche pas, non, ne te fâche pas ! J'ai une solution. Essaie tant bien que mal de ranger la maison, je vais chercher ta mère. Il suffira qu'elle rencontre quelqu'un de haut placé parmi les Japonais, et à coup sûr nous récupérerons tout ! Fais un peu de rangement, quand les domestiques reviendront, demande-leur de t'aider.

— Ils ne reviendront pas.

— Comment ça ?

— Après le départ des Japonais, ils sont revenus. Ils ont pris leurs effets personnels et aussi des choses nous appartenant par la même occasion et sont tous repartis.

— Les salauds !

— Tout le monde nous méprise pour la vie que nous menons, ce ne sont pas des salauds !

— Tais-toi ! Je vais chercher ta mère ! »

Xiaohe n'avait pas encore franchi la porte de la pièce que Zhaodi arrivait en courant. « Papa ! papa ! » Elle était si affolée qu'elle faillit trébucher contre les objets qui se trouvaient au sol.

« Qu'est-ce qu'il y a ? Que se passe-t-il encore ?

— Maman, maman a été arrêtée ! » Sa phrase dite, Zhaodi s'assit sur le sol.

« Ta mère... » Xiaohe ne put finir sa phrase.

« Je suis allée la voir pour lui demander un peu d'argent, et, comme j'arrivais, on était en train de l'emmener après l'avoir ligotée.

— Ligotée... » Les larmes de Xiaohe ruisselaient. « Nous sommes perdus, perdus ! Mais qu'ai-je donc fait de mal pour recevoir une telle sanction ! Nous sommes ruinés ! S'il arrive un malheur à votre mère, comment vivrons-nous tous les trois ? »

Le père et ses deux filles ne disaient plus rien.

Au bout d'un long moment de stupeur, Zhaodi se leva et dit : « Papa ! Il faut sauver maman ! Si elle est perdue, nous le serons aussi. Je n'ose même pas imaginer ! Hein ! Comment vais-je faire pour vivre si je n'ai pas de jolis vêtements à me mettre et ne peux plus aller tous les mois me faire friser chez le coiffeur ? »

Xiaohe voyait les choses comme Zhaodi. Il savait que sans son chef de centre de femme, il n'avait plus rien. Il lui fallait vite la sauver. Mais il n'était pas très courageux, il avait peur, peur de faire des démarches et de se compromettre par la même occasion. Il était le mari de la « grosse courge rouge », si celle-ci était vraiment coupable, les Japonais, c'était fort possible, ne manqueraient pas de penser à lui. Il ne cessait de se triturer les mains, sans parvenir à trouver une solution.

« En route ! » Zhaodi redressa sa poitrine menue. « En route, je t'accompagne !

— Où ça ? demanda Xiaohe en baissant la tête.

— Voir les Japonais !

— Et quels Japonais ? » Xiaohe sentait comme un couteau qui lui perçait le cœur. En temps ordinaire, il s'imaginait que tous les Japonais étaient ses amis. Aujourd'hui il comprenait enfin qu'il n'en connaissait même pas un.

Zhaodi pencha un peu la tête, réfléchit un moment : « J'ai trouvé ! Allons d'abord au n° 1 voir cette vieille femme ! Je ne sais pas si cela servira à quelque chose, mais elle est japonaise ! »

Le visage de Xiaohe s'éclaira immédiatement. « Mais oui ! » Il se disait : « En tout cas elle est japonaise et un Japonais, quel qu'il soit, sera toujours plus fort qu'un Chinois ! » « Mais, demanda-t-il à Zhaodi, ne devrions-nous pas apporter un cadeau ? Y aller les mains vides, cela ne se fait pas ! »

Gaodi ricana.

« De quoi ris-tu ? » Les yeux de Zhaodi étaient empreints d'une légère colère. « D'ordinaire tu ne t'occupes de rien. À présent que maman a été arrêtée, tu t'esclaffes ! Tu souhaites peut-être que maman meure en prison et que nous mourions de faim ? »

Gaodi se leva à son tour. « Vous ne voyez que maman et ne voyez pas ses forfaits. Je ne peux souhaiter sa mort, car c'est ma mère, mais je ne peux, parce qu'elle est ma mère, dire que tout ce qu'elle fait est bien. Selon moi, nous devrions avoir conscience du fait qu'elle reçoit un châtiment mérité, et il ne nous restera plus qu'à faire peau neuve afin de pouvoir, pour nous-mêmes, ainsi que pour maman, racheter un peu nos fautes ! Si maman peut sortir de prison, tant mieux, sinon, nous n'allons pas, à cause de ses forfaits, mourir tous ensemble de faim. Je n'ai pas beaucoup de capacités, mais je veux bien trouver un petit quelque chose à faire et gagner proprement mon pain quotidien. Papa non plus n'est pas un bon à rien, s'il ne s'entêtait pas à vouloir être fonctionnaire, il pourrait fort bien trouver un petit travail. Avoir un gagne-pain grâce à ses capacités, ce serait toujours plus honorable que de forcer les femmes et les filles des autres à se prostituer ! Si nous acceptions de changer nous pourrions peut-être racheter nos fautes, alors que si nous ne voulons pas changer nous sommes voués à une mort certaine !

— Hem... » Zhaodi fit la moue. « C'est que, de toute façon, je ne sais pas travailler ! Je veux maman !

— Zhaodi ! lança Xiaohe affectueusement, tu as raison ! Faire un petit boulot, gagner son pain tant bien que mal, c'est pas pour nous, on se moquerait de nous ! Si nous changeons nos vêtements de soie pour de grossières cotonnades et si nous mangeons des petits pains et des galettes pimentées à la place des mets et du vin auxquels nous sommes habitués, oserons-nous encore nous présenter devant les autres ? » Il se tourna vers son aînée : « Gaodi ! Tu as toujours été peu accommodante, et tu continues aujourd'hui, alors qu'un grand malheur nous guette ! Fort bien, garde la maison, je sors avec Zhaodi ! Cela te convient, je pense ? »

Gaodi avait encore envie de parler, mais elle se contenta de soupirer.

Zhaodi entreprit de se mettre du rouge à lèvres et de la poudre. Après s'être ainsi repomponnée, elle sortit, tirant derrière elle Xiaohe. Devant la porte du n° 1, Xiaohe, plein de déférence, joignit les talons, prêt à s'incliner profondément quand la porte s'ouvrirait. Zhaodi frappa.

La vieille femme vint ouvrir la porte. Quand elle vit ceux qui étaient à l'extérieur, elle referma la porte.

Le père et la fille en restèrent interloqués.

« La chose est grave ! Très grave ! dit Xiaohe à Zhaodi. Vois, ta mère vient tout juste d'être inquiétée, et le résultat est immédiat, on ne prête plus attention à nous. Que... que faire ? »

Zhaodi était en colère : « Papa ! Rentre, je vais y aller ! J'ai des amis. Il faut que je sauve maman ! » Sur ces mots, elle sortit de la ruelle en courant.

Xiaohe rentra seul à la maison. Il avait l'esprit confus. Il était incapable de réfléchir, seul comptait le moment présent. Et le moment présent, c'était justement le spectacle d'objets sens dessus dessous. Il ne voulait pas se mettre à l'œuvre pour les ranger, mais, s'il ne faisait rien, il n'y avait pas d'endroit où s'asseoir, ni mettre les pieds. Il était tellement énervé qu'il en avait envie de pleurer.

Le plus redoutable était qu'il faisait nuit déjà et que son ventre commençait à crier famine, personne ne lui préparait de quoi manger. Il alla voir à la cuisine. Il soupira. Bien qu'effectivement il fût dans sa maison, sans l'éclat d'un feu, sans eau bouillie — sans parler de thé parfumé, ni de mets et de vin —, cela ne ressemblait plus à une maison.

Gaodi était en train de ranger. Elle s'y prenait mal, mais elle le faisait de bon cœur, avec entrain. À la maison elle avait toujours été victime de la froideur des siens. Elle n'avait droit à la parole sur rien, ne pouvait donner un coup de main. Aujourd'hui elle avait l'impression d'être la maîtresse de maison, faisait ce que bon lui semblait, se fiant à son idée et à son jugement, sans avoir rien à demander à personne, ni à calquer sa conduite sur qui que ce fût. Certes, elle savait que l'avenir de la famille était sombre, mais elle trouvait que seule une vie sombre et misérable pouvait faire bouger les choses. Si la situation pouvait s'améliorer un tant soit peu cela valait la peine de supporter quelques privations. Elle savait aussi qu'elle n'avait guère de capacités. Au cas où sa mère ne reviendrait pas, pourrait-elle subvenir à ses propres besoins et à ceux de son père ? C'était tout de même un problème ! Mais elle était bien décidée à ne pas se laisser intimider par cette question. Il lui fallait faire des efforts, se débattre, lutter. Si elle pouvait avoir la possibilité de montrer ses compétences, elle ne se trouverait pas dans une impasse. Des gouttes de sueur perlaient sur son nez court, dans ses yeux brillaient des lueurs qui montraient qu'elle n'avait pas peur tout en sachant que les choses étaient mal engagées. En entendant son père rentrer, elle redoubla d'ardeur. Il fallait lui montrer qu'elle était capable d'assumer la situation, de faire quelque chose.

Voir sa fille travailler rendit Xiaohe très malheureux, non qu'il souffrît pour elle, mais le fait qu'elle rangeât elle-même la maison était bel et bien inconvenant. Toutes ces tâches : balayer, nettoyer la table étaient pour lui le travail des domestiques et n'auraient jamais dû incomber à une « demoiselle ». Il fit exprès de tousser légèrement pour lui faire comprendre qu'elle pouvait s'arrêter un peu. Gaodi ne répondit pas à ce signe. Finalement, il prit la parole :

« Gaodi ! Que faire pour le dîner ? »

Gaodi poursuivit son travail, se contentant de répondre : « Va acheter quelques galettes, je vais allumer le feu et mettre à chauffer un peu d'eau, il faudra s'en contenter ! »

Xiaohe ne pouvait tout de même pas sortir acheter des galettes, quelle honte ce serait ! Il n'osa toutefois rien dire. Il commençait à comprendre la réalité de la misère. Devant lui tout était noir, il y avait cette humiliation qui l'attendait : aller lui-même acheter des galettes ! Il sortit doucement, fit les cent pas dans la cour. C'était sa cour, mais il avait perdu la sécurité et le confort. Après avoir marché un moment il eut froid, il avait aussi de plus en plus faim. Il avait envie d'aller acheter des galettes — l'estomac ne s'embarrasse guère d'honneur et d'humiliation. Plusieurs fois il alla jusqu'au portail pour revenir. Non, plutôt souffrir de la faim toute une nuit que de perdre sa dignité ! Car enfin, si aujourd'hui il consentait à perdre la face pour aller acheter des galettes, demain probablement il accepterait de bon cœur de devenir « un individu éhonté ».

Il rentra dans la pièce.

« Papa, tu n'as donc pas faim ? Pourquoi n'es-tu pas allé acheter des galettes ? » demanda Gaodi.

Xiaohe n'avait pas envie de parler. Il trouvait que Gaodi ne le comprenait pas du tout, il jugea donc inutile d'user sa salive pour rien. Il semblait vouloir apaiser sa fringale avec le silence. Mais voilà, le silence ne pouvait remplacer des galettes. Il oublia « la grosse courge rouge », oublia tout, il trouvait qu'il y avait risque pour lui de mourir de faim. Il n'avait jamais eu faim de sa vie. D'ordinaire, dès qu'il avait un petit creux à l'estomac, il s'empressait de le remplir. Il trouvait que manger beaucoup et éviter les maux d'estomac était chez lui une marque de génie et de chance. À présent, il n'y avait rien en perspective pour le dîner. Il perdait son sang-froid. « Manger » était une composante essentielle et un grand savoir-faire propres à la civilisation chinoise, et donc qui lui étaient propres à lui aussi. Sauter un repas et avoir faim revenait à ruiner la vie humaine et la civilisation. Comment n'aurait-il pas été nerveux ! S'il avait flatté les Japonais, s'il s'était mis à plat ventre devant eux, n'était-ce pas pour bien manger et bien boire ? Mais voilà qu'à présent c'était peine perdue ! Il était abattu, il sentait qu'il avait déjà un pied au bord de l'enfer.

« Gaodi ! cria-t-il d'une voix lugubre.

— Qu'est-ce qu'il y a ? demanda Gaodi.

— Ah !..., dit-il en se massant la poitrine, rien, ce n'est rien ! » Il ravala ce qu'il allait dire. Il ne voulait pas prononcer le mot « faim ». C'était un mot déshonorant.

« Tu as faim, c'est bon, je vais aller acheter des galettes, et par la même occasion une théière d'eau bouillante pour éviter de faire du feu ! » Gaodi tapota la poussière sur des vêtements, se dirigea vers la porte.

« Tu... » Xiaohe voulut la retenir. Que ce fût sa fille ou lui qui allât acheter des galettes et de l'eau était aussi déshonorant. Mais les galettes calmeraient sa faim, il ne pouvait pas non plus se montrer trop dur avec son estomac. Dans une civilisation où « manger » était une composante essentielle, l'homme devait avoir un « idéal », mais en même temps, il lui fallait tenir compte de la réalité.

Gaodi sortit en courant.

Il resta seul. Il sentait la désolation, l'humidité ambiantes. S'il ne pouvait manger une galette dans les cinq minutes à venir, il penserait à se suicider en se pendant à une poutre.

Gaodi revint avec des galettes. Xiaohe, les yeux pleins de larmes, en mangea trois.

Quand il eut fini, il pensa immédiatement au problème du coucher : il n'avait plus de couverture ! Il n'osait pas demander l'avis de Gaodi, elle ne le comprenait pas, mais il n'avait pas d'autre solution. La civilisation dans laquelle il baignait avait voulu qu'à sa naissance il fût enveloppé de couvertures brodées de fleurs. Tout était préparé pour lui par les autres, il n'avait jamais eu besoin de fournir le moindre effort physique ou intellectuel. Quand il avait atteint l'âge adulte, sa seule habileté, sa seule sagesse, avait été de faire travailler les autres, de se servir d'eux, de jouir du fruit de la sueur et du sang des autres.

« Papa ! Couvre-toi de ma couette de dessous et de mon manteau, et dors d'abord ! J'attendrai Zhaodi ! » Gaodi attrapa sa couette de dessous.

Xiaohe se coucha sur le lit. Il pensait qu'il ne trouverait pas le sommeil, mais au bout d'un moment il ronflait.

DU MÊME AUTEUR

Aux Éditions Gallimard

GENS DE PÉKIN («Folio», *n° 2473*).

LA CAGE ENTREBÂILLÉE («Folio», *n° 3746*).

L'ENFANT DU NOUVEL AN («Folio», *n° 3858*).

HISTOIRE DE MA VIE, extrait de GENS DE PÉKIN («Folio à 2 €», *n° 3627*).

Aux Éditions du Mercure de France

QUATRE GÉNÉRATIONS SOUS UN MÊME TOIT, tome 1 (repris en «Folio», *n° 3119*).

QUATRE GÉNÉRATIONS SOUS UN MÊME TOIT, tome 2 (repris en «Folio», *n° 3356*).

QUATRE GÉNÉRATIONS SOUS UN MÊME TOIT, tome 3 (repris en «Folio», *n° 3564*).

COLLECTION FOLIO

Dernières parutions

3727. Jean-Paul Kauffmann	*La Lutte avec l'Ange.*
3728. Ian McEwan	*Amsterdam.*
3729. Patrick Poivre d'Arvor	*L'Irrésolu.*
3730. Jorge Semprun	*Le mort qu'il faut.*
3731. Gilbert Sinoué	*Des jours et des nuits.*
3732. Olivier Todd	*André Malraux. Une vie.*
3733. Christophe de Ponfilly	*Massoud l'Afghan.*
3734. Thomas Gunzig	*Mort d'un parfait bilingue.*
3735. Émile Zola	*Paris.*
3736. Félicien Marceau	*Capri petite île.*
3737. Jérôme Garcin	*C'était tous les jours tempête.*
3738. Pascale Kramer	*Les Vivants.*
3739. Jacques Lacarrière	*Au cœur des mythologies.*
3740. Camille Laurens	*Dans ces bras-là.*
3741. Camille Laurens	*Index.*
3742. Hugo Marsan	*Place du Bonheur.*
3743. Joseph Conrad	*Jeunesse.*
3744. Nathalie Rheims	*Lettre d'une amoureuse morte.*
3745. Bernard Schlink	*Amours en fuite.*
3746. Lao She	*La cage entrebâillée.*
3747. Philippe Sollers	*La Divine Comédie.*
3748. François Nourissier	*Le musée de l'Homme.*
3749. Norman Spinrad	*Les miroirs de l'esprit.*
3750. Collodi	*Les Aventures de Pinocchio.*
3751. Joanne Harris	*Vin de bohème.*
3752. Kenzaburô Ôé	*Gibier d'élevage.*
3753. Rudyard Kipling	*La marque de la Bête.*
3754. Michel Déon	*Une affiche bleue et blanche.*
3755. Hervé Guibert	*La chair fraîche.*
3756. Philippe Sollers	*Liberté du XVIIIème.*
3757. Guillaume Apollinaire	*Les Exploits d'un jeune don Juan.*
3758. William Faulkner	*Une rose pour Emily* et autres nouvelles.

3759. Romain Gary	*Une page d'histoire.*
3760. Mario Vargas Llosa	*Les chiots.*
3761. Philippe Delerm	*Le Portique.*
3762. Anita Desai	*Le jeûne et le festin.*
3763. Gilles Leroy	*Soleil noir.*
3764. Antonia Logue	*Double cœur.*
3765. Yukio Mishima	*La musique.*
3766. Patrick Modiano	*La Petite Bijou.*
3767. Pascal Quignard	*La leçon de musique.*
3768. Jean-Marie Rouart	*Une jeunesse à l'ombre de la lumière.*
3769. Jean Rouaud	*La désincarnation.*
3770. Anne Wiazemsky	*Aux quatre coins du monde.*
3771. Lajos Zilahy	*Le siècle écarlate. Les Dukay.*
3772. Patrick McGrath	*Spider.*
3773. Henry James	*Le Banc de la désolation.*
3774. Katherine Mansfield	*La Garden-Party* et autres nouvelles.
3775. Denis Diderot	*Supplément au Voyage de Bougainville.*
3776. Pierre Hebey	*Les passions modérées.*
3777. Ian McEwan	*L'Innocent.*
3778. Thomas Sanchez	*Le Jour des Abeilles.*
3779. Federico Zeri	*J'avoue m'être trompé. Fragments d'une autobiographie.*
3780. François Nourissier	*Bratislava.*
3781. François Nourissier	*Roman volé.*
3782. Simone de Saint-Exupéry	*Cinq enfants dans un parc.*
3783. Richard Wright	*Une faim d'égalité.*
3784. Philippe Claudel	*J'abandonne.*
3785. Collectif	«*Leurs yeux se rencontrèrent...*». *Les plus belles premières rencontres de la littérature.*
3786. Serge Brussolo	«*Trajets et itinéraires de l'oubli*».
3787. James M. Cain	*Faux en écritures.*
3788. Albert Camus	*Jonas ou l'artiste au travail* suivi de *La pierre qui pousse.*
3789. Witold Gombrovicz	*Le festin chez la comtesse Fritouille* et autres nouvelles.

3790. Ernest Hemingway	*L'étrange contrée.*
3791. E. T. A Hoffmann	*Le Vase d'or.*
3792. J. M. G. Le Clezio	*Peuple du ciel* suivi de *Les Bergers.*
3793. Michel de Montaigne	*De la vanité.*
3794 Luigi Pirandello	*Première nuit et autres nouvelles.*
3795. Laure Adler	*À ce soir.*
3796. Martin Amis	*Réussir.*
3797. Martin Amis	*Poupées crevées.*
3798. Pierre Autin-Grenier	*Je ne suis pas un héros.*
3799. Marie Darrieussecq	*Bref séjour chez les vivants.*
3800. Benoît Duteurtre	*Tout doit disparaître.*
3801. Carl Friedman	*Mon père couleur de nuit.*
3802. Witold Gombrowicz	*Souvenirs de Pologne.*
3803. Michel Mohrt	*Les Nomades.*
3804. Louis Nucéra	*Les Contes du Lapin Agile.*
3805. Shan Sa	*La joueuse de go.*
3806. Philippe Sollers	*Éloge de l'infini.*
3807. Paule Constant	*Un monde à l'usage des Demoiselles.*
3808. Honoré de Balzac	*Un début dans la vie.*
3809. Christian Bobin	*Ressusciter.*
3810. Christian Bobin	*La lumière du monde.*
3811. Pierre Bordage	*L'Évangile du Serpent.*
3812. Raphaël Confiant	*Brin d'amour.*
3813. Guy Goffette	*Un été autour du cou.*
3814. Mary Gordon	*La petite mort.*
3815. Angela Huth	*Folle passion.*
3816. Régis Jauffret	*Promenade.*
3817. Jean d'Ormesson	*Voyez comme on danse.*
3818. Marina Picasso	*Grand-père.*
3819. Alix de Saint-André	*Papa est au Panthéon.*
3820. Urs Widmer	*L'homme que ma mère a aimé.*
3821. George Eliot	*Le Moulin sur la Floss.*
3822. Jérôme Garcin	*Perspectives cavalières.*
3823. Frédéric Beigbeder	*Dernier inventaire avant liquidation.*
3824. Hector Bianciotti	*Une passion en toutes Lettres.*
3825. Maxim Biller	*24 heures dans la vie de Mordechaï Wind.*

3826. Philippe Delerm	*La cinquième saison.*
3827. Hervé Guibert	*Le mausolée des amants.*
3828. Jhumpa Lahiri	*L'interprète des maladies.*
3829. Albert Memmi	*Portrait d'un Juif.*
3830. Arto Paasilinna	*La douce empoisonneuse.*
3831. Pierre Pelot	*Ceux qui parlent au bord de la pierre (Sous le vent du monde, V).*
3832. W.G Sebald	*Les émigrants.*
3833. W.G Sebald	*Les Anneaux de Saturne.*
3834. Junichirô Tanizaki	*La clef.*
3835 Cardinal de Retz	*Mémoires.*
3836 Driss Chraïbi	*Le Monde à côté.*
3837 Maryse Condé	*La Belle Créole.*
3838 Michel del Castillo	*Les étoiles froides.*
3839 Aïssa Lached-Boukachache	*Plaidoyer pour les justes.*
3840 Orhan Pamuk	*Mon nom est Rouge.*
3841 Edwy Plenel	*Secrets de jeunesse.*
3842 W. G. Sebald	*Vertiges.*
3843 Lucienne Sinzelle	*Mon Malagar.*
3844 Zadie Smith	*Sourires de loup.*
3845 Philippe Sollers	*Mystérieux Mozart.*
3846 Julie Wolkenstein	*Colloque sentimental.*
3847 Anton Tchékhov	*La Steppe. Salle 6. L'Évêque.*
3848 Alessandro Baricco	*Châteaux de la colère.*
3849 Pietro Citati	*Portraits de femmes.*
3850 Collectif	*Les Nouveaux Puritains.*
3851 Maurice G. Dantec	*Laboratoire de catastrophe générale.*
3852 Bo Fowler	*Scepticisme & Cie.*
3853 Ernest Hemingway	*Le jardin d'Éden.*
3854 Philippe Labro	*Je connais gens de toutes sortes.*
3855 Jean-Marie Laclavetine	*Le pouvoir des fleurs.*
3856 Adrian C. Louis	*Indiens de tout poil et autres créatures.*
3857 Henri Pourrat	*Le Trésor des contes.*
3858 Lao She	*L'enfant du Nouvel An.*
3859 Montesquieu	*Lettres Persanes.*
3860 André Beucler	*Gueule d'Amour.*

3861	Pierre Bordage	*L'Évangile du Serpent.*
3862	Edgar Allan Poe	*Aventure sans pareille d'un certain Hans Pfaal.*
3863	Georges Simenon	*L'énigme de la* Marie-Galante.
3864	Collectif	*Il pleut des étoiles...*
3865	Martin Amis	*L'état de L'Angleterre.*
3866	Larry Brown	*92 jours.*
3867	Shûsaku Endô	*Le dernier souper.*
3868	Cesare Pavese	*Terre d'exil.*
3869	Bernhard Schlink	*La circoncision.*
3870	Voltaire	*Traité sur la Tolérance.*
3871	Isaac B. Singer	*La destruction de Kreshev*
3872	L'Arioste	*Roland furieux I.*
3873	L'Arioste	*Roland furieux II.*
3874	Tonino Benacquista	*Quelqu'un d'autre.*
3875	Joseph Connolly	*Drôle de bazar.*
3876	William Faulkner	*Le docteur Martino.*
3877	Luc Lang	*Les Indiens.*
3878	Ian McEwan	*Un bonheur de rencontre.*
3879	Pier Paolo Pasolini	*Actes impurs.*
3880	Patrice Robin	*Les muscles.*
3881	José Miguel Roig	*Souviens-toi, Schopenhauer.*
3882	José Sarney	*Saraminda.*
3883	Gilbert Sinoué	*À mon fils à l'aube du troisième millénaire.*
3884	Hitonari Tsuji	*La lumière du détroit.*
3885	Maupassant	*Le Père Milon.*
3886	Alexandre Jardin	*Mademoiselle Liberté.*
3887	Daniel Prévost	*Coco belles-nattes.*
3888	François Bott	*Radiguet. L'enfant avec une canne.*
3889	Voltaire	*Candide ou l'Optimisme.*
3890	Robert L. Stevenson	*L'Étrange Cas du docteur Jekyll et de M. Hyde*
3891	Daniel Boulanger	*Talbard.*
3892	Carlos Fuentes	*Les années avec Laura Díaz.*
3894	André Dhôtel	*Idylles.*
3895	André Dhôtel	*L'azur.*
3896	Ponfilly	*Scoops.*

Composition Floch.
Impression Bussière Camedan Imprimeries
à Saint-Amand (Cher), le 18 août 2003.
Dépôt légal : août 2003.
1er dépôt légal dans la collection : mars 2000.
Numéro d'imprimeur : 033892/1.
ISBN 2-07-041261-X./Imprimé en France.

Composition Bach
Impression Bussière Camedan Imprimeries
à Saint-Amand (Cher) le [illegible] 2003
Dépôt légal : mai 2003
1er dépôt légal dans la collection : mars 2000
Numéro d'imprimeur : 03189[illegible]/1
ISBN 2-07-041261-X/Imprimé en France

126799